無稽的神話

歷史的另一面

米高貓◎著

凡例

此書當有四看四不看：

一、子曰：食色性也，欲者，人之本也，未成年者，可看可不看。

二、書不可盡言，筆不可盡勢，性急躁者而無悟性者，可看可不看。

三、怪誕離奇，文不加點，老學究者，酸腐迂人，可看不可看。

四、魑魅魍魎，妖魔精怪，淫作情語，情作淫語，意在警醒世人，潔
　　癖者可看可不看。

引子

詞曰：

香奩夢，好在風流無數。人間俯仰今古。冷雨幽窗話淒涼，幽恨不埋黃土。相思樹，流年度，無端又被西風誤。蘭舟少住。怕載酒重來，紅衣半落，不知今朝何處。

念一首《摸魚兒》，說一段故舊閑話。

話說也不知是何太平年月之時，萬物滋生，承順承天，真龍下界，四海昇平，海疆一統。此事便從江陵府泗州城說起，因此地離京千里，偏安一隅。地接淮陰，物華天寶，岸芷汀蘭，雜花生樹，市井繁華，人丁迥異，行商坐賈環伺，往來市者不絕。

因魚龍混雜，自不似天子腳下規整，法度綱紀，日漸廢弛，奢靡之風日盛。泗州城獄有淮人劉還，係獄中給事。終日裏閑來無事，或四處閑逛，或與獄中熟犯閑話家常。獄中府衙素日裏收了銀子好辦事，兼泗州獄中多為家長里短、小偷小摸之事，無甚要犯，因此對獄中諸犯日常行事多是睜隻眼閉隻眼。

這日，劉還暗中拔挈獄中友人王翁出獄，共詣酒家閑話。此時，細雪如鹽，二人在泗州城中找了一處打尖住客的臨街老鋪戶，字號原味齋，一邊溫酒閑話，一邊賞窗外雪景。

那原味齋生意興隆，掌櫃的在裏，跑堂的在外，忙忙呵呵，張張羅羅，腳下甚得辛苦。適值飯口，二人無甚閑事，慢起徐端，滋味十足地品著酒。

正酒酣耳熱之際，忽聽樓下吵嚷四起，不多時，便有人一邊急急拍門一邊叫道「王翁安在？」劉還起身，卻瞧見門口站了一位寬頭大耳的員外和一位徐娘婦人。

　　二人鞋上泥水淋漓，身後數僕也是如此，顯是星夜趕路至此。問其緣故，那員外道：「家有小女，為精魅所擾，連請數名僧道，皆祛之不去。昨夜那精魅藉小女之口云：『某只畏泗州王翁耳』。故今日一路相詢，訪公至此，特此懇請王公勿憚路途遙遠，若能救得小女生全，定以千金相報。」

　　王翁聞言道：「吾一垂朽老翁，酒囊飯袋而已，豈有治怪之才？」那員外懇求不已，門外婦人亦是哭哭啼啼，甚是哀切。王翁知道今日自己是無法推脫，只得嘆道：「罷了。今日你且先回府去。」

　　那員外正待再求，卻聽王翁接道：「備甕一口，方磚一塊，血狗皮一張，熾炭以待，我隨後便來。」

　　列位看官，你道王翁為何有此本領？

　　此事原當從數十年前說起。彼時適逢王翁從鳳陽至泗州，途中遇一跛足道人，襆被而行，憊喘蹣跚。王翁見其如此，頓起惻隱之心，贈了一匹空驢與那道人行路。

　　道人感念王翁善舉，回贈一卷舊書，並附言：「依照此書所載法門行事，可除各等精魅魔怪，唯有一則禁忌，便是除怪之後，切勿收人酬金，一旦犯此禁忌，此法便不靈驗。」

　　閑話休提。話說那王翁回處所取了那卷舊書，攜了符劍直奔員外住處。入了正廳門，那員外請小姐來見。

　　小姐一見王翁便大驚失色，連忙掩面而逃。王翁提劍追上，大叱道：「老魅何去？」

　　那小姐被精魅附體，慌不擇路，只邊泣邊逃道：「何處可藏？」

員外夫婦先一日受了王翁叮囑，忙指著甕答道：「此甕可躲！」

那精魅情急之下鑽入甕中，王翁用預先備下的狗皮將甕口封緊，又用青磚覆之，將甕放在炭上熾烤。

初時甕中精魅罵聲不絕，不多時，那罵聲便成了哀泣，眾人只聽甕中精怪道：「我尚有妻妹在世間，求法師憐我，日後再敢作惡，法師再收拾不遲。」

王翁厲聲問道：「爾乃何妖物？」那妖怪囁嚅羞道：「丑氏。」王翁又問：「何謂丑氏？」那妖物忙道：「我乃千年牛骨，因牛曰丑，遂自諱丑氏。」

王翁道：「你所謂妻妹又是何精怪？」

那牛骨在甕中道：「吾妻名紅磚兒，妹名繡鞋兒，我等三人，皆是沾了俗人精血幻化而成。當日吾被主人棄在城隍廟後苑，某年庚申日，因一人踢傷腳趾，以血拭吾身，所以變幻成形，不合存心擾害某家小姐。」

牛骨精音調甚是哀切，接道：「法師若能讓我見吾妻紅磚兒、吾妹繡鞋兒，死而無憾。」

王翁停火作法，只見廳梁上伏著的兩名女子漸漸現身，便又用火收了。正是牛骨精所謂的紅磚兒和繡鞋兒。

原來那紅磚兒是趙員外家的刺梅花下古磚，因為趙千戶小女採花被花刺刺傷手，鮮血滴在磚上，才得了靈氣。那繡鞋兒卻是張員外之妻的癸水之日，被月水沾上，亦得變幻，與那牛郎假合妻妹，實非一體。

三怪在甕中哀哀哭泣，懇求王翁憐其修行不易，切勿趕盡殺絕，若能將幾人放行，自當遠離市城，自不敢近人世。王翁聽完三怪陳述，竟絲毫不為所動，反而發火愈熾，將三怪燒死在甕中。

只聽甕中哀聲不絕，復又歸於沉寂，揭開狗皮，將甕翻倒時，只見甕中掉出一段尺許的燒焦牛骨、一塊青磚、一隻女繡鞋。

此事暫且算是告於段落。但那牛骨精來頭，卻還牽出一段往事。那牛骨精自云，庚申日粘男子精血，故才有今日附體員外之女之事。

列位看官，你道為何獨云庚申日一詞？因庚申乃水生之日，天一生水，水生萬物。生生之數，在於庚申，沾人生氣，故能為怪。那牛骨精來頭不小，這一段引子往事，是為了日後敘述那一段魑魅魍魎，妖魔精怪，淫作情語，情作淫語之事。故將其留作引子，供列位看官知道這牛骨精由何而來之意。

第一章

　　此書從開天闢地之日表起。

　　無稽山無稽崖外有一荒村，名為福氏村。福氏之氏，便是牛骨精丑氏自稱氏之根源。閑話休提，福氏村地處荒郊野嶺，村中眾人多以務農為業。逢上那災旱之年，村中顆粒無收亦是常事。自古窮山惡水出刁民，天長日久，那村中存活下來的諸民，經天道、人道幾番優勝劣汰下來，大都深諳弱肉強食法則，窮而愈狡者比比皆是。

　　有詩為證：

辛勤藝宿麥，所望明年熟；

一飽正自艱，五窮故相逐。

南鄰更可念，布被冬未贖；

明朝甑復空，母子相持哭。

　　話說這福氏村雖說民風彪悍，粗鄙淺陋，但村中並非人人皆壞。

　　村中有一位放牛娃，本是跟著雙親生活，無奈雙親不抵饑寒，相繼亡故，他年幼失怙，只得跟著哥嫂討生活。放牛娃哥哥為人尚算敦厚，嫂嫂卻是一等的刻薄寡恩。雙親臨終托孤，嫂嫂礙於故舊之情，面上不好發作，心底卻暗藏孤拐，只待求個合適機會，將那兄弟逐出家門才好。

　　話說自從放牛娃兄弟托庇於兄嫂之家後，嫂嫂便藉故支走了家中做活計的長工和老媽兒，只說是缺銀少糧，入不敷出。一面在明面上與哥哥索要銀錢，一面暗中驅使放牛娃多做日常活計。

　　可憐那放牛娃寄人籬下，也只是敢怒不敢言。本以為托庇兄弟能有片瓦遮頂、三餐無誤，卻不想長工與老媽兒尚有幾文薄錢，而他卻

連此都不如。

兄長見弟弟受氣，看不過眼之處，偷塞他幾個錢，那嫂嫂見了，便嘮叨好一番：「自家吃我的還不知足，又帶來一個添頭！兄弟遲早是要分家的。也就你心實，閑飯吃了，還作興這些花樣子！兩眼看不見屋裏人怎麼算計著過活的，胳膊肘淨往外拐了！」

哥哥本就膽小怕事，一心只是勤懇做活，侍奉夫人如侍奉宮裏的娘娘一般謹慎小心，現如今被婆娘指著鼻子罵，也不敢如何計較，面上只得唯唯諾諾地應著。

嫂嫂指桑罵槐數次，見哥哥不敢反駁，便越發得勢，將那放牛娃欺負得如同賤奴還不如。那放牛娃無人可依，只得白日做活，夜晚哀泣。白日裏吃灶堂裏的剩飯，夜晚臥淒寒的柴房，才半年時間，便瘦得蘆棒一般。

你道哥嫂家為何牝雞司晨、女人當家？原是因為那放牛娃的兄弟也是個窮家子，因年歲到了，沒錢娶媳婦，便做了倒插門，到嫂子家當了上門女婿。雖然模樣周正，但性格綿軟，當不得大事。成日在家只知道埋頭做活，雖說是女婿，卻連年長一點的僕婦都還不如。

當日岳丈在世時，那嫂嫂尚有個約束，如今岳丈去了，那嫂嫂更是無法無天，家中稱霸，只如女閻王一般。家中眾人與她交互，皆屏氣凝神，小心翼翼，生怕一個不小心觸怒她，惹出雷霆震怒。

時飛日馳，那放牛娃低眉順眼、做小伏低，轉眼間已在兄嫂家過了一年時間。這日，放牛娃正要出門，只見兄長牽了一頭牛過來道：「你嫂子讓你牽上九頭牛出去，何時九頭牛變成十頭牛了，你才可回來。」

原來，那兄長亦看不下去弟弟在嫂家受如此嚴峻苛待。索性咬牙送了他九頭壯牛，想著傻兄弟總也該明白自己的意圖，將那牛牽上集市叫賣，換幾個銀錢也足夠自立門戶了。

但他雖說是好心，卻犯了兩重錯處。哪兩重呢？一是他懼內日久，自作主張將那耕牛送給兄弟，一時間心如鼓擂，唇乾舌燥，也不敢將話說得太透；二是他雖然憐惜兄弟，卻不懂兄弟的一副老實心腸，只道兄弟領會了自家的意思，牽著這幾頭牛，便可遠走高飛，從此不必再回來受苦了！

端的是：

十年骨肉情何厚，貧賤兄弟百事哀。

可那當哥哥的千算萬算，卻沒有算到自己這個放牛娃兄弟既然與他出自一門，當然也是個不透氣的喇叭——實心眼，哪裏能領悟到兄長這贈牛出逃、望他能自立門戶的一番深意呢？

只見那放牛娃聽了哥哥的話，亦是雙眼含淚，兩重傷心：一是看到兄長這般雙目通紅，面藏不捨，定是憐惜自己兄弟現如今的尷尬處境，但又要周全妥帖嫂嫂的刻薄潑辣性子，不由得對兄長又覺抱愧傷感；二是為著自己人小力薄，備受世俗風霜欺凌而毫無招架之力的這番光景，難免心中升騰些自怨自艾之意。

兩重心緒煎熬下，放牛娃趕著那九頭耕牛，一路走一路想，從天明至黃昏，卻還是一籌莫展，無論如何也想不出將九牛變十牛的法子。

日輪西沉，暮色四合。不知不覺間，那放牛娃已走到了一棵古樹下，暮色昏光之下，傷心歧路之間，只見那一株古樹生得枝繁葉茂，聳入雲天。驟然間風移影動，樹上寒鴉四起，撲楞亂飛。他被那冷風一激，想起了素日在旁人口中聽到的鬼狐神怪之說，不由得遍體生涼。

此刻既不敢往林深處走去，又不敢折回兄嫂家，衣不蔽體，腹中饑餓，便忍不住生出無限絕望之情。心緒一散，便一步路也不能再走，只得抱著膀子，坐在那樹下哀哀切切地流淚。

他哭了半晌，見那天越發得黑了，夜色沉沉之下已不辨來路，想

來今日想回兄嫂家亦是不成了。他呆了片刻，又縱聲大哭起來。正哭著，卻聽耳畔傳來一聲低低的輕嘆。

放牛娃聞聲一愣，頓時汗毛倒豎，頭腦轟鳴。他凝了凝神，待再要細聽時，卻只聽見風聲瀟瀟，蟲鳴寂寂，卻哪裏又有什麼人聲？

他被此事一驚，傷心之情漸淡，恐怖之意頓起。正待起身，只聽那嘆聲又起，逼近耳畔，倒是比先前清晰了許多。

放牛娃心道：「今日兄嫂家是回不去了，自己若再往林中走，不知是凍死還是餓死，左右也不過是個死字，倒還不如省些氣力，讓這不知是神是怪之物吃了自己便是。」想通這一層，頓時心下一橫，反倒閉上雙眼，安安心心地坐在樹下等起死來。

只聽寂靜之中嘆聲又起，細細辨認，卻覺那怪物發出的聲響中並無恐嚇自己之意，反倒像是在同情自己的遭遇。

他眼睛閉了半晌，也不見那怪物有所動作，不由得暗自好奇，將雙眼張開一線，這一張倒是又嚇了一跳，眼見不單沒有任何可怖之物，反倒是一位鬚髮皆白的老頭笑吟吟地拈了拈鬚站在他跟前。

放牛娃打量了一下來人，只見那老人鶴髮童顏，雙目含威，豐神俊朗，器宇軒昂，一身裝扮恰如詩中所言：

彈琴石壁上，翩翩一仙人。

手持白鷺尾，夜掃南山雲。

放牛娃此時兩眼發楞、心中驚詫，一時間竟忘了該作何言語，只道此人是仙人下凡、神將臨世。

那老頭拂塵一掃，嘆道：「你這娃兒，到底何事哀鳴？」

放牛娃道：「老仙人有所不知，自雙親撒手之後，我無奈之下投靠兄長，不想兄長軟懦厚道，悍嫂霸道蠻橫，將我百般欺壓。素日排擠打罵自不必說，今日竟提出讓我將九頭耕牛變作十頭方可回家，我

實在無法可想，只能坐在樹下傷心。」

老頭聽他說完，淡笑兩聲：「我道是為何事傷心，原是為此！這事原不難，你只待細細聽我吩咐，便有法可解。」

放牛娃聽他口氣篤定，急忙洗耳凝神，聽他到底作何講解。

正是：

山重水複疑無路，柳暗花明又一村。

列位看官，你道那老神仙到底與放牛娃說了什麼，那九牛變十牛之事又是如何解法，且待下回分解。

第二章

　　書接上回。話表放牛娃拜服哀泣，陳說前情之後，那老神仙便指點他道：「自此向東，行十里路，有一座伏牛山，山中有一座伏牛谷，谷中正臥著一頭老牛。」放牛娃聞言一喜。

　　那老神仙又道：「那牛身上病著，你且好生餵養那病牛，等牛復原，便可將其趕回兄嫂家。」放牛娃聞言又是一憂。

　　喜的是剩下的那一牛該從何處尋得的難題可破，憂的卻是自己這番去尋那病牛，這九頭耕牛該做何藏法。

　　那老神仙見放牛娃仍是愁眉緊鎖，滿面躊躇，又道：「這九頭牛我權且先幫你看著，等你將那病牛趕回此處，如此一來，九牛加上那一牛，並做十牛，他們也就再無話講了。」

　　放牛娃此時才放下心頭大石，眉頭舒展，對著老神仙連連拜謝。

　　二人語畢，雲收風住，濃濃夜色中現出一點亮色，將前路照得一清二楚。放牛娃見此，再無半分懷疑，自以為得了神人指點，便依那老神仙所指的方向，歡天喜地去了。

　　說來也怪，那放牛娃本來饑腸轆轆，與那老神仙談完之後，卻突然福至心靈，全身上下籠了一團融融暖意，也不覺得有甚饑渴了，一路上風塵僕僕、曉行夜宿，不多時便趕到了那老神仙所說的伏牛山下。

　　他一路行去倒是輕鬆，卻不知自己此番動作，著實輕率。你道是為何？

　　原那指點他尋牛的老頭，真的並非等閑之輩。他本是此地山神，因近日天庭發生了一件大事，他已躊躇數日，不知當作何解。

　　此事說來話長。

　　月餘前，因一仙人觸發天條，玉帝將這位神仙貶下了界。本來天界諸神下凡，與他這等小小山神並無勾連，可偏巧那位仙人下界時，被貶到伏牛山中，卻令他著實為難。

　　你道因何為難呢？一是那謫仙與他尚有些交情，如若不救，說不過去；可若是助他一臂之力，卻又恐怕會傳到天界諸神耳中。他思來想去，正在躊躇遲疑，聽見放牛娃在山中悲泣，頓時靈機一動，計上心頭，雙手一拍，做了個戲法，化作一白髮老者，出言指點放牛娃去尋那老牛。他做了這番動作，自己心中倒甚是得意。

　　這法子一是能指點那放牛娃上山救牛，二是能同時解開這一人一仙的困厄。當真是：

解困厄山神妙計，匯人仙一箭雙雕。

　　花開兩朵，各表一枝。說回那放牛娃處，那放牛娃得了山神指點，一心便想著伏牛山老牛之事，也不知這法子真假，便要冒險一試；也不管那神仙虛實，已把他看作指路仙人。

　　原來，那放牛娃在家中時，心知自己早已被嫂嫂視為眼中釘、肉中刺，在兄嫂家多吃一粒米、多喝一口水便是罪過，只因怕著兄長難為，他便一心一意地想要給嫂嫂辦事，為哥哥分憂。

　　九牛變十牛這等事，他若作尋常人思路，早已明白其中意涵，偏偏這放牛娃是天底下一等實心眼之人，只想著哥哥的難處，而不想著自己的難處；只考慮兄長的處境，不考慮自己的處境。一聽那九牛變作十牛之事有法可解，便星夜向著伏牛山趕去。

　　閑話休提。且說那放牛娃依著山神指點，到了伏牛山之後，又進了伏牛谷後，見那谷中真臥著一頭老病牛。也不知那老牛在谷中伏了多久，已餓得毛髮稀疏、瘦骨嶙峋，只有出氣未有進氣了。

　　好在老牛雖是病得厲害，卻也並非無藥可救。放牛娃心善志堅，

飼牛有道，每日天不亮便起來採嫩草、捧溪水，只管將那病牛餵得飽飽的。如此一月有餘，那老牛的傷勢漸收，也漸漸恢復了些氣力，只是站不起身。

放牛娃見此，信心大增，將它將養得更殷勤了些，如此二人一牛，在谷中相處了兩月有餘。放牛娃日日餵它時，見那老牛別的傷處都好得差不多，唯有四蹄綿軟無力，無法起身行走。他心中焦灼，卻又無法可想。

某一日，那放牛娃餵畢老牛，想起家中兄長的殷切關心，不由得心有戚戚，起了思鄉之情。自此白日嘆氣，夜晚神傷，一有機會，便獨自坐在溪邊垂淚。

這日，那放牛娃又獨自落了一陣眼淚，正在暗自神傷之際，卻聽見身後有人在喚自己的小名。

放牛娃轉頭去看時，見身後空無一人，唯一頭病牛而已。他心中慌張，以為那谷中來了什麼精怪妖物，頓時撒腿狂奔。跑了一陣，忽又覺得棄那老病牛獨在山谷中面對妖物，於心不忍，便又悄悄折回，躲在山石後，偷偷向那谷中瞧了一眼。

這一眼望去，卻見谷中陽光明媚，清幽靜謐，毫無妖怪蹤迹。那病牛見放牛娃折回，昂著頭口吐人言道：「你這娃娃，良心倒不甚壞。你莫要再找，方才正是我灰牛大仙在說話。你這娃兒既得了山神指點來尋我灰牛大仙，為何又對此間之事心生不滿，白天長吁短嘆，夜間傷心落淚？」

放牛娃見那老牛口吐人言，心知那老牛與白鬍子神仙一樣，不是凡間俗品，頓時連忙拜服，恭恭敬敬地向那老牛施了一禮後，方將自己與兄嫂之間的瓜葛一一陳情表述。

那老牛聞言道：「我道你所謂何事，原是為此！這個好辦。我本是那天上的灰牛大仙，因觸犯天條，玉帝責罰，才被貶入這伏牛谷中

歷劫。你與我既有這段緣分，我便再指點你一二，既可讓你去交了那兄嫂之差，也可免去我在這谷中受劫度厄之苦。只不過，此事尚有些麻煩處，就是不知你能不能有那麼些耐心，能去將此事辦妥。」

那放牛娃是一等一的實心人，一聽困局有法可解，哪還有不答應之理？只見他跪在地上，連連叩首，慌忙向那灰牛大仙請求道：「還請大仙指點指點，小子自當盡心竭力，銘記於心，一刻也不敢疏忽。」

灰牛大仙聽他語氣誠懇篤定，緩緩點頭：「本仙久困於此，乃是從天庭貶落凡間時，被玉帝施仙法摔斷了四肢，所以才無法動彈。你若有心想要醫治好本仙的腿傷，便採那春天開的梔子、迎春、杜鵑、含笑、白掌等二十五種花露，夏天開的茉莉、紫薇、石榴、蓮花、藿香等二十五種花露，再加上秋天開的桂花、金茶、石蒜、菊花、芙蓉等二十五種花露，合著那冬天開的白梅、臘梅、水仙、凌霄等二十五種花露，共足足一百樣總在一處，洗上整整三十天後，我的傷處便可痊癒，能站起來隨你去兄嫂家交差。」

放牛娃聞言，連忙將那花名在心中默誦幾十遍，確信自己爛熟於胸之後，方依照灰牛大仙的指點，朝採暮收，日夜奔忙。他攢了一春一夏、一秋一冬，方將那花露按名次、順序一一攢齊，期間辛苦自不必說。

正是：

殷勤接靄露，辛苦知尊王。

採花與用藥，曉夜多奔忙。

說來也怪，那伏牛山伏牛谷秉天地之靈氣，接四時之風霜，千杆靈樹，萬種花草，葳蕤多姿，翁翁鬱鬱，倏忽一年期滿，那灰牛大仙口中的百花花露，放牛娃在山上谷中竟盡皆尋著，按日與那灰牛大仙塗在患處。

他每與那灰牛大仙塗上一層花露，灰牛大仙法力便恢復一層，待他塗滿三十天時，將養了片刻，只見老牛抖了抖背上的草根，施施然從山谷中站起，跟在放牛娃身後，便要與它一同回那兄嫂家去。

　　放牛娃見那老牛身上的傷處已然痊癒，不禁也有些由衷的歡喜。但一想到兄嫂家的種種光景，倒還不如他們一人一牛在這谷中生活的年餘時間，這等無憂無慮之感，只怕比在兄嫂家還自在些。

　　原來那放牛娃自入谷之後，渴飲泉水，餓食菌果，日間捕獵幾隻走失的野兔，晚上抓到幾隻落單的山雞。少了嫂嫂的譏諷打罵，多了牛仙的教導點引，太平無事、足衣足食，不由得心懷舒暢，竟比先前入谷時還胖了些。更兼那山神施了一個仙法，令那谷中一年四季風和日麗、時和年豐，端的是不知歲月長短、忘卻今夕何夕。

　　列位看官，你道是那一人一牛，將作何去處？那哥哥既送給了弟弟九頭耕牛，那懦兄悍嫂之間，此事又該作何結果？欲知後事如何，且待下回分解。

第三章

　　書接上回，話分兩頭。先說那放牛娃醫好灰牛大仙後，一人一牛跋山涉水、日夜兼程，不多時趕回那老樹下，見山神果然依言在此等候二人，並歸還放牛娃的九頭牛後，一人十牛一併趕往福氏村。

　　那放牛娃雖多出了這一頭牛，卻仍是心緒複雜、喜憂參半。喜的是如今他竟真把兄長囑託的無稽之事辦成了，還平白無故結識了山神與那灰牛大仙；憂的卻是自己現下返回福氏村雖不難，但要在兄嫂家討生活卻如軟刀子割肉一般又鈍又痛，十分難捱。要將兄長的軟儒與悍嫂的白眼周全妥帖，暗地裏不知道又會咽下多少委屈。

　　正是：

兄弟日生分，各自將及人。

今來始離恨，未知疏與親。

　　話說另一頭哥哥自將那九頭牛偷偷贈予放牛娃兄弟後，心中便一直七上八下、忐忑不安。他雖是心緒不寧，但卻與兄弟一樣喜憂參半。列位看官，你道喜是為何喜，憂又是為何憂？

　　喜的是自家兄弟如今有了這九頭牛，尚有可托身之物；憂的卻是自己雖然擅作主張處置了九頭牛與兄弟，卻不知待家中那河東獅發現丟牛後，該是一副何等怒氣衝天的作態嘴臉。

　　果不其然，你道是這世間好人好事常無甚好報，但那壞事往往越怕越應。且說這哥哥一心巴望著自家兄弟帶著那九頭牛去過安生日子的事尚未完全分明，他擔憂家中河東獅發現丟牛之事卻說應便應。

　　家中婆娘一向是個內寬外嚴，待別人苛刻到底，待自己放縱上天的性兒，所以平日裏才會錙銖必較、慳吝成性，把家裏從上到下的人

物都欺壓得連哼都不敢哼一聲。只見那嫂嫂平日裏成天在外閑耍，每日唯一的一件要緊大事，便是晚上回家清點家中資財。別說是發現少了九頭牛，便是少了一段線頭，那也是要罵上三天三夜，期間咒詞兒滔滔不絕，不帶半句重複。

這日她清點了牛欄，不清尚好，一清便發現那欄中少了九頭牛，頓時又驚又怒。只見她心中先是懼，後是驚，再是怕，最後是臉色青白、渾身顫抖。

她先不管那牛的去處，疾走進屋子，先是責罵那哥哥為何牛丟了也不知曉，後又親自上陣，左右開弓，狠狠搧了自家丈夫幾十個耳光，直打得他眼冒金星、天旋地轉；待她打得累了，才站在院中一通亂罵，各種污言穢語不絕於耳。

話說她雖是在自家丈夫放牛娃哥哥身上出了那口丟牛的惡氣，但自己心中卻著實為丟牛一事感到肉痛。她在院中叫罵，心中卻在暗自揣度懷疑，眼見天色將暗，自家等到快入夜時，家中放牛娃弟弟也未曾歸來，她心中便暗暗斷定此事是那放牛娃在暗中搗鬼，定是放牛娃弟弟起了歹心，趁著自己白日不在家中，藉放牛之機，將家中幾頭壯牛暗中牽走，恐怕此時早已不知藏到多遠處去了。一念及此，她便怒上心頭，在院中恨一陣罵一陣，也不叫那哥哥做活了，吵嚷著定讓那哥哥去報官將偷牛賊狠狠懲戒一番才肯罷休。

列位看官，自那九頭牛被哥哥贈予了自家兄弟作安身立命之資後，哥哥更是沒有片刻心安。那哥哥一向是個軟性到打不還手罵不還口的人物，聽到報官一說，雖是心裏害怕，卻還是違拗不過家中悍妻，只得硬起頭皮，隨著家中婆娘一同去尋那福氏村村正。

這福氏村地界雖是不大，但管村中的村正卻是位十足的官油子。素日裏在正經事上五行不做主，但凡村中誰家有宴席聚餐、好吃好喝時，倒是鞋底生風，跑得比誰都殷勤。

且說這日放牛娃兄嫂因丟牛之事尋到他時，他正在與人吆五喝六的吃酒划拳。聽完兄嫂兩人尋他的緣由，本想尋個藉口將兩人隨意打發了，無奈那嫂嫂說什麼也不依，也不管他人作何想法，一提及此事，在席間便兀自罵那偷牛賊不停。那村正見推脫不成，也只好叫上幾個潑皮，隨兩人一同星夜兼程地趕往縣城，將那偷牛一事去報與縣太爺知道。

話說幾人好容易趕到了縣城府衙，那縣太爺尚未問審，嫂嫂便在堂上又哭又罵。只在縣衙堂前將那偷牛賊咒得簡直合該暴斃、死不足惜。縣太爺只得皺眉將嫂嫂趕出堂去，令哥哥陳詞。那哥哥本就不擅說謊，被縣衙氣勢震懾，臉上青一陣白一陣、哆哆嗦嗦、斷斷續續地將家中丟牛之事告知堂上縣官。

且說那父母官聽完哥哥陳情，又翻來覆去盤問他與丟牛有關的細節。哥哥心中有虧，又急又怕，顛來倒去便還是那幾句話，只是一口咬定自己什麼也不知。縣官眼見自己從哥哥處也審不出什麼有用的消息，便派了兩名衙役，隨幾人一同回福氏村明察暗訪，看看能否拿住那偷牛賊。

列位看官，你道那縣中父母官他為何要做出如此決斷？說起緣由，卻也簡單，只因那縣官是個一等夙興夜寐、公而忘私的青天大老爺，一貫將那福氏村與相鄰幾座村莊理得井井有條、儼然有序，現今出了丟牛大案，那縣官大老爺聽畢自是如鯁在喉，若不星夜趕著去將那犯人抓住，怕是食不下咽寢不安席了。

哥哥先前哪會料到這些？他既高估了自己的放牛娃兄弟，又不曾料想此事會嚴重至此。心裏雖是嚇得篩糠一般全身發抖，面上還要不動聲色，只怕是其中辛苦煎熬，比先前做活時要難上十倍。

好在那村正雖是為人油滑，但到底卻還是個明辨是非之人。見潑婦嫂嫂實在吵得不成樣，口中無故嚷嚷著自己的親弟弟放牛娃便是那

偷牛賊，便偷偷布了酒菜，私邀那幾名衙役吃飯喝酒。

　　他在席上抽了個空，與幾名衙役明言了素日那兄嫂並放牛娃弟弟的家中景況。衙役本就覺得這家嫂嫂的婦人之潑，是一等地惹人厭煩，此刻加上那村正作保，便在心中先有幾分信了；飯畢，那村正又帶衙役暗訪了幾戶村民，眾口一詞地言明放牛娃弟弟是出名的老實頭，素日裏只有嫂嫂打罵弟弟的份兒，哪有弟弟敢欺瞞嫂嫂的份兒？

　　衙役得了眾人的證詞，便在心中篤定這丟牛一事無非是那嫂嫂的藉口託詞想要除掉幼弟，因此也不再理會那嫂嫂，只說與那兄嫂二人知道，丟牛之事無非是放牛的幼弟在山間迷途未歸，只待耐心等待便是。

　　那嫂嫂心中雖然不信，卻也不敢與衙役糾纏，只得先讓村正一行人離去，依言在家中等候消息。此後那嫂嫂只要想起丟牛一事，便揪出哥哥一頓好打好罵。除了打罵，便是遣他去將家中所丟的幾頭牛尋回。

　　那哥哥一則十分懼內，二則心中有虧，也不與家中婆娘分辨，只是日日裝模作樣地在田間山頭轉悠，遠遠避開家中悍妻，只要能不與她照面，便絕不會在屋裏多待片刻。

　　話說那哥哥在村口轉悠，名為尋牛，實為尋弟。列位看官，你道自古便是兄弟連心，血濃於水，人人皆知。那哥哥雖是贈予了自家的放牛娃兄弟九頭牛，對兄弟離家後的近況畢竟還是關切擔心，總盼能得著他的一點音訊，所以才藉這尋牛的藉口，看看能不能打聽一兩則兄弟的消息。

　　花開兩朵，各表一枝。且說回放牛娃弟弟這邊，牽著那十頭牛緊趕慢趕，好容易才回到福氏村村口，正百感交集之際，卻遠遠瞧見一個灰撲撲的人影正在大路上遠遠地巴望著。待他細細分辨，那巴望自己之人不是自己的哥哥，卻又是誰？

　　原來放牛娃這一走，在山中不知時光流逝、歲月長短，哥哥在福氏村卻已過了一年有餘。話說先頭時，那哥哥對能不能尋到自家放牛娃兄弟尚存著三五分期待，但時日漸短失望漸長，三五分期待經天長日久地消磨，慢慢變成失望傷感，他心中雖不存能尋著自己放牛娃兄弟的心思，卻亦是日日來這大路邊上顧望一番，算是得個心中的安穩慰藉。

　　只不過那哥哥的做夢也不曾料到，這日自己照例在大路邊等待時，竟真個等到了自家的放牛娃兄弟。

　　端的是：

兄弟得相見，榮枯何處論。

承顏胝手足，運命佑兒孫。

　　列位看官，且看那兄弟相見之後，這灰牛大仙隨放牛娃回到家中，又待怎地？欲知後事如何，且聽下回分解。

第四章

　　上回說到那放牛娃哥倆在路邊重逢之事。哥哥見了弟弟，弟弟見了哥哥，均是悲喜交集、心潮起伏，那兄弟二人各自抱頭痛哭了一場，然後才分別訴說這二人之後的情境。

　　那哥哥身為兄長，自是先定下神來，只聽他問放牛娃弟弟道：「你離家了這麼些時候，到底去往何處？又遇到了什麼人什麼事？如今怎地又突然回來了？」

　　那放牛娃弟弟聽哥哥一下問了這麼些問題，一時也不知道該從何說起，如何作答，只是興奮地將那灰牛大仙所化的那頭牛牽了出來，要與哥哥誇耀分享自己此前的經歷。

　　只聽他說道：「哥哥當日囑咐我將那九頭牛領出去，什麼時候能將這九頭牛放成十頭，才可回這福氏村與兄長相見，我便牽著這九頭牛一路走一路想，看看到底有什麼法兒才能令九頭牛變作十頭。不曾想到，居然還真給我找到法子了！」

　　那哥哥聽自己的放牛娃兄弟如此說，心中又疑又愧。

　　愧的是自己的放牛娃兄弟居然這般老實，絲毫未曾想到要帶著這九頭牛逃離魔坑的主意，反倒是一門心思地記掛著自己這個兄長的囑託。疑的卻是自己當日只是隨口一說，為的不過是令他這個放牛娃兄弟有個去村離家的藉口罷了。不料想這個傻兄弟非但沒起歹心，反而一心一意地將自己的囑託當成一件了不得的大事看待，竟然真的不知從哪找到了九頭牛變作十頭牛的法子。

　　且說兄弟二人雖是相談甚歡，但身後的灰牛大仙卻不高興了。列位看官，你想，那灰牛大仙既是因為觸犯天條而被玉帝貶下凡間，也

是為此而受了重傷，在伏牛谷中，一養便是幾月有餘。若不是山神點化，還不知要熬到多久方能出谷。萬一它露了行藏、顯了身份，一旦傳入玉帝耳中，只怕是會惹玉帝震怒、王母生憂。

此時若放牛娃口無遮攔地將它身份傳開，為此牽出禍端，玉帝認真糾察起來，連帶著山神亦會為此遭殃。所以，他聽那放牛娃在兄長面前提起此事，心中已是不快；見那放牛娃說到興起之處，欲牽出灰牛來與哥哥炫耀時，更是萬分抵觸。

只見那放牛娃扯了韁繩，欲將這頭灰牛拉出來時，卻見灰牛雙蹄頂地，雙角指天，說什麼也不願意跟著自己上前。

那灰牛如此抵抗法，換作任何一個略有機靈之人，便已覺察有異。可是放牛娃弟弟卻只作不知，一面使力將那灰牛向前拉扯，一面向兄長笑道：「哥哥有所不知，這大灰牛可不是凡物俗品，乃是九天上的神仙所……哎喲！」只聽他尚未說完，便被身後的老牛一角叉得四仰八叉，將他未說完的半截話頭截在口中。

列位看官，你道是事已至此，那做兄弟的放牛娃怎麼也該領悟到灰牛大仙的意思了。但那灰牛大仙又怎會料到這放牛娃弟弟乃是天下一等一的實心傻瓜蛋，一心只想著把自己的奇遇說與他兄長一同歡喜，對自己在身後警告提醒的灰牛大仙，直是置若罔聞。

他雖是跌倒，卻也只道是因為自己不小心才跌倒的，一番掙扎起身後，拍拍背上的塵土，依舊與兄長道：「兄長過來瞧瞧，這多出來的這頭灰牛，乃是天上的神人所化……」

他話音剛落，正要等待兄長誇讚。轉頭一見，卻見兄長未答一言，反而身體顫抖、眼神呆滯、四肢僵化，如犯了重病一般，直挺挺地向後栽倒。放牛娃被兄長的情態震懾，又驚又懼，連忙捨了手中牽那灰牛大仙的韁繩，快步奔到兄長身邊，一時間也忘了自己適才想要跟兄長說什麼話了，只記得俯身去看兄長到底犯的是何等病症。

只見那放牛娃蹲下身，趴在自己兄長身畔急道：「大哥你怎麼了？」

「大哥，大哥！大哥你這是怎麼啦！？」他焦急地連喚了數聲，兄長非但未見轉醒，身上反倒越來越冷，如同覆了堅冰一般通體冷硬，指尖觸上如同撫摸到三九天的冰塊。那放牛娃何時見過這等陣仗，加上不知情由，立時便被嚇得如同天塌下一般，呆在原地只曉得流淚，不知該如何是好。

正在哀哀切切地痛哭之際，只見那灰牛大仙頭頂白霧、眼射藍光，使了一個仙法將他的兄長凍在冰塊之中，又用一陣仙風，將他從兩人身畔移開，方悠悠開口道：「你這娃兒，莫要再哭哭啼啼的了！你的兄長並無大礙，只是你行事太過魯莽，所以才會為他招來本仙的懲戒。你過來，我有幾句話要說與你知道，以防你這樣冒冒失失地給自己惹來無窮禍事。」

放牛娃見灰牛大仙作法傷人，對它的本領已然心中畏懼；此刻聽它願意開口囑咐，哪經得起這樣威嚇並用，連忙戰戰兢兢地挪過去附耳傾聽，生怕自己因為甚麼遺漏，鼓搗出來的這些無心之舉，又會惹怒這灰牛大仙。

只聽那灰牛大仙道：「你兄長今日雖然無礙，但是本仙要說與你知道，若是你再這般不知收斂，本仙便不敢保證會不會惹上禍事了。你原是知曉，本仙是因為觸犯天條，才被玉帝貶至凡間。玉帝罰我在伏牛谷中受罪思過，既然因機緣巧合被你這娃兒從伏牛谷中帶了出來，便要小心行事，切忌張揚，以免被那好事之徒，報以玉帝知曉，到時候玉帝降罪下來，你這娃兒，連同你的兄長及這福氏村眾村民，怕是也討不到什麼好去。」

那放牛娃聽了灰牛大仙的這番叮囑，慌忙不迭地點頭稱是。那灰牛大仙見他已然心悅誠服，便拈了一個法訣，從鼻孔中噴出一團濃霧，

將他兄長從冰縛之中解開，又甩了一個仙法，令他兄長悠悠轉醒。

　　放牛娃見灰牛大仙顯了這兩次本事，心中震懾，再也不敢有一點造次，只戰戰兢兢、老老實實地將那栓在牛鼻孔處的韁繩牽了，與他那醒過來的兄長一起將那十頭牛趕回去。

　　說來也怪，他那兄長醒來之後，竟似一點也記不起剛才的情境，只是好奇地問他道：「你這多出來的一頭牛，到底是從何而來？」

　　他那放牛娃兄弟得了灰牛大仙這一番警告，如何還敢再亂說，只得小心翼翼地答道：「我在那山中亂轉之時，見了這頭無主之牛，等了許久也無人認領，便將它牽了回來。」

　　那兄長聽他這番解釋，依然有些不信，只見他激靈靈地打了一個冷戰，卻不知怎地忽然又想起兄弟此前未盡的那句話，接著問放牛娃道：「你適才提到關於天上、神仙什麼的，卻又是因為何事？難道你得到這牛，卻是因為福從天降，遇到神人相助麼？」

　　那放牛娃此刻聽兄長主動提起，哪裏還敢繼續搭腔，反而迴避兄長的目光，低頭囁嚅道：「兄長怕是聽茌了，弟弟哪裏有遇到神仙的福氣，這頭老牛不過是別人家丟棄不要，被我僥倖撿到罷了。」

　　這做哥哥的亦不是什麼機靈人，聽自己的放牛娃兄弟如此回答，也未曾追問懷疑。二人牽著牛一路向家中走去，那兄長只覺得身上頗冷，再瞧了一眼自己兄弟，見他身上衣服已經破爛不堪、邋裏邋遢，頓覺得有些莫名不忍。只見他一路走一路與兄弟低語道：「這天氣怕是快入秋了，竟然有些寒意，你怕是也要多注意才行。」

　　放牛娃牽了那老灰牛，低聲應和了兄長的殷切關心之語，兄弟二人各懷心事，一路無話，只是百感交集地將那十頭耕牛向家中趕去。

　　正是：

一波三折幾重關，峰迴路轉亂雲穿。

欲知人仙運如何，慎語慎行各相安。

列位看官，你道是那家中悍嫂將如何看那失牛又得牛一事？兄弟二人並那灰牛大仙，回到福氏村後，又將會遇到何事？欲知後事如何，且聽下回分解。

第五章

　　上回說到那放牛娃哥倆帶著灰牛大仙所化的老灰牛，二人十牛一同趕往福氏村家中去。放牛娃因得了灰牛大仙的警告，再也不敢隨意吐露灰牛大仙的神仙身份，一路沉默地跟著哥哥回到福氏村的家中。

　　閑話休敘。且說兄弟二人歸家之後，那家中的嫂嫂一見之下，頓時欣喜若狂。喜的緣故一是為著那丟的九頭牛回來了，二是她發現除了原來的九頭牛之外，這哥倆還多帶回了一頭大灰牛，這番收穫，實屬因禍得福、喜從天降。

　　婦人眼界甚淺，常常恨人有笑人無，輪到自身時，有則喜無則怒，芝麻綠豆般的小錢也捨不起，更何況是一次丟了九頭耕牛。現如今見自己原來的九頭耕牛無恙，個個養得毛髮光亮，那大灰牛更是顯得精氣十足、矯健有力，頓時喜上眉梢，對那放牛娃兄弟倆說話的聲音，也緩和了三分，直把那哥哥誇得英明神武，弟弟讚得舉世無雙，一時間口吐芳艷、舌燦蓮花，彷若這兄弟二人與自己之前打罵詛咒的不是同一個人一般。

　　正是：

瞬間轉頭臂遮首，放下之時面具翻。

　　眨眼間到了晌午時分，那悍嫂因自家的放牛娃弟弟今日尋牛有功，心情也舒暢了許多，竟大姑娘上轎——頭一遭將放牛娃弟弟也叫上桌吃飯。且不似之前只把與他一些殘羹冷炙，命他在廚房草草吃了了事，而是破天荒地賞他一碗白飯，令他與自己同桌而食。

　　那放牛娃原本是獨自在廚房吃慣了冷菜剩飯的，路上回來時，一直在憂心嫂嫂是否會待見自己，歸家後會不會受她冷眼奚落。如今眼

見那慣於爬高踩低的勢利嫂嫂頭一次這般殷勤，他也不知道該如何應對，只如渾身長刺一般在飯桌旁坐立不安，謹慎扭捏，毫無自在可言。

且說回嫂嫂那邊。她因耕牛失而復得一事，覺得甚是舒心，眼見那兄弟二人都團坐在自己身畔，自己輕哼一聲，二人便都如驚弓之鳥一般，受好一番驚嚇；自己命令一聲，兄弟二人便如奴婢一般，鞍前馬後地服侍自己，不敢有半分違拗。

一念及此，那婦人心中頓時也升騰出幾分洋洋得意之情，順口與那兄弟二人道：「你們兄弟二人既已尋回耕牛，也勉強算是為家中生計著想，我便不再與你二人為難。既然你們有此一功，我想著素日裏只使喚你兄弟二人老大老二，也沒個名兒，甚是不便，旁人聽著也不成話。今日我左思右想，既然你們父母都已作古，不若由我幫你兄弟二人取個名兒，將來喚著也方便。」

那放牛娃聽了嫂嫂這番言語，自是感激涕零、心情激盪，慌忙不迭地放下碗筷，請那嫂嫂賜名。

列位看官，你道是那放牛娃為何如此欣喜激動？原是因為自從他來到兄嫂家中，一直仰人鼻息、伏低做小，鎮日裏夾著尾巴做人，不敢多行一步路，多說一句話。如今那嫂嫂不過面上稍有霽色，他便覺得又喜又驚，直如天大的恩賜一般。

這兄弟二人的情態，嫂嫂自然盡收眼底。她見那放牛娃哥哥一臉的老實相，見放牛娃弟弟一臉的惶恐相，心中更覺志得意滿，便道：「既然你們祖家姓牛，而你喚作牛大青，不若從今日開始，他便喚作牛小青，如何？」

那做哥哥聽見婆娘這樣安排，心中雖是覺著鄙夷，在這母老虎面前，卻也只是敢怒不敢言。他這幾年與那村正等人偶有交通往來，慢慢也養出了一些心氣兒。說起那福氏村裏幾個略平頭正臉之人的名姓，早不似以往，都喚些「貓兒」、「狗兒」、「豬兒」之類賤名，而是

由家中長輩恭恭敬敬請了村正和略讀幾句書的鄉紳或是先生賜個有吉祥富貴寓意的字兒。

如今家中亡父給自己取的「牛大青」這名，無非是把當日家中一頭「大青牛」幾個字，略作變通，變成了「牛大青」幾個字罷了。不過，他素來便知道家中婆娘也是大字不識一個，料來也想不到多好的名字，卻不曾想到居然比自己的爹娘更加敷衍，連詞兒也不用新想了，直接將自己名字中的「大」字變作「小」字，就算作是自己那放牛娃弟弟的名兒了。

那牛大青正暗自皺眉，卻聽身畔婦人接道：「你們對這名字沒其他想法吧。料來以你們二人的見識，也很難有甚麼更好的名字。如今名字就按我說的喚著吧，牛大青，你去廚房再與我添一碗飯去。」

那牛大青接了婉，小心翼翼地鼓起勇氣道：「這『牛小青』與我那『牛大青』三個字，喚起來也太過類似，旁人弄混了便不好了，不如明兒得空，你我們二人還再去問問那村頭的教書先生，瞧個好字，再與我弟弟取名吧。」

他婆娘聽了這番話，臉上如罩寒霜，十分不悅。也不答話，只瞧了那牛大青一眼。牛大青本來心中有千萬句言語，被那婆娘一瞪眼，也不知道該從何講起了，只得訕訕地接過碗，自往廚房去了。

那牛大青知道自家婆娘此時正在興頭上，萬不可有什麼駁她的言語，只得苦著臉去與她又添了一碗飯，恭恭敬敬拿到堂前來。

列位看官，你道那牛大青為何如此苦惱？原是因為他一直想著等日後家中婆娘心情好了，自己再與她細細商量，令兩人能騰出一點時間，去與那弟弟好好求個名兒，日後年長了，聽著臉面上也周正些，不再似自己這般只是隨便藉了一個畜生名，胡亂安上三個字便算完事。

他本想在岳家拼命做活，若是能略存下一點錢財，還能把與放牛娃弟弟跟著那村裏的教書先生學著讀幾句書、略識得幾個字，也不像

自己這般只知道幹農活。但自他將賜名之事說與那婆娘之後，家中婆娘嘴上應承著，心裏頭卻全然未當回事，自己明明成日在外頭閑耍，要累了便上午睡覺，下午與村正家的女人一同抹牌賭錢，卻一直推說沒甚時間去給他弟弟求名，實是半點也未將他的囑託放在心上。連取名一事都辦得如此敷衍，更別提他日後的所思所想能否有實現的可能了。

正是：

賢兄惡嫂聚一夥，各懷心思細琢磨。

姓名本是尋常事，奈何牛家多風波。

且說回放牛娃，現如今的牛小青這頭來。

他如今得了嫂嫂賜名，也分辨不出好壞，只是覺得今日嫂嫂不似往日凶惡，當是自己時來運轉、否極泰來之兆，歡喜得手腳不知道該放在何處，激動得一晚上也未曾睡著過。他自得了嫂嫂幾句好言好語，白日裏做起活來也更加殷勤，生怕自己一個不小心又惹出那嫂嫂的冷言冷語、叫罵不休的姿態來。

列位看官，你道是那牛家，自牛小青入門以來，便未過過一天略安生些的日子。如今這灰牛大仙隨兄弟二人歸家，那嫂子因心情愉悅，也突然對哥倆好言好語，這牛家便是走上那平靜安穩、同心協力的正道上了麼？非也。古人云：「文似看山不喜平」，這牛家風波，端的是一波未平一波又起，欲知後事如何，且聽下回分解。

第六章

上回且說到那悍嫂與牛小青賜名之事。牛小青因得了賜名，又見嫂嫂這幾日心情大好，滿心以為自己自此便能在兄嫂家安穩度日，因此幹活越發賣力，一心只盼著得兄嫂歡喜。

那牛小青之事，暫且表到這裏，再說回那牛大青。牛大青這幾日見自己這婆娘心情好，也是小心翼翼、盡心侍奉，巴望著能過幾天安生日子，卻不料想江山易改本性難移，那婆娘先是好言好語了幾天，晚上睡覺時轉念一想，現自己如今給了他們兄弟二人好臉，他們二人若是因著自己，對幹活放縱懈怠了，自己便不好收拾他們兄弟了。一念及此，便越想越不是滋味，第二天一早，又依照此前的態度復了原樣，重新將那些冷言冷語、諷刺挖苦拿了起來，派給兄弟二人的活，也較以往更為繁重了些。

那牛大青哪裏能揣度出婆娘這瞬息萬狀的心思變化，見婆娘這些時日又恢復了以往的刻薄嚴苛，心中也頗有隱憂，只怕自己與弟弟牛小青的好日子又到頭了。

但念及寄人籬下的現狀，又想到弟弟牛小青既已回家，多一事便不如少一事。見弟弟牛小青巴望著討自己嫂嫂歡心，也不想多開罪於家中的婆娘，只是一味懦弱著，搶著做那些重活累活便罷了。因此那牛大青素日在家中與婆娘相處，越發小心翼翼，能不惹她叫罵便不惹她叫罵，省得那牛小青聽了覺得難堪。

閑言少敘。雖說兄嫂心中各有想法，但牛小青日子倒還真輕省了不少。有了那灰牛大仙助力後，他非但沒被多加的活所拖累，反倒以一當十起來。

說起那灰牛大仙，卻真真是個神奇的。只見那大灰牛雖看著老態

龍鍾，年邁弱勢。實則有神力非凡，其一可以當百，倒是幫牛小青省了不少事。牛小青心裏暗想：「不愧是神仙下凡，自不是凡間俗物可比的。」

再說那牛小青，因救了灰牛大仙有功，且受了灰牛大仙的警告後，再也不曾與任何人吐露過灰牛大仙神仙身份及過往之事。如今那灰牛大仙不但傷好得全了，且因牛小青得這拖庇之所，對牛小青也頗為照顧。這日做完了活，它也不知從哪裏採得了一株仙草，把與那牛小青，命他吃下。那牛小青見是灰牛大仙所贈，毫不疑心，張口便吃。

且見那牛小青吃了仙草之後，先是全身發熱，接著便通體舒泰，渾身的濁氣如同在瞬間盡數散盡一般，頓時覺得身體輕盈有力，走起路來健步如飛。先前舉不動的物件，如今不費吹灰之力便可輕輕抬起；先前有心無力的農活，如今幹起來輕而易舉，可謂是脫胎換骨。

嫂嫂雖是派得活多了，但他做起來卻易如反掌，不費多會功夫，便能全部做完。多出餘力，還覺無處施展，幫著家裏其他長工做事。他如今有了仙草助力，動作較以往麻利得多，做得也比以往好了許多，可謂舉步生風、乾脆俐落。不過半天功夫，便犁完了一塊田；未到晌午時光，便壘完一條埂。插秧、施肥、放水之事一應俱全，除了幫自家人，收割之餘，還不忘順手把別人家裏能搭把手的活計也一併給解決了。

那牛大青本以為自己與牛小青兩人又要一年到頭辛勞苦累，不曾想牛小青竟如此能幹，直似變了個人一般。不僅把自己的大半活攬去了不說，竟是還幫著家中其他人做了不少，似是有使不完的氣力。開始那牛大青還暗暗覺得弟弟這般做太過吃虧。

但沒過幾天，牛大青便發現自家弟弟非但沒覺得累，反是越做這些事越覺得有滋味。如今弟弟不但身心舒泰，家裏長工甚至福氏村中的鄉里鄰居，都敬了他們兄弟不少。牛大青心中知道因為自家弟弟幫

了他們忙，眾人拿人手短，吃人嘴軟，他們既得了兄弟二人的好處，對他們態度自然也好上了許多。

時間一久，無論鄰里鄉親，還是家中長工，對兄弟二人都頗為照顧。有攢了錢買了好吃好喝的長工，專門謝過他兄弟二人；有受了惠而抱愧的鄰里農戶，好東西也先想著分他們些。久而久之，一來二去，牛大青得了這些無形的好處，倒覺得自己弟弟面上吃些虧也無妨。

就這般，日復一日，牛小青幫過的長工和鄉里鄰居越來越多，那福氏村中一條村子，大大小小的人都得過牛小青的幫助，便也都知道他神力非凡，心善淳樸。

於是，那遠親近鄰裏，凡是受了他幫助的，無不對牛小青讚不絕口，在他嫂嫂面前，張口閉口也會念幾句牛小青的好。他嫂嫂聽得心生煩躁，卻也是無可奈何。她本就想故意刁難那牛小青，不曾想，竟然還讓他出盡了風頭，她豈能真心高興？但她雖說不高興，卻又無法挑出牛小青的錯處來。

因這牛小青食了仙草之後，與灰牛大仙一起勞作，一人一牛，合力之下，竟是讓年末的歲入比往年多出一倍有餘。待秋收入賬之日，賬房還以為是算錯了，算盤打的劈啪作響，可算了又算，確是翻了一倍無疑。

家中眾人皆知今年收成中有牛小青的一份功勞。且不說他今年私下裏幫了大夥多少忙，他日常做活的實誠勁眾人可都是瞧在眼中的。闔家上下都歡欣雀躍，卻唯有一人憤懣不樂。

列位看官，你道是誰在憤懣不樂、鬱鬱寡歡？說起來雖是可笑，但卻又覺有些可嘆。那憤懣不樂之人，正是牛小青的嫂嫂。原來嫂嫂獨自鬱鬱不樂，一腔怒氣憤懣，皆因自己那股刻薄酸性上來，找不到任何說處去發作嘲諷。

這按理說，家裏收入倍增，原必令家人稱心如意，也令家人受益

無窮。無奈牛小青他嫂嫂因為性子孤拐，竟慢慢變成了怪癖——罵人成性，如若是一會兒不罵，便渾身不自在，宛如烟鬼沒了烟草，酒鬼沒了酒水一般。沒人犯事，他嫂嫂便無從罵起。便是罵了，也罵不起勁。

她心中只覺著那牛小青如今倒也真是有些邪門，安排的活樣樣幹得漂亮利索。連帶著房間收拾的井然有序、一塵不染。米田裏到了秋收，粒圓飽滿，穗大顆多。其他的那些畜生，雞鴨豬魚肥，牛馬羊驢壯，竟是挑不出一丁點毛病來。這可苦了他嫂嫂了，憋著不能挑人刺，一時片刻於她都是煎熬，更何況如今這麼長時間？

正可謂：

少年向善常助人，埋頭苦幹不與爭。

惡嫂害人反傷己，算計只添煩惱生。

列位看官，你道那古語有云「福兮禍之所倚，禍兮福之所伏」，這牛小青既得到了這麼些好處，自然也是有人歡喜，有人羨慕，有人嫉妒，有人憤恨。欲知那牛家兄弟將又有如何遭遇，且聽下回分解。

第七章

上回說到那牛家如今五穀豐登、六畜興旺，日子端的是紅紅火火、豐衣足食，堪得是羨煞旁人。但列位看官，你道是自古那些禍事，皆因「無事生非」這四個字作祟。

這世間之人，若是肯好好安於現狀便也罷了，但安穩的日子過得久了，難免會生出那莫名的邪祟、說不出的煩惱，偏要惹得眾人都不安省，約莫是因為這世間從來都是「只有享不了的福，沒有吃不了的苦」這個緣由，人安逸久了，即便天不降禍，自個兒也要折騰自個兒，冥冥之中求得一個平衡罷了。

現如今這牛小青的嫂嫂，既然一向便是個好事的，又怎能過得了這太平年月的安生日子，別人家中皆是「家有賢妻夫少禍」，她倒好，偏偏是「一波不平一波起」，放著清閒日子不過，反而是張大了眼睛等著挑錯，如今見自己真的挑不出什麼，又兼那牛小青在中間作用，家中長工們今年多領了不少工錢去，因此越發不自在，待那秋收過後不久，她便假惺惺地叫了牛大青、牛小青在一處，待兩人落座後，她便與他們二人道：「你們二人，也休怪我老話重提。」

那牛大青牛小青聞言一楞，也不知這婆娘葫蘆裏頭賣得是什麼藥。只聽見那婆娘又道：「我今日叫你兄弟二人過來，是有兩件事要說與你們聽。因此前小青還小，我便一直留他在家中將養著，餓了與他吃飯，渴了與他飲水，冷了與他添衣，知寒知暖，關懷呵護，今年我瞧著那小青也已經長成人了，在我們家也養得人強馬壯、孔武有力，屋裏屋外做活是個好把式，這第一件事嘛，便是讓小青自立門戶，也省得大了還要受兄嫂管轄，不自在。」

牛小青聽了嫂嫂的話，還未醒過來她是話中有話，欲將自己逐出

家門，還以為是那嫂嫂因今年年成好，突然又善心大發，怕她派個自己的活多了，惹得自己心中不自在呢！

只見那牛小青聽完了嫂嫂說的第一件事，慌忙不迭地擺擺手道：「不礙事不礙事，兄嫂管教弟弟乃天經地義之事，但凡弟弟有不對的地方，嫂嫂只管說便是！」

正是：

畫虎畫皮難畫骨，知人知面不知心。

只見那婆娘聽了弟弟牛小青的這幾句話，心中更是不快。她一向面上做善人，心中做惡人，如今已是王八吃秤砣──鐵了心地要趕那牛小青出門了。

她心思一轉，腦中便全是惡念：「那牛小青如今在自己面前伏低做小，卻花自家的錢去那長工中收買人心，用給自家做活計的時間去與那福氏村人閑話連絡，端的是個不省事的，留在家中勢必是個禍害。」

因此她也不聽那牛小青辯解，只道：「你且待我說完再看。這第二件事，正是兄嫂要說與你聽的。你如今也大了，隴頭田間的活做起來也是一把好手，總有那自立門戶的一天。如今總在兄嫂的托庇之下也不是正經，不若早日自力更生，也好磨練磨練心性。

依我說，這福氏村中規矩一向是男人從得了名兒開始，便要自立門戶的，我與你兄長憐你孤貧弱小，便又多留了你一年，如今你既已長大成人，不若早點自立門戶，也省得心中總想著依靠兄長，沒得耽誤了自個兒。」

那牛大青聽了婆娘的話，頓時心生疑竇。

自己這兄弟牛小青這一年裏堂前屋後、田間菜畦，忙裏忙外地辛勤勞作，家裏的收成有他一大半的功勞，這番勞苦功高未曾得到婆娘

的什麼表揚不說，卻不曾想，自己的婆娘輕描淡寫地用了一句「自力更生」，便要將其掃地出門。那婆娘口中關於福氏村中男人得了名兒便要離家一說，更是無稽之談。想來如今這婆娘為了趕自家弟弟牛小青走，竟還捏造了這麼個習俗出來。

但那牛大青怒歸怒，卻不敢直言頂撞，只訕訕道：「這福氏村中，應該沒有這等規矩吧，你瞧便是村正家那成年男子，不也還住得好好的麼？」

婆娘聽了這話，冷笑一聲，譏道：「你道是誰家都有村正的俸祿，能養三五個閑人不成？自古男大當立，哪有一家幾個男人同在一個屋檐下的規矩？你說福氏村沒有這規矩，難道那福氏村的規矩，還能大過聖人的規矩去？你若是覺得我今日說的令你不滿意，你便也混個村正與我瞧瞧，到時有了那一二分的俸祿了，也省得在娘們兒家做那等倒插門的女婿，沒得讓自家婆娘在外頭拋頭露面，為家中生計計較，自己倒是躲在女人背後當那和事佬。」

牛大青聽那婆娘越罵越不成話，自己索性便不說話了，只是沉默地低著頭，任由那婆娘發洩一通便算了。

那婆娘數落了一陣牛大青，想起今日的正事，便又喚那牛小青過來，與他們兄弟二人齊道：「如今不是我要你離家，要知道，嫂嫂我又豈能是那鐵石心腸之人？我瞧著你今年在家中做活的情景，比那些個長工熟手都強些，這點大家亦是有目共睹的。我看你也不必再拘於此處，倒不如去開闢自己的一番天地去，將來若是你有出息，兄嫂也可沾你的光。」

列位看官，你道這嫂嫂一番話說得雖是漂亮，可卻是存心刁難那牛小青。原是因為那牛小青雖然強健有力，但人人皆知「巧婦難為無米之炊」，那福氏村的眾人，大都有田有地，牲畜傍身，嫂嫂如今讓那牛小青一個寡人離家，便是令他空有一身做活的本事卻無任何施展

的天地。且萬事開頭難，若是前頭有兄嫂幫襯著，那牛小青熬過初期，在外做一番事業，本也不是什麼難事。可如今聽那嫂嫂的意思，是要牛小青兩手空空地去立自己的門戶，自己是決計不會與他任何錢糧的。

那牛小青聽了嫂嫂的話，心中早已明瞭，這悍嫂如今是又要趕自己離家了。現如今自己食用了那仙草之後，早已今非昔比了，真的要開荒墾土、種禾苗植稼穡，對自己而言也不是什麼難事。只不過這些都是得了灰牛大仙的好處，若是能與那灰牛大仙一同離去，卻也未必是壞事。

一念及此，他便對那嫂嫂道：「嫂嫂原是為我好，我依了嫂嫂的話便是。如今也是我該自立門戶之時了，若嫂嫂憐我孤貧，還請嫂嫂將我當日帶回來的大灰牛給我，我也好有些安身立命之資。」

嫂嫂聽了這話，眼珠一轉，思及那大灰牛平日健壯無匹，勞作殷勤，只覺得極合手極好用，乃生平所見第一神牛，無論如何捨不得與了那牛小青去，便道：「你如今剛剛立業，無田無目，要了那灰牛也是無用，不若我把你一點錢，許還實際些。」那嫂嫂說著便從自己的錢袋之中掏了小半吊錢與那牛小青，命他即刻動身，早早去村外選定地方，也別再耗在兄嫂家耽誤自家的時間了。

正是：

無稽愚婦輕兄弟，余亦辭家西入秦。

禍福兩端人間事，豈獨只看牛家人。

列位看官，你道那牛小青得了這只吃一頓飯的半吊錢，如何去成就自己的一番事業？那嫂嫂留了灰牛大仙所化的大灰牛，牛小青又該何去何從？欲知後事如何，且聽下回分解。

第八章

上回說到那悍嫂把與牛小青半吊錢之後，著牛小青離家去自立門戶之事。牛小青雖然心中無奈，但也只得拿了錢，怏怏出了兄嫂的家門去尋覓去處。

一時間只覺得心中煩悶傷感，千頭萬緒，也不知道該如何是好。舉目望天，只覺得現如今頭無片瓦遮蔭，腳無立錐之地，實在是不知道下一步該去向何處。

他怔了片刻，又在原地呆了半晌，忽地想起那灰牛大仙來，這灰牛大仙神通廣大，法力無邊，雖說現在受難下界，但解決個把小問題總也較常人強些。自己此時若是去找那灰牛大仙，求他指點一二，或許尚能找到一個出路解法。那牛小青一念及此，便如同抓了一根救命稻草一般，飛奔到牛棚去瞧那灰牛大仙所化的神牛。

這不看還好，一看倒是叫牛小青嚇了一跳。

列位看官，你道是他是被何所驚，被何所嚇？

原來這牛小青一入牛棚，便先聞見了一股難擋的惡臭，待自己低頭細看時，只見那神牛毛疏體瘦，渾身膿瘡，伏在地上奄奄一息，只比當日自己在伏牛谷中找到它時看起來還要病弱。

牛小青心中大驚，不知為何才一夜的功夫，這神牛便萎靡如此。他望著那神牛，一時心中閃過了千百個可能，生怕是因為那神牛犯禁之事被玉帝知曉，如今被玉帝降下懲罰所以才會如此。他本就已遭到悍嫂責難，如今見那神牛也是凶多吉少，更覺得心中驚駭，連忙走上去詢問那神牛到底為何會如此。

只見那灰牛大仙所化的神牛望見牛小青，眼中閃過欣喜之色，忙

艱難抬首，緩緩睜了眼，痛心疾首道：「你這娃兒，如今還知道來看我，可見也是個心地良善的。昨夜子時，我天劫降臨，承受玉帝三道天雷，所以才會如此。咳咳……」

那灰牛大仙連咳數聲，低語道：「此刻我只怕是無力回天了。當日在伏牛谷中一段緣分，如今盡了，你也不必傷心……」

那神牛一邊說一邊氣喘，又接連咳，虛弱無力地對牛小青道：「我如今這般光景，怕是不能再幫你嫂嫂家繼續犁田了。你且叫你嫂嫂過來瞧瞧，她既是家中主母，如今這情形，怎麼著也該她拿個主意，看看到底如何是好？」

那牛小青本就是個老實的，見了這番情景，自己心中便先慌了神，也不及細想，更拿不定主意，慌忙著連滾帶爬地奔向正堂，淌眼抹淚地去喚他嫂子出來瞧那灰牛大仙到底如何了。

那嫂嫂本就在堂前，見牛小青淚汪汪地奔到近前，混亂地說著那灰牛大仙的情景。她聽完牛小青的彙報，心中也是驚疑不定。

好死不死自己今日要逐那牛小青出門，這大灰牛便病了，還說什麼以後也無法犁田，豈能不令人心生疑竇？只見她未聽牛小青的說完，自己便先三步並作兩步奔向那牛棚，瞧那灰牛大仙的情形去。

待她進了牛棚，一望之下，果見那灰牛大仙正奄奄一息地躺在地上，渾身膿瘡，出氣多進氣少，瞧著便是不成了的。嫂嫂盯了那牛一陣，雖想不出那灰牛為何如此，但眼見為實，自己想要用那灰牛大仙再做活怕也是不成了的。

她雖然心中憤恨，面上還是一副惋惜的神色，低聲對牛小青道：「也不知這大灰牛到底是何病症，倒是可惜了一頭好牛。我瞧著它也沒有什麼可醫治的餘地了，倒不如你把它牽走便罷了。」

牛小青聽她如此說，頓時神色茫然，連面上的淚痕也不及擦乾，

只是呆呆望著他嫂嫂，也不知該說什麼才是。

只聽他嫂嫂嘆道：「病倒了這麼好一頭牛，我心中也覺得甚是可惜，不過你既然想要將牛牽走，這牛便把與你吧。雖說這牛如今快病死了，但若宰殺了，那牛皮興許也還能賣幾個錢呢。」

牛小青聽嫂嫂說出這番言語，心中覺得十分難過，只聽他哭著求嫂嫂道：「嫂嫂，這大灰牛也是勤勉辛勞，兢兢業業地辛苦了整年的。如今病成這樣，您行行好，找個獸醫來瞧一眼，弄明白了這灰牛到底是生了什麼病也是好的呀！」

他嫂嫂站在這骯髒牛棚裏，聞見那一陣陣膿瘡惡臭，心中早就不耐煩了。此刻聽那牛小青在耳邊哭哭啼啼地絮叨那大灰牛的勞苦功高，倒似是在諷刺自己面冷心黑一般，更覺得生氣。

列位看官，你道是這世間之事，常常便是如此。往往越是那刻薄寡恩之人，越覺著自己義薄雲天；而越是那慳吝小氣之人，越覺得自己心善大度。

那牛小青的嫂嫂，偏偏這兩樣都占全了，此刻聽那牛小青的哭訴，似是被戳破了面皮一般，不由得臉上青一陣、白一陣，心中也沒有一分自在，只得打斷那牛小青道：「你瞧瞧這灰牛伏在地上的樣兒，還能有什麼救？昨夜這牛還好好的，今兒就不行了。約莫不是發了那牛瘟？若真是發了牛瘟，又如何能治得好，還白花些冤枉錢。」

那嫂嫂說到「牛瘟」二字，自己神色也是一變，對牛小青疾聲道：「你趕緊將那牛牽走，省得別的牛被它傳染了，快走快走，若是感染別的牛你可吃罪不起。」

牛小青聽嫂嫂如是說，只得將那牛牽起來，一人一牛離家而去。那嫂嫂生怕因灰牛惹上什麼晦氣，慌忙不迭地將牛小青趕走，眼見牛小青剛走出家門，忽得又想起了自己那半吊錢來，又連忙趕將上去，對那牛小青道：「你如今既已有了這頭大灰牛，也可剝了那牛皮換錢，

不如把那半吊錢還與我，也省得留在你手中瞎花了，若是將來你缺了錢，我再給你也不遲。」

那牛小青一心只顧著為自己的大灰牛生氣，也不去細聽嫂嫂到底說了什麼，如今她既然要錢，便從懷中掏出半吊錢來把與嫂嫂，獨自一人牽著那大灰牛，暗自垂著淚，一腳深一腳淺地離開了兄嫂家。

正是：

誰家宅第成還破，何處親賓哭復歌？

昨日屋頭堪炙手，今朝門外好張羅。

北邙未省留閒地，東海何曾有頂波。

莫笑賤貧誇富貴，共成枯骨兩何如？

列位看官，你道那牛小青與灰牛大仙，一窮一病，該如何自立，又該何去何從呢？欲知後事如何，且聽下回分解。

第九章

上回說到那牛小青被嫂子趕出家門，並那灰牛大仙所化的大灰牛突發疾病之事。他嫂子把那病牛把與牛小青，遂將先前給他的半吊錢也索了回去。

此番意外一樁接一樁，於那牛小青而言，豈不是雪上加霜。

只見那牛小青愁苦著臉，牽了自己身後的大灰牛，孤零零地站在道上，一籌莫展。眼下已近年節，三九天氣滴水成冰，一路行去，只見田地荒蕪，路上行人稀少，唯有陣陣北風發出尖嘯的呼聲，刷在人臉上又木又疼。

牛小青無法，只得牽著大灰牛硬著頭皮向那集市方向行去。一人一牛行了一陣，只見天色越來越暗，遠處黑雲壓頂，眼見一場大雪在即。又行一陣，便有紛紛亂亂的雪珠子不停落下，不多時便在地上蒙上了厚厚一層白霜。

他見雪越下越大，也不便再前行，便在街邊隨意找了一處角落躲避風雪。那灰牛出門時便已病重不堪，此時又被牛小青拖著行了這麼半天路，甫一歇下，便趴在地上一動也不動。牛小青欲哭無淚，見那神牛緊閉雙目，也不知是死是活，趴在地上似是連喘氣的氣力也沒有了，更別提向其求助了。

先前在伏牛谷時，尚有山神和灰牛大仙相助，此刻才真是叫天天不應，叫地地不靈。此時風雪越來越大，凍得牛小青在雪地中顫抖哆嗦，雙手冰涼得連繮繩也握不住。他想起自己戰戰兢兢地勤勉勞作了整年，還是落得如此下場，不由得洩了氣，一屁股坐在冷硬的雪地上，哀哀哭泣起來。

列位看官，你道是那牛小青服了神牛與他的仙草後，本該是身強體壯、精神健旺的，可常言道人活一口氣。須知任何人要活得好，全得仰仗著精、氣、神。若是那一口心氣鬆了，便再難強打精神、建立意志了。此刻牛小青形神俱疲，這一鬆懈下來，便一步也走不動了。

　　只見那牛小青伏在雪地之中哀哀哭泣之際，卻聽見雪地中一陣細碎的腳步聲傳入耳畔。那腳步聲在自己的身前停下，牛小青楞楞抬頭，卻見面前站著的正是自己的兄長。

　　原來是哥哥放心不下，冒著風雪來尋自己了。那牛小青驟見兄長，頓如抓住了救命稻草般欣喜若狂，滿心以為是兄長終究不忍趕自己離家，終是來尋回自己了。

　　他正想著，卻聽兄長急匆匆道：「這包裹裏頭有一些棉衣、水和乾糧，還有我素日省吃儉用攢下來的二兩銀子。如今你嫂嫂當家，我想留你在家便也是留不住的，你若是能在別處安生立命，也省得在這家裏受氣。你且聽我說，你出了這村，一路往南走，最多一天便能到那福氏村的另一處大姓聚居處。我前幾日去那處做過工，那裏有戶人家剛搬去鎮裏，房屋空閒下來，正在愁那租戶呢。你權且用我給你的銀子，將那屋子租下，等到解凍開春時，你有這身氣力，也不怕找不到活幹。」

　　那牛小青聽完兄長的囑咐，心中悲喜交加，也不知道說什麼好。他在兄嫂家住了這幾年，自是明白兄長息事寧人的懦弱性格，但真到分開之時，卻還是忍不住心中苦楚。

　　只見那牛小青哭道：「大哥關心我，我自是感激的。可是眼下這大灰牛病到這般田地，可怎生是好呢？還得請個獸醫來瞧瞧才行。哥哥且想想，春耕夏種，秋收冬藏時，這灰牛可是與咱們家立下了汗馬功勞。」

　　牛大青見此時弟弟仍死心眼去關心那灰牛的死活，頓時沉下臉道：「耕牛失了，再買一頭便是。縱使不如此牛好使喚，勉強湊合也能過

得。你也不瞧瞧現在是什麼時候，自己都已露宿街頭了，卻還想著一頭畜生！」

他見牛小青哭喪著臉不答話，便解道：「你也別怪哥哥心狠，哥哥救得你，但卻救不得這牛。若是你真與那牛有情分，待你出了大路，隨便找個山野將那牛棄下便是，它是死是活，也全看它自己的造化了。

這灰牛先前跟著我們做活，也是好吃好喝供養著，不曾有過半分鞭打虐待，現如今這灰牛自己生了病，眼看是不成了，你強拉著它也是個累贅，倒不如棄了做自己的打算去吧。

且你帶著這牛，何時才能走到福氏村呢？我給你的包裹裏，乾糧與水也不甚多，你要趕緊去將那空宅子租了，別到時候被別人租下，你無片瓦遮蔭時，還是只能自己獨個兒悲切。」

牛小青聽了哥哥這番話，明白他說的確有道理，但想起過去一兩年中與那灰牛日夜相處的時刻，不禁仍覺得無限傷悲。

那牛大青也不管弟弟心中此刻是怎麼想的，只是一味催促道：「你若要走，便快些走，我是瞞著你那嫂嫂偷偷跑出來的，若是被她瞧見，不知又會怎樣大吵大鬧呢。我已耽誤了這麼些時候，要是再不回去，回頭被你嫂嫂發現，不但會把我與你的這些東西收繳了去，還會遭到一頓好罵。」兄長說完，將那包裹往牛小青懷裏一塞，便匆匆離去。

牛小青心知哥哥說得有理，只得跌跌撞撞地爬起來，牽起那大灰牛的鼻環，挽了繮繩，背著哥哥把與自己的包袱，慢慢地向前行去。只見那雪越下越緊，不多時，天地間便已是白茫茫的一片了。

正是：

百憂攢心人獨行，夜長耿耿不可過。

風吹雪片似花落，月照冰文如鏡破。

列位看官，你道是那一牛一人的命運到底如何，那牛小青到底能不能順利尋到兄長所說的空屋，那大灰牛是否還有康復的可能？欲知後事如何，且聽下回分解。

第十章

　　上回且說到那牛大青冒雪追上牛小青後，送給了牛小青一個包裹，並給了他二兩銀子，令他棄了大灰牛自己去福氏村村北謀條出路。那牛大青原想著弟弟一身力氣，有了這些錢糧，也不怕謀生問題，因此囑咐完弟弟後，便急急忙忙地趕回去，只留了牛小青一人在原地發呆失神。他見那雪越下越大，心中便也越來越憂慮。

　　一是憂自己到了那空屋，開春能不能尋到一條活路。二是憂自己此刻若是棄了大灰牛而去，恐怕那牛轉身便死，自己是無論如何也做不出這等事情來的。他見地上積雪漸厚，眼見在路口待著也是不成的了，只得從那包裹中拉出哥哥給自己的棉衣胡亂套上。那棉衣上黴味甚重，還散發著一股刺鼻的腐臭之氣，也不知道是貓還是狗的尿騷味兒，約莫是兄長從哪個角落裏翻撿出來的。

　　那牛小青此刻也無甚更好的選擇，只得將就著穿了這件棉衣，頂著風雪繼續趕路。但他無論如何也無法丟了大灰牛不顧，只能鑽到牛身下，用力抬起它的兩隻前蹄，使盡吃奶的勁頭將那牛托起來，並在那牛耳邊低語道：「神牛啊神牛，你可是要振作呀！你如今若是再起不來，我們可都要凍死在路邊了。來，再使點勁，你只要能站得起來，我們便可一起走了。」

　　只見那大灰牛在牛小青的攙扶下艱難起身，一牛一人便慢吞吞地在風雪中向前挪動。二人剛出村不久，牛小青剛要扯那大灰牛，卻見那大灰牛突然癱倒在地上，渾身如同癲癇般劇烈抽搐顫抖，那牛小青一慌神，手中的繮繩也脫了，不知道是該跑路還是該上前，似是被嚇得傻了，一下子癱坐在雪地上，傻傻地望著眼前的一切。

　　只見那灰牛一邊抖動身體，一邊發出奇怪的咕嚕聲響，似是被什

麼東西拉扯著一般。約莫過了不多時，那神牛的身上的膿包便隨著它的動作，一個個慢慢平整了些，並隨著那些動作，灰牛毛皮也漸漸復原如初。

牛小青呆呆地望著眼前的一切，不過一頓飯的功夫，卻見那灰牛身上的塊斑已然脫盡，皮毛也重新長了出來，依舊恢復了那生病之前神采奕奕的模樣。那灰牛大仙做法脫了這一身癩痢，抖抖身子站了起來，長嘯一聲，方與那牛小青道：「原想可以什麼都不幹，卻沒料到裝病居然如此痛苦，看樣子決不可再有下次了。」

那牛小青聽了灰牛大仙此刻的言語，方知道這大灰牛不過是在做法裝病而已。此刻那牛小青簡直氣血翻湧火冒三丈。自己悲悲戚戚地又是求嫂嫂又是告哥哥的折騰了老半天，卻不過是老灰牛的一個障眼法而已，什麼玉帝降罪、天劫所至，原都是它編出來的胡話，想起自己白白被它騙了許久，換作誰能不氣悶？

灰牛大仙見牛小青此刻是真的惱羞成怒，只得與他又哄又勸的賠禮道歉，好聲好氣地解釋道：「我先前施法裝病，不過也是為了騙過你那慳吝的嫂嫂罷了，若我還是一副身強力壯的模樣，你那嫂嫂，焉能放我與你一同出門？且你這娃兒一向老實，素來不會撒謊騙人，若是提前知道了我是裝病，斷不能做到如此情真意切，這樣又豈能騙得過你嫂嫂那樣的精明人呢？她又如何能放你走呢？」

那牛小青聽了大灰牛的這番解釋，心知確實有理，但是情感上無論如何還是無法接受灰牛大仙的騙局，日常中竟有意與那灰牛大仙生疏起來。好在灰牛大仙知曉牛小青人品如何，見那牛小青雖然對自己置之不理，卻也不怪他，每日幫著他做活不說，還得空便哄他勸他，希望那牛小青不要責備自己當日裝病欺瞞之事。

列位看官，你道那灰牛大仙乃天上神將，為何卻對那牛小青低聲下氣呢？原是那灰牛大仙見當日牛小青對自己確是情真意切、關懷無

比，寧可犧牲了自己性命也不願意拋棄自己，心中也覺得這等誠實良善不可多得。那牛小青雖是惱怒灰牛大仙欺騙自己，終究是心地良善之輩，幾個月的時間過去，他便淡忘了神牛騙他之事，又與那神牛親厚起來。

話說那牛小青來到福氏村北村之後，春耕之時，他便與往常在兄嫂家一般，見了其他村民家中勞務繁重，凡是能搭把手的活，便一馬當先、有力出力，有閑幫閑，鎮日除了掙自己的工錢，閑暇時間全都殷勤地幫著其他村民做活。

村裏的那些人見牛小青做事實在，素日裏幫完忙了也不愛邀功請賞，便都漸漸與他親厚起來。那福氏村的村正本就對牛小青印象不壞，一向便覺得牛小青在兄嫂家生活的時候可憐無辜，只是終究是家事，自己不便插手罷了。

現如今兩人住得近了，他見牛小青做事肯下氣力，心眼實在，是一等的淳樸親厚之輩，便自作主張與他分了兩畝肥田，著他先種著，並囑咐牛小青待秋收了之後，再把那租地的錢還他即可。將來攢足了錢，想要將那種熟了的地買下來，作安身立命之資，也無甚不可。

那牛小青自有仙草的功力，又有灰牛大仙相助，做活時精力充沛，氣力綿長。待到秋收時留足了自己與灰牛大仙的銀兩後，將那剩餘的糧食賣了，又將那兩畝地買了下來，居然還略有結餘。

話說那牛小青自與那灰牛大仙搬家之後，日子便也可用一個歇後語形容，那便是：芝麻開花——節節高。他有了安身立命的天地房屋，又沒有悍嫂刻薄寡恩、剋扣虐待，生活自是越來越舒心了。

正是：

時運何所濟，得失存心知。

運命唯所遇，循環不可尋。

第十一章

　　上回且說到那牛小青在福氏村村北安家落戶之事。牛小青離了兄長的庇護，暗下決心開家立戶、謀求生路、不求於外、自力更生。捱過初時艱難光景，放下了心中忐忑不定，生計上日漸順風順水、心境上愈發怡情悅性。

　　那牛小青天性便克勤克儉，秉賦乃任勞任怨；每日起早貪黑、晨炊星飯、不辭辛勞、兢兢業業，田間收成一年勝過一年；豐衣足食、胸懷舒暢、勞逸結合、心想事成，身體一天壯過一天。如今他的身姿樣貌、精神氣韻，怕是熟知他的兄嫂見了也要大為吃驚，此人與當日骨瘦如柴、淒風苦雨的放牛娃絕不可同日而語。

　　列位看官，牛小青這不鹹不淡的平庸時光，自不必贅言陳述。話說那牛小青並灰牛大仙如此這般風平浪靜、波瀾不驚地過了一兩年，牛小青便也到了那情竇初開、春心萌動的年齡。

　　這日那牛小青上山打柴，待他三下五除二收畢一捆柴火，躺在樹上歇晌午覺之際，卻聽見那林間傳來一陣似有若無、窸窸窣窣的響動聲。

　　這響聲似人非人，似獸非獸，端的是亂人心緒、惹人厭煩。牛小青少年心性、頑性未消，便悄悄藏與葉底，瞅著四周無人注意，便放眼偷看那樹後到底是何物什。

　　豈料牛小青才瞧了一眼，心中便「咯噔」一響，險些從枝杈掉落。一時間他思潮起伏、五味雜陳，也不知當喜當悲。卻見他伏在樹後，一會眉花眼笑、一會抓耳撓腮，端的是是情不自勝、心性難明。

　　閑言少敘，列位看官，你道這牛小青到底是見著何物，才會有這

般表情姿態？說起根由，雖算不得什麼稀奇事兒，但也蹊蹺難明。牛小青瞧見的，原不是什麼洪水猛獸，而是位漂亮女子。

列位看官，你道那女子是何長相？有詩為證：

芙蓉不及美人色，桃李不似佳人香。

態濃意遠淑且真，肌理細膩骨肉勻。

牛小青心癢難，但苦於一時拿捏不準女子是人是妖，既恐她是山精鬼魅，又盼她是世外仙姝。唯恐自己莽撞，驚跑那女子，便只躡手躡腳繞至她身後，想細瞧瞧那女子到底在此作甚。

一眼望去，先見那了女子的一雙纖纖細足，神魂便失了三分，再一看那女子足上肌膚新膩、欺霜賽雪，更是心猿意馬，七竅中頓時沒了六竅。只見那牛小青呆呆站在原地，只覺足底的熱血瞬間湧上頭頂，胸腔的情欲頃刻結至腹下，茫茫然不明就裏，飄飄兮神情恍惚。

他見那女子竟似未瞧見自己，心念一轉，便想尋了個主意，準備悄悄去嚇她一嚇。

列位看官，你道那牛小青素來老實，此刻為何突然起了這些綺念邪思？原來是那男歡女愛、陰陽之道，乃人之秉性天賦，到了那豆蔻年華、血氣方剛的年紀，便無師自通、本能生發。這牛小青乃是位正當青春年少的男子，對異性之渴慕是本能中自然生發而出，即刻便能知曉其中的一番道理。

只見牛小青躡手躡腳地繞至那女子身後，瞅見那女子不注意，便先藏了她一隻鞋，然後才高聲問道：「你是何人，來這裏作甚？」

那女子未料到這荒山野地裏竟還藏有生人，吃了牛小青一嚇，頓時驚慌錯亂、滿面羞紅。只把那牛小青瞧得越發暗自咂舌，春思萌動。二人離得近了，他聞見那女子身上的香氣，見她櫻唇欲動、眼波將流，不由神搖意奪；再看她鬢雲高簇，衣飾雅利，更覺心神蕩漾。

　　只聽那女子羞答答地低聲道：「哥哥饒我則個，將那繡鞋還與我，我便把我在此處的來龍去脈，盡皆說與你聽了便是。」

　　牛小青連連點頭，疾走去搬來了一塊石板，坐在那女子身畔。女子見他坐下，掩了羞紅的臉，先偷瞧了那牛小青一眼，方低聲道：「我本是九天上的仙女，王母座下的掌管桃花的花神。因貪戀人間的風景，瞅那南天門上的門將不注意，偷偷溜下凡間來玩耍。卻不知這山林中荊棘叢生、猛獸四伏，在那路上，聽了幾聲怪響，以為是偷跑的事讓玉帝王母得了消息，派人來抓我回去，便慌不擇路地跑了許久。這一跑之下便偏離了大路，我既識不得來路，又扭傷了腳，只好在這路邊乾坐著了。」

　　牛小青聽了這幾句嬌言軟語，早已對這仙女心生憐惜，慌忙道：「敝舍不遠，現下天色將晚，你既無處可去，即煩請姑娘枉顧寒舍，今晚也好有個落腳之處。」

　　那仙女聽了這話，喜不自勝，焉有不從之理？她心中歡喜，卻不知那牛小青比她更歡喜。當下便胡亂理了理柴枝，又扶那女子穿了繡鞋，方引她與自己同歸福氏村家中。

　　那仙女到了牛小青的住處，四顧一眼，見無旁人，便悄悄問那牛小青道：「君何無家口？」

　　牛小青見仙子發問，慌忙一五一十答云：「我早與兄嫂分家數年，尚未婚配，此刻家中只餘一人一牛罷了。」

　　那仙女聽他答得慌亂，噗哧一笑道：「我既偷溜到凡間，便是要尋個住處的。我看此所良佳。如憐妾而活之，與我片瓦遮身，便可與你結為良伴，每日織布紡紗、灑掃縫補，凡是那力所能及之事，便都可做去。」

　　那牛小青聽那仙女竟然如是說，簡直大喜過望，恨不得立刻便與她把事情辦了，哪裏還有那不同意之理。夜間便拉了仙女與之寢合，

此後的幾日幾夜也是片刻不離地守著那仙女，只管與那仙女翻雲覆雨，耳鬢廝磨，哪管自己田間地下還有雜草、山上林間還有野禽？

二人這一番交合事小，得罪了一人卻是事大。列位看官，你道那牛小青家中，原不止這桃花仙女一個神仙，還有那經山神指點尋到，當日在伏牛谷中療傷治病，後頭又在兄嫂家中春耕秋收的灰牛大仙。

牛小青與那仙女如何顛三倒四灰牛大仙並不關心，但兩人因此而失了安生立命的根基，卻叫那灰牛大仙卻不得不插手了。

正是：

晚態愁新婦，殘妝望少夫。

不知惜身重，莫教一頭沉。

第十二章

　　上回且說到牛小青婚後與那仙女日日耳鬢廝磨不理稼穡，惹得灰牛大仙略有不滿之事。牛小青雖正是年少情濃之時，他卻比不得那兩位大仙，可以餐風飲露、不食人間烟火。

　　那桃花仙女告訴牛小青道，她雖位列仙班，但卻不是甚麼仙術高妙之輩。仙界裏日升月落，皆有彩霞相伴。凡人晚間目睹的燦燦錦霞、澄澄輝光，便是她們這些天界仙姑所織就的。斗轉星移、滄海桑田，那桃花仙女也不知自己在仙界織了多久的錦霞，只道是心中對這件事煩悶無比，索然無趣，因此凡心熾盛，得了個空子，便偷偷下界，邂逅了這牛小青。

　　且說她下界之時，因為帶了一隻天蠶，倒是解了兩人生計上的困厄。那天蠶乃雲錦之母種，將養在王母娘娘的御花園裏，由專人照料。五百年才能從仙蛾的蛹中孵化，又有一千年方能從幼蟲長成成蠶，此後才能吐絲。那第一道蠶絲是細絲，乃是編織天宮仙人衣物的火浣布材料。那第二道蠶絲是繭絲，方是織就天上雲錦朝霞的材料。那桃花仙女帶來的天蠶已經吐過第一道絲，現下正是吐第二道蠶絲之時，且見它姿態嫻雅、身軀款動，那雲錦蠶絲便源源不斷地從身體中抽出，不停地將那蠶身一層層包裹起來。

　　只聽那桃花仙女對牛小青道：「郎君可知，這仙蠶不同於凡品，它吐第二道絲，共需七七四十九天。第一周那蠶絲是赤色，艷麗無匹；第二周是橙色，厚重沉潛潛；第三周便是黃色，燦若金光；第四周是綠色，鮮翠欲滴；第五周是青色，古樸端莊；到了第六周，便是藍色，悠遠澄澈；第七周便是紫色，華貴高雅。這七彩之色，調配得當，織出來的錦緞便是天下第一美輪美奐之物。」

那牛小青聽了，不禁悠然神往。此後見那桃花仙女用天蠶絲織了一匹錦緞，那錦緞織工齊整、針腳綿密、摸起來細密平滑，熨貼舒適，果不似人間俗物。那桃花仙女也不藏私，非但不藏私，她還頗有些經營生意頭腦，她在家中想了個主意，與那牛小青一商議，便決定將自己那投梭織錦的技術，交給那福氏村那些略通針工的女子。

　　列位看官，你可知那繰絲紡織之術，本就是牛家仙婦的不傳秘辛，二人守著此道，織就那華貴雲錦，可不就是財源滾滾、日進斗金麼？若你真作如此想法，便是低估牛家仙婦的智慧了。

　　原來那桃花仙女冰雪聰明，許多事情在心中略轉一轉，便有了主意。不止如此，她對那「人之初，性本善」及「人之初，性本惡」，皆知之甚深。若是她與牛小青二人躲在家中悄悄織錦，富得了一時，卻富不了一世。那福氏村阡陌交通、雞犬相聞，鄰里往來密切，時間一長，便保不齊有人會眼紅。

　　倒不如自己先做個大方人，將那織錦的技術交與眾人，自己守著仙蠶，與他們供給蠶絲，到時候那織錦的村姑農婦織錦，自己養蠶，他們賣錦緞換得銀錢，自己養蠶絲亦有了進益，倒正應了獨樂樂不如眾樂樂的古訓。

　　兩人說做便做。不出幾月光景，牛小青果見那桃花仙女將織錦術教會眾女，並知會那村正，專門騰出一間空屋供眾女紡紗織錦之用。有那桃花仙女指引，這福氏村的錦緞織得飛快，一時間銀錢成倍收入，惹得鄰村之人也艷羨無比，紛紛登門拜訪，求告織錦秘辛，一時間福氏村周遭的婦孺孩童，皆以能向桃花仙女學紡紗織錦為榮。

　　列位看官，你道那福氏村經此一事，許多人的主業便從當日稼穡耕種轉為繰絲織錦，那福氏村的村正嘗到甜頭，每日也在家施然自樂，只著婆娘們紡紗織錦，自己則供著牛小青與那桃花仙女的仙蠶，逢初一十五，便恭恭敬敬地焚香祝禱。

　　牛小青見自己的仙妻不費吹灰之力便掙得以前數倍的錢財，還廣受福氏村村民愛戴，不禁心下又敬又佩，對她更是言聽計從。此時兩人也不管田間稼穡，不記掛春耕夏種秋收冬藏之事，家中的兩畝肥田被閑得久了，自是荒草萋萋、人迹罕至。

　　這廂牛小青與那桃花仙姑心中雖然清閑快活，那廂老村正與那灰牛大仙卻是憂心忡忡。原是那老村正辛勞了一輩子，勤勤懇懇、兢兢業業，對仙姑那些機巧心思雖無甚言語，但卻看不得牛小青一個大好青年荒廢時光。村正勸牛小青曰「福不可享盡」，望他別浪費自己的一身氣力，日日纏著桃花仙女遊山玩水，終不是長久之事，得空還是得理理田間隴頭的稼穡之事，方不負了自己成家立戶之本。

　　那灰牛大仙比村正更甚，它原是牛小青唯一可依靠的物事，此時卻被牛小青置諸腦後，被那桃花仙女比得一無是處，心中更是失落不滿。一見牛小青便要他下地做活，省得錯過那四時耕種的季節，期間語重心長、唉聲嘆氣之態，只把那牛小青與桃花仙女折騰得煩心生厭，因此兩人初時尚與它敷衍敷衍，日子久了，一見它便躲開。

　　話分兩頭，各表一支。列位看官，你道那桃花仙子，下界日久，為何卻不曾令天帝與王母動怒？且聽我慢慢道來。

　　原來那天界眾人，與凡間眾人大不相同。修煉成仙之際，必是要擯棄那凡間所有陋習劣習，只必須存著那仙家高高在上的做派方可。那王母娘娘與玉帝見桃花仙女只是奴役凡人，自己卻大偷其懶，日日享用他人的成果供奉，依然是神仙做派，自是不曾折損仙家顏面，因而也不曾抓她回仙界受罰。

　　但提起那灰牛大仙，卻又是不同。說起灰牛大仙根由，卻還需從頭講起。你道那灰牛大仙是何來歷？說來話長，灰牛大仙本是人間的一頭耕牛，因舊主憐惜，在那灰牛大仙年邁之時，不曾宰殺食肉，便悄悄保住了性命。奄奄一息之際，那舊主人道：「老牛啊老牛，如今

你已年邁，不能再為我所用。我自不傷你性命，如今且放你自生自滅，若是你真有機緣巧合，能保住自家性命，也是你的命定之數；若不能，當也怪不得我薄情寡義了。」

那老牛聽了主人這番言語，便也不再強求，獨自向山中去了。眼見已是奄奄一息之態，便想尋個去處，安安靜靜死去便是，不曾想自己剛躺下，眼前竟然生出七彩幻光，也不知道是真是幻。

老牛見此，搖搖晃晃站了起來，眼見一株狀如稚子般的小靈芝，正在月下吞吐修煉。老牛本就饑餓難當，聞見芝草異香撲鼻，張口就咬。那小靈芝被它銜在口中，頓時手腳並用，咿呀亂叫，卻始終無法騰挪半寸。它伸了自己的兩隻鬚角，猛力推著那老牛的上下顎，不想它又錘又打，那老牛半點反應也無，只是將之隨自己捲入口中的草料一同咀嚼，半點也不理會芝草控訴。

那芝草被它吞入口中，不由得氣鼓鼓地嚷嚷道：「你這畜生，我與你往日無怨，近日無仇，眼見便是我小芝的飛升之日，竟然被你這破牛攪局截胡！實在氣煞我也！」

老牛本不知自己誤食了靈芝仙草，此刻聽那靈芝的脅迫之語，便在心中暗道：「嘿，你這爛草，已經在我肚腹之中，還敢如此凶惡！」

那小靈芝見自己威脅無效，便又開始與老牛攀親套近，只聽那小靈芝道：「牛兒、牛叔、牛爺爺，您高抬貴口，憐我修行不易，待我飛升之後，許您享用不盡的肥美仙草，飲不盡的瓊漿玉液，您覺得如何？」

那老牛饑腸轆轆，眼前的生死尚無定論，以後又有何可信之處？便又在心中道：「你這小靈芝，既生在此處，可見是命中註定有此一劫。不若成全我，日後我因此得活，定會日日燒高香感激你的。」

那小靈芝見哭訴亦是無效，便在那老牛口中又踢又咬，只把那修煉的勁頭全數拿出來，卻見老牛舌頭一翻一捲，那靈芝的仙氣便盡數

散去，全部化作那老牛的仙氣。

那灰牛大仙，因為誤食了這株千年靈芝，吸取了芝草的仙氣，自此便開了靈識神識，有了眼耳口鼻舌聲意的慧根，成了仙界的一名牛仙。如此倒是苦了那仙草，你道是為何？

原是因這世間的修煉法門，各有不同。且聽我細細道來。

這人界修仙，乃是一種。譬如那袁天罡、明崇儼之流，因苦修窺得天道，只需要數十年功夫。那畜生道，又是一重。這化身為畜生的物種要修仙，需苦修上百年，更甚者，需要上千年，比如那青蛇白蛇。

另有第三種，便是草木精怪，此道修煉最難，因為那草木無情，需機緣巧合，方開得神識，懂得一二分修煉之法。那靈芝便是被天雷震動，所以才開竅修煉，豈料正到緊要關頭竟出此意外，實屬造化弄人。如此一來，豈非天意？

閑言少敘。且說回到灰牛大仙處。那灰牛大仙本就是人間耕牛，自是除了種地，其他什麼也不懂。且它因機緣巧合位列仙班，自是不懂天劫地劫之苦，因而也無甚利用神仙身份享受的辛勤。在天界自也是與眾仙格格不入。每日只做些有損仙家尊嚴、不入眾仙法眼之事，對於吟風弄月、飲酒作樂、奴役下屬、維繫天道自是一竅不通。這等不入流之事做得多了，不單眾仙，便是王母玉帝亦覺得有些礙眼。

正是：

天上天公各不知，人間愁恨無數重。

是非之地不留人，何時更有留人處？

列位看官，你道是這灰牛大仙的所思所想，所行所怨，與那牛小青，是不是有同病相憐之處？欲知那與眾仙家格格不入的灰牛大仙到底因何事下界，與那牛小青、桃花仙女之間到底又會如何，且聽下回分解。

第十三章

上回且說到那灰牛大仙初登仙界，因刻板粗鄙、陋習眾多，惹得眾仙在心中略生怨懟之事。既說到那灰牛大仙處，今日便順著那灰牛大仙這一線索繼續陳述探究，將其在天界的光景及被玉帝罰下凡間的因果緣由，分說得明明白白、通通透透，也叫列位看官心中得以分明。

話說那灰牛大仙雖登仙殿，卻依然是個仙體凡心的，與天界那等悠閑自在、乘輕驅肥、錦衣玉食、象箸玉杯等一干高貴仙翁仙娥自是有所不同。一言以蔽之，那灰牛大仙江山易改，秉性難移，不知曉那仙家天界，正是凡人嚮往的一個縱情任性、清靜逍遙的好去處。而世間之事，亦同此理。

那大徹大悟之人，必是掙脫了規矩戒律、勘破了俗世紅塵，修得一身清閑安逸、超脫自在，明白塵世碌碌、無不是為名利奔忙；熙來攘往，無不是被欲望所導。因此，素日除了及時行樂，便再無其他俗事擾心。

閑言休敘，且說回那灰牛大仙之事。這牛仙在天界行走，因為素日勞碌習氣深入骨髓，實在是難以適應這天界的仙人行止。它行為刻板古怪，惹得眾仙側目，但時日久了，個個仙家都明瞭它性情稟賦，因此每日只是怡然自樂，便也不大理會這我行我素的灰牛大仙。它愛做活便做活，與眾仙毫無干係。

這灰牛大仙閑則生變，日日在天宮中瞎轉悠，見有一處花草生蟲，便慌忙去捉；見有一處草葉枯黃，便趕緊拾掇；見有一處亭台生塵、樓榭結網，便趕忙爬高上低擦拭。素日只要見到有仙人吟風弄月、飲酒作樂，它便要上前與之理論，面斥那仙家大好年齡，卻在此處白日縱情、虛度時光。那仙界眾人，早已修得凡心泯滅、別無他求，一腔

驕矜貴氣、通身仙風道骨，怎得與這蠻牛爭執？所以鬧得眾仙對它無可奈何，只得一見他走近，便慌得都遠遠避開。

這日，灰牛大仙閑來無事。不覺逛到了太上老君的兜率宮處，見那太上老君的府上雲烟繚繞，古樸空曠若海市蜃樓般，不覺好奇心熾，晃晃悠悠踱步進去，想瞧個究竟。

列位看官，正所謂「無巧不成書」，它不逛還好，這一逛之下，反倒是壞了大事。原來素日之前，這太上老君掐指一算，算出人間將有一場浩劫，雖不知因何而起，他身為天界首臣，卻斷然不能坐視不理。

於是那太上老君當即便祭祀祝禱，架起了三清仙鼎，輔以謙和沖淡、清淨無為的仙家真氣，欲煉仙丹數枚，以備人間浩劫降臨之際的不時之需。

那太上老君自己亦是盤膝而坐，閉目凝神，口中誦禱道家真經，頭頂聚集三花之氣，助那仙丹大成。

那灰牛甫一進門，便見那太上老君儀態悠閑地在堂前閉目假寐打坐，身前的正廳之中，架了一口銅鼎，那鼎有四側，一側繪的是鳳舞龍翔、百獸齊鳴之威，另一側是高山流雲、天女散花之雅，再一側是金剛怒目、世人拜服之態，又一側是蓬萊仙山、眾仙暢飲之樂。這鼎上繪製的圖像栩栩如生，端的是令人望而生畏。

那鼎前跪了兩名童子看顧爐火，只見兩人對著那幽暗火苗輕輕打扇，絲毫不敢用力，以不教那鼎下之火熄滅。

灰牛大仙向那鼎下一望，見那大鼎下只一小束藍幽幽的火苗，正隨風躍動，似是隨時便有熄滅之險。那灰牛大仙見狀，頓時心下不快，好管閑事的舊毛病便不假思索地湧上心頭。只見它向鼎旁的仙童斥了幾句，便奔向正堂，預備與那白日躲懶的太上老君好好理論一番。

太上老君心知與這蠻牛理論不通，也不與它說話，只是心中默念那道家的「清心咒」，意欲控制自我心境，以免壞了爐中丹藥之仙氣。

灰牛大仙一輩子辛勤勞碌，最見不得人偷懶。見了太上老君這幅模樣，卻只當他是在躲懶，越發不依不饒地與他理論起來。

列位看官，這世間有一句俚語曰「好心辦壞事」，便是如此。你道那太少老君因何如此，那童兒為什麼又守著那一燭幽幽藍光而毫無作為？究其根由，皆因煉化仙丹，是用文火細化；而將那仙丹聚氣，則需要形神俱安方可。

這其中疑問，且容我慢慢道來。

先說那太上老君之丹爐，太上老君煉丹的鼎爐，名為「三清」。《道德經》第四十二章曰：「道生一，一生二，二生三，三生萬物，萬物負陰而抱陽，沖氣以為和。」由無名大道化生混沌元氣，由元氣化生陰陽二氣，陰陽之相和，生天下萬物。

第十四章又說：「視之不見名曰夷，聽之不聞名曰希，搏之不得名曰微。此三者不可致詰，故混而為一。」認為一化為三，三合為一，「用則分三，本則常一」。後來便依此衍化出居於三清勝境的三位尊神。

因此「三清」尊神，在道教眾仙家地位尊崇。這「三清」更是了不得的境地，《道教義樞》卷七引《太真科》說：「大羅生玄元始三氣，化為三清天也：一曰清微天玉清境，始氣所成；二曰禹余天上清境，元氣所成；三曰大赤天太清境，玄氣所成。」從此三氣各生，是為「三清」。

而這束藍幽幽的火苗，名曰「三昧真火」。說起那三昧真火，也是來頭甚大。列位看官，你道是那三昧真火，何謂「三昧」？這三昧原是佛教偈語，譯作「三摩地」，顧名思義，意為「正定」、「息慮凝心」之意。《大智度論》卷五說：「善心一處住不動，是名三昧。」

同書卷二十說：「一切禪定，亦名定，亦名三昧。」說的便是要摒絕雜念，心靜神寧。

三昧是修養之法門，而「真火」則源自修道煉丹。陳摶老祖《指玄篇》曰：「吾有真火三焉：心者君火亦稱神火也，其名曰上昧；腎者臣火亦稱精火也，其名曰中昧；膀胱者民火也，其名曰下昧。聚焉而為火，散焉而為氣，升降循環而有周天之道。」這三昧真火，能煉化天地一切妖神，據說只有「萬載玄冰可滅之」。

這三清鼎配了這三昧真火，已是世間至剛至猛之物，其燥氣熱氣，可想而知。因此煉丹之時，須得一清心寡欲之人，以心意對那丹藥的轉化之力加以引導，沖正那丹藥的燥熱之氣，才可堪以大用。

話分兩頭。這廂太上老君正在凝神靜氣、修煉心神之際，卻被這灰牛大仙吵嚷，初時尚可視之為無物，但不想那灰牛大仙卻越吵越上勁，攪擾得他無法安寧，因此他也不得不中斷修行，起身與之理論。

這一起身便壞了事，只見那鼎爐下幽暗火苗，少了這謙和沖淡、凝神靜氣的溫和引導，頓時化為熊熊業火，毀了一爐丹藥。太上老君抬眼瞧了瞧那灰牛大仙，見他仍是一副無知無畏之態，頓時怒從心起，不由得拂袖上前，與之理論起來。

只聽太上老君怒道：「你這笨牛，因何要多管閑事，害得我丹藥盡毀？」不曉那灰牛大仙卻回敬道：「你這老兒，自己白日間偷懶在庭歇覺、閉目養神，還敢說是在煉製丹藥，簡直是豈有此理！」

太上老君甩袖怒道：「豈有此理！豈有此理！本仙哪裏是玩樂，分明是在煉製丹藥。你這不學無術的莽夫又如何能分辨！你可知道，這丹藥我煉製了九九八十一天，費了多少心血，眼見便到了那開鼎封爐之日，大功告成之時，卻被你這蠢牛亂我心境，毀我煉丹大業！」

灰牛大仙哪知這其中緣由，只道這不過是太上老君掩人耳目、危言聳聽罷了。他因自己做慣了活，生平便最見不得、最看不慣有人閑

適安逸、好逸惡勞，因此一見那神仙姿態，便覺甚是礙眼，忍不住想管一管。只聽它道：「哪有人閉著眼煉丹一說？分明是你白日偷懶，不知反思，還想嚇唬俺老牛呢。」

這二人各據一理，誰也不讓著誰，太上老君見自己真與這瘋牛痴攪下去也不知何時才能了結，便拂袖而去，要請玉帝王母過來與自己評理。

端的是：

莫將凡心擾清靜，二仙皆自道我贏。

不識風雅莽憨久，且說何處有虧成。

列位看官，你道是這太上老君與那灰牛大仙各執一詞到底是何收場？那丹藥此時毀壞，人間浩劫又當怎地？欲知後事如何，且聽下回分解。

第十四章

常與同好爭高下，休與蠻人較短長。

幾杯濁酒身漸熱，一卷古書心自涼。

念一首打油詩，接一段前文。上回且說到灰牛大仙因見不慣眾仙家悠閑懶散之態，憤然與太上老君理論爭吵之事。那太上老君見自己與灰牛大仙理念有異，便拂袖而去，直吵著要去找玉帝評理。待老君去往玉帝處，見玉帝正攜著王母賞四時美景、品瓊漿玉液，其悠閑懶散之態，比自己那兜率宮中的閑適安逸、奢靡浮華之氣，有過之而無不及，一見之下，不覺愈加悲憤無言，只道那老牛實在是蠻憨頑愚，無故壞人好事。

且說玉帝聽完老君稟報，覺得此事並不甚大，為此等事體小題大作，斷不值當。若是真把那灰牛大仙置辦了，一則顯得他這仙界的紫微殿主位小肚雞腸，二則做神仙的時日久了，過慣了每日意態閑散、錦衣華服的日子，多少氣性也烟消雲散了，斷不值得為此等小事動怒。

一念及此，玉帝便好聲安慰了太上老君幾句，著他先回兜率宮去，言此事自己斷會好生處理。太少老君去後，玉帝略一思忖，尋了個主意，便藉此機會，廣邀一千仙人前來凌霄寶殿，名為評理，實則宴飲。眾仙似是慣於出入這等場合，皆呼朋引伴，欣然而至。

於是席間觥籌交錯、推杯換盞、載歌載舞、歡聲笑語不絕於耳，其氛圍之融洽，意態之悠閑，蔚為可觀。一望之下，只道眾仙是來赴宴而非來做說客，似是已將那灰牛大仙與太上老君爭執之事置諸腦後。

列位看官，你道那眾仙家何故如此？原是玉帝為著將太上老君與灰牛大仙爭執一事大事化小、小事化了，便想在這宴席上做個和事佬，

與此二人說和說和。

　　且天界眾神想來秉承「不以富驕人，不以貴矜人」之良誠，因此那宴席上，盡是一派融洽之態，眾仙東家長、西家短地各自閑扯家常、互相恭維，其嫻雅之態，甚為可喜；相交之情，委為奇觀。兼有玉帝從旁牽引，因此那茶會宴飲的目的，早已從為灰牛大仙與太上老君二人說和之事變成了眾仙閑話家長里短、談論日常瑣事之聚會宴飲。

　　列位看官，這世間之事，向來一喜便有一悲，一聚便有一散。若是千人一面，眾口一詞，反倒是件稀罕事了。這玉帝宴飲，眾仙皆意態翩然，樂而忘憂，不論今夕何夕，然席間卻有一仙，極為不適，正是那灰牛大仙。

　　他在人間之時，每日兢兢業業、不辭辛勞，不敢有半點懈怠，只道勤勤懇懇、踏實勤奮才是人生第一要義。那等浪擲光陰、清談閑聊之事，實為勤勉上進者所不屑，料定此等姿態，唯有世間那等無甚出息的紈綺子弟才做。如今自己初登仙界，卻只與這些每日只知逗趣解悶、賞花描畫、吟風弄月、無所事事的一干仙人為伍，成日唯一可做之事，便是修身養性，於他而言，與虛度時光並無二致。

　　在他原來的設想中，那仙界眾人應當是一眾克己奉公、嚴於律己、勤勉敬業、造福萬民之態勢。如今一見，當真大失所望。因此，他越見眾仙耽於安逸、沉湎享樂，他便越覺可氣，真可謂是與玉帝之初衷南轅北轍。

　　且說這廂灰牛大仙因見了眾人宴飲之樂，非但未受眾人感染，胸中反倒越發憤懣難平、心情激盪。它怒氣愈熾，竟漸漸現出牛身原形，前蹄刨地，竟吼叫著向那玉帝衝將過去，要將玉帝當成這天界享樂休閑之罪魁禍首。玉帝本是好生勸它，見狀亦惱怒異常，伸手拈了一個法訣，端的是風雲變色，山河齊震。那玉帝上掌三十六天，下轄七十二地，掌管神、仙、佛、聖、人間、地府的一切事，權力無邊，

有穹蒼聖主、諸天宗王之稱，妙相莊嚴，法身無上，統御諸天，統領萬聖，灰牛大仙又如何是他的對手？

眼見那灰牛大仙被玉帝紫微神訣緊縛了雙角，一時間動彈不得。它愈掙扎，那神訣便捆得越緊，如千鈞之力壓在牛頭上，猶如萬頃之力齊拴住牛角拉扯，端的是痛苦萬分。玉帝惱那灰牛大仙敬酒不吃吃罰酒，揮手招徠天兵天將，要將它捆去亂燉，以罰其冥頑不靈、食古不化之罪。

那灰牛大仙本是一身牛脾氣，玉帝要捆便捆，它見掙扎不脫那玉帝仙法，便緊閉雙目，預備悲憤赴死。玉帝見狀，頓時又氣又喜。氣得是這蠻牛至死也如此蠻勁，喜的是這蠻牛真乃仙界第一愚仙。他消停這片刻功夫，氣便消了大半，尋思著這蠢牛一貫如此，如今自己與之置氣，實屬自貶身份。

一念及此，玉帝心念一轉，又不殺這蠻蠢的灰牛大仙了，只將它貶下凡間，著它在那伏牛谷思過便是。它既喜耕種勞作，自己權且便貶它去人間勞作，至此仙界可得清靜，那灰牛大仙亦是求仁得仁，何樂而不為之哉？

列位看官，這便是那灰牛大仙與牛小青相遇之始末，至此方真相大白。這世間因由，雖是千頭萬緒，但終是事出有因，可尋得一個首尾。

閑言少敘。且說回玉帝處，這廂因它乃眾仙之首，掌管神、仙、佛、聖、人間、地府的一切事，權力無邊，有穹蒼聖主，諸天宗王之稱，因此，輕易不得動怒。人間尚有「天子一怒，流血漂杵」一說，更何況是天君之尊、眾仙之首，掌管那紫微宮太極殿的玉皇大帝？

那玉帝一怒，天上的眾仙倒是無妨，卻苦了凡間的眾生。原來那天帝之怒氣，皆會化作人間的瘴癘之氣，引發那洪災旱災等諸般禍事。如見凡間為天君此一怒，山崩地裂、顆粒無收，盡是命運使然，又怎

能事先預料？可見神通廣大如玉帝，也無法料想預設命運造化之事，當真是天意昭昭，殊途同歸也。

不過如此一來，此前那太上老君掐指一算，算出人間將有一場浩劫，卻也不曾說錯。只是不曾想，那人間的浩劫竟是因為這般而來，當真令人哭笑不得。

端的是：

人生易盡朝露曦，世事無常壞陂復。

天意昭昭應如是，浩劫輪迴原屬實。

列位看官，如今灰牛大仙被貶下凡塵之始末你等已然知曉，天界凡間，事由交織。你道如今那牛小青自甘墮落，不事生產，日日與桃花仙女廝混在一處，那玉皇大帝與灰牛大仙見了此狀，又待怎地？欲知後事如何，請聽下回分解。

第十五章

　　列位看官，上回書說至灰牛大仙在仙界的種種經歷，這諸般往事、萬重糾葛已成前塵，並交待其與牛小青相遇之前的種種事由，至此諸位心中方始分明，知道那灰牛大仙是因何故下界，又因何故與那牛小青結識之始末。

　　如今且說回這牛小青處。話說自他與那桃花仙女結為秦晉之好，在那仙女的指導下，心思活泛了許多。想那桃花仙女，活在九重天上，乃這世上第一錦衣玉食之處、榮華富貴之鄉，素日裏吃的、用的、住的、看的，與那凡間大有不同。

　　仙界中多少綠窗風月，繡閣烟霞、雕梁畫棟、珍禽異獸，其眼界之開闊，心氣之高雅，凡夫俗子難望項背。正所謂「飽暖思淫欲」，那桃花仙女在仙界衣食無憂慣了，亦是閑則生事，便隨著一干男仙學了些淫污紈絝的風流浪蕩事，如今既與牛小青結為夫婦，便將此雲雨之事，統統授予牛小青。

　　那牛小青哪經得住桃花仙女的這番引誘調教，只被她略一勾引，便日日與她行巫山之會，作雲雨之歡，既悅其色、復戀其情。成日只將這男歡女愛之事當做第一緊要事，與那桃花仙子寸步不離，只恨不能合成一人。

　　話說那玉帝王母雖在天界行事，卻對人間諸般情態、萬種事端，一一瞧在眼中。如今牛小青行事荒淫放浪、輕慢農事，絲毫不見此前的樸素忠厚、老實純良之態，令此二仙不由得也暗自憂心。

　　玉帝當下即云，自古紅顏禍水，積毀銷骨，古往今來，不知道多少輕薄浪子、大好男兒，皆以淫字為由，又以情字作案，也不知虛度了多少大好時光，浪擲了多少氣力錢財，如今牛小青步此後塵，斷不

能放任自流，聽之任之。更何況牛小青這等食五穀雜糧的肉身凡胎，焉能比得桃花仙子這樣吸風飲露的不壞金身，豈可學她日日縱欲、時時宣淫？

玉帝在心中略一計較，便想了條計策，又與王母聚在一處，共議一番，皆云牛小青這番耽於享樂、沉於淫欲，有損福德，不是甚麼好事。因此二仙便提議將那桃花仙女帶回仙界，以此警示那牛小青，令他勿再重蹈覆轍、放任情欲，當勤於務本，以正事為要。

且說自玉帝與王母訂下這條計策後，牛小青尚蒙在鼓裏，毫不知情。他每日與那桃花仙女渾渾噩噩度日、廝守玩樂、不事農桑只覺得天長日闊，諸事無聊。

豈料這日一覺醒來，竟然不見了那桃花仙女。

初時他只以為這桃花仙女是有事出門，也不知是何緣故，竟然未曾喚他同去。但素日福氏村中農桑之事，桃花仙女獨自出門亦有之。遂牛小青雖然心中納罕，但卻也不甚擔心。他見已是日上三竿了，便起身去尋那桃花仙女，不提防跑出門之際，不知被何物重重擋住，將他彈回屋內。

牛小青以為自己又遇上了什麼妖魔鬼怪之事，嚇得連連後退。待他醒神立定，再要看時，卻見門牆之上，緩緩浮出幾行金字。那金字先言曰：「平生性格，隨分好些春色，沉醉戀花陌。雖然年老心未老，滿頭花壓在帽側。鬢如霜，鬚似雪，自嗟惻！幾個相知動我染，幾個相知勸我摘。染摘有何益！當初怕作短命鬼，如今已過中年客。且留些，粧晚景，盡教白。」

牛小青識不了幾個字，絲毫不懂得那幾行詩歌是勸人惜取時光，莫要耽於女色之意。待那幾行字慢慢掩去，那牆上又浮出另幾行大字，字曰：「塵緣已盡，諸事無常。這桃花仙女本是我西王母座下侍女，因凡心熾盛，方下凡歷此緣劫。如今你二人塵緣已了、前事已盡，桃

花仙女自當由我帶回天宮，重歸侍女職位。你二人從此塵歸塵、土歸土，各安天命、不必再見。牛小青，你此番際遇，乃命定之劫數。如今緣劫已了，當好自為之。」言畢，那金字下還有一方落款，正是西王母三個大字。

牛小青大字不識一個，假模假式地閱畢西王母用仙法在牆上留予自己的一番好言好語，呆呆思忖了片刻，也不知那牆上所寫的金字意寓幾何。當下便穿戴工整，欲往那村正處去，請村正來幫忙辨認一番。他收拾完畢，如往日一般在村中閑庭信步地觀賞了一番春日美景，方緩緩向村正家行去。

那村正見牛小青主動相請，亦覺得臉上頗有幾分薄面。二人皆心懷雀躍，一路閑聊，閑庭信步地去往那牛小青家中，去辨認那牆上金字，想弄清這字到底是何言語。

那村正進門，閱畢西王母留給牛小青之規訓警誡，頓時心中大為訝異，連連叫嚷著像家中奔去。

列位看官，你道他到底為何如此大驚小怪？原是那村正心中本以為這桃花仙女不過是天上一個司花散仙，不承想竟是王母座下，蓬萊宮中的天界一等侍女。他身處窮鄉僻壤，何曾見過西王母這等出身高貴的真仙！別說見，便是想亦是不敢想。

如今自己非但有機會見到西王母座下仙女，還親閱了一番西王母的訓誡留言。他見了那幾行金字，也來不及與牛小青解釋，先慌忙歸家捧了香爐，請出了三柱好香，拉著牛小青對那牆上金字三跪六叩之後，方始向牛小青道出牆上金字情由。

待村正將那西王母的意思一一解釋與那牛小青聽完，牛小青不由得倒抽一口涼氣。一時如五雷轟頂、天崩地裂，只道是不敢相信那日日與之耳鬢廝磨的桃花仙女已隨王母離去，再無相見之日。

端的是：

可中宿世紅絲繫，自有仙人天上來。

可嘆人無千日好，從來花無百樣紅。

話說這牛小青自得知桃花仙女如今已被西王母帶走，棄自己而去，頓時心中無限感慨，鎮日茶飯不思、心神難安、長嗟短嘆、以淚洗面。他無法可解，唯有悶在家中，蒙頭大睡之時，方能安靜片刻。

只不過待他再起床時，一望見這牆上金字，便心知自己再等不回桃花仙女，一念及此，便忍不住涕淚橫流，也不知日後該做何想頭了。

列位看官，你道是福無雙至，禍不單行。這牛小青當日走運時，非但有神牛相助，還引來仙女思凡。如今他這人浮於事、無所倚仗之時，非但氣跑了神牛，更失了那桃花仙女。

正是：

世間百物總憑緣，大海浮萍有偶然。

若非家貧人勤勉，何從千里配蟬娟？

列位看官，你道是這離了灰牛大仙與桃花仙女，這牛小青該如何自處？從今往後，又當何去何從？欲知後事如何，且聽下回分解。

第十六章

　　上回說到牛小青因失了娘子桃花仙女，成日在屋裏長吁短嘆、以淚洗面之事。且說到那神牛也因見其好逸惡勞、虛度光陰的懶散之態，憤然離去，不知所踪。

　　那村正見牛小青如今孤身一人，形態可憐，也不忍看他一個大好男兒這般消極度日，遂每隔幾日，便去往那牛小青家中安慰他幾聲，言稱來日方長，只要他振作精神，這等小傷小挫，不足動搖傷及根本，待時日久了，終有那雨住雲收、撥雲見日之時，這番傷感傷情，雖是人之常情，但卻不可一味沉迷其中。

　　話說那村正見桃花仙女被西王母召回，牛小青再無依傍，心中原本有些幸災樂禍。列位看官，你道這是為何？原來這牛小青與桃花仙女成日裏不事生產、無所事事之態，雖不會殃及旁人，但大抵也是令那些勤勞務本的莊稼人看不慣的。那等與眾人行事迴異、特立獨行之人事，或為常人所遠，或為常人不屑，古今中外，莫不如是。

　　他本擬訓誡牛小青幾句，此刻見牛小青水米不進、形銷骨立，成日裏只知躺在家中傷感流淚，心中著實也有了幾分物傷其類之感慨，一時也不知該如何勸解安慰，只得洗鍋淘米造飯，又將那牛小青亂作一團的住處收拾乾淨。

　　那村正造了飯，又勸牛小青起床，挑了一點清淡素食哄了他食用後，方語重心長道：「你這放牛娃兒，也忒死心眼了。你倒是只顧自己心中快活、清閑自在，成日與那桃花仙女廝混戲耍，卻不曉得在這個世上，甚麼人都有甚麼人的煩惱，甚麼人都有甚麼人的責任。

　　遠的不說，且說那人間帝王，鋤地該用金鋤頭，砍樹該用金斧子了吧？但他也每日都還要上早朝，聽那眾臣彙報，方能知曉這一日之

間，各地那些貧苦百姓、達官貴人身上，大抵發生了一些甚麼事。那天上的娘娘，地上的娘娘，莫不如是。每日理家算賬，歸置物資，是一等的賢內助。

如今你倒好，與那桃花娘子，成日只出不進，光顧著耍樂，一點也不理事，這如何了得呢？想那天上的仙人，因你辛勤樸實，方派了神牛與那仙子來助你，你如今起了不勞而獲、好逸惡勞的心思，那神人如何能饒你？所以你且先不忙哭，把身子養好了，如從前一般安心做活，待那天上的上神見你誠心悔改，指不定何時便會將你的桃花娘子再送還回來了。」

那牛小青聽了村正這番話，在心中細細咀嚼了一番，尋思正是此理。眼下一味消沉，非但得罪了神牛，那桃花娘子也是回不來。當下收了眼淚，第二日便起了個大早，先去了田間壟頭照料了一番自己原先的兩畝薄田，又往村中的紡社去了。

因時間尚早，這紡社尚空空如也，牛小青獨自一人收線、紡線、繰絲、打掃，做得異常賣力，且因牢記村正言語的緣故，他也未曾向紡社收取分文，只是一味起早貪黑、埋頭苦幹，誓要將自己曾經貪閑玩耍的時光掙回來。

牛小青這番動作，亦落入灰牛大仙耳中。灰牛大仙聽聞牛小青願意轉變心思，心中亦是覺得欣喜讚賞，他本就喜歡勤勉上進、辛勤勞作之人，算是骨子中的慣性、性情中的根本。它曾經願意幫助牛小青亦是這個理。如今見牛小青誠心悔改，自己那耕地種田的抱負也會因此得以施展，不由也心滿意足、滿心期待地回到牛小青身邊幫忙。

且說回牛小青處。如今那牛小青雖不似往日成天閑耍，而是一味做活。但不管那牛小青白日如何消耗體力，夜晚仍舊會因思念娘子而暗自垂淚、向隅而泣。若不是有幸食用過仙草，身體如何經得起他這等不眠不休的消耗？

　　牛小青這般姿態，灰牛大仙瞧在眼裏，也是著急上火。牛小青如今初嘗男女情愛滋味，早不是當日初遇時單純的放牛娃了。他如今相思成疾、抑鬱抱病，若是這個問題自己不與他解決，怕是日久生病，始終也好不了。

　　列位看官，你道那灰牛大仙，因與牛小青相處時日久了，對他的感情早已有所不同。如今它甘違玉帝之命，為牛小青之憂思，冒險去那天上遊離一番，將他帶到那桃花仙女身側，著他瞧一眼桃花仙女的模樣，以緩解心中的鬱結。

　　那牛小青聞言，自是欣喜若狂，一心只盼著自己見到那桃花仙女對她一訴衷腸，傾瀉這些時日的相思之苦。但牛小青做此想頭，卻是因為凡人與那仙界不通消息，對天界種種，只有猜測想像而毫無實據。這等揣測，常常是失之毫釐謬以千里。

　　譬如那玉帝與王母，本非夫妻。那西王母乃先天陰氣凝聚而成，故而為眾女仙之首，掌管昆侖仙島。而玉帝俗稱「昊天金闕無上至尊自然妙有彌羅至真玉皇上帝」，上掌三十六天，下轄七十二地，掌管神、仙、佛、聖、人間、地府的一切事，猶如人間帝王一般，權力無邊。但是在世人眼中，一個鍋要配一個蓋，一個公必須跟一個母。

　　因此便呼那玉帝為「玉皇大帝」，呼那西王母為「王母娘娘」，把兩個八竿子打不著的上神強行捆綁為夫婦，以為天界亦是與那人間帝王的三宮六院、七十二妃一般無二，有一個皇后總體統領著。日日與他管理這些鶯鶯燕燕，月錢例子。那玉帝出外打柴做工回來，便有東宮娘娘烙大餅，西宮娘娘洗大蔥，把他伺候得服服帖帖，日子過得有滋有味。

　　這等民間傳言，說得多了，仙界眾神便也有所耳聞。於是，某一陣那太上老君、赤腳大仙、二郎神、順風耳、千里眼等一干仙人，見了那玉帝便哈哈大笑，戲稱他為仙界第一「農夫」，只把那攜著眾女

娥賞花飲酒的玉帝、執掌眾仙的王母齊齊弄得啞口無言方作罷。

這還不算完，素日若是仙界眾神聚在一處宴飲暢聊，逢著西王母與那玉帝不得不受邀共同前來時，眾仙更是樂不可支，直將那「東宮娘娘烙大餅、西宮娘娘洗大蔥，皇后娘娘來統領」當成宴飲上的助興節目，搞得玉帝有一段時日不得不迴避宴飲聚會，也省得被這些仙人們嘲笑。

端的是：

世人皆云神仙好，乃知仙境似人間。

仙境有閑談風月，別有天地非等閑。

列位看官，你道是牛小青如此，那灰牛大仙有何辦法，與他緩解這相思感傷之態？那桃花仙子隨王母回天宮，又當如何？欲知後事如何，且聽下回分解。

第十七章

上回書說至那牛小青因遭受打擊，不由得幡然悔悟、痛改前非，恢復農人勤勉本色，一門心思地勞作生產，只盼著自己這番誠心能感天動地、上達天聽，令玉帝和王母知曉，好將他的桃花娘子重新送還。

因此他白天雖是殷勤勞作，晚間卻忍不住哽咽憂心。列位看官，你道是他雖得了老村正的安慰，卻也因為此舉不過是無奈罷了。如今他便是想不聽那村正勸誡，也尋不到其他更好的出處來紓解心中塊壘。他雖安於這不似辦法的辦法，可諸位也知，失去心愛之物，為之悲切，乃人之常情。兼那村正之言，雖是暫且令他寬心，卻終究不是定數，因此他存了這個希望，得了這番告慰，卻並不知曉自己能否還與那桃花娘子見上一面，不由得長吁短嘆，不知來日幾何。

且說這廂牛小青心中忽而焦躁不安，忽而七上八下，也不知該如何是好。只得一心渴盼事情真能如那村正所言，將來終有一日，自己能感動西王母，令她送回自己的桃花娘子。

夜晚寂寥難當之時，他便只能在暗夜裏回憶與桃花仙女初識的種種情景。間或向隅灑淚一番，只是他終究是肉體凡胎，縱然有那仙草養護，卻終究經不起這白天黑夜的連番消耗。那神牛看在眼中，亦是急在心頭。

它見牛小青始終這般消沉，便暗下決心，無論有何等懲罰，都要安排牛小青與那桃花仙子見一面。這一人一牛下定決心，便直往南天門去。

列位看官，你道是這牛小青相思成疾，灰牛大仙暗自憂心，為牛小青想各種辦法，那邊桃花仙女卻又作何姿態呢？

話分兩頭，各表一支。且說這桃花仙女回到天宮之中，不消三四日，便把那牛小青之事忘得一乾二淨。這仙界諸神，盡是那些修成正果、壽與天齊之輩，素有無欲無求、不問是非之念，如今那桃花仙女既回天宮，重歸仙家身份，便將那塵緣中的遭遇一一置諸腦後，並把那俗世之中的姻緣拋卻得一乾二淨方是正理。

　　其下凡歷劫，本也就是她修行中一部分，她與那牛小青之間的情劫，於牛小青是深入骨髓、銘心刻骨，但那不過是她數千年仙家命數中的一點浪花浮蕊罷了，又豈會真正放在心上？

　　列位看官，原來這桃花仙女在遇到牛小青之前，便早已結束了數段戀情，上至王公貴族，中到富商子弟，下至市井平民，無一不被她的美貌仙姿與調情手段迷戀得銷魂蝕骨、肝腸寸斷，並為此相思成疾。

　　那桃花仙女平生在情之一字上，未曾有過半點敗績，因而才突發奇想，盼望能尋得一個與眾不同的凡人，體悟那不同的情感滋味。如此一則是滿足自己的收集癖，二則是因為她因在民間日久，也如市井之人一般迷上了話本小說，先前不過是看看罷了，如今久了，自己也忍不住技癢，閑來無事，亦會描畫幾段、寫上兩筆，混在那市面上的才子佳人小說裏，聊供眾人娛樂。

　　她之所以生出與那牛小青纏綿之事，正因她從不曾與一個農家小子、老實憨頭相處過，所以才會設計出這一段相遇相知之事，以增加自己的情感體悟，尋到話本的一手素材。

　　你道是這廂牛小青在家中肝腸寸斷，而桃花仙女卻混不在意，每日在天宮之中筆耕不輟，將自己與牛小青如何相識相知，又如何被那西王母拆散之事，寫得婉轉曲折、哀怨動人。她在這故事裏，直把自己描述得柔順怯懦、楚楚可憐；而將那牛小青描述得老實巴交、英俊瀟灑，而玉帝與王母，便成了惡勢力的代表、壞形象之典範，成日人閑事多，無事生非，是那一等惹人厭煩的中年油子，最看不得別人家

郎情妾意、相親相愛，總要使盡那雷霆手段、惡毒心思去拆散一對恩愛的情侶，把那美好的事物毀壞給人看，如此才能有一波三折之起伏，而大眾方能喜聞樂見、競相閱覽。

她本擬將這話本寫來供自己玩耍娛樂，不承想某一日，這話本中間幾頁因未曾收拾，被其他仙娥無意中瞧見，一望之下，頓時被故事中的愛情故事、人間家常感動得痛哭流涕，由此便在眾仙娥手中流傳開來。

後來那仙界眾神閱覽後，無一不被書中故事感染，以至於後來，竟然連書中的反面人物「王母娘娘」、「玉皇大帝」也是仙手一本，時時翻閱。列位看官，你道是這桃花仙女歪打正著，那本由她所寫的話本故事，因其在天界大為震動，於是不知由何人之口，慢慢也傳入那民間話本之中，並被眾人賦予了一個頗為直觀的名稱曰「牛郎織女的故事」，由此催生了牛郎星與織女星遙遙相望、一年一度的七夕相會之事，此處暫且先不提，當屬後話了。

閑言少敘。且說自這牛郎與織女的故事自在仙界傳開後，那些未經情事的仙女仙童們閱覽後都為之唏噓哀嘆，深恨那牛郎與織女的一段情事未能修成正果。因那書中牛郎織女是弱勢一方，玉帝王母是強勢一方，眾人這一腔憤懣無從發洩，便將那不滿全部對準玉帝與王母，深怨此二人不應當這般強硬拆散這一對天造地設的佳偶璧人。

初時玉帝王母還萬般解釋，言這不過是春秋筆法、曲解事實，如此假設，也不過是為了易讀故事罷了。奈何那些仙人非但不懂藝術，更是早就對這故事中的設定先入為主，也不管這話本有什麼藝術誇張手法，什麼樣潤筆過程，反正只認定王母與玉帝做了那惡人，一味去找他二人理論。

久而久之，這天界眾仙都閑則生事，分為兩派：一派忠於玉帝王母，另一派則擁護牛小青與桃花仙女。兩派仙眾日日聚首，動輒得咎，

為各自的立場爭論得不可開交，鬧得玉帝與王母也煩憂無比，不知該從何處勸解。

端的是：

隻眼須憑自主張，紛紛藝苑漫雌黃。

仙人看書何曾見，都是隨人說短長。

列位看官，你道是這牛小青與桃花仙子各歸各位後，那桃花仙子樂不思蜀，而牛小青相思成病，這灰牛大仙因不忍牛小青日漸消沉，馱著一個凡人，冒玉帝天罰重回仙界，這一番動作之後，又待怎地收場？欲知後事如何，且聽下回分解。

第十八章

上回且說到那灰牛大仙因不忍牛小青如今相思成疾，打算冒險化出仙身，將那凡人牛小青馱上南天門，尋個契機，著他與那桃花仙女一見，最好是能說上三五句話，以緩解他的憂思苦悶之情。

眼見一牛一人已至南天門，且說這灰牛大仙將牛小青馱到南天門附近放下後，便捏了個隱字訣，將自己的牛身悄悄隱在雲間，生怕那看守南天門的門將發現。它上天之前，便對牛小青千叮萬囑，云自己因受了天罰，不便在天界大剌剌地公然露面，萬一被鎮守巡邏的天兵抓住，便萬事皆休。

那牛小青口中諾諾有聲，一顆心卻早已被飛出魂外，只盼著那桃花仙女立時便在南天門出現，讓他一訴別後的相思衷腸，若是那桃花仙女能被他說動，隨他重回福氏村家中生活，便是那天上地下、古往今來一等順心事了。

說話間那灰牛大仙便已消失不見，只餘了牛小青一人，在那南天門入口處東張西望。他又期望又害怕，一顆心跳得如同密集的雨點一般，只差蹦出嗓子眼了。他躡手躡腳地向那南天門接近，卻越走越覺得步履沉重，兩腿上如綁了鉛塊一般，一步比一步慢，如同被含在泥地裏一般，眼見那南天門已近在咫尺，自己卻是連一步也邁不動了。

且見那牛小青手腳並用，壯了膽子又向前爬了數步，將要接近南天門的時候，胸口卻如同一記重錘打來，直打得他眼冒金星，口吐白沫，只來得及嘟囔兩聲，便雙腿一伸，直挺挺地向後倒去。

列位看官，這牛小青眼見已經摸上南天門，卻在這門口功敗垂成，你道這是為何？此情由雖不十分複雜，但細按敷衍，卻還要囉嗦幾句。

原是因為南天門乃九重天仙界的第一門戶，端的是巍峨萬丈、莊嚴肅整。那凡間的書中，便有詳實的記載，云那南天門之盛況如下：「初登上界，乍入天堂。金光萬道滾紅霓，瑞氣千條噴紫霧。只見那南天門，碧沉沉，琉璃造就；明幌幌，寶玉粧成。兩邊擺數十員鎮天元帥，一員員頂梁靠柱，持銃擁旄；四下列十數個金甲神人，一個個執戟懸鞭，持刀仗劍。外廂猶可，入內驚人：裏壁廂有幾根大柱，柱上纏繞著金鱗耀日赤鬚龍；又有幾座長橋，橋上盤旋著彩羽凌空丹頂鳳。明霞幌幌映天光，碧霧濛濛遮斗口。這天上有三十三座天宮，乃遣雲宮、毘沙宮、五明宮、太陽宮、花樂宮，一宮宮脊吞金穩獸；又有七十二重寶殿，乃朝會殿、凌虛殿、寶光殿、天王殿、靈官殿，一殿殿柱列玉麒麟。」

　　列位看官，如今諸位聽了這書中記載，方知曉南天門是何等聖地，尋常的散仙地仙想上南天門都不能。這牛小青一介凡夫俗子，如今擅闖南天門，豈是好玩的？書說至此，諸位定有一問。這南天門既然如此難入，那尋常天界眾仙，從此門出出入入，不也是同樣為難嗎？列位看官，你倒是此事說難不難，說易不易。原來是因為玉帝一向喜好宴飲，若是眾仙不能出入南天門，無法進宮赴宴，豈非是仙生一大憾事？

　　如此他便立下一個規矩，凡是欲入那南天門者，須得食仙家之饌，飲仙家之釀，或是有那仙界上神與他度一口仙氣，方有資格入那南天門，登上仙界的天宮神殿。

　　那牛小青雖食了一株仙草。卻是灰牛大仙在山谷中採摘煉製的，凡人食用，無非是強身健體罷了，與那仙界之中飲仙風仙露之奇花異草不可同日而語，而他入不了南天門，自也無甚好奇怪的了。

　　列位看官，這南天門的規矩如此嚴苛，也莫道是天帝無情。他如此安排，非是為仙家眾神著想，反是為了凡人考慮。試想，那沒有任

何根基的凡夫俗子，如何與那千萬年道行的仙界眾神相比？

　　若是天界第一大門都是門戶大開，常人皆可隨意出入，萬一何時那一介凡夫俗子因各種機緣巧合冒冒失失闖入天界，發現自己入了一個從前見所未見、聞所未聞的世界之中，該如何是好呢？

　　這世間的肉體凡胎者，皆是那六識未開、心眼封閉之人，他們若是貿然闖入天界，非但不可見那天界玲瓏多姿、雕梁畫棟、彩羽凌空、金碧輝煌之態，反會撞入到那萬丈混沌之中，無法辨其形，無法識其色，無法聽其聲，甚至連時間流逝都無知無覺。

　　天何其寬，地何其廣，己身如同天地滄海之中的蜉蝣一般。以一個凡人的心智，斷然無法承受。此小大之辨，稍有不慎，便會衝擊人之心智、擊垮人之心靈。

　　如今這牛小青貿然闖入南天門，反而著了道，亦是無法避免的了。

　　話分兩頭，各表一枝。且說回這灰牛大仙這邊。他倒不是有意要害這牛小青的，因他入天界年短日淺，不知這天界規定，亦是常事。且它之前在天界人緣著實不怎麼地，那天界知規矩懂來歷的眾仙一見他便躲閃，遂他不知此事亦是情有可原。

　　且說那牛小青暈倒在南天門前，終是驚動了天界的門神。且說那凡人闖入天界之事雖是十分罕見，卻並非是前所未有。此前那天界諸神也有如桃花仙女一般貪戀紅塵，偷偷去凡間遊歷，返回時那下界做法留下的種種痕跡若是被凡人看見，一不小心順著那仙人下界的通道莫名去到那南天門，便會遭到牛小青今日的境況。

　　譬如某一次，壽星老兒騎著仙鹿下凡與當地的一位大善人加陽壽，回天宮之時，卻把那仙鹿忘在了善人家中。豈料此事竟然被善人家中的一名家丁偷偷瞧見，如今見壽星老兒已然回去，那仙鹿卻在後堂徘徊，便心念一動，貪從心頭起，惡向膽邊生，悄悄取了一把匕首，撲到那鹿身上，拿著匕首便想將那鹿角削下來。

說時遲那時快。眼見他正要得手之時，豈料那鹿竟一飛衝天、騰雲駕霧，轉瞬間便飛至南天門。那凡人家丁何曾見過這等事，頓時又驚又怕，趴在那鹿背上屎尿齊流，還未至南天門便暈倒了。

　　此人後來被南天門的守門金將發現，打開了人界名冊，查明來處，便將他送還回去。但此舉還與他留下了後遺症：此後他日日躲在屋子中不敢出門，但凡出門見了外間的藍天白雲，他便會憶起當日那一番好嚇，頓時雙腿哆嗦、小便失禁，熏得旁人掩住耳鼻、厭惡不已。

　　更有甚者，他日後睡覺便也只能睡在那棺材狀的木盒之中，絕不可見到一絲天光雲影。

　　端的是：

　　仙家肅整多規矩，凡人莽撞意難取。

　　朝參暮拜金人像，真身著盡黃金縷。

　　列位看官，你道是這牛小青如今倒在南天門，那灰牛大仙當如何，玉帝見了又當如何？而他如今擅闖南天門，與那桃花仙女，又能否得見？欲知後事如何，且聽下回分解。

第十九章

上回且說到那灰牛大仙帶著牛小青,一人一牛莽撞冒失地闖入南天門,累得牛小青口吐白沫、暈倒在地之事。列位看官,你道這牛小青本盼著能與桃花仙女見上一面,以慰相思之苦,如今這桃花仙女未見到,自己倒先折了,實乃禍不單行。

且說牛小青倒在南天門之後,被那看門的金甲天將發現,那兩位金甲仙人一望之下,登時大驚失色。二仙驗視完畢,見他是凡人,約是誤闖仙界,便慌忙與他渡了一口仙氣,那牛小青得了二仙的仙氣,悠悠轉醒,天宮的諸般景致,也不再似先前只是混沌一片,皆在眼前一一浮現。那二仙見牛小青醒來,都在心中嘖嘖感慨,幸而此事發現得及時,如若不然,那牛小青非死即殘,險些如同那名被巨鹿誤帶入天界的凡人一般變得呆傻愚笨,不曉世事。

且說那牛小青得了二仙所度的仙氣,悠悠轉醒後,一張眼首先瞧見的竟然是一雙比銅鈴還大的眼白,便吃了一嚇;再一望,那守門仙人悠悠抬頭,眼珠子竟如同磨盤一般,在他瞧著那門神的同時,那門神也正目不轉睛地盯著自己。牛小青以手撐地,正待起身,卻覺觸手處又軟又熱,不似實地,頓時又吃了一嚇。待他定了定神,往四周打量了一番,這才瞧見,原來自己手撐之處,肌理分明,末端五根又粗又長的手指,指上寬大指紋指節,皆是清晰可辨,不由得嚇得跳將起來。原來此時,他方才分明自己原不過是躺在某個仙人的手上。

幸而那牛小青自遇山神之後,生活中的怪事接二連三,如今再見到神仙,雖然又驚又怕,但終還是有些心理準備。只見他死死攀住了那仙人的指縫,生怕自己一個不小心,便要掉下去摔個粉身碎骨。但那仙人如平地拔起的大山一般碩大無朋,穩穩停在雲間,更是嚇得心驚膽顫。

那仙人雖然身材魁梧，為仙卻甚是溫和。他見牛小青神色惶恐，連聲安慰，聲音亦是狀如洪鐘。牛小青見他瞪了一雙大眼，不住地打量自己，頓時本能往後避開。那仙人瞪了他數眼，忽地歡呼一聲，似是認得牛小青一般。那仙人呼吸甚重。這一聲歡呼，又差點將牛小青從他手掌上吹了下來。列位看官，你道這仙人為何如此？原是他將牛小青托在掌上，瞪著他那磨盤似的大眼辨別了好一陣，終於想明瞭此人眼熟的原因。

　　原來這由桃花仙女所書的《牛郎織女》早已在天界傳遍開來，那牛小青之名，端的是無仙不知，無仙不曉。更離奇的便是，當初那桃花仙女在書寫此話本之時，還用那織錦的七彩之色，繪製出了牛小青與自己的畫像配圖，那神仙生活甚是無聊，這一干仙人，個個都已把那牛郎織女之事閱了數遍，甚而連那牛小青的畫像，也是眾仙皆知、無仙不曉，個個爛熟於胸。

　　且那桃花仙女在寫此話本之時，還將仙術灌注其中，那話本的字迹、畫像皆可隨著仙界眾仙之身量伸縮，閱覽之際，十分方便，是以那仙人只是略辨了幾分，便已認出了牛小青。

　　這一人二仙，在此敘了一番前因後果，方知情由。二仙此時憶起守門之責，便和顏悅色地詢問那牛小青到底是使了什麼法子上天的。牛小青生來老實，本不擅撒謊，此刻被這看守南天門的門神問起，心頭立刻想起灰牛大仙與自己分別時的殷切叮囑，頓時結結巴巴、支支吾吾與那二仙道：「原是那桃化仙女下界時，曾予了自己一株仙草，食用這仙草之後便身輕如燕，能騰雲駕霧，遂自己才可飛上這南天門。」至於如何進入天宮，當日她未曾相授，自己不知道，也是自然的。

　　那二仙心中暗暗稱奇，想著當日牛郎織女的話本之中，從未提及此節。但牛小青已如此說了，定是發生過的。自己不知道，自然可能是被那桃花仙女隱去此節。

　　那二仙問明牛小青身份情由後，由那牛小青說到了《牛郎織女》

話本，又提及當日玉帝與王母是如何拆散這一人一仙的金玉良緣之事。

　　列位看官，你道正是「無巧不成書」，這兩位門神，雖都愛看《牛郎織女》一文，但卻是一個擁護玉帝王母、一位擁護牛小青與那桃花仙女，如今見了話本中的正主牛小青，這二仙便越爭越忘情，越談越激動，爭得面紅耳赤之時，雙方亦是無法說服彼此。

　　牛小青眼見那兩名門神似是預備武鬥，慌忙出言提醒，請求那兩位如山岳一般的門神將自己放下。那門將將牛小青安置在地上，與自己的同伴左一個仙訣右一個法術地鬥將起來，初時尚有些神仙風度，但後來見誰也不占上風，竟連仙訣也不捏了，只如孩童一般，抱在一起滾落在雲間廝打。

　　牛小青見他們兩個誰都不曾注意到自己，趁得那兩仙不注意，躡手躡腳地溜進了天宮。他一進天宮，又吃一驚。

　　只見那凌霄寶殿上，眾神正在爭吵不休。而玉帝和王母各占一座，正在暗自叫苦、默默發愁。原來眾人聽了那門神之爭，便再度想起自家當日讀到的「牛郎織女」話本，頓時紛紛加入那爭吵戰團。

　　那天宮中的「玉帝王母派」與「牛郎織女派」之爭，由這兩位門神引起，此時已擴展蔓延到眾仙，那仙界諸位仙人，除了玉帝王母之外，此時皆已加入戰團。是以牛小青一路行來，無人阻擋，原是因為眾仙都在自顧自地爭吵，倒是沒有什麼人有閑暇注意到自己。

　　端的是：

大家惡發大家休，畢竟到頭誰不是。

　　列位看官，你道那牛小青這番闖入天宮，藉那眾仙爭論不休之際，偷偷去尋那桃花仙女，卻是尋得著尋不著？若是尋找了，那桃花仙女對他，又會怎地？欲知後事如何，且聽下回分解。

第二十章

　　且說這牛小青一路小跑，終於闖入天宮之中，雖是大姑娘上轎——頭一遭，但他卻不曾流連半分天宮美景，一心只想去尋自己那桃花娘子。列位看官，想那天宮美色，有多少凡俗之人有緣得見？這牛小青竟然一眼不瞧，他如此這般，實屬才蔽識淺、管見所及。

　　列位看官，說到此處，且容我多言幾句。那天庭美色到底是何等景致呢？由我慢慢道來——

　　壽星臺上，有千千年不卸的名花；煉藥爐邊，有萬萬載常青的繡草。又至那朝聖樓前，絳紗衣星辰燦爛，芙蓉冠金璧輝煌。玉簪珠履，紫綬金章。金鐘撞動，三曹神表進丹墀；天鼓鳴時，萬聖朝王參玉帝。又至那凌霄寶殿，金釘攢玉戶，彩鳳舞朱門。復道回廊，處處玲瓏別透；三檐四簇，層層龍鳳翔翔。上面有個紫巍巍、明幌幌、圓丟丟、亮灼灼、大金葫蘆頂；下面有天妃懸掌扇，玉女捧仙巾。惡狠狠掌朝的天將，氣昂昂護駕的仙卿。正中間，琉璃盤內，放許多重重疊疊太乙丹；瑪瑙瓶中，插幾枝彎彎曲曲珊瑚樹。正是天宮異物般般有，世上如他件件無。金闕銀鑾並紫府，琪花瑤草暨瓊葩。朝王玉兔壇邊過，參聖金烏著底飛。

　　那諸般殿宇之中，還夾了一片桃園，這桃園景致如何？有詩為證。

　　夭夭灼灼，顆顆株株。夭夭灼灼花盈樹，顆顆株株果壓枝。果壓枝頭垂錦彈，花盈樹上簇胭脂。時開時結千年熟，無夏無冬萬載遲。先熟的酡顏醉臉，還生的帶蒂青皮。凝烟肌帶綠，映日顯丹姿。樹下奇葩並異卉，四時不謝色齊齊。左右樓臺並館舍，盈空常見罩雲霓。不是玄都凡俗種，瑤池王母自栽培。

　　且說這天宮建成之後，玉帝自矜宮中景致非凡，便大舉設宴，廣

邀人間擅丹青之畫師與人間擅吟咏之詩人，來觀賞天宮景致，以便將
那天宮精緻，用世間最精緻的文辭與最美的畫卷表述。

　　且說那擅丹青者，繪製這宮中美景，用了那天宮之中最珍貴的火
浣紙，畫了整整七七四十九天，也未曾得到天宮中的半分神韻，此後，
那能工巧匠因貪戀天宮美色，只瞧得雙目失明。用仙法治好之後，便
接前作繼續作畫。只因這畫師們如痴如醉地沉入這天地間獨一無二的
景致美色，無論如何也無法繪出天宮美景之神韻，最後便憤而燒掉了
自己所繪的美景，集體自殺赴死，以解此恨。

　　那宮中擅吟咏者，雖留下詩歌數言，但也自知不及天宮真正景致
神韻之一二，見那人間來天宮的丹青師們已慷慨赴死，便也萌生死志。
幸而被那哮天犬聞見血腥味道，慌忙前來阻止，否則那詩人亦會步那
丹青師後塵。

　　端的是：

今日紫台良工匠，明日閻羅殿前魂。

借問因何生此變，自云人在畫中遊。

　　列位看官，你道這天宮景致非凡，但大凡世間好物，都不得貪慕
渴求，否則便會物極必反，終生禍端。這些人皆是人間一等一的人物，
但此番天宮賞玩，縱是這些人極盡腦汁，搜腸掛肚，也未曾將天宮的
一二分景致盡述。被玉帝所邀，前來描繪天宮景致的諸詩人，皆深陷
那巧奪天工的景致之中無法自拔，深以自己無力描述這景致為憾，鬧
得險些自殺；而那些描繪景致、擅丹青的畫家們，卻已然自殺。幸而
那哮天犬因機緣巧合前來阻止，否則這些人便要步那畫家後塵，全部
血灑天宮，豈非正是例證？

　　前言休敘。且接上次宴邀之事往下說去。因那哮天犬趕來之前，
那被玉帝邀請前來描繪天宮美景的畫家皆已自殺身亡，實屬人間悲劇。
那玉帝本擬舉辦一場美景賞玩的盛宴，遂廣邀人間詩人畫師，以便日

後在人間廣為宣揚天宮之美之盛，令人心生嚮往。豈料如今卻釀成一場慘劇，那玉帝眼見人間的詩人與畫家皆無法承受天宮景致衝擊，確屬意料之外。

因此事事關重大，那玉帝不由得親面十殿閻羅，與之交涉。且說玉帝令其將自殺的人界畫師好好兒放回，並使了一個遺忘術，讓其忘掉天宮景致對這些凡人的心神衝擊，以免放回人間之時，這些詩人畫家還帶著那天宮之中的記憶，影響日後生活。此事之後，玉帝也深知天宮與人界差異之大之深，貿然邀請凡人來天宮遊歷觀賞，終乃是違背天道之事，遂他也日漸收起了邀請凡人來天界的心思。

且說此事之後，兩界相安無事日久，除了偶爾誤入歧途、無意中闖入天宮的凡俗之人和貪玩下界遊離的一二散仙外，近年內仙凡之間，甚是安靜，無甚大事發生。如牛小青這般，主動結交仙人，又主動闖入南天門，妄想尋回那桃花仙子之人，實屬獨一無二唯一一個了。

列位看官，那牛小青之事，此刻先按下不表。且說那天界之事，雖是玉帝謹慎再三，卻仍有一位詩人吟詠天界美景之詩卷，不知怎地落入了凡間帝王之手，那凡間帝王見詩中描述的凌霄寶殿之態，心中大為嚮往，不知如何便起了貪心，下令搜羅能工巧匠，誓要將自己日常行走坐臥的殿宇皇宮改建得與那詩中所寫金釘攢玉戶的凌霄寶殿、彩鳳舞朱門的復道回廊一模一樣，處處玲瓏剔透、層層龍鳳翱翔。

但列位看官，你想那天宮中諸般景致，因有仙法加持，遂四季常青。正是天宮異物般般有，世上如他件件無。金闕銀鑾並紫府，琪花瑤草暨瓊葩。朝王玉兔壇邊過，參聖金烏著底飛。那人間帝王，縱有能耐，無非也是兵馬糧草多些罷了，又如何有天兵天將通天徹地、移山填海之能？

諸位，你道是「燈下黑」。其實這人間三歲小兒便知之事，到那帝王將相處，有時會一葉障目不見泰山，反而變成了世上最難懂的道

理。那帝王因日常被文武百官追捧慣了，要風得風、要雨得雨，哪知這世界人力有窮盡、水能載舟亦能覆舟之理？

只道那宮宇一日未建完，工匠們便一日不得閑。為此勞民傷財、流血漂杵也再所不惜。那人間的帝王，一根筋扭了，也是一件禍事，為造那瓊樓玉宇，這帝王留下遺訓，五代之內，必將此事完成。如今為建這地上的凌霄寶殿，耗費國力、民怨沸騰，各地民眾無生存之地，不得已揭竿而起，待眾人攻到宮殿之中，便要學楚霸王項羽將那勞民傷殘、舉全國之力修建的宮殿一把火燒掉。沒料到的是，待眾人跑到殿前，卻見那地上連地基也未曾建完，更別提起高樓、雕畫棟之事了。

花開並蒂，各表一支。這玉帝凌霄寶殿的美景權且說到此處。且說回牛小青之事。如今因諸仙還在為「玉帝王母派」與「牛郎織女派」一事爭執，無人管那牛小青是否闖入天宮，他便一路小跑，預備去那凌霄寶殿瞧瞧，看自己那美貌的桃花娘子是否在諸仙之中。

正待他跑進凌霄寶殿之時，卻聽身後一聲轟鳴如雷般的喝令聲，命他站住，休得再往裏闖。那牛小青還待再跑，腳下已是一輕。原是此前在南天門守門的金甲門將已追了上來，要將其押解回去。

他身材高如山岳，只用兩根手指頭一拈，便已捏著牛小青衣領，將他輕輕提起，大步往門口走去。牛小青掙扎不脫，只得乖乖隨他到南天門處，待那一人一仙至南天門，牛小青抬眼一望，卻見那隱身躲在雲叢之中的灰牛大仙，不知何時也已經被揪出，正被另一個金甲門神攥在手中。

正是：

冤家路窄總相逢，落花流水各具心。

列位看官，你道是這牛小青與灰牛大仙，皆被這看守南天門的金甲門神捉住，又待如何？那牛小青既至天宮，還能不能見到他日思夜想的桃花仙子？欲知後事如何，且聽下回分解。

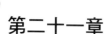

第二十一章

　　花開並蒂，各表一支。上回且說到牛小青與灰牛大仙貿然闖入天宮，因眾仙還在為那牛郎織女與玉帝王母之事爭論不休，故無人理會得他，叫他僥倖獨自闖了進去，豈料他還未見到那桃花仙女，復又被門口的金甲仙人拎了出來，連同著那灰牛大仙，一併成了南天門門神的俘虜。

　　列位看官，這牛小青驚鴻一瞥，眼見灰牛大仙也同樣被俘，也不知心中作何想法。閑言休敘，且說這牛小青離開之後，如今兄嫂的光景卻是每況愈下。

　　那悍嫂家長工雖多，但大抵都是能躲懶就躲懶，能偷閑便偷閑，總不如牛小青自家人這般盡心。他嫂嫂不事稼穡，對田間壟頭、六畜牲禽之事一竅不通，因此那長工糊弄，她也看不出究竟，只知一味喝罵，久而久之，眾人對此皆是牢騷滿腹，敢怒不敢言。

　　到那做工之時，自然也就是慵懶閑散，陽奉陰違，能敷衍處決不肯多使一分力，怎如牛小青當日做工時，那以一當十之態呢？兼之當日他兄嫂家有那灰牛大仙這勤懇自苦、喜做農活之天生勞碌者，遂那兄嫂家的景況，是扶搖直上；而如今之事態，卻是一落千丈了。

　　且說那悍嫂雖然生平唯一樂事便是橫挑鼻子地罵人，但罵得久了，見家中收入日益減少，自是那長工等人不受說、當面一套背面一套之緣故。遂她便減了對那長工的喝罵，日日只是拿著自己的丈夫牛大青出氣，可那牛大青也是個老實頭，罵得狠了，也不出聲，只是自個兒躲在一旁生悶氣罷了。

　　那悍嫂日日把這一套新詞舊貌翻來覆去地喝罵，說久了自個兒都膩歪了，卻也不見那牛大青有所反應。更可氣之事還在後頭，且說那

福氏村紡織之事興起之後，遠近鄉鄰借了那織社的東風，個個賺得盆滿鉢滿，引得附近周圍的人，紛紛去那福氏村取經，那兄嫂所在的莊子亦不例外。

這悍嫂眼見別人如今都發家致富，自家確實急轉直下，每日急得如同熱鍋上的螞蟻一般，直是寢食難安。且說她家長工也早就受不了她這番尖酸刻薄、待自己寬仁待別人嚴苛之態了，人雖是在她家做工，心中計較的卻是何日籌備到足夠的銀錢，自己買上幾畝薄地耕種，也省得日日在家裏受這番閑氣。

且說這幾名長工原是計較著有地了便自收自種，如今卻聽聞那福氏村村眾因靠了紡織一技，沒了土地，卻依然是日進斗金的態勢。再一打聽，不少紡社沒了土地，卻依然可賺錢維持生計，還略有結餘。他們派了一人，去那福氏村查探後，確定那紡社賺錢之事確有其事，回家與婆娘略一合計，各自心下都覺得這紡織業大有可為，再不想繼續在田間耕作，受那日曬雨淋之苦了。

這幾名長工辭工去紡社之後，那牛家兄嫂的田地無人管理，牛大青一人也無法擔待這許多活計，再招人卻也無人情願，原是比之種地，那紡社的活計來得又清閑自在些，賺錢也多些。

因此，那種地的長工們，但凡是能進紡社者，便都想法子進了紡社，日子一久，那牛家嫂嫂做工之人日漸稀少，家中田地也日漸荒蕪。如今大家皆知紡織行當才有利可圖，誰還願意轉頭去做那面朝黃土背朝天的莊稼漢呢？唯有那牛家嫂嫂鎮日裏嫌那織布機吵鬧，不大願意轉行，如今也無人願意再幫她家耕作，索性便一不做二不休，賣了家產，去縣裏住去了。

且說她搬到縣城後，初時日子還算得上是略有富餘，原是因為那牲口和田地賣了不少錢，遂她剛到縣城，時日過得還算順當。可惜好景不長，她打小便是那慵懶刻薄的性格，自己不做事，倒把別人指揮

得團團轉，稍有不對，動輒便大發脾氣。丈夫著她罵了這些年，對她也已然免疫，任憑她說什麼，都給她來個充而不聞、視而不見。

如今見家中無田無地，耕牛也盡數賣了，索性也心灰意冷地在家中躲懶，絲毫不想出去找活做。兩人如今有出項無進項，萬貫家財也經不起這番消耗，加之那悍嫂之前是揮霍慣了，如今沒有了進益，她使起銀子來仍還是不加節制，月月都要添新衣，頓頓都要食山珍海味，遂那家中的銀錢，不多時便見了底。

且說正當這悍嫂消耗日久，牛大青暗暗叫苦之時，卻驀地峰迴路轉，不提防接了他胞弟牛小青一封信。端的是：

山重水複疑無路，柳暗花明又一村。

列位看官，你道是這書信上寫的是甚？原來這牛小青離家日久，雖是當時深恨嫂嫂無情，但畢竟血濃於水，想起那哥哥雪下贈衣贈銀之事，終究還是狠不下心腸，仍是忍不住託那能短文識字之人寫了一封信，將那別情一一表述，云灰牛大仙當日不過是裝病，現如今好好兒地跟自己處在一處，一人一牛耕種那兩畝肥田，日子一天天便往好裏去了。且如今自己也已和桃花仙女成婚，仙女從仙界帶了七彩蠶絲，能教眾人採桑織布，遂進益頗多，請兄長勿要以弟為念。

那牛小青的嫂嫂見了他的來信，已是有三分不悅，如今且聽了那信中內容，更是憤怒難當，原這一切的始作俑者，竟然是那牛小青與牛小青媳婦。此二人大興紡社，害得如今沒有人願意耕田勞作，自家田地大半荒蕪，長工們一心只想要去那紡社裏賺輕省錢。若非他夫妻二人橫插一杠，自己如今還過著躺在家中使喚長工的富貴生活呢。

更可氣的是，這牛小青如今竟然比自家當初還有錢，這且不提，他那信中描述的桃花娘子竟是仙女一般的人物，養蠶繅絲不費吹灰之力。二人只與那紡社供應生絲，便賺足了零花錢，成日遊山玩水，惹得人人側目欽羨，如今日子過得比她好得多。她見當日被自己日日責

罵的牛小青忽然有了這番成就，立刻便食不下咽、睡不安寢，心中對
牛小青夫婦二人含恨妒忌愈烈，只盼他們兩人立時有什麼飛來橫禍，
好教自己平復心中的不平之氣。

　　正是：

　　為報恨心虛嫉妒，紅塵向上有青冥。

　　**嘆嗟浮世。被榮華、驅策名和利。人人鬥作機心起。百般奸計。
嫉妒愈增僥巧重，生俱相效皆貪愛。何曾停住常若是。**

　　列位看官，你道是這牛小青與桃花仙女被生生拆散，若被那悍嫂
聽見，又是一番甚麼嘴臉？而那牛小青現如今被天界金甲神兵抓住，
又該怎麼辦？欲知後事如何，且聽下回分解。

第二十二章

　　上回且說到那牛小青與桃花仙女婚後，二人大興紡社，家中增益頗豐，遂日漸遊山玩水，令那田地日漸蕭條荒蕪。但二人對此非但絲毫不以為意，反覺遊山玩水、鎮日廝守方是人生極樂，心中絕不會有甚負擔。

　　那牛小青如今自個兒過好了，心中暢意，時日清閑，便忍不住想起自己那老實兄長，一則是將自己近況告知兄長，二則便是他終究還是老實厚道，盼著能與那兄長之間互通消息，將自己如今的好日子與他分享一二。

　　可惜這牛小青性情憨直，絲毫不會轉彎。他在與兄長的信中，除了寫了如今近況，更是將自己與桃花仙女、灰牛大仙相遇始末和盤托出，他在信中言明灰牛大仙如今因得了山神幫助，由他採花醫治方逃出伏牛谷，此事若是傳入天庭，他與那灰牛大仙，皆會受到天庭重罰。

　　他在信中寫下此事，末了卻又求兄長保密，實屬糊塗。想他在那嫂家待了一年之久，對那悍嫂的脾氣秉性，原本是再熟悉不過的，如今卻寫信與兄長說令其保密，殊不知有那悍嫂在家中，芝麻綠豆般的事也給她搞得比天還大，又豈有不知之理？

　　列位看官，這牛小青做下這等糊塗事，原並不怪他。你道為何？原是這牛小青到了西村之後，遇到的皆是厚道樸實之人，譬如這村正，雖是不喜牛小青鎮日閑耍不顧禾苗稼穡之事，但是起心卻終究還是不忍一大好青年就此便放縱墮落罷了；而那代牛小青寫信之人為村中老秀才，其人讀的是聖賢書，學的是君子道，更是端方正直、德高望重，絕不會窺探別人的私密往事，更別提會起甚麼揭發告密之心了。

　　可列位看官，說到此處，你們大約也明白了這其中的道理。這牛

小青是以自己的想法度天下人，以為人人皆是正道直行之人，卻不提防他那嫂嫂卻正與他們是貳樣人。她從信中刺探了這信息後，便連忙跑到土地爺的神廟之中，對著那神像述說了牛小青與灰牛大仙的諸般罪過，中間不乏許多添油加醋、無中生有之事。她如今對牛小青因妒生恨，只盼這些信息上達天聽後，能立時將那牛小青懲罰處置，這樣那牛小青遺留下的錢糧財產，便可二一添作五，算得他哥哥牛大青一份，自己自然也可不費吹灰之力地據為己有。

當然，便是沒有錢分與那牛大青，她亦是絕不容許那牛小青現在過得比她還要滋潤悠閑的。遂咬碎銀牙也要將那牛小青整死整垮，以消解心頭妒恨。

閑言休敘。且說這土地爺聽到這般消息，絲毫不敢怠慢，馬上便要上天將那消息告知玉帝。可是諸位，你道是無巧不成書，原那牛小青兄長收到他的書信，距離他託人寫信之時，已過了三四月，這期間牛小青與桃花仙女之間變故接二連三，待那牛大青收到弟弟書信又被自家婆娘獲悉，獲悉後又去那土地廟中告禱，又間隔了數日，遂待那土地公上到南天門時，卻已是牛小青與灰牛大仙偷偷溜上天宮之日了。

且說這土地公一路奔上天宮，正要入南天門之際，卻驀地轉頭，一眼瞥見了躲在雲層之中的灰牛大仙。他不欲與那灰牛大仙正面衝突，便趁自己入天宮之隙，將那灰牛大仙的藏身處，指給了那兩位門神知道。

那灰牛大仙躲在雲中，正自忖無人瞧見，殊不知這兩位門神早已得知，只待他一個不注意，這兩位門神便奔襲到眼前，一步邁過，早已將那灰牛大仙抓在手中，那灰牛大仙不提防此二仙竟會有這番動作，當下還未抬手，便已被這兩位門神抓住了。

如今這兩位金甲門神抓了牛小青與灰牛大仙，略一商量，均覺玉帝如今天天被眾仙為那牛郎織女與玉帝王母之事吵得頭疼欲裂，此等

小事，也不必去麻煩他了，倒不如自己按照天規將灰牛大仙與牛小青處置了便是。

　　兩位金甲門神商量妥帖，其中一位便拔出身上佩劍，朝著那灰牛大仙的牛角一劍刺下。那牛小青心中擔憂關心，便忍不住向灰牛大仙與那金甲門神的方向望去。且見那金甲門將一劍刺下，灰牛大仙的傷口之中卻不流血，反是飄出一縷藍色烟霧，那藍烟在雲中盤旋幾次，終是慢慢消散了。

　　且聽那刺了他一劍的金甲仙人道：「你且聽著，如今你已神力消散，變作一頭普通耕牛了。你既喜歡做農活，如今正好遂了你的心願，便當回耕牛日日做活，才算是求仁得仁。」言罷他便將那灰牛大仙從雲端上推了下去。

　　另一位金甲仙人見狀，衝著下界的雲面招了招手，不消片刻功夫，便有一怪物忽地從雲彩之中冒出。

　　牛小青一望之下，頓時被嚇得怔在當場。他剛才見了灰牛大仙被金甲仙人推下界，只是怔忡錯愕，還未來得及傷心，此時見了這名怪物，心頭驚懼恐慌，自難言明。

　　列位看官，你道那怪物是何等樣貌？

　　只見它身長數尺、兩臂下垂，較牛小青高了兩個頭不止。但因其如猿猴般彎腰駝背、蜷身曲腿、兩臂垂地，倒也不好判斷其身高。那怪物四肢軀幹均與常人一模一樣，身上卻是肌肉虬結，顯是經常跑動之故。

　　那怪物身上慘白，未著寸縷，如同僵死的屍體一般。皮膚上密密麻麻地生著倒刺，細辨之下，那倒刺上竟還生著倒鈎，端的是鋒利無比。

　　牛小青見它形貌倒似雄性，可是細看這怪物，卻又是胯下無物。

　　且見那怪物身上血迹斑斑，紅一塊黑一塊，那紅色血液是新沾染上的，但那黑色血塊，顯是乾涸的舊迹，許是沾染時日漸久變色。更可怖的是，這怪物竟然是個無頭怪，脖子以上，明明該生頭之處，卻生了一隻大眼睛。那生眼之處，卻又沒有耳、口、鼻，只那一雙布滿血絲獨眼，冷冷地不知瞧向何處，甚是可怖。

　　這怪物往此處一站，更襯得旁邊一身金盔銀甲、吳帶當風的兩位門神威風凜凜，直有雲泥宵壤之別。

　　列位看官，你道是這怪物到底是甚麼來頭？那二神此時喚它上來，又所為何事？那牛小青既犯天條，落入這二神手中，又待怎地？欲知後事如何，且聽下回分解。

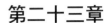

第二十三章

　　上回說到金甲門神從雲中喚了一個怪物出來，那怪物生得殊形異態，甚為可怖，直把牛小青瞧得頭皮發麻、汗毛倒豎。他心中極為忐忑，也不知這兩位金甲門神喚他出來做甚。

　　且見那金甲門神喚了怪物上來後，便自顧自對牛小青道：「牛小青，你可知仙凡有別？這凡人若是與那違背天條的仙人結為朋友，便會被罰入幽冥地獄。不過念在你……」那金甲門神尚未說完，卻見牛小青兩眼一翻，已然暈死過去。原那牛小青心中，將地獄想像得陰森恐怖、駭人聽聞，因此甫一聽到「下地獄」三字，還未來得及深想，便已先叫自己心中對地獄的種種恐怖幻像嚇得暈了過去。

　　金甲門神見牛小青如此經不起嚇，亦是搖頭嘆氣地揮揮手，著那怪物將牛小青帶走。

　　怪物見金甲門神有令，當即扛起暈倒的牛小青，毫不猶豫地從雲端跳了下去，瞬間便不見踪影。

　　列位看官，你道是這牛小青與灰牛大仙既已各自被金甲門將做了處罰，心中定然暗含悲憤。其實不然。列位看官，此中緣由，且聽我一一道來。這金甲門將瞧著嚴厲，但不過是奉命行事罷了。那天界本是閑適鬆散，只不過凡俗人等，盡如牛小青一般，歷來將天界幽冥，想像得極為森嚴、過於陰森可怖。

　　試想一下，那天界仙人，在修煉得道之時，便應當棄絕塵緣，從心所欲，世間的規矩等制，在天界眾仙心中，其實當不得什麼大事。這天界眾仙的頭等大事，是修身養性、延年益壽，享受清明的閑暇時光。遂素來最是厭惡制定規矩原則，若這天條等制一多，便要耗費心神去留意，這一來二去，便嚴重悖逆修身養性之道，自是大大的麻煩事。

遂那天庭之中，實際並無什麼非要遵守不可的天規。至於那天條之中明言凡人不得與天庭之中的謫仙交友，卻是因其有一段不為人知的緣故。

數千年前，玉帝對冒犯天威者，或是無意中犯錯的仙人，盡皆採取寬大政策。只要此人行為不算是太過出格，玉帝便一概輕輕揭過，或是偶有小罰，也只不過是讓那些仙人們在凡間歷過小劫便就此作罷，從無過分較真。至此數百年間，天界凡要懲處那犯禁仙人，皆是如此做法，久而久之，眾仙皆已習慣成自然，從無覺著此法有甚不妥。

也當是合該有事。列位看官，以往天界有仙人犯禁，受了玉帝責罰，認了錯便罷，那仙人與玉帝，都是輕輕將此事放下，日後不再重犯即可。

不承想某一次，天界之中一名叫蚩尤的仙人在仙界犯禁，被玉帝從仙界貶落凡間後，非但不思悔改，反而變本加厲，偏要反正道而行惡事，於是出入往來之人，盡是那些心術不正者，他日日與這群人攪在一處，也不知因此催生出了多少邪惡心思。他謀劃數年，大約是覺得心有不甘，便聯合了那散在凡間各處的妖魔鬼怪，率眾謀逆，帶領手下一干妖魔，向天庭諸人宣戰。

這場仙魔大戰持續了數年之久，玉帝擊敗了這幫烏合之眾後，那蚩尤仍不死心，帶著殘兵餘勇與當時人界的帝王黃帝又打了一場。那黃帝也甚至悍勇，與他周旋數十年後，終於將其擊敗，趕往那蠻荒之處，不許他再入凡間鬧事。

列位看官，你道是以仙界眾神之能，這蚩尤一人，雖領了一群妖魔邪祟，但這場戰事對天界而言，不過是一個小麻煩罷了。但那群魔過處，卻搞得人間生靈塗炭、民不聊生。玉帝見那禍端也是蚩尤在人間受了邪魔外道引誘，才會引發這一場大戰。遂那玉帝思來想去，覺著若是為了避免這類災禍再起，他便下決心要制定一條律法，儘量讓仙凡隔離，以便減少那仙界與凡人之間的衝突摩擦。

這天條訂立後，玉帝便命凡仙人下凡，皆不可與人類走得太近，因那人間魚龍混雜，各色人等均有，但凡起心邪念、略有心機城府的歹徒，其邪惡程度，連天上的神仙聽了，亦是瞠目結舌。

便是玉帝本人，也幾乎無甚邪念綺思，因那仙界眾仙鬆散慣了，因此他也不大能分辨人之好壞良邪，索性便想出這一勞永逸的法子，乾脆告知眾人仙凡有別，能不接觸便最好不要接觸，凡那仙界眾人，切不可與凡人走得過近。若是能不與凡人打交道自然更好。如此天條在仙界通行後，眾仙大都是無可無不可之態，久而久之，這玉帝當日的權宜之計，竟成了天庭的通行準則。

那玉帝云，這條天規推行後，如再有被貶下界的謫仙，姑且先留著他們的仙力，以便他們在凡間亦能享受衣食無憂的富裕生活。但切不可與任何凡人過從甚密，長久接觸，更不得與之交友、交通往來。

若有仙人違反規定，非但要剝奪這仙人的一切仙力，便連與之交往的凡人，亦同樣要下幽冥地獄領受懲罰。這灰牛大仙正因其與牛小青同吃同住，親密異常，甚至於幫他違背天條，因此才會給兩人招至今日之災。

但那牛小青聽見金甲門神云「下地獄」之語，便嚇得暈了過去，卻也大可不必。這天界諸神一向不過分執著於天條規矩，那地獄幽冥受其影響，當也不至差異太大。便是牛小青入了幽冥地獄，那大鬼小鬼要按地獄的規矩行事，他未曾做過壞事，到那地獄之中，也不用受什麼刑罰，即使是交到那十殿閻羅手中，也不過是讓他幫忙打打下手、做些力所能及的事情便罷了。

可憐這牛小青，一句話尚未聽完，便嚇暈自己，端的是：

人膽小於壺，揣想無限極。

及其遂所願，不過一消息。

列位看官，你道是這牛小青如今既已經被那怪物送了幽冥地獄受罰，那他將來的日子，會是何等光景？這灰牛大仙如今已變回普通耕牛，又待怎地？欲知後事如何，且聽下回分解。

第二十四章

　　上回且說到那怪物將牛小青帶到幽冥地獄之後，便從一名罪鬼身上扯了一張嘴貼，貼到自己的肚子上，剛貼上身，便自行蔓延生長，須臾功夫，那嘴貼便如同原本就生在他身上一般，當即便可吐露人言。

　　那鬼卒腹部有口，便出聲叫醒牛小青，並與那牛小青道：「此處雖是冥界，但那冥界之罰，並不似你想像中這般恐怖，這不過便是個稱呼罷了，你在凡間既無做過傷天害理之事，在此處也不會受什麼刑罰，只需做好自己份內之事即可。」

　　那牛小青見此地無打罵虐待之酷刑，稍事鬆了一口氣。此時他知那幽冥地獄內無甚刑罰，便又暗暗升起一絲離開此地的希望。他見那鬼卒要離開，連忙追了上去，恭恭敬敬地問道：「不知我在這幽冥地獄的受罰期限是幾何？」那鬼卒撓撓頭道：「這卻無人吩咐過我，但依我所見，應當是差不多了便可完事。」

　　牛小青聽它如是說，本擬再問這個「差不多」究竟是何時，但見那鬼卒形容可怖，「到底幾時」四字在唇邊滾了數次，都又猶豫著咽了回去。

　　前言休敘。且說那牛小青自此便開始在幽冥地獄服役生涯。做活他倒是做慣了的，也不覺得有甚辛勞難捱，可那農活體力活上他是一把好手，但需要精細操作時，他卻並無任何過人之處。但說來也巧，那地獄中打下手之事，盡是些有技術含量的事，譬如那地獄之中的刑罰，便是各有不同。

　　列位看官，你道是那地獄之中，皆以受罪時間的長短與罪刑等級輕重而排列。每一地獄比前一地獄，增苦二十倍，增壽一倍。那十八層地獄的「層」，非是指空間的上下，而是在於時間和刑法上不同，尤其在時間上的差別。

其第一獄以人間三千七百年為一日，三十日為一月，十二月為一年，罪鬼須於此獄服刑一萬年。其第二獄以人間七千五百年為一日，罪鬼須於此獄服刑須經兩萬年。其後各獄之刑期，均以前一獄之刑期為基數遞增兩番。

這牛小青如今初來乍到，哪知地獄之中這些門門道道？光是這番算數方法，已教牛小青暈頭轉向，更不用說另有設計上刀山之刀應當如何伸出、那油鍋之中的油應當放置幾多、溫度應該控制在幾何、如何做法、才能令那爬上去的罪鬼們覺得更痛苦才好。

還有便是那碾人的石磨，應當如何設計，方能一點點將那罪鬼碾碎卻又不令其卡在那磨盤當中，好令其一點點嘗到「罪有應得」之痛，卻不至於立刻致死。再說說那拔舌地獄之中，那拔長舌婦的鉗子，亦是需要精細操作之事，力氣大一分不可，小一分亦不可，都是決不可一下致其死命，卻又要令其痛苦萬端的手法。

那牛小青素來是個老實頭，粗手笨腳、心拙口夯，幾時做過這等精細之事？因他不懂這其中差別，某一次，他因操作不當，把那地獄的刑具及工廠弄得爆炸了。如此一來，他在那地獄服役變成添亂，這些日常事他非但未幫上忙，反在一旁礙著旁人的手腳，實乃成事不足敗事有餘，給他人平添了無數麻煩。

列位看官，你道那牛小青既惹出這等麻煩來，閻王想不注意到他都難。閻王聽那小鬼告知了牛小青此人此事，慌忙從那判官手中取了牛小青的陽壽簿，略一翻檢才發現，那牛小青在福氏村中做活時，老村正也不過是令其做些搬東西之類的粗活重活，從不令他去那機器上做任何精細工作。細究其原因，便是那牛小青太過莽撞，但凡那機器到他手中，不過一二日便會損壞。這番摧折下來，誰還敢喚他幫忙？

閻王合上那陽壽簿後，念頭一轉，尋思著此人雖在地獄服役，但不堪其用，什麼事都當不得，但若就此放他回去，卻未免又太過便宜此人。他思來想去，也無甚更好的法子。便著那小鬼又喚了牛小青過

來，令他無事便在地獄之中觀他人的受刑之態，以達到殺雞儆猴的效果。但其他閑事，一律不允許他插手。如此關他幾年，便算是罰了他了。

話分兩頭，各表一枝。且說那牛小青日日在地獄之中閑逛轉悠，見那千日折磨、萬種酷刑，不是傻子，便也被嚇得傻了。更兼地獄之中，陰森可怖、酷暑嚴寒兼有之，他日日待在其中，抬頭爭眼，看到的都是那嚴刑峻法，焉能不被嚇得神經失常？

且說這牛小青被這場景嚇得戰戰兢兢、如履薄冰之事，那鬼卒皆一五一十告知了閻王。閻王見其實在可憐，便令鬼卒在幽冥之中尋了一個角落，並將那角落布置得與牛小青在人間的小院一模一樣，著他在此地安然待著，平日裏若無重要事，哪裏都可不去。

列位看官，你道是這「非我族類，其心必異」，這牛小青一個大活人，如今日日住在幽冥地獄之中，自然十分打眼。且說這地獄中的一眾鬼卒，與那常人一樣，凡無事之時，便會四處串門聊天。走動多了，便有那鬼卒看見牛小青獨個兒住在地獄之事。

話說那鬼卒們平日見到的不是生魂就是惡鬼，幾時見過這等大活人？他們如今見了一個活人住在此處，個個都覺得新鮮有趣，遂一得閑便會前來，纏住那牛小青與之閑聊，並令他講那人間的種種趣事。牛小青生性老實，哪敢跟這惡鬼們多做糾纏，見了這陣仗，自是能躲便躲。但那惡鬼們閑則生事，已無聊了這麼些時日，又焉能放過他？

那牛小青無奈，便只得日日與那班惡鬼們糾纏周旋，能敷衍過去便嗯嗯哼哼地敷衍過去，非有重要原因，絕不敢與之多言。

端的是：

生在陽間有散場，死歸地府也何妨。

陽間地府俱相似，只當漂流在異鄉。

列位看官，你道是這牛小青與這一干鬼卒之間，當如何發展？這灰牛大仙被打落之後，又該何去何從？欲知後事如何，且聽下回分解。

第二十五章

　　上回且說到那閻羅王因見牛小青可憐，便著鬼卒與他單獨安排了一個住處。因那幽冥之中的鬼卒鮮少見到生人，遂那日常放風之際，便紛紛來與牛小青談天說地，巴望著從那牛小青口中得知一二分人世風情。

　　那牛小青本已被地獄諸般酷刑嚇得失魂落魄，又如何經得起鬼卒的這番糾纏，因此能不與之接觸便不與之接觸，每日只是悄悄地藏在那帳篷之中不敢現身，生怕被那鬼卒逮住，又要強拉他告知各種人間故事。

　　列位看官，你道是那地獄罪鬼，亦有這閑暇放鬆之期嗎？確是如此。你道那幽冥地府，到底是何姿態？有詩為證：

　　飄飄萬疊彩霞堆，隱隱千條紅霧觀。

　　耿耿檐飛怪獸頭，輝輝五疊鴛鴦片。

　　門鑽幾路赤金釘，檻設一橫白玉段。

　　窗牖近光放曉烟，簾櫳幌亮穿紅電。

　　樓臺高聳接青霄，廊廡平排連寶院。

　　獸鼎香雲襲御衣，絳紗燈火明宮扇。

　　左邊猛烈擺牛頭，右下崢嶸羅馬面。

　　接亡送鬼轉金牌，引魄招魂垂素練。

　　喚作陰司總會門，下方閻老森羅殿。

　　只見此處旋風滾滾，黑霧紛紛，一輪巨大的血月高懸，照著那幽冥之中的千隻惡鬼、萬重冤魂。

獄中地形多凸凹，勢更崎嶇。峻如蜀嶺，高似盧巖。非陽世之名山，實陰司之險地。荊棘叢叢藏鬼怪，石崖磷磷隱邪魔。耳畔不聞獸鳥噪，眼前惟見鬼妖行。陰風颯颯，黑霧漫漫。陰風颯颯，是神兵口內哨來烟；黑霧漫漫，是鬼祟暗中噴出氣。一望高低無景色，相看左右盡猖亡。那裏山也有，峰也有，嶺也有，洞也有，澗也有；只是山不生草，峰不插天，嶺不行客，洞不納雲，澗不流水。岸前皆魍魎，嶺下盡神魔。洞中收野鬼，澗底隱邪魂。山前山後，各方鬼卒亂喧呼，急急忙忙傳信票，吆吆喝喝趕公文。

吊筋獄、幽枉獄、火坑獄，寂寂寥寥，煩煩惱惱，盡皆是生前作下千般業，死後通來受罪名。酆都獄、拔舌獄、剝皮獄，哭哭啼啼，悽悽慘慘，只因不忠不孝傷天理，佛口蛇心墮此門。磨捱獄、碓搗獄、車崩獄，皮開肉綻，抹嘴咨牙，乃是瞞心昧己不公道，巧語花言暗損人。寒冰獄、脫殼獄、抽腸獄，垢面蓬頭，愁眉皺眼，都是大斗小秤欺痴蠢，致使災屯累自身。油鍋獄、黑暗獄、刀山獄，戰戰兢兢，悲悲切切，皆因強暴欺良善，藏頭縮頸苦伶仃。血池獄、阿鼻獄、秤杆獄，脫皮露骨，折臂斷筋，也只為謀財害命，宰畜屠生，墮落千年難解釋，沉淪永世不翻身。一個個緊縛牢拴，繩纏索綁。差些罪鬼，長槍短劍；抓些生魂，鐵簡銅錘。只打得皺眉苦面血淋淋，叫地叫天無救應。

四處受刑台略一轉動，便有萬千惡鬼悲鳴呼號；刀山火海利刃飛旋，就引無數生魂血肉橫飛。那鐵板下是萬年的烈焰，從鐵板縫隙席捲蔓延，只引得那鐵板哀鳴轟響，震耳欲聾，便是此處唯一響動；而那各色黑氣毒氣混在一處，並那皮焦肉爛之氣，混著血腥與惡臭，便是此地唯一氣味。

而那在地府之中受刑惡鬼，被那刑罰懲處，或撕成碎片，或燒為焦灰之後，另有地方重生，將諸般刑罰，一一再領受一次。

正是：

人生卻莫把心欺，神鬼昭彰放過誰？

善惡到頭終有報，只爭來早與來遲。

列位看官，且說這地獄常年便是這般形貌，便是那大羅金仙亦是難挨。遂那閻王便施法，令這地獄的諸般形貌，每隔數百年，便是一換。

那厲鬼受刑之鐵山，忽而變得高山峻極，大勢崢嶸。那布滿血肉、常年惡臭之刑台，忽而變得日映晴林，迭迭千條紅霧繞；風生險壑，飄飄萬道彩雲飛。幽鳥亂啼，亭台儼然，清溪延綿，花香數里。只見那翠峰巍巍凜凜放毫光；幽石突突磷磷生瑞氣。崖前草秀，嶺上梅香。荊棘密森森，芝蘭清淡淡。深林鷹鳳聚千禽，古洞麒麟轄萬獸。潤水有情，曲曲彎彎多繞顧；峰巒不斷，重重疊疊自周迴。又見那綠的槐、斑的竹、青的松，依依千載鬥穠華；白的李、紅的桃、翠的柳，灼灼三春爭艷麗。龍吟虎嘯，鶴舞猿啼。麋鹿從花出，青鸞對日鳴。又見些花開花謝山頭景，雲去雲來嶺上峰。

便是那日日在獄中受刑的罪鬼，此刻亦換上了得體服飾，其樂融融地在期間暢聊休憩。

列位看官，你道閻王為何如此？原是佛語有云：「苦海無邊，回頭是岸。」這在陽間作奸犯科之人，雖到陰世受罰，卻也不可太過。須知這世間之事，多半便是「過猶不及」，有張有馳，有罰有賞，方不負了閻王對那諸般惡鬼循循善誘之心。

那諸般罪鬼，見了那地獄雲泥宵壤的諸般輪換，對世間之好惡，方可體悟更深，亦能真心思過，明瞭自己此前的種種惡行惡性之不可取之處。如此轉換數次，令其印象深刻，便是將來歷經輪迴再去投胎轉世，雖已將地獄之中前塵洗淨，但仍能將那美與醜、善與惡之諸般情態烙於心中。便是不受教育，心中亦能嚮往美好，抑制惡行惡性，安分守己做個好人。

　　列位看官，這閻王雖然一番好意，但這世間善惡相生，有善念便有惡念，這世間心術不正者，多如過江之鯽，又豈是他這苦心引導所能滅盡的？但那閻王久居地府，一則是引導那罪鬼去惡存善，二則便是那地府之中形貌太過陰森可怖，雖可威儡那些罪鬼，但他自己見久了亦是不快，因此偶爾換作另一番形貌，亦可算是為了改變自家心境所為。

　　正是：

天堂地府，善惡由心，死生迷悟爭先。

悟舍家緣，忘心展手街前。

舊孽如將消盡，定聖賢玄妙，暗裏相傳。

意淨心清，自是寶結丹田。

若有分毫故犯，返招殃，罪孽難言。

　　列位看官，你道是那牛小青在地獄之中，情態若何？這地獄這般形貌，那牛小青是否有重回人間之可能？欲知後事如何，且聽下回分解。

第二十六章

　　上回且說到那地獄中風貌之差別，皆隨那閻王心意變幻更替，以令那服刑的厲鬼生魂們，覺知良邪美醜，繼而對世間美好心生嚮往，對世間醜態大加鞭撻。但那閻王初衷及意願雖是極好，卻無奈世界本就善惡相生，只靠那教育引導，又豈能成事？

　　話分兩頭，各表一枝。且說那牛小青被閻王安置在地獄的一角，初時日日皆有那罪鬼糾纏，待那罪鬼們聽他翻來覆去也不過是說些農事，毫無新奇之處，那些官場奇聞、政壇醜態，乃至於光怪陸離之人間百態，他皆一無所知。須知這世間眾人，日常議論最多的便是那帝王將相事，何時對那雞毛蒜皮的瑣碎小事生過半分興趣，此等癖好，便連陰世之鬼，亦是一模一樣，那眾鬼感興趣之處，皆是達官貴人、帝王將相所欲，對牛小青口中那農事稼穡有關的雞零狗碎，很快便無甚感覺了。

　　且說那罪鬼日日糾纏，牛小青說無可說之時，便將其與桃花仙女的一段情史一一道來，這對地獄中的眾鬼而言，倒是一段新聞。一時間，眾鬼聳動、議論紛紛，整個地獄談論的便是那牛小青與王母座下的桃花仙女之情史，那罪鬼們對牛小青竟然能與仙女成親一事，一時間，鬼鬼稱羨，個中欽慕嫉妒，自不必說。

　　話說那罪鬼找牛小青一事，雖是令他惶惶不安，但卻不是一點好處也無。那牛小青在與罪鬼們聊天過程中，亦是同樣大開眼界，知曉了各種奇聞軼事。

　　列位看官，聽到此處，當問一句，這是為何？且容我慢慢道來。

　　原來那地獄之中的罪鬼，生前俱犯下重重惡行，死後方落入這獄中受刑。且說這罪鬼之中，都有何人？這其間形形色色的惡人，皆是

五花八門、各有千秋：有那魚肉百姓、營私舞弊的當權者；有那投機倒把、腦滿腸肥的慳吝者；還有那不務正業、坑蒙拐騙的流浪漢；更有那打家劫舍、殺人放火的強人。世間種種惡行，無所不包，世間諸般惡性，無一不在。

如此種種，皆是那牛小青聞所未聞、見所未見之人事，在他那簡單的頭腦之中，自打出生之日起，見到的便是那無甚見識、只知面朝黃土的農人，腦中對世間的認識端的是平庸匱乏，又焉能想到這世間竟還有此等層出不窮的惡人惡事，簡直見所未見，聞所未聞。

以他的所見所聞，實是想不通世人焉能壞到如此地步。更令其費解的是，那地獄之中的某些罪鬼，不但對其生前惡行不加思索悔改，反倒引以為傲，絲毫不曾有甚痛心處。如此這般，與那牛小青在世間所持之念大相徑庭，令他極為困惑。

但以牛小青之淺薄認知，又如何能想得通個中緣由呢？他生來便只接觸那三五人等，耳中所聞，眼中所見，皆是單一道理，純樸心念，這獄中惡鬼之種種語言心態，無論如何也無法想通。但偏這牛小青又是個倔脾氣，雖是想不通，偏要日夜思索，遂日夜為此冥思苦想、心事重重，繼而萎靡不振，不知當何去何從。

那牛小青的此般狀態，自也是傳入那閻王耳中。閻王見其在地獄之中日日擔驚受怕已是心中對其稍有憐憫，現如今見他陷入諸般困惑難以排解，每日只是精神恍惚地托腮苦思，擔心其因苦悶煩憂而自傷，遂那閻王便自然而然想到牛小青渴盼能回到人間之念。這方法閻王自是知道，卻不能告知牛小青。

列位看官，你道那牛小青想要回到人間，到底有何妙法？

其實這法子說難不難，說易不易。這牛小青在獄中死去，自然便可立時返回人間。原因是因那地獄之中，本就屬陰陽顛倒之所，陰間生，自然便是陽間逝，而那陰界逝去，自然便是陽間生還了。但此乃

地府機要，那牛小青自己悟不到，閻王自也無法說，遂只能由其自生自滅，自難插手。

且說這牛小青如此這般過了些時日，那罪鬼們已然明瞭他在人間生活的種種情形，便也不再主動與之搭腔。那農家稼穡皆屬雞毛蒜皮的小事，聽久了也無甚意思，且那罪鬼們閑暇時日並不甚多，光聽那牛小青的瑣事有甚意思，自是要花更多時光閑耍，方不負這來之不易之休憩。

那地獄中的時日可不比天界，閻羅大帝日理萬機，每日新進多少罪鬼，釋放多少生魂，施加多少刑罰，皆要一一記錄在案。那手下的鬼卒及諸獄之中的判官，皆要向其回稟今日應卯情態，譬如那罪鬼懲戒幾名、鞭撻幾名、絞刑幾名、煎熬幾名、剁碎幾名諸如此類，絲毫不能出錯。

因此那十殿閻羅，個個都要上達下效、日理萬機，忙得腳不沾地。久而久之，那地獄之中，便無什麼人來理會牛小青；而那牛小青本人，更是悶頭悶腦，一聲不吭，因此，不多時，那地獄之中的諸般管事者，幾乎全然忘了還有此人存在。

這般過了許久，另一人卻突然憶起當日將牛小青抓入地獄受罰之事。列位看官，你道是誰？說來也巧，這想起牛小青之人，恰恰便是當日應那金甲神將要求，將牛小青抓來地獄服役的那名鬼卒。

原來那鬼卒偶然憶起此事，想起自己公務尚未算是全然完結，便擬了一份公文交與閻羅大帝，向其徵詢如今牛小青是否服刑日滿，是否可以釋放一事。但此公文他雖是上交了，那大閻王一日之間，不知要處理多少比牛小青重要千倍百倍之事，焉知何時才能看到此公文？

那鬼卒見等那閻羅大帝批復無望，左右這牛小青現如今也無人管轄，倒不如令其幫忙抓捕那刑獄之中漏網之罪鬼。他心道那牛小青既做不了精工細活，這般抓人之事，倒是不需要太多精力，著他去試試，

也是無妨。

正是：

年年地府望故鄉，人間團圓今相望。

冤魂怨魄無名留，陰陽不過倒乾坤。

　　列位看官，你道是這牛小青，到底能不能再回陽世？他日後到底能不能再與兄嫂相見？欲知後事如何，且聽下回分解。

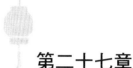

第二十七章

　　上回且說到那牛小青被安置在地獄之中，每日見那地府之中諸般酷刑惡態，及其對眼耳口鼻舌聲意之痛苦折磨，常人絕難想像。這閻羅大帝、各大鬼差、連同拘魂的鬼卒們，每日都有抓不完的厲鬼，審不完的冤案，那牛小青從來都不曾見著。遂那牛小青日日待在帳中，也無人前來理會。

　　這牛小青日日在地獄之中，每日睜眼便只能再等入睡，日子過得無聊至極。但那地獄眾鬼，因對其早已失去興趣，故如今見到牛小青也視若無物，絲毫無人前來理會。

　　那牛小青每日這般無望等待，幾欲發瘋。更有甚者，那閻王為了讓其不至於尋死，令其不用進食亦不覺饑餓，不飲水亦不覺口渴，遂那牛小青便是絕食亦於事無補。因鎮日皆無所事事，地獄之中又無甚實物，生活實在寡淡無味，那牛小青便只能醒幾個時辰再睡，睡過了再醒來，實乃無聊透頂。遂聽聞那鬼卒前來尋他，當即高興的將其一把攬住，自己倒險些被那鬼卒身上的倒刺傷了。

　　且說那鬼卒攜了牛小青去抓捕陽間犯罪之人時，亦是大有章法。且見那鬼卒先施法令牛小青睡下，待牛小青入眠後，便神魂立體，變得身輕如燕，可與那鬼卒一般樣子，可日行千里。他與那鬼卒在陽間拘捕時，待那惡貫滿盈之人尚未離世之前，他與那鬼卒便已飄然而至，二人無需太費力，那厲鬼冤魂便會自動跟隨他們去往地府，只不過他們來去之處，卻是正好相反罷了。那厲鬼冤魂如今是啟程前往枉死城中，而那牛小青與鬼卒則是從陰世前往陽世。

　　列位看官，你道是牛小青跟這抓捕拘人的鬼卒日久，便也對那鬼卒辦事章法，揣摩出一兩分來。這陰間鬼卒行事，與那陽間官差斷不

相同。那陰世鬼卒，多是鐵面無私之輩，陽間那惡貫滿盈、窮凶極惡者，將死之時，在那陰世鬼卒面前，斷無迴旋餘地。

且說那惡人在陽世之中，彼此之間包庇賄賂、互相脫罪成性。如今死到臨頭，亦是不知悔改，見了那陰間鬼卒前來拘人，便妄想掏出銀兩來與他們通融，容自己再多活些時日。豈料那陰間鬼卒生來便毫無人情可言，隨那生魂是奉獻珠寶、痛苦流涕或是下跪求饒，均不為所動。

也有那不知好歹者，因生前作威作福慣了，如今見了陰間鬼卒亦想用強，卻不料如同蚍蜉撼樹，那鬼卒對付惡人，卻不費吹灰之力，見那惡人之靈前來撒潑使蠻，輕輕伸手，便可一拳打倒。

牛小青與那鬼卒同行日久，那鬼卒亦是會告訴牛小青仙、魔、妖、神的諸般往事。譬如那鬼卒雖多是鐵面無私之輩，但那遊離於三界之外的妖魔鬼怪，卻是毫無顧忌。這妖魔最喜那將死之惡人的魂魄，加以魔性誘導，久而久之，便會自然生出戾氣，在那妖魔的助力之下化出魔體，以幫那將死惡人對付此番前來拘捕惡魂的鬼卒。

鬼卒對牛小青道：「若是遇到那普通的妖物倒也還好，其妖氣凝聚未久，倒也不難對付。地獄之中鬼卒眾多，若是打不過，還可召喚眾卒前來相助，用人海戰術將那妖魔放倒。但若要拘捕那殊異之罪人生魂，則是極為可怖之事。這等人雖然鐘靈毓秀，卻絲毫不將那心思用於正道，反是一心助紂為虐。這等人與那人間的帝王將相一般，也是萬年難遇的，因此一旦生魂離體，地獄之中便會分外重視，若是引出這等大妖，尋常鬼卒，絕難匹敵，便是數量眾多亦無甚優勢可言。」

牛小青聽它說得可怖，便好奇道：「這等生魂，不知你可曾見過不曾？」那鬼卒道：「我可不曾見過，若是見了，哪裏還有命在呢？」

只聽那鬼卒又道：「此級別的大妖，絕不輕易出世，若其出世，必得地獄軍團方能對付。」

牛小青聽得新奇，便道：「那若是再有這等妖魔現世，出動地獄軍團便可。」

鬼卒道：「這地獄軍團，可不是想出動便能出動的。那地獄軍團發動一次，三界震動，代價極高。一旦軍團與大妖若是戰起來，人界生靈便會死傷無數。雙方鬥法，引動那狂風、暴雨、洪水、山崩地裂之災，對那三界損耗極大。遂不到萬不得已之時，絕不會使用此法。因不到萬不得已之時，斷不會出動這地獄軍團，除非是那妖魔太過強大邪惡，或是那罪人生前太過罪大惡極，恕無可恕，才會用此辦法。」

牛小青聽他如是說方明瞭，原那鬼卒抓人，還有這般緣由，難怪這世間許多貪官污吏、作惡多端之輩便是死了，也難以得到那應有懲罰。原是因為這些人等被那大妖保護，而那地獄軍團又不得隨意出動拘捕，遂只能讓其生魂隨那妖魔前去，在身故之後，還在繼續為禍人間。

那牛小青道：「這般行事，未免太過不公。按這般做法，那惡人生前死後，豈非都可為所欲為？」

鬼卒搖搖頭，言此事自己亦是毫無辦法，地獄之中鬼卒皆是如此，只得按這等方式做下去便罷。

不過那牛小青口中雖如是說，心中卻頗為害怕。自己若是遇到這等殊異之罪人，並因其臨終陽氣散盡引來大妖，他亦只能嚇得奪路而逃。幸而與他一起執法之鬼卒，負責的多是那打家劫舍、殺人越貨者，並無那萬里挑一之邪惡罪鬼。但即便是那打家劫舍之罪鬼，亦是不願乖乖隨那鬼卒去地獄之中受罰，總要掙扎一二。

因此那鬼卒派給牛小青之事，多是令他給那罪人之魂戴上手銬腳鐐，令那罪鬼無法逃脫。且說這拘捕之法，聽起來容易，真正做起來卻也不輕鬆，只是將那罪鬼穿孔，並與其戴上鐐銬之事，也令那牛小青學了許久方會。

正是：

地府勞作何如此？鬼卒生涯度日閑。

月影又上東山頂，歸來卻見天際白。

列位看官，你道是牛小青與那鬼卒日日一起執行公務，且將如何？那牛小青是否還能重回人間？欲知後事如何，且聽下回分解。

第二十八章

上回且說到那牛小青在地獄之中氣悶無聊日久，終被那送其下界受罰的鬼卒想起，前來將他取出，令其隨自己一道去拘捕那將死的惡鬼生魂，並在二人共同拘捕生魂的途中，將那地獄鬼卒拘魂之樁樁件件往事，與牛小青一一道來。這一人一鬼談起那邪靈之害，皆是感慨萬千。

二人談罷那殊異邪靈及地獄軍團出動之不易，那鬼卒便與牛小青道，自家如今在地獄之中待得久了，其最大願望便是某一日能變成人。牛小青聽它如是說，亦是有些詫異。

他因為做人日久，每日都要耕種勞作，且稍有不慎便遭遇天災，顆粒無收，遂從不覺得做人有何好處。只聽那鬼卒又道，他雖久居地獄，見多了那些罪鬼厲鬼生前死後的種種惡行惡性，端的是無比嫌棄鄙夷，雖然人間亦有醜態惡態，但看人世間與那魔界神界皆有所不同，雖亦有憤怒傷感之事，但更有那些花好月圓、至善至美之事，他見得多了，便也會生出百感交集、感同身受之情。

列位看官，說起這鬼卒之成人想法，面上看著雖是荒唐，細按則別有原因。原那鬼卒多是生於獄中，其造物設法，皆有緣由。這鬼卒因是那地獄之法的執行人，因此天然便生著一顆無悲無喜、不增不滅之心。更與那有情眾生不同者，是這些鬼卒非但未有七情六欲，更是覺知不到人類最普通的喜怒哀樂之情。

如此一來，他們在拘捕那生魂之時，方能秉公執法、鐵面無私。遂那鬼卒們在與那罪鬼施刑之時，方不至心生憐憫或是有所畏懼。且那鬼卒日日身處地獄之中，所見所感皆是全天下最酷烈恐怖噁心之狀，稍有所感者，或許便會因為眼耳口鼻舌聲意之惑而崩潰。

　　想那數百年如一日之無感無惑，實是乏味至極。因此那鬼卒在人間行走得多了，見到人之喜怒哀樂，雖然無感，但亦已被其潛移默化、慢慢感染，不知不覺間，已對人間生活心生嚮往。

　　因此自然而然便也想嘗試人類這情感滋味及那人生、老、病、死、愛別離、怨憎會、求不得、五蘊熾盛之八種感悟，如此這般，方算是真正不負在天地之間走了一遭。有這般體驗，便是壽命有限，亦是無懼無憾。

　　因許多鬼卒皆有此意願，遂這呼聲亦已上達天聽，令閻王有所耳聞。閻王見地獄之中鬼卒有此般想法，倒也願意成全他們此等去惡向善之心。遂便令那在地獄之中表現良好的一二鬼卒轉生為人。

　　因此那地獄之中的鬼卒，但凡其有能變成人的機會，盡皆十分珍惜。而轉生成人之前，無論是誰——便是那地獄之中的鬼卒亦是一樣——皆要將前塵往事一概洗淨，但其托生成人的意願，卻因反覆祈願，早已深深烙印在心靈深處。遂他們轉生之後，極為珍惜自己此番為人的機會，遂但凡有空，便會秉承那一寸光陰一寸金之訓、勤奮上進，努力研習人間先賢世代遺傳的書籍學問，學那諸位聖哲存續下來的精深技巧。

　　因此這些托生成人的鬼卒，有了這般前緣往事，在人間多半都成為人中龍鳳，對世人有造化之功。或為才高八斗之藝術家，或為醫術了得之名醫，或為一方豪俠，或為偉岸英雄等。便是因時機、出生、經驗等未有成就者，多半也會是那忠於職守、樂於助人、人人皆願與其交朋友的可親可愛之人。遂這些人身故之後，天庭會直接拔升其為天界仙人。

　　鬼卒這番話，令牛小青覺得甚為吃驚。故此時方知原來人間那許多了不起的人，竟然盡是鬼卒轉生所化。那鬼卒云，雖這等鬼卒所化之人不在少數，但也不盡然如此。還有那本身秉天地靈氣，持造化之功，亦是人類之中鐘靈毓秀之輩，或是神仙轉世，想去那人界走一遭。

且說那牛小青跟著鬼卒追捕生魂日久，見多了世間的善惡美醜，且逛熟了地獄之中許多處，便將那地獄風貌與平日自己在民間所聽聞的故事描述一一印證。他見這地獄之中，並未曾見過民間故事之中最是有名的牛頭馬面及黑白無常等人，兼之缺乏孟婆、城隍者，便問那鬼卒道：「且說民間傳說之中拘捕那罪鬼生魂者，不應當是傳聞之中的黑白無常嗎？」那鬼卒驟然聽見黑白無常之名，懵懵懂懂，似乎並不理解牛小青所言。

　　那鬼卒解釋道，這地獄之中拘捕生魂者，盡是這些鬼卒們，且牛小青所見的地獄之中，共有十個宮殿，殿中分別由十名閻羅掌管。其名分別為：一殿秦廣王、二殿楚江王、三殿宋帝王、四殿五官王、五殿閻羅王、六殿卞城王、七殿泰山王、八殿都市王、九殿平等王、十殿轉輪王。因分居地府十殿，故名。那牛小青聽他如此解釋，亦是十分訝異，他以前聽聞地獄共分為十八層之多，而如今看來不過只有一層罷了。那鬼卒云，地獄一共便只有兩層，那十八層地獄之說，不過是針對那些罪鬼們在此受到的不同刑名而言罷了。如今這地獄一共便只有兩層，一層為罪鬼受刑之處，而另一層，則是那地獄之中關押地獄軍團處。而那第二層，除了閻羅大帝，地獄之中其他人等一概不允入內。

　　端的是：

天堂地府，善惡由心，死生迷悟爭先。

一旦神魂歸去。應教淚多如雨。

　　列位看官，你道這牛小青如今已日漸熟知了地獄生活，而如今聽了鬼卒這一番話，其重回人界之心，又被悠悠勾起。但此時閻王仍未想起這牛小青之事，不知那牛小青何時才可返家？你道情勢如此，欲知後事如何，且聽下回分解。

第二十九章

　　上回且說到牛小青與鬼卒抓捕生魂日久，二人日漸熟絡，這牛小青從那鬼卒口中，對地獄之事知之愈深。因而也得知那人間諸多有作為有建樹者，很多是地獄之中對人間期許嚮往日久的鬼卒化身。而那地獄之本形本貌，亦不像旁人所說的那般有上下十八層，而是共計兩層，上層便是那閻王懲罰罪鬼之所，而下層便是安置那地獄軍團之處。

　　且說這牛小青因與那鬼卒合作，亦開始熟悉地獄之中的各項事宜，日漸習慣地獄之中的諸般行事方式，不像初入地獄時那般難捱。

　　話分兩頭。這廂說回這閻王處。且說那閻王這日心血來潮，也不知從何處翻看到了鬼卒所交的牛小青相關事宜之公文文疏，這方才想起牛小青尚關押在地獄之中一事，便著那帶引牛小青的地獄鬼卒將其帶到自己日常處理公務處。

　　這廂鬼卒得到閻羅大帝通傳，便一路帶引牛小青去往那大殿行去。這牛小青隨著鬼卒一路行至到了大殿之中，便也四處看瞧一番。

　　且說這牛小青到了大閻王宮殿處，見此處環境並非如自己置身的地獄處一般惡劣。而是有一宏偉的黑色大殿，高逾山峰，那大殿門外，飄揚著十幾幅碩大無朋的鮮紅旗幟，而進了殿內，則會發現殿梁由諸多排列整齊的黑色石柱，石柱下墊著碩大的柱礎，以支撐那黑色石柱。

　　入了大殿之後，則又是另外一番風景，且說那殿內四處，均裝以色彩絢麗的金色紋飾，且那牆上還有數幅壁畫，畫中圖景，均為地獄軍團此前與妖魔戰鬥之場景。不過因那圖畫太過巨大，遂在那牛小青眼中看來，反而只能瞧見那畫上色彩，無法得知整幅畫卷全貌。

　　鬼卒為了防止牛小青被自己背上倒刺所傷，便在被上墊了一塊厚

厚的棉布，背著牛小青在這大殿之中前行。牛小青極目望去，見自己置身這遼遠殿中，實在是渺如蜉蝣螻蟻，若不是有那鬼卒帶著自己一路奔跑跳躍，他不知何時才能行至那閻羅大帝面前。

話說這鬼卒與牛小青在殿中奔了一陣，終於到了這獄中閻王處。待他見到這閻羅大帝，方始明白這大殿為何修得如此之高。且見那坐在黑色寶座上的閻羅大帝高如山岳，其身畔還有同樣兩尊閻羅，亦是高如山岳，只不過那兩尊略略比那閻羅大帝低一個頭罷了。

列位看官，你道那閻羅王到底生得何樣？且見這三名閻王皆是黑袍加身，面上帶了白紋夾奇異花紋面具。那閻羅大帝與其他兩名閻王穿著打扮皆如出一轍，唯有那面上的面具花紋與其他幾名閻羅有所不同，閻羅大帝戴著暗金花紋面具，蹬著白底黑幫皂靴，正襟危坐，正在寶殿前等待牛小青。鬼卒帶牛小青至那閻羅大帝跟前，將牛小青與閻羅大帝確認一番，言明牛小青如今情形，閻羅大帝頷首道：「既然牛小青受罰已畢，可放回人間家中。」說罷那閻羅大帝便擺擺手，著那鬼卒將牛小青帶走，繼而迅速轉身，也不再理會那鬼卒與牛小青，而是急忙與周遭兩名閻王商議地府中諸般事宜去了。

且說牛小青站在兩人下首，仰視這堪比山岳的閻羅大帝，此刻聽這閻羅大帝言語，其聲堪比炸雷，震耳欲聾；其息堪比朔風，猛烈灼熱。頓時便有些心驚，可一想到自己如今可以離開地府重回人間，心情亦是輕快了不少。

兼之他與這地獄之中的鬼卒廝混日久，聽這鬼卒日日宣講地府中各類事體，對閻王也少了幾分懼怕，此刻見地府的閻羅大帝就在近前，便仗著膽子開口，想向這閻羅大帝詢問這地府之中，緣何未像傳說之中那樣有十八層地獄之貌，且牛頭馬面、黑白無常等諸般民間傳說中的地府鬼怪，緣何自己在地獄這些時日，端的是一個也未曾見到。

且說這牛小青這廂在下首說著，於那閻羅大帝聽來，如蚊子的嗡

嗡聲一般。畢竟從閻王視線處瞧去，那牛小青比一隻螞蟻也大不了許多，牛小青無奈，遂請那鬼卒飛來飛去，代自己向閻羅大帝詢問。

待閻羅大帝聽清牛小青所言，便與那牛小青傲慢道：「你們民間有何樣關於地府之中的說法，與我地府並無什麼干係，且你如今問這麼些有何用？我告訴你後你亦是無法記得。在你離開地府之前，我會與你施法，屆時你在此經歷的一切便會全部忘掉。說了這許多，時間不早了，你趕緊走吧，我還有許多公事處理。」

牛小青聽閻羅大帝如是說，也不敢再多問。兼那閻羅大帝每一開口便響聲震天，極為刺耳，再聽片刻，恐怕連耳膜也無法保住。遂其只能悻悻地跟著那鬼卒離去。話說這一人一鬼行至殿外，牛小青方才想起，要問那鬼卒自己如何才能回去。那鬼卒聽了牛小青的疑問，二話不說便一拳向牛小青的頭上擊去。牛小青見它驟然發難，慌忙躲閃。但那鬼卒出手極快，他一個人類焉能避過？且見牛小青避之不及，被那鬼卒一拳打下，竟然又一次「死」了過去。

且說這鬼卒一拳打下來，牛小青如何了？列位看官，原來這鬼卒一拳打下，牛小青便陷入了混沌狀態，直似的蒲公英一般被吹得飄來盪去，過不多時，他便似被捲入一個接一個的漩渦之中。

牛小青張眼望了一瞬，見那漩渦有著五彩顏色。且說這雲彩般的漩渦將牛小青拋進拋出，嚇得牛小青哇哇怪叫，直將其顛得七葷八素。待他好不容易能稍稍立定之時，那漩渦便停了。牛小青在原處清醒了片刻，再一張眼，發現自己竟似已立在堅實的大地上。

端的是：

獄中光陰日悠悠，物換星移幾度秋？

村中貧家今何在，檻外碧水空自流。

列位看官，你道是牛小青如今回到家中，他兄嫂如何，家中境況又如何了？欲知後事，且聽下回分解。

第三十章

　　上回且說到那閻王大帝終於看到鬼卒上報公文之簡述，終於明瞭牛小青在地府中無人問津之現狀，便差鬼卒將其喚來，與之言明如今他受罰已畢，不日便可放其歸家。那牛小青問了些地獄之中不解之處，閻羅大帝卻不答，只令那鬼卒擊打牛小青，將那牛小青打得暈死過去。其再醒之時，便發現自己已被送入漩渦之中，待他落到地面再睜開眼睛之日，卻發現自己如今已然還陽。

　　且說這牛小青如今人雖回到福氏村，卻發現這福氏村與自己當日離村之態，已相去甚遠。他因在地獄之中日久，對時光流逝之感知，早已不如當日在福氏村為人時那般清晰，覺得自己在地獄之中不過一二年光景，為何如今回到福氏村，竟像過了二十年之久？

　　列位看官，須知「山中方一日，地上已千年」，待他再回福氏村之日，人間光陰似箭、歲月如梭，已然過去了近二十年的時光。

　　閑言休敘。列位看官，你道如今福氏村到底是何光景？且說這福氏村經過這倏忽二十年的發展，如今紡社已然成為村中一個龐然組織。當日自桃花仙女開始的紡織一事，早已日益壯大，如今為福氏村中一景。

　　因這行當發展過快，那村中自然組織了一個商會，不僅將那紡社的總商號搬遷至京都，且如今在各大城市之中皆有分社。如今福氏村早已今非昔比，連同其在內的周邊村莊，已然成了各商號的生產基地，而那商會的經營範圍，亦是不可同日而語，非但有那繰絲相關的生意，慢慢竟逐漸擴大到銀票兌換、典當質押、鏢局護送、酒樓茶肆等數種產業，在這一二十年間，竟已全面蔓延至了全國中大大小小的城市，且那各家商號的生意均十分紅火，頗有蒸蒸日上之感。

且說這閻羅大帝在牛小青返回人間之前，便施法令牛小青忘記了地獄之中的數番光景，但智者千慮必有一失，這閻羅大帝自以為算無遺策，已施法將那牛小青的記憶消除得一乾二淨，卻不曾想到，這施法的鬼卒因謹記閻羅大帝之命，在施法消除牛小青記憶之日，用力過猛，也不管何種記憶該刪掉，何種記憶該保留，而是施法將其所有記憶一概洗淨，一股腦全部清理了完事。

且說這牛小青的記憶被如此生猛之法刪減，以至於他返回人間之時，前後之記憶幾乎全無踪迹，只能回憶起自己的名姓。那與桃花仙女之間的前塵往事，在福氏村生活之種種，除了影影綽綽有點零星感知，剩下幾乎全然無法憶起。

只不過在牛小青心中，隱約尚能感知自己從前似乎與桃花仙女有相愛生活之經歷，同樣記得自己曾與那桃花仙女在某間室內生活過。且說那牛小青憑藉自己這零星記憶摸索至自己此前與那桃花仙女生活居住之所，卻發現那屋門口站著兩名守衛，待他將欲邁步之時，與他言明此處乃商會聖地，如今閑雜人等，一概不允入內。

那牛小青本就記憶模糊，不過是憑藉本能摸索到此處。此刻聽這守衛如此說，更不確定此處是不是與自己有關，待稍稍要在腦中搜索關於此地的記憶，腦海深處便立刻攪亂成一團亂麻，當即只得遲疑著從那屋內退出，緩緩轉身離去。

且說這牛小青一路行去，走了大半日，只覺得腹中饑餓無比，又困又乏，腦中嗡嗡作響，也不知現在身處何地。想要回憶自己前半生光景，卻又無論如何也想不起，端的是：

途窮天地窄，世亂死生微。

所謂「無巧不成書」。列位看官，且說這牛小青又困又餓，便本能地去探自己身上的行囊。且說他手一伸，便摸到了自己背上行囊，見行囊之中放了幾個蜜餅，一把水壺並好幾個金元寶，當真是喜從天

降。這幾個物件旁邊另有一張紙條，那牛小青不識字，也不知紙條上到底寫著何語，他便也不做計較了。

且說牛小青本就饑腸轆轆，此刻見了這蜜餅，便宛如倉鼠掉入米缸，當下狼吞虎嚥、風捲殘雲般吃完這蜜餅，並飲盡壺中之水。待他吃完之後，方覺得稍稍回復一些氣力，適才的疲倦感漸漸散去，亦也有閑心去瞧瞧周遭的環境了。

列位看官，你道這牛小青定睛一看，方才發現，自己身上竟穿了一件綢衫，那衣服上描金繡朵，端的是貴氣逼人。若是被那曾經認識牛小青的人瞧見，定然無法一眼認出。

你道是人靠衣裝佛靠金裝，這牛小青如今裝扮得體，看起來便也似那體面的貴人、富貴的員外。否則以他曾經那放牛娃之姿態摸索到那房門口去，早已被那守在門口的侍衛攆走了。

你道這牛小青如今身上穿得、口中飲的，都從何而來？原來這一切，皆是那曾與之一起在地府之中逮捕生魂的鬼卒所贈，那鬼卒因與牛小青相處日久，彼此之間亦生了一些友愛之情，如今見牛小青還陽，便贈了他這些衣物金鋃，令其不至於生存艱難。

且說這鬼卒為何贈予牛小青蜜餅？說到此事，緣由倒有些長。且說這牛小青在地獄之中，絲毫未覺知時光流逝速率，且其二十年都未曾飲食，雖其在地獄之中無甚覺知，但如今他返還人間，其生理構造及眼耳口鼻舌聲意之六識，皆已轉換，稍有不慎便會產生極端噁心反胃之痛，若不能及時解決此事，其意識便會在一炷香之內消亡，而肉身更是會隨之化為齏粉。

那蜜餅便是鬼卒贈予牛小青解開此地獄之毒的良藥，牛小青食用了那蜜餅，便可避免肉身消亡之苦。但那蜜餅功效雖強，對那牛小青記憶消逝一事，卻仍舊毫無用處。

那牛小青如今頭腦清醒，知道查看自己周遭狀況，卻無論如何調

動回憶，亦不曾想起此前自己身上到底發生過何事。他在腦海苦苦搜索無果後，當即想到，這福氏村既是自己此前生活之處，當有人認識自己，若能尋得一二熟人，便可從其口中詢出些關於自己的消息。一念及此，當即便往村中人多處去。

但他尋了一圈，卻發現這福氏村雖大，那村中人數甚眾，卻並未有半個自己想找的人。你道這是為何？原那福氏村中雖是朱門繡戶甚眾，那屋內卻盡是一些頑童稚子，幾乎未曾得見一個成年者。那幼童們見牛小青走近，笑嘻嘻地望著他，待他走到近前，那些頑童們又羞赧地跑開。牛小青見著人詢問自己此前記憶之事亦是無果，只得無奈地坐在樹下，思忖自己未來之事。

正是：

牛背短笛催歸忙，飄飄逸興空悠揚。

日落未落天滄涼，懸崖掛壁留餘光。

列位看官，你道如今這牛小青心心念念，終得從地府還陽，重回這福氏村中，卻遇到這麼個光景，端的是天意弄人。這牛小青該何去何從，日後又當如何，且聽下回分解。

第三十一章

　　上回說到牛小青回到福氏村，卻發現如今這村中已非自己舊日熟悉之光景，且那地獄之中無甚感觸，回到人間方知倏忽已過二十餘年，那福氏村因紡業帶動，竟已有了翻天覆地的巨變，實是令人感慨萬千。

　　這牛小青如今被閻羅大帝鬼卒施法，令其記憶消褪，因此雖回到福氏村，卻對那村中諸般光景，端的是半分也不熟悉。好在那牛小青只是記憶消除，而不是變傻，當下思忖了一番，便想起可著人問問自己此前的情形，於是便往那人多處尋去，卻不料這村中如今只見孩童，不見大人。

　　牛小青見自己如今著人問訊的想法也無從施展，一時間也想不到甚更好的主意，只得在樹下呆坐著。正暗自苦悶惶恐時，卻聽遠處有機器轟鳴之聲，約莫是從紡社方向傳來，遂靈光一現，想到那紡社既仍在運作，定然會有人在內，當下便循著紡社聲音走了過去，想去瞧瞧紡社之中如今是何種情形。

　　列位看官，你道這福氏村經過這一二十年之發展，那紡社之中生意早已擴展發散，如今此處生出了一座綢緞加工之所，那聲音便是從綢緞加工處傳來。

　　牛小青走到這綢緞莊前方看分明，原這綢緞莊已經過四度改良，將此前桃花仙女教與眾人的技術修正得爐火純青，如今這莊子生產綢緞已非人力，而是在河邊架起水車，得那水車之力驅動木材轉動，還將木紡車紛紛改建為銅鐵紡機。如今這銅鐵紡機非但可生產出不同質量、不同檔次、不同顏色之綢緞，其售賣之處，更是上達王公貴冑、下至販夫走卒，不但包羅雲泥宵壤之眾，其品類更是各色各樣，無限繁多，真乃應有盡有。

更令牛小青驚訝之事，是這銅鐵工藝所製成的紡織器械，不僅生產量頗大，效率較那手工紡織更要高出許多，如今運轉起來，日斷百匹，省了許多人力、物力。不過話說回來，那銅鐵工藝的紡織器械雖是不錯，但其運轉起來頗費功夫，須得數名人等從旁協助。更需耗費頗多人力定時維護，也並非全然都是好處。

話分兩頭，各表一支。話說這綢緞產出定然需要蠶絲原料，因此那養蠶繰絲之事，必不可少。列位看官，你道那從前福氏村中蠶絲，乃桃花仙女從仙界帶入凡間之天蠶，那桃花仙女如今早已隨西王母返回仙界，其留下的蠶種也已歷經數代，變為飛蛾重回天庭之中了。

現如今這天蠶產絲量雖不如第一代，色澤上也差了些許，但好在其仍有兩重優勢，一是其數量甚眾，可滿足越來越多買主對綢緞之需求，二則此種蠶經過數代培育，其生長速度也較初代提升了許多，一經養大，便可迅速吐絲。

如今這綢緞莊聲勢日盛，那福氏村中村眾為了賺取銀錢，但凡那手腳略能活動的男女老少，只要能做此事者，皆已經在紡廠之中勞作，男人們便在紡機前看守，婦女老人便在桑畔養蠶。遂牛小青在村中轉悠了數次，皆見不到那成年村眾，也是因此之故。

且說這牛小青聽了紡社機器轟鳴，便料想此處或有行事之人，便向那紡社之中行去。說來也巧，牛小青甫進那屋中，便逢著紡社之中的一名織機總管，那總管見牛小青通身打扮十分氣派，暗忖此人莫不是那商會之中的領事，如今來此勘察紡社之中各織工情形。

一念及此，他也不敢問那牛小青到底從何而來，亦不敢細看牛小青之長相，只是悄悄傳令，令社內那繰絲紡線之人愈發使力，自己卻著了數人，畢恭畢敬地去迎接那牛小青。

待他帶人走近，方始看清這牛小青之相貌。這一望之下，頓時嚇了一大跳，原來自己眼前之人，不是別人，正是那失蹤了二十年之久

的牛小青。那隨他前來的紡工，有數人皆為福氏村中故舊，此前在福氏村之日，與那牛小青共過農事，因此還記得牛小青相貌，更對他與桃花仙女之事，有極深之印象。遂此刻見了牛小青，皆嚇得合不攏嘴，眼見牛小青形貌二十年來無甚變化，更不知眼前之人是人是鬼，當下個個面如土色、腿如篩糠，誰也不敢上前招呼他。

列位看官，也無怪這福氏村中村眾如此。那牛小青此前進入之地府，乃特殊時空，但這特殊時空之中度日，非但未曾讓牛小青衰老，反令其始終保持二十歲左右之形貌。而反觀當年與牛小青同吃同住者，如今盡已老去，更有甚者，鬚髮灰白參半，已然步入中年，老態頗顯了。

且說如今牛小青重回福氏村之事，已如炸雷一般，激起滿池漣漪，令那福氏村中人人震動。這消息傳入眾人耳中，那紡社裏的紡工便紛紛停下手中活計，如見奇觀般，紛紛奔至牛小青跟前，想瞧瞧那牛小青到底是何方神聖。片刻之間，牛小青便已被眾人圍了個水洩不通，周遭有識得牛小青的，大著膽子問其這二十年間到底身在何處、有何際遇，緣何未曾變老等種種疑問。

那牛小青見眾人圍著自己七嘴八舌地發問，只覺得頭暈腦漲，兼自己聽一句，那頭腦之中便影影綽綽閃過一絲影兒，再去搜尋，卻無論如何也無法尋到，那眾人七嘴八舌的消息灌了進來，只覺得頭腦中紛紛擾擾，毫無頭緒，一時之間只得唯唯諾諾連哼數聲，算作對眾人之回應。

這廂正糾纏著，卻聽那人群中一聲高喊道：「牛小青，你竟還有臉回這福氏村來！」眾人聽見這驟然發難之聲，均吃了一嚇，便紛紛轉頭向那聲音來處張望。牛小青正待看這驚聲尖叫者為何人，身上便已莫名挨了數下。那圍觀者見牛小青挨打，竟然跟著那攪局者瞎起起哄來，一時間你推我搡，場面頓時亂作一團。

正是：

區區數豎子，搏取若提孩。

手持掃天帚，紛紛近前來。

列位看官，你道這吵嚷者為誰，打人者又有何緣由？欲知後事如何，且聽下回分解。

第三十二章

　　上回且說到那牛小青依著機器轟鳴聲，終於在紡社之中尋到了福氏村中的諸名成年男子，尚未開口說話，那村眾之中有認得牛小青者，便大聲稱奇，對牛小青如今依舊維持青春形貌皆是驚嘆感慨，如觀西洋景一般圍著他又瞧又看，只把那失憶的牛小青鬧了個丈二和尚摸不著頭腦，也不知眾人到底葫蘆裏賣得是何藥。

　　雙方正大眼瞪小眼之際，卻聽見有人高聲叫罵牛小青，那牛小青還未來得及辨認來人，接著便已莫名挨了數拳，只打得那牛小青不明就裏、不知內情。

　　眼見這圍觀眾人推來搡去，你踩我一腳，我打你一拳，混亂之際，也不知誰是誰非，大有愈演愈烈之趨勢。那紡社領事呼喝了幾聲，卻無人理會。他見這般情形，若容眾人再鬧下去，此處便將一發不可收拾了，便將掛在胸前的木哨拿起，含在口中「呼呼」吹了數聲。只聽他哨音剛落，從紡社的布幔之後，鑽出了四名膀大腰圓的虯髯大漢，個個身似鐵塔，目露凶光。那四人見紡社眾人鬥得正酣，也不待領事吩咐，上前便一手一個，不費吹灰之力，便將這干人等一一撥開，眾人尚未反應過來，便被四人一手一個，如雞仔一般提到人群之外。那餘下本待蠢蠢欲動者，此刻見了這般情境，也不敢有任何異動。只見這四名虯髯大漢一路暢行無阻的行至牛小青跟前，見尚有幾人正掄著拳頭往那牛小青身上招呼，便看也不看，提起這幾人的領子往地上一摜，直把這幾人一個個都摔得動彈不得。

　　紡社眾長工見他們四人如此凶悍，頓時人人都嚇得不敢吱聲，一時間那車間除了領事，人人屏氣凝神、面面相覷，誰也不敢先開口說話。那領事見自己已然威懾了紡社眾長工，便擺了擺手，著這四名虯

鬚大漢將被那剛眾人打翻的牛小青扶起，並領回自己日常會客的清幽後堂安置。

　　列位看官，說起這紡社領事，倒也話長。合該如此之巧，你道這領事亦是福氏村人，且對那牛小青與桃花仙女之舊事，略知一二。如今他見這牛小青穿戴光鮮體面，又見這牛小青容顏如舊，心中早已暗自起疑，思忖這牛小青約莫是得了那天宮仙女贈予寶物，否則焉能有這般奇遇？一念及此，心中頓生貪念，便想從那牛小青口中套出話來，若是有運氣得知牛小青從何寶物中得到如今這番遭遇，自己亦能沾上這寶物的幾分光彩。

　　他心中這般盤算，面上卻不顯山露水，只是將自己珍藏許久的一壺好茶取出來沏了，一面與牛小青斟飲，一面與他敘舊。待那牛小青坐定之後，又著自己在紡社的相好去取那治療跌打損傷的藥膏來與牛小青治傷。

　　且說這領事支開了屋內眾人，便與牛小青更加熱絡了些。且聽他先是與牛小青寒暄了幾句福氏村如今的變化，又與之說起了如今商會對村眾的益處。牛小青也不打斷，心中卻道是如今好不容易有人可相詢過去之事，這機會自是十分難得，且聽他說說也無妨。

　　只聽那領事感慨道，如今這福氏村村眾皆富，但每日亦十分辛勞，幾乎便是全年勞作才能維持那紡社運轉與那舉國上下的布匹供應，如此這般二十年，這福氏村的紡社方有了如今的形貌。

　　那領事感慨完如今之事，便又與牛小青細數過往。他云正因那福氏村的老村正兢兢業業，方能領著福氏村的一干村民也胼手胝足、篳路藍縷地開創如今這一份紡社之業。現如今這福氏村的村正仙逝，這商會由他兒子接手，那繅絲發展開的各種產業更是蒸蒸日上、遍地開花，如今他兒子已然成了商會總會長，商會也早已成為全國第一大商會。

牛小青原以為這領事提到那福氏村舊事，也只是與自己憶舊罷了，一時心中也有些期待。但聽那領事言罷那村正兒子之事，卻又不接此話茬兒，反是抱怨起那福氏村如今的境況來了。

　　且聽他道，如今這福氏村早已和前些年有所不同，村中大半人馬，已追隨那村正之子去了京城，初時與之一同打江山的老人，現如今多半已是各商會分處的大總領了。

　　自己之苦勞，與這些人並無太大差別，皆是從那繅絲在村中興起時便入了紡社，跟了那老村正之人。卻不曾想，自己事是一樁也未曾少做過，出的氣力亦不比那些故人少，如今卻只能眼睜睜看著他們車馬輕裘、吃香喝辣，而自己卻還在這村中守著那一畝三分地，絲毫未見升遷，甚至還不如他那徒弟。如今就連他徒弟都已是這紡社的大領事，而他卻仍是這紡社的小領事，每日管著這幾個不著四六的人馬，也不知何時方能盼到出頭之日。

　　列位看官，且說這領事如此之說，一般是真一半是假，也不過是他日常與人應酬的慣用開場白罷了。且聽他一路說一路嘆氣，想要激起這牛小青的同情之意，更想等那牛小青慢慢放下戒備，再問他到底有何際遇。

　　且見他一路哭訴，這牛小青也不曾有半點讚許同情，只是表情漠然地聽完罷了。列位看官，你道為何？原來這牛小青心裏一直都存著自己私事，對那領事的話，多半是左耳朵進，右耳朵出罷了。

　　這牛小青適才雖然在此處挨了打，但心中卻是喜氣多過怨氣。他如今可確定這福氏村中村眾認得自己，亦知道自己舊事。如此一來，他便可向其詢問自己故舊過往，也不必再似初回人間時那一籌莫展之態。故他耐著性子聽這領事講著自家遭遇，心中雖急但也未曾打斷，只是盤算著，待那領事一說完，便向其詢問自家之事。

　　正是：

光鮮亮麗聚一堂，你方唱罷我登場，

嘴不言語心思量，二人各自懷肚腸。

　　列位看官，你道這牛小青與領事各懷心事，皆想從那對方口中得知己欲，這一番你來我往，又待如何收場？那牛小青到底又能否得知自己姓甚名誰，來自何處，將去何方？欲知後事如何，且聽下回分解。

第三十三章

上回且說到那紡社領事認出牛小青，見牛小青如今容顏一如往昔，心中甚是疑惑，以為牛小青又得了什麼了不得的際遇，便著人將牛小青從人叢之中解救出來，送到自己素日會客的內室，與牛小青攀扯親熱，好將那牛小青這二十年來身在何處、遇到何人套弄出來。

豈料這牛小青如今記憶全無，聽了那領事的話，也不過是嗯嗯哼哼、隨聲附和罷了。待那領事一番長情哭訴完畢，見牛小青卻帶頭楞腦、毫無反應，直是視自己為無物，自己費了這半天唇舌，原是好不值當。當下便怒從心生，眼見便要發作。

且說這領事二十年前便是福氏村人，當然識得這牛小青。那牛小青昔日在他印象中，便是個呆頭傻腦、沉默寡言之人。當日在福氏村生活之時，這牛小青日日與那桃花仙女廝混在一處，整日裏便是遊山玩水、無所事事之態。

當是時，那福氏村繅絲一事剛由那桃花仙女興起，因那繅絲織布之事進益頗豐，全村各家各戶，皆是傾巢出動、各自幫忙，能做一分絕不會只做半分，只嫌自己未生有三頭六臂，誰又有耐心去管那牛小青之事？而那牛小青自認識了桃花仙女，亦是個不幹活的，如此一來，他與眾人雖皆生活在那福氏村中，卻是井水不犯河水、各自相安無事。因此那領事對其印象不深，倒也說得通了。

這牛小青聽領事一通慷慨激昂的抱怨，自己倒是無甚感觸。列位看官，你道這牛小青原本就不是善鑽營之人，否則焉能混成今日光景？且說他聽那領事說起村中光景與那商會如今盛況，皆是毫無反應，那領事見了，亦是在心中嘖嘖稱奇，雖有疑惑，卻只當是牛小青淡泊名利。

　　但見自己談起那村正離世之事，牛小青亦是波瀾不驚之態，頓時氣不打一處來。原來當日桃花仙女離去後，牛小青在福氏村中日日以淚洗面、相思斷腸到生無可戀之態，在那福氏村中可是人人皆知之事。連帶那村正去牛小青家中勸解安慰、照顧他數日之久，亦是在福氏村中路人皆知。

　　如今他見自己談起村正離世之事，這牛小青依舊一臉茫然之態，似乎絲毫不念村正恩情，還當是牛小青如今交了好運，過上了那富貴日子，便將那福氏村中一干人等置諸腦後、不願多加理會了呢。

　　但那領事心中雖然著惱，面上卻不能顯出那不耐神色。你道為何？原來此刻他尚吃不透這牛小青底細，不知他如今在何處高就，更不知其來頭，當然也不好衝他發作。他心道那古往今來雖說是有福同享有難同當，但那有難同當者多如牛毛，有福同享者卻罕如芝草，因此強壓怒火，客客氣氣地與那牛小青說話。

　　且聽那領事好不容易將自己一番長篇大論說畢，見牛小青毫無回應，不由得主動問牛小青道，這二十年間在何處高就、何地發財，緣何與那福氏村中眾人不通音訊、毫無往來？

　　牛小青聽他敘舊許久，早就巴不得在他間歇片刻，能令自己有機會開口相詢與自家有關的諸般舊事。如今聽他問起，自然求之不得，慌忙告訴他自己也不知緣何回到福氏村，更不知這二十年間，身上到底發生了何事。如今領事問起他來，他也不知該從何說起，他找到這紡社來，還想問那曾認識自己的人打聽呢。

　　那牛小青交待完前因，便向領事作揖道，自己對諸般前塵往事確實是記憶全無，若那領事知道自己在福氏村的種種舊事，還盼其詳盡告知，以解自己如今失憶之苦。那領事初時不信，見牛小青神態懇切，漸漸了悟其所言非虛。

　　只見牛小青言語間毫無偽飾，其人神態，真與那自己在說書人處

聽到得了失魂症之人一般無二，亦是被此番變故驚得瞠目結舌、不知所措。原來似牛小青這般情景，他從前不過在戲文之中見過，現實之中倒是第一次看見，一時間慌神錯愕，險些連牛小青問了些什麼也未曾聽見。

且說牛小青向那領事問了諸多問題，並作揖為禮。待這牛小青問畢抬頭時，方見那領事的內堂山牆上了掛了三幅圖畫。

列位看官，你道那圖上所畫何事？且見那正中最大幅者，其上繪了一名嬌俏可愛、眉目如畫的二八少女，旁邊兩幅一繪著一位精神矍鑠的老者，另一幅則繪著一名清臞瘦削、豐神俊朗的年輕男子。那年輕男子眼神銳利，看起來甚是精明能幹。

那畫下擺了香案，熏了上好的檀香不說，還擺著精美的糕點瓜果，當是供奉這三者之意。

牛小青驟見了這少女圖像，心中頗有些似曾相識之惑，繼湧起無限愛憐傾慕之綺思來。他對此甚是奇怪，思來想去，大約亦是與自己的前塵舊事有關，因此將那疑惑之事，開口向紡社領事相詢。

列位看官，你道這畫上女子，究竟是誰？此刻怕是不說，大家便也猜到了。原來這畫上女子，便是當日帶那仙蠶下凡，被牛小青在山中遇到，帶回福氏村家中的桃花仙女。而桃花仙女左邊掛的繪像，便是那福氏村故去的老村正之像，而那右首者，便是那村正之子——如今福氏村絲綢及各方生意的商會總長之繪像了。

此三者乃福氏村繅絲生意之源，那領事的內堂供著這三人的繪像，自然也是無甚奇怪之處。但那牛小青卻是毫無頭緒，半點也憶不起。只覺得自家這番感官實是莫名而來，也不知該如何紓解。

且說那領事見牛小青一連問了自己諸多問題，也不知道該從何說起。正思忖間，卻見他那相好風風火火地闖進屋內，將此前出去取的跌打損傷藥膏送了過來。那相好見兩人在此交談，早就希望能從旁竊

聽，此刻見那領事未曾支走自己，便殷勤上前，要與那牛小青上藥。原來這婦人亦認得牛小青，她見牛小青如今容顏未老、青春常駐，料想其定然得了什麼仙丹妙藥，便希冀從二人交談的言語之中打聽一二。

這三人正各懷心思、你來我往間，卻聽見那紡社中一聲悠遠的鐘聲傳來。原來兩人相談甚久，竟連到了散工的夜飯時間也未曾察覺。那領事見牛小青毫無離開之意，一心只盼著能從自家口中探聽到幾分舊事，恰好自己心中亦有疑惑未解，他心念一轉，便對那牛小青道，如今天色已晚，不若先去自己家中吃飯飲酒，待兩人邊吃邊談，方能緩和從容。

正是：

生事應須南畝田，世情盡付東流水。

人壽幾何逝如霜，時無重至華不揚。

列位看官，你道這牛小青這失憶之態，是否還有法可解？那領事與其相好，若得了牛小青容顏常駐之真相，又當如何待他？欲知後事如何，且聽下回分解。

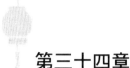

第三十四章

上回且說到那紡社領事見了牛小青，看他如今仍是少年郎般模樣，不由得心生疑竇，以為其又得了什麼奇遇，遂才保住了年少時的形貌。又見牛小青裝扮得體、衣飾華貴，不知曉他不過是得了鬼卒的幫助，還以為這二十年間牛小青早已賺得盆滿缽滿，此刻回到福氏村，不過是衣錦還鄉罷了。因此他在與那牛小青攀談的言語中，時時透露著自己如今憤憤不平之慨嘆，兼之閑扯一番福氏村中紡織絲綢之盛況，見那牛小青毫無反應，方始明瞭他如今不過是失憶罷了。

二人談著便已到那紡社放工時間，領事見紡社工人魚貫而出，自己此刻若是與牛小青一道出門，被人瞧見，保不齊又是一番騷亂，略思忖片刻，便領了牛小青從那紡社後門的一條小路悄悄潛了出去。

二人回到領事家中時，那領事的婆娘熟悉紡社之中放工時間，便已然備好了飯菜在鍋裏熱著。那領事領著牛小青吃罷飯，便與那牛小青道：「你如今雖記憶全失、形貌不改，但終究與我是同輩，總是敬稱也多有不便，我姓周，單名一個際字，不若你便改口稱呼我為老際吧。」言畢他便向那牛小青詳述了一番自己所知的關於牛小青的前塵往事。

且聽他道，原來這牛小青此前確在這福氏村中過活，先前因勤儉質樸、勤奮踏實，頗得福氏村村正之喜愛，那村正因他初到此安家落戶，便送了他兩畝肥田，著他在村中好好安家落戶，殊不知自那牛小青結識了桃花仙女之後，便每日沉耽於女色，不知不覺之中便已荒廢農事、不理稼穡，令那老村正十分憂心。後經勸解，便去了紡社之中做工，本來在紡社之中做的好好的，不承想其沒過幾天卻消失得無影無蹤，誰也不知他去了何處，自此以後至今，這二十年裏，福氏村中

再也未曾有人見過牛小青。

　　那牛小青聽他述說，似是自己先前在福氏村的生活他知道，可是自從這牛小青從紡社之中失踪以後，去了何處，有何等際遇，他確屬一無所知。

　　牛小青見這周際神情之中不似作偽，便誠心謝過。周際云如今這商會是憑藉當日仙女所教之技藝及其帶回來的仙蠶之天絲，方能發展至今。而如今這商會會長——那老村正的兒子為了紀念這回到天上的仙女，便讓全國各處分會盡數掛上其繪像，更有甚者，譬如那些錢財銀兩豐盈之商會，還要對其雕像精雕細琢、鑲金鍍銀，更兼設檀香法爐、採四時蔬果上供，一刻也不能斷絕。

　　那桃花仙女與牛小青此前在村中住處，亦被福氏村眾人看作商會聖地，嚴加看護，任何閑人未經允許，不得入內。

　　列位看官，聽到此處，你可知為何那牛小青回到自己住所時也被拒之門外了吧。原來此處經由二十年時光加持，早已成為這福氏村中聖地。但緣何這牛小青自己，亦過其門而不得入呢？還有那福氏村中紡社工人，緣何對牛小青有這般深仇大恨？

　　說起此事，倒還要費一番功夫。列位看官，你道是那村正此前雖向村民們述說過那仙女被王母強行帶走之事，但村中有一人，卻是無論如何也不肯信。原來那村正之子滿心以為，那仙女之所以被王母帶走，錯處全在這牛小青身上。

　　若不是那牛小青與桃花仙女整日在外遊玩而日漸墮落，亦不會令天上眾神如此憂心煩擾，以至於強行將那桃花仙女從福氏村中帶回。在他心中，那九天上的仙女，怎不是那勤勞善良之輩呢？定是那牛小青妄想仗著仙女仙法一勞永逸，遂引誘那仙女日日過那腐朽墮落之生活，這才惹怒了西王母，將那仙女提前召回。

　　因此，他便將當日仙女離去之賬，盡數算在牛小青身上，那老村

正在世之時還好，待村正去世，他更是隻字不提牛小青當日無辜之態，逢人便說如今這福氏村中繅絲一事，皆是因有一名西王母身畔的仙女下凡慈悲為懷，遂下凡來教眾人技術，而那牛小青與仙女的那一段掌故，則是添油加醋，將牛小青描述為引誘那冰清玉潔仙女之登徒子，云若不是那牛小青從中橫生枝節，仙女還會待得更久，教會那福氏村村眾更多仙術仙法。

而村正兒子當上商會會長之後，對那牛小青之錯處更是廣為傳播，遂云若是沒有牛小青帶走桃花仙女之事，有那桃花仙女從中相助，商會之發展便不似如今這般艱辛，且有了那仙界繅絲養蠶之術，亦不怕其他商會效仿，那福氏村中村眾，焉能不賺得盆滿缽滿？

天長日久、年與時馳，倏忽二十年過去，當日牛小青與桃花仙女究竟是何種情形，眾人再難得知，加之牛小青失踪得詭秘異常，眾人心中便日益信了那村正兒子，也開始對牛小青嫌惡起來。

但這番言語，騙到的卻只有那底層做工者，那上位之人，對牛小青與桃花仙女孰對孰錯，並沒有多少興趣，對他們而言，能賺取利潤之事，才是心中的頭等大事。如今既然商會會長不想再提及牛小青，他們自然識相地緘口不語，至於真相究竟如何，也不會有誰在乎。

列位看官，你道這福氏村中，當還有其他人等，既不為財，彼時也不是商會之人，為何也對牛小青此人亦是頗有微辭？原來這牛小青當日與桃花仙女日日處在一處，他娶了這等美娘子不說，還能沾那桃花仙女的光，與其整日遊山玩水也不愁生計，直是將那桃花仙女的好處，從頭占到尾，如此這般，焉能不惹得眾人又羨又妒？

兼之那福氏村村眾之中，也有諸多未成婚者，對那桃花仙女之美貌才能傾慕已久，更有甚者，因對思慕桃花仙女神魂顛倒，以至於人到中年還未曾婚配，聽這桃花仙女被西王母強行帶走，皆因牛小青之緣故，對其自然又恨又氣，現在驟然在福氏村又見到牛小青，自是要

逮著他好好發洩一通，將自家身上的諸般苦楚，一一向其洩憤方可。

　　端的是：

　　自欺云者，知為善以去惡，而心之所發有未實也。

　　多言數窮，不如守中。知人者智，自知者明。

　　善者不辯，辯者不善。知者不博，博者不知。

　　列位看官，你道這牛小青如今得知自己一二分前塵往事，又待怎地？欲知後事如何，且聽下回分解。

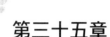

第三十五章

　　上回且說到老際將牛小青此前在福氏村之種種說與那牛小青知曉，並告知牛小青如今福氏村中村眾對其敵意由來。此時牛小青方知曉此事與那商會會長之間有所關聯，但此言論經天長日久發酵，兼之眾口鑠金、積毀銷骨，如今自己想要辯白，也不知該從何處說起了。

　　好在這老際對那會長之詞倒並不認可，當日這仙女在福氏村時，老際對其也無甚念想，因此對那牛小青之事亦是無可無不可之態。且說這老際對牛小青云，如今其既已無家可歸，倒不如在自己家中先安頓幾日，等收拾心情之後再謀生路亦不遲。牛小青也無甚更好辦法，聽那老際如是說，便也就只好先在此間待下，等那老際下午放工歸家後，再與之商量辦法。

　　二人議定後，那老際便又去紡社，而家中婆娘也須得去往那採桑養蠶之所，只餘了牛小青一人在家。牛小青酒足飯飽、神氣兩虛，在家中閑待了一陣，坐也無聊，站也無聊，便在老際安置給自己坐臥休息之榻躺倒，思忖著自己與桃花仙女之間的舊事。他聽老際提及此事之後，雖是無從想起，但心中卻又隱隱有些期盼，希冀這般好事真與自己有關。如此胡思亂想了一陣，不由得睏意來襲，臥在那榻上便睡著了。

　　且說這牛小青在睡夢之中仍想著自己與桃花仙女之事，那腦海之中，自然便浮現出諸般美夢，似乎在夢中，真又與那桃花仙女膩在了一處。但這美夢卻並未像他希冀般地只往好處發生，而是做著做著便急轉直下，慢慢往那噩夢上轉去。且見他夢到自己正與那桃花仙女如膠似漆之際，那桃花仙女卻驟然被西王母帶走，再也無從得見；又夢到自己在地獄的刀山火海、黑霧濛濛之中受罰，諸般罪鬼淒厲慘狀

一一浮現，受刑慘叫之聲不絕於耳。

端的是：

積屍草木腥，流血川原丹。

失憶人不語，神魂自分明。

且說這牛小青在夢中陷入了地府的修羅境，頓時身心痛楚，恐懼升騰，也不知該往何處奔跑。一低頭，只見腳下黑霧滾滾、血水翻騰，又一望，遠處便是要追趕自己的猙獰罪鬼，心中又懼又怕，端的是叫天天不應叫地地不靈，只嚇得頭皮發麻、腿如篩糠，想要逃離卻一步也無法邁動，只得在原地痛苦呻吟。

當此時，卻聽有人大喚自己的名字，他吃此一嚇，猛地睜開眼睛，卻正瞧見老際與他婆娘站在身畔。再一瞧，只見屋外天色已近黃昏，想來自己一覺竟睡了這麼些時候，不知不覺竟已到了吃夜飯時分了。

原來那老際歸家時未見牛小青，卻聽廂房之內傳來痛苦呻吟，慌忙去瞧。再一望，便知牛小青在夢魘之中被惡鬼纏身，便一聲大喝將其喚醒，以令其神魂歸位。他見牛小青臉色煞白、渾身顫抖、滿額是汗，頗有邪氣入體之相，若不及時調理，定有一場大病，便吩咐婆娘去籠中逮了一隻鴨子宰了，先與牛小青燉一盅老鴨湯，再去市場買肉打酒，整治出幾樣好菜來，與其補神補氣，以免牛小青經受不住這番衝擊生病。

列位看官，你道那老際緣何會如此？

此事雖然蹊蹺，但究其根由，說來倒也簡單。原來這福氏村諸人，雖是有那貧寒之人的自私狡詐，卻還不失其樸實良善之本心。此刻他見牛小青神態可憐，亦對其生出有三分關心之態，倒也不全是假情假意。

話分兩頭，各表一枝。且說牛小青這廂，自回到福氏村之後處處

碰壁，在那紡社之中，還莫名其妙遭人一頓飽打，驟然遇見一個這般熱心關切自己之人，心中頓時也生出感動之情，慌忙便從自己身畔的行囊之中取了幾個金元寶出來，並將那金元寶交與老際，以茲為謝，感激那老際收留照顧之意，並報效其將自己諸多往事一一告知之情。

那老際早就想從牛小青身上得到幾分好處，不承想此刻竟見他拿出金元寶來。他見這幾個金元寶成色甚足，握在手中沉甸甸的，顯是貨真價實之物，頓時心中暗生喜悅，半推半就之下，便也不再客氣，將那金元寶妥妥貼貼地收在自己懷中。

列位看官，這牛小青如今既已失憶，對這金元寶之價值，當然是毫不知情。而這老際將其留在家中，雖有照顧，但也遠不值牛小青一下子交出的這幾枚元寶。這幾個金元寶兌換銀鈔，非但可抵老際在紡社之中兩年辛勞之資，若是普通人家過活，別說是整治一頓飯菜，便是用上三五年也足夠。

且說老際這邊拿到了牛小青交與自己的好幾個金元寶，這突如其來的意外之財，令他心中分外欣喜滿足。他美滋滋地拿了這筆錢，對牛小青也殷勤了幾分，那牛小青緣何保存青春容貌至今，又從那桃花仙女處得到什麼好處也不再如初時那般熱心，只是熱切地勸牛小青飲酒用菜，並與之隨意拉些家常話罷了。二人飲至酣處，在那如豆微光之下閑話些家常裏短，倒是讓牛小青心中生出一番家庭溫馨的感慨唱嘆之意來。

二人閑話飲食完畢，老際便問牛小青下一步將去往何處。牛小青云，自己對這二十年的際遇十分疑慮，自己身上究竟發生過何事，緣何失憶，自己皆是一無所知。若是不能解開此惑，他怕是以後也無法安然生活。但如今老際既告知自己是突然失蹤，怕是這福氏村中人亦是不知自己當日去向何處，若是要認真查探起來，實則恍若大海撈針一般，千頭萬緒也不知該從何處做起。

　　老際聽牛小青在此感嘆，腦中亦是轉了百千個想法。一眼瞥見牛小青身側行囊，見其中還有幾個沉甸甸的金元寶，心念一動，便對那牛小青道，這福氏村低處偏僻，那村眾不知牛小青這二十年間去往何處亦是正常。牛小青若真想尋回自己記憶，也可去那縣城省城之中查探查探，看看有無人家發生過同等怪事，有無人在這二十年間見過他等。

　　他與牛小青出了這個主意之後，又叮囑此去縣城省城路遠，在路上切不可打扮得如此體面光鮮，若是被那強人看見了見財起意，倒是得不償失。那牛小青哪知這番道理，聽老際如是說，便深信不疑，老際讓牛小青再拿一個金元寶交與自己，自己去與他換點零錢，帶著上路也方便些。

　　牛小青對這諸般事宜皆是一籌莫展，聽老際如是說，便慌忙將自己手中的金元寶交與老際，又好言好語地請他幫自己盡數化整為零，以便自己帶著路上使。

　　正是：

大路朝天幾去回，見財起意夢魂追。

層層法網疏不漏，步步機關緊欲摧。

　　列位看官，你道這牛小青此去之後，又會有何等際遇，他到底能否想起自己的種種前程往事來？欲知後事如何，且聽下回分解。

第三十六章

　　上回說到牛小青暫歇在老際家中，聽老際將自己此前樁樁舊事一一道來，一時只覺心神俱蕩，難以自持，遂其躺在床上時，也有些想入非非，一時間陷入到種種情緒之中難以自持，不知不覺便睡了過去。

　　豈料這一睡，初是美夢，很快便墜入噩夢之中，待那老際放工歸家，聽見牛小青呻吟聲，慌忙將其喚醒，又著家中內人與之燉老鴨湯燙酒與其壓驚，這一番關切之下，牛小青自然是對其感激涕零，遂將當日鬼卒交與自己的行囊打開，從中取了幾枚金元寶交與老際，以示答謝之意。

　　那老際見牛小青不知這金元寶價值，便又言語攛掇他，著其又交一枚出來，說是拿去與他兌換。牛小青對此倒是毫不懷疑，見老際如此熱忱，當即便將自己那枚金元寶取出來，請老際在城中與自己兌成銅錢，將來在路上使起來，也不顯扎眼。

　　那老際並非十足惡人，如今見牛小青如此信任自己，自己卻全然不曾將那金元寶價值如實說與他聽，心中不由得也升起了幾分慚愧意思，此刻見牛小青又掏出了一枚金元寶，便暗暗思忖道：適才幾枚金元寶自己收了便也收了，如今牛小青交給自己這枚，定然要幫他妥妥帖帖地兌換好，並將此元寶兌換的銀兩銅錢，一文不少，盡數都交與牛小青手中。

　　且說這牛小青從行囊取金元寶之時，忽見行囊之中還附有一張字條。牛小青原就不識字，此刻見了字條，也不知道到底寫著何物事，便將其取出交與老際，著他幫自己辨認。那老際聽牛小青道要辨認字條，原以為這不過是一張普通字紙罷了，遂也不以為意，待接過一看，

差點嚇得站立不穩，只覺得心臟狂跳、口乾舌燥，原來那字紙並非普通字紙，而是一張在全國各地錢莊皆可兌換五百兩黃金的巨額銀票！

列位看官，看到此處，諸位亦當知曉這銀票從何而來了。原來這銀票亦是那鬼卒所贈。當日他與牛小青分別之日，便已為牛小青計議規劃了終生生計之本錢，那便是這銀票上的五百兩黃金。也幸虧有這鬼卒這番安排，那牛小青方不至於窮途末路。

原來這牛小青當日追隨桃花仙女上南天門之後，這福氏村的人自然認定其已失蹤遇害，而那牛小青當日在福氏村所置的諸般產業，也不知該歸置何處。那牛小青的嫂嫂當日見了他的信，自然也知道牛小青在這福氏村中的諸般事宜，當即報官云胞弟不知去向，又過了數年，見牛小青並未歸家，那官府找也找了，便蓋棺落定這牛小青應是已遭不測，其所留財產銀錢，也該一一處理歸置。

列位看官，你道那桃花仙女在時，因其帶了仙蠶在側，並由此在福氏村中生出了繅絲之業，而她與牛小青，亦因銀錢豐足，日日便賦閒在家，成日遊山玩水不事生產，如今驟然離家，那家中自然也還有些盤纏資銀，牛小青後繼無人，其財產便只得歸於那牛大青了。而那牛大青又素來是個怕老婆的，遂那牛小青的嫂嫂，既除去了自己的眼中釘，又平白無故得了這許多資財，自然是欣喜無比，一連開心了數日。

閒言休敘，且說回這銀票之事。列位看官，你道這鬼卒日日在陰曹地府行走，為何又有陽間的銀票？此事說來話長，還當從那地府之中敘起。原來這地府之中，有一個熔爐，那熔爐碩大無朋，有銷金蝕骨之效，而那熔爐之上煉化的，便是那黃金沸水。原來這地府之中所有的刑罰皆有因果，凡是生前那些放貸剝削者、視財如命者、慳吝偽善者，死後均在此受刑，以懲戒其為聚斂財富無惡不作之意。

這鬼卒因在陽間行走甚多，知道銀錢在陽間好處，因此便從那金

池的沸水之中，悄悄舀了一瓢，將其兌成金磚，又化為牛小青模樣，在錢莊將金磚折成銀票，同時這鬼卒還將那剩下的黃金沸水鑄了數枚金元寶，盡皆放置於牛小青的行囊之中，以便牛小青在陽間時使用。

列位看官，你道這鬼卒雖是一番好意，但其千算萬算，卻未曾想到，這牛小青雖然不傻，但卻不識字，如今見了這花花綠綠的銀票，也不知到底是何物事，竟然輕而易舉便將其示以那老際。那老際如今驟然見到這樣一大筆黃金，又焉能不見財起意、暗生禍胎？

且說這老際見到了銀兩，霎時間只覺得心神激蕩，一時間捏著銀票的手亦有些顫抖。心中片刻之間，便已更換了數十個想法，一時覺得自己不應當欺騙這失憶的牛小青，一時又覺得如此巨額銀錢誘惑，自己實是難以抵禦抗拒。

他心中暗自思忖道，如今自己只需將那牛小青立一張委託字據，他便可去錢莊，將那所有銀錢盡數提歸自己名下。若是他真的兌了這筆銀鈔，非但自己後半生衣食無憂，連帶祖孫後輩亦是可以躺在這筆巨款上享受無兩風光。

他甚至在心中暗自思忖著待自己用這筆錢買房置地之後，應當與家裏婆娘商量著再納幾名姜室才是，當然那紡社的活也不必做了，省得受那些閑氣。他心中這般盤算著，適才要幫牛小青的豪情壯志亦是一下子便消弭退散了，滿心只想著如何分配使用這許多黃金。

那老際既做此想，心中便有些動搖，且聽他告訴牛小青道，這字紙上到底寫了何事，他也不太明瞭，不若待他先收了明日再找人問看。此刻他滿心滿眼，盡是這銀票之事，也不大有與牛小青交談之心思了，便令牛小青早些休息，自己則假意將那銀票收起，揣在口袋之中進了內室。

這一晚，老際因銀票之事，在床上輾轉反側、難以成眠。一時覺得對不住自家良心，一時又覺得實是誘惑難擋，思來想去，終究決定

將此事與婆娘商量商量，且也探探婆娘口風，自己再計議到底該怎樣處置這筆銀錢。

　　且說這老際的婆娘倒是個行得正走得直的，聽了老際這番想法，當即便一口否定，云這老際萬不可有私吞牛小青錢財的想頭，這牛小青既不識字，那老際更應該陪其去錢莊兌換銀票，萬不可使牛小青一人前往，以免其受騙之虞。

　　老際見婆娘態度堅決，心中亦有些自慚形穢，不敢再多說什麼，但要他捨了這一大筆錢財，卻又是無論如何也捨不得。遂也只得先勉強先答應著婆娘罷了。他暗自思忖道，所幸自己並未將自己私吞牛小青那幾個元寶之事告知婆娘，若是被她聽見，怕是又來一頓好吵，直令他須得將這金元寶還與牛小青才肯罷休。

　　話說這老際人雖已躺在床上，心卻早已飛至雲天之外。原來他心裏仍記掛著這筆飛來的橫財，甚至想到自己索性便扔下那婆娘，一個人遠走高飛也罷了。將來納幾個美貌妾侍，怎麼也比現在強。反正如今有了這麼大筆錢，做什麼還不由得自己安排？那外頭花花世界無限精彩，自己定要趁現在好好閒耍一番。他心中這般盤算著，恍若實現這想法的情景已近在眼前，一想到此處，他便忍不住偷偷一個人在暗夜之中笑逐顏開。

　　端的是：

義利源頭識頗真，黃金難換腐儒貧。

莫言暮夜無知者，須知乾坤有鬼神。

　　且說這老際驟然得了牛小青之兌金銀票，不由得暗生貪念，一門心思想將其據為己有，而那牛小青失了銀票，下一步又待怎地？欲知後事如何，且聽下回分解。

第三十七章

　　上回且說到牛小青因老際對自己關切日盛，也對那老際更加信任。他在那行囊之中取元寶時，卻發現一張花花綠綠的紙條，便著老際幫自己瞧瞧這紙條上到底寫了何物事。不承想老際一望之下，發現這哪是紙條，分明便是一張可兌換五百兩黃金的銀票！

　　那老際見此銀票，不由得貪念頻起，一時暗自思忖著是否要將此銀票據為己有，一時又覺自己這番作為太過，如此左右搖擺，始終也拿不定個主意。正巧已到就寢時分，他便將此事與家中婆娘商量計議，豈料那婆娘倒是個行得正走得直的，一聽老際對牛小青之財起了貪心，便堅決否定了老際將銀票據為己有之念。

　　那老際思前想後，無論如何也捨不下這五百兩黃金，遂暗自揣度，是否要將那婆娘休了，自己獨個兒遠走高飛，有了這五百兩黃金，什麼樣的美嬌娘還不是由得自己挑揀？他這廂在腦海之中做著黃粱美夢，眼見這好事似乎近在眼前，不由得便笑出聲來。

　　這一笑，又吵醒了那床上睡著的婆娘，那婆娘心中有些疑竇，便問老際道：「你深夜不睡，又在笑些什麼？」老際也不答話，只是一味想著那銀票之事。此時月上中天，映照在那婆娘身上，且見她翻了個身，正對著老際。那老際瞅著婆娘睡顏，不覺憶起這二十年間種種舊事。

　　原來這老際自己原先在福氏村也是個老實巴交的莊稼漢，後來那桃花仙女在此興了紡社，他便去紡社做活賺生計。豈料這紡社之中多是虛與委蛇、善於溜鬚拍馬之輩，初時自己還可靠那辛勞踏實掙得在上位者一兩句褒獎，久了那紡社管事對此也習以為常，只道那老際蒙頭做事、勤勤懇懇，不過是他份內之事罷了。老際眼見身邊那溜鬚拍

馬、投機倒把者紛紛上位，留在自己身側的，也無非都是些如他一般的老實頭。

而今已到不惑之年，其他與自己同入紡社善於媚上諂下者多已升遷為總商會中要員，自己卻還在福氏村守著這老紡社的一畝三分地。所幸的是，不管風裏雨裏、水裏火裏、好日子歹日子，這家中婆娘卻不曾對他有過半句埋怨。

老際想起婆娘對自己多年體諒，心中也寬了些許。此時他倒是想起了自己與她成親之後的種種來──原來那老際與她成親多年，眼見老際也已是不惑之年，卻一直苦於膝下無子，憂心日久。

兩人正為此事困擾之際，列位看官，你道這事說來也巧。素日之前，正逢老際家中婆娘在家中歇假，未曾去那桑林之中應卯，可巧家中便來了一名遊方郎中。他婆娘一問才知，這郎中名喚扁鵲，此時正四處行醫，這日正好遊歷到這福氏村周際家中。

他那婆娘見這郎中衣衫單薄、風塵僕僕，也起了那一二分憐憫之情，便將自家預備晚上飲用的果酒取了出來，交與那郎中手中，著他解渴；又將家中蔬食取出，令那郎中食用完畢後再上路。且說這老際婆娘贈予那郎中之果酒，雖只有小小一罈，但頗為珍貴。

原來這果酒在福氏村頗受村眾歡迎，且那果酒物美價廉，每日那酒肆前競相購酒之人都可排成一條長隊。素日裏這果酒因釀造材料有限，供不應求亦是常有之事。那老際因是紡社小領事，每日都需處理各種雜事，收工歸家之時也晚過眾人許多，遂每每想要去購置果酒時，那酒肆卻早已售罄，唯有一次，他向那紡社總領事告了假，提前去那酒肆之中排隊，方購得這小小一罈。他因這果酒來之不易，每次飲酒時，亦惜酒如金，逢那婆娘做了可口飯菜，方將其取出來略飲一小口，不承想家中婆娘見了那郎中，竟將整罈都贈予那郎中去飲了。

且說那郎中飲畢罈中美酒，心中卻無甚不安之處，只道當是與他

素日一般，累了便飲酒作樂一番，醒了便再四處遊歷。那老際的妻子也嘖嘖稱奇，且說這郎中也有些神異之處，他瞧了一眼老際婆娘，便知她人近中年仍是膝下無子，只聽他與那婆娘道，她如今無法成孕，究其根本，卻是因為她有先天不足之症。

言畢，這郎中便為那婆娘診了一次脈，又開了一副藥交與她手中。那婆娘見他說得有理有據，心中也是十分信服。為表謝意，便又從家中取了兩吊銅錢塞到那郎中手中，以示謝意。那郎中半推半就便也將這銅錢收下了。那婆娘一心高興，也不計較代價，把了郎中兩吊錢後，還細細問明其姓名地址，言日後若那藥能生效，再登門道謝。

那扁鵲見她熱心，便也將自己的姓名地址一一告知。待那婆娘再瞧時，卻見這郎中扁鵲早已不知去向，如同憑空消失一般。這老際家的也渾不在意，只是抱著這張藥方反覆研究。待老際歸家聽說此事後，見她一下子竟送出了自己半個月的工錢，不由得氣得七竅生煙，與那婆娘大吵一架，大罵那扁鵲是個騙子。

在那老際印象中，如這扁鵲一般無名郎中，多半不過是日日在外招搖撞騙者罷了。如今婆娘拿了自己的好酒好菜出來招待不說，還一下把與他這許多銅錢，定是被其言語蠱惑。他日若自己再遇到此人，當飽揍其一頓解恨。

列位看官，說來也怪。此事雖風波不小，但那老際的婆娘吃了扁鵲之藥，氣色卻日漸好轉。此前癸水之日的腹痛日消，而夜間難免之苦也少了甚多。待幾月之後，某日偶見葷腥，那婆娘嘔吐不止，老際帶她去瞧郎中時，方知道珠胎暗結數月之久。

思及此事，老際心中漸漸回暖。只覺自己一心想貪那五百兩黃金之念，甚是可惡。如今家中雖比不得那些總商會中的同僚，但也算是豐衣足食、小富即安之態。若是自己取了牛小青這五百兩黃金，怕是此後的時日裏日日都要受那良心折磨，也未必是什麼高興事。那老際

152

思及此處，也不由得冷汗涔涔，覺得自己險些犯了大錯。如今婆娘腹中既有胎兒，便是為那孩子著想，亦是應該多行善事，積德積福。

這般思前想後，老際終是決定將那元寶留下，存作自己家中私房，而那五百兩黃金，當一分不少的幫那牛小青取出來並幫其妥善處理安置才好。

那老際想到此處，便開始為那牛小青籌劃打算起來。以那牛小青如今之態，日後總要尋個謀生之法，不為錢財，也得為著好打發時日著想。若論做生意，那牛小青頗不在行，賠本亦是遲早之事。置辦房產田地倒不失為一個好去處，若是買上幾十畝地與那牛小青，他做那收租放貸者，倒是一條好出路。如此這般，牛小青日後生計不愁，自己良心上亦不會再似這般不安。

那老際計議已定，便不再似此前那般坐臥不安、心思滿懷。此刻睏意來襲便也漸漸入夢。且說那老際正夢見自己將牛小青妥善安置，並看那牛小青娶妻生子，眼見牛小青田莊進益頗豐，牛小青自知老際功不可沒，遂捧了一大筐金元寶前來道謝之時，卻聽村中傳來陣陣犬吠。

那犬吠之聲素來有傳染之效，那老際家中所養之犬，聽那遠處叫聲，亦是跟著叫嚷起來。老際被這犬吠之聲驚醒，暗罵了一句，正待重眠，卻聽外間傳來一陣急促的叫門聲響。

正是：

拾翠人歸楚雨晴，金峰高處日微明。

不同桃李混芳塵，昧爽高聲已報晨。

列位看官，你道是這來者何人？老際家中，又將有何事？欲知後事如何，且聽下回分解。

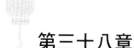

第三十八章

上回且說到老際本擬將牛小青那張可兌五百兩黃金之銀票據為己有，因此臥在榻上輾轉難眠。且見他思前想後，一時想到是否停妻再娶一事時，那溫柔鄉中輕歌曼舞、倚紅偎翠之美景，似乎已近在眼前，一時又覺自己不該如此欺騙牛小青。

且說他正做這黃粱美夢，不提防卻聽臥榻裏間睡著的婆娘問了一句，他見月色照在妻子頭臉上，不由得又想起自己髮妻的種種好處來。如今這髮妻已有身孕，生活雖不算大富大貴，但亦是小富即安之態，若是安於現狀，倒也不失其好處。自己做這一樁好事，權當是為腹中胎兒積福。

他這般思緒搖擺不定了數次，此刻終於忖定，便也安心睡去。不提防睡到半夜，卻聽見陣陣叫門聲響。接著便是那狗吠如潮，也不知門外到底發生了何事。

老際這廂心中正納罕，便即披衣起身，想去瞧瞧到底是誰黈夜來訪。他一路行去，聽那敲門聲不緊不慢，既有克制之意，其力度卻又恰到好處，想來那來者應是個知禮節者。但自他聽到聲響後，這敲門聲便一聲未歇，又令聞者心驚，大約此人黈夜造訪之事甚急，大有不把門敲開誓不罷休之意。

老際一壁思忖著來訪者身份，一壁向那門邊行去。待他披衣入院，略想一想，便隔牆道：「請問來者何人？」那牆外人聽了老際問話，遂答：「我乃總商會的胡為。會長命我前來，是想邀那牛先生去往京都一敘，說有要事與他相商，還煩請你打開門，讓我把此口信帶到。」

那老際聽聞是胡為前來，心中頓生厭棄之情。

列位看官，你道這二人之間，到底有何恩怨？且聽我慢慢道來。原來這胡為素日在紡社本是驗收綢緞絲紗的質量管事，司那驗貨一職。說起這紡社之中的驗貨職官，本是老村正在世時的一番好意，以敦促那紡社紡工精益求精之意。防止有惷懶之徒，素日做事偷工減料、心不在焉，將那次品混入其中，充作好緞售賣到全國各處會壞了紡社名聲，才下令在商會中設此一職。

列位看官，人人皆知，縣官不如現管。這商品驗貨之職，本是當設，更是好事。但那商會日盛，這驗職官也日益增加，幾乎每處繰絲綢緞莊處，皆有那驗貨監測之人，並一個商會總驗貨職官管理他們，每日把那紡社之事逐一向會長稟報一遍。

如今這老村正之子繼位之後，這諸級驗貨職官之媚態，皆是有過之而無不及。如今這些職官們雖也驗那紡社的絲織品、綢緞，但那不過是例行公事罷了。其他閑暇時，這驗官們便在紡社四處逡巡，羅織各處情報。凡聽見有對商會現行規制或是會長有所不滿者，便立刻將此訊息報以那會長知曉。那抱怨商會者，輕則被罰錢降職，重則便被遣送回家。

更可氣的是，除了那胡為之外，素如這巡查的驗貨職官，皆是以黑布蒙面，也不知其底細。今日互相傾訴衷腸之人，明日便有可能將這言語一五一十報以那會長知曉，而那說話者，甚至連何人彙報，那訊息何時傳至會長耳中都不知曉，甚至於待那遣返的文書下發時，都不知自己緣何被逐，又緣何得罪會長。

列位看官，你道那通信告密，不過是這些驗貨職官的一重罪罷了。因這些人位置特殊，這驗貨的職官們日常也不用做什麼具體事務，凡有空閑時，盡是做些給他人找茬的把戲。久而久之，各處紡社也知道這些驗貨官不能得罪，一旦聽聞那驗貨官之訊，盡是風聲鶴唳、道路以目。饒是如此，這些紡社有甚風吹草動，他們還是能尋到錯處，對

這紡社眾長工施以小懲大誡。雖這懲戒不過是將那長工開除，但這長工離了紡社商會庇護，便只能在家中耕地務農，辛苦一年到頭也僅夠溫飽，豈如紡社裏風吹不到、雨淋不到，每月皆可旱澇保收？

且古語云：民不與官鬥，窮不與富鬥。若是真得罪了那商會總長，他身邊便有那些溜鬚拍馬者、追名逐利者，為討其歡心，私下與人使絆子，令其日子難過也不在話下。幾番動作下來，那紡社眾人對這些驗職官，均是又恨又怕，只敢在心中腹誹，不敢在口中排揎。

閑言休敘。說回這老際處。原這老際前幾日在紡社走動，聽那紡社長工議論道，如今會長為了紡社安定，從那軍中江湖，聘任了多名護衛，取其看家護院、守財藏寶之能，但實則是為自己私募府兵。老際聽聞長工們這番說辭，不由得在心中感慨，如今會長已然是全國最有錢的商人，卻仍是不罷休，還想要招兵買馬，希冀與帝王抗衡。只怕這不是福緣和氣派，倒像是在給自己招禍。

老際自那幾個長工口中聽聞這消息，自己心中也惴惴難安。這番事體可大可小，斷不能馬虎。且見他喚了這些長工過來，將其痛罵一通，又將這些人停工罰錢，著他們以後切莫亂嚼舌根，否則便讓他們捲鋪蓋回老家，永不續用。那長工們見他動了真怒，當即也有些後怕，便唯唯諾諾地答應了。

那老際罰完，又語重心長嘆道，如今這紡社之中，勘察糾錯的驗貨職官無處不在，他們在此處編排會長，若是被那些人聽了去，莫說他們自己，便是那紡社之中一干管事人等，都討不到好去。若是被官府知道他們有私募府兵之嫌，輕則牢獄之災，重則砍頭大禍，若真到那時，諒他們自己也寫不出一個冤字來。

這長工們聽了，方知茲事體大，再不敢吭聲。如今這福氏村中發展繰絲日久，那田地多半被富戶徵收作私莊，若是將他們從紡社趕走，亦是無田可種。且這福氏村村眾自幼便受那古訓訓導，深諳「父母在，

不遠遊」之理。這些長工家中多半上有耄耋老人，下有稚子小兒，脫
不開身去那外地謀生。若那老際真將他們從紡社之中趕走，家中怕是
下月便要斷炊。這幾名青年聽他要如此處置自己，嚇得慌忙跪地求饒，
言自己以後斷不敢再在這紡社之中胡言亂語、無事生非。老際也不是
真欲將他們趕走，便只是罰了他們一頓，令他們以後知道天高地厚，
不敢再隨意胡言便罷了。

　　且說這老際驟然見了胡為，明白自己收容這牛小青之事已然傳
開。但他心中雖不喜胡為此人，對那會長並無太深成見。他與那會長
皆為福氏村人，二人自幼一同長大，也算得上總角之交。

　　正是：

詔獄喪易牙，繡春照雪明。

卿本西城月，是非筆墨生。

生死何所道？但惜故人情。

他年爾來訪，觴盡壺自傾。

　　列位看官，你道是這老際與會長之間，到底有何前緣？這胡為此
番前來，是否能將牛小青帶走？欲知後事如何，且聽下回分解。

第三十九章

　　上回且說到那牛小青因失憶一劫，只得暫寄老際家中。這老際並牛小青等人正睡到半夜，忽聽外邊有人敲門。他披衣起身，與那門外之人對答，方知那敲門人乃是司掌商會驗貨的職官胡為。因那會長吩咐，前來帶牛小青上京一敘。

　　老際站在堂前，想起這些人等素日勘察密報之劣迹，心中甚是不快。原這紡社中勘察審驗之職官，現已是會長私人眼線，日日負責盯梢眾人，遂那紡社眾人，幾個回合下來，不敢多說一句話，多行一步路，生怕一個不小心，便被人報以會長知曉，輕則罰俸停工，重則逐出紡社，遂那紡社眾人，對那些驗貨職官，雖是心中妒恨，面上卻毫不敢顯山露水。

　　那老際雖是對會長如今作派有不認同之處，但卻也並未對其生出敵意恨意。原來他與那會長自小一起玩大，二人幼時情誼非比尋常。那會長打小聰明伶俐，因那出身不同，也染了些豪氣霸氣，素日在那幾個閑耍的小伢之中，儼然便是一名孩子王。

　　俗語道，那男子十多歲時，正是人嫌狗不理之年紀。那會長更是其中佼佼，且見他日日帶著那福氏村的一干頑童劣子，在田間壟頭偷那農家的玉米土豆，或是欺負那瓦舍檐下的阿貓阿狗，若是遇見那同齡幼女，更是了不得。他們一群人，定要把別人捉弄得面紅耳赤、又羞又氣方會罷休。那小會長雖是深喜這等惡作劇，但卻不過是指揮眾人動手，而自己從旁觀賞，儼然便是孩子中的將軍一般。

　　待小會長再大一些時，那村正深覺兒子整日這般閑耍，確屬浪費光陰，遂湊足學資，便將他帶去村中私塾讀書識字。只是這小閻羅在私塾亦是個不省心的。素日裏常常帶頭起哄不說，還將那書中文字

曲解、墨汁淋得四處都是，氣得那私塾裏的老儒吹鬍子瞪眼，直嚷嚷「孺子不可教也」，要辭去先生一職歸家養老，斷不能再在此多待一刻。

無獨有偶。你道是這小會長氣走了私塾先生，非但不知悔改，反而洋洋得意，將那頑劣之氣，發揮得淋漓盡致。且說這私塾之中，因孩童甚眾，他便從中挑選那最得力之人，與他們共立了一個名為「火妖幫」的幫會，而自己司那「火妖幫」幫主一職，真乃無法無天。他素日因怕那「幫眾」辦事無法上達下效，便又從那幫眾之中遴選了一名「二當家」。

列位看官，你道這二當家乃何許人也？此二當家乃小會長至交好友，素日最聽他指派之人。那二當家在幫眾之中甚有威風，一切行為，均得那小會長指派吩咐。

前言少敘。且說這老際當日亦是這福氏村的孩童之一，自是避不開這「火妖幫」的吸納。那二當家入了火妖幫之後，便與那小會長共同立下規矩，凡入會幫眾，須得上繳三枚銅板作為那入會費用。老際便是交了這三枚銅板作會費，遂入了那火妖幫。

列位看官，說到此處，且容我插一句。這老際入會，一則是興趣，二則便是那火妖幫之規矩。一來當是時，但凡那村眾稚子頑童，若有不入幫者，自然而然便會被其他幫眾欺負；二來此時這幫孩童正是那精力過剩、無處發洩之時，遂那老際跟著眾人閑耍胡鬧，自己也覺得甚是有趣。一干人等，在那小會長治下，先是把臨近村落的幾個未曾服膺的幾名挑釁者收拾得服服貼貼。接著便又領他們去往那些素日長輩不允前往之處勘察歷險，尤其是那荒涼破舊、鬼神出沒之所。

那老際一開始入幫之時，尚有些不情不願之意，待他與眾人交往久了，對那小會長之膽大心細也十分嘆服，眾人素日的探險之旅，其他孩童不敢踏足之所，皆是小會長一馬當先，與他人開路。待那小會

長探明此處並無甚危險之物，其他人方才一擁而上。

　　這番際遇，較常人而言，蔚為普通；而在那老際心中，卻記了甚久。他幼年之時，所有好玩之事，均與那小會長有所關聯，因而在他心中，待那小會長自然也與他人有所不同。

　　且說這眾孩童日常探秘之處：有那山溪野澗，有那荒塚廢園，有那田間壟頭，還有果園菜地，此番種種，均是眾頑童素日遊樂場所。他們在此處採野果蔬蕈等諸般資材，每日玩得不亦樂乎。那林間有眾人識不得的野果，採摘服用之後，眼前便會浮現眾多異象，那異象中有自己素日未曾吃過的美味佳肴，有自己想要但未得之器物，有眾人未曾看過的諸般美景等。

　　自從眾人發現了這般奇景，皆日日前來，那老際憶及此處，不由一聲嘆息。想到他與那小會長一同採摘果子之往事，繼而便又想到如今這禁果早已絕迹。原那禁果因效果過於猛烈，已被帝王列為禁果，任何人均不得私自種植服用，凡有那私種私食者，一經發現，嚴懲不貸。

　　列位看官，你道這小會長雖是霸道蠻橫，但心腸倒是不壞。那追隨小會長的幫眾之中，凡有違逆他命令者，便由那二當家施罰，對其飽以老拳。但說起那二當家，他卻得了小會長頗多照拂。原那二當家生來身材極其魁梧，非但力氣大，食量也頗大。但因其家中孩童眾多，因此時時要忍饑挨餓，那小會長見狀，便將自己家中小麥饅頭、烤玉米、烤紅薯之類悄悄取了出來，將那食物盡數交與二當家充饑。當此時，那福氏村眾大多吃不飽穿不暖，小會長給予之物，對那二當家而言，應是一等的美味佳肴、饕餮盛宴了。遂那二當家受此恩惠，對小會長亦是忠心耿耿，再無二心。

　　那老際思及此處，心中亦是十分感慨。這會長幼時雖然頑皮霸道，卻從不曾失了義氣豪氣，因而在那老際心中，這會長自然也有幾分英

雄氣概。但止此一項，卻不足以令他銘記至今，他之所以對那小會長念念不忘，自然還有其他原因。

列位看官，要提及此事，倒是說來話長了。

正是：

與君俱老矣，且問老何如。

頑童各自遠，空憶舊時年。

列位看官，你道是老際與那小會長之間，到底發生過何事？又有甚牽絆？欲知後事如何，且聽下回分解。

第四十章

　　上回且說到老際因那胡為霑夜來訪，不由得便聯想起會長幼時與自己成長時的二三事。這老際幼時與那會長過從甚密，明白這會長雖有霸道處，但仍舊不失為一古道熱腸之人，且這會長幼時便膽識過人、心性豪闊，確實當得起「有福同享、有難同當」這八個字，非但時不時接濟這幫中的「二當家」，且還與那老際之間，有一段救命恩情。

　　列位看官，提及此事，倒是說來話長。

　　此事當從那老際十七歲時開始講起。當此時，周際尚在福氏村耕地放牛，因家中貧寒，素日請那能讀書識字的秀才先生賜名，家中父母嫌叫著拗口，便躲懶偷閑只取他一個小名喚作「巴頭」的，日子久了，那村中眾人便也有樣學樣，同樣喚他作「巴頭」，其大名倒是沒幾個人記得了。

　　且說這日巴頭趕集歸家之時，見那路上有幾個地痞流氓無聊，正圍著一個大姑娘說些不三不四的言語。他正是血氣方剛之時，如今路見不平事，自是毫不猶豫便走上前去，預備將那幾個流氓趕開。但那幾個地痞流氓素來無風便要起個三尺浪，如今見有人挑釁，一則難以置信，二則求之不得。他們左顧右盼了一番，見這巴頭不過是孤身一人罷了，心中也不甚害怕，反倒要給他幾分顏色瞧瞧。

　　且見這幾名流氓走上前去，對那巴頭推推搡搡，想要先激怒他，再將其好好教訓一番。豈料這巴頭此時跟著火妖幫混迹日久，也學會了頗多打架的招式伎倆，反倒是那幾個小流氓不過是虛張聲勢、色厲內荏罷了，交手幾個回合下來，他便打得那幾個地痞流氓哭爹喊娘、鼻青臉腫，只有招架之功而無還手之力了。

　　那被流氓調戲的女子見巴頭如此英勇，亦是又驚且喜。她慌忙羞

答答地上前向其道謝。巴頭問明這女子名姓，見她對自己又是崇拜又是感激，心中頓時也生出一股豪氣，當即拍著胸脯對那女子保證道：「區區幾個流氓，又何足為懼！日後他們若再敢找你，你便可來告訴我！」那女子心中驚疑不定，吃不準這巴頭是何來頭，她猶豫了片刻，終是將調戲自己那幾名流氓的姓名告知了巴頭。

那巴頭聽這女子說出幾人身份，自己亦是神情異變、面如菜色。列位看官，你道這幾個流氓地痞是何人？他們幾人倒是不足為懼，但他們幾人的老子，卻是此地遠近聞名的山賊！這下可好，自己無意之中竟得罪了山賊老大。

這巴頭雖不是膽小怕事之人，但卻也絕不敢去挑釁那山賊。且說自他救人那日起，為了自家安全起見，這巴頭便不敢再隨意出門。逢上爹娘有事著他去辦，他也是扭扭捏捏，能推即推，能躲即躲，只是藏在家中，輕易不肯露頭。他爹娘瞧他行為蹊蹺，既不滿又詫異，只當是他躲在家中偷懶，便拎著他的耳朵，將他拉出大門罵道：「全胳膊全腿的大小夥子，每日像大姑娘般，只是躲在家中不肯出門，反倒要爹娘去做那累活重活，你說你如今成什麼樣子？」

那巴頭見躲不過爹娘的探究責問，只得將自己無意之中得罪了山賊的實情吐露。他爹娘聽聞兒子竟惹上了山賊，一時間也被嚇了個一佛出世二佛升天，只是張大嘴直楞楞地瞅著自家兒子，也不知道該如何是好。

列位看官，你道這山賊有何可怕？此事還得細細講起。這山賊原本是數年前在福氏村無稽崖邊落草為寇的綠林好漢，素日裏便以打家劫舍為生。但那山賊既在此作惡，卻也知「盜亦有道」之理，其有三不搶。

你道是哪三不搶？一是官家扎手之人不搶。那落草為寇者，雖是作惡，亦是為了自存，若是搶了官家錢財，引得那官兵前來圍剿，當

是一筆不合算之賬。二是自家兄弟親族之人不搶。俗語道，這世間人皆有父母兄弟，那山賊也不是從石頭縫中蹦出來的，遂他們的親族兄弟之間的資財，輕易不動。三是，周邊村落不搶。列位看官，你道這山賊雖是落草為寇，但也總要有個掩身之處。若是在那藏身山寨附近打家劫舍，惹得周邊民不聊生、天怒人怨，待那村中報以官兵知曉，於山賊而言，亦是得不償失。

但那山賊的規矩歸規矩，這夥人既然都是打家劫舍的強人，自然也是不好想與之輩。如今這巴頭惹上了他們，這一干人等又豈會忍氣吞聲。遂那巴頭父母聽他述說了前因後果之後，亦是覺得此事非同小可，非但不令巴頭做活，反倒叮囑他千萬要在家中藏好，切莫在外頭拋頭露面，若是被那山賊看見，定不會輕易饒過他。

列位看官，這事情壞就壞在此處。原來巴頭救下這女子之後，為顯自己英雄氣概，竟主動向那幾名地痞流氓自報家門。遂那幾人回去之後，不出數日便糾集了數百名嘍囉，鑼鼓喧天地奔到村口，向那福氏村中不住叫罵，云若是不將那巴頭交出，今日便不會善罷甘休。

因此事鬧得極大，那村正也不得不出面理會。且說這老村正見來者不善，當即帶了幾名壯丁前去解圍。他先是苦苦哀求賠罪，請那山賊頭子大人不計小人過，就當是小孩子之間的打鬧嬉戲，自己代巴頭向其賠罪，看能否將此事揭過不提。

那山賊聽了村正賠禮道歉之辭，只是冷冷一笑，接著便劈頭蓋臉甩了老村正幾巴掌道：「我如今打了你，再與你賠罪，你看看是否可行？」那村正見他如此強橫，心中亦是十分憤怒，他身側幾名壯丁見他挨打，亦是血脈噴張，雙眼通紅。那山賊頭目見他們敢怒不敢言之狀，心中頓時更加得意囂張，揚言道如今他們再不交出巴頭，自己便先拿村正祭刀，然後再找那巴頭算賬。

那巴頭此時躲在人群之中圍觀事態。眼見山賊如此囂張，心知今

日自己若不出頭，定然不會善了。他嘆了嘆氣，從人群之中走出，也不管父母會如何擔憂難過，只是硬著頭皮著那山賊將自己綁了去。

且說這巴頭被山賊押回山寨，立刻被那山賊兒子著幾個小嘍囉吊在了寨中前堂的「聚義廳」橫梁上。那山賊兒子見巴頭被綁，當即結結實實地賞了他一頓鞭子，直打得他半死不活，有進氣沒出氣了。

那山大王折磨了巴頭一整日，自己倒先累了。且見巴頭被折騰得迷迷糊糊之間聽那山大王道：「先將這小子吊上十幾天，待他被風吹日曬晾成人乾之後，再將他的內臟取出來，醃了做藥引子。」巴頭何時見過這等凶神惡煞之人，只在梁上嚇得魂飛魄散，渾身發抖。

不知不覺那山賊寨中已到了月上中天之時。巴頭正在惴惴不安、擔驚受怕間，卻聽見有人走近。他凝神細聽，卻是來者不善。原來來者正是自己當日教訓之人——那山大王的三個兒子。

且說那日他在路上教訓了他們三人，那三人歸家之後，惹得山大王大發雷霆。一則是氣自己那草包兒子沒出息；二來則是氣有人居然敢在太歲頭上動土之故。那幾人受了這等教訓，亦是咽不下這口氣，眼見將這巴頭捉來，三人密謀一番，預備趁著夜色，將那巴頭偷偷燒死。

那巴頭吊在梁上，聽那三人在下方密謀，不由得在心中暗暗思忖道：「我命休矣。」正在心中求神拜佛之際，卻見那正堂的陰影之中衝出數人來，那幾個人拎著木棒柴刀，向那三名小山賊殺將了去，三下五除二便將小山賊打暈了去。

巴頭不承想此事竟還有這等轉機，不由得又驚又喜。此時他借著月色方認出那前來營救自己的，不是小會長，卻又是誰？且說那小會長自號「牛油」，此時正領了那「火妖幫」的一干兄弟，前來營救巴頭。

巴頭不承想自己竟能在小會長牛油的英勇死裏逃生，如今被折磨了大半日，驟然見了這麼些熟人，忍不住鼻子一酸，忍不住便想要抱

著那牛油大哭一場。那牛油卻閃身避開，搥了巴頭一拳道：「此地不宜久留！有什麼屁，回到村裏再放不遲！如今且趕緊走了再說！」巴頭一怔，心知牛油說得有理，當即也不顧身體虛弱，一瘸一拐地跟在眾人身後向山寨大門衝去。

正是：

漫山賊營壘，回首得無憂。

子弟猶深入，關城始解圍。

列位看官，你道那牛油帶著數人這番貿貿然闖入山賊寨子救人，能否殺出重圍，又能否帶著那巴頭順利返回福氏村？欲知後事如何，且聽下回分解。

第四十一章

上回且說到這巴頭憶起自己在路邊救人被抓之事。原這巴頭自入了火妖幫之後，素日也學了一些打架鬥毆之術，因路上偶遇幾個地痞流氓調戲良家女子，一時路見不平、出手相助，將那幾名地痞流氓打得滿地找牙。

列位看官，他打也便打了，偏生這巴頭終於當了一回英雄，當下便覺得自己豪氣干雲，便拍著胸脯對那幾名地痞流氓云，自己行不更名坐不改姓，乃福氏村巴頭是也。

列位看官，你道他不說便罷，這一說，反倒還壞了大事。你道這幾名地痞流氓是何人？原來他們並非普通市井流氓，而是這附近的山賊之子。這些人素來便是地方豪強霸主，如今在巴頭手下吃了這樣的大虧，又焉能忍氣吞聲？

眼見這山賊回去稟報之後，隔了幾日，那山大王便帶人前來挑釁，非但羞辱了福氏村村正，還強行將那巴頭抓至山上聚義廳中，折磨了整整一日。眼見日輪西斜、暮色四合，好容易今日折磨已畢，巴頭正愁眉苦臉之際，卻見那火妖幫主牛油領了一幫人前來，趁著夜色將自己從梁上解下，令幾人先行離開。

且說這火妖幫一干幫眾正奔逃之際，那牛油心念一轉，想起老村正被山賊欺辱，亦是咽不下這口氣。他轉頭一眼便瞧見那大廳的柱子上架了一個火把，當即將其摘下，預備將那火把投入廳中，先燒掉這山賊的聚義廳之後再作計較。

只見這牛油提了火把，在廳中逡巡一圈，挑那便於下手之處。正在此時，只聽那廳中一角傳出聲響道：「你們這幾個乳臭未乾的小毛孩子，竟然還想放火燒我這聚義廳！」那牛油被這響動一嚇，手上的

火把差點落在地上。待他轉頭一瞧，卻不知那山大王早已站在廳中，正玩味地瞧著幾人。

列位看官，你道是這山大王突然出聲，那廳上所有人，聞言均是嚇了一跳。且說這山大王何時到此，又為何發聲？列位看官，你道這山大王占山為王，又豈是善與之輩？既非善與之輩，又豈能被這小小孩童蒙混過去？

原在這牛油闖入山門之際，這山大王便已知曉，但他雖知幾人進來，卻絲毫不放在眼中，反是一種賞玩心態，且想要瞧瞧這幾名孩童到底因何闖入，又想在此做些甚麼。若沒有那山大王之默許，這些孩童為何會長驅直入，只若闖入那無人之境，又緣何在進那聚義廳時，未曾遭到一個人阻擋？否則，不說那山寨之中的眾賊個個均是亡命之徒，那裏三層外三層的山寨圍牆，便不是那稚子幼童所能攀附的。

那圍牆上安滿了削尖的木樁，又被緊緊縛在一處，天然便是一道牢不可破的屏障。更不用提那寨子四角的崗樓及那崗樓上無時無刻不在逡巡的山寨哨兵。說起這哨兵，則更是離奇。列位看官，你道這山寨之中，哨兵分了數種，有明哨有暗哨不說，更養了數條猛犬，真乃無時不警覺，一刻也不大意。否則的話，僅憑這些小小的孩童，又如何能夠闖進這山門？

且聽這山大王出聲後，那廳中的火把，便被一一點亮起來。牛油、巴頭轉頭瞧去，且見那山賊們次第而至，將那闖入聚義廳中的火妖幫幫眾圍了個水洩不通。那十幾名火妖幫幫眾，何時見過這等陣仗，頓時你瞧瞧我，我瞧瞧你，一時間誰也不敢輕舉妄動。那火妖幫幫眾之中有些膽小的，見了這番陣仗，不由得又是後悔又是害怕，只在原地抽泣哆嗦，深悔自己不應當一時衝動隨這牛油闖入了這山賊處。

閑言休敘。且說這牛油、二當家等諸位膽子稍大者，見了山賊的這等陣仗，亦是愁苦無比。本以為自己闖入這山寨之中的救人計畫乃

天衣無縫之舉，不承想竟然是螳螂捕蟬黃雀在後的一場空歡喜，自己此番行動，早已落在別人掌控之中尚不自知呢。更可憐的便是那巴頭了，他本就被折磨了一整天，傷重體弱，此時吃了這一嚇，更是難以支撐，倒頭暈了過去。

且聽那山大王冷笑道：「真瞧不出，你們這幾名小兔崽子，倒是頗有膽色，竟然連我的山門都敢闖，怕是活得不耐煩了吧？」

那山大王一邊吸了一口土煙，一邊露出他被那黑煙熏壞的大牙冷笑，覷著那十幾名火妖幫的幫眾，接著道：「想當年，官府派了三千精兵良將來圍剿我，都被本王打得有來無回。就憑你們這幾個毛都沒長齊的小崽子，還想來此處撒野？哼，老子親手砍掉的腦袋，怕是比你們一輩子見到的人還要多。老子殺人流的血，早就把河水漂紅了！你們再看看屋外。」

那山大王向外一指，眾人便不由自主地順著他的手指向外望去，且見那寨前黑漆漆的，只有那樹影婆娑，如森然的巨獸在瞧著眾人，不由得更是面面相覷。

山大王冷笑著又道：「你們且瞧瞧，這寨子前的樹木生得多高多好？一棵棵都粗得頂得上老子的陽具了！你們以為這樹肥從何而來？還不是老子殺的這些賊廝鳥人，把他們的屍首堆在下面，這樹才長得又高又大！哈哈！」那眾山賊聽他如是說，又望了望那面如土色的火妖幫眾，均忍不住哈哈大笑起來。

山大王看了四周眾山賊一眼，又道：「你們且瞧瞧，我這些兄弟，哪個不是披盔戴甲、裝備精良？你們以為這些是從何而來？盡是那些圍剿山賊的慫貨送與我們的！只要是誰敢前來，便是給我的這些弟兄們送貨上門，孝敬爺爺們來了，兄弟們，你們說是也不是！」

眾山賊聽他如是說，均是大笑連連，直呼痛快。

那山大王講到此處，便瞥了站在身側的小嘍囉一眼。那小嘍囉見

狀，慌忙遞了一碗酒與那山大王。

那山大王接過酒，一口氣將酒飲盡後，便把那碗向地上一摔，撮著牙花子嘶了一口，又指著那火妖幫的眾人道：「你們這群小賊，吃了熊心豹子膽，連老子的山門也敢闖？一個個爭著搶著來送死，說出來怕嚇著你們，以前本王抓了一個路過此地的老妖婆，她為了求我饒過她那條爛命，便獻了一個延年益壽的藥方給本王。這藥方裏說，用那童男子的心肝做藥引子，便是再好不過的了。本大王正愁不知道去哪裏找些像你們這般的小崽子回來，」他瞧了眾人一眼，接道：「可巧你們便送上門來了！」

正是：

金風未動蟬先覺，暗算無常死不知。

溪雲初起日沉閣，山雨欲來風滿樓。

列位看官，你道這山大王的藥引到底有何作用？這火妖幫之幫眾，又能否逃出生天？欲知後事如何，且聽下回分解。

第四十二章

　　上回且說到那牛油正要放火燒聚義廳之時，卻見山大王從裏間出來，率眾將火妖幫幫眾圍在廳中。那山大王對牛油等人細數自己過往經歷，嘲笑眾人自不量力，那巴頭吃不住驚嚇，早已暈過去，而餘下火妖幫幫眾，亦是面面相覷，不知如今該如何脫身。

　　且聽那山大王說到自己曾抓獲一老妖婆之事，眾人均嚇破了膽。山大王見自己對這群毛頭小子威嚇已然生效，便得意洋洋地命手下眾人將牛油等一干人捆了送到廚房去收押。身側嘍囉應聲而動，待正要收押眾人之時，那山大王卻見牛油瞪著一雙大眼，正狠狠地望向自己，那眼中神色毫無懼意，竟不像火妖幫其他幫眾那般驚惶失措。反觀台下諸人，有的被嚇得瑟瑟發抖，有的尿腳水漬淋漓。有的乾脆直接倒在地上不省人事，這牛油態勢，竟與眾人大相徑庭。

　　那山大王見牛油如此鎮定，再轉身一瞧自己身後的三個兒子，兩兩相較之下，真是膿包至極。這幾人非但不曾為自己適才大展的淫威而拍手稱快，反倒一個個捂著自己頭上的腫塊青包哭罵賭咒，實是爛泥扶不上牆，令人一望便氣。那山大王對比之下，頓時覺得自己的三個兒子慫包至極，反倒對那牛油心生好奇。

　　他見那牛油瞪視自己，便冷哼一聲，對牛油道：「你是從何處躥出來的狗崽子？竟敢用這樣的眼神來瞧本王？怎麼了？莫非你小子還不服？說，你想怎樣？若是你不能說出個所以然來，本王便第一個拿你開刀！」

　　牛油見了山大王凶神惡煞之態，心思一轉，知道自己若是與他硬槓，今日必不能善了。遂其想了想道：「小人豈敢冒犯大王之威！適才大王憶往昔之威，小人不敢隨意打斷，只好目視大王，以示聆聽教

誨之意。小人如此，更有一番私心。希望大王注意小人，體察到小人心意，能令小人有機會與您對答，聆聽聖訓，不期此舉竟然衝撞了大王，還望大王海涵。」

那山大王聽了這幾句文縐縐的奉承話，皺了皺眉，吐了口吐沫道：「別跟老子拽文！有啥鳥屁趕緊放了便是！」

牛油正盼他有此一問，聞言立時便接道：「小子們實是愚昧無知，才做出此等愚蠢舉動來。一來是不知大王您的山寨固若金湯，有若銅牆鐵壁；二是不知大王您有若天神下凡，神威凜凜；三是不知大王您胸有韜略、用兵如神。如今被您擒住，方始明白何謂運籌帷幄之中、決勝千里之外。如今小子們闖入山寨，實屬愚昧，不，簡直便是不知好歹。兼之小子手邊的人又衝撞冒犯了令公子，便是肝腦塗地、萬死難償了……」

那巴頭暈了片刻，此時正悠悠轉醒，忽地聽見這一句「肝腦塗地、萬死難償」，吃了一嚇，心中一緊，忍不住又暈了過去。

卻見那牛油並不理會眾人目光，反接著對那山大王道：「如今小子們犯下這等罪行，倒不乞求您寬宥。但如小子手下衝撞了令公子，也有小的調教不當之罪衍。小子曾與手下這些弟兄指天為誓，定要將其照料妥當。如今不敢求大王逃了活罪，但也望大王念在我們年幼無知的面上，大人有大量，放我這些弟兄們一條生路，至於小子本人，願意留下來為大王做牛做馬，效犬馬之勞，也代我的兄弟向令公子贖罪。要殺要剮，悉聽尊便。」

列位看官，你道牛油這一番話，雖是誠懇，但卻說得前言不搭後語，著實酸得令人發笑。原這牛油素日除了帶著火妖幫幫眾四處尋釁鬧事之外，還有一愛好便是聽那戲文之中的故事。那戲文聽多了，不知不覺說話之中便帶了不少戲文的酸腐味道。且他這一番話，自以為說得懇切誠心、義薄雲天，滿以為便會像戲文之中演義的故事一般，

172

因那鐵骨錚錚、情深意重之態將那山大王感動，遂那山大王一念之間，便可將自己放走。

諸位，那牛油有此想頭，倒也怪不得他。素日那戲文之中，凡是豪俠草莽露此英雄之態，定會得到英雄惜英雄、豪俠嘆豪俠之故事。他如今擬那英雄樣兒，便滿心指著山大王憐其義氣，被其感動，以為是個風塵中的知己、盜寇中的同類，或許那山大王感動之下，與自己結義為兄弟也說不定。

且聽那牛油說完，山大王果道：「好！好！好！你肯為朋友兩肋插刀、赴湯蹈火，倒真是個頂天立地的好漢！本王聽了你這番話，也忍不住有些感動。」

牛油聞言，心中暗喜，可想這山大王的果然如戲文之中所寫一般，賞識那不怕死的英雄、講義氣的好漢。不承想他臉上笑容尚未凝結，卻聽那山大王又道：「既然你願意一力承擔，本王不成全你便顯得本王不識趣了。如此便委屈你這位英雄好漢了。」

只見那山大王一招手，對身側的幾名小嘍囉道：「來人，且把這個娃兒拎到廚房去，取了他的心肝出來。至於其他人等……」

那山大王瞇了瞇眼道：「且給我捆到監房去，你們輪班看守，再放下消息給他們家人，叫他們帶上贖金前來贖人。錢給足的自然放人，錢沒給足時，給我細細地折磨他們。直到他們把錢湊齊為止。至於那拿不出錢來的，」山大王冷冷一笑道「一樣給我剜了心肝做藥引子去！」那嘍囉大聲應了一聲，便向牛油走來。

牛油聽他如此吩咐，頓時楞在當場。眼見這小嘍囉馬上便行至自己身側，不由得心中暗暗叫苦，這山大王的反應，如何跟戲文之中一絲也不像？

思忖間那山賊們已然一擁而上，將那些嚇得腿腳發軟的毛孩子個個捆得嚴嚴實實，如同那待宰的豬狗一般。那火妖幫的二當家卻是個

講義氣的，見這些山賊欺身過來，便死命護著牛油，不讓眾人逼近。

列位看官，俗話說，好漢不敵人多。這二當家雖是體格雄壯，奈何對方人多勢眾，他雙拳難敵四手，反抗不多時，自己便先被人打暈在地，更不提能騰出手保護牛油之事。

正是：

盲人騎瞎馬，夜半臨深池。

山賊與小子，皆拔刃張弩。

列位看官，你道如今這火妖幫的牛油、巴頭被打倒在地，其命運走向，又將何去何從？欲知後事如何，請聽下回分解。

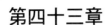

第四十三章

　　上回且說到那牛油見山大王如貓抓耗子一般將火妖幫幫眾扣住，又是一番訓話，便放眼瞪視那山大王，希冀其能注意自己。果不其然，那山大王見了牛油目光，頓時心中大為光火，冷笑著問那牛油所為何事，竟敢如此大膽。且聽那牛油仿著戲文之中的言語，將闖入山寨之中的前因後果盡皆包攬在自己身上，那山大王非但對此無動於衷，反倒哈哈大笑，下令將眾人抓捕，只把牛油搞了個又驚恐又錯愕。

　　火妖幫的二當家倒是個講義氣的。見牛油被困，慌忙前來幫忙。豈料雙拳難敵四手，那二當家非但未曾解救出牛油，自己反而也被抓了起來。

　　牛油見勢不對，慌忙對山大王道：「大王您天縱奇才、英明神武，又何必與我們這些乳臭未乾的小子一般見識，若是您大發慈悲放了我等，定在家中與您高供奉香案，日日祝禱您長命百歲、財源滾滾、壽與天齊、福如東海⋯⋯只求您老能高抬貴手！」

　　那山大王聽了，冷笑一聲道：「本王何時說過不放人了？想走還不簡單？但我這山寨若是由得你們想進就進，想出就出，你們還當本王是開善堂的！如今你們落到我手裏，想走，便叫他們家人送銀錢上山換人。至於你，既然你如此想當英雄好漢，我便成全你了。」

　　牛油見求之無用，也不再言語。山大王見手下一眾嘍囉已將那火妖幫幫眾收拾停當，捆得齊齊整整，只待押送往監房看管，心中也甚至快慰。此刻忙活了大半夜，見這幫黃毛小兒個個嚇得有進氣沒出氣，不由得十分自得，鼻子中卻冷哼一聲，嚇得眾人大氣也不敢喘。

　　且聽那山大王對牛油道：「你要給老子供奉香位，老子卻還不稀罕呢！你可知道老子最信奉的是什麼？」牛油搖頭。

那山大王舉起手，握緊拳頭道：「老子的唯一信奉的便是誰的拳頭硬，誰才是老大。至於求神拜佛，這些東西，老子半點也不稀罕，老子這輩子最擅長的，便是神擋殺神，佛擋殺佛！而且老子殺了那麼多人，也不指盼著哪路神仙能保老子長命。與其求他們保命，倒還不如老子自己的那劑藥方實在。行了，老子沒時間跟你廢話，沒得耽誤老子睡覺時間。」那山大王打了呵欠，身畔的嘍囉聽了，忙識趣地將牛油推推搡搡地捆走了。

列位看官。話分兩頭，各表一枝。且說這廂山大王獨自一人在那聚義廳中，憶起剛才牛油所說之語，不由得在心裏冷笑。彼時他初入山寨，也是滿腦子戲文之中的教義，認為自己如今既然占山為王、落草為寇，要長遠在此自處下去，最要緊的不過是「義氣」二字。

遂他初入夥時，便四處與人稱兄道弟，但凡兄弟有事，便一馬當先、義不容辭。初時尚有人誇他夠義氣、夠朋友，待那時日漸久，眾人習慣他的做派，凡是有事，頭一個便想著推他上前。待他去求人辦事時，眾人卻一個個推三阻四，全然不是他一般的作態。那山大王做了多年的冤大頭，心中也逐漸回過味來，自己以為是義薄雲天，落在他人眼中，不過是蠢笨好使喚罷了。

他如今方明白，賊始終是賊。不過是聚在一處的亡命之徒罷了，所謂的「義氣」，不過是騙他這般無見識的小年輕、冤大頭去幫忙做事罷了。那山賊雖是口中喊著「講義氣」幾個字，自己心中卻是先將此看輕了的。

端的是：

有福同享者多，有難同當者少。

且說那山大王與眾山賊交往，數個回合下來，漸漸也悟出了這個理。列位看官，你道是這老實人一旦發狠，比那惡人更甚三分。遂待那傻大王變成了聰明人，對那山寨之中的規矩，便也熟稔到無以復加

176

之地步。自古成王敗寇，以拳頭論英雄。若是那人狠辣一些、狡猾一些、錢多一些，便是眾人心中公認的老大。

山大王悟透了此理，便收斂了素日對人的義氣熱忱之心，專在那殺人越貨之事上賣力，發起狠來便要玩命，連那一同做山賊的同伴對其也是又恨又怕。但他如今脫胎換骨，在那山賊團中也用盡心機手段，凡有機會，便極盡溜鬚拍馬、嘉善矜能之事，那老大素日面對的盡是一幫亡命之徒，如今見他這等彬彬有禮、不邀功、不請賞之態，頓時也偏幫提拔。

他便靠著這些城府，一步步爬上那二當家的位子。待他成了二當家，那原來的老大也無甚用處，他便在暗中又用了些下作手段，將那「一把手」陷害致死，自己坐上那山寨正位，成了山大王。

且說這山大王自己坐上第一把交椅之後，無需再諂上媚下，對義氣二字卻又有了一番認知。他如今苦心鑽研馭下之術，心知若這幫綠林好漢對自己若是心懷「義氣」，駕馭起來倒是方便得多了。遂他便暗中使了法子，將那些不甚聽話者，殺的殺，放逐的放逐，慢慢只留下那不懂分辨是非、只知道忠於他的年輕山賊。那新山賊對他十分忠義，卻不過也只是擇人而施的。

遂此後那山寨之中便形成了不成文的約定，對那寨中之人，講義氣便是美德；而對那寨外之人，尤其是這幫乳臭未乾的黃毛小子，卻絲毫用不著裝模作樣。更何況，如今他們自己送上門來，這等生意，真是不做白不做。

列位看官，這廂山大王在追憶往事，那邊眾人早已經被扔進監房之中。這所謂「監房」，不過只是一個山賊們挖出來的大坑。那坑深四米，與馬棚一般大小，四壁都是土，只在那坑上罩了一層鐵柵欄，以防收監之人逃脫。

且說火妖幫一行幫眾被收押在此，聞到「監房」之中的種種惡臭，

只覺得心中煩悶無比。原來這山寨之中的「監房」裏，有那死人骸骨、有從前被綁的「肉票」之穢物，聞起來簡直濁氣熏天。火妖幫的小子被關押至此處，聞見那撲鼻的熏臭，又聽到山賊不住地恐嚇，不由得個個都嚇得淚流滿面、筋麻骨軟。那巴頭更是倒楣，一頭栽入糞水之中，便沒有再醒來過。

列位看官，如今這火妖幫幫眾嚶嚶哭泣、淚流不止，卻不知他們由此待遇，還算是那山大王的善心之舉呢。原來那牛油一番模仿戲文之中的酸言腐語，雖然被山大王直斥，但是卻令那山大王思緒飄飛，腦中想到了旁的事情，遂並未急著將這火妖幫幫眾開膛破肚，而是決定拿這火妖幫幫眾做為肉票，試著用其換些贖金。左右殺了這些人也不過是頭點地罷了，如今有錢可拿，自然更好些。

且說回牛油處。列位看官，你道這牛油是何待遇？如今他被關押到伙房的鐵籠之中。那籠子非但焊接得異常狹窄，且異常牢固。那牛油既不能站亦不能坐，只能囚身在籠中縮為一團。但這還罷了，更可怖之事是那牛油定睛一看，伙房之中竟吊著兩名剝了皮的男娃兒，此番光景令他觸目驚心。心中直打寒噤，那山大王所云的吃人一說，原以為不過是嚇唬自己罷了，如今瞧來，竟然是事實！

正是：

小人狡猾心腸歹，君子公平托上蒼。

一家千金價不多，會文會算有誰過。

列位看官，你道這牛油是順利逃脫，還是將會被那山大王剝皮抽筋？如今身陷囹圄，他又該如何自處？欲知後事如何，且聽下回分解。

第四十四章

　　上回且說到那牛油與「火妖幫」幫眾被山大王困住一節。列位看官，你道這廂山大王在聚義廳中思考舊事，卻苦了那廂的「火妖幫」幫眾。這「火妖幫」的一眾毛頭小子，被山寨之中的嘍囉收攏在昔日的「監房」之中，聞著監房之中熏天的臭氣，聽著嘍囉們危言危語、夾著恐懼悲戚，間或幾欲作嘔，實屬置身地獄。

　　且說他們在此地悲切難挨之際，那牛油被收押在鐵籠之中，亦是同樣犯怵。如今他非但被困在籠中不得動彈，更兼那房內竟然掛了兩名剝皮的男娃，實是嚇煞人也。

　　列位看官，你道這牛油也是忒膽大了些。他見了那兩名男娃的光景，雖然心中犯怵，但卻並未就此坐在原處待人宰割。且說這牛油人在籠中，手也沒閑著，只在那籠子四周探尋摸索，想找到些撬開那籠鎖的硬物。這牛油摸索了一陣，卻也未曾找到什麼可心的器具。

　　原來寨中自建寨伊始，便有那小孩子借硬物撬開鎖頭逃離的前史，遂此後那山大王便在此事上留了心。列位看官，你道那小刀從何而來？原是那寨中的廚子做飯時不小心將刀具落在地上，且恰好落在那籠邊，便被那小孩摸了去，用這刀具撬開了籠鎖。但那小孩雖是幸運地將籠鎖撬開，卻終究未曾逃離山寨。

　　但此事終究也令山大王有所警覺，日後他新擄了人，便吩咐那嘍囉留心四周，斷不可再將那鐵製硬物落在籠子周圍，且那籠鎖上，亦是焊接得緊密了些，便是那梁山泊輕功第一的「鼓上蚤」，被關入籠中後，也休想逃脫。

　　閑言休敘。且說這牛油被關了數日，不知如今山大王的「藥引子」業已用完，只待將其從籠中拎出，脫光衣服吊在天花板上，便磨刀霍

霍，預備將那牛油宰殺了做新的藥引。

那廚師正磨刀間，卻見一個山賊嘍囉中的小頭目奔進廚房。原來他素來皆與廚師相熟，兩人常常在混迹在一處喝酒閑聊，這日亦是如此，他一溜進廚房，便與那廚子在了一處。

列位看官，你道這牛油雖是被綁在原處無法動彈，耳朵也未閑著，只管湊在一側聽這兩人閑談的言語。且聽那山賊的小嘍囉頭目云，昨夜那夥山賊飲酒過度，借著幾分醉態與一名山賊吵架，二人爭執不下時，這壯年山賊一氣之下，拔出道具便將老些的那名山賊砍了去。

如今此事鬧出，這山大王也頭疼得緊，不過他倒不是覺得這山賊死了可惜，而是苦於自己剛得了一大票買賣，卻無人可以審理這山寨之中出賬入賬之事，那被砍死的山賊便是會賬者。餘下的山賊之中，識字者一個也無，更別提有記賬之能者了。如今這一干賊人對著府庫之中的賬目大眼瞪小眼，實是一籌莫展。

牛油聽到此處，便再也按捺不住，慌忙對那山賊嘍囉與廚子道：「兩位大爺，我有會賬之能！我有會賬之能！若是你們山寨之中缺賬房，我便是那可以幫忙之人！」

那小頭目見牛油嚷嚷出聲，上前便劈手一掌，將那牛油打得暈了過去，口中還罵罵咧咧，嫌牛油不該大聲叫喚，影響了自己與那廚子飲酒。但那小頭目卻也自由盤算，自己如今在山寨之中不上不下，若是將那能會賬的牛油舉薦與那山大王，倒也是大功一件。遂其打歸打，飲酒完畢之後，仍是將那牛油拎到了山大王處，將牛油會記賬之事報與那山大王知曉。

且說這廂山大王正在為寨中賬目一事發愁，卻聽聞這小頭目重新送了一位能會賬之人上來，頓時也眉頭舒展、略覺快意。那嘍囉用水澆醒牛油，著他將此次所得之賣賣，一筆筆做好記錄規整後，再指揮那山寨之中的嘍囉搬入庫房放置。

　　這牛油因有會賬之能，倒是迎來柳暗花明、峰迴路轉之效。原他當日在私塾念書時，雖時時搗亂，但到底是天資聰穎、悟性極高之人。凡那教授算學的先生所述之言語，他也盡數學會了，如今學以致用，處理起這山寨賬目來，倒也還像模似樣、有板有眼的。

　　且說這牛油將那山寨之中的資財收庫、每一筆皆核算清楚後，那山大王聽了他歸置之序，也覺得此人還有些堪用之才。且他之前對牛油倒也不算是十分厭惡，只是他素來要在眾人面前立威，非顯現出那喜怒無常的樣子不可。如今見牛油借勢自救，自己便也樂得做了個順水人情，由得那牛油在山寨之中做那新的掌簿，為自己整理賬目，正好頂替之前被誤傷的老頭。

　　且說牛油這一番死裏逃生，當真是有驚無險。那牛油也是個機靈人，如今也借坡下驢，對那山大王倒頭便拜，口中不住地恭維誇讚。他因比那山賊多讀了些書，遂那恭維話中妙語層出不窮，直聽得那山大王也有些飄飄然起來。且見這山大王坐在上首，一面聽牛油誇讚，一面不住地點頭，臉上的橫肉亦是笑出了幾道褶子，恍若熊嚎一般的大笑聲，直震得屋內橫梁之上的灰塵撲撲簌簌下落。

　　牛油見山大王心情極佳，遂連忙趁勢相詢，問那山大王可否將自己的同伴也一同釋放，自己如今已是山寨之人，定會對那山大王報效忠義、肝腦塗地。那山大王近日得了這大筆買賣，正是心情大好之時，如今又被牛油一恭維，只覺得全身飄飄然，渾然沒有四兩重。這幾個毛孩子關在山寨也不頂事，遂揮揮手，著看管他們的嘍囉將其盡數放走。

　　列位看官，你道這牛油這一求，當真是勝造七級浮屠。這夥山賊本就幹的是殺人越貨的勾當，素日個個都是殺人不眨眼的活閻王，恐怕活到如今，刀下殺掉的人，只怕比殺掉的雞還多。這被俘虜的「火妖幫」幫眾，本就是素日福氏村中窮苦人家的孩子，譬如那二當家，

在遇上牛油前，多數時間連飯都吃不上，又焉能有多餘的銀子去把與山賊贖人？遂若不是牛油求情，這「火妖幫」幫眾，確實性命堪憂。不過如此一來，倒是苦了牛油，那「火妖幫」幫眾雖是回去了，牛油卻必須得留在山寨之中與他們整理日常賬目。

且說這人離鄉日久，難免會起思想之情，這牛油在山寨之中為那山大王整理了兩個月賬目，凡有空隙，便向那山大王苦苦哀求，以求他放自己返家。那山大王見牛油將賬目打理得井井有條，並未出甚差錯，山大王方允許兩個嘍囉將其押送返家，令他瞧瞧家中光景。

正是：

峰迴路轉亂雲遮，塵容誤到只驚嗟。

兩處春光同日盡，居人思客客思家。

列位看官，你道是這牛油返家是何光景？這牛油到底還有無辦法脫身？欲知後事如何，且聽下回分解。

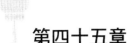

第四十五章

　　上回說到這牛油被那山大王關在廚房做藥引，正欲被那廚師剝皮宰殺之際，忽聽那山賊頭目提及寨中賬房先生被殺一事。那牛油情急之下，慌忙告訴二人自己懂得理賬之事，那山大王如今幹了一票大買賣，正在為此這清點寨中財物一事發愁，見牛油自告奮勇要擔此重任，自然是覺得再好不過了。

　　幸而這牛油還頗有幾分聰明勁，將那寨中搶回的物資，賬目上清理得一清二楚，令那山大王顏色稍霽。這牛油顯了這手本事，哄得山大王心生喜悅，遂借坡下驢，求那山大王將幾個隨自己同來者放回村中。

　　此時恰逢山大王心情愉悅，當即便揮手將眾人放了出去，卻留下牛油繼續為自己做事。這牛油在山寨之中煎熬兩月，對家中之事一無所知，心中甚是痛苦，遂日日向那山大王苦苦哀求，令他著自己回家瞧一眼，若是家中無事，自己也好放心些在山寨之中繼續做那賬房。

　　且說這牛油鎮日苦苦哀求，山大王不勝其煩，終是答應令其回家看看，代價卻是讓兩個嘍囉一路押送，以防這牛油偷奸耍滑、半路溜號。

　　幾人一路行至牛油家中，那村正與夫人一路賠笑，好酒好菜招待那山寨嘍囉，待其醉倒之後，那牛油與爹娘交換過眼色，三人這一齊躲進室內，這才敢放聲言語。這牛油娘幾個月未曾見到兒子，又忍了整晚，如今見兒子站在眼前，自己倒先抱著兒子放聲哀哭起來。牛油爹與他亦是同樣愁眉苦臉、唉聲嘆氣，不知道在山大王手下討生活的日子何時才是盡頭。這牛油大好青年，總也不能一直與這打家劫舍的綠林強盜為伍。

且說這爺倆一派愁雲慘淡、無法可想。牛油爹思前想後，實在是無甚解脫之法，遂與那牛油道，不若趁著這兩名山賊睡覺之際，快馬加鞭逃出福氏村，待那山賊醒來時，牛油早已走遠，便是他們遷怒，也只能拿老兩口出氣，天大的禍事也沾不到牛油頭上去。牛油聽了父母有此提議，當下便堅決拒絕，死活不願丟開父母獨自逃走。但除了此法，一時間父母也無甚辦法可想，這山賊人多勢眾、來頭極大，便是官府也奈何不了他們，更別提牛油父母這等平頭百姓了。

　　這廂牛油見父母以淚洗面，嘆息不止，雖然自己亦是發愁苦悶，但終究還是於心不忍，只得稍稍寬慰二老，令其暫將愁態放放，所謂事緩則圓，待他慢慢摸索，天長日久，總能想出破解之法來。

　　翌日那兩名嘍囉醒來，不由分說便又將牛油押回山寨。那牛油本想回到山寨後，瞅那山賊不注意的空子從寨子之中逃離，如此那山賊便不會遷怒父母。但那山大王卻也是狠角色，不知是知悉了牛油的心思還是一時心血來潮，待那牛油一回山寨，便將看管牛油之人增加了數倍，日夜巡防，直盯得一隻蒼蠅也逃不出去。牛油見他這番架勢，不由得也暗暗叫苦，也不知是何處出了紕漏。

　　列位看官，你道這牛油如今處境，實是令人同情萬分。原來那日牛油與爹娘在家中隔著門板的一番言語，竟然盡數讓這山寨嘍囉聽了去。那嘍囉也不是省油的燈，押送牛油回到山寨，便將這牛油晚上與爹娘的言語一五一十地說與那山大王聽了。

　　且說這山大王聽見牛油起了他心，心中雖然光火，卻並不欲置其死地，只是威嚇威嚇，以令他受個教訓，好一心為自己辦事。不承想自己如今這一試，竟然發現牛油早有異心，在那山寨之中做事，也不過是敷衍自己罷了。如今這牛油既然並非真心誠意地待在山寨之中，自己自然要派人嚴加看管，待那牛油在寨子中待上三五年，屆時木已成舟，這牛油日日耳濡目染皆是山賊做派，又無旁的本領，怕是不想

做山賊也不成。

列位看官，你道這山大王作此想頭，也不是毫無因由的。此事說來雖然是荒唐可笑，但細按卻又有幾分道理。原來這寨子之中，被那山大王強拉入夥之人不在少數，這山賊們上山之時都呼天搶地，待他們在此間生活的時日漸長，染上一身匪氣，便會自願在寨中生活了。

且說如今這牛油見自己逃脫無路，只得在寨子中先安心待著，保住小命，才能再作別的想頭。好在這山寨之中能斷文識字者只有他一人，這山大王明裏暗裏，對牛油都還算器重，遂那牛油雖未染上匪氣，但寨中卻也未遭到他人責難。

列位看官，你道是這世間之事，向來便是峰迴路轉。山大王的這番想頭雖是沒錯，豈料卻是天不遂人願。這牛油在寨中還不上半年，這寨中形勢竟忽地急轉直下，逢上了一場大劫。

此事說來話長，且聽我慢慢道來。

且說這日旭日初升之時，牛油便被寨中的山賊小頭目喚醒，強令他握了一把大刀，又往其身上胡亂披了一身不成型的盔甲，便押著其往那山寨大門處走去。那牛油正不明就裏，卻聽小頭目在身後道：「你他媽的若是敢不乖乖聽話，老子便一刀剁了你！」

這牛油見他來勢洶洶，一時間也不知所為何事，只得按著指令向前行去。他一路走，一路見眾山賊個個已全副武裝，正在寨中跑來跑去，神色緊張凝重、如臨大敵，也不知所謂何事。

且說這頭目一面押著牛油，一面指揮其他排成一組的賊兵向那山寨大門的門樓排開。牛油抬頭一看，見山大王早已站在門樓正中，身畔則是他那三個笨蛋兒子。一片混亂之聲之中，那山大王也不知對著何人罵罵咧咧道：「我操你奶奶個熊，你們如今倒是能耐了，就這麼幾個爛番薯臭鳥蛋，也敢來我山寨前頭丟人現眼？」

牛油聽了這幾句中氣十足的叫罵，便在心中暗忖，這山大王的幾句叫罵，聽著倒是唬人，但這與他素日裏真正的罵人姿態比起來，卻是色厲內荏，不過是強撐著場面，不叫自己先膽怯罷了。他暗忖不知何人令山大王也有幾分恐懼，便順著那門樓向下瞧了一眼。

這不瞧不要緊，一瞧卻連自己也不禁倒抽了一口涼氣，忍不住在心中叫了一聲「乖乖」！

且見這山寨門樓下，正圍著一小隊全副武裝的騎兵，這騎兵人人駕著棗紅色的高頭大馬，每匹馬皆是豐神朗俊、油光水滑，看起來健壯無比。牛油見了這馬，腦中便憶起自己幼時見過的一本名為《天宮游記》的連環畫，那畫中的天馬便是這般威風凜凜之形貌。列位看官，說來也巧，這《天宮游記》，正是當日玉帝所邀請去天宮作畫的畫家所繪，雖當日玉帝下令將那圖畫燒毀，但是卻有人偷偷保存了數張，日後裝訂成冊，名曰《天宮游記》。如今這天馬上的騎兵個個身披銀色甲冑，那甲冑上似乎印了波光水影，又著了璀璨星光，看起來混不似人間之物。

正是：

山川蕭條極邊土，鐵騎憑陵雜風雨。

相看白刃血紛紛，力盡關山未解圍。

列位看官，你道是來者何人？又所為何事？欲知後事如何，且聽下回分解。

第四十六章

　　上回且說到這牛油終於得了山大王赦免，准許其回家探一趟親。但探親之時，這牛油一家端的是煎熬無比。那牛油父母好聲好氣地招待山大王所派來的兩名嘍囉，將家中的好酒好菜一併獻出，令其二人飲酒閑話。這番兩人吃得酣暢淋漓，牛油一家三口卻是暗藏心事，只待將那兩名嘍囉灌醉，三人好在裏間商量牛油如何逃離山寨、脫身回家之事。

　　這牛油一家眼見那兩名嘍囉醉倒在席間，便自顧自地在裏間商量如何逃離山寨的法子。眾人計議了數次，始終並無更好的辦法，如此一夜哀嘆到天亮。牛油為免父母憂心，只得假意與那兩名嘍囉重上山寨。豈料他剛進寨門不久，那山大王便加了一倍人手，令其將牛油嚴格看管，原來那牛油昨日與父母商議之時，那兩名嘍囉在外間並未睡死，將他們的話聽了八成去。如今幾人回到山寨，這兩名嘍囉自然將他們的打算一五一十地報與那山大王知道，遂這山大王當即命人將牛油嚴加看管。

　　且說這牛油因行動不自由，抑鬱了一兩日，卻在某日清晨被一個山賊頭目把與一把刀，又套上一副盔甲，押往那山寨門樓上，也不知所謂何事。

　　這牛油上了門樓，聽見山大王色厲內荏地叫罵聲，這才瞧見原來這山寨已被一隊騎兵團團圍住，那山大王帶了人，正在與那騎兵對峙。

　　牛油見騎兵裝備皆非凡品，也是在心中暗暗稱奇，只見打頭的騎兵一身裝扮，更是俊朗非凡，除了星色鎧甲與棗紅大馬，還披了一條天藍色斗篷。那斗篷上用銀絲線繡了一道閃電圖案，自然也非凡品，只是與其他騎兵在裝扮上略做區別。牛油見那領頭的騎兵向前邁了一

步，知其要說話。果不其然，且聽他衝著山寨道：「門樓上的人聽著，我再給你們一次機會，若是你們放下手中的刀劍，乖乖束手就擒，我便放你們一條生路，否則，待我將你們擒住，到時候你們免不了一死！」

他聲音頗大，落入耳中如同夏日曠野中轟鳴的低雷，深沉而威嚴。且那聲音從面罩下傳來，還添了幾分幽深神秘之意。牛油見其這身打扮，又聽聞他說話之氣勢，不由得在心中暗忖：「此人如此做派，莫非是天神下凡？」

且聽那人說完，山大王便聲嘶力竭地回道：「操你媽的！敢威脅老子！老子今天倒要看看，是誰在找死！龜兒子才投降！」

牛油聽到山大王聲嘶力竭地喊出這般囂張話語，不禁心頭一緊，心中暗道：「不好！若這夥山賊真是鬧到天怒人怨的地步，自是天神下凡對其施以懲戒。如今來者不善，我混在這山賊之中，若其將我也當成山賊剿了，那才是冤枉呢！」

正胡思亂想間，卻聽那山大王一聲暴喝，揮手對身後眾山賊道：「趕緊開炮！他媽的！」牛油被其暴喝聲嚇了一跳，往側邊一跳，這才瞧見他身畔的一名炮手已將火炮引信點燃。

「轟！」一聲巨響在牛油耳邊炸開，他從未聽見如此聲響，一下子便被震得懵了半晌。迷迷糊糊之間，見身畔的騎兵一瞬間四散開來，紛紛在身畔尋那躲避炮彈的遮擋之物。

牛油瞅著空子向門樓下瞧了一眼，只見圍著山寨的騎士身上的鎧甲在陽光下越發閃亮，恍若將那太陽銀光盡數吸了進去，晃得他都睜開不眼。他還未怎麼看清，便見這隊騎兵已然結成陣法，悄無聲息地向山寨大門發起衝鋒。

山大王此時也瞧見騎兵逼近之勢，又對身畔眾嘍囉揮手道：「操他奶奶的，再來！」

　　且聽他一聲令下，身畔的炮手點燃了引信，緊接著又射了一炮，牛油聽火炮一聲震天巨響，這次卻是被徹底震得暈了過去。

　　閑言休敘。且說這廂山賊正與騎兵鏖戰，牛油卻已全然不知。待其再醒來時，只見自己被山大王挾在手中，那山大王人倒無甚大礙，一條腿卻已不翼而飛，只餘下半截褲管子，正淋淋瀝瀝地往下淌血。待牛油一動，傻大王卻舉起刀抵住牛油的脖子，帶著哭腔對那牛油道：「你……你且別過來！你要是向前，我便一刀割斷這小子的喉嚨！我不怕告訴你們，這小子可不是我們這一夥的！他是我從山下掠來的百姓，若是你們再敢向前一步，我便馬上宰了他！」

　　且說這山大王倒也是個剛強的，他此刻雖已流了一地血，但挾著牛油的手仍有些力氣。牛油見一地的殘肢斷臂，又被他用刀抵著喉嚨，嚇得直哆嗦，一步也不敢亂動，生怕血濺當場。

　　他抬眼望去，只見一片滾滾濃烟，唯有那騎士鎧甲上的耀眼銀光，穿破了黑漆漆的烟霧照射出來，算是此刻的唯一一點亮色。

　　似是過了許久，又像是時光凝固。牛油耳畔傳來一陣石磨曳地的馬蹄之聲，緊接著便見那領頭的騎士披著滿身銀光迫近，那騎士身畔似是自帶旋風，將那陣陣濃烟吹散。且見他行到山大王跟前，仍用他低沉威嚴的聲線道：「事到如今你還執迷不悟！你手下的嘍囉大多都已投降，你這般負隅頑抗，還有何用？你若投降我等，我們便立刻與你療傷。」

　　山大王見大勢已去，嘴上卻罵道：「我投你媽的降！我他媽寧下地獄也不投降！我操你祖宗十八代！你們這幫賊廝鳥，竟然連老子的兒子也不放過！告訴你，你若是不趕緊退後，我現在便將他宰了！」

　　牛油戰戰兢兢地被其架在原地，感覺山大王的刀鋒似是已戳破自己的脖頸，尖利冰冷的刀尖正一寸寸向頸部深處探下，似乎馬上便要下手。他無可退避，只能在心中暗道：「如今我可要不明不白地死在

這山寨之中了！」他心中怕甚，兩股戰戰，不覺之間膀胱之中便已充滿尿意，似是馬上便要屎尿齊流。那牛油在心中暗罵自己膿包至極，他媽的，在這當口卻做出這般丟人之事來！

且說這牛油正努力隱忍尿意，卻聽耳畔「嗖」地一聲輕響，身後山大王手中的長刀卻「叮咚」一聲落在地上，拽著自己的手亦同時鬆開。牛油也不知道到底是何變故，此時既已脫身，便慌忙掙扎著從那山大王身畔逃了開去。

正是：

軟濕青黃狀可猜，欲烹還喚木盤回。

煩君自入華陽洞，直割乖龍左耳來。

列位看官，你道是這山寨到底是如何被攻破，又是何人前來救了牛油？欲知後事如何，且聽下回分解。

第四十七章

　　上回且說到騎兵圍攻山寨之事。那牛油被強架上門樓，吃了那火炮兩番驚嚇，第一番震得其心神慌亂，第二番嚇得他暈了過去。且說他醒來時，發現那山寨已被騎兵攻陷，唯有那殘廢的山大王尚負隅頑抗，抓了牛油做擋，脅迫騎兵首領不得上前。牛油正恐慌間，卻聽耳畔一聲重響，抓住自己的山大王已轟然倒地，不知緣何。

　　牛油驟然脫開掌控，慌忙掙扎著逃離那山大王的屍身。正待起身，卻見寒光一閃，又是一柄長劍欺上脖頸。他戰戰兢兢抬頭，卻見適才自己所見的那名銀甲騎士首領正持劍指著他，見他妄動，遂低聲喝道：「跪下勿動！」

　　列位看官，你道那牛油本就被嚇破了膽子，正六神無主之際，驟然聽他一聲暴喝，自然來不及細想便已照做。且見牛油慌忙不迭地跪了下去，撲倒在那騎士首領身畔。他正憂心間，卻聽那騎士問道：「我且問你，你是否真的不是與那山賊一夥的？」

　　牛油聽他有此一問，慌忙不迭地點頭，正了正神，這才恭恭敬敬道：「回天神爺爺的話，小的確實不是山賊。小人是被那山大王逼迫，這才無奈與他們周旋度日。小人原是那福氏村村正之子，大人若是不信，可以著人去福氏村查問，看小人是否有半句虛言。」

　　「你且抬頭令我看看再說。」

　　且聽騎兵威嚴令下，牛油連忙抬頭，令那騎兵瞧個仔細。那騎兵端詳了片刻，也不知道做何感想。若是常人，牛油還可從神情揣度，再不濟也可從那眉眼神情之中窺見一二。可如今這騎兵面戴銀罩，面部被遮蓋得嚴嚴實實，便是眉眼部位，亦是同樣覆著一層銀光，落在牛油眼中，似水非水、似銀非銀，也不知是何材質。

那騎士端詳了牛油片刻，點頭道：「嗯。如今看來，你確實與這山賊並非一夥，你身上倒是沒有他們的匪氣。不過……」那騎兵首領說到此處，略一沉吟。

　　牛油心中一沉，不知此事又有何變故，慌忙望著那騎兵首領。且見那騎兵首領扭過頭去，對身畔一名將士道：「白鶴上前聽命。」

　　他話音甫落，便另有一位渾身上下散發著銀光的騎士騎著棗紅馬匹從隊伍之中出列，對那將軍道：「白鶴在！請將軍指令！」

　　牛油正憂心間，聽那騎士首領道：「將這小子先縛住，與那戰俘一起收押。」

　　那名喚白鶴的騎兵領命道：「是。」

　　騎兵頭領見白鶴上前，對牛油點頭道：「你瞧著雖不似山賊，但這幫山賊忒狡猾，雖然你說是被其擒獲，但焉知不是其設下的苦肉計？如今為了以防萬一，免不了便要先委屈委屈你。若一會去那山下村裏，確認你是那村正之子，我們自會放了你。」

　　那首領交待完這番話，便徑自轉頭離去，由著那名喚「白鶴」的騎士下馬，將牛油拽起身來。牛油見那白鶴周身被盔甲裹得嚴嚴實實，也不知道何處帶著繩子，卻見他右手按在腰間，輕輕一抽一揮，一條長繩便如同細蛇一般游向牛油，將牛油看得目瞪口呆。

　　且見那繩子似是活物一般，自家便將牛油捆了個結結實實。

　　牛油雖被縛住，卻也不似適才那般害怕，只是心中對這騎兵來歷嘖嘖稱奇。他心中更有一重歡喜──如今自己雖是戰俘，但這騎兵倒也還規規矩矩，且經過這一番動作，自己倒是不留後患地擺脫了這一夥山賊，倒還真算得上是因禍得福。

　　那名為白鶴的騎士縛住牛油，飛身上馬，押了牛油慢慢前行。那牛油此刻神魂歸位，路過那山大王的屍身時，倒也有些閑心可以瞧瞧

去。

　　列位看官，你道這山大王是何死法？且說這牛油環顧四周，這才瞧見山大王渾身浴血，周身鎧甲已然支離破碎，披披掛掛地堆在身上。腦門正中直直插了一支長箭，兩隻血紅的眼睛，瞪得如銅鈴一般，他死得突兀，瀕死之前絕望的表情凝固在面上，整個人瞧著煞是猙獰可怖。

　　牛油見那不可一世的山大王死了之後卻落得這個下場，又瞧周圍，昔日山賊嘯聚的寨子已然成了一片廢墟，四處皆是大火、觸目便是硝烟，地上山賊屍體躺了一地，眼前寨子大門破了半邊，更不提斷臂殘肢、鮮血橫泗之態，不由得也在心中感慨唏噓。

　　他不欲再瞧，眼見那騎兵啟程，便低了頭，隨那山賊戰俘一併向前走去。他一路行去，只見大火撕裂吞沒身後山寨劈啪之聲，雖未看見，卻也能想像其觸目驚心之態。他一路行去，鼻子之中皆是血腥之氣，間或有焦肉腐爛臭味衝來，令他異常難受。

　　未行幾步，又見山賊一夥矗立在寨前的大旗亦是殘破不堪，正貼地而燃，上面已然被燒出幾個爛洞。那旗上所書的「嘯狼族」三個大字與那字旁的圖畫還依稀可見，這卻是牛油看慣了的。不過那「嘯狼」二字已被燒掉了大半，牛油記得這旗上原是他幫忙繪了一隻咬著血淋淋斷手的狼頭，此刻也只能見到一點輪廓了。

　　牛油瞧著山寨的模樣，想起自己煞有介事地建「火妖幫」之事，自己在心中冷笑一聲，也覺著從前太過無聊。

　　思忖間這騎兵已押著他到了一群被俘的山賊處。這山賊盡是騎兵戰俘，此刻個個丟盔棄甲、披頭散髮，兼有披紅帶彩者，看起來垂頭喪氣、甚是狼狽。那騎兵命牛油站在隊伍末梢，在繩上一點，那繩子又如靈蛇一般向前探去，與前端山賊的繩子連在一處，「嗤」地一聲輕響，這繩子便已打成死結。

那騎兵安置好牛油，對其屬聲道：「我警告你，不論你是否與他們一夥，你最好別試圖逃走。」他話音剛落，便聽遠處那騎兵頭領朗聲道：「集合！」白鶴聽首領召令，連忙奔了過去。

牛油轉頭，見騎兵個個行動迅捷，瞬間便結成了儼然有序的隊列，端得是：

金帶連環束戰袍，馬頭衝雪度臨洮。

卷旗夜劫單于帳，亂斫胡兵缺寶刀。

且聽那領頭的將軍勒住繮繩，轉頭對那隊列之中一人叫道：「雷暴！」

列位看官，你道這隊騎兵到底是何來頭，又緣何要攻破這山寨？欲知後事如何，且聽下回分解。

第四十八章

　　上回且說到這牛油被那騎兵救下，回身瞧了一眼這山大王屍身，不由從心底倒抽一口涼氣。他為人機靈，眼見山大王身故，心中想的卻是如今自家終可不留後患地離開這賊山寨了。雖是被騎兵頭領命人用繩索捆了，但他自忖自己既不是真山賊，即便行動暫被這騎兵約束，但終是無性命之虞，遂也不甚憂心。

　　如今這牛油見山寨四周盡是斷肢殘足，硝烟烈火，腳下血流成河，空氣中盡是人肉焦腐之氣，不禁倒抽一口涼氣，再一眼，見山寨門樓前的大旗亦被踏入泥地，被那烈焰焚得只剩一半，不由得暗自慶幸自己今日之僥倖，再想自己創立的那「火妖幫」，心中也覺得愧疚臉紅。

　　且說這銀袍騎兵將牛油與眾俘虜安置在一處，牛油瞧見眾山賊狼狽模樣，忍不住又在心中感慨一番。此時卻聽騎士將領出聲嘯聚眾兵，那喚作白鶴者慌忙歸隊，等候那騎士將領下令。

　　牛油聽那將軍先喚了一名叫「雷暴」者，騎兵隊伍之中馬上便有一人出列，當真如《孫子兵法》中所敘述的一般軍紀嚴明。

　　「在！」

　　那騎兵隊伍之中有人應了一聲，隨著應和聲，第一排左起的騎士驅馬向前，顯然便是那喚作雷暴之人。

　　那將軍對雷暴朗聲道：「今日攻打此寨結果，速速報來。」

　　那雷暴大聲應道：「是。本次攻打此寨，殺死嘯狼族賊子共計四百二十五名，餘二百二十名賊子投降，除逃逸者十幾人之外。我方共十二名，除天隼小腿有傷之外，其餘人皆完好無損。」

　　牛油聽到此處，瞪大眼睛站在原地，半晌不曾回神。他聽那雷暴

之稟述，似是這騎兵只有十二名之數，而寨中的山賊竟有六百多人，他們竟以區區十二人之數，剿滅了近百名山賊團，實是令人難以置信！

列位看官，你道難怪這牛油此刻恍若聽天書一般，露出如此訝異之神情，他這番舉動雖是唐突，但細想之下，卻也不由得他不吃驚。這其中緣由，且容我慢慢道來。

原來這牛油在山寨之中待的時日，說長不長，說短倒也不短。這寨中情形，他自然也略知一二。這夥山賊雖無驍兵勝勇之猛態，卻也並非全然是那烏合之眾。那山大王雖不能識文斷字，也不單只是那有勇無謀之輩。原他在寨中時，也是恩威並施、賞罰分明之人。那寨中眾賊，對其是佩也有之，怕也有之。

因他在山寨之中如此施為，也頗得眾賊之心。那山賊素日之間，彼此也算團結。兼其律令嚴明、言出必踐，遂那山寨之發展態勢，也有蒸蒸日上之態。如今眾山賊之間分工極明，有步兵、有長槍兵、火炮手，另有騎兵與弓箭手，每日按部就班，訓練極為嚴格。

且那山大王亦明白堅固城池之理，日常劫掠之餘錢，除賞與那眾山賊之外，餘下均用於山寨防固，只將那山寨修得固若金湯。當日那牛油初見山大王，聽其說起「官府派三千精兵攻打山寨，山大王迎擊，將那三千官兵打得落花流水之事」，他雖知其有吹噓誇張成分，但那寨中的精兵良將，倒也不全是草包胡說。

此事倒說來話長。原這牛油在山寨之中時，確也見識過官府派那地方兵丁前來剿匪之事。當日官兵來者甚眾，也不知確切人數，雖不足三千人之眾，但就人頭數而言，亦是從那寨前排到山腳。當日牛油滿心期待那地方兵丁能擊退這寨中山賊，將自己從此間解救出去，可現如今看來，這山賊竟然恁得扎手，直將那地方民兵打得丟盔棄甲、落荒而逃，牛油見地上官兵死傷大半，也不知道自己何年月才能從寨中脫身。

這廂牛油回憶當日情景，心中尤有餘悸，如今見如斯厲害的六百人山賊團竟被十二騎士剿滅，心中更是認定這騎兵乃是九天天神下凡，專程來鏟除這幫聚眾作惡的山賊團。

他心中想著心事，便聽得那將軍對那十二名騎士道：「天隼何在？」

「天隼在此！」隨那應答之聲，便有一名騎兵從隊伍上前。

「我素日是如何教你？每次練兵我便提醒你，讓你衝鋒之時當心下盤，你卻始終馬虎大意，現如今受傷也是自己活該！待回去之後，罰你練習衝鋒動作千次，你可聽明白了？」領頭的將軍衝那名喚天隼的騎兵訓道。

「是！」天隼朗聲應答。

那將軍又叫道：「雷暴。」

「雷暴在此！」

「由你傳訊與那武當山眾道長，著他們前來灑掃戰場，安撫亡魂。」

「是。我已放出信鷹，他們收到消息後便會來此。」

「甚好。如今此間事情已了，全隊聽令！」

「在！」牛油驟然聽那騎兵共同應答，恍若那晴空裏劈下一道暴雷，嚇得他與眾山賊渾身哆嗦。

且聽那將軍又道：「所有人排成兩隊，押解所有俘虜下山，今日便在福氏村中扎營。」

「是！」眾騎士應了一聲，便以迅雷不及掩耳之勢迅速排開，分成兩隊，將眾山賊夾在其間，押著他們向山下的福氏村中行去。

眾人行了不多時，牛油抬頭瞧了一眼，只見那騎士將手放置在頭上所戴的盔甲畔，輕輕一掀，那頭盔上的面罩便「倏忽」一聲彈入頭

盔里間，漸漸露出那騎兵面龐來。牛油又瞧一眼，見眾人盔甲上的銀光此刻亦漸漸熄滅，化作那普通銀袍鐵甲之模樣。牛油見了這番情景，眨了眨眼再瞧，再瞧瞧這些騎兵面龐，見他們還是同樣一番模樣，胸中這才了悟，原來這騎兵終究也不過是些普通人罷了。

此時那領頭的將軍亦是將頭盔摘了下來。牛油瞧著這將軍似是三十歲左右，面上略胖，留了一把大鬍子，長得倒是頗為面善。且說他摘了頭盔，直似變了一個人一般，竟衝著適才那名喚「雷暴」的騎兵道：「驢蛋，你且幫我瞧瞧這鐵盔，看這鐵盔中控聲器到底有何問題，如今我戴這鐵盔，說話時總覺唇邊有些麻癢之感。」牛油聽他卸下鐵盔後言語與一般人無二，不禁對這騎兵的來頭更覺有些摸不著頭腦的迷惘之惑。

正是：

俄然脫穢垢，冠蓋儒衣冠。

終然匪我類，教養徒自傷。

列位看官，你道這騎兵到底是何來頭，這牛油被其押解回福氏村之後，又能否脫險？欲知後事如何，且聽下回分解。

第四十九章

　　上回且說到牛油在俘虜之中聽這一隊騎兵彙報剿匪一事，在名喚雷暴的騎兵口中聽聞這十二人竟然將這六百多人的山賊盡數殲了，嚇得眼珠差點驚掉。他在這寨中時日，說長不長說短不短，那山大王的心機手段，他倒也還領略過一二，如今他暗忖這山大王絕非泛泛之輩，手下也算是紀律嚴明、能人輩出、裝備精良、操練有度，焉為何這般輕易便被人連根拔起，這一隊騎兵之勢力，實是不容小覷。

　　這廂牛油一面前行，一面想著自家心思，卻見那將軍將騎兵分了兩隊，井然有序地將眾俘虜夾在兩隊之間。牛油正暗忖這騎兵是否天神下凡，卻見那騎兵將頭盔旁的機關掀了數次，那罩在面部的銀罩便倏忽彈回罩內，瞬間露出這些騎兵面龐。牛油此時方明瞭原來這騎兵亦是普通人，但不知緣何厲害如斯，大約是有甚自己不知曉的祕密。

　　此刻他見那騎兵將軍亦將頭盔摘下，命手下一名騎兵瞧瞧到底是何毛病，緣何戴著如此不適。

　　「得令，老大。我且瞧瞧這頭盔到底出了何問題。」

　　他正瞧著頭盔的當口，牛油見那將軍身後另兩名騎士卻掩嘴偷笑道：「我看這鐵盔不是甚麼大問題，約莫是老大素日不曾清潔鐵盔，導致這裏頭發黴了罷。」

　　另一騎兵接道：「我覺得還不止如此，老大怕不是**嘴癢**，莫不是心癢，思念家中媳婦罷了！」

　　牛油覷著那將軍的神色，估摸他也聽見了這兩人的言語。牛油心中也覺得略新奇，想要瞧瞧這將軍到底作何反應。且見那將軍聽了這兩人打趣，果然面色不善，轉頭轉身對那兩人喝道：「我操！狗剩！

飯托！我瞧瞧你們二人如今越來越大膽，怕是活膩了不成！」

他話音未落，便驅馬向那兩人奔去，兩人見他奔襲而來，卻駕著馬笑嘻嘻逃開，彼此之間似是玩鬧慣的，甚是默契。

且說這騎兵一路叫喚彼此諢名彼此打趣玩笑向前行去，似是十分輕鬆熟稔。牛油一面聽其漫無邊際地聊天玩笑，一面隨其向福氏村中行去。說來也怪，這騎兵們說笑打鬧，但押送俘虜的隊伍卻毫不鬆散，當真訓練有素。

眾人行到村口，那領頭的將軍抬手輕揮，身側的騎士一頓，那浩浩盪盪的俘虜隊伍立時在那騎兵制止下暫緩行勢。且見那將軍調轉馬頭，對眾俘及騎兵道：「前面便是那福氏村，進村之後的法度，不用我多言，你們自當知曉。現在給我聽好，調整好隊伍！」

其一聲令下，只見眾騎士齊齊整整地將適才摘下鐵盔重新戴在頭上，但卻並未拉下面罩，只是縱馬左衝右突，令適才已然整齊儼然的隊伍更加齊整了一些。抬眼望去，恍若兩條筆直的彈線一般。

將軍一眼掃去，見眾騎兵已經準備停當，自己亦將那頭盔戴上，又掃一眼隊伍，接道：「如今這福氏村就在近前，進到村中，你們當自重些，別再說些有的沒的渾話，你們可聽見？」

眾人齊聲答了「是」，便不再言語。說來也怪，這將軍一聲令下後，適才隊伍之中嘻嘻哈哈的騎士們皆不再言語，隊伍之中霎時換了一片肅整的氛圍，只剩下「桀桀」的腳步聲與那被俘虜山賊碎散的邁步之聲。那山賊心中亦是門兒清，如今見這騎兵也不再調笑，自家更是大氣也不敢喘，只怕一個不小心便惹禍上身了。

且說眾騎兵趕著眾山賊前行，很快便行至福氏村中。只見眾人行進村中，那福氏村中村民皆畏畏縮縮地站在門口，像瞧西洋景一般打量一下眾騎兵，又疑惑不解地瞧瞧那垂頭喪氣的山賊，有膽大者沿著門板慢慢走到大道旁，見了騎著棗紅大馬、威風凜凜的騎兵，便三三

兩兩地湊在一處，忍不住交頭接耳。但他們素來受山賊侵擾，此刻雖見眾賊被縛，卻仍不敢主動指點，只是壓低聲線交頭接耳，似是難以置信。

那村正還是更大膽些，見這騎兵押了山賊，慌忙跑上前來，拜服了一番，方低聲顫顫問那帶頭將軍道：「諸位大人，敢問如今駕臨賤村，到底有何貴幹？可是要打尖歇息？」

將軍見他前來問候，亦翻身下馬，先向村正施了一禮之後方低聲詢問道：「老丈不必多禮，不知您是否是這村中村正？」

「正是，不知這位大人應該如何稱呼……」

村正怔怔地瞧著將軍，約莫是未曾見過如此彬彬有禮的軍官，一時之間竟還有些難以適應。

那將軍尚未來得及答話，猛地人群之中卻有人大聲呼喝了一聲道：「爹！」

眾人轉過頭，這才看見出聲者，原是牛油在人群中瞧見了村正，也不顧自己戰俘身份，慌忙出聲呼喚。

此刻二人父子相見，端的是又驚又喜。村正滿心以為牛油被困山賊寨中，此生歸家無望，不承想此時竟在此處重逢，實是喜出望外。兩人各自話別上次分離之後的情形，笑中有淚，自是毋庸贅言。

打頭的將軍見二人父子情深，對牛油所言自己並非山賊一事也信了一大半，正待放牛油歸家，其他被俘山賊見如今牛油脫身，自己卻生死未卜，心下升騰起不滿的情緒，衝著領頭的將軍便大喊大叫起來，那將軍聽聞他們左一言又一語，樁樁件件皆是控訴詆毀，云牛油既是寨中山賊，又豈是無辜可憐之輩，當日被逼上山時，早已繳納過投名狀，也與他們一般是那殺人惡徒。

牛油聽這山賊如此詆毀自己，不由得也有些惱怒。誠然，他當日

被那山大王逼上山寨之時，每每山賊們殺人劫掠的慶功宴會，他不得已之下亦參加過數次，時日久了，對那眾賊也有了些同情惻隱之心，如今見他們淪為階下囚，也頗有些於心不忍。

當日在山寨中時，那寨中規矩卻有逼那新入夥者殺人一事，只要那新近加入寨中者殺過人，手上沾過血，便算是跳進黃河也洗不乾淨。日後便是偷溜下山，亦是殺人凶徒，想要金盆洗手也不是易事。當日牛油入寨時，這番規矩本也要逼著他履行，幸而當日山大王寨中賬目雜亂，牛油一連數日理賬不得脫身，那山大王想著自己如今將牛油看管得如此嚴密，他便是想跑也跑不出去，遂令牛油繳納「投名狀」之事，也不甚急，卻不承想這牛油未曾繳納入夥投名狀，那山寨便已被人攻破了。

且說這廂那將軍聽了眾山賊言語，冷冷地對他們道：「無需你等在此聒噪，此人之事我自當理會。」

牛油聽了山賊們的言語，也是又氣又恨，心下一點同情也拋到九霄雲外。他見那將軍面色凝重，正要辯解，那將軍卻不容其言語，便招手喚來三名騎兵，令他們將面罩拉下，衝牛油正色問道：「你且說說，你到底殺過人不曾？若是有半句虛言，我自饒不了你。」

眾人見他問得甚重，也皆是秉氣凝神，絲毫不敢出聲。

正是：

山雨欲來淮樹立，潮風初起海雲飛。

未知賊童辨真偽，更過金焦看落暉。

列位看官，你道這牛油歸家之事，實屬一波未平一波又起。究竟這將軍將如何驗明這牛油正身，牛油又能否順利歸家？欲知後事如何，且聽下回分解。

第五十章

　　上回且說到牛油被那騎兵押送回程，眾山賊並那騎兵共兩路人浩浩蕩蕩進了福氏村之事。這福氏村眾長年受官兵侵擾、山賊欺壓，此時見那山賊一個個披紅帶彩、垂頭喪氣地被騎兵押解入村，頓時覺著又好奇又害怕，雖極力想瞧個鮮，但心中又忍不住有些害怕。那村正想著自己既然是福氏村一村之長，此時自該出頭，遂大著膽子前來與為首的騎兵將軍攀談。

　　二人正對答間，卻聽見牛油呼喚，兩人父子相見，分外動情。村正本欲將牛油領走，眾山賊見自家如今死傷無數，那牛油父子及一向被己方欺壓的福氏村眾卻安然無恙，頓時心生嫉妒、大聲叫罵，云那牛油亦是殺人凶徒，斷不能如此輕易便將其放走了。

　　且說那將軍雖心中對牛油信了大半，但眾口鑠金，若是不將此事查驗清楚，斷難以服眾。他便將那面罩拉下，對著牛油正色詢問。

　　這廂牛油本就未曾殺人，自然理直氣壯地對那將軍道：「我乃福氏村中守法良民，自然並未殺人。」

　　他話音落了，那騎兵將軍又盯著他瞧了一會，牛油只見那騎士面罩上如水的銀光躍動了數次，那銀光重歸寂靜之後，他們便重新拉起面罩，露出了常人面龐。

　　那將軍拉起面罩，與另外三人道：「如何？這盔上顏色，是否紅過？」那三人堅定搖頭。

　　將軍輕應一聲，對牛油笑道：「不錯。你的確未曾說謊，既然如此，我便也不再為難你，既然你是福氏村村正之子，如今便可隨他回去。」

　　村正與牛油聽了將軍言語，二人心中皆喜不自勝。那將軍見福氏

村村民仍是有些害怕，便自我介紹了一番。牛油此刻方知，原來這騎兵乃天子治下的直轄精英將士、皇家御林軍，名喚「靈雷騎兵團」。天子取「迅雷不及掩耳」之意，以一道銀色閃電為其信物標示，以嘉其「迅疾如風」之意。此次眾人前來，便是奉了天子之命，誓將全國各地為非作歹之匪盜徹底殲滅。

那村正聽聞其乃正義之師，亦鬆了一口大氣。且聽那將軍又告知村民道，以後若是有人聽聞山賊欺凌百姓之類的惡事，便可直接向地方官稟報，若是那地方官置之不理或是畏縮不前，他們便可直接上京去報與那京官知曉，京官自會稟明聖上，指派御林軍前來剿匪。

福氏村村眾聽其詳述了他們此番行動的來龍去脈，又見他們將那大批山賊盡數剿滅，心中自是無比感激，又是作揖又是邀客，極力邀請他們前去自己家中飲茶歇息，聊表感激之情。

那將軍卻堅定搖頭，婉拒了福氏村村眾邀約，只云眾人好意心領便可，如今還要回去述職，不便在村中久留。遂將那一眾山賊押著，浩浩蕩蕩地去往府縣之中受審了。唯有那名喚天隼的騎兵，因腿傷頗重不便與眾人一道趕路，遂留在村裏調養數日。

村正見眾騎士解救牛油，心存感激，慌忙邀那天隼去自己家中將養，那天隼詢問過將軍意思，見他也點頭同意，當下便暫住村正家中。

列位看官，你道此事雖順理成章，但於那牛油而言，卻是喜上加喜。你道這是為何？且聽我慢慢道來。原來這牛油在歸途之中才得知這英勇無匹的騎兵並非天神下凡時，便有了另一番心思。

他在山寨之中，見這騎兵十二人打那六百多人卻勢如破竹，已然對其又敬又佩，如今見這騎兵威風凜凜、英雄豪邁卻又彬彬有禮，半分也不曾擾民，遂對他們早已心生嚮往，盼著自己能有機會加入他們。遂在這牛油心中，若這天隼真的歇息在自己家中，他能得一個這騎兵團將士接觸的時機，真是千載難逢，焉能不喜出望外？

　　且說這廂將軍離去時，還交與這福氏村少年每人一冊書卷。牛油打開書卷，見上面詳細寫明如何加入天子御林軍的方法。他細看下來，卻也不甚難：一來那申請者過往不能有犯罪實錄；二來那申請者先要應徵入伍三年，視軍中表現，由朝中將官推薦；三來申請者須考取秀才。如此他們方可進入御林軍軍營受訓，接受那御林軍軍中各項考核之後，方才算是正式加入御林軍。

　　牛油將這加入御林軍的手冊書卷翻來覆去琢磨了數遍，心中暗忖著以自己的聰明勁，其他倒是問題不大，唯有這考秀才一項，確實要下一番功夫研磨。自己雖是有些聰明勁，但離著那考秀才一事，卻還差得遠。之前在私塾學堂，帶頭搗亂的便是他牛油。不過牛油自忖自己若是從現在開始研書，不再一天到晚領著「火妖幫」搗亂，考上秀才應當也不是甚麼大問題。

　　他打定這番主意，便如同變了個人一般，私塾先生授課時也不搗亂了，也不帶著「火妖幫」四處亂晃，凡有時間時便下功夫讀書。那福氏村其他同齡人本就是牛油跟班，且當日在山寨之時，若非牛油出頭，恐怕他們早已成為山賊的刀下亡魂。如今他們見牛油都已如此下功夫，自然一個個也開始有模有樣地認真研讀、仔細聽那私塾先生授課起來。

　　且說自這天隼住在村正家中之後，牛油但凡得閑，便與那天隼套近乎，希望從其口中打聽一些皇家御林軍之事。不承想這天隼對牛油卻是十分冷淡，聽聞牛油述說心思，只是不屑笑笑道：「你想加入靈雷？你可知道，若是按照慣例，你如今早已經被收入天牢。你既在山賊團待了那些時日，誰知曉你到底有無做過什麼壞事，若獨你是清白的，那殺人不眨眼的山賊為何不處置了你？若是你幫那山賊做事，按常例你便是那山賊同夥。雖然你說自己是被逼入夥，但那山賊之中，怕是被逼入夥者也不少吧？你可知，這種情況若按帝國律令，你最少

也要被監禁半個月。如此一來，那加入御林軍第一條便可將你擋在門外。」

牛油聽他這番言語，心又懸了起來，緊張地詢問道：「既然如此，那……那我為何未被獄官收押？」

天隼似是早就料到他有此一問，冷笑著答道：「也算是你小子撞了大運，遇上了我們將軍！你可知道，此次天子剿匪，乃行非常之事。聖上為速戰速決，便予以每位將軍即時判決犯人的權利。我們將軍是靈雷之中脾氣最和善者，非但饒了你，還耗費人力將那山賊們押到府縣正式受審。此事若是換了旁人，哼！就我認識的那幾位旁的將軍，依他們的脾氣，哪會有這份閑心！怕是不管不問，直接將所有的山賊就地正法了完事。」

正是：

時來天地皆同力，運去英雄不自由。

列位看官，你道這牛油到底能否進那御林軍團，這福氏村又將有何事發生？欲知後事如何，且聽下回分解。

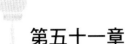

第五十一章

上回說到騎兵下山途遇福氏村村正並審驗這牛油是否說謊一事。那騎兵將面罩拉下，正色相詢，便確信牛油未曾說謊，任憑那山賊如何詆毀牛油，他也不再理會。且說這騎兵將牛油放還之後，押了眾山賊去縣府受審，唯留那受了腿上的天隼在福氏村養傷。

且說這牛油自從見了眾騎兵神威凜凜之態，對那皇家御林軍之能便又嘆又佩。自忖著若是能加入這雷靈軍團，自是天大的榮耀，遂將那將軍留下的入團書卷上所寫之要求，翻來覆去地研讀，且在那私塾學堂裏也不搗亂了，下決心攻書，勢必要考上秀才，達成准入那御林軍條例方才罷休。

他自從下了這番狠心之後，鎮日有空便纏著那天隼，想要問一點關於皇家御林軍團之事。但那天隼卻神情淡淡，云那牛油如今活命也不過是運氣罷了，若非遇上他們將軍，怕是要吃半年多牢飯呢。

牛油聽了天隼這番言語，也覺得脖子發緊，禁不住有些害怕地用手摩挲了一下自己的脖頸。如今他倒是慶幸自己未曾落到其他將軍手中，能平安歸家，實是不幸之中的萬幸。但那天隼說的雖可怕，卻並未阻止牛油心向御林軍，但那天隼的言語卻也著實令他憂心，自己如今到底是戴罪之身還是無罪，卻也需要明瞭才行。

念及此處，牛油亦忍不住向天隼問道：「那……我如今既然未被收監，便還是可加入你們吧？」

「哼……光想有甚麼用處，有種便先來試試，熬不熬得住還得兩說。」

「呃……為何這樣說？」牛油討好地望著天隼。

那天隼養傷亦有些無聊，聽牛油問起，便詳細與他講起此事，云之前將軍留與自己的文書，不過是略提及了准入條件，具體詳情，還得牛油親自試過方知。

　　牛油從旁相詢，聽天隼云加入靈雷前的素日的操練：有那三伏天裏背著五十斤重的鐵礦石翻越三座大山；有那三九天裏光著身子在冰河之中潛水撈魚之事，心便灰了大半。那天隼並不在意牛油作何之想，只是自顧自與他道，此前牛油在寨中所見的棗紅馬乃天馬後代，此馬十分認主，只有馴服之後方能駕馭，但要馴服此馬，不知要經過多少次捧打。

　　許多渴慕加入靈雷之人，正是在此環節被落下，因為其熬不過天馬野性，遂敗下陣來。更有甚者，被那天馬摔得終身殘廢也是枉然。但這些倒還好，若申請者自行退出，也還可挽救。靈雷軍團操練之中最酷烈之事，應是那大將軍三令五申、屢次禁止也無法阻止的搏擊訓練。這番訓練競爭之殘酷、對手之狠戾，絕不是牛油在山寨之中所見的小打小鬧可比的。軍中的搏擊鍛煉，每年都要擊打到死人才作罷。

　　且說牛油聽了天隼這一番詳述心中便擂起小鼓，未等其說完，便嚇得連忙「辭別」天隼，逃了開去。思忖自己進入皇家御林軍這一番折磨，他想加入御林軍的念頭亦打消了不少，直想著這番苦痛，斷不是普通人所能承受的。

　　但這番念頭既在牛油心中生了根，要憑空消泯，卻也並非易事。且說這牛油每每瞧見天隼卸下的戰甲，瞧見那甲冑上如星辰一般若隱若現之銀光，內心便忍不住有些激盪，不禁會幻想自己穿上這身甲冑的模樣。且說那甲冑渾然天成，當真當得起那「天衣無縫」一說，那穿上甲冑的天隼，外形俊勇高大，再跨上那雄壯威武的棗紅色天馬，真真如那天神下凡一般，瞬間身形便高大萬分，一時所有風頭皆可占盡，行走之時，可受萬人景仰；所過之處，當是人人欽羨。

　　列位看官，說到此處，倒容我再插一句話。說起這鎧甲，瞧著質地鮮亮卻是表像。究其根由，更是大有來頭。經那天隼介紹，牛油方知此鎧甲名曰「齊月奉」。當初第一身齊月奉，乃是天子本人親造。這第一身齊月奉，後來便是天子本人穿戴。如今天隼等人身上的齊月奉戰甲，乃是帝國中央軍中的高級工匠依照天子身上的齊月奉式樣鍛造而來的。

　　在鍛造這齊月奉時，幸得神工魯班相助，不然便無法造出。且說這身鎧甲，非但外形亮麗，且防禦力亦高得令人難以想像。據那天隼所言，如今他們的鎧甲，除了他們自家的刀具可破，尋常刀劍對其而言無絲毫用處。撇開這個好處不說，那齊月奉還可吸收太陽光芒用作能量，在衝鋒時可依靠那光芒晃花敵人雙眼，令其乖乖束手就擒。

　　這番場景倒是不用他詳述，那牛油當日在山寨時，便已親見。且聽那天隼又道，他們面上所戴的鐵盔，面罩拉下來時，可以擋住那強光直射，遂那強光只晃別人，對他們自己卻是無害。且那面罩材質特殊，戴上後能在夜間視物，實非凡品。

　　那天隼對牛油道，除了牛油那日所見，這鎧甲還另有奇處。如這鎧甲聚了太陽光，便可醫治穿戴之人身上傷口——只要那傷口不甚大，好起來奇快。如今他腿傷太重，那鎧甲無從治療，遂只能在福氏村將養著了。

　　牛油聽他說得如此厲害，便詢問其當日受傷原因，天隼云當日正全力抵禦山賊，不承想有一名山賊舉刀向其猛衝，刀鋒在鎧甲的阻擋下折損，長矛卻也如草棍一般摧折。但那山賊力道甚大，借戰馬勢頭衝來，竟將天隼小腿一下拍得骨裂了。

　　且說這皇家御林軍團除了戰甲奇詭、戰馬迅捷，兵器亦是多重多樣。如天隼這般騎兵，皆配有長短刀、弓箭、長槍等兵器，素日不用時，便可收納起來，鑲嵌於鎧甲上的凹槽之中，帶著行走也甚是方便，

可以省去許多麻煩。

此番天子為了方便一眾將軍執行其剿匪律令，還特意賜予其當場審判權利，遂那鎧甲便又由魯班大師帶領眾弟子開了一項新功用。凡審驗時，由將軍帶上三名騎兵，便可通過鐵盔面罩顏色變幻來測謊。若是那受審之人撒謊，他們透過面罩，便會看見此人全身皆籠罩於一片紅色之下。

牛油憶起當日那將軍審問自己時，果然是三人一道將自己圍了起來，此時才明瞭其因果。他向那天隼詢問為何定要三人一人。天隼答曰，天子為防止將軍存有私心，規定必要三人共同監察，方能認可審判結果。

正是：

威弧不能弦，自爾無寧歲。

川谷血橫流，豺狼沸相噬。

列位看官，你道這牛油既對這御林軍團有如斯好感，其能否入那軍中行事，也尚未知否，究竟他緣何未進，又緣何變成了今日這番模樣？欲知後事如何，且聽下回分解。

第五十二章

　　上回且說到牛油在那天隼介紹下，對皇家御林軍的種種規矩終於明瞭了許多，且知道那天隼所穿的銀光閃閃的鎧甲名曰「齊月奉」，齊月奉除克敵諸多功效之外，還有療傷之功效，凡有輕傷，穿了那齊月奉，便可逐漸癒合。此外鐵盔面罩也有諸多功效，若要審驗犯人，戴上那鐵盔正對犯人問話，若對方所云為謊言，透過那面罩，審驗之人便會被紅光籠罩，斷逃不過諸人法眼。

　　這牛油聽說「齊月奉」鎧甲之功效，欣羨不已。待他再要追問，天隼卻緘口不言，他告訴牛油知道這些便已足夠，若再多說便是犯禁。牛油雖好奇，但天隼云其餘關於齊月奉之功效，屬軍中禁令，斷不能告訴普通人知曉。若是牛油想知道，將來加入皇家御林軍之後，自然便可知曉。

　　且說這牛油聽聞天隼說了這許多齊月奉的好處，便忍不住向天隼詢問道這齊月奉到底有何缺點。那天隼遲疑片刻，終於想起那鎧甲的一樁壞處，便是穿上之後一旦騎馬，久了之後，那後檔處便會被磨得十分不適。除此之外，這齊月奉便無甚缺點了。

　　閑言休敘。列位看官，你道這天隼在福氏村中日久，一身齊月奉引得那福氏村一干少年日日前來瞧望，每人都渴望能摩挲一番，更有甚者，希望能將那齊月奉試穿一次，當真是死而無憾。但不論這些少年如何求索，天隼一概拒絕，絕不允許他們私自碰那齊月奉鎧甲。

　　那村中有幾個少年，被他拒絕次數多了，便暗自懷恨，想要使個惡作劇去捉弄天隼。且說這幾人悄悄偷了幾把牛糞，想要將其抹在鎧甲上，也讓那天隼噁心一把，不想這番計劃卻被牛油聽見，遂令那「二當家」前來制止。這「二當家」的拳頭威儡尚在，他們見了牛油與二

當家，便如同耗子見了貓一般，絲毫也不敢再造次。

列位看官，談及此處。且容我插一言。這牛油自見了這齊月奉，便終生對其念念不忘。自此之後，他心心念念一事，便是能擁有一套齊月奉。若是能穿上這身鎧甲，加入御林軍，這一生便值了。但因機緣巧合，他終其一生，也未曾加入那靈雷軍團，正式成為御林軍中一員。倒是此後因那福氏村中的繅絲生意，逐漸發展成為帝國最龐大、最具影響力的商會，並因此受到天子接見，皆是後話了。

且說那日宮廷晚宴，天子垂詢，問那已成商會會長之牛油想要什麼禮物，那牛油當場畢恭畢敬地回答曰，他如今最想要的便是御林軍鎧甲「齊月奉」，若是能得此贈品，當真是死而無憾。天子當場應允，著那大太監贈其一套「齊月奉」，牛油受此贈禮，才算是真正圓了那幼時舊夢。

話分兩頭，各表一枝。且說這棗紅駿馬，也令牛油十分喜愛。據那天隼所言，那棗紅大馬乃天馬後代，天隼每日清晨皆會騎著這棗紅馬繞村外大湖一圈，以保持素日操練之感。每每見天隼騎著那棗紅駿馬從身畔掠過，牛油皆會對那天馬速度感慨一番。那棗紅駿馬放開四蹄，全速奔馳之時，便如一道紅色閃電一般從牛油身畔急速飛過，待牛油放眼望時，只能迷迷糊糊地瞧見一道紅色飛影，影影綽綽地從眼前閃過。

且說這棗紅駿馬，亦令牛油十分欽羨。但那棗紅駿馬乃活物，他不識馬性，也不懂該如何照料，遂其倒不是想將其據為己有，而是幻想能騎著此馬在村中繞一圈便心滿意足了。可惜那駿馬十分神異，且如那天隼所說的一般，那馬一生只認一名主人。每每牛油想要靠近都不行，更別提能騎它之事。不單牛油，福氏村中任何人想要靠近這馬，它都是四蹄飛踏、長嘶不已。天隼怕其終有一日會將那福氏村中人摔傷，便專程在那紅馬栖身的馬棚之外，又搭了一個三米多高的柵欄，

將那紅馬圍在其中，以防他人靠攏紅馬被其撅傷。

　　列位看官。說到此處，倒還有個題外話。且說這村正是個有心眼的，他見天隼這棗紅駿馬神勇異常，使蠻勁靠近不行，倒可使那巧勁試試。他靈機一動，將自家的幾匹母馬放入馬棚之中，與那天馬交配後，再偷偷將母馬喚出，那母馬受孕之後，生出來幾匹小馬，他將這小馬圈養後，待其長成，皆賣出了天價。

　　此乃後話，暫且不提。且說這棗紅馬拒食普通牲畜草料，唯有那剛從地裏挖出的蘿蔔、新鮮的萵苣、嫩玉米，方可入其法眼。且那馬靈異非凡，除了天隼拿來的食物，其餘人等一概不理。至於飲水亦是同樣挑剔，非那上游的鮮水活水，下游水源，不論如何清澈，皆是一概拒絕。牛油曾就此事詢問天隼，天隼言那馬每日在村中兜風時，見村民在河水下游洗衣洗菜洗澡，嫌棄那下游河水過於骯髒。

　　牛油又問，那軍營之中，又焉有如此潔淨的河水水源？天隼云，軍營之中有專人伺侍天馬，其食物飲水，皆是過濾之後方可使用。

　　牛油聽他如是說，不由得在心中暗忖：「乖乖，這靈雷軍團之中，一匹馬的用度，竟比人還尊貴。」且在他心中，那福氏村中的溪流素來便是清澈明朗、一望見底的。且如今在帝國醫藥總院的三令五申下，村中出錢出力，修了那化糞池，每家每戶均依著化糞池建起廁所，也不會在那河水之中清洗便桶了，那河水只是洗衣洗菜，應該也不至於太臭。

　　但其轉念又想，這駿馬如此神異，有那高等待遇也是應當的，自己又能以那小門小戶之間去揣想那駿馬呢。

　　不過若論起那棗紅駿馬令牛油感覺奇特之處，除了那飲食之外，倒還有一處。那便是這駿馬竟然還會飲酒，且那駿馬酒量還不小。牛油曾見其某次飲酒時竟然飲完兩桶米酒還神色如常，不由感慨此馬確實神異非常。

但那牛油也禁不住詢問天隼，云那馬既如此矜貴挑剔，若是行軍打仗之時，無那水源食物，又當如何？天隼云這馬既被選為軍中御用馬匹，自有其特異之處。那馬休養時確需全力養護，但其一旦做行軍打仗，便可忍受十天半月不吃不喝之苦。且最重要的便是，自天隼加入靈雷，還未曾碰上能讓其持續作戰超過五日的敵人。這靈雷軍團乃名副其實的戰無不勝、攻無不克之鐵軍。

牛油聽了天隼這一番詳述，對棗紅駿馬更是嚮往。他素喜繪畫，便對著這棗紅駿馬畫了許多圖繪，他一面繪畫一面想著自己總有一日也要加入那靈雷軍團，騎上這般棗紅駿馬，但這個願望卻並不似那「齊月奉」之願，其一生也未曾實現過。

且說這廂牛油自與他天隼日日處在一起之後，對那靈雷軍團之嚮往，當真是一日深過一日。他思前想後，卻始終猶豫不決。一來他確實嚮往御林軍之神勇威風之態，但念及其受訓之嚴格痛苦，又覺自己實在下不了這番狠心。

那牛油打小便是個極有主意的，也頗有決斷，從來未曾在何事上有所猶豫，但此時卻真的為是否要加入靈雷軍團傷透腦筋。其思前想後，始終也拿不定主義。如今他經過山寨之中一番磨礪，也懂事了許多。如今自己思前想後拿不定主意，也可以詢問父母之後再瞧瞧此事是否可行。

一念及此，他便將想要加入靈雷之事告知父母。那村正聽說了倒是喜不自勝，覺得這皇家御林軍的靈雷也不失為一個好去處。但他娘親從天隼口中得知素日訓練十分酷烈，搞不好便有性命之憂，便成日憂心忡忡，說什麼也不允許牛油去那靈雷軍團之中受苦，但願此生都平安無虞地待在這福氏村中才好呢。

正是：

意別父母河梁去，白髮愁看淚眼枯。

慘慘柴門風雪夜，此時有子不如無。

列位看官，你道這牛油究竟走了還是未走，他加入雷靈軍團之願，到底能否實現？欲知後事如何且聽下回分解。

第五十三章

上回且說到這天隼向牛油說起靈雷騎士團所配鎧甲「齊月奉」之功能來歷，並那天馬後代——皇家御林軍所乘坐的棗紅色駿馬之給養方式，方知這駿馬飲水食物均需特供，斷不可粗製濫造、敷衍塞責。但此馬及那齊月奉均為靈雷軍團之特殊配給，自己心中雖然極為羨慕，但自己若是不加入那靈雷軍團，終究是與己無關，只能嘆佩，無法擁有。

且說這牛油為是否加入靈雷軍團一事猶疑不決，始終拿不定主意。思前想後，終於決定問詢父母之意。且說這村正倒是十分支持他的這番決心，倒是那牛油母親，想起家中只有這一個獨苗，堅決不允其加入靈雷之想，只一心盼其留在自己身畔，全鬚全尾、安安穩穩到老才是正事。

牛油這廂在父母處也沒得到個什麼好的建議，不禁更是苦惱。他夜間躺在床上輾轉反側，一時想到那皇家御林軍團威名遠播、聲震四方之榮耀，一時又想起軍中痛苦萬端、酷烈異常之操練現狀，只覺得心煎如沸，完全不知該何去何從。他鎮日都在這番猶豫之中，幾乎便茶飯不思。

且說這日清晨，那福氏村中發生一件異事，促使那牛油最終下定了決心。

列位看官，你道這是何事？說起此事，倒還需要從頭一天夜間講起。原來這日晚上，牛油忽聽村內傳來數聲狗吠，那狗吠雖急，卻也未曾引得他疑心，遂那牛油不過翻了個身，馬上便又睡了過去。翌日天亮，他起身見了那村中異狀，方又驚又怕、當場楞在原處。

閑言休敘。且說這日牛油一早起身，便瞧見那福氏村中村民皆聚在村口。牛油按捺不住好奇，忍不住擠到那人群前瞧了一眼，這不瞧

不知道，一瞧嚇一跳。原來那福氏村村眾指指點點的不是他物，而是幾具死屍。那幾人似是已死了有些時候，屍身皆已僵硬冰冷，目下已被福氏村村眾用黑布蓋了起來。那屍身之畔，另有五六人，正垂頭喪氣地被繩索縛在一旁，牛油定睛瞧了一眼，這幾人身上都掛了彩，也不知是何人所為。他正暗自思忖，一眼瞧見這幾個人身上捆縛的繩索，正如那日捆縛自己的一般模樣，頓時想到此事約莫與天隼有關。

　　列位看官，你道這牛油如此猜測，當真猜對了。這十一人，正是當日皇家御林軍討伐山賊時僥倖逃脫的那批山賊。當日奔下山時，他們手上偷偷留了許多武器，暗忖著等那騎兵離去，自己一行人再來福氏村中劫掠一番，帶著那劫掠財物占山為王，端的是快活似神仙。且說他們依計行事，在山中躲了這許多時日，昨夜終於按捺不住，便在夜色掩映下潛入村中，準備殺那福氏村村眾一個措手不及，待其將那村中財物劫掠一空之後，再將那福氏村一把火燒淨，令這福氏村的村眾嚐嚐他們山賊的毒辣手段，才算是報了當日山寨被破的一箭之仇。

　　且說這廂漏網的山賊們，如意算盤倒是打得砰砰直響，卻不承想這福氏村中如今供了天隼這尊大佛。且說他們不以為意地偷溜進福氏村時，那村眾所養的家犬便已覺知，但其尚未叫喚幾聲便被那山賊用毒箭射殺。那村眾是個老實無經驗的，絲毫不知曉這犬吠緣由，但天隼一向訓練有素，如今聽了那犬吠，心中便覺得有些不對，遂立時起身，披上鎧甲便要出去瞧個究竟。

　　這山賊哪裏料到村中竟還藏了這個殺神，只當自己這一番來福氏村中打野便勢如破竹，如若無人之境一般暢行無阻，不承想居然遇到了那皇家御林軍的騎兵天隼。待那山賊們瞧見全副武裝的天隼時，個個都嚇得面如土色、渾身哆嗦，直如篩糠一般，且舌頭打結，連話也說不清楚。他們當日在山寨之中，可是親眼所見這騎兵攻寨之迅猛疾捷，更是將那騎兵之勢不可擋深深烙在心間。如今本以為這騎兵早已撤走，不提防卻在福氏村中又瞧見一個，焉能不將膽子都嚇破？

　　且說這幾名山賊驟見天隼，眾人面面相覷，也不知如何是好。當

日攻寨之時，他們覺得這騎兵簡直狀如惡鬼，無論劈、砍、掄、殺，均會被其躲開。且他們胯下駿馬神勇異常，尋常人等，無法輕易靠近。待山賊們好不容易將那刀劍欺近，卻無法劈開那騎兵身上鎧甲。豈止是刀劍，他們用石彈、烈火均不能損傷其分毫。偌大一個山寨，十幾名騎兵不到半個時辰便攻破，餘下的眾人不是身故便是被那些騎兵擒獲，唯有他們十幾人趁亂悄悄逃了出來。

如今山賊天隼對峙，那山賊們便先怯懦了七八分。但他們到底都是些亡命之徒，素日打家劫舍、殺人越貨，對其而言也不是難事。驟見天隼，雖是有些害怕，但等待片刻之後，見那天隼孤身一人，自己這廂卻終究有十一人之眾，若是眾人合力，未必不能戰勝這天隼，遂幾人相互瞧了瞧，打定主意一齊向那天隼衝了上去。

列位看官，要論起此事結果，當如牛油早上親眼瞧見的一般了。他此時對天隼獨力戰勝眾山賊十分嘆服。這天隼腿上未癒，竟然如此輕鬆便打敗了這許多山賊。但他想起此節，又覺得十分懊惱，如今他兩次都未瞧見那御林軍神勇克敵之經過，真是平生一大憾事。

這牛油瞧著滿地的山賊屍身及那傷痕累累的山賊，再瞧瞧那被村眾圍在中央的天隼，不由得又是羨慕、又是佩服、又是嫉妒。天隼獨戰這十一名山賊而毫髮無損，且是在他腿骨受傷又被那十一人圍攻之下。牛油望著村眾瞧著天隼的眼神，如凡人見天神一般，既有膜拜又有敬畏，心中頓時五味雜陳，暗忖道，從今日起，自己無論用何辦法，也要加入這皇家御林軍，成為雷靈軍團之中的一員！

正是：

孤勇驅人萬火牛，浪淘風簸自天涯。

欲舒年少不展翅，安近元龍百尺樓。

列位看官，你道這牛油究竟能否有幸加入這皇家御林軍，這皇家御林軍之中又是如何光景？且待下回分解。

第五十四章

　　上回且說到這山寨被攻破當日，因有幾個山賊私逃了出去，遂並未被那皇家御林軍剿滅。這逃出去的數十人等，暗自結成一團，暗地裏商量著待那御林軍團離去之後，再到那福氏村中劫掠一番。豈料這天隼正在福氏村中養傷，這幫賊人前來，卻正遇著這位殺神，便被天隼輕而易舉擒拿了。

　　牛油自見了天隼將那賊人輕鬆擒拿後心中愈發將那皇家御林軍團奉為神明，暗自揣想自己定要加入這御林軍團才罷休。說來也巧，這牛油下定決心未有幾日，天隼腿上的傷亦是大好了，他思忖著在這福氏村中久留不便，便謝絕了眾村眾的盛情挽留，決意辭別那福氏村村眾去追趕自己原先的隊伍。

　　這天隼臨行前，還取出了一本賬本，將自己日下在這福氏村中飲食居住之資一一記在賬本之上。他將此賬與那福氏村村正釐清之後，便欲將自己這段時日所花費用，一概折成銀兩交與村正。那村正死活不收，二人你來我往，推脫甚久，天隼無奈，與那村正言明，將自己養傷的資用交與村正，乃是御林軍團之中的明文規定，若是村正不取，自己回到御林軍團之後將受軍中重責。

　　且說這牛油聽聞天隼欲行，心中不捨，便慌忙前來相送。他見天隼如今正不緊不慢地收拾行頭，並未有焦慮神色，便問他道：「如今你在村中耽擱了一月有餘，焉能追上那御林軍隊？」

　　天隼聽了牛油問得天真，便不以為意地笑一笑，並令牛油不要為他的事情操這番閑心。那牛油一番好意碰了天隼的冷臉，卻也不甚在意。正納罕間，卻見天隼所騎乘的駿馬身體兩側竟「唰」地一聲，徑自生長出雙翅來。牛油打量著這天馬的雙翅，約莫有三米多長，此刻

猛然展開,當真神駿無比。且見那天馬扇動雙翅,地上霎時間便塵烟四起,那天馬卯足勁頭,撲棱一下便騰空飛起,帶著天隼絕塵而去,只餘下在原地目瞪口呆的牛油。

卻說牛油如今見了這會飛的天馬,對那御林軍團之事,更是神往無比。巴不得自己此刻便立時長出雙翅,即刻飛往那臨鎮上參軍報名去。

說來也巧,這天隼離去之前,福氏村附近有一集鎮,鎮上便有一皇家御林軍團之報名點。這報名處正在招募青年才俊,若是牛油有心想要加入御林軍中,這幾日便是報名的佳期。但那天隼並不看好牛油,只與那牛油道:「你雖有此心,但無此能。不過也就是做做夢罷了,我瞧著你便沒有加入我們之能!」牛油聽了天隼這番言語,心中甚不服氣,心道:「他媽的!莫把人瞧扁!他越是這般說,我便越是要加入這御林軍與他瞧瞧!若是將來我加入不了這御林軍團,我這牛油二字便倒著寫!」

且說這天隼前腳剛離去,牛油回頭便收拾了行李細軟,預備往那鄰村報名去。列位看官,說來這牛油倒當真還有幾分氣性。他自見了天隼在福氏村大展神威之後,本打算三日之後才去報名,如今他被天隼一激,又見了飛馬之雄姿神駿之態,此刻便已按捺不住,定要立刻動身前去,方可平復此時悲憤激動之情。那牛油之父聽聞牛油有如此志向,也甚是欣慰,便套了馬車,也不理牛油之母的哭勸,便意欲將兒子送往臨鎮報名。

列位看官,古語云嚴父慈母。這牛油之父倒也並非不擔心兒子。只是他見牛油如今既已下了這般決心,又有一干年輕人同行,心中雖有隱憂,但更多卻是快意。

列位看官,你道這牛油的同行之人又是何人?原來這與牛油同行者,便是當日的「火妖幫」中「二當家」並村中好幾戶人家的少年。

當日他們見了御林軍團與山賊搏鬥之英姿，深深為其精英之態折服，早已在心內萌生了想要加入御林軍團之志向，如今牛油打頭，他們自然也是紛紛響應，於是眾少年與牛油結夥，一行人浩浩蕩蕩往那臨鎮去了。

且說眾人轉眼便到了那報名處。經由那驗審官驗明正身之後，見眾少年都康健敏捷，視力聽力甚佳，便也讚許其進入下一場考驗。且說這場考驗卻是文試，專門考校人的筆墨功夫，那二當家卻並未通過。原來進入軍中雖並不嚴格要求那秀才身份，但卻仍需有極佳的讀寫能力。

那牛油見二當家在座位上抓耳撓腮，顯是對這筆試之事十分為難，他便也為之著急。無奈這招考軍官看管極嚴，加之此時眾考生相距甚遠，牛油有心無力，也只能眼睜睜見他作難。一場筆試下來，牛油本以為這二當家必會落地，不承想這主考官見二當家體格魁梧、力氣深厚，竟還是破格將其錄取了。

這牛油經過這一番初試，便算是正式加入了軍隊。他在軍中訓練了三年，與其同行之人紛紛敗北，唯有這牛油與二當家二人留了下來。且說這其他人為何未能堅持熬過這軍中訓練，究其根本，也是因為當日對那御林軍團之崇拜之情太過短暫。

且當今天子有明文規定，若能參加這皇家的御林軍，在全國各地行事會方便許多。有了軍人身份，在商鋪之中購物都可打三折。他們瞧見了這番好處，自然便想去軍中混個一官半職。但那軍中之痛苦，非有大意志力之人無法忍受，遂這些人在軍中待不過十幾天，一個個便偷偷逃回家去。幸而這一月只不過是考驗期，便是逃回家中也不會被安上罪名。但過了這一個月仍然留在軍中之人，便已算是正式士兵，絕不可再隨意逃跑，否則便會被視作逃兵，受那軍法審理。

且說這牛油因懷著一番嚮往，在軍中熬過了重重考驗，與那二當

家表現得甚為出色，終於如願以償地得到那上級軍官推薦，進入御林總軍營受訓。此時已過去三年有餘，這牛油在軍中受訓三年，自忖也學到不少本領，如今考核期到了，他便嚴正以待，隨時應戰。

正是：

男兒事在殺鬥場，膽似熊羆目如狼。

生若為男即殺人，不教男軀裹女心。

男兒從來不恤身，縱死敵手笑相承。

仇場戰場一百處，處處願與野草青。

列位看官，究竟這牛油是否能通過這最終一番考驗，順利加入這御林軍團？這御林軍團的考驗之中，又有何內容？欲知後事如何，且聽下回分解。

第五十五章

上回且說到那天隼傷好之後，辭別福氏村眾人而去，並將自己在福氏村養傷所費銀錢，一一還與那福氏村村正，並告知牛油如今臨鎮那皇家御林軍團正在招兵買馬，若牛油有心要加入御林軍團，便可去臨鎮報名一試。牛油見天隼離去時所乘飛馬，對那皇家御林軍團的種種事體，更是佩服得五體投地，哪裏還有耐心再等。

當即不用天隼激他，便要連夜趕去臨鎮報名，更何況天隼一激，云那牛油無甚希望，那牛油被他激起了一番憤慨，發誓更要出人頭地，若是不能當上那皇家御林軍中一員，便誓不為人。

如是那牛油便收拾行裝，並那原來「火妖幫」之中的二當家，及福氏村中幾個少年，一起到臨鎮報名，那牛油與二當家乃實心實意要做皇家御林軍，因此比之其他人，更下了一番苦功，通過皇軍團的重重考驗，便要去參加加入皇家御林軍之考核。

且說轉眼便是考核之日，牛油與「二當家」及另外來自不同訓練營之數十人，騎著普通的戰馬一起進了那考核場地。此時牛油方明瞭，只有正式成為御林軍中一員，才可騎那天馬。說話間幾人皆已進場，那幾人甫一進場，便被一名相貌醜陋之老軍官帶進了一個城郊鐘乳石窟之中。牛油見這老軍官騎的亦是天馬，只是相較於當日天隼他們所騎之戰馬要年邁許多，看起來老態龍鍾，並無多少神駿。

牛油隨那老軍官進了山洞，見洞中點了許多火把，倒不甚暗。但山洞之中雖然視物清晰，但那火光卻無法驅散洞中四處瀰漫的霧氣。且那洞中寒氣逼人，處處傳來奇怪響動，森冷之氣，撲面而來。

列位看官，你道這洞中雖有不妥之處，但牛油等人，早已今非昔比。他如今受了御林軍規訓，這洞中的奇詭之處，對牛油而言當不

得什麼。且聽牛油對那二當家道：「未來考核之前，對那考核一事，看得比天還大，如今見了，也不過如是。不知他們將我們帶到此處何為？是要試煉我們膽量，那便也太過無聊了。」牛油見這考核場地不過如是，心中對考核一事，便也看輕了幾分。他如今想著這試煉已當不得事，便已在心中憧憬穿上夢寐以求的「齊月奉」之景，加之自己很快便可騎上一直仰慕之天馬，心中遂十分興奮。

那帶路之老軍官顯是也聽見了牛油所言，但他並未答話，只是將眾人繼續領了前行。眾人行了一陣，至一個大山洞之中，牛油見此洞高達十幾米，洞中十分寬闊，直如一座地下宮殿一般，兼有一條河從洞中穿出，叮咚作響。那洞中地面遍布石床，瞧著既似人工鑿出，又似天然成型。牛油見地面上瀰漫著紫色濃霧，那濃霧甚深，約莫至人的小腿肚處。

牛油低頭，見自己未能透過這重濃霧見到自己的雙足，便知這不是一般的烟霧。且說眾人至此，洞中火把已熄滅，不似之前那般燈火通明，幸而紫色濃霧一直散發著淡淡光芒，稍可見到眾人影子。牛油見此處十分黯淡，霧色之中只能看到眾人身影，便打起了幾分精神。幸而此前他們在軍中早已受過黑夜作戰的訓練，如今視力經由非凡鍛煉，平衡力及腳手感覺上均異常敏銳，否則早會被那半人多高的石床和地上無法瞧見的石塊絆倒了。

且說這石床中間倒是有一座牛油從未見過的人理石屏風。那屏風較一般家用之物要大上許多，目測約三人多高、十米多寬。牛油行至那屏風前，伸手略摸一摸，感覺到這大理石屏風竟比人的皮膚還更光滑些。

一行考核人員之中有未見過如此大屏風者，紛紛走上前去撫摸觀看。牛油只聽人群之中有人道：「哇，這般渾然天成的大理石屏風，看起來竟比我家整個宅院還要更值錢些。」

　　且說眾人只注意了這屏風，卻未見離這屏風不遠處，另有一口大銅鍋並幾個水桶，那桶邊還有好幾摞瓷碗，瞧著又髒又舊，眾人的目光均被這屏風吸引，目中未見其他物事，便是有人瞧見了，也是渾不在意。

　　閑言休敘。這眾人品評屏風之時，那兩名老軍官叫了幾聲，把眾人喊開了。且聽那老軍人令前來考核的士兵各自找一張石床躺下，那進入皇家御林軍團之中的考核便要開始了。

　　眾人聽他報出考核開始之語，頓時醒悟過來，紛紛找那石床躺了下來。因那前來考核之人來自各個軍團，互相之間也不大認得，便各自躺下，唯有那牛油與二當家之間卻是相熟的，便尋了一個挨在一處的石床躺了下來。

　　且說這兩人躺倒之處，卻是離那大理石屏風甚近。牛油瞧那兩名老軍官將大理石屏風下方的那口大銅鍋之中注滿了水，牛油見他們注水甚為吃力，便招呼那二當家前來幫忙。原來這牛油雖然在軍中磨礪幾年，但本性未改，見那兩名老軍官注水甚為吃力，便欲招呼那二當家起來幫忙，暗忖著若是討好那考官能否再考核之中加分，遂連忙起身幫忙。不承想這老軍官竟然絲毫不領情，反倒罵著髒話粗暴地拒絕了牛油的請求，直將他與那二當家趕開。

　　牛油熱臉貼了冷屁股，也不敢再提議。且見那老軍官用手在銅鍋下虛指一下，那銅鍋下便「騰」地一聲，憑空起了一把火來。那牛油見他們如此神異，心中更開心了些，暗想自己進入這皇家御林軍團之後，莫不還能學到些法術。他見了那老軍官露了這一手，也收起了自己的小覷之心，雖然極想詢問這老軍官是如何做到這些的，但因著剛才自己想幫忙卻遭拒之事，令他覺知這兩名考官脾氣都不甚好，自己如今多了這一嘴，怕是更惹他們不高興了。

　　正是：

千錘萬鑿出深山，烈火焚燒若等閑。

當風勁草根基固，經霜焦竹聲更高。

列位看官，你道這牛油與這二當家究竟能否通過這皇家御林軍團之考核？這銅鍋如今燒將起來，未來又有何用處？欲知後事如何，且聽下回分解。

第五十六章

　　上回且說到那牛油自報名之後，在軍中刻苦訓練，不覺已是三年。這日終到了考核之日，那牛油與當日的二當家一起去參加考核試煉。且說二人隨著兩名老軍官進了一個滿是紫色霧氣的石洞，牛油見那紫霧甚濃，直沒到人的小腿處，不遠處並有許多石床，且那洞中有一個碩大無朋的大理石屏風，旁邊還放置了一口銅鍋，也不知作何之用。

　　且說牛油見那老軍官正往那銅鍋之中注水，也不知注水有何用處，那滑頭的性兒又冒了出來，招呼二當家，想要去與那兩名老軍官幫忙，卻被其厲聲喝止。這牛油馬屁拍在馬蹄上，但考核在即，也不敢多言，只得按那老軍官之要求，依舊回到那石床上躺好。

　　這水燒得倒是極快，不一會功夫便已然沸騰。牛油見那兩位老軍官從懷中掏出兩個藥袋，從那藥袋之中取了許多藥材扔進水中。牛油側耳傾聽，只見那兩名老軍官一面動作，一面卻在談著話。只聽其中一人低聲道：「唉！如今這年輕人倒是越活越退步了，你看今日試煉，總共也未來幾人，想當年這洞中所有的石床躺得滿滿當當，處處都是人呢。你可還記得，當日試煉之日，這石床有幾次還不大夠用，還將那前來試煉者分作兩撥，並派了十多個人來襄助我們發藥，如今你瞧，這考核者稀稀拉拉，倒真是世風日下了……」

　　且聽另一個人又道：「如今和平之日，這參軍者也少了。哼，就這麼些人，還是放低了那考核標準，才令他們通過的。你且看看，這些人一副蠢相，鬆鬆垮垮，焉能比得上我們當日的一根腳趾？」

　　那牛油躺在離那銅鍋最近的石床上，這兩人的言語明明白白地落入耳中。他聽那兩人言語之中不乏譏諷嘲笑，不由得怒從心氣，但此時卻也由不得自己發作。只得暗自發誓一會定要以高分通過這考核試

煉，免得這兩人將自己瞧扁了。且說這牛油心中作此之想，一轉頭，見那二當家額上青筋暴露，顯是比自己怒意更甚，似是馬上便要發作。

牛油用眼神示意其忍耐，如今正是考核時分，若是發作起來，便要前功盡棄了。他二人能否加入那御林軍便在此一舉，那兩名老軍官便可決定他們生死，萬不可得罪了。且說這牛油聽此二人越說越不成話，只得放聲咳嗽一聲，提醒此二人不要視眾人為無物。

這牛油咳嗽了一聲之後，緊接著便聽那山洞之中咳嗽之聲此起彼伏，約莫是眾人聽見了這兩人言語，均用那咳嗽聲掩飾彼時心中的不滿之意。那老軍官聽這洞中不時傳來咳嗽聲，卻似未有知覺一般，口中仍然談論不絕，似是一點住口的意思也未曾有過。

眾人只得繼續忍耐這兩人的編排責難，好容易待到那銅鍋之中的藥熬好，只見那兩名老軍官將藥倒入碗中，分給那躺在石床上的士兵一人一碗。著他們喝下去，然後再在那石床上躺好。

且說這牛油見這兩名老軍官將藥水分給眾人，不由得心生疑竇。且說他們在御林軍的新兵訓練營時，管教極嚴，素來不允許與任何正式的御林軍官接觸，以防他們與那御林軍之人距離過近，向其打探考核內容。遂那牛油等人，素日皆是蒙頭訓練，想要向那軍官諮詢一絲考核內容都不成。大半時間內，眾人要是說起那進入皇家御林軍考核之事，多半便只能自猜。素日裏，這些待考核者對那考核內容眾說紛紜，如何說的人皆有。但那牛油聽了各種考核猜測，卻無論如何也想不到，那所謂的皇家御林軍考核，便是跑到這個奇怪的山洞之中，臥在冰涼的石床上飲那藥水而已。

閑言休敘。且說這牛油做此之想，那洞中其他試煉之人，也作如此之想。牛油不用特意支著耳朵，便能聽見身畔有人問那考官道，如今躺在這石床上飲藥是為哪般。那兩名老軍官聽了眾人言語，似是十分不耐，非但不解釋，反倒喝罵道：「統統給老子閉嘴！別如蠢娘們

那般多言多語，哪有那麼多問題，不想喝的，趕緊給老子滾回去！」

　　眾人聽那老軍官發怒，怕他們將自己真的趕了出去，也不敢再多問什麼，只是慌忙不迭地端著碗將藥一飲而盡。

　　且說這廂牛油也將那藥飲下，不由得被苦得直皺眉。這藥的滋味令他憶起這當日在福氏村時，他將那村正老爹為了醫治虛火熾盛之症的湯藥偷飲了一大口，且那中藥之中還有一味黃連，此後那苦味在他口中停留了一整夜，他覺得便是吃了幾口蜜，也不能趕走口中那苦辣之味。但他如今飲下這碗藥之後，他竟覺得當日那碗加了黃連的苦藥，直趕上甘蔗水了。

　　列位看官，你道牛油如今飲的碗藥，到底是何滋味？如今這碗藥，飲起來非但苦得要命，且那藥中，竟然還有一股腥臊之味。牛油閉眼將那藥一飲而盡，也不去瞧別人，此時他人是何模樣，他也未可知，只道自己是用盡全身之力，才克制住自己未能將那藥汁一口吐出來。

　　列位看官，此刻且按下此事不表。如今從那試煉以後，不知又過了多少年月，每每待那姚丞坤憶起那日情境，自己也記不大清楚，恍然若夢。他如今已是一個傷痕累累的戰士，歷經了數十場足以載入史冊之大戰，每一場皆足以流傳千年。他在這般數十場慘絕人寰的戰鬥之中，一次次從那屍山之中爬了出來。

　　此後每每他閉眼之時，便只能見到噴湧而出的鮮血，那諸般參戰者慘絕人寰的叫聲，亦在耳邊縈繞，久久未曾散去。

　　正是：

南北驅馳報主情，江花邊月笑平生。

一年三百六十日，多是橫戈馬上行。

　　列位看官，你道是這牛油在御林軍團之中是如何光景，他究竟又經歷了怎樣一番惡戰？欲知後事如何，且聽下回分解。

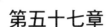

第五十七章

　　上回且說到牛油在試煉場，聽那兩名老軍官言語之中頗不客氣，不由得怒氣漸生，心緒難寧。他聽見兩人越說越不成話，便輕聲咳嗽一聲，提醒那兩名軍官注意措辭。且說這石床之中試煉之人，說少不少，說多倒也不多，如今躺在那石床上的試煉之人，一多半倒聽見那兩名老軍官的言語，不由得紛紛咳嗽提醒，皆是敢怒不敢言。一時間只聽見那石洞之內咳嗽之聲此起彼伏。那兩名老軍官卻是充耳不聞，不論眾人如何提示，仍是在自顧自地談話。

　　且說這兩人邊談便煮那藥水，待那藥水煮沸之後，將其倒入碗內，與眾人分而飲盡。且說這牛油躺在那石床上，飲完那藥水之後，只覺得奇苦無比，與那藥水相比，黃連都能算得上是蜜糖了。

　　列位看官，閑言休敘。這牛油日後參加過數十場足以載入史冊之戰，每一場都殺了無數敵人。待那牛油——姚丞坤閉上雙眼，便能瞧見那些刀下亡魂。如今這些人在他刀下喪命時，盡是扭曲著臉。那牛油征戰時，他眼中的世界便是以人頭為節點區分。每每斬殺一個人頭，他便以斷頭為數。那斷頭脖子下的血水如注，漸漸滲出，蜿蜒遍地，直至集結成為一張大網。那些逝者的雙眼皆是冷冷的、楞楞地盯著那牛油，在他眨眼的瞬間，便恍若又瞧見了覷著自己的冷眼似的。

　　且說這牛油姚丞坤初時也十分不適，便想方設法忘記這些戰場上的死者，為此其險些瘋掉。但後來他也就漸漸習慣了這些亡魂的頭顱在自己眼前晃過，甚至每次那些亡魂頭顱再晃過自己的眼簾時，他甚至還會對其大吐口水，示威道：「如何？你便是再怎麼晃盪如今也是個死人罷了！我就是有能耐將你滅掉，你又能耐我何？」

　　那牛油漸漸習慣了這般情境之後，甚至還會與其中幾個稍微順眼

的亡魂頭顱慢慢熟稔起來，偶爾他心血來潮，也樂得捉弄那些亡魂道：「唉喲嘿，今日氣色瞧著不錯。你眼睛瞪了這麼些時候，可不覺著累？不怕把眼珠子瞪掉？」

但那亡魂頭顱似乎也鍥而不捨地追著他，不論他是插科打諢還是威逼利誘，那亡魂頭顱也不肯消失去。久而久之，牛油姚丞坤便也習慣了這亡魂頭顱的存在，自也是懶得再為其費心，畢竟逝者已矣，自己眼下，尚有更多重要的事要去完成。

閑言休敘。且說這次御林軍又接聖旨，奉命要去剿滅一群為禍地方的妖魔鬼怪。但那姚丞坤隨軍行走時，走到一半卻遇上一場大霧，與那大隊人馬失散了。姚丞坤受了這幾年的訓練，早已與當初的牛油不同，如今便是只有他一人存活，也不能墮了皇家御林軍的威名，一樣須得完成任務。那「靈雷」守則的重中之重，便是絕不會臨陣退縮。

且說這姚丞坤行了不多久，便遇上了御林軍中的另外十一人，這十一人也因濃霧與大隊人馬失散，眾人一合計，便攏在一處，編了一個臨時的小隊，便可一起行事。

列位看官，說來也巧，這姚丞坤加入隊伍之後，這才瞧見自己舊日的小夥伴「二當家」亦在其隊列之中。算起來二人已有許久未見，但如今兩人皆是歷盡滄桑，心緒早和當日有所不同，如今見了，也不過略點點頭，以當下「靈雷」要辦之事為要，其餘事體，待兩人得空再說。且見面寒暄那些無用之語，實屬那有錢有閑、無事生非的三姑六婆之奢侈，斷不能發生在他們這些皇家御林軍身上。

且說眾人行了不久，便在途中遭遇到敵人。姚丞坤等一行十二人以迅雷不及掩耳之勢結為長陣，首尾呼應，迅捷無比。這其中的種種默契，自不必說，眾人心中便自然明瞭。諸如何時該進攻、何時該防守、何時該撤下、何時又該由其他人補上，時機把握得極為準確。

列位看官，提及此處，倒容我插一言。且說這皇家御林軍團之中

的規矩，從前文至此，可見一斑。這軍團眾人，斷不如其他普通軍隊之中那般婦人之仁，總需要跟隨諸如「親密戰友」、「老鄉」及「班長隊長」之人，方能發揮出那有限戰力。這「靈雷」之人，個個皆為精英，人人均可獨當一面、以一敵百。且因為素日訓練得當，即便那沒見過面的士兵，組合在一處，也會戰力倍增，絲毫不會因為之前是否識得而影響到其相互配合之處。

話說這妖魔鬼怪組成之軍團，實力亦是不容小覷。如今在他們宛如名曲般行雲流水之節律下，竟不消片刻功夫便已潰不成軍、節節敗退。只見那一隊士兵一路勢如破竹，如入無人之境。不多時，便已攻入了那妖魔的大本營之中。

且說這靈雷軍團諸般士兵，其日常受訓時，均遵從對壞人格殺勿論之原則，下手絕不容輕。無條件服從之信條，早已深入骨髓。這軍中諸人執行其任務時，從未覺得有何可質疑之處，那魔兵無論老弱傷殘、婦孺孩童，凡是眼所見之處，皆是手起刀落，下手毫不留情。

且說如今這姚丞坤眼見已衝到一名雌性魔怪面前，見這雌性魔怪卻呆呆傻傻地伏在原地，絲毫未曾躲閃，只是護著自己年幼的魔仔，一臉驚恐憤恨地望著他，不由得也是一愣。「夠了。」

這兩個字突然自他心中冒出，令他自己也嚇了一跳。如今的這般情形，他在此前的戰場也遇到過數次，但其仍是本能地舉刀，將那長刀揮落。但如今他卻實是不想再下刀，他雖有此機會，但卻實不想晃在自己眼前的「亡魂屍臉」的群臉之中，再更多添哪怕一張臉龐了。

正是：

幡旗如鳥翼，甲冑似魚鱗。

寸心明白日，千里暗黃塵。

列位看官，你道是這姚丞坤究竟有沒有下刀，這雌魔與其幼崽的命運又若何？若其不下，又如何面對其「靈雷」身份？欲知後事如何，且聽下回分解。

第五十八章

　　上回且說到這姚丞坤在皇家御林軍團之中的日常事務等事。這姚丞坤自入了這皇家御林軍團之後，日日便是與那軍團眾將四處征戰。初時殺人，其心理負擔頗重，且那亡魂心有不甘之處，自然帶著一股怨氣，日日跟在他身畔。

　　遂那姚丞坤每一閉眼，便能瞧見這冤魂在身畔追魂索命，各種叫屈驚嚇不絕。久而久之，他見那冤魂也並未如何，便也逐漸習慣了在戰場上砍下的人頭與自己同行之態，不再惶惶不可終日，反倒時而與那亡魂頭顱賭氣使咒，時而與其反唇相譏，一派死豬不懼開水燙之態勢。

　　列位看官，你道這姚丞坤不懼歸不懼，但其心中卻自有一番日積月累的不暢快之處。他在皇家御林軍中，凡那軍中命令，其無不遵循，手起刀落之處，絕不含糊。但如此這般久了，也漸漸生出疑竇來——自家每每與那妖魔鬼怪接觸時，見那鬼怪之中，亦有父母倫常、老弱病殘，遂他此番與軍團出動，見了一雌性魔怪，便怔在原地不知該如何是好。雖是想要將其斬殺，但見了那母子至情，手中的刀便落不下去了。

　　他甫一起心動念，這番念頭便如同壓彎駱駝背的最後一根稻草一般，而此時見了這魔怪母子，便是在那稻草上再添兩根。

　　姚丞坤思忖了片刻，終是猶豫著對那魔怪母子揮了揮手，示意其趁著其他人尚未瞧見時趕緊離去，斷不要在此逗留了。

　　這兩名妖怪見皇家御林軍團中竟有高抬貴手之人，亦是被嚇得呆了。慌忙連滾帶爬地站起身跑開。卻說這兩名魔怪剛站起身，卻見一支長箭破空而來直奔那小魔怪後心而去。姚丞坤心念一動，眼疾手快，

當即揚手揮劍將那支羽箭砍成兩截。那羽箭被其一阻，便斷為兩截落在地上。

且說那射箭之人見自己一箭落空，又見姚丞坤動作，知是其從中阻礙，便對其冷冷道：「你若是殺怪累了，可退到一旁休息去，休要在此妨礙我。這其餘的魔怪，留待我來動手。」

姚丞坤聽他如是說，心頭一緊，轉眼見那魔怪母子並未受傷，卻又鬆了一口氣，竟第一次覺得自己身體迅捷更勝大腦之思考程度。

說到此處，卻有那「靈雷」訓練之法則處。這姚丞坤素日在靈雷軍團訓練之時，日日都被訓導，不論何種情景，斷不可令那低級本能支配之「肉」阻礙「靈」之廣闊視角。這番訓導，自其加入御林軍團之後，那教官便時時對所有新兵耳提面命，絕不可因情廢理。而如今他卻擋在隊友與那妖怪面前，將那訓言違背得一乾二淨。

且說這姚丞坤聽了此人的一番話，其「靈」之中，便已思忖到自己這番作為大約是愚蠢至極的。自己如今做出了這番行為，在諸隊友眼中，定然會覺得自己這番動乃是背叛了軍訓，按律當斬。而如今他見了那魔怪母子的情境，雙腳便如同粘在地上一般，始終也無法挪開半步。

那射箭之人見姚丞坤死死擋在自己面前，未有任何走開的意思，心中雖然納罕，但卻並未猶豫，只是抽出寶劍向他走來。二人對峙這片刻，周圍冷眼旁觀者觀著不對，看了這半日，約莫明白了事體的大致經過，便也抽出寶劍，緩緩向姚丞坤走了過來。

姚丞坤掃了一眼圍攻自己之人，心中暗自慶幸那二當家不在其列。原來諸人攻入這魔怪大本營之時，安排了那二當家在門外放哨，提防那魔怪援軍前來，若是那二當家在此，見自己被圍攻，定會站在自己身邊共同禦敵，如此自己定然是不情願的，倒因為自己動心起念，把那二當家也拖入泥潭之中了。

　　如此甚好，不牽連他，只是自己一人之事。姚丞坤如是想，心中便安了些。

　　他見眾人提劍步步緊逼、表情嚴肅，竟有些啞然失笑。他與諸人朝夕相對，大體也知其路數。但如今他卻也不想反抗，只是偷偷瞧了一眼自己身後，眼見那魔怪母子俱已逃遠，短時間之內眾人是追不上了，便暗暗希冀其能躲過那御林軍團之追捕。

　　這般心願已達成，姚丞坤忍不住在心中微微一嘆，自己太累，便是在此結束也未嘗不好。

　　他想到自己曾有過幾番在生死邊緣掙扎之歷程，其在戰鬥之中，距那死神亦只有一步之遙，見敵人刀劍砍來，只覺得全身酥軟，雙腿一時間一步也挪不動，全身的每一塊肌肉都如那被麵湯泡軟的麵餅一般，動彈不得。

　　極度恐懼處，他只覺大腦之中一片空白，口中猛然便充斥了一股鹹苦氣味，胃裏亦是湧動著陣陣腥氣，此外的一切事務便都已毫無記憶，便是連思考也停滯不前了。幸而素日訓練如今已然成為身體之本能，那身體動作竟直接跳過大腦思索，這才撿回了一條性命。

　　而今他卻在那清醒狀態下，主動前來受死。他能想像到這每一刀是如何刺穿鎧甲，又是如何插入身體之要害器官，甚至他覺知那心臟被刀尖穿插之後，仍不服輸地頑強跳動數下之態。又能想像那血是如何一道道從傷口噴射而出。如今這般聲響，倒是讓他回憶起自家屠宰牛羊之場景，此時他方才憶起自己小時候最害怕的，竟然是殺豬一事。

　　那姚丞坤打定主意赴死，便也未曾反抗，只是站在原地等待。且見刀光閃過，他最後瞧見的卻是那些人錯愕困惑表情神態，約是眾人意想不到，這姚丞坤竟絲毫未曾抵抗，只是站在原地等死而已。

　　姚丞坤見了眾人錯愕驚詫，自己卻也有了一股莫名的興奮之意，自己如今捉弄了他們一番，總算是令這些腦中裝滿紀律命令、絲毫不

懂得變通的笨蛋們稍稍理解了何謂幽默。

　　且說這姚丞坤閉眼在原地等待諸人手起刀落時，心底卻騰起一個念頭：也不知自己是否還有機會能回家鄉瞧瞧呢⋯⋯

　　正是：

山下旌旗在望，山頭鼓角相聞。

早已森嚴壁壘，更加視死如歸。

　　列位看官，你道是這姚丞坤到底能否逃脫此劫，究竟他又是如何逃脫此劫？欲知後事如何，且聽下回分解。

第五十九章

上回且說到牛油因放走了那魔怪母子，在原地等待那大刀落下。正悵惘思忖此事該如何了結時，卻猛然間聽見一聲暴喝，他心中一動，倏然睜開雙眼，眼前的魔怪母子及其同僚俱已消失不見。這牛油此時自己亦是大汗淋漓，雙眼之中布滿血絲，猛然從那石床上驚坐而起，大聲喘氣，如同剛被救上岸的溺水者一般。

他這才驚覺自己適才所歷一切，不過是一場夢罷了，自己如今大汗淋漓，渾身早已被冷汗沁透，便如同剛被救上岸的溺水者一般，只覺得自家的經歷甚是可怖，至於具體經歷了何事，倒是全然想不起來。

且說這牛油起身不久，見其他來參加考核之人也陸續從石床上爬起身來，牛油側目觀察，見眾人面上都是同樣的茫然神色，約是也不知剛才發生了何事，遂明瞭這不過是考核之中的一環罷了。遂其心下稍安，便端坐在石床上待那兩名老軍官下一次的命令。

這兩名老軍官見眾人依次起身，便命他們集合在一處，站成一排。牛油見眾人集合，便也跟了上去，卻聽這兩名老頭單點他出來，用遺憾的語氣對牛油道：「實在抱歉，此番考核你並未通過。少年人，你心地倒善良，但這般仁慈，卻實在並非參軍的優選良才，遂只能請你離開了。」

眾人見牛油第一個便被淘汰，霎時間數道遺憾的目光落於他身上。牛油見眾人對自己的遭遇頗為同情，頓時心下茫然，也不知是何緣故。他如今能前來參加此番試煉考核，殊為不易。如今他們這十二個人，皆是從御林軍新兵訓練營之中千挑萬選而來的，標準極為嚴苛，加之苦熬了數年，方得了這次機會，如今匆匆了結，確屬憾事。

如今這牛油雖未多言，心下卻也覺得十分迷惑。他這般想著，便

止不住落下淚來。那兩名老軍官亦是對其抱以同情，但卻並未尋思。遂那牛油雖是十分委屈，卻暗自揣度這自己被淘汰一事，其中必然大有緣故。雖自己並不記得夢中情境，但那皇家御林軍之考核素來公正，遂他心下對那兩名考核的軍官並未有什麼怨懟之情。

他如今經過這三四年的磨礪，對自己強在何處、弱在何處也大致明瞭，遂雖然心有不甘，但仍是平靜接受了這兩名老頭勸誡，亦接受了自己不適合上戰場之事實。

列位看官，說到此處，容我插一言。且說此事，當落在那兩名老軍官與他們的湯藥之中。那老軍官此前讓他們飲下去的湯藥，的確會令眾人昏睡，但同時亦會令其進入到一場幻夢之中。

這幻夢的情境，則是那考官們事先安排好的。他們在熬製那藥水之時，便已通過法術，將那考核的夢境灌注其中，其目的便是測試這些士兵在場上的具體表現如何。而這些士兵之表現，通過這大石屏，這兩名老軍官便可瞧得一清二楚。

如今這士兵醒來，他們將士兵在夢中經歷的夢幻抹去，便是為了保護這些士兵，令其忘卻那夢中殘酷廝殺之景，方能獲得心靈之平靜。但他們出此下策，亦同樣是為了知曉那些兵士實力，遂考官們素日安排下的考核情節，多是極端場景，若是參加考試的兵士記住了那考核之中的情境，夢中的情境深深印刻在腦海之中，怕是日後都沒法正常過活了。

閑言休敘。且說這廂牛油收拾好行李，拜別了幾個熟人之後，便告別軍營，踏上了回家之行程。如今他心中雖然不捨，但卻也算平靜。那兩名老軍官事後亦是簡略地告知其在夢幻之中的行事表現，牛油聽罷，覺得自己果真如這般仁慈，不當兵倒還是一件好事了。他這般想著，心中便寬慰了許多，也未覺得不當兵有甚不妥之處，只是收拾行裝歸家而去。

　　且說這二當家一路跟著牛油，亦收拾行裝要同牛油一道回福氏村。牛油見二當家已通過這御林軍之考核，心中不忍，勒令二當家在軍中好好待著。豈料這二當家也是個死心眼的。聽聞牛油如今未曾通過考核，便也不願再加入那御林軍之中了。只想與牛油共進退。

　　那牛油不忍因為自己之事廢了這二當家的前程，便強行勒令其在軍中好好歷練，斷不可因私廢公。那牛油勸了數次，甚至還為此與他打了一場，二人為此打得頭破血流，便連胳膊也打折了，那二當家還是決意要跟著牛油回老家，那牛油聽了，也自不管他，如今他愛回便回、愛跟便跟，他也無甚更好的勸解之法了。

　　且說這兩人在回家途中，那二當家詢問其今後有何打算。提及此事，牛油心中倒是頗有主意，他在軍中時，便已收到了家中老爹來信。他從信中得知，如今村中來了一名仙女，那仙女與村中的牛小青在一處，那牛小青頗為老實，不懂得經營之道。列位看官，你道這牛油是個生有異象的，向來最是機靈，他如今看了老爹來信，思忖的倒不是仙女為何要與一個凡人生活在一處，而是那仙女竟然為福氏村之中帶來天蠶一事。如今用這天蠶所吐之絲，織出來的綢緞異常順滑，質量奇佳。村民若是用這等綢緞做衣服，既貼身又舒適。

　　若真要跳出什麼不妥帖之處來，大約是這綢緞所織就的衣物太過華貴，如今這福氏村人穿了這般好衣服，便沒辦法如以往那樣幹活了。遂他們多半時間都是將那絲綢衣服壓在箱底，只在逢年過節時方拿出來穿穿。牛油見老爹在信中如是寫，心思便開始活泛起來。

　　端的是：

不衒聰明時俗清，盡使人人懷忠義。

無為之道隨時化，無為之道隨時理。

　　列位看官，你道這牛油見信之後，究竟起了什麼心思，又待如何做法？欲知後事如何，且聽下回分解。

第六十章

　　書接上回。上回且說到這牛油自考核失利之後，便開始思忖回鄉作何營生之事。正巧此時收到老爹來信，這牛油見信中寫到如今福氏村中來了一名為牛小青之人，且那牛小青之妻，竟然是王母座下的仙女，遂十分心動。他倒不是對那女人有何想法，而是如今聽聞這仙女竟自仙宮帶來仙蠶，那仙蠶吐出的仙絲，可製五彩絲綢，遂在心中思忖如何去做這番生意。

　　且說這牛油天生便是個頭腦靈活的。這仙蠶一事，他瞧見的卻是巨大的商機。如今他所在的御林軍新兵訓練營倒是離京都不甚遠，雖說訓練時素來被關在屋內，但每月兩日休假時間，他卻常常在城中閑逛。這牛油向來是個心思活泛的，如今見了城中人一應吃穿用度，心下便對其生活作派有了大致瞭解。

　　如今老爹來信說這村中的仙蠶吐絲所織就的綢緞，貼身柔滑，便是城中最好的綢緞質量也難以望其項背，當下心中便有一番計較：若是自家能將這綢緞販賣到京中，還不賺得盆滿鉢滿？

　　這牛油一念既起，說做便做。當下一到家便立時與那仙女見面。他此前對老爹在信中的描述尚有不信之處，如今見了仙女親紡的綢緞，早已心悅誠服。他略一鑒別，便知道京中最好的綢緞與之相比，也不過爾爾，遂心下大喜。立時跪地央求，期冀那仙女能多拿一些天蠶出來，且一旦能將這紡織之術交與那福氏村村眾，便能源源不斷地批量產出這般絲綢，豈不美哉？

　　那牛油本擬說服仙女還要費一番功夫，豈料這仙女並未如何思忖便毫不猶豫地答應了牛油的請求，倒讓牛油十分意外。這牛油是個能幹的，說幹邊幹，當即便將那福氏村的村眾攏在一處，告知他們自己

即將在村中建一所綢緞莊子，專職生產綢緞，然後將那綢緞賣與各大城市之中的富戶，將來若是有得賺，也少不了村中眾人的好處。

且說這牛油謀劃了此事之後，為了照拂老爹的面子，些須讓他面上顯得好看些，表面上便令其做那綢緞廠總理事之人。事實上他那村正老爹雖是村正，但於經營之道，一竅不通。那綢緞廠日常決策事宜，並那生意往來、經營之道，皆由牛油一手把控，他老爹也樂得做個逍遙閑人，每日只到那綢緞莊上看顧看顧即可。

閑言休敘。說回這牛油綢緞莊之起由，起先也有那仙女一份。那牛油思忖這仙蠶繰絲之術乃仙女自天家帶來，遂也對那仙女有一些感激之意。他將那綢緞進項分為幾份，那仙女獨占一大份。豈料後來這仙女因樂不思蜀，引得牛小青遊玩太甚，被那王母下界召回，獨留了一個牛小青在那福氏村中。

這牛油見牛小青也不通曉經濟之道，兼老實巴交，遂此前與那仙女之約，卻不在牛小青處踐行。那牛小青也不知曉這其中的門門道道，遂兩下也相安無事。只是那牛小青因不理稼穡之事，導致自家生活每況愈下。此乃後話，此時不表。

列位看官，你道這仙女雖美，但牛油對仙女倒沒動甚心思。他心中認定凡人絕不可玷污天仙，那天仙既是九天上的神靈，又豈是你一個小小的肉體凡胎可染指玷污的？遂他見那牛小青將仙女娶了，心中對其憤恨無比，覺得這牛小青直是褻瀆神明，遂其素來便不喜那牛小青。而後那牛小青進了綢緞廠做工，便是那老村正數次出面求情，他方勉為其難地應了。

此後那仙女離去，牛小青失踪。此事傳入那牛油耳中，他聽了也無甚表示，心下卻覺得如牛小青這般無用之人，失踪便失踪，也無甚可大驚小怪之處。

且說這牛小青被灰牛大仙駄上天庭之時，這牛油竟與御林軍派出

的一名代表在談那絲綢買辦生意。當日天隼在福氏村中養傷之時，曾說與那牛油聽過，「齊月奉」上身時，雖甚是妥帖，但唯有那襠下總不甚舒適。他將這句話記掛在心中後，便靈機一動，命那綢緞莊眾人做了一批上好的內衣褲，送與那御林軍軍中，讓官兵試穿。

　　且說這御林軍中官兵，自穿上其送來的內衣褲之後，再套上鎧甲，那騎士均覺得十分舒適，比之以前直有天壤之別。御林軍將軍也自有一套。他們得此好處，對牛油大加讚賞，指定其專門為那御林軍定製服飾。那牛油接了這樣一個大活，又因其軍人身份，使得其出入達官貴人之間，結識了許多帝國高級將領，又通過這些將領的緣故，認得許多高士名流，有了這些人助力，遂其在生意場上更是如虎添翼。

　　那牛油得了這般好處，便一步步成為那帝國之中聲勢最大的商人。他思及當日仙女的仙蠱，便知其為一切起因。如今吃水不忘挖井人，他憑藉當日的印象將那仙女容貌描於紙上，又請了全國最好的雕塑匠人為仙女塑了金身，將其作為商會的守護之神供奉起來，每逢初一十五，必奉香火。後來那二當家則成了其私人保鏢，專程護理其內事外事。待那牛油自家的保鏢團壯大後，又著這二當家打理整個保鏢團之事。

　　列位看官，且說這牛油如今有了這番作為，這番成就。那當日的諢名「牛油」，便也沒有人敢再喚了。到那牛油綢緞生意越做越大時，除了那帝國之中極少數的達官貴人可直呼其名之外，整個帝國幾乎已無什麼人可以以小名喚他了。且他後來被天子接見，那直呼其名者已然沒有了。如今這牛油雖不到五十歲年紀，但眾人見了牛油，皆尊稱其為「姚老太爺」，斷不敢有一點不恭敬之意。

　　且說這牛油自當日見過仙女姿容之後，心中便存了仙女的影子。當日雖是驚鴻一瞥，但有了仙女的珠玉在前，再瞧任何女人，皆為庸脂俗粉。

正是：

曾經滄海難為水，除卻巫山不是雲。

但這牛油生來便是個孝順的，如今村中其他少年均已成年，有妻有子，他爹娘自也張羅為那牛油娶親。這牛油為了讓爹娘省心，便只得一一照辦了。他如今有了眾多資財，自然也有諸多女子主動投懷送抱。但那些女子越是如此，牛油心下便越是不快。如今那仙女，竟已成為他心下的一抹白月光一般，永遠也無法忘卻了。

端的是：

畢竟無求何用出，西風真解釀羈愁。

列位看官，你道是這牛油如今已成就一番基業，也好生令人羨慕，但自古「美中不足、好事難求」，那御林軍之事，終是與其失之交臂，究竟那御林軍中種種名物是何來頭？欲知後事如何，且聽下回分解。

第六十一章

　　上回且說到這牛油雖離了御林軍團，但因其素來頭腦靈活、善於謀劃，未有多久，便又找到了經濟之道。原來當日在御林軍團時，他那做村正的老爹，寫了一封書信交與他，他自那信中得知如今福氏村中有一仙女，從天宮處帶了幾隻仙蠶，能吐五色絲縷，遂心念轉動，想到那絲綢質地較京中超出甚多，遂其立時決定回那福氏村，將那絲綢生意打理起來。

　　閑言休敘。這牛油一路經營絲綢生意，端的是順風順水，毋庸贅言。此處倒容我插一句題外話。且說當日牛油見了天隼之飛馬，無比稱羨，遂多次詢問那天馬來歷。天隼當日因不屑之故，並未與牛油多言。列位看官，你道這飛馬從何而來，究其根由，倒說來話長了。

　　且說往久遠了追溯，彼時混沌未開，這三界之中，並不僅只有一個天庭。而是凡有國家處，兼或那部落聯盟、及那有文明語言的人類聚集處，均有各自之天宮，那天宮之中，住了各式各樣的神祇。

　　說回這人類，其實並非天神創造，追溯起來，自那天神誕生之日起，凡有記載時，人類便已存於世間。遂那天神也不知與他們一般形貌的人類到底從何而來，又是如何誕生。

　　因這般緣故，這天宮之中的神祇，事實並不如後來書中所記載的一般，僅依托於人類想像存在。彼時天神與人類接觸密切，且因非我族類之故，在與人類世界交互之中，總有意無意影響人類，蓋因那天宮之中生活實在無聊煩悶，遂那天神總覺無聊逗逗那人間諸人也未為不可。

　　某一次，因那宙斯、玉皇大帝與奧丁主神在天界閑逛之時，不巧碰到了一處，便湊在一處閑談了片刻。

　　其餘諸神聽聞了這段經歷，皆以為這三位主位之神聚在一處，是談及那深奧的義理。諸如宇宙起源終結、萬物與生命之意義，意識存在有無必要、痛苦與幸福究竟有何差別，或那痛苦幸福是否有所差別等諸如此類之話題。且那三位主神合當將他們相遇之宇宙空間定為一處聖地，欲擬令那三處天宮的其餘神仙進行一次文化切磋。

　　豈料這三位主神聽聞這番傳言，竟然出面制止手下眾神仙的想法打算，他們如今誰也不想再見誰。但卻又因種種原因，不便向那手下眾人明言。事實上這三位主神並未交談正事，而是閑談未過多久，便開始爭論如今誰家夫人最美一事。皆因那三人均以為自家夫人才是最美之人，誰也不願鬆口承認別家妻子比自家漂亮，遂其越說越來氣，最後竟大打出手。幸而這三人鬥氣之地離如今人們生活之所甚遠，否則在這番爭執之下，世間萬物均會被其神力所毀。

　　且說在這三人爭鬥得如火如荼之時，他們的坐騎也並未閑著，只是與這三人不同之處便是那坐騎竟因廝混了這半日，竟已熟識無比，互相之間，挨蹭摩擦，親密無間。

　　列位看官，你倒是說來也奇，這世間諸多神明均喜愛那人間名喚為「馬」之動物。素日那天宮眾神窺見人類將馬匹馴養之後，用作那替代腳力之騎乘家畜，覺得十分有趣。諸神因身形與人類接近，遂也學著那人類一般模樣，將那名喚為馬匹的動物當成坐騎，後漸漸成為那天庭之中的時尚風潮，引得諸多神明紛紛效仿。

　　但自古陰陽相生、高下相傾，世間萬物，有正便有反。那天宮之中意識如此，如今這馬匹雖深受諸神寵愛，但也並不是那每位神明均是如此。天宮之中有那特立獨行者，亦會選那大象牛羊、鱷魚毒蛇、蝎子蜈蚣、鴨蟹魚鳥，更有那拿植物當坐騎的，便是各有所愛了。

　　且說這神明這般做派，人類傳說之中，對那各路神仙為何要如此，解釋得十分詳盡，總認為那神人不論以何物為坐騎，均是大有深意之

舉。但其實那神明素來收下坐騎不過是好玩罷了，且其養了那坐騎為愛寵，心情亦是愉悅許多。遂他們選擇那坐騎時，多半只是為了自家愉悅，鮮少思索背後深意。於那神明而言，心之所至，不知其所止之處多了去了，斷不會因為什麼「意義」二字為難自家。

列位看官，說起這被神仙選中做愛寵之動物，倒也算是個有福氣的。諸神明會賜予那寵物與人相仿之智慧、無盡壽命及各種神力。且說當日宙斯所騎乘之天馬，雖有雙翼，能在天際自由飛翔，但苦於其身材矮小、耐力不足。而玉帝所乘坐之天馬，則四肢強健，骨幹結實，連續發蹄狂奔十日十夜也不知疲倦。但卻又無飛翔之能，只能借那玉帝神力，方能翔於天際。而那奧丁所騎乘的，便是眾人熟知的八足神馬了。

如今三匹天馬的外形倒在其次。且說那宙斯的白馬，瞧著體態勻稱、凹凸有致，每每奔跑之時，那馬鬃隨風飄舞，瞧著俊美無匹，且充溢靈秀之氣。那玉帝之駿馬則不然，其肌肉強健有力，馬蹄大如磨盤，馬鬃濃密堅韌，雙目如帝王般有赫赫神威，瞧著霸氣十足。那奧丁之馬又不然，兼有玉帝與宙斯神馬之優點，但外形上瞧著卻差了些，比那宙斯與玉帝之馬矮了幾寸，算是美中不足。

閑言休敘。且說當日三位主神正吵得不可開交，那三匹天馬卻在一處耳鬢廝磨，互相糾纏，直至那三位主神鬥完，亦是難分難解。那三位主神如今相互之間打得鼻青臉腫，但卻鬥了個勢均力敵，誰也鬥不過誰，遂最後也只得各自騎上馬匹憤憤歸家，不想再與其他二人多說一句話。

且說那玉帝歸家未久，卻見自家的天馬竟接二連三誕下三匹小馬，那小馬之中卻有一匹母馬。那玉帝檢視完備，本應將那小馬送還給宙斯奧丁，但如今玉帝與其一番爭執，也不予再理會二人，便擅作主張將那小馬送還人間。

　　說來也巧，這幾匹小馬生有異相，非但體格健壯，且有雙翼六足。如今這小馬兼具父母特徵，成年之後便在人間與那人間母馬交配。但那神異經由幾代磋磨，便漸漸式微一些。那人間的馬匹與這天馬配對後，產下馬仔雖仍有雙翼，但卻無法高飛，且與那人間普通馬匹一般只有四蹄。那人間諸人見此馬如此神駿，便收了做坐騎，此便是御林軍所騎乘之馬匹了。

　　端的是：

桓桓信無敵，堂堂寧有前。

九坵良易舉，八荒安足奔。

　　列位看官，你道這牛油之事已述畢，當日老際留那牛小青在家中，如今牛油因聞牛小青重回福氏村，著人喚牛小青見面，及至二人見面，又待怎地？欲知後事如何，且聽下回分解。

第六十二章

上回且說到那天馬由來。卻說這牛油與老際之間往事今已述說完畢，其間種種來由，諸位心中亦當明瞭。且說回這牛小青與老際處來。如今這老際立於中宵，回顧當日牛油自山賊手中將自己救下來之種種事宜，端的是心潮起伏、感慨萬千。

說起這老際因有過這番際遇，對那如今的會長、當日的牛油是絕無懷疑的。且其上次去往京中，參加這商會一年一度之評議之聚會，散會之際，那會長與之相談甚歡，著那老際非要再稱呼其「姚老爺」，直呼其名牛油即可。老際見其這般平易近人，心中也極歡喜，暗自揣想這會長並不似其他發迹之人一般，如今有錢了便將那舊友一一拂拭而去，反而是對那舊友更偏疼些。

那老際因堅信牛油為人，言其必不會做出任何卑鄙齷齪之事。如今這商檢會使出種種鬼域伎倆，皆因那慣於狐假虎威的胡為背著牛油會長弄鬼。話說這老際也曾將自己這番懷疑寫信說與那牛油聽，但那牛油回信不過是令其寬心，告知不要胡思亂想。牛油雖如是說，但那老際對商檢會中人仍無一絲好感，想到其人曾向牛油狀告自己，便恨得牙癢癢的，幸而那牛油寬宏大量，雖聽聞這些閑言碎語，卻也並未將老際治罪。

總而言之，老際對這商檢會中諸人真乃一絲信任也無。雖聽胡為託詞，但其堅決不信如今胡為來帶走牛小青乃是牛油授命。這牛小青不過今日才回福氏村，那牛油遠在京中，難不成今日便聽到了牛小青回村消息？他思忖著便是快馬加鞭，那信送達京城還要一個多月呢。且話說回來，便真是那牛油之意，老際也不欲令牛小青隨其離去。如今讓胡為找不到人、交不了差，空手回那京城，討上頭人一頓罵，他

心中也極為暢快，更覺得那是胡為活該受的罪衍。

　　一念及此，那老際便對門外叫道：「胡為兄遠到此地，本該有所交待。但如今實在不好意思，我這裏實在是未見到什麼名為牛小青之人。如今都半夜了，若是無什麼其他事情，就請先回吧。如今天色也不早了，我得折回再休息休息才好，否則耽誤了明天上工，再勞煩到您給總裁大人寫告狀信，又添一椿罪責。如是便不勞您大駕，您老一路走好便是。」

　　那門外胡為聽老際說完，不承想自己碰了個不軟不硬的釘子，遂嘿嘿冷笑一聲，對那門內的老際道：「既然您如是說，想來便真是我弄錯了。那可真對不住您老，沒想到我們竟也有那弄錯的時候。如此說來，當日您背著夫人玩那『金屋藏嬌』之事，也是我們弄錯咯？若果真如此，明日我們便去您太太處道個歉，言明此事確實是我們失誤，竟誤會了如您這般的好人。」

　　老際聽胡為說得認真，心中十分不忿，忍不住道：「你……」

　　列位看官，且說這老際雖不想將那牛小青交出去，但聽聞胡為要將其找情人一事告知他老婆，雖然又氣又急，卻又無可奈何。無奈之下，只得著人將牛小青叫起來，令他跟著這班人一道離去。

　　話說這老際眼瞧著牛小青上了胡為馬車，趁著月光大亮，便瞅了一眼那胡為的馬車。就著那月光映射，老際總覺那馬車瞧著有些怪模怪樣。雖則乍一看並未有甚特別之處，但這馬車每一邊邊角角處均有些不對勁。與自己素日坐過的馬車相比，這馬車外形之中，總透著一股子邪勁。直似那扭曲過的枝蔓簡單修剪了數下，然後便拼湊起來，偽裝為一個外形酷似馬車形狀的之物。

　　老際又瞅一眼，只覺著那拉扯的四匹馬也不甚對勁。等待那牛小青上車之際，那四匹馬紋絲不動站在原地，竟連一聲喘氣之聲也未聞見。便是這四匹馬乃上等好馬，一路行來既不喘氣也不受累，但那馬

畢竟是活物，總也該噴噴響鼻，彈彈蹄子，絕不能似現在這般杵在原地，直似那雕塑一般，一點動靜也無。

且說這老際送那牛小青上車之際，那牛小青並未睡醒，直是昏昏沉沉被拖上馬車，那牛小青上車之時，不小心滑了一跤，正要跌倒之際，慌亂扶了那馬尾一把，那一般畜生吃人驚嚇，或彈跳驚叫，或撒蹄自衛，但那馬車上幾匹馬竟一絲動靜也無，直如泥塑木胎一般，仍是筆直站在原地，一動也未動。

老際剛欲開口詢問胡為這馬車為何如此怪異，尚未開口，那牛小青已經被胡為的兩名手下架上馬車，胡為連告辭之語也未曾說一句，那駕車便已灑蹄離去。

老際見胡為如此不近人情，心中也是又氣又恨，只得罵罵咧咧地返回院中。他正要脫衣躺下，猛然卻在那衣物口袋之中探到一張銀票，原來那牛小青之銀票仍然在其口袋之中，並未交還給那牛小青呢。遂其慌忙套了家中一匹馬便衝出家門，一路向那胡為的馬車趕了過去。

且說這廂老際快馬加鞭，催著那馬跑了半個時辰，卻連那馬車的影子也未曾瞧見。倒是自己胯下的這匹馬累得口吐白沫，他實在無奈，只得停了下來。他暗暗思忖其中的蹊蹺之處，覺得實在是無法想通。如今他騎乘的這匹駿馬，跑得雖不十分快，但仍是其花了大價錢購得的好馬，那馬車縱然跑得再快，也不當連一個影子也無法追到，如何竟連影子也未曾得見？

老際在原地思忖片刻，實在無法想通，無奈之下也只得揣著那牛小青的銀票折回家中。第二日他與家中婆娘商量了一番，將昨日之事告知，只略去自己找情人一節。那婆娘與他均覺得定然要把牛小青尋得，將那銀票交還與他。

但說來也怪，自那晚胡為將牛小青帶走之後，兩人打聽良久，也未再得到牛小青消息。時間倏忽便過了兩年，這期間老際去京中述職，

也曾向那牛油打聽過牛小青消息，豈料這牛油言明自己不知牛小青到底是何去向，也正在多方打聽、四處尋找呢。老際問其找牛小青有何事故，他卻又不願言明。

這老際倒也當真是個死心眼的。為了將牛小青尋到，他與家中婆娘商議一番，將牛小青此前給自己的幾個金元寶，再加上自己的積蓄盡數兌了，在京中開了一個酒館。如是有兩條原委：一是那京中南來北往之人甚多，總能探得一二分消息；二則當日那胡為云牛小青是往京中去的。萬一這牛小青真到了京中，自己未尋見也未可知。遂其一面在酒館忙活，一面繼續尋那牛小青下落。且說倏忽幾年又過去，這酒館之中生意倒是越做越紅火，那小酒館如今已變作一間大客棧，家中婆娘也誕下一子，便是當日那小情人也升做如夫人了，卻仍舊未有半分牛小青的消息。

端的是：

舊人音信曾輕失，此地因詩便湊詩。

曾覺寂寥峰景好，而今老病犯相思。

列位看官，你道那牛小青究竟落到何處？這老際能否再見牛小青？欲知後事如何，且聽下回分解。

第六十三章

上回且說到那牛小青被胡為喚走，一路帶著，也不知正向何處行去。那牛小青逐漸清醒了些，見身側坐了兩人。一路便想問問他們二人到底要往何處去，但那兩人總沉著臉，一句話也不與他說，唬得牛小青也不敢多問。

他四下張望一番，見他坐的那馬車車廂不知是何緣故，竟連一個窗戶也無，他既看不到外面的風景，無從判斷前行的方向。更令其納罕之事，便是那馬車行駛起來，竟與一般馬車十分不同，非但未有何顛簸震動，還安靜得異常。

那牛小青也不甚在意，他本就是半夜被人拖了起來，如今尚未睡夠，過不多時，便又歪倒睡去。他正迷迷糊糊間，尚未來得及做個小夢，身畔的人便將其喚醒，令他起身下車，云他們已至終點。

他正迷迷糊糊走下車來，只見眼前有一巨大的門樓。此時天色尚晚，那門樓黑沉沉地壓了下來，竟讓人心中一沉，莫名其妙有些惶然。

那牛小青一下馬車，適才架著自己的人均走了，也無人前來招呼，遂其只好站在原地待命，絲毫也未敢走開。正納悶間，卻見樓上兩個燈籠竟然徑自亮起，接著兩扇厚重的大門便次第開了。牛小青聽那開門聲響沉悶壓抑，心中已有些不快，但那門內隨即走出一名穿著體面的老人，客客氣氣地請他入內，他便也未曾多想，與那老人見禮之後，便穿堂入室，隨他一起去了。

且說這牛小青隨這老人一路行去，見門內是一個幽靜的大宅院，那宅院四處亮著昏暗的燈籠，但那一點反光，反讓整座宅院顯得更為陰森。牛小青跟著老人拐過數道長廊，路過兩三個樹木繁茂、陰氣森森的花園，那老人方止住腳步，在一扇房門前停下了。

　　牛小青見他止步，慌忙詢問緣故。老人便打開一扇房門，著牛小青入內先好好睡上一覺，待其醒來再談別事。這宅院極大，他適才被強拉上馬車，現在又行了頗長一段路，如今見好容易有了休息之所，遂並未多想，只向那老人道了一聲謝，便進屋一頭撲倒到床上昏睡了過去。

　　那牛小青一覺睡到天明，爬起身來，發現自己竟睡在一間布置極為豪華的臥室之內。環顧四周，見榻邊有一案几，案几上擺了一株白菜，那菜上還落了一隻蟈蟈，也不知是何寓意。正納罕為何有人將那白菜做擺設時，走近一瞧卻發現原來那菜是假的。但那雕工極為精巧，要走近細瞧，方能發現其原是玉雕而成。牛小青在屋內逡巡，發現了更多類似的寶玉雕刻之物。那雕刻之物栩栩如生，有停在枝頭的小鳥，亦有撲蝶之貓兒，還有釣魚老翁，其雕工皆細膩精巧，動作表情刻畫得極為到位，瞧著有栩栩如生之態。

　　話說其正饒有興味地欣賞這些玉製擺件，卻聽有人在外輕輕敲門。那牛小青心知他們尋自己有事，便忙開了門請他們入內。他開門一瞧，見昨夜領他入內的那老者正站在門口，見了牛小青，先對其作了一揖，然後才畢恭畢敬對其道：「失禮於貴客，此時前來叨擾，皆因我家主人請您前去與他共進早膳，不知您是否賞臉？」

　　牛小青聽他如此客氣，心中也是一驚，慌忙不迭地點頭道好，遂跟在那老先生身後向外間行去。

　　且說兩人又如昨夜一般行了良久，牛小青這才瞧清楚那宅院形貌。原來這宅院極大，也不知占地多少，那花木儼然之中，竟還藏了一汪大湖。那老先生與牛小青道明自己乃此處管家，望牛小青切勿客氣，一切隨意便可。牛小青一路與之交談一路前行，二人通過一座漂亮的五彩木橋，那老者徑自將牛小青引入湖中的亭內。牛小青一路行去，一邊不禁想著，如今是誰將家中的房屋蓋得如此之大，便是吃個

早飯都要走這許久，實是多此一舉。

那牛小青見那亭子四周的水面上浮著盛開的荷花。許多水鳥在池中嬉戲。亭中圓桌上早已擺滿了各式各樣的點心，那老者客氣地請牛小青坐下，並讓他勿要再等，若是餓了便可隨意取用那盤中飲食，千萬勿要客氣。

牛小青本來還欲在等那主人來了同食，但其只坐了片刻，便覺有些忍不住了。且不說那桌上的點心色香味俱全，單看那擺設，便是賞心悅目、美不勝收。擺在那碟中，直若藝術品一般。那牛小青瞧了，也管不了這許多，拿起筷子便大口大口地吃了起來。

他一面吃，一面在心中讚嘆，這食物實在太過美味，如今他吃得頭也顧不得抬了，只是埋首大口狼吞虎嚥、風捲殘雲一般。食畢他靠在椅背上，欣賞四周美景，只覺得心中甚是快意。

這牛小青如今所在的亭中雕梁畫棟，放眼望去，那湖上生滿了亭亭玉立的芰荷，間或有幾隻水鳥落在花上，又慌忙振翅飛走。湖邊另有一株株綠樹掩映的樓宇。瞧著古樸雅致、好似瓊樓玉宇一般，令人極為賞心悅目。那牛小青瞧著這般美景，只覺得入目動心，為其所迷，不由得怔怔地發起呆來。

列位看官，你道這牛小青如今被這園中風景所迷，實屬一葉障目。本來其在天宮之日時，那宮中美景，豈止美過此處千倍萬倍？但那牛小青因為在天宮之中行事時，不過是驚鴻一瞥，過後卻又失去那記憶。遂雖然上過天庭，但與那未去之人，無任何分別，否則，見過了天庭之美景，又何必在乎眼前的螢燭之光？

且說這牛小青一路看著諸般美景，回憶昨日來了之後的諸般事宜，漸漸也悟出些不對頭之處來，端的是：

陰森白日掩雲虹，陽臺雲雨過無踪。

鬼物圖畫填青紅，聖朝偏重大司空。

陰山瀚海千萬里，陽烏景暖林桑密。

鬼物撇捩辭坑壕，聖敬通神光七廟。

列位看官，你道這牛小青的命運究竟如何？他在此地又有何遭遇？欲知後事如何，且聽下回分解。

第六十四章

　　上回且說到牛小青黃夜被那胡為拉到一深宅大院前，入室之後，見一老者前來引路。好容易穿過那偌大的宅院，將自己引至一臥室前，只聽那人著自己今日先好好休息，有事明日再談，便點頭答應。他本半夜被人拉走，此刻又在那院中走了半日，早已累得渾身散架，遂也來不及細看這室內陳設，便倒在床上沉沉睡去，豈料一覺醒來，那老者又重新等在外間，只言主人請牛小青去吃早飯。這牛小青隨他又穿過了幾座花園，這才到達庭中，還未等來此間主人，自己倒先餓了，便狼吞虎嚥、風捲殘雲地將那吃食用完，這才仔細瞧起那園中風景來。

　　且說這牛小青如今觀賞這園中風景時，這才想起昨夜情形來。原來自己昨夜來此，見帶他前來的那名老者瞧著極為滲人。陰森森的寒氣撲面而來，臉如綠蠟、表情呆滯，聲音亦是又尖又細，便如那書中所說的僵屍一般。牛小青記得自己一望之下，吃了一驚，險些轉身逃跑，幸而這老者面相雖然可怖，但說話還算客氣，遂其終於勉強放下心來，跟著他入了宅院。

　　待那牛小青進了大門，只覺著那整座宅院都陰氣逼人，而前方帶路的老者步伐怪異，身體僵硬，似如那剛學會走路的嬰兒一般，並不如人類一般行走，而是一直如蜥蜴般爬行前進，遂才會用這般僵硬怪異之姿勢前行。再放眼一望，只見四周長廊之中，懸掛著幽暗的燈籠，在微風之中，那燈籠一火如豆，晃晃悠悠，只有周圍寸餘之光映照著那道路，那老者前行背影，在那鬼火般暗燈照射之下，倒顯得越發奇特了。

　　牛小青瞧見這般光景，心中越發覺得詭異莫測，但如今既已進了這宅院，便只得硬著頭皮向前行去。且說他又打量四周，瞧著那燈光

晦暗之處，大片黑沉沉的夜色皴染，如同濃稠的秋梨膏一般，心中越發泛起陣陣冷意。總覺得此處處處都透著一股子陰森恐怖意味，身後也似躲著各種生靈，用打量獵物之目光打量自己。他穿過那花園時，只覺背脊生涼，忍不住打了一個寒噤，森然的寒意壓迫，令人覺得此處直似鬼怪棲息的荒冢一般。

好在那老者此時已然將其引入房內。牛小青打量室內陳設，倒也稀鬆平常，與素日居家之處也無甚大的分別。遂心下稍安。有見那室內燈火瑩然，便從那壓抑的情緒之中解脫釋放，鬆了一口氣。他本疲憊不堪，這一放鬆便覺甚累，當即在那床上躺下，好好睡了一大覺。

這一覺便睡到天亮，他一覺醒來，向外一張望，卻見四處風景，又與昨日不同了。那老者前來請自己去用早膳之時，牛小青瞧著他面色紅潤、表情和善、言談聲音洪亮、走路也極為穩健，全然沒有昨夜那蹣跚學步的詭秘之感，他又瞧一眼，見他與普通人所差無幾，絲毫未有令他膽寒之處，也覺得心下納罕。

更有其奇特之處，如牛小青當下所在的湖心亭處，四周均是各色花式，他昨夜也曾從此路過。雖則當時天色甚晚，但這牛小青卻記得昨日似乎路過一頗有特色的圓形拱門。那拱門由漢白玉雕成，刻意做成了那兩條兩兩相對的鯉魚姿態，鑲嵌在牆壁之內。遂那牛小青十分肯定，昨夜自己路過之處，便是腳下這所花園。但昨夜此處如森羅地獄般陰寒恐怖，似是危機四伏，今日看來又如人間仙境，各種景致奇怪，不可勝數。昨夜那抄手遊廊，如同黃泉鬼道，今日看來，卻又是一副花木扶疏、生機盎然之態勢。周遭花香濃郁，時不時竟還有蝴蝶蜜蜂經過，著實令他費解。

且說這牛小青也不是完全未見過世面的。他也知這世上諸多人都怕黑，許多日間看著十分不錯的景物，晚上卻影影幢幢，其虛影看起來便如森然巨獸一般。但他十分肯定，今日之事，並非自己多心，因

那背上森森涼意，絕非人力可模擬。

　　且那宅院之中，晝夜差別如此之大，定然也有其蹊蹺之處。再則那老者昨夜如陰間鬼怪，今日瞧著卻又是一和善硬朗的慈祥老人，端的是可疑之至。便是夜間燈火昏暗，卻也不至於連說話之音容笑貌、行走之身形姿態也弄錯罷。那牛小青想著這些詭秘處，又伸手擦了擦自己嘴角痕迹，見自己嘴角處連一絲油跡也無，心中更是大吃一驚。自己適才直如餓狼撲食一般將那早膳食用了許多，諸如那灌湯小籠包、各種油炸點心等等。那包子之中，油水極大，因他食用速度迅猛，還有那湯汁濺到自己衣物上，決計不會似現在這般一點油跡也無。

　　且說他用筷子夾起自己吃剩的湯包，卻見裏頭並非是自己認為的噴香豬肉餡，反而是那小塊的白色半透明晶狀顆粒。牛小青搞不清楚這是何物，便又咬了一口，令他詫異的是，這東西雖非肉餡，卻有滿口肉香。

　　牛小青發現這等怪事，便將那吃剩下的食物一一掰開，卻見這些點心之內，並無原料，卻各自有那不同味道。有的吃起來是豆沙味，有的吃起來是香菜牛肉味，有的吃起來則是海鮮味，更有那諸多不同的美味點心，皆是這些晶狀顆粒所製成的餡料。

　　他瞧著這些食物，心中一沉，雖是青天白日，卻忍不住寒毛倒豎。如今這宅院之中所歷之事，雖然到目前為止，並未有極度恐怖之處，卻足以讓牛小青覺得十分不安。他如今只覺得處處都是怪事，還是趕緊離開此處為妙。

　　且說他想到此節，正盯著湖面，假意欣賞那湖中美景，掩蓋心中種種不安之時，卻聽身後傳來一個男人聲道：「牛先生，歡迎您光臨寒舍。算起來，我們可是許久未曾見面了。」

　　牛小青一驚，轉過頭去，只見一個三十左右、英俊瘦削、下巴留著短髭的中年男子正向自己的方向大踏步走來。那男子被四個天仙般

258

的姑娘簇擁，兼兩名彪形大漢陪同，看起來聲勢頗為浩大。

　　端的是：

輕舸迎上客，悠悠湖上來。

當軒對尊酒，四面芙蓉開。

　　列位看官，你道來者是何人？這牛小青又是否能離開這深宅大院？欲知後事如何，且聽下回分解。

第六十五章

上回且說到這牛小青在湖心亭中用完早膳，酒飽飯足之後，卻疑心起自家處境來。他驀地想起昨日種種詭秘之處，不由得越來越膽寒。思憶及此，慌忙瞧了瞧自己的吃食，定睛一看，方知曉那食物雖是不同口味，但卻包藏著同種晶狀顆粒，也不知是何緣故。

牛小青正心驚肉跳時，忽聽有人喚自己名字，嚇得他慌忙轉頭。卻見一個衣飾華貴、人五人六者在幾名婢子保鏢的簇擁下前來，看模樣年齡不大，雖然認得自己，但自家卻似乎是第一次見到此人。

且說牛小青回頭瞧見這人，便打量其衣物形貌，見其衣飾款式極為簡潔，顏色亦並不豐富。那衣物上花紋極少，便是有，亦是暗金織就，毫無複雜變色之處，與牛小青通身的花紅柳綠相較，倒是顯得樸素得過分了。殊不知其衣飾之簡樸素淨，正是其品味彰顯之道。

列位看官，你道是古語云「重劍無鋒、大巧若拙」，說的正是此意。那越是名貴之器用，越是有渾然天成之古樸簡雅，反倒是那窮人乍富，才將通身裝飾得富麗堂皇，似是生怕別人不知道自己有幾個臭錢似的。但因那牛小青身上的員外服飾乃鬼卒所贈，鬼卒素來只抓人才到陽間，豈能知曉這穿衣打扮之中的許多門門道道？遂把與牛小青一件花紅柳綠的衣服，也不算奇怪了。

閑言少敘。列位看官，你道此人是誰？其實我一說你便知曉。此人正是當日被天子親自接見並授予了功勛爵位，創了如今全國的絲綢莊子並令那國中所有從商者又恨又妒之對象，大名姚丞坤，小名喚作牛油者。他如今早已是全國第一商者，富可敵國。那國中有出嫁婦人，每每對丈夫恨怨之時，便拿著那姚丞坤之例證敲打對方，云同樣生為男子，與那姚丞坤相較，真乃一天一地。提起那大泰安帝國及岳華商

會總裁姚丞坤，如今舉國上下，端的是無人不知、無人不曉。

　　諸位，其實算起來，如今這姚丞坤其實已有五十開外。但那牛小青乍見其形貌時，卻並未覺知，只因那姚丞坤如今金山銀海，有的是錢財，遂三日一小補、五日一大補，兼其保養得體，遂在那牛小青眼中看來，也不過三十出頭罷了。

　　那牛小青聽他呼喚，心中有些納罕。這姚丞坤瞧著倒十分精幹，說話聲音洪亮、中氣十足，不似那身材瘦弱之人發聲之態，遂也不禁在心中嘖嘖稱奇。他在心中暗暗將那不合常理之處又補一樁之時，但自己已入虎穴，不得走脫，只得苦笑一聲，硬著頭皮回應了。

　　且說這姚丞坤請牛小青坐下，隨後亦緩緩坐到牛小青身側。只見他坐定之後，方緩緩對牛小青道：「鄙人姓姚名丞坤，字出樊。現下你雖不認識我，但若細敘起來，我們二十多年前在那福氏村時，卻也是見過幾面的。」

　　那牛小青本就失憶，兼其便是不失憶，其記心也不大好。如今聽那姚丞坤如是說，也不知究竟，只得「啊」了一聲，慌忙答道：「如此說來，真是幸會。」

　　姚丞坤抬眼，見那亭中殘羹冷炙，便向牛小青親切道：「可吃完了？」

　　牛小青聽他如是說，想起自己未等他前來便獨自享用了滿桌盛宴，心下也有些不好意思，便支支吾吾應道：「嗯，是……哎呀！承蒙您如此用心招待，實在不好意思。但不滿您說，我自出生之日起，便從未食用過如此美味的點心。」牛小青慌忙回答。

　　「嗯，這樣甚好。」姚丞坤聽其應答，也緩緩點頭稱是。他話音剛落，便跑來幾名奴僕，動作麻利地將那杯盞碗筷及那殘羹冷炙收拾妥帖，又將桌子細細收拾乾淨，這才端上香茗瓜果。

牛小青見那水果均是時令果蔬，色澤鮮艷、鮮亮水嫩，瞧著倒是美味，倒令他十分心動。那姚丞坤也十分熱情邀其品嘗。但牛小青想著適才那來歷不明的白色顆粒，如今見了這瓜果飲食，其形貌不禁又浮上心頭，遂一口也不敢再動，只是一味飲茶。他見姚丞坤在此，想要詢問那宅中種種恐怖怪異之處，思來想去卻又覺得不甚合適。二人本不相熟，總也不好剛見面便上前問那屋內晚上是否鬧鬼之事罷。

他正想著自家心事，身畔的姚丞坤卻開口道：「不知可否冒昧問問，這牛先生這麼多年都在何處高就？可否說來聽聽。」

「這……」牛小青皺了皺眉頭，卻道：「說來您倒也別不相信。如今我也不知怎地，只除了自家名字還記得之外，其餘往事，均忘得一乾二淨，半分也憶不起來了。」

姚丞坤聽他如是言，亦是嘿嘿兩聲道：「您可真會說笑。」

牛小青見他笑容有些僵硬意思，慌忙解釋道：「這可不是玩笑話兒。若是您此前便認得我，我還想從您這裏問些我的景況呢。」牛小青急忙與他解釋。

姚丞坤聽他如是說，冷哼一聲道：「牛先生，你要是這般裝相，可就沒甚意思呢。我知道您如今定然是從仙女那得到了什麼寶物仙丹，否則如何保住那二十多年前的容顏？至於我如今為何邀您前來，不過是希望您能行個方便，將那永保青春的寶物或是仙丹售賣給我一宗，至於價錢上，您放心，儘管開口便是。」

「這如何說起……」牛小青聽他如是說，越顯尷尬起來。

姚丞坤見他猶豫，便接道：「若是您仙丹吃完了，亦不打緊。您將那配方告知我也是一樣。」

「您這般請求……恕我實在抱歉。但我那從前之事，當真是半點也回憶不起來。至於您說的那位仙女，老際也提起過，還告訴我我曾

與她成親。但我半點印象也沒有，恐怕還不如您二位清楚。」

姚丞坤聽牛小青如是說，半晌無話，只是瞇眼盯著他反覆瞧看。牛小青不敢直視其目光，慌忙把頭低了下去。

且說姚丞坤瞧了牛小青一陣，也不知道心中是否相信牛小青所言，只是語氣輕鬆道：「若是您不記得倒也無甚關係。我一會著人來給您瞧瞧，說不定他有辦法醫治你這失憶之症。」

言畢便對身畔一名美婢道：「去喚孔先生前來。」那美女輕輕應了一聲「喏」，便姿態優雅地轉身離去。

她離開不多時，便有一位瞧著頗有仙風道骨的老人飄然而至。且見他一襲白袍，白髮及腰，也未用髮帶，只是任由其隨風飛散。牛小青瞧他面上亦是眉長過頰，美髯及胸，只是均呈白色。

老者表情超然，不驚不喜、不卑不亢。似是超脫紅塵之外，不在三界之中。且說他至此也未和人招呼，逕自坐了下來，神情瞧著倒是極高傲的樣子。

牛小青見姚丞坤低頭與那老者交頭接耳，也不知在說些何事，那老者一面聽，一面轉頭瞧了瞧牛小青。

且說這老者之前一直瞇縫著雙眼，此刻睜眼瞧著牛小青，卻也未見得有甚威嚇之處。那牛小青盯著其看了幾眼，倒覺著有些像那穀倉之中的老鼠一般。

端的是：

盡人求守不應人，走向亭中且相對。

大家惡發大家休，畢竟到頭誰不是。

列位看官，究竟這老者是何人？姚丞坤請他前來此處與牛小青相見，又有何貴幹？欲知後事如何，且聽下回分解。

第六十六章

　　上回且說到牛小青正思忖時，卻見姚丞坤引了一大幫人前來。二人坐定，那姚丞坤便三番五次試探牛小青緣何能保持這般青春容貌的。一問之下，這才明瞭牛小青竟患了失憶症，如今他瞭解的，恐怕還不如自家知曉得多呢。

　　姚丞坤數次問下來，見這牛小青也不似作偽，便著一手下之人，去請了家中將養的一名老者過來。牛小青見那老者鬚髮皆白，端著那仙家款兒，但細看之下，一雙盯著自己看的眉眼卻如同穀倉之中的老鼠一般，令人十分不適。

　　且說這老者見了牛小青面，四處端詳一番，便詢問那牛小青最近做什麼夢，夢中又是何內容等諸般事體。牛小青云自己如今也不記得，便老老實實告知自己並不記得。那老者聽完，對牛小青所答不置可否，只是又與他號了號脈，兼問其若干問題，譬如他平素愛吃米還是愛吃麵，食包子時是否吃那包子皮，動物之中愛蛇或是愛馬，如廁時到底喜歡想些什麼事情諸如此類。

　　牛小青雖被其問得莫名其妙，但仍然據實回答。那白髮老者認真聽其回答，並時不時點頭稱是。接著便又讓牛小青隨意寫了一字。牛小青見其欲測字，心中惴惴，因其斗大的字不識一個，唯有自己所姓的那個「牛」字，他還略記得一二，遂只得應其要求，在紙上寫了一個「牛」字。

　　且說那老者見了牛小青的字，拿起來煞有介事地端詳了半晌，隨後又用手在牛小青頭頂與面部四處捏了捏，這才轉頭向姚丞坤道：「丞坤，我適才瞧了，此人確實並未對你撒謊，從他的脈象及我測字結果來看，他確實患了那失憶之症。」

　　姚丞坤聽他如是說，臉色變得極難看。但如今眾人在側，他也不好發作，便只是勉強擠出一絲笑意對那老人道：「牛小青這般情況，不知您老人家可有甚麼好辦法？」

　　「實在抱歉。老夫對這失憶之症實在無能為力，就先告辭了。」說罷也不待他答話，便起身欲走。

　　姚丞坤見老者要走，也慌忙起身，一夥人客客氣氣地將那老頭送走，這才又折回座下。

　　牛小青本就覺得此處甚為怪異，如今見姚丞坤臉色陰沉可怖，更是頭也不敢抬。他如此低頭半响，也覺得有些憋不住了，遂戰戰兢兢地向此間主人姚丞坤問道：「請……請問，您還有其餘事情嗎？若是沒有，要不……我就先告辭了？」

　　姚丞坤聽他如是問，沉默片刻，隨即勉強擠出一絲笑意，乾笑一聲，對牛小青道：「哈……驟然聽見您得了這樣的病，我亦是覺得遺憾，可惜我也幫不上什麼忙，若是您還有旁的事，就先忙去吧。」

　　牛小青聽他如是說，這才鬆了一口氣。且說姚丞坤一行人將牛小青送至家門口，正欲告別時，卻見姚丞坤又託人送來一摞銀元寶，且聽來人對牛小青道：「此間主人託我帶話與牛先生道，既然如今來到京城，您便好好在京城逛幾日吧。這銀子是他送給您的，讓您有事隨時取用。您如今雖是什麼也記不起來，若是您日後回憶起什麼來，便來找我好不好？」

　　牛小青想起自己包裹之中還有幾枚金元寶，便死活也不要姚丞坤交與自己的銀子。不過他見此間主人姚丞坤如此熱心，遂還是答應說日後若是能想起自己如何未曾變老的緣故來，就會立時回來尋那姚丞坤，將緣由說與他聽。

　　且說這廂姚丞坤見牛小青死活不要自己的銀兩，倒也不勉強他。他見牛小青要離去，只是著人與他找了一輛馬車，將牛小青送上車後，

自己這才進了院來。

　　牛小青坐上馬車，四處打量一番。這馬車卻不似自己上次做的那輛車那般詭異，甚至四壁連車窗也無，而是一輛普通的馬車，只是裝扮略豪華罷了。牛小青透過車窗，見姚丞坤那大宅對面亦是一座豪華庭院，只是兩兩相較，姚丞坤家的院落更大更奢華罷了。那姚丞坤家的宅院可跑馬，牛小青從大門口坐馬車沿外牆出發，竟也跑了將近半個時辰之久，這才瞧見那院外一座三人多高的墨色高牆。牛小青在室外略瞧一眼，心中暗忖著，這姚丞坤家中的宅院，至少比對面人家大三倍還不止。

　　牛小青一面在心中嘖嘖稱奇，一面沿著這大宅院之中的玉壇木所鋪就的香街駛了出去。列位看官，且說這玉壇木十分罕見，非但木質堅硬，且時時散發異香，那香氣持久，千年不散，遂價格十分昂貴。中等人家之中，能有一件玉壇木家具便已奉若至寶了，而今這姚丞坤家中竟用此物鋪路，確屬奢華得過分了。

　　且說這牛小青出了香街，卻好似到了另一個世界一般，此處與那富戶們所居之處有所不同。那富戶多選在清幽僻靜之所，而此地卻是市井相交，各色人等熙來攘往、熱鬧非凡，烟火氣十足。

　　牛小青問了旁人，這才知曉，原來此地便是自己所在的大泰安帝國都城——元王城。

　　牛小青一路行來，見四周各色器物古玩並生活器具等，琳琅滿目。他一路瞧過去，只看得眼花繚亂。其實他以前與仙女一處遊玩時，也來過此間數次，只不過如今卻忘了，所以一切倒也十分新鮮。他瞧了幾眼，很快便眼暈腦漲，想要躺在車上閉目養神。睡不多時，那馬車便停了，且見車夫掀起門簾對牛小青道：「先生，我家老爺著我帶您到此間休息。這家酒店亦是我家老爺產業，您在此處一切自便。」言畢便將牛小青扶下馬車，著他去房內休息。

　　牛小青抬眼瞧了瞧，見這酒樓前的匾額上寫了「合裕樓」三個大字。姚丞坤將其安排在一間上房之中，每日三餐均著人送來，牛小青見那酒菜質量均是上乘佳品，也不由得暗暗讚許。如今他在京中出入時，還有那姚丞坤安排的兩個小夥計陪同，不論他想買何物，這兩人便慌忙搶著付錢，令牛小青心中著實過意不去。他問那兩人緣故，答曰此乃老爺安排，切勿多心，只管在京中好生玩耍便是了。

　　二人既如是說，牛小青也不好違拗，兼那京中好吃好玩之物確實太多，那新鮮稀罕東西，真是應有盡有。那牛小青每日一大早便出門，逛到天黑才興高采烈地返回酒樓歇息，每日都過得極為舒心暢意。

　　端的是：

昔日齷齪不足誇，今朝放蕩思無涯。

可惜不當湖水面，銀山堆裏看青山。

　　列位看官，你道這牛小青在京中還有何際遇，這姚丞坤又到底有何打算？欲知後事如何，且聽下回分解。

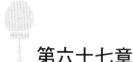

第六十七章

上回且說到那老者鑒定一番，見牛小青確屬患了失憶之症，暫時無法可解。姚丞坤聽聞此事，亦無可奈何，只得讓牛小青離去。且說這姚丞坤資財甚豐，做人也十分大氣，這牛小青雖未幫上什麼忙，但在他離去時，亦著人將那牛小青好生送至市集處，且與他配了兩名小廝跟班，每日只跟著牛小青，不論其看上什麼，均搶著幫他付銀子。

另與牛小青在酒樓之中安排一雅間住處，只待那牛小青在京中逛累了，便可在此處休息。那牛小青亦是樂此不疲，每日只在京中逛得不亦樂乎，早已忘卻今夕何夕。

且說這日他聽聞今年從帝國邊境來了兩撥奇人，目前均在京中盤桓，兩撥奇人各有一手絕活，一撥人會一種名喚「穹陽之道」的武藝，端的是厲害無比，一個人赤手空拳便能戰勝五六個手握兵器的好漢。

那牛小青還聽聞便是帝國目下的正規軍士兵，若是不穿鎧甲，亦不是這番人之對手。他們正在京中擺擂臺，云凡那京中好事者，只要花錢便可上臺試煉，但凡有能將他們打下之人，便有高額獎金可拿。重賞之下雖有勇夫，但目下卻並無一人挑戰成功。

那京中百姓素來看熱鬧不嫌事大，每日坊間所傳均是此事。牛小青聽了，心中亦是蠢蠢欲動，每天都尋思著是否要去那擂臺處瞧瞧熱鬧去。

另一撥人則更奇，他們的拿手絕技名為「龍問」，說到這「龍問」一技，則更加神奇。他們在臺上表演，那台下諸人眼睛一眨不眨，未見有何多餘動作，便可從衣服之中拿出各式花鳥蟲魚等物，兼有那魚缸、筆架等物事。此番人等，或是在眾人眼前浮向半空，或是口吐烈火，或是鑽入那空箱之中，也未見有人挪動，再開箱時，那箱內人等

均是未見。

　　列位看官，你道這兩撥奇人至京城後，起先只是在街邊表演技藝，賺點零錢花用。但如今投了那京中諸人之好，已被邀至那京中最大的戲院登臺表演了。且這奇人演出之票價，因那圍觀人多，便已有了越來越高之趨勢，許多人要託關係方能購票。

　　閑言休敘。且說諸人初至京中之時，眾人還以為此為妖術，莫不是那狐仙作祟，否則豈有如此神異之事？後來眾人瞧得久了，見未發生什麼妖異之事，便也漸漸習以為常，久而久之，還帶著親屬家眷前來賞玩。如今這兩撥神人異術已在京中傳開，其表演常常爆滿，這牛小青也早就有所耳聞，便也十分想去瞧瞧這異術。

　　且說他甫將這番想法告知那兩名小廝，他們便立刻跑了一趟。回來時，便與那牛小青道，如今「龍問」之票極難買，但表演「穹陽之道」的諸人，還是有人前來挑戰，遂問那牛小青是否要買此場表演之票，且先瞧瞧那打擂之術再說。

　　那牛小青本就是兩場都想去瞧的，至於先瞧哪樣，他倒也不甚在乎，遂當下便滿口答應。列位看官，你可知那「穹陽之道」為何物？說起來雖有些唬人，但究其根由，卻不過是那流派武術前身罷了。

　　彼時帝國邊境有一小城，那城名曰穹陽，這穹陽城中臣民，素來總受那各類妖魔鬼怪之侵襲，又因其地處偏遠，又極難得到帝國軍隊襄助，一直苦不堪言，但眾人要生活下去，又不得不自救。遂與那妖魔鬼怪相鬥久了，城中居民便發明了一名為「五禽戲」的健身體操，其動作便是模仿自然界虎鹿熊猿鳥五種動物行走坐臥之姿態。一開始那城中原住居民不過是單純練習，作強身健體之功用，後因有人發現這體操動作之中竟還能做些改變，可進行攻擊，便將其改成實用強大之格鬥技藝。

　　不多時那穹陽城中便有許多人習得這格鬥技術，在與那妖魔鬼怪

戰鬥之中，將來犯者打得落花流水。他們見這「五禽戲」還有如此妙處，遂將那「五禽戲」更名為「穹陽之道」，著那家家戶戶適齡之人練習，那穹陽城中人人習武，一時間蔚然成風。

且說這穹陽城因久遭魔物侵襲，遂對求助那帝國軍隊時，其不能及時前來支援頗有怨言。雖前來進犯者不過是一些小魔怪罷了。但那在上位者總是不管不問，只留待他們自家想法子，確實也有些說不過去。如今這穹陽城中眾人既學會了五禽戲，那城中知縣也有些自得，遂從城中青壯年之中挑選了幾個中等人才，著其去京中組團表演，擺下一個擂臺去，令那京中人前來挑戰。且說這幾人頗有表演天賦，竟把此事招辦得像模似樣。

話說回來，這城主又有自家的心思，他如今這般安排，一則可駁那城中諸人的面子，發洩一下自家的不滿情緒，二則能賺上一筆銀子，帶回來將那穹陽城再拾掇拾掇。

說來也巧，這穹陽縣令如此安排，一如所料，那城中便是連帝國正規軍中最好的士兵，也不是那穹陽城之中眾人對手。諸人在城中擺下擂臺，將那京中眾人打得落花流水，穹陽城亦算是出了一口氣。

如今都城之中，未有人能敵得過穹陽城諸人一事，倒是惹出另一個人的心思來。你道是誰？說來也巧，此人正是那京中的大將軍。如今大將軍見了穹陽人的這番表演，竟然領會到武術在戰爭之中的極大價值。這格鬥這般厲害，以至於他此前從未見過有人赤手空拳或是隨手取過身邊一個物件，便能將他手下訓練有素的士兵打得毫無還手之力。

想到此處，他便親自去那穹陽城中，當眾對以前軍隊未能及時趕到不住致歉，又與那穹陽諸百姓送了許多禮物，還對那官職遠低於自己的知縣大拍馬屁。他好話說盡，又送了這樣一份大禮，那穹陽城諸人賺了面子裏子，遂也不與他計較了。知縣亦是借坡下驢，見好就收。

順勢便答應了那大將軍的要求，派了許多人去軍中做教頭，前去與那軍中士兵教授武藝。

正是：

神藏一氣運如球，吞吐沾蓋冷崩彈。

彼若搶來我先去，忽成鐵楔入脊髓。

列位看官，你道這牛小青如今既決定要去瞧那穹陽之術，又將是個何等光景？欲知後事如何，且聽下回分解。

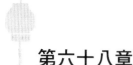

第六十八章

　　上回且說到這「穹陽之術」來歷一事。大抵這世間之事，總歸不過是窮則思變、變則通這個道理。這穹陽城諸人自打練會了「五禽戲」之後，對那前來進犯之妖魔鬼怪，總也算是有了抵抗之力。且這套功夫頗有神異之處，因徒手奪刀、打退那未曾全副武裝的士兵，均不在話下。

　　列位看官，雖武術在戰爭之中起到絕大作用。但因其易學易練，遂那習武之人漸漸多了起來。你道這易學易在何處？一則是習武那法門得當，極易入門。每個人均可學，每個人均可練，且費時不多便可入門。二則是那練武場地無需太大，隨意劃出一塊來，便可作那習武場地之用。因這兩樣特性，兼那大將軍支持，這世間多了數名俠客，而這俠客們自成一體，令那後世統治者頭疼不已。

　　這「穹陽之術」說畢，當說說那「龍問」之術。其實這「龍問」之術，不過是那世人常常提及之「魔術」表演罷了。之所以被喚作「龍問」之名，皆因彼時帝國領袖確為真龍天子。他與後世那些假借一切神異之術鞏固統治，推崇一切神異之術馭下之人，均有所不同。那後世來者，往往刻意將此神仙法術，做出一個神異的樣兒來，以蠱惑人心，令那治下民眾，相信自己是真龍天子下凡，天然可通靈異。這一點，與那本有神異，但成日只想遊冶玩樂之真龍天子，實在是大相逕庭。

　　且說這神力無邊的真龍天子，死活也不曾想通如今人類為何不用法術，便可做出這許多令他匪夷所思之事來。因他對魔術表演興味十足，遂每次瞧完了那魔術表演之後，便要詢問那演員是如何做到這番神異表演的。因問得多了，遂後來者，便將這表演之名以「龍問」一

詞代稱。

　　話說自他前來詢問，這演員們多不敢拒絕，但見他數次相詢，又不敢不說，但說得多了，又怕洩漏自己祕密，遂只得採用一個折衷之法，只與他說明戲劇的基本原理，那具體操作的門道，卻仍在自己手上，有所保留，如此這般，也算不上欺君之罪。

　　說來也巧，這天龍也是個好事的。他聽了演員們的託詞，回到那王宮之時，亦想跟著他們的法子去嘗試那魔術表演，但他只知其一，未知其二，便無論如何也無法表演成功。但其生性驕傲，便是不能成功，亦不會再去詢問，只自己慢慢摸索。如是一知半解之時，他對那魔術表演反而越發有了興趣，日常前去觀看魔術表演，反倒成為其最喜愛的娛樂活動。

　　列位看官，你道是自古以來，世間諸人，對那在上位者之喜好，殊愛模仿。既是天子喜歡之物事，自然也不會差到哪裏去，遂自打得知這「龍問」之術之後，舉國上下便刮了一陣前去觀看「龍問」之術的風氣。那風氣既起，城中的票價一時間洛陽紙貴，京城之中那表演魔術者，也慌忙加場，一時間，那京中處處都有魔術表演。

　　因那買票者喜歡瞧個新鮮，遂這項表演在當時亦是空前絕後，十分繁榮。那魔術花樣層出不窮，立志做那魔術師之人物亦多如過江之鯽。若是誰能練出超高的魔術技藝，在那天子面前表演一番，其所獲得的榮譽獎賞，便足夠一生使用了。遂一時間，諸般人等，個個在家苦練，人人拜師學藝，將那「龍問」之術，直演繹得與那國術一般。

　　且說回這牛小青處。列位看官，你道這牛小青自打得知了這「龍問」與「穹陽之術」後，便著那小廝前去先買了「穹陽之術」之票。他既得了此票，免不了便要抽個好日子，去看那擂臺比武之事了。那兩名小廝見他出門，也慌忙跟了去。

　　說起來，這日天氣倒好，是個風和日麗、晴空萬里的好日子，幾

人出門前瞧了一眼黃曆，那黃曆上也寫明今日是個黃道吉日，但說來也巧，這般天時地利人和之時，這牛小青卻倒了大楣。

閑言休敘。且說這三人正在街上向那擂臺處行走，卻見天地變色、陰雲密布，但那雲層說來也怪，不是黑色，卻像是晚霞似的紫金色雲朵，那太陽光竟從雲海之中，射下來一道道五彩光芒來。

正驚詫之間，卻見大地開始震動轟鳴，四處迴響著「嗡嗡」之聲，那天地只見似是變成了一個大瓦罐，其聲響恰如瓦罐之中放置了一個滾來滾去的鐵球一般。

這聲音並不甚大，那震動也不甚強烈，可在牛小青聽來，卻是十分害怕。尤其他一眼瞥過去，見地上的一切都被雲海之中射下的彩光照得光怪陸離，如同處在一個顏色混亂的夢境之中一般，這更讓他恐慌。他轉眼瞥了一下四周，見身畔除了那瓷器店老闆呼喚夥計，命他們將瓷器扶好，萬不可摔在地上。其餘人等，走路雖是東倒西歪，但仍是該做什麼便做什麼，遂也安下心來。他雖不知發生了何事，但見大家都並無慌張神色，自己也只能稍稍定神。

且說這牛小青尚未安心片刻，抬眼一望，嚇得險些一屁股坐在地上。你道他瞧見了什麼？原來那天空的雲海之中，若隱若現者，竟真的是一條碩大無朋、一眼望不見首尾的真龍。那牛小青一眼望去，也不知那龍身有多粗，反正自家眼睛都痛了，才能略尋到那龍尾。那龍前行姿態卻如蛇一般，只是緩緩扭動身子，向前游去。

因那雲海甚厚，遮擋住這龍身，牛小青張望之下，也不過只隱隱瞧見這龍的形狀，但只是管中窺豹、驚鴻一瞥，牛小青也能想像出那龍身的巨大之態。因那雲層並未將其完全遮擋，有些薄雲之處，牛小青還能瞧見這龍身之上，閃爍了變幻五彩光芒的堅硬龍鱗，他如今不甚清楚這龍身到底有多少鱗片。但現下看了，只覺那每一枚鱗片，比之那姚先生的宅院似是還要大上好幾倍，要知那姚先生之宅院，比那

普通郡縣之占地還大，可想這龍之身軀該是何等雄偉。

那牛小青瞧到此處，終於有些後怕，也忍不住驚聲大叫起來。

他這一叫，倒是將那街旁路人嚇了一跳。眾人見他如此驚惶失措，均用鄙夷眼神瞧他，那跟著他的兩名小廝見了他這番姿態，也忍不住掩嘴笑了起來。四下眾人交換一個眼神，大約是在嘲笑其到底是個未見世面的，那一名小廝的眼神端的便是「鄉巴佬」，而另一小廝，則有嘲笑牛小青不過是個「土包子」之意。那兩人見牛小青惹來眾人側目，便慌忙對路人賠笑道：「實在不好意思，叨擾各位了，這位大哥是從荒野鄉里前來京城遊玩的，他初來乍到，並未見過這等世面，還望各位多多包涵。」一面說，一面將那牛小青攙扶至一處背人的清幽街面去了。

端的是：

幽壑魚龍長嘯，倒影星辰搖動。

回首三山何處，聞道眾人笑我。

列位看官，你道這龍到底是何來頭？為何眾人對此並不害怕？這兩名小廝如今又要將牛小青帶至何處？欲知後事如何，且聽下回分解。

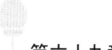

第六十九章

　　上回且說到這牛小青因買到去觀賞那「穹陽之術」的擂臺票，便與那兩名小廝一道，預備去瞧瞧那「穹陽之術」，豈料才走到半路，見那雲層之中霞光萬丈、低鳴不已，端的是：

駕八龍之婉婉兮，載雲旗之委蛇。

　　那牛小青何時見過這等光景？當下被驚得大叫，以為是什麼妖怪駕臨、魔鬼現世。遂一屁股坐在地上，慌得大喊大叫起來。

　　眾人見牛小青如此大驚小怪，紛紛投以鄙夷眼神，以為其未見過世面之態。那隨從的兩名小廝見牛小青這般模樣，慌忙將他拉去那僻靜處，免得這牛小青鬧出更大動靜來。

　　且說牛小青此時仍是驚魂不定，直嚇得氣喘吁吁，也不知那天際神龍到底是何來頭。那兩名小廝扶他到一家茶館之內坐定，喚那茶博士送了一壺熱茶前來，著其喝一口熱茶壓驚。這牛小青猛灌了幾口，這才回過神來。他定了定心，又抬頭望瞭望那天上的龐然大物，見其並無攻擊眾人之意，這才用驚疑不定之聲問那兩名小廝道：「你們可知道，這天上的……到底是何物？」

　　此時那兩名小廝面上亦被那天上彩光照得五彩斑斕，遂牛小青並未瞧見他們面上那一閃而過的鄙夷申請。他們見牛小青發問，便強壓下心頭瞧不起他之態，仍舊恭恭敬敬答道：「瞧您說的輕巧，萬不可讓別人聽見了。『那是什麼呀』可不是您能說得，您若是直呼其名，可太過無禮。您不會不知道，那便是我們當今天子陛下的真身吧？」

　　牛小青聽他們說完，仍是懵懵懂懂，一知半解之態。他如今雖然失憶，記不得前世也不是什麼稀罕新聞，但是饒是他不失憶，此前他

也並不知曉那天子是真龍之身。他生在那無稽崖下的窮鄉僻壤之中，村中之人一輩子都未曾踏出村子，外界之事，一概不知。

而他那哥哥嫂嫂，又焉會把與他錢去見識外物或是念書學習呢？他曾聽嫂嫂云，他如今吃穿用度，都是自家中省出的，知道那放牛耕種之事便可，其他許多事，知道了又有何用？他知道的越多，心便越野，將來也越發不好管制了！

那牛小青見龍身在雲層之中若隱若現，便戰戰兢兢問道：「是啊……不過，為何天子陛下之身如此巨大？」

那兩名小廝聽其問完，雖然面上有那五彩斑斕之色掩蓋，但仍舊是一副哭笑不得之表情。隨後這兩人似是用盡渾身氣力，方才忍住不笑，慢吞吞地對那牛小青一字接一字道：「我、們、的、天、子、陛、下、乃、是、龍、身、啊，你說龍、是、不、是、很、大、啊？」

且說這牛小青雖是孤陋寡聞，但是龍是何物，他還是知道的。但如今他驟然聽說高高在上的天子竟然是龍身，眼下自己竟然還親眼所見，腦子之中才轟地亂套，甚至連接下來要說什麼也不知，只是懵懂地立在原地，呆呆地望著那兩名小廝。

正在此時，那茶館的老闆亦走了出來。牛小青見他身上已不是適才所穿的半舊的外衫，而是換了一身嶄新的乾淨衣物，那衣料甚好，看來是已經將他最好的衣服穿上了。

且聽那老闆對眾人道：「諸位請自便，我現下要去翰極殿迎接天子，先失陪了。諸位若是有甚需要，直接喚這店中夥計便可。」

那兩名小廝聽茶館老闆如是說，慌忙道：「麻煩店家等等，我們與您同去。老闆，麻煩您先幫與我們這邊會賬。」這二人一面說，一面便有一名小廝跑了過去，先去與老闆結賬。

那留下者則對牛小青道：「吶，牛先生，此刻天子外出平災歸來

時，我們都要去他的神宮迎接，此次天子是去西北等地降雨，那處最近正逢旱災，天子歸途上雖為龍身，但一會行至神殿，便會化作人形了。您若是去瞧了，自會明白。不過此事也並不是非做不可，若是您不願意與我們同行，也可留在此處飲茶，我們一會回來接您。您看看您到底意下如何？」

那牛小青聽他如是說，焉有不去之理？當下便滿口答應，站起身來便要隨二人離去。

且說當日玉帝決意要幫助世間萬民治國之時，亦是遇到了一件棘手事。原因是在玉帝眼中，人間的帝王並無誰算得上成功，或是敗給那因生理缺陷而產生的各種心理缺陷，或是目下的統治者英明神武，但其後世子孫卻又是那敗家蠢貨，一心只想著魚肉百姓，消耗祖上的富貴榮華。

玉帝因著此事，也曾嘗試要賜予那英明治下者永生不死之壽命，可惜這人間帝王，一旦逃脫生死，便又被權欲迷惑，完全無法自控。這玉帝逢上此事，只得將當日恩賜予其之壽命收回，遂那人間成王敗寇，總在改朝換代，且戰亂不絕，如此來回，如一個解不開的死結一般。

那玉帝思來想去，便想到自家如今派一個仙人治下或可好些，遂他便在那仙人中詢問一番。但那仙人中，卻並無有意擔當此任者，兼眾仙素日只好遊山玩水，並無掌控俗事智慧，那玉帝本人便更不曾有，遂那玉帝雖想了一個法子，卻又添了一重煩惱。

且說這玉帝只管自家愁悶，每日在天庭之中思忖此事，便漫無邊際地在院中踱步。且說這日他走到了一處，此處離天庭甚遠，並不似天庭之中建築。他見那建築外觀全不似他所見的天宮建築，不禁眼前一亮，想起自己幾欲遺忘的一處神祉來。

列位看官，你道這天帝想起了什麼？他想到的，便是後世稱之為

「龍」之神明，與那「玉皇大帝」、「閻羅王」、「太上老君」人等一樣，
皆是人類為了方便眾人辨識而取的名號。在神明與神明之間，倒並無
這許多講究，皆因那神明相互之間能感應彼此存在，既能彼此融合，
又能各自獨立，遂那名字於他們而言，實是不必要的累贅。

正是：

菅君本不假凡胎，直自靈山會上來。

五百年間無識者，扶桑佛法一枝梅。

列位看官，你道這玉帝究竟如何安排龍神下界，這牛小青又有何
際遇？欲知後事如何，且聽下回分解。

第七十章

　　上回且說到牛小青途遇龍神，張皇失措，被那兩名小廝拉到僻靜處，又買了一碗熱茶與他吃了，這才緩過神來。因問那龍神來歷，只聽那兩名小廝云，那龍神乃當今天子，其化作龍身，定然又是去別處除災解厄了。彼時那龍神回帝都，眾人皆換了新衣，預備迎接其下界。

　　說起這龍神來歷，倒也與玉帝有關。當日玉帝為人界遴選天子，或因權廢私，或只能保住一代昌明，遂其預備令一天神下界，豈料這天神多半都是偷懶幫閑的，遂其對此也甚是頭疼，也不知該如何是好。這日，玉帝行到一處荒廢神祉，忽然計上心來。

　　列位看官，說到此處，你們應當也有所了悟。那神祉之中便是龍神所在了。說起這龍神，當與別神不同。這龍神甚是孤傲，素來不願意與別神同住，甚至連那天神之間感應也不願存續，遂自行切斷。且那龍神脾氣古怪彆扭，素日大家說東其非要往西，大家往上他定要往下。後來便乾脆不與那其他神仙在一處了，而是自個兒搭了個神殿，自家住下，誰也不理會，因那神仙歲月十分悠長，久而久之，眾人便將他忘了，玉帝若不行到此處，也不曾回憶起此處竟然還有一處神祉所在。

　　話說此前那龍神雖然惹人著惱，但這會子玉帝見了，反而喜不自勝。原因是那玉帝觸景生情，想起此前龍神與天上眾神爭辯其人間的種種是非對錯之時，雖然與那眾神看法截然相反，但其比起其他神仙來，倒似是更瞭解各種人間俗世。想到此處，那玉帝二話不說便走進龍神神殿，將自己希望他去治理人間之願與他說了。

　　「滾！」「想讓我去人間，想都別想！」「人間那些個臭蟲，統統死了才是大快人心！死了更好，管我什麼事！」「別以為別的神仙

蠢蛋奉你是個頭你便了不起了，我可不似他們，傻到這般田地，別擾了我睡覺，一邊玩去爛孫子！」

且說這龍神連一句客氣話也無，便將那玉帝趕出門外。那玉帝倒也不生氣，心道這龍神也就這般臭脾氣，自己此時與他無法說通，待他想通，再多來幾次便罷了。

列位看官，你道這三國時，有劉玄德三顧茅廬之事。這劉備想請諸葛亮，前後去了三回，這諸葛亮心中感激，便跟著他走了。但不知劉備是否還有再多去一次的耐心。如今玉帝相請龍神下界治理，前後去了龍神神祉五次，這五次來回共五百多年，前兩次那龍神見他來了，好歹還令其進門，後面那龍神知他來意，乾脆將大門緊閉，連面也不令他得見了。

且說那玉帝第六次相訪，又吃了一個閉門羹之後，他也無甚耐心了。遂強衝進那龍神神殿，二神說不得便動手打了起來。這兩個都不是省事的，一打便打了三年多。其靈力相仿，誰也打不過誰。兩人見再這般武鬥下去，怕是要將整個天庭毀了，遂便約定改了文鬥，以下棋來定勝負。

說起下棋一事，這玉帝倒甚不在行，那龍神在圍棋之中連讓他九子，他卻仍是輸了。那玉帝不忿，二人又改下象棋，這番象棋，那龍神有讓了玉帝兩車一炮，豈料便是如此，這玉帝仍是贏不了，遂二人又改比鬥詩。

龍神詩興大發，提筆揮毫灑墨。這玉帝已經玩慣了，哪裏還有作詩的才能，憋了半天才相處一句詩來。你道他想出什麼？說起來也是可笑，這玉帝想出來的竟是「你若再不答應，我便在地上打滾，實在可恨可恨。」不用說，這鬥詩一事，玉帝又輸了。

但鬥詩輸了，這玉帝仍不心服，還要與那龍神鬥畫。這龍神也應了。他落筆成畫，那畫中有森羅萬象，展開如千卷飄飛，煌煌千里巨

作。而這玉帝畫了半天，不過畫了個神龍飛天的畫像，他本意是拍拍龍神的馬屁，哄那龍神開心。令那龍神一高興，便應了他。奈何其畫技拙劣，這龍神瞧了畫像，倒像是一隻蚯蚓正追著他要拱其後臀一般。這二人鬥畫玉帝仍不服氣，便要與龍神鬥舞，那龍神一揮手，在空中姿態翩然，變幻萬端，忽如五彩星子，忽如天際流雲，端的是風流萬端、曼妙無比。待輪到那玉帝跳時，卻瞧不出他是在跳舞，倒像是身上長了天蚤，正抓耳撓腮不知該如何是好呢。

且說這玉帝十八般武藝上了，卻仍是拿那龍神沒轍，如今實在無法可想，只得對那龍神道：「雖說這些我都不如你，但有一樣你卻辦不到。」

那龍神聽了，果然上當，問那玉帝道：「你說的是何事？」

那玉帝云：「若是你覺得可行，便去那宇宙盡頭走一遭再走回來與我瞧瞧，你若是能辦到，我便服了你。你若是辦不到，便給我老老實實去做人間的頭兒去。」

列位看官，你道這玉帝為何出此下策？原來這天宮眾神，那眾人瞧著雖是在天上，實則他們自己也並不明瞭自己到底身在何處。自打眾神有記憶開始，上至天庭，下至凡間，並非是從雲彩飄落地面一般如此簡單。他們對自己住處雖是再熟悉不過，但那宇宙空間卻是神秘無匹，便是天神也有許多並不瞭解之疆域。遂對諸神而言，探索那未知宇宙，便如人類要去那荒冢鬼屋探險作遊戲一般，需要莫人勇氣。

那玉帝口上雖然說「宇宙盡頭」，但其實他自家也不知那盡頭到底在何處。日常眾仙家所謂的宇宙盡頭，不過是眾神心理上所認為的臨界點罷了，一旦超出那宇宙某一界域，眾神之中誰也不再有探索膽量，遂眾神便將那界域喚作「宇宙盡頭」罷了。

豈料這龍神正是個好事的，他聽聞天帝挑釁，當即二話不說便起身飛走，想要贏了和玉帝之賭約。那玉帝見他不多時便又飛了回來，

便問那龍神是否踐約之事。原來這龍神不僅飛至眾神所說的宇宙盡頭，還比之其他神明更多飛了一段距離，這距離若是用如今的天文距離演算，大約有半個光年左右。超出這範疇，那龍神也不敢飛得再遠了。

且說這龍神飛還之後還未開口，玉帝便覺十分無趣，悶悶不樂地折身回到自己的紫微神殿之中了。

此時他勸不動龍神，便也只能就此作罷，那人間好一陣歹一陣，也只得由得它去了。但豈料這事情竟突然有了轉機。原來當日西王母動心起念，貪圖玩樂，便從人界學了一樣技藝，這技藝，正是人界的釀酒之術。這西王母既學會了此術，若不演示一番，豈不手癢？遂其便用那人間採集之原料，釀造了一批好酒。如今她見玉帝一臉不快地折回神殿，便上前去問緣由。那玉帝將這番際遇說與她聽了，她思忖片刻，著玉帝帶著酒再去拜訪那龍神一次，此番只管勸那龍神飲酒，飲得越多越好，只要那龍神願意飲酒，之後諸事都好商量。

那玉帝聽西王母如是說，雖不知道酒是何物，但此時也不過死馬當作活馬醫。只得將信將疑地提了酒又去拜訪龍神。那龍神見玉帝又來，本想將其拒之門外，但轉眼卻瞥見玉帝手中的酒罈，他聞見那酒香，便早已忘了自家原則，忍不住將那神殿大門打開，相請玉帝入內。那玉帝還未開口，龍神便索了酒罈，大口大口地飲了起來。

正是：

勸君今夜須沉醉，樽前莫話明朝事。

新寒中酒敲窗雨，殘香細裊無情緒。

列位看官，你道是這飲酒已畢，這龍神下界之事，又待怎地發展？欲知後事如何，且聽下回分解。

第七十一章

　　上回且說到那玉帝數度邀請龍神下界治理民間遭拒之事。這玉帝因忿忿不平，便忍不住與那龍神打架。二人打了數天數夜，不分勝負。因其皆為法術高強之神，這番打將下去其破壞力甚大，因而兩人相約文鬥，分別比鬥詩詞歌賦等各項時，玉帝均有所不如。那玉帝屢屢遭敗，心情抑鬱，只得快快回到那紫微宮中。不想其回宮之時，遇到西王母，這西王母歷來也喜愛人間物事，正巧學了釀酒之術，便著那玉帝帶著酒再來尋龍神。

　　這玉帝提了酒，又往龍神殿中來。龍神與他這五百年爭鬥，早就煩透玉帝，正待將他趕出門，卻見玉帝手中提了一罈酒。一聞之下，腹中饞蟲大動，想要將玉帝趕走的心也熄了不少。

　　且見他將玉帝請入內，將那酒取過來，直接便飲了起來。那玉帝亦是有心的，見這酒既然能令那龍神心動，當下施法，將那酒變得源源不絕，那龍神饞酒，也未曾多心，只管自顧自地飲酒。這二仙也只管飲酒，不知不覺間，竟豪飲了比之黃河長江水量最豐富之時加起來總量之酒水。且說龍神這般牛飲，便是鐵打的身子亦熬不住，當下醉得一塌糊塗。

　　那玉帝見龍神飲得如此豪興，自己亦忍不住飲了一些，亦同樣酩酊大醉。幸而他尚記得自己如今前來是為什麼事，遂神志不清地對那龍神道：「我與你說的下界人間之事，你考慮得怎……怎麼樣……，兄……兄弟，就算是我求……求你，你且去人間當……當那眾人的頭吧。好，好不好？」

　　且說那龍神早已醉得趴在神殿之中的五彩琉璃磚上，頭也無法抬起。他那硬逾鑽石的龍角亦軟綿綿地垂將下來，鬍鬚捋在口中啣玩，

龍涎亦流了滿地，聽了玉帝問話，也不過腦，只是口齒不清地答應那玉帝道：繩（行）……敖及閃該……購處（老子現在就去）。」那玉帝聽了，點點頭亦想離去，不承想早就醉成一灘爛泥，倒入那龍神的口水裏，也睡了過去。

　　二神這一醉醉了甚久。那玉帝飲得少些，不過睡了二百年。他如今醒來，見了滿身口水，心中幾欲作嘔。其實那龍神口涎，玉帝瞧著雖然噁心，但於那凡人而言，得到其中一滴便能活上千年。那龍神醉得更久些，竟有六百年之久。待其醒來，玉帝便前來提醒其醉酒時立下的字據，說過的言語。那龍神心中懊悔無比，但如今也無甚食言的辦法。他素來一言九鼎，若是叫人知道自己有反悔之意，實是對不起自家的自尊心，如今既然木已成舟，只得拾掇拾掇，下界去自己一貫鄙夷的人間稱帝去。

　　說來也巧。不承想這玉帝與龍神賭約之事，竟然被一多嘴之神仙告與世人知曉。那眾人知曉後，便將玉帝當作榜樣，上至官員，下至黎民百姓，凡遇到那辦事不好說話者，眾人紛紛宴請飲酒，用飲酒之道解決此事。那酒反倒成了人際之中最不可缺少的潤滑之劑了。

　　那龍神因受了這個教訓，反而對酒之一物，恨之入骨。從此之後，非但滴酒不沾，到人間稱帝之後，當即便頒下了那禁酒令。列位看官，你道這世人，均有一個怪癖。那越是在上位者禁止之事，反倒越是勾起那世人的好奇心來。他不禁還好，一禁之下，眾人越發想要嘗嘗這酒之滋味了。以至於那兜售酒水，倒成了最賺錢的買賣，人間四處都是私自釀酒的酒販，還因利益糾葛組成不同幫派，四處械鬥不止。

　　龍神見自己禁酒令並不奏效，且那酒非但禁不住，反有越演越烈之勢，也只得作罷。如今他既已下界，既來之則安之，雖禁酒令無法推行，但其退而求其次，在那丞相之幫助下對百官監督頗為嚴格，在其稱帝期間，全國上下大小官員，並未有一人因酒耽誤工作或是因酒違反律法。

且說這龍神既已安心下界，那人間之事，總該略平息一些了吧。但豈料這龍神雖對人間有些許瞭解，但其也並未有多少處理人間俗事俗物的能力。帝國之中，多少政務雜事，均有丞相擔任。但有龍神威懾之力在此，便是其並無親自處理政務，那帝國之中，亦沒有人敢發動政變。

　　那帝國之中，曾有一二不心服者，諸如曾有一名丞相想如此做，結果行至京師方才發現，自己辛苦召集的那五百多萬大軍，竟連給龍神塞牙縫也不夠。自此之後，國內所有官員，便只有兢兢業業、克己奉公一道可行，那帝國因龍神坐鎮，也一直國泰民安。

　　閑言休敘。這龍神坐鎮人間，四處降妖伏魔自不必說。其回京之時，其實並未強制百姓前去迎接，但那眾百姓與龍神處得久了，自發前去迎接者也有不少。那牛小青被兩名小廝領著，沿著側街走到了那正街上，越行卻發現人越多，以至整條大街之上，皆人潮洶湧，均是自發去迎接那天子回宮之人。

　　牛小青哪見過此番陣仗。雖那兩名小廝一直回頭看顧，但人潮擁擠，那牛小青不明方向，很快便被眾人甩在身後，與那兩名小廝失散了。

　　這牛小青見自己找不到那兩名小廝，便擠出人群，行至街邊一個小花園。尋了一個長凳座下。他心中想著自己歇歇腳便先回旅店歇息也罷。如今雖見不著那天子雖是可惜，但也實在是擠不開那熙熙攘攘之人群，也只得作罷。

　　且說這牛小青剛坐下未久，便有三名衣冠楚楚之人湊上前來，問那牛小青道：「牛先生，冒昧問問，您是否與那兩人走散了？」牛小青見他發問，便不假思索地點了點頭。且聽那人又道：「既是如此，那您且跟著我們走，我們亦是姚先生的家丁，您只管跟著我們便可。」

　　牛小青聽他既如此說，也並未多想，便跟從他們走了。這幾人將牛小青請上一輛馬車，便催馬前行。

牛小青見那馬車碌碌，疾馳而去，便問道：「你們是不是帶我去見天子？」那三人答道：「那是自然。您是主我們是僕，您說去哪裏我們便去哪裏。」牛小青聽了這番話，更是安下心來，只好好地在那車中坐了。

他在車中，見不到外景，只覺那馬車行了好久還未行至那宮中，但他天生便缺心眼，凡一得閑，便想睡覺。遂他不多時便靠在馬車上睡著，也不管他事。

這牛小青也不知睡了多久，一覺醒來，發現自己竟還在馬車之上，透著那馬車縫壁向外瞧去，只見外面天色竟有些暗了，便想問了一聲道：「怎麼還未到？」他剛動心起念，卻發現自家竟完全說不出話來。他嗚咽數聲，才猛然發現自己的嘴竟被一塊麻木堵上，而想動也無法動彈。再低頭一瞧，自己竟然被捆得嚴嚴實實。坐在他身側之人見他醒了，冷笑一聲道：「哼，這位爺真是個心大的，不過也好，倒也給我們省了許多事。」

牛小青此時心下方明白，原來自己是遇到歹人了。原來自打牛小青在合裕樓之時，他們便已盯上那牛小青，且知其是姚老太爺的貴客，便已心生歹念。

他們動了這番心思，自然也費了一番手腳功夫。起先眾人發現這客人姚丞坤似乎頗為看重，便想綁了他想要去姚丞坤處換贖金。為了探聽此人消息，還特意買了姚丞坤家中一名家僕作眼線。不承想，那眼線探後，竟告訴他們一個更為驚人之消息，原來那牛小青被姚丞坤如此看重，竟是因為其手上有那長生不老的方子！

正是：

強盜遭逢惡抵家，賊臟纏敗別無他。

山藤徹骨令甘伏，反與渠儂貼面花。

列位看官，究竟這三人要將牛小青帶到何處？這牛小青又能否逃脫強盜魔掌？欲知後事如何，且聽下回分解。

第七十二章

　　上回且說到這龍神因飲酒之後迷迷糊糊應了玉帝之後，便只得應自己的允諾治理人間。好在這龍神威儀之力頗足，這帝國之中，雖有種種不忿之人，在他神力之下，漸漸也不敢造次。那國中諸人，也漸漸習慣了龍神澤佑萬民之態，凡有那龍神出巡歸國之時，萬人空巷，均去迎接那龍神前來。

　　且說這牛小青聽聞眾人解釋，終於明瞭這龍神之來龍去脈，他本擬與這兩名小廝一道，也預備去瞧那龍神駕臨之態，豈料這街上熙來攘往、人聲鼎沸，自己人生地不熟，雖拼盡全力向前擠去，卻終還是與那兩名小廝被人群擠散。

　　好在這牛小青也不是非瞧這天子真身不可，便在街邊歇腳，預備先回那酒樓。豈料正坐著，有三人前來相詢，云自己也是姚丞坤家中僕人，前來將牛小青帶回。那牛小青見幾人說得真切，也並未多想，當即便隨眾人一道上了馬車，意欲隨其前往。豈料行了許久，尚未到達，他低頭一瞧，自己早已被人綁了，口中塞了一個布條，竟然連身在何處也不知道。

　　那土匪頭子倒是頗高興。他早已從姚家眼線口中得知這牛小青手中竟有長生不老之藥方，自己如今抓了那牛小青，便如釣上了一條大魚一般。遂其命令手下無論如何也要將這牛小青弄到手。遂那三名土匪在合裕樓附近住下，死命盯著牛小青，凡那牛小青一出門，這三人便緊隨其後，將其盯得緊緊的。怎奈這牛小青身畔一直有人，他們總也找不到機會下手，直至今日那牛小青與兩名小廝走散時，幾人才尋到機會，終於將那牛小青綁走。

　　列位看官，你道這土匪頭子也不傻。他如今綁了牛小青，雖可在

那姚丞坤處換一大筆錢，但其倒也不想長生不老，一個人只是長生而無錢財使用，這豈非是白受其罪？遂其靈機一動，想到了另一重法子。

這牛小青既有此良方，現既落入他手，待他逼問出這法子，轉手再賣與一個好價錢，並加姚丞坤手上那筆贖金，可保自己後半生無憂了。如今帝國境內四下皆在剿滅匪幫，便連那御林軍也出動，且這些人等每隔數年便會來山中逡巡一次，土匪一行，他也不能再幹多少年了。

且說其剛將那牛小青押往山寨時，那土匪們因想著長生不老之良方，皆對那牛小青以禮相待，希冀從那牛小青口中探到長生不老之祕密。但不論那土匪頭子如何打探，牛小青皆以實相告，云自己實在無甚長生之法，且如今已失憶，便是有，也實在想不起來。

那土匪頭子聽了，不由得惱羞成怒，他不似姚丞坤那般見識廣闊，並不知道這世上還有「失憶」一事，更不似姚丞坤那面還要顧忌面子名聲，如今見牛小青油鹽不進，只道這牛小青在耍著他們玩兒，便將牛小青關押進山寨之中的石牢之中，用重刑逼供。

他雖不信，但想不到這牛小青實是並無隱瞞之處。饒是他如此，半點信息也問不出。不過他也不敢將那牛小青整地太過，若是那牛小青真的就此死去，他們便是連贖金也無法拿到了。

不過這土匪頭子倒也不甚急。如今牛小青已落入他們之手，他奪得便是那令人求生不得、求死不能的法子。素日他口中說得最多的便是「地獄都趕不上老子寨中的監獄這般厲害」，遂諸匪折磨起牛小青來，實是比其在地獄之中還要更慘。要知這牛小青此前在地獄之中，只不過是做活罷了，並未有受刑一說。

好在這牛小青雖受了幾日折磨，總歸其運氣還未差到家，沒過幾天，那剿匪之御林軍便找到此處來。遂那牛小青便如當日姚丞坤在匪寨之中一般，經歷了一番牛油所經歷過的諸般事宜，只不過這次時間

更短。那土匪頭子未到一盞茶之功夫，都已見閻王去了。而那土匪頭子也算是踐行了自己素日之名言，這番真可到地獄之中與那閻王比較一番，到底誰家監獄之酷刑更為嚴苛。

御林軍救下牛小青時，見牛小青因重傷已昏迷不行，便將其一併帶上，送至附近縣城之中的一個醫館之內。

說起這醫館，當真也是牛小青運氣甚好才得此待遇。原來這醫館亦是這龍神下界之後，才命人修建的。以前這帝國境內，最多便是遊方郎中。能有那固定處所與人看病之人乃鳳毛麟角，且也只有帝都之流的大地方才有醫館。其餘郊野之處，若是有人患病，多數只能自家挨著，若是患了重病逢不到醫者，往往也只能在家中等死，遂只有那大富之家及權貴人等，方能養得起那固定之醫者，凡有病痛，可隨叫隨到。

自打龍神下界之後，得知這番狀況，便頒了一道聖旨，由朝中出資在那縣城等人員聚集較多之處辦幾座醫館，以便那百姓生病了能有醫治之所。此番政令頒布之後，那鄉縣之中，便也有了醫館。那都市之中，自然也有了更好的，而那偏遠村鎮之中，也得了幾個醫術一般的郎中。

且說這牛小青被救醒之後，便想折回去尋那姚丞坤。可如今他傷勢頗重，那嘴巴與舌頭，又都腫得說不出話來，且其大字不識一個，也無法將自己欲望之處寫在紙上與眾人瞧看，只好在那醫館之中待著，等口舌及身上之傷痊癒再行離去。

列位看官，你道這廂牛小青雖心中焦灼，但其並不知曉，這世上還有一個人比他更著急，那便是這姚丞坤！這姚丞坤自聽聞牛小青失蹤之訊，其便秘時長，竟從兩天變作六天之久！

但其當真是個厲害的。這牛小青既已失蹤，他便撒了眾人出去尋他，但尋了頗久，那牛小青卻仍是無影無蹤。這日他又在茅房努力半

天卻仍舊一無所「出」之後，折身回房中躺下，忍不住潸然淚下。這倒不僅僅是因為那痔瘡之故，更是因為那牛小青若是尋不著，他便連最後一絲希望也失掉了。

列位看官，你道這姚丞坤為何如此焦灼？此事說來倒話長。說起此事，倒還要從其五年前的一個決定說起。此時他倒想折回那五年之前，將彼時做決定時之自己掐死！

如今他面上看著雖然如常，但內裏其實早已被那妖魔控制得死死的了。

說起此事，還當從那五年前說起。且說那妖魔自五年前，便已找上姚丞坤。你道那妖魔是誰？正是之前牛小青在姚丞坤家中見到的管家及那白鬚老者。此二人找到姚丞坤之後，便對其道，只要那姚丞坤答應死後入他們一夥，便可保護其不被那地獄之中的鬼卒帶走，以免其靈魂受地獄折磨之苦。

起先那姚丞坤聽聞此言，也只當這兩人瘋子一般。後此二人在姚丞坤面前表演了一番妖術。諸如那穿牆、隔空取物等。又招來它們手下那不成人樣之小妖來與姚丞坤看了，那姚丞坤便也信了。但他卻仍然存有疑慮，自己如今賺來的錢，來路皆是堂堂正正，死後又焉會下地獄呢？

那兩名妖魔聽了他這番辯解，哈哈大笑，云那姚丞坤實是太過天真。如今地獄之人，才不會管你手中錢財是如何賺來。其主要考量之處，乃看一人生前是否做過那虧心之事。

姚丞坤聽此二人如是說，心中便有幾分信了。若問他平生是否做過虧心之事，他倒也有些無法坦盪。如今他最大的心結，便是自己始終也無法甩掉那仙女的影子，人間的庸脂俗粉，自己總難看上。他此前與許多女人歡好，卻又很快便對其厭倦，他所知那女子之中，有不少為他傷心欲絕，甚有墮胎失子者。更有一女子，為了得他青眼，竟

背著那姚丞坤將那孩子偷偷生了下來。那姚丞坤聽聞之後，不過甩了一銀子與她，非但不認那幼子，其後更是連看也未曾看那孩子一眼。便是此後他成親生子，卻也依舊如此，並未有任何改變。

此處倒是不得不說，他這般作態，可不能怪到那仙女頭上。便是沒有遇到那仙女，這諸般作為，難道不也是他自家選擇？

正是：

塞垣苦寒風氣惡，歸來面皺鬢眉斑。

謗書盈篋不復辯，脫身來看江南山。

列位看官，你道是這姚丞坤既已心動，二妖又待怎地？這牛小青又有何妙處，可破解其困厄？欲知後事如何，且聽下回分解。

第七十三章

上回且說到這牛小青被土匪劫走,關押在山寨之中百般折磨,因那帝國之中剿匪騎兵已至,那山寨便如牛油姚丞坤當日所待的山寨一般,不過一盞茶的功夫,便叫那騎兵破了。那騎兵見牛小青受傷頗重,便將其帶到縣中醫館醫治。這牛小青口舌皆腫,無法言語,又苦於其不會寫字,便只能在醫館之中安心待著。

但他這一失踪,倒苦了姚丞坤。且說牛小青當日進姚宅時,只覺得妖異非常,實則大有緣故。原來那管家及白鬚老者,均是妖物所化,當日前來引誘姚丞坤,只云二人有法子,令其死後不用去地獄之中受刑,那姚丞坤起先不信,後來二人又多番威逼利誘,便漸漸也動搖了。且他聽聞在人間做了虧心事,將來便需下地獄贖罪,便越發將信將疑起來。

若是只是如此,倒也還不足以令姚丞坤動心。他心道此事也並非大奸大惡,且總還有可控之處。自己大不了以後再也不玩女人便是,初一十五時,多把幾個香火錢去廟裏也就足夠。一念及此,他心中便暗暗想著,若是自己這般做了,將來便是在閻王面前分辨,他也算是將功折過,不至於無理。豈料那兩名妖魔見這般也無法徹底引誘姚丞坤,遂取來一件寶物,又來引誘姚丞坤。

列位看官,你道那寶貝是何物事?說來是罕物,但細按起來,其實諸位也早就見過。那寶物正是那輛形狀詭異之馬車。且說這馬車周身瞧著皆詭異無比,那拉車之馬瞧著更不對勁,除了疾跑之時有所動靜之外,其餘時間皆杵在原地紋絲不動,且那馬雖說是活物,素日絕不用進食飲水,堪稱奇觀。且那馬車行動速度奇快,比之那姚丞坤家中最快的好馬輕車竟然還要快上數倍,譬如素日他家中馬車從一處跑

到另一處，需三天三夜，可如今同樣的路程，用這兩人的馬車，竟然不過堪堪兩個時辰罷了。

但若只是行速迅捷，也不足以令姚丞坤動心，那馬車還有一番好處，便是隱形之能。當此時，御林軍剿魔乃是家常便飯一般，凡有那妖魔行出，御林軍皆格殺勿論，姚丞坤對此十分明瞭。遂如今這馬車倒可解這番困厄，因那馬車一經隱形，任誰也無法瞧見，遂不管是誰從其身畔經過，都只若刮了一陣輕風一般，如此這馬車行馳之消息便半分也不會洩漏了。當日這牛小青來姚宅之時，乘坐的正是這輛馬車。

那姚丞坤聽聞這馬車還有這番奇能，心中自然也有一番計較。他心中暗自思忖著，如今自己已有了這輛馬車，那商會在全國所有分會之地，便均可隨時視察，再不會如從前那般心有餘而力不足，因路途遙遠，無法親至視察了。

這兩名妖魔見姚丞坤已十分心動，便與其提供了另一寶物。云另一寶物與那馬車配著使用，更有奇效。列位看官，你道這又是何物？原來這樣寶物，乃是一箱破舊古鏡，那鏡子共計十三枚，只比手掌略大些，鏡框上從一至十二編了號碼。餘下一個沒有編號碼的，上面只在鏡框旁從上至下寫了「五七六三八一四九零二」這些數字。這枚鏡子瞧著，倒比其他鏡子要大上許多。

此物神奇之處，便是通過這面大鏡而來的。且說那鏡子擺開之後，非但能看見其他鏡中所照映像，更能聽見其他鏡子所處之處十米之內的聲響。若是想要知曉哪枚鏡子之中所照映像，只要在大鏡子前念出那小鏡號碼即可，那持小鏡者若是在旁，亦能通過那小鏡與大鏡旁之人聯繫。

你道這小鏡與那大鏡子之間如何聯繫？說來也容易，站在那鏡前，跟著那從上到下之順序，唸出大鏡鏡框上的數字即可。此時大鏡便會生出光芒，且那鏡中會傳出嘔啞難聽如蛤蟆吵坑般聲響來。那持

大鏡子的人聽了，便只要站到那鏡子跟前，其聲響便會自動停止。接著那鏡面上便會顯示出持小鏡者身像來，二人在鏡中照見，便如面對面一般可隨意交流答話。

那姚丞坤自見了此物，便頗為心動。為了令那姚丞坤安心，這妖魔還施了法術，令那鏡子只在其能看見鏡子處，與之對答的持小鏡者才能引發那大鏡響動，若脫離其視線，便是持那小鏡之人想要與其聯繫，那鏡也不會發出聲響。如此這般，便能防止其他人知曉這鏡子奧妙之處了。且說那持小鏡者，有了這鏡子，互相之間，也可用這般方法交流，比之前方便了許多。

話說這姚丞坤自得了這些鏡子之後，只嫌那鏡子太少。如今他在全國之中分會及工廠酒樓兼各家票號當鋪之流，早已遠遠超過十二所之多，遂其只能將這些鏡子放置到那需要重點監控之處，有了這鏡作監控，他只要想知曉那眾人情態，便可隨時從鏡中瞧見。誰在偷懶、誰在做事，皆一目了然。

他自有了這些鏡子，便讓自己信任的胡為將這鏡子放置在一些重要的工廠、酒樓與票號之中，還叮囑胡為將那鏡放得高些，盡量多照出那場所全貌，且令胡為在自己日常理政室內亦放置一枚。

這般安置好後，那姚丞坤猶不放心，又安排手下所收的一名自稱「大俠」實為飛賊之門客將那一枚小鏡子帶上，趁夜潛入自己一名競爭者房中，撬開一塊地磚，將那鏡子放置在地磚之中，再輕輕蓋好。此人之舉動他倒不欲看，關鍵只要聽見便可……

這小鏡自裝上之後，只有胡為與那商檢行會之中的少數人等，才知曉這些鏡子是作何之用，其餘人等，只當這鏡子不過是那老闆之怪毛病罷了，也不去理會。且那妖魔想得倒也周全，這些安置了小鏡子之處，只有經他們檢點過的商檢人員念出那數字編號，那其他鏡子方有回應。如此便可避免有人在鏡前無意說出那一至十二這些數字之後，

引發那鏡子靈力，令那鏡子祕密暴露。

　　本來素日那工廠之中，但凡有個風吹草動，商檢會之人便報以胡為，那胡為也可自行處置。畢竟姚丞坤也不是日日在鏡前待著。但那胡為處置不了之事，也會報與姚丞坤知曉，先前牛小青到工廠之中詢問，且其這些年都並未變老之事，姚丞坤便是從鏡中知曉的。

　　且說回這兩樣寶物。那姚丞坤起先也並未想收下這兩樣寶物。他這些年也算見了些世面，不是那等眼皮子淺之人。他心知自己只要收下這兩樣寶物，便如與那妖魔簽了死契，一旦身死，便會加入那妖魔之中，成為與他們一般人物。他曾在那御林軍之中受訓，若是自己死後化作妖魔，這一點，他卻是無論如何也接受不了。但那兩名妖魔卻如洞悉那姚丞坤心事一般，對姚丞坤云，若是這兩樣寶物姚丞坤不要，他們也不怕，將這寶物贈予那姚丞坤之競爭對手，只怕那姚氏之對手，對這兩樣寶物會慷慨笑納，絕不捨得拒絕。

　　正是：

古有成金之說，今捧天賜之果。

誘惑如此撩心，看其如何安坐。

　　列位看官，你道這姚丞坤究竟如何反應？若其應了這兩名妖魔，又有何後患？欲知後事如何，且聽下回分解。

第七十四章

　　上回且說到那姚丞坤與兩名妖魔之糾葛。這兩名妖魔因見姚丞坤尚未十分心動，便拋出兩樣寶物去引誘那姚丞坤。一是那可隱形之馬車，二是那可隨時映照出畫面之鏡。這姚丞坤見了這兩樣寶物之妙用，心中頗喜，尤其是那一箱古鏡，大大方便了自己素日中對各處工廠、酒樓、錢莊等地控制，但他心動是心動，思及自己當日在御林軍之中處置妖魔的種種事宜，當下卻仍舊未曾鬆口要答應二魔。那二魔見他堅持，也不強求，只說著要將那寶物贈予他的競爭對手去。

　　姚丞坤聽了這番話，頓時心下頗急。他自家也是商人，深知這兩樣東西對那些生意人之妙用，若真落入自己競爭對手手中，怕他也並無甚好日子可過了。他思來想去，覺著若真將那東西把與自己的競爭對手，怕是極為不妥，遂與那二魔相商，半推半就地也就答應了。

　　且說這姚丞坤自拿了這二魔的寶物，心下便一直思忖自己是否會化作妖魔之事。但他如今也有些手段，且在商海沉浮許久，自忖見過無數狡猾刁鑽之人，這些人等，均不是他之對手。他心下斷定自家有足夠扭轉乾坤之智慧，能一邊用那妖魔寶物，一邊逃脫死後變作妖魔的命運。

　　要說姚丞坤這番想頭，倒也還真對路了。那妖魔鬼怪素來便不如人一般狡猾，更何況是姚丞坤這般的狡猾人中的佼佼者？他習慣正話反說、虛應故事，那妖魔們自是猜不透他葫蘆裏到底賣得是什麼藥。但那妖魔之智慧欠缺，卻並不妨事，其可用妖術補不足。尤其是那白鬚老者，早已可以用妖術窺見人心，遂每每其覺得那姚丞坤所說是謊言時，便搭腕把脈，馬上便可對其言真假一覽無遺。遂有此一條，那姚丞坤便無法可想。

列位看官，你道是自打那姚丞坤接了這二妖寶物之後，這兩名妖魔便在其家長住，還招來自己手下一些小妖，命其在家中做家僕使喚。不過那小妖多半修煉未成，若是長得略有人形，便可在人前打點，那長得實在不成話的，便在他家庭院之中挖了好些個地洞住下。那二妖云自己招來這些小妖是護那姚丞坤周全，實則是將那姚丞坤監視軟禁，令其不得逃脫。

　　且說那小妖之中，有一妖做了姚丞坤家的廚子。凡他下廚，做出來的包子餃子餡餅等物，皆是噴香撲鼻，深得姚丞坤喜愛。但那姚丞坤食用之後，見那餡料均是小小的白色顆粒而並非肉菜，便詢問那妖怪廚子到底是何原因。

　　那妖怪見他發問，便對姚丞坤道：「你儘管吃，我倒也不怕告訴你，這東西如今你吃多了，死後自會與我們一道了。但我們也不是那不講情分之人，你既與我們在一處，我們也總會予你一些好處。你吃了這東西，非但日常不會生病，且老得極慢，可以多活好些年。不過好在我們也不急，你總會有死的那一天了。」

　　姚丞坤聽了這番言語，哪裏還願意再吃。但那妖怪卻云若是他不吃這些食物，自己便也不會再做其他飯菜與他。那姚丞坤意欲往那外家酒樓去，卻被二魔領來的家僕小妖兒們跟得緊緊的，絕無機會偷吃他處食物。他因深恨此事，竟聯想到自己此番吃了這吃食之後，死後便化作妖魔，若是白己從此便不吃這些東西，當下便自殺，不就可堪逃脫那死後變作妖魔之命運嗎？但那姚丞坤思來想去，自己現下無論如何也不願自殺，無奈之下，也只得吃那小妖做的吃食。便是死後變作妖魔，也比當下餓死要好。

　　好在那妖魔雖是引誘姚丞坤，但不會做事太過。如今這食物，他們也不過把與姚丞坤一個人吃，並未強迫他老婆孩子同食。有時候姚宅有客人時，那妖怪來不及做飯或是犯懶，亦會拿這些食物招待客人，

但那妖怪與姚丞坤道，人若是只吃幾次這種食物也並無大礙。

且說這些妖怪見天便在姚府作亂，但憑心而論，這妖怪卻也幫了他許多。那當管家的妖怪，素日治下也頗有一手，將姚丞坤家中的諸般事宜，打理得井井有條，便是連那姚丞坤的老婆孩子，亦是對其讚不絕口。

那白鬚老者雖是一副眼高於頂的傲慢姿態，但其在姚宅之中管職卻十分用心。且還懂醫術，自他來之後，便徹底治好困擾姚母幾十年的舊疾，諸如肩周、關節、血糖、血脂、高壓等，如今已盡數診癒。兼那妖怪會讀心之術，素日裏還幫著姚丞坤以幫人號脈看病為由，識破了許多存心欺騙那姚丞坤之人。他告訴姚丞坤，頗多打著大買賣藉口前來與姚丞坤合作者，其實也不過就是騙子罷了。

那府邸之中其他小妖兒，日常當值也頗認真，絲毫不躲懶，以至那姚丞坤不得不讓其他人類家丁也學著那妖兒模樣，認真辦事。

但如今姚宅之中妖物如此之多，卻也有些短處。那妖怪們多數本就是獸類，一到晚上便原形畢露，變作那不人不鬼之模樣。那些白日裏待在洞中的小妖兒，夜間亦會跑出來活動透氣，遂那姚家此時便會一副陰氣森森的模樣。但那姚丞坤因知其緣故，便與家人及那人類家丁們早早睡下，且那姚丞坤規定家僕晚間不許外出。遂那妖魔雖在姚宅之中現出原形，但卻並未有多少人知道此事。只有當日那牛小青黃夜坐那馬車前來，才略覺知了一點那姚老爺家群魔亂舞的氣息罷了。

更奇之事，便是那姚丞坤家人之事。他們因只見過那妖魔白日的模樣，且處得久了，便對其十分喜愛，落在姚丞坤眼中，真實哭笑不得。唯有姚丞坤自個心中明瞭，不論那妖怪幫了自己多少忙，他死後絕不想化作與那妖魔一般的怪物。這五年他想了頗多脫身之法，但卻無一奏效。

那日因見牛小青驟然在那紡社之中出現，姚丞坤不禁眼前一亮，

覺得或可從這牛小青身上尋到那破解法門。他見這牛小青雖已失蹤二十多年，再現身時卻半分也未曾變老，便也如老際一般，以為那牛小青是得了什麼了不得的寶物，遂才會這般青春永駐。

加之那牛小青原來便和仙女在一處過，他思來想去，對此便又信了幾分。且見這姚丞坤在宅中暗忖：若是自家能從牛小青處得知那長生不死之法，妖怪們豈不是拿他沒有辦法了？他一念及此，便再也忍耐不住，趕緊便讓胡為坐上那平日只有自己才能用的怪馬車將那牛小青接到姚宅中來。

正是：

祥光呈五色，瑞彩上三台。

生機何嘗息，正看用世才。

列位看官，你道如今這牛小青被困醫館，姚丞坤心急如焚，究竟這二人能否俱數脫困，且聽下回分解。

第七十五章

上回且說到這姚丞坤因被二妖所困，每日必須得食用那特製食物。這食物日久服用，一旦死後，便會化作與那妖魔一般生物。姚丞坤雖不情願，奈何這妖魔作法，他無處逃脫。

而今驟然見了那牛小青，知這牛小青二十年來竟絲毫也不曾老去，約莫是得了什麼長生不老的法門，自家頓時如同盲人見光一般，忍不住心下大喜，覺得自己算是終於找到了破解之法，忍不住連夜便讓胡為套上自己那架怪模怪樣的馬車，去將牛小青接來。

不承想，這牛小青竟然患了失憶症，雖是被接到姚宅之中，豈料他竟然什麼也不記得，只是一味傻吃胡睡，半點作用也無。那姚丞坤心中雖然對他恨得牙癢癢的，但因目下情勢複雜，他還是克制住想要將牛小青交與自己私人保鏢團調教一番的心情，轉而好好招待那牛小青，想試瞧瞧若是時日久了，這牛小青慢慢調理，看看是否能想起什麼事來。遂他安排牛小青在那合裕樓之中住下，每日派兩名小廝跟隨打點，若那牛小青想起什麼事，便可隨時掌控。

豈料人算不如天算，這牛小青眼下居然失蹤了，那姚丞坤頓感天日無光，似乎自己最後一絲希望也叫人掐滅了。

卻說這姚丞坤不想變成妖魔，倒不是他有多高尚之理想情操及那生而為人之尊嚴覺悟，而是他這人身作妖之後，在那妖界並無多高之地位，也就那中下一等妖魔罷了，這一處，才是令他最難受的。他在人界已風光慣了，在妖界再從低階做起，豈非要他性命一般？

且說這廂牛小青在那醫館之中也算一日強過一日，他身體康復些，便著人幫忙去京城尋那姚丞坤，想將自家目下行踪告知姚丞坤知道。但那人卻與牛小青道此處離京城甚遠，自家專程為牛小青跑一趟

實是不划算得很，且他也不甚情願。若是他下次需要去首都辦什麼事情，倒也可以順便再幫那牛小青這個忙，如今牛小青可耐心等著，待他有此機會再說。

這牛小青也算得上是倒楣，其實那姚丞坤所派之人，先前也找到過此處，但彼時牛小青渾身纏著紗布，臉亦腫得不成樣兒，甚至連聲音也發不出來，那醫館的大夫也不知這牛小青到底是何人，便生生與那前來尋他之人錯過了。

牛小青在這醫館之中等待數日，那大夫便云如今御林軍交與自己與牛小青診病醫治資用早已耗光，這牛小青瞧著也好得差不多了，應當可以離開醫館自尋出路去。那牛小青也不知道緣故，只得一瘸一拐地從那醫館處離去。待他從那醫館出來，卻發現自己連生活都難以自理，非但傷勢並未痊癒，此前在土匪處因受刑留下頑疾，手腳都頗不靈便，肩不能挑手不能提，凡那稍重一些的活計，均無法下手再幹了。

這牛小青頭腦也不聰慧，更兼無旁的技能，又不識字，遂他尋了一圈也沒找到能維持營生的活計。幸而後來他露宿街頭時得了旁人指點，那人云如他一般為生計發愁且體有殘疾者，可去那救濟院之中求助。

且說這救濟院，倒也是個新鮮物事。原在那天龍神下界治理人間之前，那救濟院亦是沒有的。天子見途有餓殍、野有流民，便命道士們在那人多的城廓集鎮處，設置救濟之所，並出那道士們自行照管。且說那天龍神的安排也自有幾分道理，這些道士們修行之前，便秉承那一心向善之原則，以渡人為己任。遂那全國各處的道士們聽了，便也積極呼應此政令，深感當今天子之大意。須知以前雖也是流民甚眾，卻不曾有哪個皇帝願意想法兒解決此事，那窮困潦倒、鰥寡孤獨者，或是等死，或是與那乞丐、小偷、強盜混在一處，做些犯上擾民之舉。

牛小青尋到那救濟院，見那院內設施倒也不差。餓了有米飯，睏

了有床鋪，日子倒也還能勉強往下混著。但如今他想要找人卻是不能，只得在心中盼著那傳話帶訊者快些去京城之中辦事，但他雖急，卻又不敢催促。因那人瞧著便是個不好說話的，若是他將此人惹火，他一氣之下不與自己幫忙，那自家算是得不償失了。如今這縣城之中，近期除了此人，也並未再有去京城的，他不與自己幫忙，自己便再無法可想。

且說這牛小青在這院中一日一日挨著，但便是這般勉強糊口度日，卻也極難長久。如今這現任救濟院管事在其宗教內部的派系鬥爭中竟敗下陣來，遂被眾教眾趕出教團。而今新來的管事道士心腸極黑，他因自家包了一處礦場，遂上任之後，便用當院長之職務便利，令那凡能動者，甚至那幼子稚童，都去其礦場充作勞工。

那勞工者，非但一分工錢也不曾有，吃食也如同豬狗一般。日常艱辛苦不堪言，因那所有出口都有打手看著，眾人便是想逃也逃不了。那牛小青原先吃了灰牛大仙之仙草，身上本該精力充沛的，但自打二人偷跑上天庭，那灰牛大仙神力被奪之後，這仙草靈力也漸漸流逝。兼那牛小青身上受傷，每日又被人這般催著往死裏做活，便被累得害了一場大病，眼見著奄奄一息，便要死了。

且說此時那礦上眾人也都憋悶至極，存了一肚子氣，正鼓動眾人罷工起義，而今卻因有內奸告密，眾人此舉並未成功，反惹得那道士惱羞成怒，要殺雞儆猴，辦幾個打頭的去與其他奴隸瞧瞧，也好叫他們看看顏色，不敢再犯。

那牛小青見他們竟挑著孩子下手，於心不忍，因想著自己如今反正也活不長久，卻不如與那劊子手說一聲，替那孩子受刑罷了。反正那劊子手也不過是遵上令殺雞儆猴，好教眾人知道利害，既殺誰都是殺，只消一斧子便可，且其也不想造那殺幼童之孽，當即便答應了牛小青之請。

這行刑之時選在正午，皆因白日殺人威嚇效果最佳。只見那劊子手手起刀落，將諸人一一殺死，轉眼便要輪到那牛小青了。那劊子手正舉刀欲砍，卻驀地見黑雲遮日，緊接著便天降狂風，攪得那天地之間混沌一片，也不知道到底所為何事。那道士見了，慌忙與手下躲入礦坑之中以避狂風。他們瞧那狂風架勢，暗忖自家若是不躲起來，恐怕便要被狂風刮走了。

　　且說這風來得妖異，其勢洶洶，只刮了一個多時辰方才停歇。這風似是驟然而將，極為邪門，瞬間便鋪天蓋地、嘶吼不止。但說來也怪，這風去得也極快，說停時停。只見天地之間又是一派萬里無雲、陽光普照之態。卻說這道士與打手們待風停之後，從那礦坑之中出來一瞧，見適才押在此處的所有奴隸皆已不見，便連剛才砍死的幾人屍身也俱已消失無蹤，頓時都傻眼杵在原地。餘下之人面面相覷，也不知到底發生何事。

　　且說那道士用這救濟院之中的窮苦人等來充作礦上勞力，歷來十分隱秘。此事早已經違反律法。那道士為免此事傳出惹閑，影響自家聲譽，早已經在衙門上下打點妥帖，花了許多銀子。可如今諸人竟無緣無故消失了，那礦石卻並未挖出幾顆，所剩銀兩，連他養的護院打手薪資也發不出來。且這些人素來不是地痞便是流氓，卻還能饒得了他？然撇開這一點不算，他也是大禍臨頭。而今因那救濟院人等全部失蹤，到底還是引起了教團上級重視，便著專人來調查審理此事。

　　此一審理，卻又搭出了衙門官員，諸般人等為了自保，早早便將自家與他之間的各種干係撇清，眾口一詞將那他供了出去。那黑心道士見手下流氓地痞生事，上頭教團也找麻煩，在心中權衡一番，想著還不如令那教會之人將自己捉了去。反正如今這未曾拿到工錢的流氓地痞也正找他算賬，如今被他們捉到，亦是死路一條，且那死之前，還要受他們一番酷刑折磨，倒不如讓教團中人將自己光明正大地處置

了，好歹留個全屍，也好過零敲碎剮的折磨。

　　正是：

三天境象驗人間，不在江湖不在山。

大約頗同隨報應，耳根清靜道心閑。

　　列位看官，你道這股妖風，到底因何而來？這牛小青，到底又被這妖風帶去何處？欲知後事如何，且聽下回分解。

第七十六章

　　上回且說到這牛小青當日被這黑心道士手下的劊子手捉了，正欲拿這牛小青開刀之時，卻不知從何地刮來一陣妖風。那妖風飛沙走石、遮天蔽日，只刮得眾人立不住腳。這黑心道士及那眾打手見妖風迷人，也只得四處找礦坑躲藏。待那黑風散去，自己攏住的諸般奴隸，卻早已不知去向。這道士捅了這般天大的簍子，被其手下的打手與那教團共同抓捕，再無生還道理，他因想著那打手及流氓的非常手段，只得去教團受審，雖同樣是死，但那教團還要顧忌臉面，遂多少也能給他留個全屍。

　　閑言休敘。且說這廂妖風來得甚奇，但究其緣故，其實卻是一個熟人所為。你道是誰？正是當日被貶下天庭，被牛小青所救，後來與牛小青共赴天庭尋那仙女，又被那南天門金甲天將罰下天庭的灰牛大仙，現名曰牛魔王者是也。

　　且說當日這牛魔王施法招來這陣妖風將那所有奴隸一起捲走，是以那黑心道士才栽了這樣一個大跟頭。他起先只不過想要將那牛小青一人帶走，不承想這牛小青心地善良，竟苦苦哀求他將所有受苦的奴隸一起帶走，他架不住牛小青懇求，只得將眾人一併收了。

　　這如今的牛魔王，當日的灰牛大仙自被玉帝傳旨，著金甲神將貶下凡間之後，便化作一頭普通耕牛，日日皆在人間的一戶農家耕作，日子過得極為艱辛。當日他被那兩名金甲門神從南天門推下，落入一牲口販子手中。說來也巧，那牲口販子四處販賣這灰牛之時，竟又被那牛小青的哥嫂將它買回家中。

　　此事說來話長。當日牛大青拿到牛小青留下的銀子不多時，便有那心懷不軌之人找上門來，言目下有筆大買賣，欲與那牛大青合夥去

做。若是做成，現在兩人手上的銀子，可翻三倍不止！那牛大青聽他極力描繪，雖然心動，但卻仍十分猶豫。因他不想亂動弟弟留下的這些銀子，兼其牛小青現在雖然失踪，卻並無十分肯定其一定不會再出現。

因兄弟連心，他也不忍花用弟弟的銀兩，萬一有個閃失，豈不是對兄弟牛小青不住？不承想此事被他婆娘聽了，卻不依他，攛掇著令他一定要去隨那些人去賺這筆銀兩。但凡那牛大青有一二分猶豫，她便扯著嗓子罵那丈夫沒出息不頂事，弄得那牛大青在家裏也不安生。

列位看官，照說這銀子既已交到那牛大青手中，這牛大青如何使用，旁人也不太能插言。便是他家婆娘，也犯不上去管那兄弟家去的銀子，但那婆娘向來便是個霸道的，這牛大青又是慣常怕老婆的，遂其習慣成自然，那婆娘一力攛掇了他那錢去做買賣，他便也只得把那錢拿了，把與那人，讓他去經營他口中可賺大錢的勾當。

卻說此人雖吹得天花亂墜，但也不全是騙子。他開始之時，倒也還是拿著銀子去做些營生。那他一無門路，二無技藝，想要做買賣賺銀子，又談何容易？遂他不過數月，便將那手中的銀子一應虧損，他見勢不對，便捲了剩下的銀兩，來了個金蟬脫殼，走為上計，乘著那夜黑風高時，慌忙跑路，再也未曾回來過。

這牛大青夫妻轉眼間又將手中的銀兩全折騰完了，且其報官又無下文，那官差胡亂應了一聲，派了幾個人搜查，見一無所獲，便勾了稽，此事算是完結了。那牛大青夫妻銀子也沒了，又吃了這個啞巴虧，只得灰溜溜折回鄉下繼續種地，再也不打那做生意的主意了。

此刻眼見那春耕時分將至，二人覷著家中，卻連一頭耕牛也無。那牛大青沒有耕牛也無法種地，只得東拼西湊，借了些銀兩買了頭耕牛回來，以作犁地之用。其時因人力有限，遂那大多數農戶，十分愛護家中耕牛，素日人都可以對付著過，卻叫這牛兒吃好睡好，以其幹

起活來更有氣力。

　　但那牛嫂家中卻又與眾人不同，她素來使物，定是壓榨到不能再榨出一絲一毫油水才罷。而且她生性吝嗇，只管用不管養，若是壞了，便一腳踢出家門完事。她自己這般行事，還要時常抱怨東西不經用，自家花了錢卻買了孬貨回來，定然是被那黑心商人坑了。

　　她既生性如此，那灰牛大仙在她家中，自也是無甚好日子可過。整日做死做活卻吃不飽睡不好，自是越來越瘦、越來越無幹活氣力。那牛嫂折騰了這灰牛幾年，見其奄奄一息的樣兒，便暗暗思忖眼見它也無甚用了，倒不若宰了吃肉，省得再浪費家中糧食。

　　且說這灰牛大仙雖無神力，但能聽懂人言。他在欄中聽牛嫂吩咐牛大青殺牛，嚇得心中著慌，便瞅了個空，待那牛大青拉它出來之時，奮力掙脫韁繩拋開了去。照說這莊子之中，若是一般人家的牛被驚跑了，那莊戶中人，盡會上前幫忙拉扯，如今這牛嫂因把全村人都開罪光了，素日裏誰比她好，誰比她漂亮，誰比她能耐，她均要挑著事兒將人罵一頓。因此眾人見他家的牛跑了開去，個個皆幸災樂禍，存著那看笑話的心思，無一人前來相幫。那灰牛大仙得幸，便一溜烟跑開了去。

　　此時那灰牛大仙雖已脫身，卻因受了這些年折磨，亦是萬念俱灰。如今它不過是個普通老牛，既無神力，又不能言語。自己雖跑出村子，然到野外，若遇見歹人，不仍是死路一條？更兼那野外豺狼虎豹，個個磨牙吮血，若是不小心碰上，自己也成了那猛獸野餐。那灰牛大仙一路走一路哀嘆，不由得把那天上懶散的神仙們，又恨得牙癢癢的，在心中暗暗發誓，若是自己有了機會，定然要尋了他們報仇雪恨。

　　但報仇還不知是何日何年，現下如何存活，方是眼下最大的大事。幸而那灰牛大仙早開靈識，雖無神力，卻仍有智力。如今他既已流落野外，便尋了一處隱秘的洞穴藏身，用作躲避那猛獸行踪之用。但它

雖能想到此法，其實施之時，還是遇到了頗多困難，畢竟那牛身過大，要尋那蔭蔽之所，也並不容易。

但那灰牛大仙卻頗為耐心，終是叫他尋到了一處。它尋到了住處，卻還要去掉自己身上氣味。原來它深諳獸類捕獵門道，知其素日愛循著那氣味搜尋獵物，遂那灰牛大仙無事便要下河將自己洗刷一番，素日大小便時，更要去遠離自己藏身洞穴處解決，以免那猛獸循著氣味尋到自己住處來。

它就這般饑餐渴飲，每日戰戰兢兢地在外尋些野草野果過活，也不能全然安穩。某一次那灰牛大仙出門之時，正逢著一匹餓狼外出狩獵，這灰牛大仙被餓狼追捕，只得奮力奔跑脫身，正慌不擇路之時，腳下一滑，卻從一懸崖處摔了下去。

那灰牛大仙墜落崖底，雖是擺脫了餓狼的追捕，卻不小心將腿摔折了。它在崖底掙扎了數次也無法起身。不由得心如死灰，閉眼在崖底等死。

正是：

永念難消釋，孤懷痛自嗟。

林深秋寂莫，愁引病增加。

列位看官，究竟這灰牛大仙如何脫身，又是如何化作那牛魔王？欲知後事如何，且聽下回分解。

第七十七章

上回且說到這牛小青在那礦上做事，因遭到那黑心道人盤剝，又兼舊疾發作，遂其見那劊子手取了一個幼童來作殺雞儆猴時，便主動與那劊子手云，不如由自己主動來做那刀下亡魂，也好過無故傷一幼童性命。那劊子手思忖著反正自己不過是警示眾人罷了，殺誰不都是一樣？遂當即答應牛小青。

那牛小青因自己本就病弱痛苦，便也無任何反抗，只在原地就死。不巧那劊子手正要行刑之時，卻見一陣狂風刮來，這黑心道士眼見目不能視物，便只得躲在那大石背後。待他再出來時，只見那礦上諸奴隸皆已消失不見，這一下動靜頗大，那黑心道士也捂不住，便直接被判了死刑，再無回轉餘地。

這救牛小青者，便是當日的灰牛大仙，如今的牛魔王是也。他自遭貶之後，卻又恰好被那牛小青兄嫂買走。因那灰牛大仙仙力全失，每日又被牛小青悍嫂虐待，遂日漸面黃肌瘦，再無力耕種。那婆娘眼見這灰牛大仙不中用了，便暗暗盤算要將其宰殺盤剝，那灰牛大仙得知她心生歹意，瞅著一個空便從那牛棚之中跑將出去，暗暗躲在山中，每日只畫伏夜出，生怕一個不小心被那猛獸抓住，便是飲食洗澡，也不敢離洞穴太近，只害怕暴露行踪，為自己惹來殺身之禍。

卻說這灰牛大仙雖是千小心萬小心，卻仍然還是被一野狼發現行踪。這灰牛大仙被餓狼追捕，正奮力奔跑，卻因慌不擇路，一不小心滑入那崖底，將那蹄摔折了。這灰牛大仙掙扎了數次，卻無法起身，只能躺在那崖底等死。

可巧這灰牛大仙此番在崖底摔傷的腿竟與當日在凡間遇到牛小青之時所摔傷的是同一條腿，而今際遇卻也是一模一樣，竟又被一人救

了。

不同之處便是今日救他之人，卻是一美麗的姑娘，模樣瞧著不過十五六歲上下，甚是溫柔可人。她本在谷底採摘草藥，不提防瞧見這伏在崖底的大灰牛。那姑娘本心地柔善，見這灰牛大仙如此老邁痛苦，焉有不施救之理？當下便採了數株草藥敷在那灰牛大仙腿上，又仔仔細細與它包紮了，這才將那灰牛大仙牽回家中。

卻說這世間多是那好人不長命、禍害遺千年之事。這姑娘雖然心地善良，但是與那牛小青一樣，在家中也不過是個受氣包罷了。她家中父母乃一等重男輕女之人，在她之前，家中已有了三個丫頭，如今她娘又添了她一個女娃，那當家的見了，心下極失望，附帶著對她也極厭惡。

如今上頭三個姐姐均已出嫁，父母素日有氣，便都撒在她身上，極為嚴苛。非但把她如男丁一般使喚，且不允她有一絲一毫抱怨之意。只要其略有一點辭色，便招來他們一頓毒打，打完之後，卻還要振振有詞道：「哪有父母不疼兒女之意！這天下斷無不是之父母，只有那不懂事之女兒，孩兒不打不成器，我如今打罵你，不過是為了令你成器罷了。」

且說這般日子過了十多年，雖然挨了不少打罵，她卻出落得水靈標緻，慢慢成了遠近聞名的美人。家人見她越長越美，便尋思著找個有錢人家將她嫁了，好歹能多收些彩禮錢，也不至白養她一場，最後落得一個虧本買賣。

這姑娘在家中受足了閑氣，素日也沒有人可傾訴。如今撿回這老牛，便將那無人可訴的心事，每日盡數說與那老牛去聽。這灰牛大仙卻是聽則聽矣，一點法子也無。如今它已神力盡失，也不能像以前幫助牛小青那般幫助這姑娘，如今見她在家中受氣，無奈之下也只有努力多幹農活減輕她素日之負擔。

遂每每那姑娘與它傾訴時，它便用舌頭將那姑娘眼淚舔乾。久而久之，那姑娘也漸漸與這善解人意的老牛相依為命，總覺得這牛比人親厚些，遂不論去到哪裏都將這老牛牽著，這一人一牛相伴的時間，倒比她與人類在一處的時間還多些。

且說這灰牛大仙在這村中日久，漸漸也瞧出一些端倪，如今這姑娘生活的村子，環境頗為惡劣，那自然環境惡劣倒是其次，那村中諸人才是愚昧之源頭。且說這些人落後、冷漠、勢力，多是恨人有笑人無之輩，斷不似此前牛小青所生活的福氏村那般山明水秀、人傑地靈。如牛嫂一般刁蠻潑辣之人，在福氏村中極不受眾人待見，便是那牛跑了，也無一人前去阻攔，其人緣做派，可見一斑。

而今這姑娘所在的村中卻與那村子大相逕庭。如今這村中諸人，皆與那牛嫂一般無二，甚至有比那牛嫂更甚者，好吃懶做、吃喝嫖賭、無惡不作，與其相比，這牛嫂素日打牌逛街之惡習，反倒是不值一提了。由此瞧來，當日這名救了灰牛大仙的姑娘，與那眾人相比，簡直就是活菩薩了。只是這世上諸人，素來皆是黨同伐異，那姑娘在普通人眼中是活菩薩，在此處瞧來，卻是個不折不扣的異類，非但為家人不喜，在村中也常常受些閑氣白眼，實是苦不堪言。

自這灰牛大仙隨著姑娘到那縣裏趕了幾次集之後，他發現不光那姑娘所在的村鎮惡習頗多，便連那臨近的幾個村鎮的人亦是一幅陰晦不振、心術不正之態，且此地還繚繞著一股隱隱的陰煞之氣。在那灰牛大仙看來，此地陰煞甚重，當屬所謂「墨璃界」範圍。

列位看官，說起這「墨璃界」，倒也有一番來歷。原來自那龍神下界之後，帝國之中大半區域均是海清河晏、國泰民安。唯有那幾個偏僻之處，或是地勢險要、或是離那都城太遠，兼那龍神對這些區域也並不上心，遂道消魔長，這些區域漸漸又被那妖魔逐漸吞噬，重新成為那妖魔據點，雖面上仍是由帝國官員管制，內裏卻早已是魔域世

界了。便是那帝國官員，多也被妖魔暗中控制。而今此處居住者，多受飄散在各種的妖氣熏染，人心亦逐漸變得十分陰沉晦暗，遂此地多被人稱作「墨璃界」。

且說此前那灰牛大仙在天界之時，便常常提議要派出天兵天將下界，將那妖氣濃郁處一起剿滅，而玉帝卻回其曰，如今不管是天兵天將還是那地獄軍團，若是與那妖魔發生戰亂，便會殃及無辜，更兼誘發那自然界各種災害。但那灰牛大仙卻對此頗不以為然，他心中暗忖道，雖剿滅妖魔會犧牲許多無辜生靈，但那能將那邪魔歪道一舉剪除，卻也算是十分值得。

那天庭眾仙聽了灰牛大仙這番提議，皆表示反對。因那灰牛大仙想法太過極端，絕不可貿然施行。

正是：

休誇修煉飛金闕，勿笑沉淪陷鐵圍。

善惡兩途俱是錯，堂堂日用要知歸。

列位看官，究竟這灰牛大仙與這姑娘命運如何，又當如何才能恢復仙力？欲知後事如何，且聽下回分解。

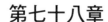

第七十八章

　　上回且說道這灰牛大仙在村中與那姑娘相處日久，慢慢也覺知出這期間的諸般端倪來。此地位處邊陲偏僻之所，慢慢道消魔長，滋生出許多陰暗事體出來。

　　似這般陰陽交接之處，因那龍神素日不大注意，所以也只能任由這妖魔滋事。那妖魔見無人治理，久而久之，便越發囂張起來，非但控制當地官員，還漸漸熏染民眾，令其好逸惡勞、心魔壯大，遂那姑娘所在的村鎮縣城，多半都是些以醜為美、好吃懶做的刁民，素日刻薄寡恩者，大有人在。

　　不過這話說回來，妖魔們雖鎮日總是蠢蠢欲動，想要擴大自家地盤，但畢竟有那龍神神力在此鎮守，它們也不敢輕舉妄動，生怕一個不小心便惹來殺身之禍。卻說如今這妖魔據點也是以穩健為主，好幾百年都不曾擴大，而那「墨璃界」與帝國之間，亦是形成了一個相對平和之勢態，彼此之間，時而還會互通有無、易換市物，或是有簡短的文化交流。

　　有時那墨璃界的住民被帝國文化熏陶，亦會對搬遷到帝國統治處居住蠢蠢欲動。無獨有偶，那帝國之中，亦有些人類，因聽聞墨璃界之事甚久，便也對墨璃界之事心生嚮往，總覺得墨璃界處會別有一番風景。畢竟那帝國境內法制甚嚴，文化單一，商品也不過就是那寥寥可數的數種，倒是墨璃界處民風開放、無拘無束，各色藝術品類，多種多樣，服務也甚為周到。

　　據那享受過墨璃界服務者云，如今墨璃界十分繁榮，市列珠璣、戶盈羅霞，參商人家、競相豪奢，令人眼花繚亂、心嚮往之。遂從那墨璃界搬遷至人界、人界搬遷至墨璃界者，都大有人在。只是略算下

來，這兩地互相遷徙的人數，大體也都還是平衡的。

　　閑言休敘。這灰牛大仙這廂瞧著眾村民之態，心中甚是焦急。若此處真是那陰陽交接所在，像救它的姑娘那般美麗善良者，怕是不會有什麼好日子過，如今他深恨自己無法口吐人言，若是自己還如從前一般神力在身，早就可以帶著那姑娘離開此處，另闢好地安然過活去了。便是將那姑娘引至福氏村也是好的，至少也是山明水秀、民風淳樸之所在。

　　且說這灰牛大仙雖不會言語，但畢竟神識還在，遂日常亦是千般提醒、萬種暗示，只希望她能主動明瞭，而後能逃離此處。但那灰牛大仙雖然心中已說了千萬句，但應在面上，瞧著卻始終還是那一種。

　　每每那姑娘牽它出門吃草之時，它便拖著韁繩往那福氏村方向奔去，那姑娘瞧在眼裏，只道是老牛的倔脾氣又上來，將那韁繩撿了，使勁拽那老牛回來。那老牛別無他法，只好回頭。它無法明示，又不能言語，無奈也只能與那姑娘待在一處，走一步瞧一步。如今只要自己好好跟在那她身側，總也能想到脫身的法子。

　　卻說這姑娘家中父母一心渴盼自家女兒能找個有錢的女婿，如今已過及笄年紀，便早已託媒婆四處散布消息，只云自家女兒如何溫柔美貌、聰明能幹、和順賢慧、遠近無匹。那媒婆一張嘴倒也厲害，兼那姑娘本也是水靈標緻，遂許多人聽了這番消息，便也慕名前來求親，那姑娘的父母甚是得意，比較一番後，便從其中挑選了一戶瞧著最有錢的人家，與之訂了親事。

　　灰牛大仙將這一切瞧在眼中，心中叫苦不迭。那姑娘選親之前，它對其要挑選之人，便已猜到幾分。這姑娘父母挑人不過是看誰更富有罷了，遂選中了這家人，也不過是因為他們是前來求親者之中最富有的一戶人家罷了。但那灰牛大仙每日在村中轉悠，自是對眾人信息都了如指掌，如今這姑娘父母所選者，雖是有錢，但究其人品，實在

不咋地。

　　列位看官，你道為何？原這姑娘所在的村子，那周圍縣裏，就數這家最有錢。這姑娘每日牽著那灰牛大仙所化的大灰牛前往集市時，皆會路過這家人所修的豪華宅院。某一次那姑娘買了東西，正行至這家人門口，驀地想起自己適才漏取了一樣東西。此時那房內正巧走出兩名老嬤嬤，那姑娘見她們瞧著還算面善，便託她二人幫忙看著老牛，自己折回集市重買。

　　卻說這灰牛大仙等待那姑娘返回之際，聽見這兩名老太太在閑聊家常。她們是這家中傭人，正巧在聊主人家的閑話，那灰牛大仙豎著耳朵聽了片刻，這家中的情況他便明白了個大概。

　　原來這家人雖然富可敵國，但那家中生意，卻是來路不明。白日裏瞧著倒還正常，每到晚間，家中便有一些神秘人進進出出。那家中的大少爺更是孤星入命，家中僕人皆云這少爺大約是剋妻之命，此前他也娶過幾房妻室，但那些女人卻無一例外，沒過多久便都死了。

　　灰牛大仙當日聽了這椿新聞，便留了一個心眼，將這家人的信息暗暗記在心中，日後好提醒姑娘避開。不承想，這姑娘最終還是被這家公子盯上，更有甚者，卻還想娶她為妻。那灰牛大仙雖十分想要阻攔，但這姑娘素日在家中便是個逆來順受、過慣了苦日子的，又如何能拗得過父母？遂不論那灰牛大仙如何擔心，她終究還是嫁了出去。

　　且說出嫁當日，這灰牛大仙因擔心不已，便死活賴在那姑娘身側不走，不論有誰上前也無法將它拉開。且說那姑娘父母見它若此，心中也有些著惱了。暗忖著如今男方家送了自己許多聘禮，便是再買十頭好牛亦是小事一椿。這大灰牛既然如此礙事，且老邁乏力，便是讓它跟過去也無妨。反正那灰牛素日都跟著他們女兒，如今也不過是維持原樣罷了。不過那男方家不種地，那大灰牛跟過去亦是無用，但如今事已至此，反正女兒已經嫁了，附贈一頭老牛，有沒有異議也是他

們男方家的事了。

　　正是：

貧家不如富家利，一網得魚長數丈。

無家無業豈足問，但願四海同鮮腴。

　　列位看官，究竟這灰牛大仙如今跟著那姑娘同入夫家，會發生什麼？欲知後事如何，且聽下回分解。

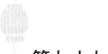

第七十九章

　　上回且說到這姑娘的父母貪得無厭，故也並未多加考察，便答應將這姑娘嫁與那一名有錢人家公子之事。那灰牛大仙因偶然機會，得知這家人刻薄寡恩，且接連死過好幾個媳婦，故心中十分忐忑。

　　但如今它既無法口吐人言，亦無法出言提醒，更無法阻止那姑娘嫁人一事。遂那灰牛大仙思來想去，如今只有跟著那姑娘一道前往婆家，再尋機會出手相助方是正理，遂它便在那姑娘出嫁當日，乞死白賴地跟在那姑娘身畔，任誰也無法將它趕走。那姑娘父母見它發了強牛脾氣，也只得隨它去了。反正現如今他們也收了聘禮錢，至於以後如何，他們也犯不上再理會。

　　卻說這灰牛大仙如今跟著那姑娘同入了這公子家中。這公子闔家上下見跟了一頭牛過來，心中覺得甚是可笑。不過這新來的兒媳婦既如此歡喜這老牛，左右也不礙事，便在院中與這牛搭了個牛棚，將這老牛將養在牛棚之中，一日三餐把與它一點吃食便罷了。

　　這灰牛大仙自隨那姑娘一併嫁入這公子家中之後，日日擔心、夜夜惦記的盡是那公子剋妻之事，暗暗思忖這公子是否有甚精神不正常之處。它因有這一層憂心之處，遂結婚當日便細細留心了一番，但見那公子瞧著倒也還是個頗有精神的帥小夥了，面上也無甚特異之處，兼那姑娘嫁到這家中之後，不過成親一個多月，那姑娘，現如今喚作少奶奶的，面上瞧著也是喜氣洋洋、漸漸透出那幸福的神色來，遂把那懸著的心，也稍稍放了一點下來。暗忖道自己當日聽見的嚼舌根之說，約莫也只不過是眾僕婦無聊嘴碎的傳聞罷了。

　　但有一處卻是它不得不疑心的——這家人似乎確實不是經營正當生意之人。這灰牛大仙身處牛棚，離那後院頗近，幾乎每天半夜便能

聽見有人敲門，而每到此時，便是這家當家老爺親自開門。

　　它在牛棚覷見來拜訪者手中都提了一個大罐子，老爺連人帶罐一起請進屋內。過不多時，那些人便會離去。他們離開時，手中仍舊提著一個罐子，卻不知道何緣故。若是他們與那老爺談的是正經生意，卻又緣何不走前門？那灰牛大仙日日瞧著這般光景，也不由得它心生疑竇。但如今它也不想理會，只要那少奶奶過得幸福便罷了。這樣閑暇的日子久了，它便想起那牛小青來，忍不住會思及這牛小青現在身在何處，到底怎樣。

　　這日子一日日過去，倒也還算平靜。這家人與那少奶奶相處久了，對她的溫柔性情大致瞭解，便頗為疼愛。這少奶奶如今亦對老牛十分看顧，幾乎是與之相依為命。如今她不似在自己家中一般受打罵折磨，吃穿用度都寬裕了許多，遂餵給那灰牛大仙的草料也豐富了些，那灰牛大仙在這家中吃飽喝足，又沒有多少體力活派給它做，遂身體強壯了許多。如今少奶奶的幸福生活倒令它放了不少心，雖掛念牛小青，也實在想不出什麼辦法去尋他。

　　如此一年光景，那少奶奶便有了身孕。這屋中的老爺奶奶兼少爺，聽聞這個喜訊，個個都歡天喜地，尤其是那老爺與大奶奶。這家老爺本就是位心寬體胖的和藹老頭，大奶奶亦是個滿臉福相的和善太太，如今得了孫兒訊，面上更是笑出一朵花來了。那老爺本就是中年得子，好不容易才有了這個少爺，如今家中又要添丁加口，算得上是開枝散葉，當然更是喜上眉梢。

　　灰牛大仙見了這家人其樂融融之態，實是無法將其與那壞事聯繫到一處去。遂它也在心中安慰自己，覺著那黃夜提罐的尋訪者，不過是真的有急事要尋那老爺罷了，不見得那晚上前來便是做那見不得人的事。

　　卻說這日晚上，灰牛大仙趴在地上將睡未睡之際，卻聽少奶奶與

少爺房中傳出一聲短促的慘叫之身，那聲音極短，似是剛叫了一聲便被人摀住了口鼻一般。

它正要細聽，卻再也聽不到一點響動，唬得它連忙跳將起來。但此時黑燈瞎火，那小倆口屋內亦是一片漆黑，悄無聲息，看來也不像有事模樣。它心中納罕，便「哞哞」大叫幾聲。那少爺被它叫聲吵醒，便點了燈，只見那少奶奶穿著睡衣，睡眼惺忪地走了出來，打著呵欠問那老牛是否未曾吃飽。那少奶奶剛出來不久，便聽少爺在屋內喊叫，勒令其將老牛安頓好便趕緊回屋安歇，隨後又罵那殺千刀的懶奴才們，也不知將老牛餵飽。那少奶奶將老牛牽回牛棚，又往石槽之中添了幾把新鮮嫩草，隨後伸了一個懶腰便又回房中安歇了。

灰牛大仙見她安然無恙，雖然心中納罕，卻也忍不住苦笑起來，看來自己確實老了，如今竟幻聽起來。

一夜無話。那灰牛大仙第二日起來，卻聽僕人言談間提及少奶奶著涼傷風一事。它心中一驚，甚是後悔。昨夜自己無故吵鬧，將那少奶奶喚醒，約莫便是她起來給自己添草料時著涼的。它這樣快快不樂地過了兩日，聽聞少奶奶病好了些，這才放下心來。

如此又過了一個多月乏善可陳的時日。那灰牛大仙面上十分安穩。但它心下總覺得這般安穩不過是表面功夫罷了。

它如今已肯定這裏便是人氣稀薄、妖氣濃郁的幽冥界，屬帝國不大管轄的之處。令它確定此事的便是那家中的一隻花貓，如今它瞧著那貓的樣子，便是要成精的先兆。

正是：

子熟河應變，根盤土已封。

西王潛愛惜，東朔盜過從。

列位看官，你道是這少奶奶與灰牛大仙究竟命運如何？這家人又是否真的暗懷鬼胎？欲知後事如何，且聽下回分解。

第八十章

上回且說到這灰牛大仙隨姑娘一起嫁入富貴之家，眼見姑娘日漸心寬體胖，又有了身孕，似乎已安安心心地做起她的少奶奶來，不由得也放心了許多。但那家中面上雖看不出什麼端倪，內裏卻始終透漏著幾分古怪。尤其是某一日，那灰牛大仙竟然聽見室內傳來一聲古怪呼叫，便慌忙哞哞叫了幾聲。卻見那少奶奶好整以暇地從室內出來，不由得也覺著是自家多心了。

但它日日在這大宅之中穿梭來回，這宅子的古怪之處自然也瞧在眼中，眼見這宅子表面上雖風平浪靜，內裏卻波濤洶湧，譬如那家中的貓，儼然已經快要成精了。

卻說在這帝國勢力範圍內，動物切不可隨意成精。它灰牛大仙之所以能成神仙，登上那極樂仙界，皆因當日吃了千年靈芝，兼百年努力修行，方才修成正果。且那動物若真有心修行，也是當神仙而不是變妖怪。但如今在這妖氣濃郁的鬼域之所卻又有所不同，這其中有些天賦異稟的動物，生下來便極具靈氣，且日日在墨璃界之中受那濃郁的妖氣薰染，自然十分容易便化作妖物了。

這灰牛大仙卻是一貫認定正邪不兩立的，它堅信自己是「正」，而那妖物們為「邪」。遂其一直尋機會在那花貓成精之前將其收拾掉，這樣才符合它心下邪不壓正的理念。且它也擔心這瘟貓一旦變成妖怪了，便要加害這家人，若真如此，這少奶奶好不容易才修來的平靜生活又要告終了。

它既生了此念，遂每每見到那貓時，便想方設法想要將那貓除掉。有一日，這貓睡得正香時，灰牛大仙又來找它麻煩。那貓見灰牛大仙牛蹄踩了下來，慌忙翻身，一個激靈躲過那灰牛大仙的重蹄，它見老

牛這些時日也不知踩了自己幾百腳了，忍不住也有些不耐煩道：「你若真有能耐，別總跟我一隻貓過不去，我也不怕說與你知道，你既如此討厭妖怪，這裏闔家皆是妖物，你要真有本事，去找他們才算！」

灰牛大仙聽了這貓的言語，不由得楞在當場。它倒不是完全為著這家人都是妖怪一事而吃驚。更令它訝異的，是這貓竟瞧出來它並非只是一隻普通的老牛罷了。它聽這花貓如是說，也收起了將其踩死踩扁的心思，想要從其口中再套出更多話來。那貓此時卻將它恨得死死的，一點多餘的言語也不肯再透漏給它。這灰牛大仙無奈，接連低三下四地懇求了數次，那瘟貓才終於鬆口與灰牛大仙道，它何時與自己捉來二十只耗子，自己便何時再將這家人的消息告與它知曉。

卻說這灰牛大仙當真是個死心眼的。自它答應了要與那貓抓耗子一事，便每日將那少奶奶餵與自己吃的水果剩了一些在食槽之中。如此一來，倒也真招來不少耗子前來偷食。它瞅著耗子在食槽之中透視之際，便用牛蹄踩踏。卻說那耗子也當真機靈，水果偷食了不少，那老牛卻一個也未曾踩中。但也幸虧這灰牛大仙執著，折騰了一個來月，終於也讓它踩中了二十只耗子。但那耗子被其踩踏得稀爛，且過了這些時日，有些先死的耗子早已渾身發臭，無法下口。

那瘟貓見灰牛大仙將耗子送來，便也作罷了。它原本也並不是想吃耗子，而是見灰牛大仙對自己無禮，便想折磨它一番。眼見這灰牛大仙一個月因著答應自己之事食不下咽睡不安寢，氣也消了幾分。遂便對那灰牛大仙道，若是它能再與自己弄十條魚來，自己便把知道的事都告訴它。

灰牛大仙見這瘟貓將耗子撥弄到一旁，又開始問自己要魚，不禁十分氣惱，強壓著火氣才忍住未曾給那瘟貓一蹄子，但這口氣也實在難處，遂它亦忍不住質問其因何如此言而無信。且見那瘟貓伸了個懶腰，這才施施然道，這二十只耗子，不過是令自己解氣罷了，誰叫這

灰牛大仙當日不住尋自己麻煩？若是那灰牛大仙想要從它口中詢問這家人的消息，便還要再弄十條魚過來。灰牛大仙無奈，如今自己投鼠忌器，這十條魚無論如何，也得想法子弄到手。

卻說自它得了這個要求，每日便想方設法去找魚。某一日，那少奶奶又牽著它去野外放牧歸來，路過集市的魚攤時，這灰牛大仙見一小販在此賣魚，不禁靈機一動，計上心來。它先是假意用尾巴掃了那魚攤，便從那攤上掃落了十多條小魚。那小魚落在土中，頓時染滿塵泥，眼見再也無法出售。那小販見狀，慌忙拉著少奶奶不讓她離去，鬧著要那少奶奶將魚買下來。少奶奶想著自家也不缺這幾個錢，既是錯在己方，當下二話不說，便將那魚盡數買了下來。

灰牛大仙見少奶奶已將魚買回，遂走到門口，便大聲「哞哞」地叫喚起來。提醒那瘟貓自家已將魚帶了回來。那瘟貓早已聞到魚腥味，如一支離弦之箭一般衝到那少奶奶跟前，眨巴著眼睛盯著她。少奶奶本就是個良善的，見狀早已於心不忍，遂將那魚盡數給了它。那貓一面享用鮮魚，一面在心下暗忖：還是少奶奶好對付，素日這宅中皆是傭人買魚，自己這一招，對那傭人可是半點效果也沒有。

卻說如今這灰牛大仙使計帶回的魚不過八條而已，夠不上這貓當日所提的數目。但這貓吃得津津有味，便也顧不上數數。待它將那幾條魚盡數吃下去，便也不再計較數目，將自家瞭解的情況，皆說與那灰牛大仙知道。

且聽那貓道，這家人約莫是那螞蟥毒蟲修煉而成的，因它無聊時曾偷偷瞧了一眼，那些晚間拎著瓦罐前來的之人，提的都是一罐罐血水。它有一次好奇悄悄嘗了一口，確定那是人血。那灰牛大仙正疑心貓如何知道人血滋味，卻聽那貓又道，它此前咬過欺負它的小孩，遂知道人血滋味。如今它親眼看到這家人捧著瓦罐貪婪飲血之狀，又親眼瞧見這家老爺給那送血之人許多白花花的銀錢，便有七八分肯定了。

不過這送血之人，到底從何處搞到這許多人血，它也不得而知。

正是：

逢君後園宴，相隨巧笑歸。

日暮長零落，君恩不可追。

列位看官，你道這家人到底是人是妖？這灰牛大仙如今從貓精處得了這個訊兒，又該如何思忖脫身之事？

第八十一章

　　上回且說到這灰牛大仙好容易給貓精抓了二十只耗子，又想方設法與它弄來一串魚後，這才安閑下來，施施然將自己對這家人的觀察猜測，盡數說與那灰牛大仙聽了。

　　卻說這灰牛大仙驟然聽聞這家人莫不是那水蛭精一事，當下便嚇了一跳。繼而便暗忖如何將那少奶奶營救出去一事，便是硬來也無不可。那貓精瞧出灰牛大仙心思，正色勸其不要如此，那灰牛大仙正恨它恨得牙癢癢的，剛想給它一蹄子，那貓又接著道，這家人雖是妖身，但那少爺找伴侶之心倒是不假，它記得那少爺成親前將它抱在懷中時，它聽這家人閑談時，也問那少爺為何不找同類結合。此事他們倒未曾提及，但據那貓精猜想，他們應當是想通過這番與人類結合的方式，慢慢融進那人類世界罷了。

　　這一牛一貓談及此處，這灰牛大仙卻突然想起當日少奶奶屋內光景，便忙向那花貓詢問，問其是否知曉此事。且聽那花貓云，這少爺畢竟是妖怪，若是正常與女子行房，本是無法令女子受孕的，遂只能施法將自家血液精氣送入那女子子宮，才有那些許成功的可能性。

　　那貓精告訴灰牛大仙，這點自己亦是聽家中太太說的。做此事時，那少爺多會顯現出妖精原型，遂素日不敢露出本來面目，只敢乘少奶奶睡著時才做。不承想那晚少奶奶突然醒來，見了少爺真身原型，當即嚇得驚惶失色、哇哇大叫。

　　好在那妖精也有些道行，施了個法術，令少奶奶轉瞬便忘掉了自己適才看見之事。但因此法太過邪魅，遂之前娶的那幾房媳婦少爺這樣做了之後，那些人便都死了……這灰牛大仙聽到此處，便忍不住罵將起來，言這家人果然個個都是邪魔歪道。那花貓聽了，不以為然地

嗤了一聲，令灰牛大仙莫要如此武斷，它在這家中待久了，知道這家人也不是故意如此。且那些女子死後，這家人心下亦不太好過，端的是老爺太太著急、少爺傷心。而他們這次竟成功了，竟令那少奶奶成功懷孕，這一家子「人」，每日樂得如過大年一般。

卻說這貓精將自己所知之事一股腦盡說與那灰牛大仙知道後，便對那灰牛大仙云，如今也不要管其妖怪不妖怪之事了。這家「人」對少奶奶的關愛，斷不是假裝的。若孩子生下來，她只會比現在過得更舒坦幸福，灰牛大仙又何必去破壞。何況便是灰牛大仙有能耐將少奶奶從這家中帶走，如今這一人一牛頭無片瓦，且那少奶奶又懷有身孕，一個人孤零零在外，難道這老牛還有照顧她的本事？那灰牛大仙聽了貓精這番言語，亦是無話可說。貓精見自己所知已俱說與那灰牛大仙聽了，便撂下一句話，令那灰牛大仙自家好生想想，遂將那尾巴一甩，便轉身走了出去，留灰牛大仙一人在原地發呆。

這灰牛大仙在原地思忖了片刻，覺得貓精所說之事倒也在理。如今自家便是將她救了出去，又能帶去哪裏呢？若是他們回娘家，便只能受氣，總不成將她帶到野外與自己一同食草吧。

它思來想去，只有先待在此處方是最妥帖的法子。這灰牛大仙在心中苦笑，自家一向認定正邪不兩立。如今卻只能眼睜睜瞧著救命恩人落入魔掌。更令人哭笑不得之事，便是她在那妖怪家中待著，比在自家父母身邊，不知要幸福多少倍。

這廂灰牛大仙滿腹心事，眼見那少奶奶的肚子越來越大，離那生產期亦是越來越近，心中便越發焦躁。

這日夜裏，灰牛大仙正假寐之時，突然被周圍雜亂的腳步聲、叫嚷聲驚醒，眼見這家的女傭端著水盆，提了幾壺熱水，搭著毛巾焦急地往那少爺屋內飛奔而去，又見有傭人拿了幾吊錢飛奔似地向外跑去，約莫是找接生婆的光景，這才思忖那少奶奶或許是生產期到了。

說來也巧，此番少奶奶的生產比預期時間提前了許多日子，又恰

好趕上這大半夜的，大家未曾準備，更兼那家中轎子、馬車偏巧又在這幾日送到木匠處休整，遂眾人均十分著慌。

且說自灰牛大仙得知這家人事情後，心下便一直擔心，如今這人妖結合，會不會產下那半人半妖之子也未可知。它心下為了此事十分擔憂，接連做噩夢，有時是那魔胎咬破少奶奶的肚子鑽出來，有時乾脆是那魔胎撕裂她的身體鑽出來。而那魔胎亦是猙獰可怖，生長三張臉，頂了一頭慘綠的頭髮，眼睛又黃又長，如貓兒一般，全身都閃著藍幽幽的冷光，且蒙著一身鱗片，手腳均是尖利的爪子，背上生著翅膀，屁股上還長著一條尾巴的怪物。

那夢境總結束於少奶奶的慘死及那精怪一家人抱著那小怪物獰笑，且現出這家人原本更為猙獰的原形之時方會結束。如今它側著耳朵，聽到少爺屋內傳來那一聲聲少奶奶痛苦的呻吟慘叫聲，與自己素日在夢境之中聽到的，極其類似。

那灰牛大仙聽到此處，便忍無可忍，終究按捺不住，生怕與夢中一般會從少奶奶肚子之中鑽出一個綠髮藍光的妖怪來，遂便想仗著自己一股牛勁衝入屋內，用牛角亂抵一氣，將那傭人盡數趕走，自己獨自駕著少奶奶撒腿便跑。

但那灰牛大仙心下雖如此之想，卻不能這般做法。如今便是由得它衝進室內，將眾人都趕走，誰又能將少奶奶扶到它背上去？且以少奶奶如今的狀況，又焉能在牛背上安穩躺著？灰牛大仙一念及此，只能在牛棚之中一面轉圈一面焦急得「哞哞」亂叫，如同有十萬隻牛氓圍在它身邊一般。

正是：

皆言冤憤此時銷，必謂妖徒今日死。

旋教魔鬼傍鄉村，誅剝生靈過朝夕。

列位看官，你道這少奶奶到底遭遇了何事？這灰牛大仙，又能否將那少奶奶平安救出？欲知後事，且聽下回分解。

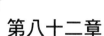

第八十二章

　　上回且說到這灰牛大仙聽聞少奶奶在裏間生產，只見一行人跑進跑出，自家卻情況不明，不由得分外焦灼。它在心中早已思忖過千萬遍如何將那少奶奶從這房中駄走，苦於實施起來實在太難，也只能在門外乾看著。

　　好在皇天不負有心人。這灰牛大仙的機會還是來了。它支著耳朵在外偷聽，不小心便聽見那去找接生婆的傭人回來報信道，自己這幾日腿摔壞了，無法動彈，可否將那少奶奶接到她家中去生產。那老爺一聽這報信之人的回稟，當即氣得甩了他幾個大耳刮子。如今少奶奶的光景，還能經得住一番挪動折騰？若是那接生婆腿腳不靈便，他也不知道將她背過這裏來？但事已至此，生氣亦是無用，如今瞧著這情形，這少奶奶怕是要難產的，趕緊租了轎子，抬著送過去。現下深更半夜的，轎夫早已休息了，一時半會又哪裏找轎子去呢？且說那老爺目光在院內逡巡了一番，驀地聽見前院傳來「哞哞」的牛叫聲，頓時眉頭一皺，心下有了一番主意。

　　卻說那灰牛大仙正急得「哞哞」叫，卻見傭人們紛紛前來，將它牽了出去，給它套上一輛板車，進而又將那少奶奶背上車去。這駕馬車素日雖是那家中傭人用以運柴火的，但現如今人命關天，卻也顧不得這些了。那傭人們將灰牛大仙並馬車套好，便趕著它往那接生婆所住的地方行去，那少爺緊隨其後，亦是騎著馬急匆匆地跟了上來。

　　列位看官，你道這廂少爺家中眾人火急火燎地圍著那牛車焦灼催促，這廂灰牛大仙心中想的卻是另一番心思。它早就想帶那少奶奶離開，此時那少奶奶套上牛車，竟是個千載難逢的機會。遂那灰牛大仙眼見時機成熟，趁著出門沒人防備之時，突然大吼一聲，將那眾人唬

了一跳。它自己卻瞅著這番空檔，拉著牛車便向縣城外撒蹄奔去，連帶著將那趕車的傭人也給掀下車來。

也是合該這灰牛大仙逃走。原來這縣城中的城門，素日晚間都關得嚴嚴實實，而今日恰逢著有一撥縣衙外出辦事之人回來述職，那守門老兵便開了城門，灰牛大仙瞅著眾人魚貫而入的空檔便衝了出去。

且說那老兵正要進城，眼見一頭瘋牛衝將出來，卻哪裏敢阻攔？回來的那撥人更是如此，眼見這牛來勢洶洶，也慌忙都躲了開去。且說這家人見灰牛大仙拉著牛車撒蹄便跑，個個心中拿慌，催著那馬在後面緊趕慢趕，可這灰牛大仙卻是拼命向前奔跑，加上少爺所騎之馬亦是家中的老馬，竟半點也追不上它。

卻說這灰牛大仙，真真是好心辦壞事！如今這少奶奶已然難產了，只有那接生婆方能救其性命，灰牛大仙卻全然不知！

眼見這灰牛大仙將少奶奶拉扯縣城地界，一面跑一面想著如何將那家人甩掉，再將少奶奶帶到福氏村。它早先在福氏村生活，知道那福氏村村眾心眼不壞，如今見自己拉了一個孕婦過來，當也會熱心幫忙。那灰牛大仙甚至暗自下定決心，若是少奶奶真生了一個妖怪出來，它便乘著那小妖幼弱時將其用牛角捅死，也好過大了為害人間。

那灰牛大仙正思忖善後之事，卻聽身後傳來幾聲刺耳的尖嘯之聲。它回頭一看，原來那妖怪家中三人見灰牛大仙將少奶奶馱走，慌忙都現出原形，前來追逐灰牛大仙。灰牛大仙回頭一瞧，這家人倒不似花貓所說的水蛭毒蟲所化，反而更像蝙蝠精怪。如今他們三人背上均生出像蝙蝠一般的翅膀，臉上亦沒有人形，只有那尖嘴瘟腮之像，面上卻瞧著像老鼠，嘴裏生滿尖牙。那人臉特徵倒是還在，依稀能瞧得出哪個是老爺、哪個是太太、哪個是少爺。身上的衣物卻早已不知去了哪裏，全身都披了一層厚厚的黑毛，正飛在半空之中追趕牛車。

灰牛大仙眼見它們追來，更是全速向前奔跑。但它如今畢竟老了，

加上那三隻妖精是用飛的。遂很快便被那妖精追上。灰牛大仙決定拚死一搏，遂轉過身子，用角對著那三隻妖精，預備與其拚命。但如今他們手腳均變成利爪，且那少爺比它還焦急，一巴掌掀了過去，便將那灰牛大仙打倒地，再也無法爬起。

　　幸而這少爺目標並不在那灰牛大仙，遂只是將那灰牛大仙打倒，便去抱那已然暈倒的少奶奶。就在它去抱那少奶奶之時，躺在地上的灰牛大仙卻聽見一陣陰森可怖的怪笑之聲自那地底傳來。那三隻妖怪聽了這怪笑聲，立刻變得驚恐萬分，老爺太太太亦是大驚失色，慌忙用其異常低沉的嗓音催促少爺趕快抱著媳婦飛走。她話音未落，灰牛大仙便覷見一隻長滿黑貓的大手自地面破土而出，一把攫住了老爺。

　　這灰牛大仙本就傷得不輕，那手從地面鑽出時，又使得地面劇烈震動，將其震得暈了過去。遂其暈倒之前最後聽見的，便是那被抓住的老爺發出的絕望尖嘯之聲……

　　卻說過了不多時，這灰牛大仙悠悠轉醒，便慌忙爬了起來。它睜眼瞧了瞧，發現身上輕了許多，再回頭看時，見適才自己將少奶奶拉來的車子已經散架，那少奶奶也不知身在何處。正茫然間，那地上忽地伸過來一隻手，猛然抓住了它的蹄子，將它嚇了一跳，以為適才那妖怪又回來了。待它定神一看，才發現原是那趴在地上的少爺，正不甘心地抓住了自己的後蹄。那少爺現在雖然仍是妖怪模樣，但翅膀已被硬生生扯掉，一條腿也沒有了。全身都是綠色血液。且見那少爺艱難舉起前爪，想向那灰牛大仙揮去，卻又無力地垂下，隨後便呻吟一聲，蹬腿而死。正是：

疑懷無所憑，虛聽多無端。

蟲苦貪夜色，鳥危巢焚輝。

　　列位看官，你道殺這三妖者為誰？這少奶奶又到底身在何處？欲知後事如何，且聽下回分解。

第八十三章

上回且說到這灰牛大仙趁著眾人將少奶奶套上牛車的當口，拉著難產的少奶奶一路狂奔，在路上卻被那三隻妖物瘋狂圍追堵截，欲奪回少奶奶之事。那灰牛大仙思忖著如今除了一死，事情再無轉圜餘地時，卻見地面驀地探出一隻手來，將那老爺太太一併擊殺，又將那少爺真身撕爛。

卻說如今這少爺已死，灰牛大仙眼見他的身體化作一灘墨綠色的膿水。緊接著那膿水亦揮發成一股蒸氣，那蒸氣也慢慢散開，最後那地上只剩下一堆奇形怪狀的白骨。

灰牛大仙見了這駭人一幕，心中狂跳不止。慌忙又瞧了瞧四周，只見不遠處還有一堆這樣的骨骸，思忖著這骨骸約莫也是剛才那妖怪所為，大約少奶奶亦被它帶走了。它想著那妖怪手掌便已如此之大，若真個要站起來，身體也不知該如何丈量呢。但如今令它奇怪的便是，那麼大隻手從地底鑽出來，這會子銷聲匿迹時，地上卻連一個坑洞也無。

它心下雖然存了這個疑慮，但此時卻也顧不得多想，目下少奶奶失踪，救人才是它的第一要務。它雖不知僅憑現狀該如何做，但仍是顫顫巍巍地向一個它直覺中覺得差不多的方向胡亂行去。

列位看官，這廂灰牛大仙尋人之事，暫且按下不表，權且說說這家人的事情。且說這家人原本都只是普通人罷了，那老爺家中甚窮，人到中年，好不容易才娶到老婆生下兒子。且說他那時不過是個走江湖賣雜貨的小貨郎罷了，身邊人因喚慣了他「老剩」，便不知亦懶得知其本名。

他因嘴巴太笨，不會攬客，生意極不好做，日子也過得頗為艱難，

連養家糊口都成問題。他家這番光景，自然惹得婆娘成日抱怨，那兒子餓了，也不管大人世事艱辛，只管又哭又鬧，使得他愁悶不已。

且說這日他外出賣貨，行了一天，腳底板都打了三個水泡，卻一分錢也未曾賺到。回家這一路上，都在發愁該如何向家中婆娘交待之事。卻說這世間之事，常常便是福無雙至禍不單行，那日家中非但一個銅子也沒有，連米缸也都空了。不提防還有更愁人之事，這日夜間他往家中趕路時，被一夥小毛賊攔住，將他那唯一的一點貨物亦給搶走，實是屋漏偏遭連夜雨。這老剩被眾人打到在地，瞧著不遠處的家中，心中淒苦萬狀，實是不想再走進去，想到自己這艱難度日的慘狀，巴不得立刻便結束自己悲慘的生命方好。

卻說那山賊將其東西搶走之後，他走到鎮子近旁的一條河邊，思忖著便要往河中跳下去。但一想到家中兒子仍然被饑餓折磨得哇哇大哭，又有些於心不忍，他這般在河邊左右徘徊，始終也下不了狠心。

此時正值盛夏，他在河邊走了一陣，卻見天上突然刮起狂風，進而電閃雷鳴，劈哩啪啦下起一場暴雨來。老剩被這大雨一淋，便下意識尋地方躲避，倒是暫時將自己想要自殺的心思忘了。這會子定下神來，兩手空空如也，更不願就此歸家，便在雨中茫然走著，眼見前方影影綽綽，約莫是一座破廟，便慌忙向那裏行去。

且說這廟裏也不知供著一個什麼神仙，那神像瞧著面目可憎，煞是嚇人。他入內之後，對著那神像拜了幾拜，接連說了幾聲得罪得罪，便尋了一個角落蹲了下來。

此時入夜，這廟裏甚黑，只是時不時有那閃電劃過，映照出那神像猙獰的面孔。如今老剩身上被大雨淋得透濕，又未曾吃飯，遂又冷又餓又怕，只是蹲在角落處不住地瑟瑟發抖。

就在這老剩惶恐不安、心下惴惴之時，卻聽那小廟破門傳來「吱呀」一聲的輕響，一個人影悄悄閃了進來。老剩被這人嚇了一大跳，

藉著那閃電的光亮，他見來者一身農戶裝扮，年齡也與自己差不多，遂這才放下心來，他在這破廟本就惶恐不安，如今見有旁的人來，便慌忙不迭去與那人打了一個招呼，這一打招呼，反倒把那人嚇得不輕。

此人見廟中有人，便也坐了下來，與他一同聊起天來。老剩與他相談方知，原來他亦是個趕集的農戶，如今遇到這場大雨，便慌忙跑來躲避。那老剩與他閑談之時，慢慢便說到自家的傷心往事，不由得掩面哀泣、痛哭失聲。豈料那人聽完卻忍不住哈哈大笑起來。老剩見他這般作態，不由得在心中升起一絲怒火，豈料那人瞧了他氣惱的樣子，反倒安慰他道，斷不用為此事發愁，他如今前來趕集，也是因為有要事要辦。

老剩聽了，這才收住眼淚，問他前來所為何事。且聽那人云，自家祖上是個大官，如今家道雖然中落，做了農民，但是家中傳下來一個藏寶圖，云是無上至寶。那家中其他親眷倒也按照這藏寶圖上的標識細細找過，卻是一無所獲。他將那圖細細篦了一遍，發現那圖上所標的地點離這個鎮子並不太遠，便慌忙來此處趕集，順便也去那藏寶圖上所示之處挖了看看，碰碰運氣再說。

那人說到此處，便拿出火石將那廟裏的油燈點了，再將那藏寶圖遞與老剩，著他瞧瞧看。老剩將信將疑地將那寶圖接了過來，又聽那人信誓旦旦地說，要是老剩與他一道過去，自家挖出來這寶藏也會分給他一些，幫他度過現下難關。

老剩聞言，心下雖不大相信，卻還是禮貌地謝了他一番。那人十分熱情，將身上的乾糧分給老剩，著他先吃兩口，暖暖身子再說。他見老剩衣裳已盡濕，便令他將濕衣服先脫了，擰乾了在這破廟先晾一晾再穿。那老剩吃了乾糧，身上也暖了些，如今肚裏有食，先前淒苦愁悶，亦是一掃而空。他如今體會到許久未曾體會到的人情暖意，心中也充盈了許多，適才的痛苦瞬間便消散了。他見這雨一時並未有停

歇之意，便靠著這破廟裏的柱子，昏昏沉沉地睡了過去。

正是：

人間心不足，意外事難量。

神仙竟何益，撫卷空淒涼。

列位看官，你道是這少奶奶到底是生是死，灰牛大仙能否將其尋回？欲知後事如何，且聽下回分解。

第八十四章

　　上回且說到這灰牛大仙眼見這無端慘狀，一時也懵了，但他雖然心中畏懼，卻依然還惦記那少奶奶安危，遂憑著直覺尋了一個方向，便莽莽撞撞地向那方向奔去。

　　花開並蒂，各表一枝。且說回這家人來。原來這家人此前家主名喚老剩，是個賣貨郎，因其嘴笨，遂素日也賣不出什麼貨物去，因而每日只能怏怏而歸，這日眼見家中已然斷炊，他又一件貨物也未曾賣出，遂心灰意冷之下，木木然向家中行去，不巧屋漏偏逢連夜雨，他走到半路，卻又被一夥山賊將那剩下的貨物盡數搶走，思及家中嗷嗷待哺的孩子，他心中難過至極，竟已萌生死志。

　　卻說這老剩茫茫然行到河邊，正思忖自家是否該投河自盡時，突然天降大雨，他心下無奈，便下意識躲雨，這一番動作，那尋思的心倒消了些。遂其一路避雨，好容易才找到一間破廟，便慌忙躲了進去。雖是雨夜，這破廟之中倒也熱鬧，這老剩躲進來不久，又遇到另一人，老剩見其一身莊稼人打扮，便大著膽子與其攀談了幾句，將自己如今的窘境，家中的慘狀，盡數說與這陌生人聽去。卻聽那人云，自家手上如今有一張藏寶圖，待明日雨停了一起去挖了，說不定大有所獲，屆時將那寶物分一半與老剩，他便不會再這般痛苦了。

　　這老剩吃了此人帶來的一點乾糧，衣服也擰乾了些，當下便朦朦朧朧睡了過去。次日一醒，已然是第二日清晨時分。老剩見廟外大雨已收，那莊稼漢也早已不知去向，但昨夜所見的藏寶圖卻扔在地上，大約是那人急匆匆趕路，竟連藏寶圖也忘了取。老剩打量了那藏寶圖幾眼，終究按捺不住心底的誘惑，便抱著試試看的心態，將那藏寶圖取了，按圖上所標示的路線，向那樹林深處行去。且說這樹林倒是離

鎮子並不太遠，不一會便行到那藏寶圖所在之處。

老剩瞧了那藏寶圖幾眼，尋到埋藏寶物之處，四下撿了一個粗硬的樹枝便向下挖去，不提防沒挖多深便挖出一個舊箱子來。那箱子瞧著有些年頭，但卻未曾上鎖，打開一瞧，裏面竟然堆滿了金元寶與那銀元寶，甚至還有一些是他叫不上名號、從未瞧見過的珠寶。

那老剩被這些珠寶晃得眼花繚亂，當下心跳加速，血液上湧，抱起那箱子便向外跑去，眼見快要跑出林子，心下卻又有些惴惴不安。如今這巨額財富，似是得來頗容易，莫不是有什麼陰謀？他心有不安，便有瞧了瞧那藏寶圖，見藏寶圖上的提示簡單至極，那人的親戚為何云自己不曾找到？那莊稼漢打扮之人，為何清晨會不辭而別？饒是老剩見識短淺，卻也砸出此事疑竇之處來。他思忖此事的種種可疑之處，越想越怕，便又將那珠寶箱子原封不動地埋回土裏，惶惶不安地向家中行去。

卻說這老剩剛行到家門處，隔著門便又聽見家中兒子的哭喊及妻子焦灼地勸慰聲。他在門口徘徊踟躕，想進卻又不敢入內。如今他們住在這鎮上最殘破的便宜的胡同內，四下盡是窮人。三人共住在一室之內，那室內擺了床與櫃子，便再也容不下他物了。素日他們一家吃飯連桌子也未有一張，諸般事宜，只能在床上進行。那門板牆壁皆薄，素日幹什麼，鄰里之間皆能聽得裏面的動靜，遂那老剩聽到那孩子哭喊，婆娘的痛苦勸慰，頓時心下又十分猶豫，忍不住想起那林內的一箱財寶來。現下自己一文不名，唯一的一點貨又讓賊人搶走了，便是自己去報官，官府亦是不會給自己這般貧民申冤。

且此處的官府與那靠近都城那些省城區別甚大，官家有明文規定，凡是來報官者，必先挨一頓板子，以示其為干擾那官老爺們的正常政事之懲罰。若是來報官者能打點衙役一些銀子，便能打得輕些，給得多了，打起來又似是撓癢癢一般，看著甚重，其實輕輕落下，並

不會傷其筋骨。若是遇到那沒給錢的，這衙役的板子落下極重，幾是將人往死裏打了。如今他一沒錢二沒身子骨，若是再挨上這一頓板子，怕是連命也沒有，實是已走上絕路了。

老剩站在門口，思來想去，便又折回那片林裏，重新將那箱子挖了出來。但他到底沒有膽子將那寶箱取回，遂只是從那寶箱之中取了一錠銀子，以先渡過眼下難關為要。

卻說他取了這銀子，兌換了糧菜，又重新置辦貨郎行頭，日子便能挨下去了。他如今有了這錠紋銀打底，便又走街串巷去賣貨了。

列位看官，你倒是從善如流，從惡如崩。他如今雖是並是暫時解救了眼下的痛苦，卻埋下了不勞而獲的胎根。如今這箱財寶之事，總是時時縈繞心頭，他擔心自家不拿，那莊稼漢隨時會回來取走，待自己這一錠銀子花完，生活又無著落了。如今藏寶圖雖在自己手中，但這藏寶圖既然如此簡單，說不定那人早已暗自都記在心中了。說不定那日他也不過是因為有急事，才走得如此匆忙，忘了將那藏寶圖取走。他思忖那人也不像是謀算他給他下套的行事，如今他不過是一介貧民，又有誰犯得上要與他耍弄陰謀？且自己那日取回銀錠之後，箱子埋得也不甚深，說不定有人瞎貓碰上死耗子，碰巧發現那箱子，將其取走，那才真是得不償失了。

這老剩如今存了這番心思，每日日思夜想，都是那寶箱之事。他躺在家中，亦是掛念那寶箱安危，生怕那寶箱有什麼閃失。他想得越多，心思便越重，也沒辦法安心做他的貨郎了，往日日出而作日入而息，如今卻是三天打魚兩天曬網，三日裏倒有兩日歇在家中，思忖那寶箱之事。

卻說那一錠銀兩，取的時候瞧著頗多，但花的時候卻一點也不頂事，未過多久，他便將那銀兩花完了。這番他卻並未有多少猶豫，當下便折回了林中，三下五除二挖出寶箱，取了不少銀兩後，又將那箱

子換了個地方重新埋下。這番他埋得極沈，如此便是那藏寶圖的主人來了，也尋不到那寶箱了。

這老剩如今手中銀子多了，素日住的那屋子，亦是怎麼瞧怎麼不順眼起來。反正如今他也不用如此拮据，便在那鎮上尋了一間更好的屋子安頓家人，又盤了一家別人家轉讓的小酒館，做起來過路客的生意，生活也算是日益安穩。

正是：

味從中夜永，痛偶暫時忘。

意外逢奇寶，人間欠此方。

列位看官，你道這老剩如今取了寶箱，到底有無不可？若是有天罰懲戒，卻又該如何懲戒？欲知後事如何，且聽下回分解。

第八十五章

　　上回且說到這老剩因家中拮据，因此也不再懼怕自己取了那箱珍寶之後，會惹上何等麻煩，他心中一旦放下這口氣，自是鬆了一口氣般一而再、再而三地去取那箱中的珍寶。到後來，索性也不做那貨郎了，而是用那寶箱之中的銀錢盤了一個小店，素日與家中婆娘經營酒店的營生，日子倒也日漸安穩了。

　　列位看官，你道是由儉入奢易，他既是這般發家，而那些財寶又仍舊時時刻刻縈繞心頭，如今日子安穩了，他倒更多些時間想那箱珠寶之事了。且人的欲望又哪有厭足之時？如今稍稍安定了些，他便又思忖著是否能過得更好些。如今他搬到鎮上，見慣了那些有錢人，自是羨慕不已。遂心中一直暗想，大家皆是一樣人，自家緣何不能如他們一般過上奢華舒適的日子呢？明明機會便在眼前，只消將那寶箱取回即可。

　　他因動了這番心思，起了這個念頭，又瞧著目下官府也未曾通緝過甚江洋大盜，可見那寶箱中的銀兩多半也不是那些強盜的。他在無人時，也曾思忖過這些銀子是否被那官府追急的強盜一時情急才藏在那處的，丟藏寶圖不過是騙個人將那寶箱挖起，然後自家再從他手中搶回，如此方可不暴露身份。

　　卻說這半年他過得極不安穩，隔三差五便跑回那林中查探一番，生怕這寶箱又被人挖走了。

　　他因這般憂心忡忡，始終也無法安穩度日，這日，他終於痛下決心，夜間自己拉了個獨輪車，提心吊膽地將那箱子取回家中。因怕有人來搶，遂又在那箱子上蓋了些蔬菜水果，假扮成那不起眼的小商販，將箱子偷偷運了回來。

卻說從此之後，他便真正過上了自家一直嚮往的好日子了。他將那箱中的珠寶偷偷兌了一些，在府縣之中買了家大宅院住下，還請了許多傭人前來伺候。如此這般後，他又將寶箱之中剩下的銀錢算了算，照自己目下的花法，便是什麼也不做，也足夠過上幾輩子了。遂也不做活計了，只是悠哉悠哉地開始享受當下的快活日子。

　　自此之後，他每日睡到日上三竿方起床，白日裏提籠遛鳥，與其他有錢人家摸牌賭錢，晚上便上那戲園聽戲。玩了一陣，這府裏縣裏的那些玩意他都瞧不上了，便時時跑到省城去玩耍，逛省城的大戲院、高級酒樓、喚頭牌妓女與自己耍樂等等，不一而足。如今他這番做派，倒像是個真正的老爺了。

　　卻說他如今雖然腰纏萬貫，倒是也未曾像別家那樣，想要多娶幾房太太，如今他與自己共患難的妻子，卻也還有些感情。且那妻子生活好了些，人也愈發賢惠，將闔家上下，打理得井井有條，任誰也挑不出錯來。那家中一應上下，也都對她十分膺服。且隨著小兒一日日長大，家中生活越發稱心如意了。那小兒子既聰明又肯學，惹得家中請的教書先生不住誇讚，云其將來考個狀元也無甚問題。卻說那時已有了科舉制度，倒是玉帝給天龍所出的種種餿主意之中最可取者了。

　　天龍自推廣科舉制度後，治下的帝國人民均可參考。其與後世最不同之處便是，只要考生本人未有犯罪記錄，即使家裏人幹著些不夠體面的工作，譬如獄卒、妓女、屠夫等下九流者的子女，亦同樣可參加科舉。只是這些家庭出身者，常常因家中重重限制，自己也不甚渴望讀書罷了。

　　這科舉制度甚是鬆緩，連「墨璃界」之人亦可參加。卻說這墨璃界畢竟面上還是由帝國管理，遂這墨璃界中人亦可參加考試，只不過若真有從那墨璃界前來者，帝都之中負責治安的御林軍會對其格外注意些罷了。

　　閑言休敘。卻說因為有了這番想頭，因此這老爺不管在外如何胡鬧，最終卻也還願意回家來。尤其是聽聞自家兒子這般有出息，心中更是歡喜無限，亦開始多多關心孩子的教育，外出胡鬧的次數也減少了許多。

　　這般完美光景持續了數年。某一日，那老爺與幾名酒友雅興大發，正在茶園品茗閑談，忽見家中一個傭人匆匆前來，云家中來了一個人，有要事找老爺。

　　老爺聽他說得慎重，便辭別朋友回到家中。剛行至大廳，只見一個莊稼漢扮相的中年人正站在廳中，那老爺見他服飾蔽舊，也不太將其放在心上。卻說這兩人分賓主落座，傭人上茶之後，老爺隨意與其寒暄了幾句，便想要將其打發走。

　　來人瞧出老爺心思，便笑笑對他道：「莫不是不認得我了？」

　　如今這老爺走南跑北，晃了世界，早已不知見過多少人，遂端詳他幾眼，卻無論如何也想不出自己在何處見過他。來人見老爺記不起自家，只是嘿嘿笑了兩聲，云記不起便算了，自己先行告辭，著老剩一個人再慢慢想，待他想起來，自家再來拜訪。說完他拱了拱手，便向外走了。

　　那老爺因他賣了這個關子，心中也有些惴惴，遂那隨後幾日，每日都在思索來人到底是誰。這日他剛睡下，卻又如同被火燙一般猛然起身，他如今終於回憶起此人是誰了！來人的音容笑貌、衣飾裝扮，分明就是當日在廟中給他留下藏寶圖的那人！那老爺憶及此處，不禁心虛不已，如今看來，此人分別是前來討還寶箱的，說起來，這錢本來便是歸他所有的。

　　不想起來便罷，如今一想起來，這老爺便坐立不安。他心下惴惴，思忖著破解之法。轉念想起此人仍然是一副莊稼漢打扮，分明是並未發迹之態。自己如今有錢有勢，連官老爺也前來巴結，若那人真的跑

去報官，一來此事並無甚確鑿證據，二來那官老爺與自己熟識，若真有此事，官老爺亦會站在自家這邊，屆時隨便把幾個錢將那莊稼漢打發走，反正挖寶之事他並未親見，且那日在破廟，早上醒來他自家先走了，又能怪得了誰？

老爺將此事利弊在心中反覆思忖了一番，想著無論文鬥武鬥，自己如今皆穩占優勢，便放心地睡了下去。夢中憶起那人所說的「待您想起來以後，我自然會再來拜訪」之詞，卻還是有些不安。但轉念一想，此人不過是一介草民，又能有多大能耐，定然是故弄玄虛，假意要挾，還不是為了多幾個錢？且自家何時記起，他又如何得知？老爺在心中這般自我安慰一番，便又睡了過去。

正是：

妾為此事人偶知，自慚不密方自悲。

主今顛倒安置妾，貪天僭地誰不為。

列位看官，你道是這莊稼漢到底是何人？這老爺如今取了寶箱之中錢財，到底又會有何代價？欲知後事如何，且聽下回分解。

第八十六章

　　上回且說到老剩自取了寶箱之後，每日都在家中賦閑享樂，再也提不起做事興頭。好在妻賢子孝，家中也無甚操心之處，只怕是神仙日子，也不如自己如今舒坦快活。卻說正當老剩歡愉之時，卻有一個莊稼漢模樣的人來找他，卻正是當日在破廟之中將藏寶圖給自己所瞧之人。那老剩見他如今尋來，心下也是惴惴不安，好在自己如今也算是有錢有勢，倒也不甚怕他，只消打發他幾個錢，將他攆走便是了。

　　此人倒也並不吵鬧，只云待老剩想起自己之時再來拜訪，倒令那老剩心中惴惴不安。卻說這老剩一面思忖對策卻一面睡了過去，不知不覺便已入夢。列位看官，你道他夢見什麼？

　　且說這老剩剛睡著，便夢見自己又回到當日下著暴雨，卻破廟之中避雨的那晚。這事情他雖十分熟悉，但在夢中卻是旁觀視角，玄妙無比。他眼見著幾年前更年輕些的自己跑進廟裏，便慌忙跟了過去。只見自家進入廟裏未多時，那廟外的空地上卻慢慢顯現出一個形狀怪異的黑影來。那黑影似蛇又似蜈蚣，緩緩從土中爬了出來。

　　老剩嚇得如同篩糠一般，卻仍然按捺不住好奇，忍不住瞪大眼睛瞧著。卻說這東西爬出來之後，抖了抖身上的塵土，慢慢變成了人的模樣，卻正是給自己藏寶圖的那名農戶模樣。

　　老爺瞧到此處，早已嚇得魂不附體。他木木地跟隨那人到了廟中，眼前的景象倒是他極為熟悉的一幕——那角落之中瑟瑟發抖的自己已同那妖怪開始聊天了。眼見那人給自己瞧了藏寶圖，又把了自己一些食物，自家卻毫無防備，只管隨意吃了。

　　那老爺見自己不明就裏，忙想提醒自家趕緊跑，切不可與這妖怪過從甚密。但自己張嘴喊了數聲，卻一點也說不出話來，只能眼睜睜

瞧著自己伸手接過藏寶圖。如今他方看清楚，那藏寶圖上竟還有一張亮著紅眼且獰笑的人臉，那整張臉早已腐爛，且生著膿瘡，且有許多蛆蟲在人臉上爬來爬去，如今瞧著簡直噁心至極。

那老爺見了這般情景，拼命叫喊著令那時的自己不要取那藏寶圖，可不論他如何叫喊，卻始終發不出半點聲響。他見彼時自家拿著藏寶圖仔細端詳，那整張惡臉卻從圖上凸顯出來，笑得愈發邪惡了。眼見那藏寶圖的蛆蟲都落在自家手上，那時的自己卻仍是視而不見、無所察覺，更是心下惴惴。

老爺見了這番情境，也不知自何處生出的勇氣，忍不住向上前拉自己一把，但此時這張臉卻忽然調轉過來，用血紅的眼睛惡狠狠地盯著他，嚇得那老爺腳一軟，一跤跌倒在地上。

他這一跌之下，便不由自主地一直往黑暗之中墜下，不知墜了多久，卻聽見「啪」地一聲，落在一個實地上。那老爺睜開眼一瞧，見自己又落在正在挖藏寶圖的自己面前。

眼見自己挖開寶箱後又打開來瞧，這其中哪裏是什麼珠寶，竟全然都是盤在一起的毒蟲罷了！那毒蟲有蜈蚣、有蠍子、亦有毒蛇，其間種種，皆是猙獰可怖，而自家臉上卻是一應的貪婪狂喜的表情，將那寶箱抱起來便跑。那老爺瞧見這等情景，連忙上去拉他，可是卻見那箱子中猛地竄出一條毒蛇來。那蛇竄到半空中，照著老爺的脖子咬了下去，老爺只覺得脖子上一陣劇痛，便人事不知了……

卻說這廂夢中之事結束，那邊老爺卻大叫一聲坐起身來。

一轉眼，卻發現自己並未睡在床上，而是坐在家中客廳的椅子上，那人也坐在身前，笑吟吟地對老爺道：「我且說過，您若是憶起我來，我自然會回來拜訪您的。」

老爺想起夢中情境，嚇得舌頭打結，只管傻傻地盯著他瞧。那人似乎對此了如指掌，只對老爺道，適才那夢，不過是開個玩笑罷了，

不過是嚇唬老爺，覺著好玩，讓其切勿生氣多慮。自古至今，那錢財都是人人艷羨的好物，又豈會是什麼毒蟲蛇蟻？若真是如此，那老爺素日花錢，又焉能如此開心？

老爺聽他這番言語，卻鎮定了些，回過神來問他到底是何人，或是到底是人是妖？那人卻淡淡一笑，云這些並不很重要，關鍵是那老爺拿了他的錢財，花也花了，玩也玩了，如今是不是該幫他做些事情了？畢竟拿人手短，吃人嘴軟，也該換回來。

老爺聽他如是說，卻正色拒絕道，若是要錢，自己倒是可以還給他，他可不幫這妖怪做事。那妖怪聽他如是說，當即便笑了，云連這地方當官的都是它們走狗，那老爺又何苦在此裝甚清高？而今錢財對他而言，不過是身外之物罷了，他喜歡的是人，尤其是如老爺這般的人物。

那老爺聽他如是說，卻不甚明瞭。他雖不懂那妖怪如何找上自家，但他自小便聽過許多傳聞，知道這妖魔鬼怪盡會做些傷天害理之事，遂心下對其十分鄙夷，他雖然自認並非什麼善人，但也絕不會做這助紂為虐之事。

但有一事，他心下卻並不知曉，這世間許多壞事雖是人為，但那個時代正好有妖怪，遂眾人便不管不顧，將這些壞事一股腦盡歸結在妖怪身上，不加分辨便將那妖怪描繪得無比邪惡。

卻說那妖怪還要再說些什麼，那老爺卻下定決心絕不再聽。反正不論那妖怪如何花言巧語，他都不會去幫那妖怪做事。那妖怪聽老爺如是說，也是笑而不語，緊接著又從懷中掏出一個金色雕像，那雕像瞧著是個美少年，披了一身華麗異常的鎧甲，但那鎧甲的式樣卻不知屬哪個年代，反正與他在京都見過的帝國軍隊中任何一個官兵的式樣均對不上號，便是他素日在博物館之中，也未曾見過歷史上有形制如此的鎧甲。

那雕像瞧著雖然不大，約莫只有半隻筷子高，但雕工卻是異常精細。那少年姿態極為高傲，目空一切，瞧著栩栩如生，便是鎧甲上細膩的紋路，也都被雕刻出來。甚至那少年身上所披的斗篷兼彩帶迎風飄舞的樣子，亦是精緻刻畫，也不知當日雕刻之人是如何做到的。卻說那妖怪對老爺道，若是他改變主意，便對著這雕像跪下，連磕三個響頭，他便會知道這老爺有意悔改了。言畢他便將這雕像放在客廳的茶几上，走上前來推了那老爺一把。這老爺未有防備，被他一下子推倒在地上。

　　正是：

日日慳貪心未足，只嘆眾人不回頭。

直待荒郊臥土丘，免了前程無限愁。

　　列位看官，你道這老爺如今受了這番驚嚇，對那妖怪的要求，到底是答應還是未答應？欲知後事如何，且聽下回分解。

第八十七章

　　上回且說到這老爺入夢之後，竟重回破廟，又見到當日自己得到藏寶圖的情形。卻說當日遺失藏寶圖的莊稼漢，原來是妖物所化，而自己所拾到的藏寶圖，在夢中看來竟暗藏鬼臉，那一箱寶物也盡是蛇蟲鼠蟻所化。

　　老爺瞧著這番情形，不由得冷汗涔涔，正嚇得魂不附體之時，卻見當日那個莊稼漢仍舊坐在室內，正好整以暇地等著自己，云他有些事要這老爺代辦，這老爺自是堅決不從，那妖物也不甚逼迫，只是與那老爺云，他若是想好了，可對他所贈的小雕像磕三個響頭，他便知曉這老爺意願了。

　　老爺惶恐地聽他說話，猛然一驚，便從床上坐了起來。他伸手抹了抹額頭，見自己額上滿是冷汗，原來適才與那妖物所化的莊稼漢對談，也不過是場夢中夢罷了。此刻他才算是真正從夢中醒來，但他心中卻十分明瞭，這並非是一個普通的噩夢，但他仍是抱著僥倖心理重新躺下，暗忖著或者那天明之時，一切便會烟消雲散，但此刻翻來覆去，卻再也睡不著。

　　且說這老爺在床上折騰一陣，眼見天色發白，雞鳴不已，那老爺驀地想起一事，慌忙翻身下床，奔到床邊將一副畫摘了下來。且見那圖畫所掛之處，染了一小塊難看的污迹，那污迹瞧著雖十分刺眼，但卻是一個極為隱秘的機關。那老爺輕輕按了按這機關，只見那牆面忽地向暗門兩邊滑開，突然露出一個裝有密碼鎖的保險櫃來。

　　列位看官，此事說來話長。這保險裝置，原是老爺在帝國首都訂購之物。卻說當日都城之中有一家名揚四海的商店，店主名喚魯班，是個極擅長發明器物之人。他素日在自家店中出售各式有趣實用商品，

在別家店中極難購買。

這其中一些是玩具，另一些則非常實用。譬如那上發條便能耕種的木牛，可以與人送信和簡單器物的飛鳥等等。他發明的新奇東西甚多，適才老爺所用的這套個人保險裝置，亦是出自他之手筆，只是這套東西知曉的人並不甚多。究其緣故，還是因為帝國境內治安極好，遂這套鐵櫃銷路並不甚高，但在「墨璃界」生活的眾人卻購置頗多，那老爺聽聞，亦慌忙去購進了一套。

卻說這老爺在箱中到底置放何物？列位看官，說來也巧，這老爺按下密碼，打開那箱子一瞧，頓時倒抽一口涼氣，自己適才擔心之事果然業已成為事實。原來當日老爺自得了寶箱之後，亦是十分惶惑，遂秉承財不外露的原則，將寶箱之中剩下的財寶均鎖在家中，以防萬一。他思忖那箱財寶若是折成銀票商號，將來那商號倒閉，自己亦是人財兩空，遂思來想去，為了安全起見，便得了這個主意。且那老爺為了保險，早已將那財寶分成三份，分別置放於三個保險箱內，而今他去另外兩處瞧了瞧，那兩處的寶箱亦是不翼而飛。他又跑到客廳瞧了一眼，果不其然，那尊金像早已放置在茶几上，嚇得老爺大驚失色，更確定自己昨夜所見之事並非夢境。

只見他向後跌坐在椅子上，六神無主地在原地失神發呆，思忖著自家心事。他心下明白，如今這錢定然已是被那妖怪拿走了，若是沒錢，他又能如何？如今失了寶箱，自家悠閒富裕的生活定是馬上便要泡湯了。他下意識地望了望那雕像，沉默了許久，在心中默默盤算日後的生計。

但他轉念一想，自家也並未到山窮水盡之時，將眼下所住的這套大房子賣掉，或許也能稍稍有些餘錢，足夠在縣裏再買幾間更普通些的民房居住，餘下的錢，亦足夠開一家小酒館，日子也依然可以過得下。若是酒樓生意不錯，過不多時自家亦可再做一個富翁。

但這個念頭不過在心中一轉，他便又想到其不妥之處。如今他又是買房又是搬家，又該如何與那妻子兒子交待呢？沒辦法，自家只得編個謊言騙騙老婆，但這謊話也不太好編，若直接告訴他們妖物所為，又太過離奇。好在他老婆賢慧，兒子懂事，好歹不過是一家人之事，總也有辦法向之交待。

他在心中思量了頗久，便下定決心，暗想著自家無論如何也不能為妖魔做事。如今他既做了這決定，便又折回臥室，預備叫醒自家媳婦，與她商量此事。但聽他喚了幾聲，老婆卻始終未醒，他伸手一探，卻見她的額頭燙得嚇人，唬得他慌忙喚傭人去找大夫，並又著幾名傭人喚少爺前來。

卻說那傭人去了不久，便又慌慌張張奔回來告訴他，少爺如今怎麼叫也叫不醒，不知道是什麼緣故。驚得他連忙趕到少爺房前，扯著嗓子喚了十多聲。他嗓子都快叫破了，那少爺卻一點也不應聲。他慌忙叫傭人撞開房門，衝進去一瞧，只見兒子亦是躺在床上不省人事，再一摸他的額頭，同樣燙得嚇人。

老爺在原地呆了半晌，嚇得說話也不利落。好在適才去請大夫的僕人已將大夫請來，這大夫是縣城之中有名的名醫，也給老爺家人看過幾次病，端的是藥到病除、妙手回春。老爺慌忙請大夫與自家兩人號脈，且見那大夫伸手探了探，便將老爺喚到一旁，不住地搖搖頭道，自家也算是見慣病人了，實在不知道他們二人得的是什麼病。如今瞧來，這種疑難雜症，他也未曾遇到過，姑且先開幾方藥，著他們先吃著。

老爺聽他如是說，也忙點頭不迭。再一摸錢袋，卻發現那妖怪連他身上的幾兩碎散銀子也收走了。這一番打擊，實在是雪上加霜。但眼下這家人病勢迫在眉睫，他只得硬著頭皮對那大夫道，現下並不方便，若是可以，明日再著人將銀子與他送去。好在那大夫一向與他們

有來往，知他們必不至於短了這幾個錢，遂也不曾計較，只是叮囑了幾句便走了。

　　正是：

耕犁千畝實千箱，力盡筋疲誰復傷？

但得眾生皆得飽，不辭羸病臥殘陽。

　　列位看官，你道如今家人這番境況，這老爺究竟是否會應承那妖怪？欲知後事如何，且聽下回分解。

第八十八章

上回且說到這老爺痛定思痛，終是下定決心與那妖怪割斷聯繫。他正要將此事與家中夫人商議時，卻見夫人與兒子不知因何緣故，都已經病倒在床上不省人事。唬得老爺慌忙喚人請來大夫，那大夫一見二人光景，雖是十分疑慮，但卻始終查探不出這兩人症狀，遂只能先開兩帖藥，著他們二人先吃了再瞧。那老爺正待付錢，發現自己身上幾兩碎散銀子亦被收走，只得先與那大夫說明，日後再補。

那大夫走後不久，老爺忙著讓人煎藥，餵了夫人少爺後，便在那兩個院落奔忙，一時去瞧瞧夫人，一時去瞧瞧少爺，生怕他們有何閃失。卻說正是怕什麼來什麼，只見這二人適才還是好好的，這會卻一面尖叫一面抽搐，一會在床上打滾，一會又如被燙的蝦一般弓起身子，一會蹬腿伸拳，一會發瘋一般撕扯身上的衣物，直若中邪一般。老爺見狀，慌忙叫了幾名強壯的女傭將太太按住，又派了幾名男傭將那少爺按住，云實在按不住，可先將其綁在床上再說。如今這一連串的事情早已將他打蒙，只見他一籌莫展地走到客廳，呆呆望著那金像，也不知該如何是好。

正在此時，只見那妖怪又走了進來。此時他早已不是那農戶模樣了，而是打扮地十分妖冶，瞧著卻是不男不女的模樣。那妖怪見了老爺，便笑吟吟地問他想不想瞧瞧自己的夫人與兒子現在何處？那老爺此時一片混沌，迷迷糊糊點了點頭，也不知道算不算是就此答應了那妖怪。那妖怪見其點頭，就著他的肩膀往下一按，將他壓倒在地裏，那老爺就勢下墜，只聽耳畔風聲不斷，呼嘯而過。他不知此番是何等光景，卻也不敢睜眼來瞧。好容易待耳畔的風聲停止，雙腳亦可挨到地面時，便聽那妖怪道，你且睜眼瞧瞧。

老爺戰戰兢兢地張開眼睛，只見自己此刻已置身於一個陰森森的大石廳內，這石廳之中光線甚暗，到處都點著綠色火把，頭頂上垂下尖石，瞧著如同刀尖一般。正瑟縮著向四處打量，卻聽一聲哀嚎慘叫傳來。那老爺慌忙向發出慘叫的方向瞧了過去，只見自己的夫人兒子被人高高吊起，有一群面目可憎的小鬼正在折磨二人。那老爺一時也忘了自己怕不怕，只管衝上去，想將這兩人救下來。尚未近身，卻被幾個小鬼衝上來，三下五除二便打得鼻青臉腫、口吐鮮血。

　　只見眾小鬼將他押送到那妖怪面前，那妖怪一面好整以暇地修剪指甲，一面漫不經心地對他道，他這番掙扎受苦，又是何必呢？對著那雕像好好兒磕幾個頭，不就什麼事也沒有了？言畢不待那老爺回答，身後便有一名小鬼抽出刀來，對準那老爺的後背又是一刺。那老爺只覺得後背刺痛，唬得連忙驚醒過來，卻發現自己仍舊坐在客廳，眼前赫然便是那座金像。

　　此時管家匆匆闖了進來，對他道，如今太太與少爺掙扎得越來越厲害，不得不將兩人捆在床上，問他下一步該如何是好？老爺聽罷，嘆了口氣，對管家揮揮手，著他先行出去等著，這二人再過片刻，便可痊癒。那管家十分不解，但見老爺臉色鐵青，也不敢多問，只得行了一禮，慌忙退了出去。

　　這廂老爺瞧著那雕像，瞧了許久，最終卻還是對著那雕像跪了下去，咚咚咚地磕了三個響頭。

　　說來也怪，自他磕過頭之後，夫人與兒子當晚燒便退了，也不再蹬腿吵鬧，神智亦清醒了許多。老爺著人將飯菜送去，他們吃罷飯，便早早歇下，也不記得自家到底經歷了多少凶險時刻。老爺一摸口袋，見適才不翼而飛的銀子也重回錢袋，心知必是那妖怪所為，遂也不再反覆思量掙扎，只是一個人靜靜坐在客廳之中，等那妖怪前來找他。

　　但那妖怪卻並未前來，此後又過去幾日，也無甚動靜。家中似是

一切如常，夫人兒子也只記得自家似乎生了一場重病，不記得有被帶到大石廳之中受刑之事。那老爺絲毫不敢掉以輕心，他只是不住地想著自家要給妖魔鬼怪做事的許諾，那妖怪定會要求他害人，說不定便是要他殺人，每每念及此處，這老爺便寢食難安。他如今這般情態，落在夫人兒子眼中，亦是擔心疑惑、寢食難安。

他這般憂心忡忡地度日，一連過了十幾天未見妖怪前來，倒是有個酒肉朋友前來尋他。此人吃喝嫖賭樣樣精通，更有很多玩樂去處，此前他在外面花天酒地，其間一大半的花樣都是此人告訴他的。後來因兒子日漸大了，再這般作態，也不是那孩子應有的榜樣，遂他逐漸關心孩子的教育，不大出去作耍了，與此人的往來便少了許多。

如今見這人前來，老爺快快地告訴他，自家現在無心去玩，那人聽了也不氣惱，對他道，這番自己前來，倒不是為了喚老爺出去玩耍，而是有筆生意要把與他做。老爺對他本不甚信任，尚未聽他說完便回絕了他的邀約。豈料此人巧舌如簧，反覆與那老爺說這生意的多番好處，說得老爺亦有些動心。

但老爺還有一處，便更是猶豫難斷。你道這老爺到底在擔憂何事？原來他思忖著如今自家雖然尚有諸多財寶，那妖怪說取便取，何不藉此機會自家先做點生意，將那生意得來的資財，找一家老字號的票號妥善存了。他才不信那妖怪會如此神通廣大，連票號之中自家經營得到的錢也能取走？他在心中這般思量了一番，兼身畔的人不住地鼓動，那老爺便也動了心，答應跟著那人一起去做生意試試。

正是：

病起心情終是怯，困來模樣有誰憐。

聞道欲來相問訊，邑有流亡愧俸錢。

列位看官，你道這人究竟邀老爺去做何事？那老爺這番盤算，又能否成事？欲知後事如何，且聽下回分解。

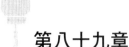

第八十九章

　　上回且說到老爺因受那妖怪脅迫，非但家中錢財被妖怪沒收，且夫人兒子均染上怪病，不得已，只能先應了妖怪，再因那妖怪請求，徐徐圖之。卻說自他向那小像磕頭之後，卻未見那妖怪有何指示，反倒是有個不常聯繫的朋友來邀他前去做生意。

　　老爺心中對其雖不甚喜愛，但如今聽他描述，那生意似是前景十分廣闊，遂已有三分動心，轉念又想到如今妖怪對自己的諸多限制，遂也暗下決心，要自己賺出一筆錢來，再暗暗存到錢莊，如此這妖怪便是能耐再大，也不能悄悄將他自家賺的錢挪走了。

　　卻說這兩人議定之後，便收拾行裝，一起坐著轎子來到了府縣裏的一家商會。如今這商會做的是期貨行當，經營範圍極廣，那朋友將老爺引薦給掌櫃，又說明來意，掌櫃便著老爺幫他處理幾樁生意。

　　說起做生意，這老爺其實並不在行。先前他做貨郎時，總也幹不好，究其根本，一則因其生性懶散，日常疏於吆喝推銷；二則他行事多是三天打魚兩天曬網，待其發財之後，也沒想過要成就什麼事業，只顧著自家享受玩耍。但如今他畢竟也奢侈慣了，再也不想過那窮日子，便暗下決心，無論如何也要賺些那妖怪拿不走的銀子，遂也只得打起十二分精神做事。

　　好在他倒也算是個能幹人，如今有了這層壓力念想，日常經營行事便十分肯用心，遂很快便發現自己竟還頗有經商天分。經營期貨生意風險極大，他雖一開始吃了點虧，但不久後便游刃有餘，做成了數筆價位可觀的生意，賺了許多錢。如今這番境況，連他自己也十分驚訝。如此一年後，那商會再召集掌櫃們議事時，發現自家竟賺得盆滿鉢滿，那老爺便也拿了一些錢入股商會，商會諸人見他頗有些經商天

才，便推舉他從經營商會的總管位置上正式成為商會的二把手，一躍便成了商會的二掌櫃。

老爺見了這番情形，心中倒是另一番想頭，自古皆云，貪財招禍，但如今他雖因貪婪而動心起念，倒也不見得會是什麼壞事。

如今這墨璃界之中的妖物比起帝國治下他處的居民，貪欲是赤裸裸地放在面上的，兼那龍神也不大理會這些地方，不像他治下的其他處所，能安插些清正廉潔的官員，將各種物資平均配給百姓，遂那墨璃界之中因得了這個空檔，反倒有了自由競爭的可能，令那商業發展得更快些，比那龍神治下的其他地域，更早有了按能力大小分配股份的概念，發展得更快更好些。

那龍神治下的人類居所，因見了這墨璃界之中的種種光景，慢慢也開始模仿這些商家做派，如今瞧著，反倒是墨璃界之中的商戶影響了龍神治下的商戶，令他們向墨璃界中的眾人學習似的。

閑言休敘。卻說老爺如今賺了這些錢，雖心中覺得十分膨脹且充滿了成就感。但江山易改本性難移，其懶散本性卻在骨子裏，時時便會萌生偷懶退休的念頭。如今他票號之中已存了不少銀子，遂其日常行事便怠慢了許多。有幾次，明明是幾筆生意上門，卻因膩在那頭牌妓女懷中未曾出面，被那手下人將生意談黃了。

又有一回，分明來了一筆大生意，商會之中早早便已定下談生意的日子，那日又與戲院上新曲目的日期撞上，遂他便又失了約。那商會中人問其原因，答曰這場新曲目是他早就想去看的，不容錯過。但那戲院的新曲目上了，又焉有只演一天之理？既然那戲院的戲目要演上這許久，等談完生意他第二日再去看亦是一樣，偏生那老爺非要在上映首日便去戲院觀摩，便又著那手下人去談，自家推說生病，悄悄溜到園子裏去看戲了。

且說這戲劇表演果然十分精彩，那老爺翹著二郎腿坐在後座上，

聽著十分盡興，待散戲了還與那太太一路哼著戲中的曲調，施施然坐了轎子回到家中，心滿意足地睡了去。

睡到半夜，那老爺卻不知怎地突然驚醒，正要起身，卻發現身體似是被死死釘在床上，半寸也無法挪動。想要出聲，一抬眼，望見周遭圍了一圈小鬼，竟是先前在大石廳中見到的那些。未等他回神，那小鬼便獰笑著將他向床下一壓，老爺猝不及防，被他們從床上一直壓到地裏。且聽耳畔不停傳來呼嘯風聲，老爺只覺得在不斷下墜。果不其然，待那下墜之勢止住，他發現自家竟又回到了適才那個石廳之中。

卻見他剛一落入石廳，小鬼們便一擁而上，用繩子將他捆綁了，倒吊在石柱上。他想起當日自己所見婆娘兒子被綁在石柱上受刑的情景，慌忙不迭地在廳中大喊饒命，與那妖怪們云，切勿動手，萬事好商量。正嚷著，只見那妖怪走了出來，坐在廳中放置的交椅上，那妖怪仍是當日不男不女、陰陽怪氣的裝扮，此時見老爺求饒，便揮了揮手令那小鬼們停下，瞇著眼，皮笑肉不笑對那老爺道：你如今知道害怕求饒了？明知今日要談這筆生意，你為何不到場？

老爺聽他如是說，一時也忘了害怕，只是驚愕地看著那妖怪。那妖怪見老爺如此吃驚，便懶洋洋告訴那老爺道，如今商會的東家，正是那妖怪本人。老爺聽了這番話，驚得楞在原地。如今半年多過去了，那妖怪一直未曾前來騷擾他，本以為那妖怪當日不過是隨意嚇唬自己而已，不承想自己竟傻乎乎便做了那妖怪的手下。此刻聽那妖怪提起，那老爺也忘了害怕，只是傻楞楞地問那妖怪道，如今到底是什麼情形？自己緣何成了那妖怪的手下？

那妖怪聽了，哈哈一笑。對那老爺道，你以為來找你合夥做生意的人是誰？那人早已被自己收入麾下做了許久的奴才了。那老爺此時方明瞭，原來從決定與那人合夥之日起，便已是在為這妖物做事了。妖怪見老爺納罕，便道：「你以為為我做事，便是去殺人放火、坑蒙

拐騙？這等無甚內涵之事，又焉用得著你這等人？我早已養了一幫小鬼，素日便是為此。否則，這小鬼們又是幹什麼吃的？」老爺聽完妖怪這番話，臉色早已經煞白，心中更是五味雜陳，不知該如何是好。他本以為安心做生意便可擺脫那妖怪控制，不承想自家如今竟自投羅網！

妖怪卻不理會老爺心中所想，只吩咐老爺，著其老實把生意照管好。如今他手下的商會大掌櫃經營生意不如老爺，那妖怪決定再過一個月便將其換了，交由老爺來當。老爺戰戰兢兢問那妖物道，既然他如此神通廣大，為何又還要與人界交通往來，經營生意。那妖怪望了老爺一眼，嚇得老爺慌忙把餘下的話頭咽了回去，好在那妖怪倒也並未十分追究，只是揮揮手，對老爺道不該他知曉的事情，便不要追問。

且說好不容易等到那妖怪訓示完畢，又警告老爺一番，問其日後還敢不敢偷懶。那老爺見了這等陣仗，哪有不害怕之理，連忙搖頭示好，云自己再也不敢作偷懶之想。那妖怪見他嚇得魂不附體，料定他也不敢欺騙自家，便著小妖將其放下，並威嚇老爺道，自家如今已經記了一頓鞭子在他處，若是那老爺日後再敢偷懶，便連本帶利一併罰他。

正是：

不覺獨占世間好，過計私憂無已時。

知盡古今成底事？空將血淚向人垂。

列位看官，你道這老爺如今已知事情原委，又當如何？欲知後事，且聽下回分解。

第九十章

　　上回且說到老爺自經營生意之後，頗見成效，至年終時，已賺得盆滿鉢滿。眾商見老爺頗有經營此道的天分，便令那老爺擔任商會二掌櫃，將經營中一應大小事物交由他掌管。豈料如今生活妥帖了，這老爺便鬆懈了許多，那牽鷹走狗、懶散度日的臭毛病又浮上心頭，遂每日家只想要躲懶，便將手下生意交與他人打點，自己則藏著享福。

　　卻說這日因戲院開台演唱，老爺便攜了夫人去聽戲，又將一筆上門生意推給手下人。這日聽完戲回來，睡到半夜，那老爺突然驚醒，原來自己又被一干小鬼拉到了妖怪處。卻得那妖怪告知，如今老爺經營的生意，正歸那妖物所有，那妖物云，若他不好生照看，便變本加厲地找他算賬。

　　那老爺哪受得住他這般恐嚇，慌忙應了，只求脫身。卻聽那妖怪接著對老爺道，這老爺如今的經商天賦，皆是那妖怪從中推波助瀾方才得以顯現，若是無他從旁協助，這老爺如今不過還是當日那個過著窮困潦倒生活的貨郎罷了，且那妖怪如今不過是看上了老爺的經營天賦才選中了他，若是老爺不為他所用，後果那老爺自己自然知曉。

　　末了那妖物還提醒老爺道，如今老爺將銀子存在票號之中，自以為很安全，但其實他一舉一動，那妖怪一五一十盡數知曉。若那妖怪需要這些銀兩，一樣可以隨時從老爺票號之中取走。

　　老爺聽完這妖怪威脅，這才知曉其中原委。此時他方始明瞭，原來自家一切行為，盡在那妖物掌控之中，半點也由不得人。卻說聽完這妖物一席話，老爺猛地睜開眼，原來自己仍舊躺在床上，剛才不過又是一場夢中夢罷了。

　　他想起了那妖怪的神通廣大之處，不由得十分痛苦，翻來覆去在

床上琢磨那妖怪的威脅話語，再也無法入眠。如此這般挨到第二日清晨，他見天色發青，想到那妖怪昨夜威脅之語，便慌忙不迭地從床上爬起來，一大早便趕赴商會去了。

卻說如此過了一月之後，那商會的大掌櫃卻驟然失蹤。眾人驚詫不已，官府中人亦查不出所以然來。且聽那報官的家人道，那大掌櫃頭天晚上還一切如常，好好地待在家中，第二日清晨便失蹤了，找遍了家中各處，哪裏也尋不出他來。諸人檢查那門窗鎖鏈，見諸般防盜設施均安然無恙，唯有那大掌櫃不翼而飛，問遍了家中諸人，個個皆云不曾瞧見。

那官府聞言又尋訪了幾個素日與那大掌櫃有糾紛的仇家，那仇家們卻也無甚破綻，無任何證據能顯示是他們所為，遂那案子便成了無頭懸案，不了了之。那老爺聽聞這番消息，極為不安，他心中十分清楚，此事定是那妖怪所為，但如今這般境況，他又焉敢去官府處告密？且那妖怪曾威脅他，再不許耽誤商會經營，若他再敢有誤，有何下場他亦是心知肚明。遂那老爺只得戰戰兢兢地將事情做妥帖，以備那妖怪隨時知曉。

卻說果然如妖怪當日所言，在那商會大掌櫃失蹤第二日，商會便開會議定，著那老爺做新一任大掌櫃。老爺雖新官上任，卻無喜色。如今一切皆如那妖怪所云，他更是知曉了妖怪的厲害，遂其工作也益發努力起來，生怕有一日自己也如這大掌櫃一般莫名其妙失蹤且無人知曉。

閑言休敘。這老爺自得知妖怪神通廣大處之後，每日便戰戰兢兢地做事，這般過了好幾年，兒子也日漸長大，待他長到十五歲時，已是十分聰明好學、乖巧懂事。如今家中的教書先生已換過數茬，皆因家中小兒學得極快，不多時便超過了那教書先生，遂只能另請高明了。卻說如今他家中的教書先生是一位當代大儒，曾任相輔太傅，後因狌

妓被相輔辭退，便到此處來覓得一個教書先生的職業，也是因此他才會來墨璃界。

如今帝國境內在龍神治下，一切都井然有序，私自開設青樓者，皆以非法論處，遂要在那尋常處找到一個做皮肉生意的酒樓，十分不易。但那墨璃界卻又與人間各處不同，妖怪魔物們天性散漫，欲望深重，遂那亙古魔域之中，處處皆是秦樓楚館，只要銀錢充足，想要如何逛便如何逛，斷不會有人理會。

卻說這位教書先生，脾氣倒也十分古怪。他雖花銷甚大，但是挑學生時，卻不以銀兩論處，只瞧那學生有無資質。凡有資質者，便下大力氣教授，凡是無資質者，任憑對方給自己多少銀兩也不理會。

他來此不久，聽聞老爺家的幼子聰穎好學，便主動上門拜訪求教。二人會面，他考校了少爺幾個問題，便住下來教授其學問。老爺夫人見狀，心中歡喜得什麼似的，日常只差將那先生如活菩薩一般高高供起，對其畢恭畢敬，非但將自己的臥室讓他居住，還把那先生的吃穿用度，一應打點妥帖。他們自己倒是住在客房之中，絲毫不以為意。那先生教授少爺不久，便前來與老爺商量，將來定要將少爺送往京城參加科考。那老爺正有此意，若兒子考取功名，便躋身朝廷命官之列，有那龍神庇佑，自可擺脫妖怪轄制。若那兒子來日有望，自己也不算白辛苦一場。

話分兩頭，各表一枝。卻說近幾年來，自打那老爺得知妖怪轄制一事後，便努力行事，幫那妖怪賺了許多錢。而今天長日久，那妖怪也漸漸對他生出幾分好感，時不時也邀請老爺到自家洞府做客。如今這妖怪洞府，較之老爺當日所見，華麗了許多，再無當日陰森恐怖之感，反而裝點得富麗堂皇。且那妖怪遠不滿足洞府現今模樣，時時花心思裝點打扮，遂那老爺每次前來，便發現那洞府之中又漂亮了許多。

如今這妖怪洞府瞧著頗富麗堂皇，洞頂上垂著水晶吊燈，地上鋪

了漂亮的花毯，周遭石壁上亦掛著許多名家字畫。那洞廳之中作支撐的大理石柱早也不是當日模樣，而是漆成朱紅，還雕上了精美紋飾。那洞穴之中原本有一條地下河所形成的飛瀑，以往被妖怪們用作堆放垃圾之所的，如今亦被布置成了一個大花園，種滿奇花異草，花園之中假山小湖一應俱全，湖中還放了幾條錦鯉。園內有曲徑通幽之雅，還修了一座風格別致的涼亭。

遂如今老爺每次前來，皆能與那妖怪在此處品茗吟詩，賞風弄月，偶爾還會對那妖怪珍藏的名畫品評一番。而今洞中的小妖們，在這般風雅熏陶下，面上似是也少了許多猙獰之氣，日常的衣飾也華麗講究許多。更有甚者，將自己的長相修飾得極為雅致，甚至帶著幾分曼妙，只是妖冶太過，令人不辨性別罷了。

也無怪那老爺有此想頭。且說某日那妖怪對老爺道，再過幾年便讓老爺回家頤養天年。他見老爺聽聞此語驚恐失神，便笑著令那老爺放心，他斷不會像對付大掌櫃那般對付老爺，如今他說的頤養天年，便真的是著那老爺在家中修養，而不是悄無聲息地將其除掉。

正是：

無作無為成道果，拍手空回沒所得。

譬似無常速煉全，出離凡籠決真仙。

列位看官，你道這老爺少爺，究竟能否脫離那妖怪魔掌？欲知後事如何，且聽下回分解。

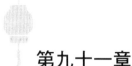

第九十一章

　　上回且說到老爺因知曉這生意的內裏乾坤後，便再不敢造次，每日只是兢兢業業地打點經營生意。那妖怪見老爺乖巧，也不再多找他麻煩，二人也日漸熟稔了起來，素日得空，這一人一妖，偶爾也會互通有無，但於那老爺而言，如今雖是與那妖怪之間的關係緩和了許多，但其仍舊信不過那妖怪，日常與那妖怪之間，亦是虛以委蛇者多，真心實意者少。

　　卻說這妖怪自與人接觸日久，那洞府之中的裝飾，亦是一日蓋過一日，玲瓏精巧，美輪美奐，卻說這日妖怪又將老爺邀來，二人在涼亭之中坐下不久，那妖怪便託詞有事，先行出門，著老爺自己先小憩一陣，暫且等他回來再說。老爺座下不久，忽感有些內急，便慌忙去尋找如廁之所。

　　說來也怪，這老爺雖多次來此，卻從未在此地如廁過，現如今慌忙去尋如廁之處，卻哪裏都找不到。他在心中暗忖，莫不是那妖怪素日都無需去那五穀輪迴之所，遂那洞中才會找不到如廁之處。

　　諸小妖見他神色慌張古怪，臉色煞白，雖暗自納罕，卻也無人敢上前詢問。那老爺如今甚是著急，只在洞內轉來轉去，轉眼間轉到那妖怪的廚房所在，探頭一看，只見那幾個小妖正拿著一顆人頭扔著作耍，眼見老爺來了，也不迴避，只是自顧自玩樂。

　　老爺瞧了這一幕，不由得心中作嘔，在原地哇哇大吐。他念及此前在這洞府之中吃飯的情境，想到了飯桌上的肉菜，心中更是噁心反胃，只覺得那肉菜約莫也是用人肉做成，自己先前不知，還大吃大嚼。想到此處，他便吐得更加猛烈。這嘔吐聲驚動了廚房的小妖，那小妖瞧他如此，不由得哈哈大笑、樂不可支，非但未曾止住動作，反而變

本加厲，更將那血淋淋的人頭伸到他鼻子下方，直將他熏得差點沒暈過去。

後來那廚房管事的妖精見那小妖兒們鬧得太不成話，便走上前來，將那幾個小妖哄散，著它們不要再在此胡鬧。這妖精倒比那眾小妖穩重許多，安慰老爺道，那人肉不過是素日它們與大王吃的，那老爺在席上，吃的是一般的牲畜禽魚，並無人肉在內，那老爺大可不必擔心。

那廚房的管事妖精雖如此說，但那老爺卻十二分不信，且他心中暗想，自己怕是再也不想來此間做客了，但念及那妖怪淫威，卻又不得不來。如此在心中反覆拉鋸，最後只得暗暗思忖著，大不了日後再不吃此間的飯菜便是，莫說是肉類，便是素菜自己也要多加小心才是。如今他一想到這些菜都是在那剁碎人肉之處做的，便無論如何也再吃不下此間的飯菜了。

且他想起商會之中前大掌櫃遭遇，思忖他莫不是也進了那妖怪的肚腹，如今想來，當真後怕。卻說他離開此間後，再與那妖怪相約時，絕不在此處吃飯。那妖怪知道原委後，倒也未曾責備，只是請他喝過茶，飲果酒，從那洞府花園的果樹上採些水果與他吃，他見這些都是現摘之物，這才敢略略吃一點。

列位看官，你道是現如今那妖怪雖對老爺假以辭色，但其畢竟以食人肉為生，那老爺心中始終對其敬而遠之，絕不會輕易相信。遂他面上雖對那妖怪十分客氣，但暗地裏始終在尋擺脫那妖怪的法子，畢竟當日那妖怪對前大掌櫃的作派亦是有目共睹，那妖怪所謂的頤養天年，真不是進他的肚腹去頤養天年？

卻說這老爺自見了這妖怪種種做派之後，心中更決定要騙取其信任，如此才好找機會擺脫那妖怪控制。遂那老爺想通了此節之後，素日工作越發賣力，此前指揮那下屬去商談之事，如今盡數親力親為，

將那商會的生意打點得極為紅火，一時間風頭無兩。那商會業績節節攀高，妖怪也越發喜歡老爺，漸漸將其當作自己的心腹對待，素日裏與他無話不談。

這日這妖怪心血來潮，也不知從何處拿來了一幅名畫，找了老爺出來，在亭中一面飲酒，一面欣賞那畫中所繪圖景。那妖怪飲了許多酒，心下一高興，嘴上話也多了些。

只聽他與那老爺道，自己是由田間的小蛇所化，那小蛇本不辨雌雄，只不過隨那種群數量，協調彼此性別罷了。因此那小蛇成精之後，穿衣長相，均是一副雌雄同體的裝扮，素日裏言談舉止，亦是不男不女之態。他說話聲音也是中性之態，但他卻並未將此事告知老爺知曉。

那妖怪云，本來比起那些天生有靈的動物，諸如狸、狼、老虎、黑熊、白蟒、大雕之類，自己本無甚成精的可能，但它卻是天縱英才，竟真的修煉成精了。那墨璃界修煉成精十分不易，修煉一百年才會有成精的可能性，且對那修煉之處，要求甚高。

說起那修煉地，其他猛獸猛禽倒也好說，一則那猛獸天生就比爬行生物要聰慧許多，二則它們生來十分凶猛，人類對其十分敬畏，便不會有人來干涉它們素日修行之事。而如它這般沒有什麼道行的小蛇，便是一個稚子頑童都能欺負，遂素日連一個安靜的修行之所也找不到。好在他運氣甚好，終於尋到一個香火甚旺的廟宇，便住在那廟宇的神像背後修行，這才免於被人類打擾之苦，得以安然修行。

卻說這廟宇一百年間都未曾斷過香火，他受那香火熏染，兼自家努力，終於修成正果。但好容易到這一步，卻不知是何緣故，天上總要降下天火、天雷、天風、天水等災劫來消滅那修煉成型的妖怪。他又想法子躲避了這番天災之後，才慢慢有了存身之處。

後來才知曉，原來這天災是那已修煉成精的、妖力強勁的妖怪所為。那妖怪們自家修煉成精後，不欲有人來與自己爭搶那墨璃界地位，

遂想方設法把一些剛修煉成精的妖怪害死，以鞏固自家靈修排行。但若是那新近修煉成精的小妖害不死，它們倒也不甚執著。畢竟那能修成正果的動物，也不是好欺負蹂躪的軟柿子，總有辦法躲過那大妖打壓的。但唯有它自家確實天生條件不好，剛成精時腦子不甚靈光，雖然勉強躲過死劫，但卻並未逃脫活罪，結結實實地挨了那大妖幾下子。其間痛楚，直是無法用言語形容。

正是：

平分從滿篋，醉擲任成堆。

恰莫持千萬，明明買禍胎。

列位看官，究竟那老爺是否能擺脫那妖怪糾纏？欲知後事如何，且聽下回分解。

第九十二章

　　上回且說到這老爺偶然去這妖怪廚房時，見那小妖們正在廚房掰扯血淋淋的人肉，幾欲作嘔。原來如今這洞府之中雖然裝飾得美輪美奐，那小妖們卻還是江山易改本性難除，仍舊以吃人為生。好在那妖怪此時與老爺也有些相熟，遂坦誠與那老爺道，素如招待老爺的食物，與這妖怪們諸般飲食無關，著那老爺不必憂心。

　　饒是那妖怪如是說，這老爺仍不敢再在此處隨意用餐，除了那現摘的瓜果外，其餘食物，一概不用。

　　那妖怪約是寂寞難耐，凡有空時，也與那老爺說說自己變成妖怪之前的諸般事體。原來這妖不過是一條田間的小蛇，因機緣巧合，躲在那佛像之後受了香火，這才有成精的夙緣。卻說這妖怪成精之後，也是有諸多考驗，頭一遭便是要忍受那大妖打壓傷害，原因是那大妖們自家修煉成精後，在那妖怪待的墨璃界作威作福慣了，對那後來修煉成精的妖物皆是能傷則傷，斷不喜它們來和自己分一杯羹，但好在這大妖們也不甚執著，若是打壓不了，也就不了了之了。

　　卻說這老爺聽到此處，忍不住問那妖怪道，既然成精之路如此艱難，那妖怪手下為何還有這許多有靈識的小妖來供其驅使？這蛇妖云，這修煉成精的妖怪，也各不相同。有喜歡群居的，亦有喜歡獨個來往的。那喜熱鬧的妖，便會將自家靈氣渡給一些小動物，將那小動物變作與自己一般的妖物，著其來做自己的跟班，素日為自家做點雜事。這蛇妖正是喜歡群居的妖物，素日也不大喜歡傷害同類，便將那小動物變作神識較低的妖物，以供自家驅使。

　　老爺又問，這妖怪為何要以人肉為食，那蛇妖云，此事皆因那妖怪們素日之間的傳聞，原來眾妖都云吃人一事乃是提升妖力的最快法

門。此法雖無真憑實據，諸如人間總有人云吃燕窩人參魚翅熊掌可大補一般，但實則並無人知曉其效果如何。但那小妖們與人一般想法，約是寧可信其有，不可信其無，或多或少便會以那人肉為生了。兼對妖而言，那人肉嘗起來味道極為可口，乃是墨璃界之中的美食，遂那妖怪們素日吃人肉一事，也見怪不怪了。

且更有一重是那妖怪們的報復心理。那妖怪們成精之前，許多皆是平凡的動物植物，大多是人類的盤中美食，自家從無甚決策餘地，遂只有被人吃的命。而如今好不容易有了妖力，可以有食人的機會，斷然不肯放過了。

說到此處，那蛇妖云，它們這些修煉成精的妖物之中，有一個名曰「年」者，是其中翹楚。當日正是因為它吃人太多，遂終於被人類聯合在一處消滅了。因有了這個事故，那妖怪們素日吃人，也不敢再如往常一般肆意妄為，多不過是吃些落單的旅人或是無甚親朋好友的單身者，總而言之，那妖怪們在吃人一事上，也學會避免麻煩。再則便是有許多妖怪會去那大牢之中偷偷抓出一些犯了死罪又無錢財贖身的犯人來吃，反正官家對此事通常不過是睜一隻眼閉一隻眼罷了，遂若是抓了這些人來吃，麻煩便更少了。

那妖怪們自從得了此道，便有了絕佳的食人來源。許多小妖索性也不等那犯人被官府抓捕了，直接上街巡邏，見到有人幹壞事，便直接上前將其打倒拖回家中，慢慢將其分食。因眾人不知那妖怪們的真實身份，還將那妖怪當成俠客英雄，對其讚不絕口。如此這般，那妖怪們既滿足了口服，又省去了事後麻煩，真乃一舉兩得之事。

妖怪們見這般捕食並未有甚風險，遂開始三五成群行動。那墨璃界各個城縣之中，帝國政府並未十分上心，期間本就混亂不堪，如今有那妖怪出面幫忙，治安反而好了許多。

且聽那蛇妖道，如今自家雖然對大多數人類而言凶神惡煞，但其

實自己在那墨璃界中，也不算是多麼厲害的妖怪。在那蛇妖上頭，還有諸多厲害妖物，在人間經營生意之道，並不完全是那蛇妖之意，而是那大妖們的指示。但那大妖為何要如此，它亦是不明就裏，如今這境況下，它只是奉命行事罷了。

老爺聽到此處，方才明白這期間的各種門道。只聽那蛇妖又云，那些大妖們它也未曾見過，素日大妖指令，皆由魔使傳達至各處。當日它令老爺跪拜的雕像，亦是那魔使們給的，魔使云那雕像所雕刻者，便是諸妖之神，只要對著雕像磕頭跪拜，便如向妖神效忠一般。如今它所管轄的這處洞府，妖精們皆早已向那神像磕頭行禮，被那雕像認可過。

蛇妖說到此處，話鋒一轉，忽而談及人類，那蛇妖道，人類若是要入夥，亦需對著雕像行禮。譬如之前拉攏老爺，邀老爺前來做生意的那個朋友、還有在老爺之前的那名大掌櫃，均對著這神像行過禮。這雕像早已被施過妖術，凡有人向它行禮，它便會將這行禮之人的長相姓名，說與那些更厲害的妖怪知曉。

那老爺聽至此處，不禁打了個寒顫。原來自家不知不覺之間，早已被妖神納為信眾。當日自家還以為擺脫這蛇妖便萬事大吉！莫說加入這妖物的組織，便是人界的諸般教派，他都不想加入。若是被宗教的諸般教規限制，自家玩耍起來，便毫無自由可言。但人界的宗教，尚在他可接受的範圍之內，那來路不明的邪神，無論如何他都不想供奉。但如今這般糊裏糊塗便被這蛇妖威逼利誘著奉了妖教尊長，實是嗚呼哀哉。

念及此處，那老爺心中不禁對這蛇妖憤恨不已，但面上卻又不敢表露，那蛇妖抱怨道，自己本想著成精後，能與使喚的小妖們自由自在過活，不想終究還是被別人使喚，終日要給那妖神驅使奴役。它覺著這妖怪之中，有那妖神領屬本就極為可笑，但倒過來瞧瞧，卻也並

非全無好處。

　　自家當日聽了那些厲害大妖們的話，好好經營了一樁生意，如今手中的錢寬裕了許多，洞府之中修飾得美輪美奐，日子也清閑許多，斷不至於如當初那般，想要吃點肉，還需要去那農舍家，靠著威嚇人的手段來搶，這般瞧著，那大妖妖神們，倒也對下層的妖物還算照顧。

　　正是：

修煉居士一纖塵，被魔所敗未成真。

丹真養浩持入靖，或目見顯現形影。

　　列位看官，你道這雕像究竟有何用途，老爺與那蛇妖之間，還會發生何事？欲知後事如何，且聽下回分解。

第九十三章

上回且說到這蛇妖與老爺說明這墨璃界的諸般事宜。這廂蛇妖只自顧自地談著，那廂老爺卻想著自家心事。這蛇妖說到興頭上，更是十分忘形，直拉著老爺，將其帶到自家的藏身寶洞之中，希冀能將自己素日搜羅的諸般寶物，一一展示給他瞧瞧。

卻說老爺與其走出涼亭，又穿過一個嵌在石壁上偽裝得嚴絲合縫的石頭暗門，這才來到一個極大的洞穴之中。那老爺甫一入內，便差點被眾寶物的亮光晃花眼。

卻說這洞中滿滿當當地全是些奇珍異寶、名家字畫，這還是老爺能看出來的，更多的是老爺從來未曾見過的玩意。且聽那蛇妖云，這些東西大多都是那些大妖和妖神身邊的妖怪們研製出來的，效果甚好。它們與下面的小妖兒發了不少，讓它們酌情處理。

老爺瞧著這些東西，不由得心裏犯怵。那些東西的外貌瞧著便已十分凶險可怖，更別提拿著使用了。譬如那洞內有一株盆栽，看那葉子倒也如常，只是那樹上所結的不是果實，而是一個個裸露的眼球，那眼球如活物一般，見了人還在不停轉動。

另有一個不斷抽搐、斷口處尚在滲血的人舌頭，一把銹迹斑斑、微微蠕動著的大砍刀及一個盛滿了紅色液體，不斷旋轉的青花瓷杯。這般物事那洞中尚有許多，蛇妖得意洋洋地介紹與老爺，那老爺卻連碰也不想碰。唯有一樣東西，卻是令老爺挪不開目光。說來倒也稀鬆平常，那東西卻是一個髒兮兮的水晶球，瞧著十分老舊。那老爺也並非被這水晶球所吸引，而是被水晶球上貼著的一張紙條所吸引罷了。卻說那紙條上畫了許多老爺不能識別的符號，那符號上還微微發著綠光。

　　老爺對著那紙條端詳片刻，仍舊不能瞧出端倪，便向那蛇妖諮詢諸般符號的由來。卻聽那蛇妖云，這符號乃是那些大妖們素日所用的符號，那符號本身便自帶法力，但卻也僅限於那大妖與妖神們，它們這些下層妖魔，皆因法力不足以使用這符咒，遂連辨識這符咒也還要從旁加上些普通文字。老爺聽那蛇妖提及此事時頗有點酸氣，料來它也並未撒謊。遂又仔細瞧了瞧，果見那符號旁還有許多注釋文字在解釋這寶物的使用方法。他辨認一番，這才識得，原來那字符上的意思是說明這水晶球的妙用的。得到這水晶球之人，只需將那水晶球放入自家家中，便可使自己不想見到的人永遠也不能尋到自家。

　　那水晶球的使用之法，也頗為簡單，只消對著那水晶球，說出自己不想見之人的名字即可。老爺瞧到此處，不禁心中大動，暗忖著自己如今最不想見到的，不正是這個妖怪嗎？說起那蛇妖的名字，他也是知道的。那蛇妖自和人類世界接觸日久，便也學了人界的幾分酸腐之氣，與自己取了個十分風雅的名字，喚作「琴榮」，只是那蛇妖不知父母，便不能如人界的常人一般擁有姓氏罷了。

　　卻說這老爺一念及此，便忍不住心虛地瞧了妖怪一眼。見那妖怪正在美美地欣賞字畫，絲毫未曾注意到自己，便一不做二不休，以迅雷不及掩耳之勢將那水晶球揣在懷中。且說這老爺取了水晶球之後，不由得心下砰砰直跳，好在這水晶球並不大，藏在老爺的寬袍大袖之中，倒也不甚明顯，老爺見那妖怪未曾注意自己，倒也把心稍稍放下，便又假意隨那妖怪看了幾眼，便對妖怪道，如今時候不早，自己也宜歸家為盼。

　　那妖怪聽老爺如是說，也不疑有他，便與那老爺客套了幾句。也不知那妖怪是不是飲酒過量，見那老爺要走，又極真誠地對那老爺道，自家如今與老爺交往日久，十分賞識老爺的生意天賦，想與那老爺交個朋友。此前對那老爺家人之懲罰，還望老爺莫要放在心上。那妖怪

說完，便著小妖們拿出了幾幅自己收藏的名人字畫兼金銀珠寶、自釀的果酒等，一併送與老爺。

老爺見那名人字畫都是罕見的真迹，怕那妖怪起疑，便也惴惴不安地收了。

卻說這回家路上，那蛇妖著兩名小妖化作人形，將那老爺送了回去。卻說此前那妖怪每每來找他時，均是讓小妖化作人形前來相邀，待那老爺一出府縣大門，便將其雙眼用黑布罩了，待到了地方再揭開。歸家之時，亦是同樣如法炮製。但如今這蛇妖倒也是真心將那老爺看作朋友，待那老爺歸家時，竟並未讓那小妖將其雙眼蒙上，而是任由他四處瞧看。

老爺有了這番自由，更是樂得四處瞧瞧看看。如今他第一次知曉自己是如何歸家的。原來那拉車的動物似馬非馬，而是一隻肌肉健壯、四肢粗短、蹄子瞧著如大象、個頭卻又如毛驢一般的奇怪動物。那動物生了兩個頭，每個頭上都帶著三隻又尖又長的犄角，身上卻又披了厚厚的甲殼，身軀兩側伸出一排如刀鋒一般的骨刺，長尾上則是一個如狼牙錘一般的硬骨。

馬車轉瞬之間便將老爺送至洞口，老爺見了洞口，這才知曉這洞口原來是在地下，只在那出口處置了一台極大的升降欄，那升降欄十分寬闊，承載四輛馬車也毫不費力，有許多健壯的小妖在那升降欄處，旋轉那轉盤繩索，令那機關運作。

卻說這木欄升到頂處，將那老爺推送至地面之後，他卻發現這洞口極為隱蔽，那馬車甫一踏上地面，那地面適才的開口裂縫便立即合上，將那升降機蓋住，連一絲縫隙也未曾留下，瞧著與一般的地面並無二致。老爺正納罕稱奇，卻見那拉車的怪物晃了晃身子，瞬間便化作一隻駿馬的模樣，大搖大擺地拉著馬車向府縣境內那老爺的居所行去。

正是：

雲淡風輕近午年，洞府別有天外天。

時人不識禍心外，將謂偷寶結暗胎。

列位看官，你道這老爺如今將水晶偷走，到底能否擺脫那蛇妖控制？欲知後事如何，且聽下回分解。

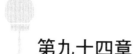

第九十四章

　　上回且說到這蛇妖將自己藏寶洞展示與老爺之後，那老爺在洞中瞧見了一個能掩藏自家行蹤，著那自己不相見之人尋不到自家的水晶球，當下便動心起念，將那水晶球偷偷順走了。那蛇妖卻似並未知曉，只是將老爺作心腹看待，竟連蒙眼的步驟也省了，直接著小妖們將老爺送歸家去。

　　卻說老爺出了那洞府地界，拉車的妖獸瞬間便化作駿馬的模樣，直拉著老爺大搖大擺地向家中行去。老爺見到這番光景，便悄悄問那小妖們道，自己素日在戲文上，凡見著妖怪洞府，上面必有幾個大字，寫上那洞府名稱，如今怎生未曾瞧見這蛇妖將洞府名稱寫上呢？那小妖聽他問起，便有些羞赧道，此前並未想過在此安營扎寨，便隨口將那洞穴喚作「大深坑」罷了。

　　後來那蛇妖有錢有閑，對那文化事宜略知一二，便也覺出這名稱的難聽之處，一直想換個名兒。諸妖見大王有求，亦紛紛獻計，七嘴八舌地想了好些個名字，那大王卻都不滿意，如今因沒有更好的名字，只能沿襲舊日稱呼，仍舊喚作「大深坑」罷了。待何時想到好名字，再專門做塊玉匾額掛起來，到時候好正式將那名字換下來。

　　那小妖又對老爺道，如今老爺也是自己人，著他幫忙想想名字，看喚作什麼名兒好。老爺聽那小妖口氣，又旁敲側擊問了那小妖素日的生活境況，心中有些納罕，原來那小妖們在洞府之中，素日過得倒也美滿自在，比不得自己在生意場上那些勾心鬥角、提心吊膽之事。且那小妖們沒有人的諸般心思，單純熱鬧許多，斷不似他一般，一個交心的朋友也無。

　　一干人邊談邊行，轉眼間便已行至府縣處。且聽那小妖對老爺道，

此前被蛇妖收拾的大掌櫃，斷不似老爺面上瞧見的那樣和善老實。那大掌櫃見老爺比自家能幹，一直暗下決心，想要將老爺收拾暗算了，蓋因老爺比其能幹，令其心生嫉妒。兼如今他生意場上比不過老爺，便十分擔憂自家會在東家主子處失寵背棄，遂有意安排下一場必定賠本的生意著那老爺去做，那老爺若是答應了，便會栽個大跟頭，再也無法在商行之中立足。豈料此事被那蛇妖知曉，便二話不說，將此前那個大掌櫃帶走並關押起來，如今那前大掌櫃還在洞府之中呢。

老爺此時才知道這中間原委，正要發問，卻聽那小妖兒又道，那大掌櫃一事，蛇妖一向不許小妖兒們說與老爺知道，以免老爺憂心。老爺聽這小妖如是說，心下也忍不住有些愧疚，他偷了那妖怪藏寶洞中的水晶，心中本無甚愧疚之情，但如今才知道，這蛇妖害前大掌櫃原是為了幫助自己，當真是人心比妖還要壞。

他憶起蛇妖此前對自己所言的那句「沒有妖怪幫助，自己如今還過得豬狗不如罷了」，仔細思索，這句話也並無什麼錯處。老爺念及此處，心下頓時有些愧疚，但轉念一想，妖有妖道，人有人道，那妖怪終究是要吃人的，且自家成為邪神的信徒，亦是拜那妖怪所賜，兩下也亦算是扯平了。一念及此，他心腸又硬了起來，暗忖著自家無論如何也不能跟這妖物胡混下去，此後各不相干，也算是皆大歡喜的結局了。

卻說不多時這老爺已行至家中，打發走了諸小妖之後，老爺便將水晶球置放於客廳之中，按那符咒所云一般操作了一番。他心中暗忖著此後幾天自家且試試不去商行，看那蛇妖是否如當初一般找上門來，便可知這水晶是否頂用。

說幹便幹，自此之後七八天，那老爺便未再去商行之中打點事務，反是坐在家中靜靜等待。說來也怪，自從他將這水晶置放於家中之後，晚間做夢時，便再也未曾夢見那些妖怪。那商會中倒也不全是妖物，

還有那正常上工者，他們來請老爺出面時，老爺也只是推說身體不適，無法外出，要在家中靜養一月方可。商會諸人聽他如是說，心中暗自計算一月無最高領導，不知又要耽誤多少工作，可他們心中雖是為著那商會之事焦急擔憂，但那老爺堅持要在家中修養，他們也十分無奈，只得先應承下來。

卻說這一月之間，商會中事暫由那二掌櫃接管。那二掌櫃雖然不賴，但相較老爺終是差些火候，這一月之內，商會的銀兩收益便下滑了許多，生意訂單也較那對頭搶走不少。那商會中人雖是不忿，卻也無可奈何。老爺在家中冷眼旁觀，並未為之動心。自啟用那水晶球之後，老爺便再也未被這妖怪們騷擾過。想到此前自家不過一次未去商會，便被妖怪找上門來警告，而今過了一個多月卻平安無事，他心中也著實高興，知道那水晶球的確實卓然有效。

如今他已肯定這妖怪拿自己並無辦法，便馬上請辭了大掌櫃之職，又託人打聽那京中的房屋，打算在龍神的轄制範圍內買屋置地。他此前早已在家中合計過，將現如今他所住的宅子賣掉，再加上這幾年賺的銀子，足夠全家人在京中過幾輩子富裕安閑的時日了，且在京中居住，他家小兒參加科考也方便。如此這般，他才能徹底擺脫那蛇妖糾纏，畢竟如今居所那蛇妖心知肚明，雖有這水晶球抵擋，但自家現在的居所那蛇妖也知曉，保不齊何時便會登門問罪。

那老爺正託人打聽京城之中買田置地之事時，不提防天子卻突然下了一道聖旨，明文規定帝國之中部分府縣居民不許遷移至京城，或是周邊的城市，那老爺所在的府縣竟也在內。這一下真是屋漏偏遭連夜雨，一下子將老爺的計畫全數打亂，老爺無法，如今有文法規定，託人是無用了，自家只得親自去京城一趟。

但如今這老爺如今要出門，卻又有些犯難。列位看官，如今他能躲過那妖怪追蹤，無非是他將那水晶球放置在家中，令妖怪無法搜索，

但若是自家與家人要出門，卻不知是不是還受那水晶庇佑。那老爺左思右想，終究給他想到一個法子來。既然自家是因那水晶的異能才逃脫了妖怪的掌控，如今要出門，若是從那水晶球上敲出一小塊來掛在身上，說不定亦可抵擋妖怪。卻說那老爺雖想到這個主意，終究也不敢自己動手，便著人喚了個珠寶匠前來，用其專業器具從那水晶球上鑿下了一塊，製成了一個吊墜掛在脖子上隨身攜帶，這才悄悄走出家門。

　　一開始他並不敢走遠，只是試探性地在家宅附近遛了幾圈，見並無太大動靜，這才敢越走越遠。如此試探了幾回，見妖怪並無追來，約莫自己的判斷並無差錯，這才又喚那珠寶匠前來，再從那水晶上切下兩塊來，製成了一個與自己所佩戴的一模一樣的水晶吊墜，分別與家中夫人兒子拿著，千叮萬囑著他們出門時一定要佩戴在身上，無特殊事宜，萬不可取下來。

　　端的是：

　　不為困窮寧有此，只緣恐懼轉須親。

　　即防遠客雖多事，使插疏籬卻甚真。

　　列位看官，你道這老爺到底能否逃脫那妖怪掌控，順利在京中安家落戶？欲知後事如何，且聽下回分解。

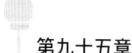

第九十五章

　　上回且說到老爺偷走水晶之後，在家中實驗一番，果然頗見效果。如今他有了這靈物傍身，自然也不害怕那蛇妖再前來找事，遂也要為日後打算一番。卻說因著這帝國之中新法令的緣故，託人去京中買房置地也不大合事體，那老爺無奈，只得聘珠寶匠前來，將那水晶鑿下一塊，做成配飾，著自家一家三口盡數掛上，以躲避那蛇妖追捕。

　　卻說這老爺出門之後，便一路行去，好容易才找到負責此項事務的官員。待那老爺上下求告，這官員方道明緣故，原來這天子法令，不過是為了方便對那帝國境內的百姓進行管理罷了。

　　老爺慌忙又問，如今這節骨眼上，自家卻不得不舉家搬遷，不知可否通融？那官員云，如今雖然限制頗多，但事無絕對，若是條件夠格，也有其他法子可想。老爺聽了，慌忙請那官員行個方便，那官員看了老爺一眼，便抽出了一份文牒，令老爺將家中境況一一填寫再等候消息，便發老爺走了。

　　老爺這廂填完文牒之後，只在旅店之中等待了一個晚上，第二日便有官員派人來與老爺道，如今他家境況並未滿足帝國法令之中搬遷的諸般條件，不得搬遷。老爺聽聞這番說辭，如打了霜的茄子一般，楞在當場，過了頗久才想起向那官員追問緣故一事。那官員卻頗不耐煩，直與老爺道，這不過是相關規定罷了。那老爺聽他如是說，以為是自己未曾花銀子的緣故，當即便從懷中掏出許多銀票來，想要送與那官員。不承想，這官員非但未收那老爺所贈的銀兩，反將其嚴詞喝止了。

　　老爺見狀，想自己在客棧乾等亦不是什麼妥帖法子，不若再四處想想門路。卻說他去京中四處求人，卻處處碰壁。那京中法治嚴明，

官場風氣端正，與那墨璃界大相逕庭。他此前在那墨璃界時，上上下下皆秉承有銀子萬事好商量之原則，而帝國京畿附近卻紀律嚴明，油鹽不進。

究其根本，一來是因為法度嚴明，那皇家設有專門的監察御使；二來是帝國境內選拔官員時，對其人品考察十分嚴格，且有嚴密的測試機制；三來是帝國境內有龍神坐鎮，尋常妖物不敢進犯，遂民眾生活普遍富裕，官員待遇也極好，遂素日對那金錢的追逐，並未到不擇手段的地步；四來是帝國之中神龍皇帝可隨意化作眾人身邊任意一人模樣，兼其可變形為各種動物，上至猛禽凶獸，下至蒼蠅蚊子，遂一旦其對手下高官或是帝國之中某一部門有所懷疑，當下便會悄悄潛入，親自探查。

這般數次之後，皇帝身邊眾人終究發現無事可逃過那皇帝法眼，只有老老實實工作才是唯一正道。遂也不再有別的心思，只是將當下之事辦妥帖。但那帝國官員的高風亮節，卻正是老爺的催命毒藥，如今他拿著大把的銀子卻求告無門，找不到任何通融之處，遂那搬遷之事，也只能暫時擱置了。

列位看官，你道是這神龍下了這道聖旨，卻真真來得不巧。如今這聖旨，實則針對的便是那墨璃界的諸座城鎮。本來此前龍神帝國境內與那墨璃界，素來是聽之任之，不大管轄的，而如今他卻深覺墨璃界中諸妖作風散漫、想法極端，若是任由其這般發展下去，只會將他治下諸位帝國良民也帶壞，遂其思前想後，終究下決定劃定這兩界的界限，再不允許那墨璃界諸人搬遷過來。

說到此處，倒還有個緣由要解釋。其實以那龍神之能，若是他真有心轄制，那墨璃界也不會有被妖魔控制的機會，而他之所以聽之任之，不過是因為他生性懶散，畢竟連這個人界管理之職，也是玉帝在酒桌上騙他來做的，遂將那墨璃界與人界劃定，自家管轄的範圍亦可

少許多，當然何樂而不為了。

　　閑言休敘。且說回老爺這邊。如今這老爺搬遷無門，只有將希望寄託在兒子身上。原因是那兒子正到了仕途年紀，雖說帝國法令不允許老爺搬遷，但科舉考試卻對考生並無地域限制，若是老爺的兒子考中，便可有機會在京中任職。兒子如今已十五歲了，再過兩年便可參加帝國之中的科舉考試，他聽家中老先生對兒子的日常評價，想來其考中三甲斷不在話下。若是連中三元，那按例留京任職是絕對沒有什麼問題的，若真到了這一步，他們便可舉家搬遷到京城了。

　　想到此節，那老爺便暫且先歸了家，敦促兒子學習。好在兒子也爭取，那先生所問，無一不能答，便是那先生教過這麼些學生，面對那老爺家的公子，仍舊是讚不絕口。老爺歸家見了這般情境，心中亦寬慰了許多。

　　卻說接下來的時日，那老爺家中卻又出了一樁怪事。原來這老爺如今發現，家中眾人雖不受那蛇妖騷擾，卻對肉食產生了極大的執念。那家中眾人非但極喜食肉，更愛那半生不熟的肉食。最好那肉上還帶著血絲，他們才會覺得食用起來絕佳。又過了不多時，這肉食也不能滿足其胃口，他們又愛上了血食，素日鴨血、豬紅等不再話下。一開始眾人還將那血食煮熟，後來卻只吃那半生不熟的了，且那血食之中越少調料，他們便覺得味道越鮮美。那家中烹飪的傭人見狀，心下暗暗納罕，不知為何這菜肴聞著腥氣撲鼻，他們卻吃得如此津津有味。

　　老爺這廂，似是習慣成自然，也未覺有何異常。自家以前窮酸慣了，如今窮人乍富，身子骨中缺的東西，自然要一一補回來，那些未嘗過的，更是要嘗過才算夠本。

　　如此持續了數月，那老爺覺著如今也無蛇妖騷擾，自然要好好耍樂一番，遂亦是故態復萌，帶著家中夫人去那戲院聽戲。卻說這戲瞧著雖然精彩，但那老爺聽著卻並不是往常滋味。雖他在家中吃過飯方

才出門，可當下坐在這戲園子裏，卻覺得腹中又饑餓難耐。那老爺見自家夫人亦是餓得發慌，便一連點了數樣戲園子中的點心，狼吞虎咽般吃下。

不承想這幾份茶點非但不曾解餓，反倒像勾起兩人肚腹之中的饞蟲一般，令他們餓得更加厲害，直引得那老爺太太肚子咕咕直叫。那老爺用眼睛在周圍逡巡一番，卻見眾人因聽見他們二人肚腹咕咕亂叫的怪聲，正掩面偷笑。這一看之下，那老爺卻更覺奇怪，他不瞧見人還好，而今一瞧見眾人，卻突然食欲大增，似是自己腦海之中只剩下食欲可言。自己周遭的眾人，似已不是同類，反而是可口的食物一般。直令其想要咬破他們的脖頸，吸食他們的鮮血，似是只有這樣，方能解自家腹中饑餓折磨。

正是：

一念鑄成玉鼎丹，縞帷驚變紫宸班。

心魔有淚哀何及，人情無踪去不還。

列位看官，究竟老爺一家又遭遇了何事？有無解法？欲知後事如何，且聽下回分解。

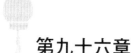

第九十六章

　　卻說這老爺突然有了吸血念頭，那人群並無覺知，他自己倒是先嚇得夠嗆。他悄悄回頭瞧了瞧自家太太，見太太亦是一副坐立不安的姿態，直是雙眼發紅，緊盯眾人，那目光中的凶狠神色，早已不是家中賢淑溫良之態，老爺此時才覺察出諸般不對勁之態，慌忙拉著太太，坐著轎子連滾帶爬地奔回家中。

　　這二人好不容易著家後，見太太一幅欲言又止之態，老爺早已心知肚明。他知道太太想要追問自家是不是亦對吸食人血極度渴望，但他此時亦是心亂如麻，實在不想與夫人再就這問題討論一番，只想著說不準明日此事便已止息，當下便慌忙催促太太早早上床睡覺。

　　二人逃脫人群，這吸食鮮血的欲望似乎小了不少，能安穩睡下。二人一夜無話，待第二日清晨，兩人剛醒來時，卻發現家中幫廚的傭人並未端來早餐。再往院子中瞥一眼，卻見也未有人在院中打掃，闔家上下一股沉寂的死氣，半天聲息也無。那老爺見狀，氣得大喊大叫，直呼喚管家前來，不提防自家喊了半天，卻未見半個人影，更別提有人應聲了。那老爺無奈，只得自己披上衣服前來查看，走近才瞧見幾個人伏在窗邊，那老爺喚了幾人，見眾人未應，便上前搖了搖，這一搖才瞧見，原來這些人臉色慘白，雙眼緊閉，早已死去多時了。

　　老爺這一番吃驚可不小，好在其見過世面，雖是驚訝，卻也不至於六神無主。如今家中死了這許多人，若是驚動官府，少不了一場異動。遂他慌忙穿戴整齊，奔出門去報官。那官府中人聽聞出了命案，亦是馬不停蹄地趕將過來。隨行的仵作查驗一番，這才說道，眾人死因倒不複雜，多數皆死於失血過多。只是不知這凶手用何凶器，能將這許多人悄無聲息地殺了，且並未在眾人身上留下傷口，現場更是半

點血迹也無，卻不知這血到底流向何處了。那官府中人向太太及家中少爺一一盤查，卻得知二人昨夜睡得極沉，竟然半點動靜也未曾聽見。那教授少爺功課的先生倒是無事，但卻也問不出什麼有用的信息來。

如今這人既然已故去，只得通知眾僕家屬前來收屍。老爺因這事終究是發生在自家庭院，心中十分過意不去，便把了許多銀兩給眾僕從的家人，那些人本就窮慣了，否則又如何能將家人送與別人為奴為僕？如今驟然見了這麼一大筆錢，焉有不心動之理？遂紛紛收下銀兩，直讚頌那老爺是個大善人。

卻說這僕從的家屬之中，倒也還各自不同。有些僕從的家屬取了銀子，自回家安葬親人，便不在話下。有些僕從卻十分不服氣，打定主意要那官府將此事查個水落石出才行。那街坊鄰居聽聞此事後，有說是因為武瘋子殺人的，有說是那鬼怪所為的，一時間眾說紛紜，也不知真相究竟幾何。那坊間傳言甚囂塵上，一時間人人自危，但凡離那老爺稍近一些的街坊鄰居，一到晚間，便立刻關窗落鎖，斷不敢獨自出門。官府中人也一再警告老爺，今後要注意防範，若是見到那歹人再來，便立刻通知官府。

此事過了一月有餘，那官府中人卻仍舊無甚頭緒。如今死者家屬之忍耐情緒似是已到極限，每日上門鬧事，攪得衙門上下皆不得安寧。那查案的軍曹無法，只得胡亂抓了幾名有前科的罪犯，將其屈打成招後再收監問斬，如此將此事糊弄過去便算完事。

但這官府解決問題倒是迅捷，那老爺解決問題卻困難無比。原因是這老爺家中如今出了這事，便再無僕人應徵了。那宅院既被視為凶宅，自然無人敢上門，便是老爺自己，也每日惶恐不安。眾街坊鄰居見他如此，便好言相勸，著那老爺乾脆也搬家完事。那太太更是嚇得魂不附體，鎮日家便勸老爺搬離此處，便是花點銀子，也好過如今這番惶恐。現下住在此處，全家人瞧著都不大對勁。如今偌大的房屋，

連一個僕從也無，她一個人，又如何能照應得來？

　　老爺聽了她這番說辭，大罵她不過是婦人愚見罷了，若是為著這點捕風捉影的東西便搬家，才真是傻到姥姥家了。太太聽他如是說，無奈之下，也只得作罷。那老爺見一連數月也無僕人上門，便又將那僕從的工錢提了一倍。端的是重賞之下必有勇夫，如今銀子給得足了，便有些膽子大的悍勇之人前來為僕，只是這些人白日家做完了工，晚間仍回自家睡覺。太太見狀，也不再多說閑話。這場風波便算是慢慢平了。

　　好在那教書先生倒是不動如山。且聽那教書先生道，他是一介耿直書生，行的是孔孟之道，又焉何會被一個殺人犯所嚇倒？再說那官府早已將那殺人者抓住行刑，更無甚好憂心的了。至於那凶宅一說，他更是丁點也不會放在心上，自己既讀了那聖賢書，便斷不會相信那怪力亂神之談。這少爺亦是如此，並不為傳言所惑，鎮日如同無事一般，只是自顧自地念書罷了。

　　又過了幾日，這日清晨，那老爺剛起床，便見教書先生一臉驚恐地奔到屋內，直云自己家中有要事，須得馬上歸家，片刻也不能多留。那老爺見狀，心中納罕，問那教書先生到底何事，那教書先生云，如今家中母親過世，需要他收拾裝殮。那老爺卻並不深信，那教書先生母親早已故去幾年，而今緣何又能以此為由？想來不過是那教書先生害怕留在此間之故。

　　那老爺心中明瞭，但卻並未說破，如今既然他起意要離去，不管自己如何強留，亦是留他不住，只得著僕從拿出幾錠元寶來贈予那先生，算是對其教授少爺的酬勞。那先生收了元寶，連午飯也未曾吃，便匆匆離去了。老爺雖是不捨，但卻也並不憂心，如今自家兒子該學的倒也都學全了，這先生便是留在此處，能教授給少爺的也並不甚多，如今他要走便走，也未嘗不可。

這先生走後，少爺考取功名一事卻仍不能落下。如今沒有了先生，那老爺便每日陪著兒子念書。但如今年歲不饒人，他確實也未有少年人那般旺盛精力，每日念不到多時，便早早睡下了，只餘了兒子一人在旁繼續用功。晚間老爺被兒子攻書的燭光晃花了眼，卻也始終睡不踏實。正迷迷糊糊間，只聽兒子喚了幾聲「父親大人」，他雖是想要應他聲，告知兒子自家一會便起，著他先念著，卻實在困得無從睜眼，也答不出話兒來。

卻說這兒子見他熟睡，便躡手躡腳地行到門口。那老爺模糊之間，瞧著兒子的臉竟慢慢變成了如老鼠般的形狀，那身上的黑衣也漸漸脫去，慢慢生出一身黑毛來。待那黑毛覆遍全身，這兒子竟然騰的一聲，又生出一對如同蝙蝠一般的雙翼來。待他全然化作一幅怪模樣後，便抖落衣物，伸手打開房門，作勢要向空中飛去。

正是：

鼙鼓動時雷隱隱，獸頭凌處雪微微。

衝波突出人齊譀，躍浪爭先鳥退飛。

列位看官，你道這少爺到底要去往何處，又要行何事？欲知後事如何，且聽下回分解。

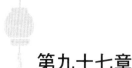

第九十七章

上回且說到老爺半夢半醒間，忽見自家兒子在油燈下竟化作一副鼠頭獸身的模樣，緩緩拉開門向外行去。老爺何時見過這等情景？當下嚇得大氣也未敢出，只道自己這番仍在夢中，眼前所見，不過是夢中場景罷了！他在心中如此暗示，便又翻了個身，但這一翻之下，卻忍不住打了個激靈，原來自己方才所見並非夢境，而是切切實實發生過的場景！

一念及此，那老爺竟無端生出一股力量來，猛地從床上坐起，連跑帶飛地奔至兒子面前，低聲對兒子喃喃道：「你……你意欲何為？」

卻說兒子聽見他呼喝之聲，卻並未十分恐慌，反倒落下地，回頭瞅著那老爺的模樣，半是驚喜半是納罕道：「父親大人，您如何也學會了這招？」

老爺見兒子雖然頂著一張老鼠面龐，神情卻極為豐富，只是那說話聲線卻變得甕聲甕氣，自帶幾分尖刻。老爺聽了兒子這番言語，卻不甚明瞭，只是呆呆地瞅著兒子，對他言語中的意思仍是不明就裏。

卻說這老爺見兒子走近，不知端的，一面驚恐萬狀，一面向那牆根退去，不知不覺間，自己後背卻頂到了一個毛絨絨的硬物，也不知到底是何物。老爺下意識伸手觸碰，這一碰之下，如痙攣一般慌忙將雙手縮了回來，再低頭一瞧，險些嚇得魂飛魄散，原來自家的雙手，不知何時竟變成了一個長滿黑毛的利爪！

老爺正低頭審視自家身上的種種異像，卻聽遠處傳來一聲似人非人的慘叫聲，老爺少爺聽這聲響正是從自家臥房內傳來，如今已經二更天，那臥房內當只有太太一人，二人聽見這呼喊，當即面面相覷，一瞬間將滿腹疑惑盡數壓下，慌忙不迭地向那臥房方向奔去。

　　二人剛奔進臥室，打開那臥室門一瞧，只見一個生得與他們一模一樣的怪物仰天倒在銅鏡面前，那怪物眼珠泛白、口吐白沫，瞧著像是一副不省人事的模樣。老爺見了兒子的模樣，又得知自己如今幻化的樣子，再瞧瞧這倒在地上的怪物，對這事態早已心知肚明，當下長嘆一聲，半晌也無甚言語。

　　倒是兒子似是一副見怪不怪的模樣，只是低聲道：「這母親大人也忒膽小了，竟被自家的模樣嚇得暈了過去。」

　　老爺聽了兒子言語，這才注意到那倒在地上的怪物，脖子上還掛著當初從水晶球上鑿下的碎片吊墜，那吊墜上的金鏈子，確實是早些時候太太買的。他本在心中存著一絲僥倖，但如今有了這信物，想要自我安慰也無從安慰起。

　　那地上所躺的怪物，不是自家的夫人，又能是誰？

　　而今他才徹底明瞭，原來自己一家，竟皆成了怪物了！

　　老爺此時回過神來，只覺得心驚肉跳、頭疼無比。此時他卻又憶起了當日家中傭人遇害的情景，原來當日害死這些傭人的人，不是別人，正是他自己！

　　這廂老爺正失魂落魄地站在原地，也不知如何是好之際，卻見那太太悠悠轉醒，一副魂不守舍的模樣，呆呆坐在地上，也不知在想些什麼。

　　三人面面相覷，你瞧瞧我，我瞧瞧你，誰也未曾開口言語。如此又過了一陣，還是那少爺不耐煩地開口咳嗽了數聲，老爺方長長地嘆了口氣，一五一十地將自己當日如何丟了貨郎擔，如何想要了結生命，又如何在雨中躲進破廟、途遇蛇妖，得到寶物之事一一道來。末了又與他們二人說了自家是如何與妖怪交往及當日怎生偷來那個水晶球一事。

那老爺幼時便聽家中大人說過妖怪的可怕可憎之處，遂他如今才如此懼怕妖怪。但他幼時聽說之事，卻又與如今有所不同。當日眾人云，如今誰吃了妖怪的食物，便會化作妖怪模樣，那時他並不盡信，而今瞧著，倒像是真的。但他思前想後，這家中諸人，只自己一人吃過那蛇妖食物罷了，若是因為這個緣故，那自己變成妖怪模樣，還情有可原，而如今為何連帶著家中眾人也化作妖怪模樣？他思來想去，始終想不通，而今恐怕也只有那蛇妖本人才知道緣故了。

　　卻說這廂太太與兒子聽老爺說完，反應卻又各不相同。太太素來受那三從四德的禮教，打小便秉承那嫁雞隨雞嫁狗隨狗之則，從無自己拿主意的時候。如今自己只需要跟隨在男人身後操持家務即可，家中男人說什麼便是什麼，無需過問，更不能瞎攙和，遂她素日便是一副溫良恭儉讓之態，便是家中窮得揭不開鍋之時，她也未曾抱怨過。

　　待到老爺帶回財寶，她更是沒有半點閑言碎語、好奇之態，只是一心一意相夫教子罷了。打從她嫁人那日起，她便一向秉承夫為妻綱之古訓，多年來便只是默默地跟著老爺身後，盡心竭力地操持家務，盡一個妻子的義務與本分。豈料她這大半輩子皆老老實實地跟在男人身後行事，臨老卻化作這般醜陋的妖怪模樣，實是超出她的見聞範圍，令她完全無法接受。

　　那少爺卻又是另一番態勢，如今他有了飛天遁地之術，卻是新奇大於恐懼。兼那妖身妖力十足，令他可為所欲為，當然是求之不得。如今他不用念書做官便可行那生殺予奪之事，當然也不再費那勞什子的神了，當下現出原形將那教書先生嚇走，待那教書先生驚恐萬端，慌忙辭行之後，那少爺還嘲笑教書先生這番懼怕的模樣。

　　且聽那少爺道，虧得那教書先生此前還說自家不相信這世上有甚妖魔鬼怪，還云那學聖賢之書者，斷不會被妖魔鬼怪所嚇，可如今瞧了自己的模樣，還不是被嚇得尿濕褲子？那少爺打小便被逼著讀書識

字，而今好不容易有了這妖力，當然要痛痛快快玩上一場才算夠本。他早就不想再困在家中念書，不過是迫於無奈，不想忤逆老爺罷了。

老爺聽了他這番說辭，氣得直哆嗦，當下也忘了化妖之事，恨不得立刻便左右開弓，扇那少爺一頓耳光。他正作勢要打，卻見身側夫人咆哮著衝將過來，掐著老爺的脖子將他壓倒在地。

如今這太太化作妖物之後，氣力亦是大得驚人。且見她紅著雙眼，齜牙咧嘴得向老爺叫罵道，若不是老爺貪心，又緣何會將家人害成如今模樣？她還未找老爺算賬，這老爺倒先打起兒子來了。這太太化作妖身，力氣也大了一倍。老爺如今被其掐住脖頸，白眼連翻，險些便透不過氣來。他十分無奈，只得與那太太扭打在一處。

二人此時不管不顧，只想爭個輸贏，遂下手也並不容情，只將素日的怨氣一起發洩在對方身上。卻說兩人撕扯之下，轉眼間便將那客廳折騰得一片狼藉，饒是如此，兩人卻並不罷休，又扭打著衝破房頂，飛到那半空之中撕扯。那老爺氣力不濟，並非太太的對手，正不知該如何收場之時，卻見另一人飛上來，將兩人輕輕一撥，便各自分開了。

老爺定睛一瞧，來者不是旁人，卻正是少爺。

正是：

皓魄當空寶鏡升，雲間仙籟寂無聲。

狡兔空從弦外落，妖蟆休向眼前生。

列位看官，究竟這老爺一家三口的命運如何？欲知後事，且聽下回分解。

第九十八章

上回且說到這老爺一家三口盡數化為妖怪，那太太因受不了這番刺激，當即便與老爺扭打在一處，被那少爺輕而易舉分開之事。

列位看官，你道這妖怪之中排序之事也當真奇怪。那人類化妖之後，越年輕者，便越顯厲害，那老爺太太如今雖然也是妖物，卻鬥不過那少爺所化之妖。

只見少爺輕而易舉便制服了二人，將他們架到客廳之中，笑罵他們二人為何這麼大年紀還火氣如此旺盛，這般打來打去，豈不令人笑話？如今事已至此，倒不如坐下來好生商量對策為上。

待三人落座，那老爺太太互相望見對方模樣，不禁又想起當日家中死去的諸位傭人。彼時兩人皆是化妖未久，算來此事當時……一念及此，二人均把目光投向老爺。老爺見自己瞞他們不過，索性便承認此事乃自家所為。

卻說當日晚間，那老爺變身之後，意識並未太清醒，只是在一股無法壓抑的飲血衝動下，向素日傭人的房間行去。總算這老爺尚有一絲殘存的意識，知道那教書先生關係兒子的科舉前程，遂饒過那教書先生一命。

至於自家如何將眾人咬死，又如何吸食眾人鮮血的過程，他倒是一點也記不起來了。眾人身上少傷之事，他也無法說清，自家唯一有印象之事，便是第二日一大清早在床上醒來時的諸般情景了。

少爺與太太此時方得知那僕從被殺原委，聽聞此事乃老爺所為，皆氣憤無比。這些僕從中有人在家中幫傭數十年之久，與那太太少爺十分親厚，如親人一般。其間有個老嬤嬤，直如太太的娘親一般人物，

素日太太有甚心理話，便會悄悄與她訴苦，那老媽子也是性情溫和之人。見太太心頭不順，不知暗地裏勸她多少，只將她瞧得如女兒一般。家中還有兩名年輕的幫傭，也早已與少爺成為好友，素日得空，便會領著少爺出去耍樂，日常出去採辦時，總也會給少爺捎回一兩件有趣的玩具回來，雖然並不是什麼貴重稀罕物，但也給那少爺念書枯燥的時日增添了許多樂趣。

這廂太太聽聞老爺當日將老媽子也一併咬死，當即氣得忍不住又向老爺撲將過去。那老爺連挨了太太好幾爪，一時間臉上也掛了彩，盡是些花花綠綠的血痕。少爺見好不容易將二人勸好，此時卻又打了起來，慌忙過來擋了一陣，將母親勸服，著她先出去冷靜一番再談。

老爺這廂卻一個人留在這一片狼藉的正廳之中，直是盯著自己如今變成黑爪的雙手發楞。卻說他目光逡巡在自家的妖身身上，卻驀地想起了當日那蛇妖，這才猛然想起當日那個水晶球來。適才自己與太太在客廳之中廝打，那水晶被打破了也未可知。

一念及此，老爺慌忙便在廳中擱置水晶球處找尋。好在二人廝打時雖將那水晶球碰到地上，卻並未將其摔碎。那老爺瞧了，慌忙將水晶球重新安置回桌上，自家取了掃把抹布來，將這一片狼藉的客廳一一收拾完畢。那廳中種種頹斷之處倒也好說，唯有那破了的屋頂，今夜是無論如何也無法收拾妥帖了。老爺心道，明日若是傭人問起，只好推說是那房子本身不結實，斷不能令他們知道那真正緣故。

卻說老爺正收拾著，那肉翅漸漸收了，黑毛褪去，他又重新化作人形。如今木已成舟，家人便是搬著石頭砸天，也無法再抹去一家人化妖的事實。好在終歸是一家，如今家人也算是原諒了老爺，只不過是經此一役，老爺在家中也是威信掃地。那家中僕從皆是他殺死的，變身後他又是家中最脆弱的妖怪，遂連老婆兒子現在也不想再聽他的了。如今太太是家中管事，待其發現自家男人原來有這許多事隱瞞自

己，並不十分靠得住時，倒變得頗有主見，暗自下定決心，如今無論變成如何模樣，都要試著先去看看能否回復正常人的生活。其餘的倒還好說，如今最大的障礙便是他們想要吸食人血的欲望。

但說到此事，少爺的問題倒也不甚大，他第一次變身時年紀尚小，對事實所知也不多，並未如父母一般惶恐害怕，更多的反而是興奮。彼時正是夜間，他甫一變身，便奔出門去，在空中上下翻飛，高興得哈哈大笑。隨即又將身體縮成了蜜蜂大小，打一戶人家的窗戶縫中鑽了進去，偷瞧別人家在做什麼。說起來這番本事倒也只有他才會，那老爺太太都不曾有。

原這少爺偷窺的人家，有個遠近聞名的漂亮女兒。這少爺也早就聽聞此事，遂才偷偷來到此人家中。且見他飛到姑娘床邊，抖了抖身體，重新化作了正常大小，便咬住了那姑娘的脖頸，吸食那姑娘身體中的鮮血。

列位看官，你道是眾僕身上未有傷痕，那老爺不明就裏，但少爺卻心知肚明。原是因為這少爺吸血之時，其舌頭便會變得如鋼針一般，中空外尖，可以直插入那姑娘脖頸的動脈飲血。而他將舌頭拔出來後，那姑娘脖頸上的傷痕亦會馬上癒合，並不會留下多少痕迹。幸而這少爺還有幾分良心，雖然吸血，卻並不過量。饒是如此，他也不大放心，第二日一早便去那家人門口轉悠。見那姑娘仍舊與無事人一般在家門口晾曬衣物，他懸著的心也漸漸放了下來。此後幾日，他又如法炮製，去吸食了幾家漂亮姑娘的鮮血，卻都是淺嘗輒止，並不致命。遂那些姑娘第二日醒來，直如蚊蟲叮咬一般，並無大礙，仍是該做什麼還做什麼。

如今他聽老爺云自家吸血之事，竟傷害了這許多僕從，不由得從心底暗暗鄙夷起自己的父親來。究其緣故，還是因為他吸血非但不會死人，而且還從不吸食男子及老人。這兩者的鮮血令他覺得十分噁心，

遂他素來只是吸食那年輕漂亮的女子的鮮血，也不傷人性命。不承想自家父親，那素來威嚴的老爺吸食鮮血不但致死數人，還不辨男女老少，端的是既貪心又沒品。

正是：

搏風乍息三千里，感舊重懷四十年。

少壯況逢時世好，經過寧慮歲華遷。

列位看官，你道是這老爺一家化妖之事，如今已成定局，那一家三口，也都慢慢接受此事，但這老爺夫人，卻始終未曾接受，也不知是否還有轉機。欲知後事，且聽下回分解。

第九十九章

　　上回且說到這一家三口如今皆化作妖身之事。果然是拳怕少壯，這少爺倒還好，難的是老爺與太太。這二人不似少爺這般可隨意控制變身狀態，且那想吸血的欲念一起，便會化作妖身。也不知是否因年齡的緣故，他們與那少爺更有不同之處——那少爺幾日不吸血，亦不會有什麼極端渴望，還能如常人一般在人群之中生活。老爺太太則不然，他們欲念上來時，無論如何也無法克制，只想要如野獸一般衝出家門，見人便撲上去吸血。

　　這老爺太太在家中待了一陣，那太太慢慢覺知出他們這番飲血欲念，大抵是晚間才會生出來的，遂這二人無法可想之時，便著那少爺將其二人鎖在地窖之中。如此一來，別人不會知曉，他們也不至於出門害人。但如今每天飲血不成，直將他們二人折磨得獸性大發，渾身上下如百蟻千蟲嚙咬一般。少爺瞧著在眼中，於心不忍，遂晚間出外獵食之時，也會多飲得飽些，再將自己吸食的鮮血吐出來餵給父母。

　　但他雖想到了這個法子，卻另有一番為難之處。如今這年輕美貌的女子已然不多，再算上他反哺父母之血量，遠遠不足令三人成活。為了存續，他也只得去吸食男人老人之血。但如此這般下去，卻並非長久之計。

　　那三人在家中合計一番，終究還是太太想到了法子，且聽她對二人道，此前她嫁入老爺家時，她居處眾人，皆云許多疾病，源於身體之內有些不潔之血，遂若是有人生病，便可放出身體之中的「髒血」，如此清理一番之後，身體便可重新造出些「淨血」來，遂如此一來，有些大夫凡遇到病人，皆給病人使用這放血療法。太太深諳其中三味，遂著老爺出銀子，興辦了幾家醫館，凡有病人要用這放血療法祛除病

症的，皆讓那醫館的大夫用瓦罐將那放出的血盛好，待到晚間那醫館閉館之時，再與他們送上們來。

這法子倒是頗為精巧，只是那醫館大夫為了方便自家解決血源問題，將那不需要放血的病人也放出一些血來。反正適當採血也沒有性命之憂，兼那醫館大夫多是太太挑出來的可靠人兒，只要多把幾個錢，他們斷不會去詢問這家人為何要這放血療法的廢血，更不會四處張揚，如此一來，這人血來源倒是解決了，但是如何如常人一般生活，將那日常瑣事經營得當，卻又是一個難題。

按太太的想法，那少爺頂好還是能繼續念書，他日上京趕考，若能得到一個功名，便不用再為後事如此煩惱。如今三人之間，唯有那少爺能自由變身，且能控制那吸食鮮血的血量，既不會將那被吸者吸血至死，事後被吸食者也不記得此事，不會太耽誤其出門趕考。

她將自家這番意思說與那少爺聽了，那少爺卻老大不情願，他本想著自家以後再也不用讀那勞什子的四書五經了，現如今聽那太太的口氣，卻還是以那科舉功名為盼，當下心中十分不悅，說什麼也不願答應。且如今少爺已是他們三人之中最屬害的一個，太太打他不得，罵他也不得，只能慢慢勸解哄騙方可。

只見這太太連哄帶騙，對那少爺道，如今只要少爺自家小心些，不被旁人瞧見，可以想飛便飛，待他一路飛到京城，可以見到多少京中的漂亮女子？那少爺聽她如是說，自己思忖了一番，覺得那太太說得尚有些道理，這才又勉強答應去念書。

卻說這廂太太雖是暫時將那少爺勸住，但思來想去，覺著少爺如今心性不定是為大忌。不如索性讓那少爺先成家後立業，託人說個好人家的姑娘，且將那少爺的心拴了再談其他。但那姑娘好找，後事難續，如今這少爺變成了妖怪，也不知是否還能生出孩子來，遂只能先試試再看。

可巧這般拖了幾年，這老爺太太家是凶宅的傳聞倒是銷聲匿迹了，那僕從們做了這許久的事，也未見有甚不妥帖，遂漸漸也覺得當日可能是自家多心罷了。且如今血源來源十分穩定，眾人生活也慢慢恢復平穩了許多。那太太見時機成熟，便託人找媒人，尋了一戶平常人家的女子——正是當日少爺第一次吸血時所見的那位姑娘，三書六禮聘了來，著她與少爺成親。

　　不承想，這成親容易，但在一處生活卻頗難。未過多久，那姑娘便香消玉殞了。太太心痛不已，追問少爺是否是因少爺之故，才害死了這姑娘。少爺連連發誓，說自己對普通人也不會過度飲血，更何況這是自家媳婦？他素日只是實在忍不住胸中欲望，才會適度吸食一點罷了。太太聽到此處，便忍不住又問那少爺，害不害怕令那姑娘瞧見自己現出妖怪原形的模樣。

　　卻聽少爺道，便是她瞧見了，自家也有法子令其忘掉這可怖場景。只消自己用雙眼盯著那姑娘的眼睛，心下默念令其忘卻此事之心願，那姑娘便會慢慢忘掉自己所見。說起來，這少爺此前正是用此法幫父母從別人身上採血的。他想要從那許多人身上吸血，別人也難免會有所察覺，但如今卻並無甚麼人知曉他們家人是妖怪一事，究其根本，靠的便是少爺的這番本事。

　　列位看官，你道這少爺雖如是說，但那太太偶爾也會聽見少爺房中傳來新婦的呼叫之聲，莫不是被她瞧見餓了少爺變身的情景？少爺聽太太提及此事，才快快道，自家原本是想要新婦看看他化作妖身後威風凜凜的模樣，不承想她卻半點也不能接受，遂只好施了個法子，再令她將所見之事盡數遺忘。

　　老爺聽到此處，忍不住插言道，如今他們一家人皆化作妖物，卻是再也不能與女子行房事了。太太聽了這話，忍不住柳眉倒豎，勒令老爺閉嘴閃到一旁。卻說自上次與太太坦白了自己的惡行，又與太太

打過一架後，此時家中哪裏還有他插言的餘地？自家如今是毫無威信了，便是說話，也還得瞧著太太的臉色，更別提那家中的種種決策了。那老爺自討沒趣，也不再說什麼，只是識趣地去照顧那庭院之中的盆栽了。

卻說這個新婦故去後，那太太仍不甘心，不多時，又託人與少爺說了一房媳婦。這次新婦是個農家女，嫁過來時瞧著十分健壯，不承想嫁到這家中不足兩個月，卻又害了一場大病，那病症來勢洶洶，這新婦不多時便又殞命。如此連喪二妻，換做旁人卻早就死心了，偏生這家太太卻是個不見棺材不掉淚、不到黃河不死心的，那第二個媳婦死後，她又與少爺物色了一個農家女，不承想還不到半年，這新媳婦又死於小產。

這番難過歸難過，卻好歹教那太太瞧到了一絲希望。雖是滑胎流產，但畢竟能有身孕，倒也是一件極好的事情。那太太有了這根救命稻草，又焉能放手，遂又張羅起兒子的婚事來。但這太太想得雖美，少爺自己卻不太願意了。如今家中三番五次地接連死人，倒像是自己將這些女孩兒害死了一般，令他心中十分難過，再也不想動成親的心思了。太太好不容易將事情推到此處，又如何能甘心？遂好說歹說，那少爺拗不過母親的愛子之心，只得答應再試那最後一次。

諸位，這次卻好巧不巧，正尋到了當日救治灰牛大仙的那位姑娘。再往後的事，前文已一一說明，便不再詳述了。

正是：

水飯惡冤家，尊前飲流霞。

莫惜三五盞，錦上更添花。

列位看官，你道這三隻妖怪追趕而來時，那灰牛大仙正要將這姑娘馱走，究竟這灰牛大仙能否與這姑娘平安脫身？欲知後事，且聽下回分解。

第一百章

　　上回且說到這太太為拴住少爺，便託人給少爺說親之事。豈料這少爺化作妖身之後，在娶妻一事上實是命途多舛，接連死了三個新婦之後，那太太仍不死心，直云自家如今看到了傳宗接代的希望，又豈肯就此善罷甘休。遂極力勸服少爺，總算令其同意再試最後一次。

　　卻說無巧不成書。這次媒人說與那少爺的，正是當日救治灰牛大仙的那位姑娘。

　　列位看官，你道是洞房花燭夜、金榜題名時，乃是人生一大樂事。但如這番人生大事，太太卻只是說那小門小戶的姑娘來草就。究其原因，不過是因為她心中還有另一重憂慮？你道這憂慮的是何事？原來這太太想到的是另一個隱憂。若是少爺如果考取功名之後再成婚，皆是綠袍加身，前來提親者，非富即貴。如今這少爺就如一顆定時炸藥一般，萬一娶了大戶人家的女兒，一不小心將那女兒折騰至死，人家又豈能善罷甘休？

　　遂她思前想後，還是給少爺聘那農家女為妙。彼時許多農家連勉力維持溫飽都困難，且家中兒女甚多，縱失了一個，也當不得什麼大事，只要把與他們兩個錢就成。前頭幾個死掉的女子，她與她們一些錢，將那女孩兒葬了，對方便也不再追究了。這般做法，雖是門不當戶不對，但是現下少爺成親之事迫在眉睫，一時間她沒有更好的法子，只得先這樣了。好在那少爺本人卻無甚門戶之見，只要那女孩子本身漂亮即可。

　　閑言休敘。列位看官，卻說回這灰牛大仙。你道當日灰牛大仙暈倒之際，正見著地底伸出一隻大手捏住老爺，那太太與少爺上去撲救時，圍著那手又咬又抓，卻無半點效果。

　　二人正對付著這隻手，不提防那地下又伸出一隻手來，一拳將太太打到在地，那太太哪裏受得了這番重創，當下便悄無聲息了。少爺卻畢竟年輕許多，圍著這手靈活繞行，那手雖凶蠻，一時之間卻也並未抓住少爺。但那少爺自家對那手也是無可奈何，如今他使盡渾身解數，也不過是令那手擦破了點皮罷了。

　　這一人一手鬥得正火熱，那手趁著少爺閃避不及的空檔，一把將那少爺捏著，適才抓住老爺的那隻亦縮回地裏，只一小功夫便又伸了出來，卻又已空空如也，上面卻已沒有了老爺。現下這兩隻手皆騰空，當下一隻抓住少爺，另一隻則捏住少爺身上的肉翅。那少爺自化妖之後，肉翅便是長在身上一般，此時被那大手捏住，當即痛得大呼小叫。卻見那大手一用力，已將少爺的兩隻翅膀盡數扯掉。少爺呼號著死命掙扎，想要從那手中解脫出來。說時遲那時快，那少爺剛要掙脫，這隻手馬上便又扯斷了少爺一條腿。

　　卻說少爺受了這一番折騰，早就渾身鮮血淋漓，痛得大呼小叫。如今被這隻手倒提了雙腿懸在空中，眼睜睜瞧著另一隻手又要伸過來撕扯，情急之下慌忙揮動利爪，割斷了自家被抓住的那隻腿，用棄卒保帥的策略方將自己的身軀掙脫那大手的掌控，呻吟著摔在地面上。

　　少爺這番爭鬥著實痛苦，但他也不敢停留，只是掙扎著向前攀爬去，想要甩脫那大手的掌控。那大手此時似乎亦不想再找少爺麻煩，也緩緩潛回土裏。適才鑽出之處，只留下兩個碩大的圓孔。那圓孔也並未持續多久，並未在地面上留下多少痕跡。少爺只聽得地底傳來一陣沉悶的轟鳴聲，漸漸便向那更深邃處消逝了。他又在地上趴了片刻，直到那聲音消逝不見，這才雙手撐地，掙扎著爬了起來，目光四下逡巡，想去尋找適才被那手抓住的母親。

　　他抬眼一瞧，見母親正躺在不遠處，慌忙連滾帶爬地趕了過去。不想他尚未爬到母親跟前，卻眼睜睜地瞧見母親的遺體化作一灘綠水。

那綠水也很快便化作輕烟,蒸發掉了,只在地上餘了一堆白骨。

少爺瞧著這堆白骨,忍不住放聲大哭。如今母親未留下隻言片語便已殞命,著實叫他痛苦。如今這堆白骨歷歷在目,叫少爺好不傷心。他雙眼通紅,撲到白骨上,撲撲簌簌落下淚來。卻說他傷心了一陣,慢慢止息下來,這才想到自家原是為追趕被那灰牛大仙拉走的媳婦,這才跑到此處的。可如今媳婦未見,父母殞命,著實令人痛苦。一念及此,他便四下張望著尋找那拖著媳婦的牛車。但尋來尋去也未見媳婦踪影,地上只有一個散架的牛車,並那惹禍的老牛暈倒在地。

他思忖片刻,估摸著媳婦許是被那雙手趁亂帶走了。如今痛定思痛,他想起父親當日所述,心中暗暗明瞭,這雙手或許便是父親所說的妖怪。但如今他們雖然出門,身上也帶著那水晶碎片所做的吊墜,為何還是會被那妖怪發現?如今心中樁樁件件,皆是疑惑不已。他四下亂看,驀地又瞧見那躺在地上老牛,不由得怒從心頭起,暗忖著若不是那瘋牛,自家又緣何由此大難?如今不能找那妖怪麻煩,宰了這牛也可洩憤。他這般想著,便向那老牛所在之處爬了過去。無奈自家傷重已是無力回天,呻吟一聲,蹬腿而死。

卻說當日灰牛大仙眼見一場禍事,被眼前諸般可怖慘狀嚇得暈倒在地。待它再醒來時,周遭已是一片靜寂。它無甚頭緒,只得在周圍亂轉,可周遭一片荒草,地上只有夜蟲鳴叫,地面齊齊整整,絲毫也敲不出竟然是個妖怪藏匿之處。灰牛大仙無奈,只得「哞哞」亂叫,不承想它這一叫倒是頗頂用,只見伴著它的叫聲,那地面忽然轟隆隆地向兩側裂開,一個可升降的木欄吱呀吱呀浮了上來,那木欄做的升降器之中竟還站著兩個長得如黃鼠狼一般的小妖兒來。這兩名小妖見了灰牛大仙,衝它叫道:「太好了!你瞧瞧,這邊竟有一頭牛,且將這牛牽回去,也不用再費神去鎮上買肉,省下的銀子正好我們自己拿去耍。」說罷便向灰牛大仙奔來。

　　這灰牛大仙一心救人為盼，此時也把自家安危置之度外了。如今他雖聽見了這小妖所說，但並不反抗，任由這小妖將自己牽走了。那小妖仍舊將灰牛大仙安置在他們升騰起來的那座木製升降器上，乘坐著那木製的升降器向地下「咯咯」墜去，灰牛大仙見那小妖興高采烈的模樣，也想不出自己這番模樣能有何用處，但事已至此，卻只得先走一步瞧一步了。

　　且見那升降器停在一處後，那兩名小妖便牽著灰牛大仙向廚房的方向行去。灰牛大仙一路留心，待行過那石洞大廳時，卻聽見一陣嬰兒的哭聲。灰牛大仙慌忙不迭地瞥了一眼，卻見一群小妖正圍成一團，也不知在瞧著什麼稀罕物。這兩個牽牛的小妖見有熱鬧可瞧，又豈會錯過，便牽了灰牛大仙，一同湊近來看個究竟。

　　正是：

意外功名不用圖，故園風景此非殊。

爛醉何妨翠袖扶，六載別來一夢如。

　　列位看官，你道是這妖怪洞府之中，到底有何稀罕物，惹得眾妖都圍著瞧看？欲知後事，且聽下回分解。

第一百零一章

　　上回且說到這灰牛大仙拉著那姑娘逃出之時，因受了驚嚇而昏倒，醒來四處亂撞時忽被兩隻小妖抓住。這兩隻小妖見灰牛大仙生得也算敦實，當即擬用那灰牛大仙充今日購買之肉食，便帶著那灰牛大仙一同回到地下洞府。

　　這三人回到洞府，路過那前廳之時，卻聽那廳中有哭鬧之聲。眾妖圍著一物，也不知在瞧些什麼。那兩隻小妖素日便是喜愛熱鬧的，既然有此等事，又焉能錯過？遂當下也不及將那灰牛大仙送至廚房，便領其一路去瞧熱鬧。

　　待那二妖一牛擠到近前，這才瞧見原來是一個長得似狼非狼的妖怪正持著九節鞭在教訓老爺。那妖怪生得頗為強壯，掄起鞭子毫不費力，且聽他邊打邊罵，一邊在口中叫罵云那老爺是背叛他們的騙子，一邊死命用力抽打老爺。這廂老爺仍頂著妖身，被眾妖用鐵煉捆縛在木樁上，渾身上下在那鞭子的抽打下早已滲出慘綠血痕。

　　饒是如此，那妖怪仍舊不肯善罷甘休，直是一鞭又一鞭地抽打那老爺。那鞭子每抽一下，老爺便慘叫一聲，眼見那老爺已被打得奄奄一息，只有進氣未有出氣之時，那狼妖方才罷手。卻聽他指著地上躺倒的老爺道，適才他殺老爺的老婆兒子之時，那老爺未曾瞧見，倒是個遺憾。現下他要當著老爺的面殺了那老爺的兒媳婦並孫子，再送那老爺下地獄方能解恨。

　　卻說此時那少奶奶正躺在老爺腳下不省人事，她本就難產，現又受了這顛簸折磨，一條命已然去了半條。只見她身畔躺了一個赤條條的嬰孩，正在哇哇哭鬧，正是少奶奶所誕下的孩兒。原來適才那少奶奶甫一至此便已生下孩子，但瞧見身邊諸妖，便被嚇得暈了過去，那

嬰兒被眾妖丟在地上哇哇哭著，也無人前來理會。可憐這少奶奶在墨璃界產子，連臍帶也未有人剪，現下母子二人身上滿是血污，被棄在一旁，倒惹得諸妖垂涎欲滴，灰牛大仙瞥見這般場景，當下心如刀絞，不忍再瞧。

此時那狼妖已然抽出寶劍，眼見便要向那地上的孩兒刺去。灰牛大仙見事態緊急，一時也忘了懼怕，直想要與那狼妖拼個魚死網破，便是不能將人救走，也要報這狼妖傷人之仇，大不了便與那狼妖拼個同歸於盡。他心下十分憤慨，身上便生出一股猛力，當下掙脫了抓住自己的小妖，一面嘶吼著，一面低頭亮出自家的兩隻牛角，便要向那狼妖衝去，用雙角頂它一個透心涼。

抓住灰牛大仙的那兩隻小妖見它掙脫束縛，也吃了一驚，眼見灰牛大仙已向狼妖撲去，慌忙大聲出言提醒道：「二當家，當心這瘟牛！」那狼妖正欲殺人洩憤，卻見一頭老牛狂奔著向自家衝了過來，當下撓撓頭，也不知自己到底何處得罪了這老牛，但眼下事態緊急，不論是何原因都不若保命要緊，遂想也不想，便提劍向灰牛大仙刺去。灰牛大仙眼見明晃晃的長劍對準自己，卻仍不收勢，直抱著必死之心向前衝去。

眼見這一妖一牛正要撞上之時，那灰牛大仙卻驀地聽到自己身體內一聲爆響，繼而璀璨耀眼的白光自那身體之中發散開來。不知不覺之間，他竟變身為一個牛頭人身的模樣，瞧著正是：頭如泰山，腰如峻嶺，眼如閃電，口似血盆，牙如劍戟，雙股之間，還生了一個牛尾。

那小妖們見狀，早已嚇得呆若木雞，那狼妖也楞在當場。便是那灰牛大仙自己也不知為何會如此，他打量通身形態，亦是不明就裏。一時間只聽那大廳之中眾妖鴉雀無聲，只餘那嬰兒的哭泣之聲在其中哀哀迴盪。

這哭聲倒是令灰牛大仙清醒了，他想起自己便是為救那姑娘母子

而來，當下命令那狼妖，著他令這母子二人離去。這話甫一出口，灰牛大仙方意識到，原來自家竟又能發聲了。此時狼妖亦回過神來，聽了灰牛大仙這番言語，當然不肯就此放人。於他而言，如今這灰牛大仙虛實未明，當然不肯乖乖聽他擺布。

　　且聽那狼妖道，不管這灰牛大仙是哪條道上的妖怪，如今到這洞府，便算是到了他們的地盤，只能聽他發號施令，哪裏輪得到這灰牛大仙說話。且聽他對灰牛大仙云，若是灰牛大仙想走，他倒是可以送他一套衣物，以免他這般赤身裸體地出去有傷風化。

　　灰牛大仙聞言，慌忙瞧了瞧自己身下，見自己果然祖露私處，慌忙用手蓋住。那小妖們見狀，齊聲哄堂大笑，將那灰牛大仙擠兌得滿面通紅。卻說這灰牛大仙難堪歸難堪，卻仍舊堅持叫那狼妖放人。這狼妖聽得極不耐煩，當下舉劍便刺，不承想卻被灰牛大仙輕輕巧巧撥開了。那狼妖一驚，不料這灰牛大仙竟如此厲害。那灰牛大仙自己卻是吃驚更甚，他不知為何，自己竟突然這般厲害了。

　　狼妖見這灰牛大仙是個勁敵，自家使出渾身解數，打起精神來應對，同時招呼那洞中小妖一起上來對付他。這灰牛大仙一面招架著來自各方的攻擊，一面護著躺在地上的少奶奶及嬰兒，要是從前早就左支右絀了，但現下卻並未覺得太過吃力，輕而易舉便將那小妖兒趕開，還打傷了其中不少人。

　　卻說雙方正鬥得難分難解，猛然聽到一人道：「都給我住千！」

　　狼妖小妖聞言，慌忙收了手中的兵刃，灰牛大仙見對方停手，雖想要趁機將那妖怪們一併消滅了，但見眼前的妖怪們烏壓壓一片，也並是好相與的。他如今雖不知為何變得這般厲害，但雙拳難敵四手，好漢架不住人多，這小妖們人多勢眾，若真硬碰硬，自家勝算也並不大，遂也只得停了下來，不再追打。

　　閑言休敘。列位看官，原來這出聲之人，正是當日那位蛇妖。

　　他回到洞府見諸妖亂作一團，便出聲喝止。說起來過了這許久，這妖怪倒也不大記恨老爺了，剛開始那老爺偷了他的水晶球，他瞧著也是挺生氣的。也出門去尋了幾次，無奈那水晶球的效果極佳，他遍尋了墨璃界也未曾找到。說起來倒也著實生氣，他明知老爺住處，但去了卻找不到房間，只能瞧見一片藍色烟霧。他若闖進那烟霧之中，便會被其團團裹住，無論如何行走，也不能走到那烟霧盡頭。但前行不可，後退卻有效，他無論在霧中行至多遠，只要後退一步，便從那烟霧之中退了出來。

　　時日久了，那蛇妖的氣也漸漸消了，且他自從手頭寬裕之後，閑情逸致也多了許多，日常無事便捧著書讀，漸漸也明白了許多道理，知曉總是去恨一個人並沒有什麼實際效用，倒還不如自家寬慰開解則個，好歹也能有個好心情。這般想來，那老爺背叛自家之事，也不大放在心上了。雖是如此，但有時他與那狼妖二當家說起此事，免不了還是要抱怨幾句，感慨人心叵測。

　　但這蛇妖抱怨歸抱怨，不過是說說便罷。但說者無意聽者有心，這狼妖卻是蛇妖成精後點化而成的，且那蛇妖多年來對其十分器重。遂這狼妖自有一片忠心，唯蛇妖之命是從。它雖是口上不說，心中卻認定背叛主子之人斷不可輕易放過，遂其這許多年來，都未曾放下要懲治老爺的決心。

　　正是：

象箸擊折歌勿休，玉山未到非風流。

眼前有物俱是夢，莫將身作黃金仇。

　　列位看官，你道這老爺與那少奶奶之事，究竟該如何處置？欲知後事如何，且聽下回分解。

第一百零二章

　　上回且說到這蛇妖一舉喝退了狼妖與其他小妖，眾妖一牛暫且罷手之事。卻說狼妖見老爺被捆縛在這木樁上，便喝令眾人將老爺放下，好生治療。再著一名小妖去照顧少奶奶與那剛出生的嬰兒。末了又令小妖招出一套衣服，好好兒地與那灰牛大仙換上，待灰牛大仙穿戴整齊之後，這才引他去那花園之中的涼亭坐下，兩人好好談了談。

　　只聽那蛇妖向灰牛大仙詢問道，不知這灰牛大仙到底是什麼來路，如今到這洞府之中，意欲何為？那灰牛大仙救人心切，也不欲與其透漏太多事情，便撒謊道，自家以前是老爺他們一家人所養的耕牛罷了，不久前才修煉成精，因老爺一家對自己有恩，這才溜進來救人，情急之下與眾妖大打出手，實屬無奈，還請那蛇妖見諒才好。

　　蛇妖聽見灰牛大仙已靠自家能耐修煉成精，便捨不得放過，當即勸其歸於自己麾下，日後好吃好喝，不在話下。那灰牛大仙是見過世面之人，又焉能與那妖怪們攪和到一處，當下婉言謝絕了那蛇妖邀約。但那蛇妖見過灰牛大仙能耐，說什麼也捨不得放掉他這個厲害的幹將，遂一直苦口婆心地勸說，並承諾若是那灰牛大仙願意加入，便令他當個大頭目。但灰牛大仙只是不肯。可巧此時一名小妖前來，云那少奶奶因產後失血過多，又無人看顧照料，如今已經死去了。

　　灰牛大仙聞言悲痛欲絕，當下隨小妖一同奔到少奶奶房間內，眼見少奶奶確實死去，他亦忍不住悲痛萬分，放聲哭泣起來。蛇妖見狀，眉頭一皺，頓生一計，只聽他對那灰牛大仙道，這少奶奶死了也並未有甚可惜的，若是灰牛大仙願意加入它們，它便有法子令少奶奶重新活過來。

　　灰牛大仙聽了這話，卻是將信將疑。他以前在天宮之中生活時，

也極少聽說這世間還真有那生死人肉白骨的法子。但瞧那蛇妖信誓旦旦地保證，卻由忍不住冒出一絲希望。遂那灰牛大仙將心一橫，與那蛇妖道，只要蛇妖能令少奶奶活過來，他便可馬上歸入那蛇妖麾下，便是做個小兵也心甘情願。但他雖是如此說，心中卻還有一重憂慮，如今他擔心少奶奶被妖術救活，不知是不是也會變作妖身，若是如此，倒是好心辦壞事了。那蛇妖聞言，笑著保證道斷不會如此，他且儘管放心，過幾日保證還他一位正常的少奶奶，灰牛大仙且安心等待著，過幾日再來瞧。

　　卻說這蛇妖自答應了救治少奶奶之後，便將自己與那少奶奶同鎖在一個房間之內，不讓那灰牛大仙去瞧。未過兩日，他便與少奶奶一同從房間內走了出來。那灰牛大仙等得心焦不已，見狀慌忙奔了上去。他走了幾步，驀地又想起，自家如今已不是牛身，而是化作了那牛頭人身的怪物，少奶奶暈倒之前從未見過自己這番模樣，莫不會被嚇怕？一念及此，他慌忙閃到一側，卻說時遲那時快，他動作雖快，卻已經來不及了，那少奶奶張眼便瞧見了站在面前的灰牛大仙。

　　灰牛大仙雖吃了一嚇，但少奶奶卻無甚吃驚之態，反是用那憤恨的眼光，惡狠狠地瞧著灰牛大仙，也不知所為何事。那灰牛大仙見她瞧著瞧著，眼中卻淌下眼淚來，他心中又是納罕又是關切，正欲上前詢問，卻見少奶奶也不擦眼淚，而是頭也不回地轉身跑開了。

　　灰牛大仙不明就裏，正欲追上去問個究竟，那蛇妖卻擋在身前，將灰牛大仙攔了下來。且聽那蛇妖云，原來他早已考慮到灰牛大仙可能會嚇到少奶奶，便在那少奶奶醒來之時，已然告訴她灰牛大仙變身之事。但如今他卻不明白這灰牛大仙與少奶奶到底誰說的才是真話，那灰牛大仙當初云自家是救主心切才闖進蛇妖洞府，但那少奶奶卻說當日生產之時，乃是被一發瘋的瘋牛拖著奔出城，那老爺太太及少爺為了救回自家，這才被妖怪所害。若無瘋牛從中作梗，引得老爺一家

不得不現出妖身，這狼妖也不可能發現老爺一家行迹，將其殘忍戕害。

那蛇妖談到此處，又告訴灰牛大仙道，老爺一家人雖時時帶著那水晶殘片，但那晚他們飛離洞府太近，又化作了妖身，遂身上妖氣頗重，那隨身所攜的一小塊碎水晶，早已掩蓋不住他們身上的妖氣，因此那狼妖才循著妖氣找到了這一家三口。說起來倒也還要歸結在那灰牛大仙身上，若非這灰牛大仙發瘋似地將少奶奶拉到城外，那狼妖也確實無法尋到他們三人。

卻說這蛇妖云，自家如今也甚是奇怪，若說灰牛大仙急著救治主人，緣何在那少奶奶臨盆之時，不把她帶到那助產婆處，反是發瘋似地向城外跑？他將這番疑慮說與灰牛大仙知曉，那灰牛大仙甫一聽完，便正色道：「自古正邪不兩立，這一個好好的人，為何要與妖待在一處？」

那蛇妖聽了他這番回話，半晌也未曾說出話來，過片刻，他才又一臉莫名地問那灰牛大仙道：「若不是你本身也是妖，我便當你說這番話是腦子有病罷。」

灰牛大仙聽他如是說，這才想起，自己如今也就是個妖怪模樣，說這番話也著實奇怪，但如今話已出口，也不知如何圓回去，當即支支吾吾了許久也未曾說出隻言片語來。

那蛇妖不明就裏，只是疑惑不解地瞧著那灰牛大仙。那灰牛大仙亦十分尷尬，只得對那蛇妖云，自家如今先去瞧瞧少奶奶再說，至於那人妖殊途之事，待他回來再與那蛇妖解釋。

蛇妖見灰牛大仙確屬十分焦躁，便也未曾阻攔，任由他去了。卻說這灰牛大仙好不容易找到了少奶奶，慌忙向其解釋道，自家以前是天上的神仙，因看不得諸仙家的懶散之態，這才憤然出走。自他的仙力被玉帝褫奪之後，便被貶下凡間，只是做一個普通耕牛，每日過著朝不保夕的生活。後來被狼追趕，慌不擇路墜下山崖，若不是少奶奶

救了他，他便再無活路了。也正因如此，他更要報那少奶奶的大恩，發誓要將少奶奶從這家化作妖物的人手中救出來，此前在那家人家中熬著，不過是苦於沒有尋到救人的機會而已。

正是：

溟濛便恨豪家惜，濃暖深為恩人驅。

莫訝相逢只添恨，伊余心不在榮枯。

列位看官，你道這灰牛大仙與少奶奶，到底能否和談？這灰牛大仙又是如何尋到了牛小青？欲知後事，且聽下回分解。

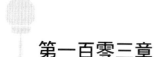

第一百零三章

　　上回且說到這少奶奶深恨灰牛大仙將自己拉出城外，害得老爺全家妻離子散之事。那灰牛大仙好不容易等來少奶奶復活，當然不肯就此罷休，遂慌忙追上少奶奶，與其說了這家人盡是妖怪所化一事。

　　少奶奶聽他如是說，更是氣不打一處來，只是惡狠狠與那灰牛大仙道，這家人是人是妖之事，她自家心中早有計較，用不著這灰牛大仙在此處多管閑事。她如今毫不在意這家人是人是妖，只要令她安然幸福度日就成。她早先在家中過得極為適意，被灰牛大仙這番一鬧，好心辦了壞事，倒叫她失去了所有的家人，如今她落到這番淒慘田地，說什麼也不會原諒灰牛大仙。

　　言畢那少奶奶接連喝罵灰牛大仙，著他趕緊走開，切勿在她眼前，惹她生厭。

　　卻說灰牛大仙聽了少奶奶這番話，心中亦是十分氣悶。且見他二話不說，轉身便走。但終究是放心不下，臨行前還特意湊到近前瞧瞧那孩子的模樣，他要確認這孩子是人非妖，若那孩子也是妖身，他便要出手將這孩子殺了。幸而這孩子不過是一個普通的小小嬰孩，這才得以逃脫。

　　這番灰牛大仙去見少奶奶的當口，那蛇妖亦去尋那老爺了。那老爺自被蛇妖救下，又得小妖照料，此時總算也緩了一口氣。那蛇妖見老爺已然清醒，便對老爺說起他們全家化作妖怪的原委。原來當日老爺吃過妖怪們的飯食，又時常來這妖怪洞府之中做客，無形之中早已沾滿了妖氣，歸家之後又將這妖氣傳染給了夫人少爺，這才致使三人皆被妖氣熏染。而人類一旦染上妖氣，若無解藥發散，時日一久，便會慢慢化作妖怪了。

　　不過說起這點，倒也不算是蛇妖故意暗害，因那蛇妖自家一開始也不知這其中還有這番原委，待其知曉之後，便開始研製克制這化妖之事的解藥。它原本打算等那老爺辭商歸隱之日、頤養天年之時便交與他，且他深知老爺並不信任自家，遂當日放老爺歸家之時，自己並那小妖們表現出了十二分誠意。豈料饒是如此，這老爺還是偷偷取走了那水晶球。

　　自此之後，蛇妖遍尋他們也尋不到，便也不在執著於找尋老爺了。如此直至那晚老爺離家去追牛車時，因離那房子太遠，三人又皆化作妖身，不知不覺闖到了蛇妖洞府附近，雖則身上掛了水晶殘片，但因失了那水晶球的庇佑，效用並不甚大，這才被那狼妖覺知。如此那狼妖才施展妖術，將幾人一併擒獲。

　　卻說這蛇妖說到此處，又對老爺道，自家無論如何也未曾想過要將老爺一家折騰到如此慘狀，如今這結果，不過是因為身為洞府之中「二當家」的狼妖太過熱心為自己著想罷了。若不是那老爺當年如此不信任蛇妖，緣何又會落得如此下場？但如今事已至此，說什麼也無濟於事。如今老爺化妖時間太久，就算此時立刻將那袪除妖怪性的解藥吞下，也不能解那妖氣入侵之毒了。老爺聽到此處，也是默默無語、心如死灰。

　　閑言休敘。如今老爺再回到了蛇妖洞府，那蛇妖依舊記掛著老爺當日能耐，希望能用老爺商才繼續為自己效力。但如今事已至此，這老爺與狼妖斷無法和睦，那蛇妖思忖一番，索性便放了老爺，兼又令他與自家兒媳孫子一道歸家，並將自己研製出來的解藥一併把與他們。如今這解藥老爺吃了雖無甚用途，但他的媳婦孫子與他們家人相處的時間並未太久，現下吞下解藥，也還來得及解除他們身上的妖毒。末了那蛇妖還叮囑老爺，若是可行的話，最好將那解藥再分一些與家中的傭人。

這廂老爺領了這許多物事自去了。只餘了灰牛大仙一人在此處。說起這灰牛大仙，倒是令蛇妖頗頭疼。這蛇妖原本想令這灰牛大仙在自家手下做個大頭目。如今聽灰牛大仙這番「正邪不兩立」、「人與妖斷無在一處之可能性」等諸般言語，已覺得這牛頭妖精約莫有些精神不正常，若真如此，便是灰牛大仙再有能耐，卻也不適合為他所用，當下也不強留他在洞府之中，而是隨意把了他一些銀兩，意欲打發那灰牛大仙去別處安身。

豈料這灰牛大仙卻是個有想法的。他非但不想去別處謀生，反而苦苦哀求蛇妖，云自家願意留下。列位看官，你道這是為何？原來那灰牛大仙本也不想與妖怪們同處一室，但他如今見了蛇妖的本事，心中卻頗為好奇，存了一百個心思，只想要知道蛇妖是如何將那少奶奶復活的。

據他所知，便是天上的神仙，也只有玉帝等幾個上仙才有法子生死人肉白骨，而如今這洞府之中的妖怪也有了這般本事，倒是令他又擔心又驚詫。如今既被他遇上，他那強牛脾氣又冒了上來，想著無論如何也要將此事調查清楚，遂其思前想後，覺得弄懂此事最好的法子，便是與這群妖怪住在一處，待自己查明真相再走也不遲。

這般想著，那灰牛大仙便對蛇妖撒謊云，自家確實有那間歇性症，有時說些狂悖之語，實是難以根除，他也無甚辦法。他前身本就是一頭老牛，有時候突發癔症，乃是牛的本性罷了。他將此事說與那蛇妖知道，又信誓旦旦與那蛇妖保證自己日後絕不再犯。

那蛇妖聽他說得認真，也只好勉強答應他，著他先在此處當個巡邏的小頭領，並對那灰牛大仙道，如今他剛成精，並未賜名，不如就由他送那灰牛大仙一個名字，喚作「楞頭牛」是也。

灰牛大仙聽了這名，心中不置可否。他雖不喜這名字，但如今卻是因為好不容易說服了蛇妖方留在此處，遂也不和蛇妖辯解，只點頭

稱是。

　　說幹邊幹，為取信蛇妖，「楞頭牛」領著幾名小妖，便往任上應卯去了。好在這任務也不繁重，每日家就是領著幾名小妖在洞府門口四處轉轉，以防有人來時不小心發現他們的洞府罷了。

　　豈料好景不長。自這灰牛大仙當上巡邏頭領之後不久，這洞府之中的小妖便對其行事做派怨氣衝天。原因是此前但凡有人行到了洞府附近，那小妖們便偷偷設下陷阱，將那人抓回洞府之中，與眾妖分食，作那打牙祭用的大餐。如今這灰牛大仙倒好，斷不肯戕害人類，凡有那靠近洞府者，一律嚇跑趕走，那洞中的小妖們錯過了數次抓人時機，已許久都無法食得人肉了。

　　正是：

空賣呆傻又賣痴，攔街都是要乖兒。

通身一具痴呆骨，抖擻將他換與誰。

　　列位看官，你道這灰牛大仙的牛脾氣在此處又犯了，不知這蛇妖洞府，他還待不待得住？欲知後事且聽下回分解。

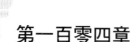

第一百零四章

　　上回且說到這灰牛大仙在洞府之中因不懂變通，頗不招那諸妖待見之事。那小妖們倒也還好，翻不了多少風浪，但自從這灰牛大仙與那狼妖交手之後，這狼妖也將其視作眼中釘肉中刺。

　　那日兩妖甫一交手，這狼妖便覺知出這牛精的厲害來，自此這狼妖心中便有些犯嘀咕，生怕這灰牛大仙妖力過強，威脅到自家的地位。正巧如今洞府之中的小妖對它也有諸多意見，遂他便聯合其他小妖，聯名對那蛇妖上書，著那蛇妖將這個討人厭的傢伙趕緊驅走完事。

　　卻說這廂蛇妖十分看中灰牛大仙的能耐，但念起當日他所言的「人妖殊途」、「正邪不兩立」之事，仍是有些耿耿於懷。兼如今這牛頭妖怪雖然是妖身，卻不肯如旁的妖怪一般吃人，遂其認定這妖怪是妖中異數，精神頗有些不正常之處。如今見這狼妖與諸小妖一併上書，他便也動了將那牛妖逐走的心思。

　　這灰牛大仙呢？如今雖對那蛇妖的復活之術十分好奇，但這洞中諸妖皆排擠自己，如此這般也實在憋悶。遂他也顧不得這許多，眼見蛇妖想要將自己攆走，他思來想去，也覺得一走了之才能痛快。

　　列位看官，說來也正是無巧不成書。這日灰牛大仙正要離去，諸妖暗自歡喜，遂誰也未曾前來為其送行。他正走到洞口之時，那蛇妖忽然前來，喚住了灰牛大仙，只云自家如今收到了一封來信，是那上頭的妖神送過來的，妖神在信中名言令灰牛大仙前去尋他們去。

　　那灰牛大仙得了這個消息，不由得在心中暗自納罕，便忍不住向蛇妖詢問上頭的妖神是如何得知自家事情的，那蛇妖明言，自家如今須得定時向那妖神彙報洞府之中的一應大小事務，以方便那妖神轄制諸妖。此前那灰牛大仙入洞之時，他便已寫信告知妖神，如今妖神既

來信著灰牛大仙去見他們，那蛇妖也只能傳達，讓灰牛大仙趕緊去尋那妖神才是。

言畢那蛇妖便將妖神之信遞與那灰牛大仙，令他自己瞧瞧究竟。

這灰牛大仙本不欲理會妖神，也不想前去討這些麻煩，但他心念一轉，暗忖那妖神是否會知曉這妖怪怎生令人復活之事，遂便按捺住心中的抵抗之意，照著那信上所說的之處，便尋了去。

卻說這信上言明令那灰牛大仙去一座高山山頂尋他們，那灰牛大仙如今已有了騰雲駕霧之力，自然輕而易舉便飛了上去。他去到山頂瞧了瞧，只見那山頂上蓋了一座高聳入雲的建築物，且那建築碩大無朋，瞧著頗有氣勢，比人間的皇宮也不遑多讓。

灰牛大仙見四下無人，便又繞著那建築多看了幾眼，漸漸卻瞧出端倪來了。原來修建這建築者，竟將這建築物的外形造得與那雲霄寶殿頗為相類，但相類的也只是那外形而已。其顏色質地，卻正與那雲霄寶殿金碧輝煌的樣子相反，入眼便是灰撲撲髒兮兮的模樣。

當日修建雲霄寶殿的工匠用的乃是純金與各色寶石，並一些極其稀罕的木材方搭建而成，遂遠遠瞧著，那雲霄寶殿金碧輝煌、觸目動心，如一塊擱置在雲端的絕美藝術品，而眼前這幢建築則如同是用燒焦的煤炭和一塊塊爛肉搭建而成的。

那灰牛大仙瞧著，似是那類似煤炭之處竟還在幽幽燃燒著，並隱約從中透漏出一縷紅光來。更令他訝異作嘔的便是那用來堆砌建築的爛肉，似乎還在微微蠕動。

再說那雲霄寶殿的外牆，當日有巧匠雕刻了許多巨大的天神雕像，捕捉各色神獸的優美姿態，並將其一一鏤刻於牆面。而如今這個建築在同樣位置上所雕刻的種種，卻是巨大、醜陋又猙獰無比的妖魔鬼怪。且那雲霄寶殿的外牆上描繪著各種五顏六色的美麗花紋，而眼前的建築上則塗抹著讓人不明就裏的壁畫。

灰牛大仙湊近了一瞧，這壁畫的畫工瞧著倒還不錯，但所畫的內容卻是極為邪門，所繪不但大多是那各色妖怪與他們吃人的諸般場景，那場景還描繪得栩栩如生，令灰牛大仙瞧著便欲作嘔。這還不算，那畫面的內容有些還頗為淫邪，灰牛大仙瞧著著實不悅，也不想細看，便匆匆從那建築的大門走了出去，尋那想要見自己的妖神。

　　卻說進了這大門，裏間便有一個空曠的大廳。灰牛大仙早在門外便聽得裏面一片喧嘩，待他走進去一瞧，才發現原來是一群妖魔鬼怪正在狂歡。

　　待到灰牛大仙瞧清楚這妖魔鬼怪的狂歡姿態時，他這才知曉原來自己此前竟錯怪那蛇妖了。原來他在洞府之時，那蛇妖也曾帶他去過與諸位妖王聚會的宴席，原來那些狐狸熊羆虎精等諸位妖王等，也時常會選一個風景優雅的去處，打扮得頗為正式體面，便如同人類的文人雅士一般，在那美景處吟詩作賦、賞月觀花。雖然席間也有些吃食是人肉所製，但那菜品也雕琢得如一幅美圖一般，用藝術品來形容以不為過。

　　且得那蛇妖告知，那聚會時所用之人肉可不是他們隨意在路上捉來的行人，那素日在路上捉來的三教九流、來歷不明者，多是賞給小妖們的，這聚餐上的人肉，是諸妖素日特意命人飼養，專程用作宴席上大餐的人群。

　　這些用作諸妖宴飲食材的人，打小便被那妖怪們養著，衣來伸手飯來張口，所有的要求能滿足便被滿足，日子過得極幸福，唯有一條——素日他們被灌輸了許多人生來便有一死，最好的歸宿便是被諸妖吃掉一類的想法，遂他們也不覺得被妖怪吃是多可怖之事。兼那妖怪宰殺這些人時，多施展妖術，令其毫無痛苦，於是眾人總是高高興興赴死，如此這般，他們的肉質才能鬆軟可口。

　　正是：

寶殿硯工巧無比，深洞鑴斷黑蛟尾。

入門觸目驚聞見，虬騰虎攫驚神鬼。

　　列位看官，你道妖神召這灰牛大仙來，到底所為何事？這灰牛大仙此番前來，又所見何物？欲知後事，且聽下回分解。

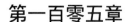

第一百零五章

　　上回且說到這蛇妖與灰牛大仙談及自家吃人的門道，這灰牛大仙聽在耳中，卻絲毫不以為意。原是因其心中始終信奉正邪不兩立的法則，對蛇妖的說辭卻嗤之以鼻，吃人便是吃人，緣何還有這許多講究？如今這些妖怪們在人界待得久了，便是聚會也還要吟詩，縱然這灰牛大仙內心深處也無法不承認這詩歌吟得有水平，但想到那吟詩者的身份不過是一群下賤的妖怪，且日日在此裝模作樣，實是令人作嘔。

　　閑言休敘。如今灰牛大仙到了這妖神居所內，見到的卻是另一番場面：伴隨那節奏詭異、喧鬧刺耳的音樂之聲，這妖怪們蹦來蹦去，將人頭、腿及人胳膊之類的器官隨意抓在手中邊吃！更有一些身形甚巨者，抓起一個人便整個囫圇吞下！且見這些妖怪們滿嘴鮮血，吃得差不多便將那殘骸往地上一摜，也不管那人死活。

　　灰牛大仙瞧得瞠目結舌，不禁想起蛇妖的種種來，便是那蛇妖手下的小妖們食人時，也還會煮一煮炒製一番，且會學那人的辦法，用盤盞盛了，用筷子夾著小口吃，斷不會似這些妖怪一般上手便啃食。

　　灰牛大仙又行幾步，只見這大廳中央有一個大坑，那坑中尚有許多活人正赤條條地躺在期間哭喊，那哭喊之聲震耳欲聾！妖怪們隨便從這坑中撈起一人來便往口中餵去，也不管那人如何哭鬧。除那大坑之外，這廳中的天花板上還吊了許多人，有的人身體還算完整，有的卻已被吃得差不多了。如今這大廳的地板上處處染滿鮮血，隨處可見被那妖怪吃剩的斷肢殘骸，整個大廳瞧著便如人間地獄一般。

　　灰牛大仙見到此處如修羅場一般的模樣，心中也騰起了一股憐憫之意。他目光逡巡一番，見尚有許多活人，便暗忖著自家一會施個法術瞧瞧，看看能否將眾人救出去。念及此處，他便用法力探了探周圍

的妖怪，這些妖怪倒不在話下，他一個人打十個也不成問題，但問題這廳中妖怪數量甚多，若真動起手來，對方一擁而上，他也招架不住。

他思來想去，還是徐徐圖之為妙。遂他暫且按捺下內心念頭，將那封邀請信取了出來，叫住身畔的一名小妖兒，詢問此間管事者到底是何方神聖，傳喚自家來此又所為何事。

卻說這名小妖正捧著一個人腦的骷骨吮吸腦漿。聞言便不耐煩地對灰牛大仙道，現下頭領正忙，自家也忙著，無甚閑功夫理他。那灰牛大仙自己權且找個地方隨便玩兒一陣，待其頭領出現了再說。

灰牛大仙瞧著這妖怪的昏言悖語，粗俗不堪，且滿口滿臉皆染滿腦漿，兼其衣不蔽體、怪模怪樣的之態，心中甚是不忿。但若不究察外在，單論模樣，這妖怪卻生得頗為俊俏。非但如此，這廳中的妖怪，個個皆是衣不蔽體的美少男、美少女，便是長相和身材都是一等的，就連那些體型碩大的妖怪，外形上瞧著也是年輕且威猛有形的。

這一點，倒與其素日見到的其他妖王們不同。那些妖王們平日只要不是刻意化作人形，大都不過身子是人身，而那頭部形態卻仍然維持著各自成精之前的動物形態，譬如虎妖平日便頂著虎頭，熊妖平日便頂著熊頭，只有素日那洞府之中的蛇妖方會整個化作人形，但也不是因為其化作人形更為俊俏，而是因為自家的頭變作蛇頭太過礙事，那蛇頭顯得很長，聚會扭動時一不小心便會撞到旁人臉上去，且他在家中練習書法時，那頭還會不小心垂落在紙上，妨礙其寫字作詩。

這兩樣倒也還好，不是什麼不可原諒之處。更糟的一次便是，他曾將那蛇頭盤作一圈，頂在自家身上時，他自己覺得模樣俊秀俏皮，但其他妖王瞧了，皆嘲笑他似是將一坨大便頂在頭上一般，實是噁心之至。說來也巧，這蛇妖的現作原形時，正是一條土黃色的小蛇罷了。遂那顏色形狀，皆十分接近大便的模樣，如今這蛇妖自己也明瞭幻化時保存蛇頭的麻煩處，遂素日總是保持那人頭的模樣。

且說回這些妖王。原來諸妖王便是化作人形，多數也不願變成少男少女形象，總覺得瞧著不甚威嚴。遂那妖王們素日只化作老者形象，以其修行了幾百上千年，應當老成持重為由，遂說什麼也不願意化作人在最輕浮時段的年輕模樣。

不過這灰牛大仙既已瞧見這番噁心的場面，又哪裏還有心情管此間的妖怪們是美是醜？對這妖怪美貌他也不想弄個究竟，如今這喧嘩又無甚節奏的音樂，直令其心情煩躁，大廳之中濃郁的血腥味，熏得他幾欲作嘔，遂多一秒鐘在此也待不下去。正轉身想走，卻見大門已被關上，如今想出去怕是暫時也不能。只見他暈乎乎地在一群妖怪之中撞來撞去，挨了許多白眼與咒罵，又轉了一大圈，這才終於瞧見大廳之中還有個側門敞開著，慌忙著緊衝了出去。

卻說這門卻通向一個露天平臺，只有少數幾名妖怪聚在此處吃人，血迹較那廳中要少上許多。饒是如此，與那裏間的大廳比較起來，也算是能令灰牛大仙喘口氣了。

這灰牛大仙尋到了此處，便倚靠在此平臺的欄邊，大口吸了些新鮮空氣，慢慢總算緩過神來。他正想著自家是不是乾脆從這露臺上直接飛走，也不等那勞什子妖神了，一轉頭，卻發現一個女妖正漫不經心地打量著他。女妖亦是一個美麗的少女模樣，但其穿戴卻講究許多。她身著淡紅色長裙，脖頸與腕上皆戴著漂亮飾物。手中托了一個銀制的小托盤，托盤裏放置了幾個人類的手指，她將手指又送進櫻桃檀口之中，一口一口慢慢含了，再小心翼翼地咀嚼吞咽。

正是：

君之面兮錦繡壤，君之背兮修羅場。

詩靈罷歌鬼罷哭，問天不語徒蒼蒼。

列位看官，你道這女妖到底是何人？這灰牛大仙又有和際遇？欲知後事，且聽下回分解。

第一百零六章

　　上回且說到這灰牛大仙逃到廳外的欄邊，正巧遇見一名吃相優雅的女妖。灰牛大仙因見了廳中眾妖食肉的粗放之態，如今再瞧這女妖的優雅吃相，兩相比較之下，也顧不得那女妖吃人與否，只覺得這女妖的吃法才是那正當做派。卻說因那女妖瞧了他兩眼，他竟還覺著這女妖身上散發出一種淡淡的憂鬱氣質，若不是考慮到她正在吃人手指，灰牛大仙甚至都要覺著她瞧著也頗有些可親起來。

　　卻說灰牛大仙本能覺知這女妖似是個可溝通的對象，便先向其問了好，再拿出那封邀請信，詢問這妖怪緣何會喚他來此。

　　這女妖聞言，不過淡淡地瞧他一眼，這才悠悠道，常人若是向旁人問話，總要先自我介紹一番，先云自家是誰，再云到此有何貴幹，這灰牛大仙連這番道理也不懂，還要向別人問話？

　　列位看官，你道這說來也怪，這灰牛大仙雖是瞧不慣眼下的諸般景象，但卻也不想在這貌美的女妖面前說出蛇妖給自家取的那「楞頭牛」之名，彷彿自己若是告知了她，她便會在心中嗤笑自己一般。

　　且若談及來歷，不免又要向那女妖提及自家在那蛇妖洞府之中擔任巡山領隊之職一事，這樣一來，便更不妥當了。那牛怪想了一想，一時間也想不到什麼更好的詞，驀地想到那聚會之時，諸位妖王給自家所取的名字均與其變身之前的動物有關，當即心念一動，便對那女妖道，自家名喚作「牛魔王」，手下轄著上千名妖怪。

　　這灰牛大仙說完，自己亦是大吃一驚。他本覺著自己一身正氣，未承想他如今也這般好面子，竟會對女妖說出這樣的謊言來。但他雖一面這般想著，一面又著實期待這女妖能對自家有所敬佩。

不想這女妖聽完他的言語，面上卻無甚表情，便是向灰牛大仙介紹一下自己也不曾，只是漠然地將信接了過去，隨意瞥了一眼，便又將信遞還給了他，口中喃喃道：「誰知那傢伙要做甚麼，待一會他來了，你自問他便是。」

灰牛大仙聽她如是說，便又恭恭敬敬問道，不知「那傢伙」到底是誰，有甚來頭？那女妖聽了這話，依舊不鹹不淡道：「不過是一個自以為是的東西罷了，當自家是廳中那些小妖們的頭兒，哼，不過我可不吃他這一套。」

她一面說，一面向那正廳所在的方向努了努嘴，示意灰牛大仙，那人不過是廳中諸妖的領袖，自家如今可不受其指派。

那女妖言畢，灰牛大仙還欲再問，她卻不搭腔，也不再理會這灰牛大仙。那灰牛大仙站在此處，進也不是，退也不是，倒顯得十分尷尬。他想一想，便要再尋些話題與那女妖聊下去。猛然憶起蛇妖洞府之中著死人復活一事，便向那女妖問道：「那個……我此前曾見過一個朋友將已死之人復活了……不知同樣身為妖怪，您是否有此本事，若有的話，能告訴我其中的緣故嗎？」

女妖待他說完，瞥了他一眼，目光中似是透露著十分的不屑之色。過了片刻，方開口道：「此事能有什麼訣竅？但雖沒有訣竅，說穿了也無甚意趣，你不知其中緣故，歸根到底不過是因為你並未加入他們罷了。你想知其中究竟，待你加入他們一夥之時，你自然便明白了。」

灰牛大仙還欲追問，卻聽大廳之中群妖爆出一陣震耳欲聾的歡呼之聲。那女妖聽見呼聲，不由得皺了皺眉頭，對那灰牛大仙道：「諾，你要尋的那傢伙已來了，你且進去瞧瞧吧。」

灰牛大仙聽了，忙奔了進去。且見此時散布在廳中的眾妖早已層層疊疊地繞著大廳正中的大坑站了。一面向那坑底瞧著，一面伸出手臂歡呼嚎叫。灰牛大仙費了九牛二虎之力方才擠到近前來，卻正巧瞧

見那大坑從地上突然伸出許多密密麻麻的黑色尖刺來，將那坑中正在哭喊之人大半扎穿了！卻說有幾個尚未被扎穿之人到處跑著，想要躲開那尖刺奔襲，但那尖刺無處不在，在周遭到處伸展，便如天網一般織就得密密麻麻，這幾個人還未跑脫，便又被那尖刺追上，直直刺入心臟，當即便一命嗚呼了。

這尖刺將坑中眾人扎死之後也並未停歇，反是繼續生長，直將那坑中眾人舉到半空。眼見這些尖刺在半空之中又突然燃燒起來，將貫穿在那尖刺上的諸人盡皆燒焦了。此時廳中的焦肉氣息混著此前的血腥之味，別提有多難聞，這灰牛大仙如何能習慣這種味道，且在此間折騰了這許久，終於忍不住便嘔吐起來。

只見這大坑之內騰起的熊熊烈火的火勢越來越猛，接著便從這烈火之中跳出一名妖怪來。這妖怪生得倒是頗為俊美，肌膚雪白，黑髮耀澤，墨色的眼睛兼秀氣的口鼻。那妖怪赤裸著上身，從肩膀至後背處紋著一長條奇怪的圖案，腰間扎一條金色鑲嵌著藍色寶石的腰帶，下身則是一條白色長褲，那褲腳不知在何處淌過，已沾滿鮮血。

這妖怪躍出大坑之後，便浮在半空之中。也未見其施法，那大坑中央卻緩緩升出一個平臺來。那些著火的尖刺被這平臺擠壓，紛紛向兩側倒去，這平臺正好升到那妖怪腳下，便堪堪停住，將那妖怪穩穩地托在上面。此時那廳中諸妖的呼聲也到了頂峰，那平臺上的妖神似乎也十分快意，正半眯著雙眼，享受著來自眾妖的歡呼。

卻說過了好一會，這妖怪才擺了擺手，示意眾妖安靜下來。只見下頭的妖怪們見了他的手勢，適才歡呼的聲響也漸漸平息下來。

那妖怪見眾妖都安靜下來，這才清清嗓子，開始朗聲放言，渲染眾妖如今的種種輝煌之態。灰牛大仙伏在下首聽那妖怪聲如長嘯，不由得也暗自佩服那妖怪的能言善辯及其煽動他人的才能。

他這般聽見，不由得在心中暗忖，若他真與那妖怪一夥，或許亦

會被其說得心潮澎湃，恨不得馬上便扛著刀，與他一起去打仗了。好在那灰牛大仙內心有些自己的主張，他定了定神，凝神細聽了那妖怪所言之事，忍不住大吃一驚。

原來這妖怪所說的內容竟與自己有關，如今他們的大軍似是已準備就緒，馬上便可進攻天庭了。

灰牛大仙聽了他這番話，心中驚疑不定。這妖怪聚在一處，竟然是想要向天庭宣戰？雖說他也不甚喜歡那天宮之中的眾位神仙，更因與那天宮諸神格格不入才被玉帝貶落凡間，但卻未曾想過要報復及推翻玉帝之治。

正是：

開函捧之光乃發，阿修羅王掌中劍。

五雲如拳輕復濃，昔曾噀酒今藏龍。

列位看官，究竟那妖神能否稱意，這灰牛大仙如今聽得這個大祕密，又該何去何從？欲知後事，且聽下回分解。

第一百零七章

上回且說到那灰牛大仙正躲在一群妖怪之中，聽那上首的妖神疾言厲色慷慨陳詞，剛巧聽到那妖怪提及進攻天宮之事，聞言如驟然被人打了個悶棍一般，不知該作何想法。

他這廂正呆呆想著自家心事，卻聽那妖怪說著說著，話鋒突然一轉，竟然指著那灰牛大仙道：「諸位如若不信，權且讓這位被那玉帝老兒親手貶下凡間的犯仙來說與大家聽。此位曾乃是天庭之中灰牛大仙，如今讓他來與諸位說說那天界眾神仙到底有多可恨可惡。」

那妖神話音一落，場上眾妖的眼睛霎時間齊刷刷落在那灰牛大仙身上，如今數千雙眼睛盯著他瞧，他見眾妖這等態勢，便是想鑽地縫都找不到縫隙。且那整個廳中皆是那幻化為人形的妖怪，唯有他生著一個牛腦袋，想不承認自己是哪妖神口中的灰牛大仙都不成。

卻說眾妖見妖神提及那灰牛大仙之事，也早已讓出一條路來，著那灰牛大仙上那平臺去說話。灰牛大仙迎著眾人的好奇目光，卻不動作，只是傻傻地杵在原處。他何時在這許多人面前慷慨陳詞過，遂連該進該退也不知道。

旁的妖怪見他在原地發楞，早已經等地不耐煩了，一面咒罵一面將灰牛大仙推推搡搡地推了上去。那灰牛大仙沒有辦法，只好一步一挪，好容易才捱地走到那平臺前，那灰牛大仙望了一眼，見那平臺處也無落腳借力的臺階，當下只得提了一口氣，用力跳了上去。

只聽「轟隆」一聲巨響，這灰牛大仙重重跌落在那平臺上。他這一落，惹得台下眾位妖怪們皆哈哈大笑起來。那灰牛大仙一面狼狽地從塵土飛揚的平臺上爬起，一面聽那台下眾妖嘲笑道：「這蠢物，竟然連浮空飛升也不會，真真丟死個人了！」

站在那臺上的妖神見了灰牛大仙這般模樣，亦忍不住笑了幾聲。見眾妖交頭接耳有騷亂之態，那妖神便抬起雙手，做出向下按壓之勢，示意諸妖先權且安靜下來。

　　眾妖見了他手勢，便也不再笑了，只是抬頭望著那灰牛大仙。

　　灰牛大仙此時正爬起來，見了下首眾妖的幾百雙眼睛盯著自己，早已有些犯怵了，而今這妖神還欲令他述說自家經歷，實是為難痛苦至極。這灰牛大仙與眾妖大眼瞪小眼，瞧了老半天，也不知該說些什麼，只是渾身冒著冷汗，一直在口中嘟嘟囔囔著誰也無法聽清的嘟囔之聲。那下首的眾妖等了許久也未見他出聲，漸漸便又有些騷動起來。灰牛大仙望著眾妖越來越不滿的態勢，更是急得直如那熱鍋上的螞蟻一般。

　　便在此時，卻見此前的那名紅衣女妖無聲無息地飛了來。只見其施施然行到那立在平臺的妖神身畔，嬌聲對那站在灰牛大仙身側的妖神道：「大王，我瞧你還是饒了著笨牛吧。你看這笨牛，一身土氣都未退去，又如何能應付得了這等大場面呢？您就大發慈悲，網開一面，饒了這笨牛吧。再說了，我可不要聽這笨牛信口胡沁，還是您來說吧，您說得才好聽，誰要聽著笨牛的。」

　　那妖神聞言，得意地笑了笑，便接口道：「好！既然愛妃已開了金口，那我便暫且饒過他去。」言畢他便又向那台下諸妖揮揮手，繼續述說其打天宮之大計了。

　　卻說這妖神與下首諸妖一唱一和的倒甚妙，唯餘了這灰牛大仙杵在原地，無人理會，也不知自家是該繼續站在此處，還是該從這臺上下去。他在臺上尷尬地站了許久，亦等了許久，好容易那妖神將話講完，台下諸妖歡聲雷動，那妖神意猶未盡地瞧了下首一眼，這才摟著紅衣女妖向灰牛大仙走來。卻聽他懶洋洋地對那灰牛大仙道：「本王瞧著你不錯，回那洞府之後，便由你來代替那蛇做洞府掌事，如今我

瞧著那蛇妖倒是越來越不成話，既是如此，那洞府之中的一應事務，就由你來接管吧。」

灰牛大仙正欲拒絕，那妖神卻擺了擺手，接道：「你敢拒絕我？你可知道，那日為何你突然間重獲法術？因為我瞧見了洞府之中的種種，這才賜予了你法力。我念你曾是那天宮之中一個破落戶兒散仙，想著你總該會有那麼丁點見識，可以為我所用。但今日看來，你也無甚本事，連對我的屬下們說幾句話兒都不會。你今日給我記好了，我賜予你的，隨時亦能收回，如今我再與你一次機會，回去將那洞府給我守好，否則我便要你好看！」

那妖怪說完，便從手臂上揭下一塊皮來。說來也怪，卻說他手臂上破皮之處，瞬間便又恢復如常了。那妖怪拈了一個法訣，只輕輕用手指在這小塊皮上一點，那皮上霎時便浮現出一個閃著幽幽紫光的符文來。他瞧也不瞧，便將那皮又重新丟給了灰牛大仙，並與那灰牛大仙道：「你且將這個帶回去交給那條蛇瞧瞧，它雖不認得我們這種文字，但卻認得這個符號。若他見到此物，便會篤信是我指派你去接管他的洞府的。」說罷他便頭也不回地摟著那女妖躍進了火焰之中，那火焰騰起，霎時便將著兩名妖怪裹在其間，隨後盡數便消失不見。

灰牛大仙瞧了瞧洞府之中的其他妖物，只見那妖神離去後，諸妖漸漸散開，又圍著那人肉饕餮起來，與灰牛大仙初到之時並無任何分別。灰牛大仙見此處也不過是個是非之地，慌忙收了東西便匆匆離去。

卻說這灰牛大仙返回蛇妖洞府之後，便將自己在那妖神處的諸般事宜盡數說與那蛇妖聽了。那蛇妖聞言，不由得大吃一驚。如今他卻不是嫉妒灰牛大仙能見到這妖神，受那妖神之青睞，亦不是那妖神令自己讓出洞府，著那灰牛大仙接管。

列位看官，你道此時蛇妖早已今非昔比。如今他在下界時，大半時間皆是在修身養性，翻閱種種前人著述的傳道授業解惑之作，因受

那書中禪意熏陶，他早就想要放下諸般事宜，找一處清幽靜謐之所，以供自家靜心修行所用。他如今萬萬沒想到的是，那些在上位者的大妖們，竟公然在廳中用如此殘暴的法子吃人。他因觀照自己素日與朋友吃人時的講究姿態，遂一直便以為那在上位者應當更為優雅得體，不承想如今這些比他們更高等的妖魔們食人時竟然是如此饕餮之態，實是令他大感意外。

正是：

天地精英都已得，鬼神情狀又能知。

陶真意向辭中見，借論言從意外移。

列位看官，你道這灰牛大仙究竟有無接管那洞府，若他接管洞府，這蛇妖又將何去何從？欲知後事，且聽下回分解。

第一百零八章

　　上回且說到這灰牛大仙將那妖神之處的所見所聞及那妖神所言之事一五一十告與那蛇妖知曉後，令那蛇妖震驚不已。原來這蛇妖本以為在上位的諸位妖神應當更有智慧，更儼然有序方是正理，豈料竟如此荒淫無道、奢侈縱欲，實是令他心灰意冷。但如今這蛇妖早已超脫方外，聞言也不過是搖頭嘆氣罷了，更無其他多餘想法。

　　卻說如今他早就想要去那世外修行，對其他事也不願再費心多思，正巧那在上位者著他將洞府之中的諸般事宜交與那灰牛大仙打理，他也樂得順水推舟，藉機金蟬脫殼，過他的太平安閑日子去。遂他將那洞府諸般事宜飛快交與那灰牛大仙後，便拾掇拾掇，帶了幾名小妖離洞而去。

　　說起來這洞中絕大部分小妖都是想要隨著那蛇妖離去的。算起來，他們跟隨蛇妖的年限頗長，漸漸習慣了與那蛇妖相處之態，兼那蛇妖素日治下寬鬆，遂大夥兒對其如今棄那洞府而去，均感十分不捨。但蛇妖云，自家如今是去清修享福的，不想被太多人叨擾，遂也不便令眾妖跟隨。

　　那小妖們此前便十分討厭灰牛大仙，如今那灰牛大仙上任後，下令洞府之中的小妖戒掉吃人惡習，這些小妖兒們原本便十分討厭他，如今有了這條命令，更對那灰牛大仙嗤之以鼻，許多小妖兒們已不想再在那洞府之中存身，便陸陸續續離開洞府。因諸妖散去，此前偌大的洞府之中，如今卻只剩下了灰牛大仙與那幾個年邁得邁不開步子才未曾離開洞府的老妖怪了。

　　卻說這幾個老妖怪之中有個螃蟹精，這螃蟹精素日還算是個曉事的，見如今洞中人才凋零，門可羅雀，便勸誡那灰牛大仙道，你這般

作態可不成，如今洞府之中的妖怪都跑光了，若是那妖神問責，你怕是擔待不起。

灰牛大仙雖不想與那妖怪們攪和到一處，但如今瞧見自己孤家寡人，連小妖兒們也不願意追隨的這番光景，心中亦是十分沮喪。那老螃蟹精見了，亦是於心不忍，便對那灰牛大仙道，若他不介意，自家也可去幫幫灰牛大仙招兵買馬。灰牛大仙云，只要那小妖兒們不食人肉便可，其餘事體，隨那老螃蟹精安排便可。那老螃蟹精聽了，當下便一口答應。

這老螃蟹精既得了令，便四處去招兵買馬。一開始並無小妖願來此處，原是因為此前那些離去的小妖們將此洞府之中首領不許眾妖食人之事四處散布，遂那眾妖一聽，都不情願過來。那螃蟹精見到這番情景，眉頭一皺計上心來，既然眾妖不願前來不過是擔心不能食人，如今他便在那洞府更深處挖了一個隱蔽的地牢，偷偷抓來一些人，餵與那小妖們吃，這般兩頭討巧，總算是招來一些妖怪。兼此前有些小妖在洞府之中住慣了，也不大捨得離去，遂如今見洞府之中仍可吃人，便也漸漸回來了一些。

卻說這廂灰牛大仙並未知曉螃蟹精一直瞞著他偷偷抓人餵與那小妖們吃，還當是那螃蟹精辦事能幹、馭妖有術，對其十分信服。如今他見這洞府之中小妖日漸多了，他卻也不知道該如何治理，便將那洞中的大事小事往那螃蟹精手中一交，自己樂得做那甩手掌櫃去。

這小妖們如今入了洞府，見灰牛大仙在此鎮守，便問灰牛大仙該如何稱呼。灰牛大仙他們問及此處，不禁從心底泛起一絲傷感之意，自家本是神仙，如今卻落得和這些妖怪們為伍，實在是造化弄人。

想到此處，他卻鬼使神差地轉念道，若非自家與妖怪混迹在一處，緣何當日能在那妖神及眾妖的首領處見到那位漂亮女妖呢？那日他聽見妖王稱呼那女子為王妃，當是那妖王的女人無疑了。雖是如此，想

起那女子的美貌嫻雅之態，他卻忍不住還是有些心動。他瞧了瞧洞府之中巡邏的小妖，想到如今自己麾下亦有些許實在人馬了，再提那諢號「牛魔王」之時，也不算是吹牛胡侃了，遂他想了想，便真的著那些小妖喚自己做「牛魔王」。

　　列位看官，你道那灰牛大仙雖有些蠻迂，但卻並非是無情無義之人。如今他手下人手充分，便派出許多小妖，四處去打探那牛小青的消息。但小妖們將四下翻遍，也未打探出那牛小青的下落。但牛魔王卻仍不死心，始終相信牛小青尚在人世，遂終年不曾停歇，時時命人查看，直至十幾年後，終於得了那牛小青的一絲消息。

　　說來也巧，這日有個小妖突然探得牛小青住在京城附近的一家救濟院內，牛魔王聽他說得真切，便慌忙施展法術飛到那救濟院內。待落入那救濟院時，他化作人形，向周遭眾人詢問了一番，終於叫他得知如今牛小青被帶到礦場，眼見便要被那惡道的劊子手行刑，便馬不停蹄又趕了去。

　　待其好不容易趕到那礦場之時，卻是牛小青被按在那斷頭臺上，劊子手正欲行刑之時。灰牛大仙見勢緊急，慌忙施法刮起一股黑風，將牛小青裹在那黑風之中救了出來。只聽那牛魔王對牛小青云，自己正是當日與牛小青混迹在一處的那只老牛！

　　端的是造化弄人，如今這牛小青在閻羅處服刑後，又接連遭遇許多事情，早已記憶全失，記不起任何事情來。待他弄明白這只妖怪原來是來營救自己的，便央求其將其他蒙難的奴隸一併救出。牛魔王本不是壞人，聞言便施法把所有人隨風捲入了半空之中，半路再找一個村子放下，隨後帶著牛小青一路馭風回到了洞府之中。

　　卻說牛魔王將牛小青帶回後仔細察看了一番，這才發現牛小青失憶之事。他是個熱心腸的，見牛小青為過去所苦，便將自己所知的牛小青過往並自己與牛小青分離之後的遭遇，一一說與那牛小青聽了。

這牛小青聽得瞠目結舌，斷然未曾想過，自己竟然還有這般豐富多彩的過去，竟連天宮之中還走過一趟，端的是常人一輩子也求不來的際遇，而這牛魔王的遭遇也令他唏噓不已。

牛魔王將這諸般往事一一詳述之後，便問牛小青日後打算。是否還想要尋回仙女、重溫舊夢。說起來這牛小青雖然還隱約記得自己與仙女在一處的感覺，但卻不甚強烈，遂如今尋回仙女的心思也早就淡了，不太想再去尋她。二人對坐片刻，牛小青問起牛魔王日後的打算，卻聽牛魔王云，自家如今也不知曉該往何處去，權且先在這洞府之中住下，走一步再瞧一步吧。

他們這一人一牛精又合到一處，成日混日子。但那洞府之中的老螃蟹精卻不曾閑著，每日只是操練那小妖兒，忙得不亦樂乎。這老妖精在洞府之中，原本不過是一個負責灑掃打雜、採辦雜物的小角色，做夢也未曾想過自家竟還能擁有比管轄兩名小妖更大的權力。但如今牛魔王諸事不理，安於做個甩手掌櫃，將洞中一應大小事務盡數交給那老螃蟹精打理，也不怕大權旁落，端的是現官不如現管，那老螃蟹精有了這等金牌令箭，簡直樂得發瘋。

正是：

登堂入室螃蟹精，咒力雖窮法轉新。

三田晝夜鐵牛閑，蛇頭擷落神鬼驚。

列位看官，你道是這牛魔王如今與牛小青混迹在　處，將那洞府之中的一應大小事宜盡數交與那螃蟹精打理，若被那妖神知曉，又將會如何懲處這牛魔王？欲知後事，且聽下回分解。

第一百零九章

　　上回且說到這牛魔王施法救回牛小青之後，將洞府之中的一應大小事務全交與那老螃蟹精打理，自家卻樂得做那太平逍遙妖怪之事。

　　且說如今這洞府雖由螃蟹精打理，但其管理洞府之時，也未有什麼新的創見，無非也是沿襲以前蛇妖所立下的規矩罷了。算起來，招兵買馬並訓練小妖兒一事倒還有一套規整的範式。每日清早那小妖兒們起床後，便去洞中的比武場操練武技，也有晚間操練的，其作息規則亦是準時規範，每晚太陽一下山便起床，起床後亦到習武場上操練。

　　那小妖兒們的操練時間及其作息時間，多與他們原來的動物秉性有些關聯，此前為夜行動物者，便多是晚上起床，此前為晝間活動的，便多是日間行動了。那小妖兒們操練完畢後，便聚在洞府之中派飯的廳中飲食即可。

　　如今這洞府之中有專人打理種種資材，遂洞府之中許多需求俱能自給自足，無需多加採購。那洞府之中原來便有個菜園，更兼一個畜欄。菜園與畜欄所在的洞頂上方均有暗門，日間打開暗門，那陽光便能直射下來，各色時蔬與牲畜可自行生長，若這番仍然不夠洞府眾人使用時，再著小妖兒們去集市上採買。此前洞府之中本也會採買些牛肉，如今牛魔王來到洞府之中，洞府之中便不再養牛吃牛了。

　　卻說每日飯畢，不論白日還是夜間活動的小妖兒們，皆要統一學習功課。這些功課有初階、中階、高階之分，那小妖兒們亦是根據各自原來的基底，分別被編入各式不同的集體之中，統一著專人教授。那些被定為初階的小妖兒們，皆是些剛來洞府或是才化精怪未久的妖怪。洞府之中所教授的內容也大多是為了令這些野性未馴者學會如何守規矩聽話罷了。

遂其授課手段大多十分強硬，非打即罵，其目的也是為了令那些小妖們學會聽話。待那些小妖們學完這初階的種種法則，便會晉為中階妖怪。到了這個級別，其教授的內容亦會高級一些。主要便是教授小妖們如何識字，如何算術或是其他生存常識。待這個階段完結之後，成績優異的小妖們便如科舉功名中的晉升規則一般，會按照其優異程度，被精挑細選出來，接受高階階段的教授。

但多數小妖兒們達到中階便不會再修煉了，那修煉之餘的時間，均可自由支配。遂那些習慣白晝出行的小妖們亦會化作人形，日間去人類的集鎮上閑逛，夜間去賭場玩耍或是聽戲。那高階修煉的功課之中有兵法知識及那行軍布陣的知識，只有少數天賦異稟的小妖才能習得，其餘妖怪，大多到中階便算是妖怪生涯之中的學習頂峰。

如此又過了兩年多，洞府之中已訓練出一支由小妖組建的軍隊來。某一日，老螃蟹精向牛魔王回稟道，如今這洞府之中的妖怪軍隊已集訓完備，他收到上頭的通知，須得向妖神稟報當下集訓眾妖之成果。

閑言休敘。說起來，這兩年牛魔王自家過得也著實抑鬱，如今他雖是接管了蛇妖的洞府，但一來未有根基，二來未有才幹，遂在眾妖面前，也未立起多少威信。且那洞府之中的諸般事宜均有螃蟹精從旁打理，他也不知何事可為，素日便只能多加修煉，以免自己妖力下降，令那洞府之中的小妖兒們瞧他不起。且那妖怪們多是勝者為王，若是自家實力不足，被其他妖怪幹掉亦不是什麼怪事。因此那牛魔王每隔一段時日便努力修煉，以提升妖力為盼。但牛小青卻是墮落到底了，他如今在洞府之中衣食無憂，每天皆渾渾噩噩度日，除了吃便是睡，遂慢慢長成了一個腦滿腸肥的胖子。牛魔王雖然看不慣他這般模樣，但念及他身世可憐，也就不想再多罵他，任由他去了。

這日那牛魔王聽螃蟹精提醒自家如今該向妖神回稟洞府之中的一

應事務，牛魔王一時之間竟未反應過來，便連妖神是誰，也未曾想起。直到那螃蟹精提醒他道，這妖神乃當日他在那妖魔宮殿之中所見到的少年，他才終於回憶起此事。

說起此事來，這牛魔王亦回憶起那殿中的諸般情形。他本不想再回到那大殿之中。但轉念之間，卻不知緣何又想到了當日的那名女妖，忍不住便心中一動。他想起自己當日欺瞞那女妖，云自家是手下擁兵甚眾的牛魔王，此刻卻也應了這句話來。不知自己此番去那妖殿，是否能再見到那名女妖呢？

他思緒飄飛，卻又忍不住有些責備自己。說起來，這牛魔王素日最最是迂腐剛正，但卻不知為何，竟然會對妖神麾下的一名女妖如此戀戀不捨，他心中雖覺不妥，卻無論如何也放不下那女妖的一顰一笑。他這般邊想邊行，不多時便來到了那魔殿之中。待走到近前一看，這殿中倒也真夠熱鬧，廳中早已聚集了諸多魔王，均是來向妖神彙報自家妖軍的訓練成果的。但那牛魔王既未見到妖神，亦未見到當日那名女妖，今日前來接待眾妖王的，不過是那妖神身邊的一名副手罷了。

牛魔王問那副手打聽方知，如今妖神麾下眾位魔王訓練妖兵的時間並不一致，他要待所有妖王集結完備，所有妖兵皆聚在一處時，才會出面檢視。

他得知這番信息，心下稍鬆，目光便又在那廳中逡巡著，想要尋找當日那名女妖。但他尋了許久，也未見到那女妖身影，不由得心下十分失望，便欲自行回洞府之中，不欲再此處再多做停留。

卻說事有意外。原因是那幾名前來此處應卯的魔王，如今注意到這牛魔王像是新近來的，自己此前並未見過，便有意與他結交，當下熱情地邀請牛魔王去自己的洞府之中做客。牛魔王架不住眾人這番熱絡，只得應了。

這牛魔王與眾魔王們交流了一番，這才知曉如今這妖神所集結

妖軍的可怕之處。事實上這魔王們訓練出的小妖倒也還好，因那妖神魔下的魔王總共也不過六十二名，全部加起來，也不過只能訓練出個三四百百名小妖罷了。這些小妖能力本身便參差不齊，兼那能成精的動物植物並不甚多，遂眾魔王們便只能用自己的魔力催化這些動植物成精罷了。因此那三四百名小妖之量，已是魔王們施展渾身解數後所能達到的最佳效果罷了。那牛魔王亦不例外，如今他手下的小妖比起其他魔王，還要少上許多，約莫只有兩百來名，蓋因他從不理事之故。如此一來，魔王們所訓練出來的妖軍總數，合在一處也不過兩萬多名罷了。

　　正是：

風雨正欲來，妖殿翻浪波。

長怨世間曠，上界也多魔。

　　列位看官，你道是這妖神如今集結眾妖在此，意欲進犯天宮，究竟這場爭鬥能否成事？欲知後事，且聽下回分解。

第一百一十章

　　上回且說到牛魔王及那妖神麾下的眾位魔王聚在一處，共同議論如今的妖軍合聚之事。雖說眾魔王麾下的小妖們多多少少都會一些法術，由那小妖們組建而成的妖軍，實力亦不算弱，但如今卻也要瞧這支妖軍是用來與誰對抗。這小妖們合聚在一處，對抗那人類大軍，自是綽綽有餘。但若是想要藉此對抗天庭，卻斷然未可。且那倉促之間招徠的妖怪，比不得那訓練有素的專業從軍之妖，那魔王的隊伍之中，有許多心術不正之妖，或是想法特異的怪妖畸妖。

　　撇開魔王麾下眾妖，說起來，那妖神一直著眾魔王想方設法在人間賺取銀兩，且用這些銀兩在墨璃界招買了許多兵馬，但便是再算上這些人，也不過才三十多萬，與那天宮之中的金甲神兵相較，還是顯得太少了。

　　且撇開數量不談，這些由不同的魔王帶領的小妖兒並各色人等混雜在一處，其組建的妖軍，不守軍紀者倒是多數。憑藉這妖軍在人間攻城略地倒是不難，但如今想要與天庭對抗，卻無疑是異想天開。

　　那魔王們討論了一番，均覺得此戰墨璃界前景堪憂，除非有那不得了的洪荒妖神來領頭，或許還能與那天宮之中的眾仙一戰。

　　卻說著牛魔王聽到此處，不由得十分好奇，便向那老一些的魔王打聽那洪荒妖神的消息。在他心中，本以為那妖神已是諸妖之中最屬害所在，不承想，在那妖神之上，竟然還有比之更屬害的角色？卻聽那魔王們道，離此處不遠，便有一座秀麗的山岳，那山岳頂上，有一塊仙石，其高有三丈六尺，圓二丈四尺，上有九竅八孔。說起此石真正的來頭，眾魔王均是一無所知，只道那石頭矗在此處甚久，怕是自打開天闢地之時便已長在此處了。且那石頭每日秉天地靈秀，沐日月

精華，時間愈久，感之愈深，漸漸也有了那通靈之意，慢慢竟在那石頭內裏孕育出一個仙苞來。

　　卻說那妖怪們對周遭的氣息感知極為靈敏，每每從那石旁掠過，均能感受那這仙石之中蠢蠢欲動之妖氣靈氣，遂那墨璃界眾妖，均猜測這仙石之中將要誕生一個了不得的大妖出來。若是著大妖能加入他們此番征討天宮的軍隊之中，恐怕他一人便能頂得上整個妖軍！但如今這仙石異動甚久，那妖怪卻始終未曾脫胎出來，遂眾魔王們雖提及這仙石，卻仍是搖搖頭，無法說清其中究竟來。

　　列位看官，你道眾魔王雖是發現這座仙石，但緣何那石中妖怪，卻遲遲不曾出世？眾魔王未曾知曉的便是，自打那妖神發現這座仙石之後，心中十分懼怕這石中妖物，那妖物若是太過強力，自然便會威懾如今他在墨璃界之中的地位。如此這妖物誕生後，他的下場豈不是十分慘烈？遂這妖神暗地裏一直在想法子，看能否毀掉這座仙石。

　　好在這仙石生得十分牢固，不論他想何等辦法，均不能撼動那仙石分毫。再後來，那妖神甚至想要將這仙石挪開，令其無法再吸收日月精華，但他費了九牛二虎之力，亦無法將這石頭挪動，甚至連移動一絲一毫亦不能。那妖神心中明白這仙石乃天地異象，斷不是自家妖力所能及，遂也只能由它去了。

　　不過雖是無能為力，這妖神也暗自祈禱，他希望那石中妖物若真誕生，來日在自己攻打天宮之日，便是不相幫也最好不要與自己添亂。

　　總體而言，這魔王們所率領的軍隊，戰力並不很強。這妖神命其訓練眾妖軍，也不過是希望它們能率軍去做個前鋒哨崗罷了，並未對其抱有更大希望。便是他們打不了前鋒，能騷擾一下天宮眾仙也是好的。他真正的殺手鐧，卻是自己麾下的正軌訓練的妖軍，如今牛魔王聽眾魔王談及妖神組建這干妖軍的方式，差點嚇的跌坐在地上。

　　列位看官，你道這妖王的麾下的正規妖軍，到底從何而來？此事

說來話長。原來當日妖神利用自家法力，兼手下眾魔王的幫助，竟生生造出了一個「假地獄」來。你道這「假地獄」是如何造出的？原來他先是在自己控制的妖界範圍外設置結界，命那閻羅統轄的地獄之中的小鬼們，設法來墨璃界帶走死者魂靈。如此一來，在墨璃界之中亡者魂靈，便由他手下的魔王領走了。

隨後它又尋了一處偌大的地洞，施法將這地洞又擴得大了些，直至大如一座小城一般方才停手。而後他便又在這洞中穿鑿出一個「十八層地獄」，裏間設置了各式各樣的處刑間，初入此間的魂靈便會被妖王手下警告，言明其若是不想受那十八層地獄的酷刑，在此處便要乖乖聽話，將上頭指派的活做好。非但要其做好，還不得偷懶，凡有偷懶者，亦要上刑。

更奇的便是眾亡靈所做之事。那進入假地獄的魂靈，便是為妖神製作各式戰爭所用的器物。那妖神的手下素日從旁監察，若是指派的活計幹得不錯，便可重入「輪迴」之中，轉生成為他們口中的「人上人」，過上自己上輩子想過但並未過過的富貴日子。但實則在那「假地獄」之中，並未有什麼真正的輪迴之境。

為令那些魂靈信服，這妖神還造出了一座金燦燦的大門，且將這所大門樹在「假地獄」之中的任何魂靈皆可瞧見之處，妖神這番心計，哄騙得那些亡靈們盡皆信以為真，他們日常做活是見了那「輪迴之門」，便真以為自己努力行事便可轉生輪迴，遂日常做活時，也肯付出十二分努力。且那魂靈們因封閉六識，素日不需飲食休息，只是一味供那妖神驅使。若有因日復一日重復那相同動作而生出逆反心理的魂靈，自有那處刑室伺候。

卻說萬一這假地獄之中，真有那表現優異者，那妖神便會將其選拔而出，命其從那金光燦燦的「輪迴之門」離去。那魂靈在出入「輪迴」之間，便有一些喚做「孟婆」的妖怪令他們飲下他們手中所端的「孟婆湯」，待其飲下之後，此魂靈便會失去自家以前的所有記憶。若有

不情願者，「孟婆」便會與那魂靈云，自己如今這番施為，皆是為了眾魂靈好罷了。如此便可免去前世的記憶干擾眾魂的轉世記憶，省得干擾亡靈轉世投胎之後的新生活。

大部分逝者亡靈聽到此處，均會覺得此舉有理，便也乖乖飲了。少數不願意飲下孟婆湯的，亦會有那些名曰「牛頭」、「馬面」的妖怪前來相逼。此後便是那失去前世記憶的魂靈們進入「輪迴」之地，待其再出來時，便已忘卻前程，成為一名合格的妖兵了。

原來這所謂的「輪迴」之秘，亦是被妖神施過術法的。那些亡者魂靈進入此地之後，再從另一面出來時，其魂靈便會混入由妖神與魔王們用泥土新造的肉身之中。且經過這番改造，他們出來之時，便帶著嗜血暴力之天性，乃至於會喜食人肉。且他們因受妖神點化，均會對妖神忠心耿耿，絕無貳意。

這妖神也算是知人善任，那些生前便有領導才能者，哪怕失去人類天性後，其領導才能亦在，遂那妖神便會任命其做妖軍之中的頭領或是將軍。更有一些天賦異稟者，妖王還會放大其才能，將其改製成各式戰爭器具。譬如有人天然視力好，妖王便能用妖術將其視力優勢放大，改製成用來追蹤敵人的可視鏡。有人生前是大力士，妖王便會將其變作攻城車，專程用以攻城。如今這些由妖軍扭曲而成、用作戰爭器具之者，其外觀都十分凶煞可怖，直可用那「慘不忍睹」四個字來形容。

正是：

地獄皆因心不悟，一十八界杳難尋。

八萬四千城可畏，鐵圍無間苦呻吟。

個中不遇佛光照，萬劫無由得出輪。

忉利諸天因業墜，後聞天鼓復超升。

列位看官，你道是這仙石之中聚力生妖，而這妖神卻準備就緒，預備與天宮眾仙一戰，究竟後事如何，且聽下回分解。

第一百一十一章

　　上回且說到這妖神生造「假地獄」之事。因那妖神當日假借神力造出「輪迴」之門，又一一安排下孟婆、牛頭馬面等若干人在這假地獄之中引導一眾亡靈，遂令這亡靈其信以為真。但他在一邊卻偷梁換柱，將那一眾亡靈皆收為自己麾下妖軍。

　　遂這便也是當日牛小青在地獄之中未曾見到那些傳說中的「黑白無常」、「判官」、「牛頭馬面」、「孟婆」等一干人的原因。後來牛小青能得知這些傳說，皆因當日妖神手下的一個魔王百年前因閑得無聊，遂將這個假地獄的境況，以那民間話本傳說之方式，寫成一本書籍，在市面上流傳了開去。

　　那寫書魔王之初衷，不過是想要以此書的售資換些酒錢，豈料此書越傳越廣，傳到最後，眾人已忘了這書出自何處，只有書中的內容代代相傳，鬧得人盡皆知。後來便是那三歲稚子也知曉這地獄之中有那牛頭馬面、黑白無常捉人，知道過那奈何橋時要飲孟婆湯，至於那真正的地獄到底是個如何模樣，反倒無人知曉了。

　　列位看官，說起來，牛魔王當日一直想要知曉這復活死者的祕密。自加入了這妖神的軍團之後，自然也知曉了蛇妖能將少奶奶復活的原委。說起來，此事卻是不足一提，這少奶奶亡故之後，靈魂便在那假地獄之中服刑，這蛇妖只消到假地獄之中，將那少奶奶的靈魂帶回陽間即可。

　　卻說眾魔王們自打告知牛魔王這番消息之後，還將牛魔王帶到假地獄之中轉了一圈，令其增長見識。待牛魔王見到妖神組建的妖軍時，著實被這妖軍之勢嚇了一跳。原來妖神這支妖軍經過其數百年的經營，已然擁有數千萬人的規模，只待妖神一聲令下，便可隨時出征。

如今這墨璃界眾妖並不避諱牛魔王，將這其中種種，一五一十向其展示，但這牛魔王見了，非但未覺妖神英明神武、胸有城府，反是對他這種為所欲為、無法無天的行徑氣憤不已。列位看官，他道他對妖神的諸般行徑如此不滿，蓋因他到現在為止，仍覺自家是個神仙身份，若非不得已，斷不會與這等妖物同流合污。

　　尤其這地獄之中喚作「牛頭」的妖怪，還生得與他頗為相像，更是令他心中大為不滿。但如今他人在屋簷下不得不低頭，一時之間，對此事態也沒有什麼更好的法子。若說去通知眾天家防範吧，他也無去那天宮的路徑。若說他抗命不遵吧，他現在的法術又皆為那妖神所賜，若是他一不小心將自己心中所想暴露於人前，萬一被那妖神覺察，將其術法收走，他的下場只怕會更慘。這牛魔王思前想後，也無甚更好的法子，為今之計，只有先好生修煉自己的實力，來日再見機行事。

　　這廂牛魔王如何修煉法術，且先按下不表。此處卻先說說妖神及他目下所帶的眾妖軍。說起來，這妖神一直便是個急性子，他出兵天宮的念頭，數百年前便有了。且他這支妖軍，數百年前便也已籌措妥當。當日妖神見時機成熟，便帶領著幾千萬人組成的妖軍軍團出征，不承想，其行到一半，竟然迷路了。

　　列位看官，你到緣何如此？原來當日妖神理所當然地以為，自家只要飛上天，便可瞧見那雲中巍峨的天宮及那眾人皆知的南天門所在。但待其領著眾妖飛出雲層，卻什麼也未曾瞧見。他欲再往高飛時，那魔王們所率的小妖們，皆已無法呼吸了。眾妖見狀，只得退回原地，唯餘那妖神及他的亡靈軍不受影響。但這妖神及亡靈雖不需要呼吸也能在高處存活，卻尋不到那天宮之所在。便是那妖神又飛了數百尺，也未見那天宮的影子，蒼茫的天宇之中，只有那黑漆漆的宇宙空間及散落於各處的星斗罷了。那妖神的副手見空中星斗粲然，忽地憶起那月宮嫦娥一事，便給那妖神支招道：「據傳說云，那嫦娥仙子與月兔

均住在月亮上，不若先去月宮之中將嫦娥捉了，再向其逼問天宮的地點不就成了嗎？」那妖神聽他說得在理，便攜了副手，帶領這一支妖軍又浩浩蕩蕩地向月亮上去了。

　　列位看官，卻說這一支妖軍浩浩蕩蕩的去了，不過是那妖神自以為的情況罷了。事實上這千萬人組成的妖軍軍團到了這廣袤宇宙之中，妖王瞧著那一眾亡靈妖軍，怎麼瞧，都覺著眾人如一群螻蟻一般。待眾妖好不容易尋到月亮上，四處逡巡一番，到處只瞧得見一片灰戚戚的平原及一眾大坑，卻哪裏又有什麼廣寒宮及那嫦娥的身影？

　　妖神心中不服，又撒手下的妖兵出去尋了一圈，卻什麼也未曾找到。說起來，這妖神手下雖有幾千萬人，但放在那偌大的月亮上，卻絲毫也顯現不出人員之優勢來，遂眾人尋了好幾個月，什麼也未曾尋到，只得又灰溜溜地折回了。

　　但這一干人等，雖未找到天宮，卻也令這妖神長了些見識。如今他在天宇之中走了一遭，見那宇宙遼闊至深，斷不是自己所能探究的，便也隱隱生出了些懼意，再不想去一探究竟了。而如今它通過多方信息，亦知曉自家所住的世界並非只是一望無際的原野，而是一個圓形的大球。這大球上，除了自家所在的大泰安國之外，尚還有許多其他國度。

　　遂那妖神歸家之後，便又去其他國度瞧了瞧，果不其然，那其他國度亦有各自的天宮及其妖魔在，那其他國度的妖魔，有的也想要攻打天宮，有的卻只是胡亂混迹度日。那妖神找到想要攻打天宮的妖魔，與其交流一番，卻見眾妖與自己遭遇的情形一模一樣，皆是上天之後，在宇宙四極逡巡了很久，卻什麼也未曾找到。

　　有些魔王們比妖神找尋的地方更多，不單是月亮，便是那水星、金星、木星等一眾傳說中的神仙居所，眾妖皆細細地篦了一遍，但結果也未有任何不同，這些地方，盡是一無所有。且說眾妖巡邏時，見

那月亮表面暈處處皆如舊瀝青一般，寸草不生、一望無垠，面上似是有許多曾經被巨岩撞出來的大坑，雖是被後人喚作「月海」，事實上這「月海」之中，竟然連一滴水也沒有。那月海的外圍與月海之間，夾著明亮的、古老的斜長岩高地，待地久了，竟還有一種冷颼颼的感覺。

　　再說那水、木二星面上的光景與你聽。那水星與月球一般，光是面上的環形山便有上千個，這些環形山比月亮上的環形山的坡度略平緩些。但那水星表面有許多褶皺、山脊和裂縫，彼此相互交錯，略不小心便會摔進那縫隙之中。木星上則全是亂流與風暴，許多黑色碎石塊與雪團，劈頭蓋臉地向眾妖魔打來，弄得他們狼狽不堪。那妖神與眾魔王甫一到木星上，便被那木星表面上的颶風刮得凌亂不堪，這木星中風力比那地表上素日起的十二級大風更強盛，吸住那妖神與眾魔王不停旋轉，妖神與眾魔王卯足勁方始脫身。歇息了許久，仍覺暈頭轉向，這廂妖神與魔王好不容易坐下來，便「哇」地一聲，嘔吐不止。

　　饒是如此，這妖神仍不甘心。他又派了小妖，去那金星與火星上尋找一番。但這般作為，的確是那妖神執著心作祟，他在木星上吃了如此大虧，還是不願放棄，待一干魔王及那妖神好容易尋到火星上，卻哪裏見到天宮的影子？那金星上溫度極高，堪比十座火焰山，大氣壓力極大、嚴重缺氧。這妖神及其他魔王尋到此處來，當下便吃了個極大的苦頭，那火星上則是黃沙漫天、礫石漏布，一個活物也不曾有，更別提神仙了。

　　妖神與眾魔王商議了一番後，想要聯合眾魔王一道攻打天宮。但有許多魔王聽了，當即便拒絕了妖神提議。原來這妖神所想之事，卻早已有其他魔王想到過，但其計劃得雖然十分完備，待施行之時卻發現並不妥當。

　　原來眾國度的妖神大多實力相當，單打獨鬥時十分威風，但聚在

一處時，卻誰也不服從其他魔王的指令，斷然無法合到一處。那妖神在其他國度，還見到一些稀有的魔怪，但這些魔怪要麼無甚智慧，只空有一身蠻力，要麼性情古怪暴躁，無法收入麾下利用。

這妖神四處轉了這樣一大圈，卻收穫寥寥，當下也不作他想，老老實實地收心經營自家的「十八層地獄」去了，他如今也想將這妖軍的規模再擴大些，但自己的法力及轄制能力，最多也只能支持著維持現狀，無法再擴張更多。

只是，如今這墨璃界仍舊不斷有人死去，遂亡靈之數，卻是只增不減。那些多出來的亡靈，妖神也不欲浪費，他從這妖靈之中，挑出更能為其所用者留下，而其他略次些的，便放還回去，待那真正的地獄之中的鬼差出來，便會將其抓走。如此一來，那妖神的亡靈妖軍便可不斷清洗換血，其中實力，亦可不斷增強。

正是：

飄飄颻颻寒丁丁，蟲豸出蟄神鬼驚。

金華誰識仙宮密，神怪何知道術多。

列位看官，究竟如何才能到達天宮，這妖神所謀之事，又能否得成？欲知後事，且聽下回分解。

第一百一十二章

　　上回且說到這妖神數百年前，曾率眾攻打天宮時的種種舊事，當日妖神因未能尋到天宮所在，遂發奮苦學，遊歷各處，想了諸多法子。但因那各個國度的妖神皆遇到同樣問題，遂始終也未曾有更多進益。

　　這妖神思來想去，覺著自家如今這般，始終尋不到那天宮門路也不是辦法，遂其便暗自琢磨，想看看自家能否劍走偏鋒、另闢蹊徑。他想到天庭之中一眾仙人，總也會如那妖界一般，有那麼三兩個被貶下凡間的罪仙。遂其自此以後，便留了個心眼，時時探聽那天庭之中有無謫仙的消息，想要尋個被天庭貶下凡間的罪仙來領路。

　　豈料這天庭之中，那神仙們素來便是無所事事之做派，遂要找一個被貶下界的神仙，卻也不甚容易。好在那妖神也無他事可做，每日只是四處打聽有無謫仙消息。

　　終究是功夫不負有心人，這日便叫這妖神找到一個被貶下界的灰牛大仙來。說到此處，卻也免不了還要多提幾句灰牛大仙當日遭貶之舊事。原來當日在南天門之時，這守門的金甲天將，雖說是要剝除灰牛大仙全身神力，但那金甲神將卻還是悄悄手下留情了一番。

　　原來在那金甲神將心中，覺得自己與這灰牛大仙無冤無仇，雖是天庭指令，但就此下這般狠手，卻也委實有些太過。遂當日行刑之時，他手下也留了三分氣力，只是將灰牛大仙的法力封印，卻並未完全剝除。那灰牛大仙若是遇險，其法力便可在外力激勵下恢復，譬如當日在蛇妖洞府之中與狼妖交手之時，其打敗狼妖之力，便是激出他自身法力所致。

　　但當那蛇妖將此番事宜稟報與那妖神知曉後，那妖神卻立即嗅知其中種種端倪，並暗忖那牛頭精怪莫不是那天上被貶的神仙，否則，

那尋常妖怪之中，豈有會說這「正邪不兩立」之語的？他存了這番心思，當即便偷偷用法術調查了那牛怪一番，見其竟然真是那被貶凡間的罪仙，當下心生一計，便暗自籌畫起來。

　　卻說這妖神終於籌畫完備，便在一次眾妖聚會上將那灰牛大仙請了過來。這灰牛大仙來此之後，妖神本想讓其露露臉，著其在眾妖面前講個三言兩語，將那妖怪與天庭之間的諸般矛盾更激化些，更兼此事還能令灰牛大仙在眾人面前長長臉，將來若灰牛大仙在這墨璃界謀個一官半職時，也可感謝自家的栽培。

　　不承想這灰牛大仙卻根本不諳此道，遂那妖神也只好作罷。後來他見灰牛大仙欲離開此處時，便誆騙那灰牛大仙，云他如今的法術均是自己所賜，如此一來，便可利用這攻心之術，將這灰牛大仙牢牢握在自己手中。但那妖神雖是如此一說，其本意卻並不只是威懾這灰牛大仙，更是欲試探那灰牛大仙是否真的對天宮路徑一無所知。但其試探數次後，卻發現這灰牛大仙亦是不知那天宮路徑，甚至連自家是如何被天庭貶下凡間之事也不甚清楚。

　　列位看官，說到此處，若不解釋明白，倒也將眾位繞糊塗了。究竟這其中緣由幾何，且聽我道來。原來這灰牛大仙不知曉天宮所在、失卻舊日記憶之事，並非是真，乃是那灰牛大仙誆騙妖神所為。這牛魔王當日既能將那牛小青馱上南天門，又焉能不知道如何尋到天宮去？他如今的這番說辭，不過是因為他不想幫那妖神攻打天宮罷了。

　　卻說雖然這牛魔王處油鹽不進，那妖神卻仍不死心。他思忖著，自家如今何不在人類之中找個與天神關係密切之人，著其來給自家當探子，探探那天神所住的天宮到底所在何處。他尋來尋去，終究叫他尋到了一個名喚「姚丞坤」之人。說起此人，倒也還頗有來頭，此人乃是一名大富商，曾受真龍天子接見，且極受天子器重，若是能與他接洽，說不定還可探聽探聽那天宮所在。妖神合計一番，當下便著手

安排，命手下的小妖們收付籠絡這姚丞坤。

　　不承想眾妖兒未過多久，便將那姚丞坤引誘上鈎，竟然比妖神原先預計要順利許多。那妖神原來還想著，莫不是自己要施法將此人變作妖魔，它方能乖乖聽命，不料手下的小妖兒們不過是借用了一番人類貪欲，還不用將其變作妖魔，他便已足夠聽話了。

　　既然如今這姚丞坤已被自己收為麾下，那妖神當即下令讓姚丞坤去向天子打探，到底如何才能尋到去天宮的路徑。他原想著此事定然十分不易，這妖神甚至做了許多豐足準備，心想著若是這番打聽不到，他便一定要想法子，支持那姚丞坤再尋門路。沒想到這龍神對姚丞坤竟一點戒心也無，這姚丞坤一問之下，他便一五一十盡數說與那姚丞坤聽了。

　　列位看官，你道那天宮入口到底在哪？說來卻也簡單，這天宮入口倒是確實在空中無疑。但卻是只有從特定的入口之中方能進入，且要念出一長串的咒語，那天門才會出現。

　　那妖神美滋滋地得了這番消息，當下心中十分快意。但待其收整亡靈軍，想要再打上天宮之時，卻發現自家如今想要與天庭開戰，其實並非易事。他上次能將眾亡靈帶往天宮，皆因彼時天龍尚未坐上天子之位，那人界之中，也無這驍勇善戰且騎著天馬的御林軍。

　　眼下倒好，若是他領著千萬大軍，浩浩蕩蕩地奔向天宮，那天龍及御林軍，說什麼也不會坐視不理。說起來，這妖神覺著若是只與那御林軍為敵，對他而言，問題也不甚大，自家手下的魔王軍隊們，即便不能完全得勝，應當也能拖得住這一眾御林軍。

　　便是天龍，妖神自己也有法子能戰勝他，但他思忖自己與那龍神的實力，卻是伯仲之間。他既不能一擊必殺，那龍神勢必會趁機遁走，如此一來，這龍神定然會去天宮之中報信。自己率亡靈妖軍，能不能追上天龍，就得兩說了。若是放那龍神去天庭報信，自己殺到天庭時，

448

天庭早已有所準備，自己想要靠奇兵一招制勝之舉，便斷然行不通了。凡欲對外用兵時，貴在神速奇襲，這兩點便是人類的將軍也盡皆知曉，自家作為妖神，又焉能不知？

一念及此，這妖神便對自己是否應當立即開戰一事猶豫不決。但如今命令已下，手下副將將軍們，個個摩拳擦掌，意欲進攻。那妖神既已放出話來，卻也不好一拖再拖，遂也十分為難。每每那將軍又來催請時，那妖神總會令其再等片刻，當下時機不對，不宜冒進。

這般又等了幾年，也是合該那妖神走運。某日他聽眾人回稟道，龍神不知因為什麼緣由，不單突然返回天庭，還留下話來，云自己以後也不再回人間做皇帝了。且那龍神臨走之時，還氣哼哼的，也不知所為何事。但那龍神臨走之時，卻也不是全然不管，他在人間留下了九名龍子，令九名龍子共治天下。但這九名龍子卻並非真正純血天龍，遂其加在一起，也不若那龍神一人厲害。

如今龍神既走，那妖神在心中盤算了一番，即是自己向天宮開戰，以那御林軍及九名龍子之力，皆無法抵擋太久。便是合這些人之力，在自己與眾妖的夾攻之下，他們也來不及向天宮眾仙報信，因為那九名龍子並未長成，也未有那龍神一般的法力及飛行速度。

正是：

亢龍賓天群龍戰，潛龍躍出飛龍現。

妖仙皆有龍蹻術，可笑長生事戰爭。

列位看官，究竟這場妖仙大戰，結果如何？這牛魔王又會有何際遇？欲知後事，且聽下回分解。

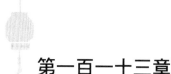

第一百一十三章

　　上回且說到這妖神為尋找去天宮的路徑想盡各種法子。好在他並未輕易放棄，用盡渾身解數、尋得多方線索，終於叫他尋到了一名與龍神關係頗近的，名喚姚丞坤的商人。這姚丞坤意志並未十分堅定，那妖神手下未費多少氣力便將其攻陷，且借助他從那龍神口中探得前往天宮之法門。

　　可巧此時龍神不知是何緣故，撇下人界這廂爛攤子，賭氣飛回天宮中自家的神殿裏了。總算這龍神並未完全放棄人界，自己雖飛了回去，但卻留下九子仍在人界駐守。妖神合計一番，覺著自己應付這龍神九子問題應該並不甚大，遂心中十分快慰，摩拳擦掌，預備再次召集軍隊攻打天宮。

　　饒是此事已萬事俱備，但那妖神還是不能十分放心。為保險起見，這妖神又派姚丞坤去探了探那真龍天子日常與天庭聯繫之法門，這姚丞坤一探方才得知，素日龍神與天庭之間互通有無，皆是靠著一棵天龍種下的神樹，只消在那神樹前念出咒語，便可與天庭之中的神仙們互通有無。

　　現下若是真要進攻天宮，為防龍子們與天宮眾仙通信，只消提前毀了這棵樹即可。且眼下這棵樹只是一個小樹苗，只用一把火便可將其燒掉，待此樹一旦長成到需二十人才能勉力合抱之時，屆時無論用什麼方法，皆不能將其毀掉。因此這妖神若是先下手為強，人界與天宮之中通傳消息之物也沒有了。

　　妖神聽了這番消息，心中最後一塊大石也算落地了。眼下萬事俱備，再無其他煩惱，遂當下他便指派一支小分隊前去將那與天宮通傳消息之樹燒掉。說起燒掉此樹一事，對妖神而言十分簡單。雖然姚丞

坤云此樹素日裏由那九名龍子輪流看守，每次均有兩人輪班，但那妖神副將之中亦有諸多好手，若是單打獨鬥，要勝過這幾名龍子亦不在話下。

此事權且按下不表。說起來，這妖神也有些納悶，緣何龍神在人界統治得好好的卻突然折返天宮？他生性多疑，如今又意欲進攻天宮，遂心中十分納罕，甚至覺得此事不過是天龍的一個計策罷了，其目的只是為了引蛇出洞，將自己及眾妖一網打盡。

但他自信自家生造假地獄及訓練軍隊一事，做得十分隱秘，天宮之中眾仙諸神，斷無知道之理。如今這龍神突然離去，也不似是疑兵之計。這妖神為攻打天宮之事準備了這許久，也不能說放棄便放棄，他思來想去，仍舊決定放手一搏，如今自家既有了十全準備，且得知了天宮位置，定然要賭上一把，成就自己的無上霸業。遂那妖神下令，不論眼下是否龍神故布疑陣，墨璃界全體，當集合全力攻打天宮！

閑言休敘。列位看官，要說起這龍神折返天宮一事，妖神還當真得多謝如今的牛魔王，當日的灰牛大仙。因當日灰牛大仙在天宮時，害得太上老君煉製解除人界瘟疫的仙丹未成，此事還惹來玉帝動怒，遂因那玉帝動怒，這才在人界降下的一場瘟疫。

卻說這場瘟疫降臨之時，正是天龍在人界治理之日，他費了諸多氣力，才將這瘟疫所帶來的後果消弭了。但瘟疫雖除，龍神對玉帝的不滿卻並未消解，遂龍神想起此事，便覺忿忿不平。更兼當日本就是玉帝用酒騙他下界治理，如今倒好，這玉帝非但不幫他，反倒無端還給他治下的人界降下一場瘟疫來，實在是豈有此理。當下龍神拾掇完畢這人界之事，便怒髮衝冠地折返天庭去了。說起來，此事只為其一。更有一事，則為其二。

原來這龍神在人界治理，自家的神殿自然便疏於管理。這日他閑來無事，便飛回天宮，想去自家神殿瞧瞧。豈料歸家一看，自家的神

殿如今竟被玉帝王母用作開蟠桃宴會之場所，聚集了一大幫子神仙在此飲酒作樂。這龍神素來喜靜不喜鬧，如今瞧見這許多神仙竟在自家宮殿之中聚餐，將他宮中諸般擺設折騰得亂七八糟，當下大發雷霆，只差將眾仙從此處轟走了。

　　玉帝見狀，也有些不好意思，遂尷尬地對那龍神解釋云，因自家瞧龍神許久未歸，便暫時借用一番，且龍神此前也未曾邀請過任何神仙來自家居所做客，遂眾仙對龍神神殿皆十分好奇，因此都想來此瞧瞧熱鬧。那玉帝見此事乃眾望所歸，便擅作主張，將此次蟠桃宴會舉行處所選在天龍家中。

　　此事眾仙瞧著天龍神色不對，亦紛紛過來致歉，那天龍見玉帝這般鳩占鵲巢，心中自是忿忿難平，但見眾仙均在，也不好當場發作，只得將不滿之意按捺下來。但他後來返回人間時，每每憶起此事，均覺氣悶無比，兼那玉帝在此之前又令人間無端鬧了一場瘟疫，遂這兩樣加起來，讓他胸中的不平之氣升騰至極點，遂其一氣之下，當即折返回自家的神殿，不想再虛耗時間應玉帝之求待在人間。總算他還有責任心，生氣歸生氣，卻仍將自己的九名龍子留在人間駐守。

　　卻說此時妖神命令墨璃界與天宮開戰的消息亦傳到了牛魔王耳中。這牛魔王聽聞此事，卻也陷入了兩難之中。一方面他確想報復玉帝當日之罰，但另一方面，他卻又對加入妖神，與其一同犯上作亂之事十分矛盾。但他思來想去，覺著自己無論如何也逃脫不了這妖神掌握，遂也只好帶上眾小妖，隨著妖神大軍一同出發了。

　　他出發這日，亦攜牛小青與自己一道前行。如今這牛小青已胖得不成人形，原是因為當日在洞府之中無事可做時，他便只知道吃與睡，後來總算想起自己在人間的兄嫂，便想要尋他哥哥前來與自己一同享福，不承想待他尋到他哥哥時，哥哥已經過世，這嫂子早已另嫁他人。牛小青見自己如今僅存在世間唯一的親人也已去世，傷心之下更是自

暴自棄，每日只知道暴飲暴食，如此一來，更是越來越胖，陷入了無止息惡性循環之中。

　　牛魔王瞧他如此，想起二人舊日情誼，心中也十分痛心。便想將牛小青亦帶到戰場上見識一番，想要用戰爭之慘烈警醒牛小青，以發其深省，令其有所轉變。遂他當下便命牛小青隨自己一道出征。

　　說起來，這牛魔王如今與牛小青卻正好相反。妖神籌畫進攻之時，他便一直未曾閑著，每日皆刻苦修煉，遂那法術也日益精進。如今這牛魔王的法術越來越厲害，甚至連妖神亦對其青眼相加，便將牛魔王調遣為自家的副將之一。牛魔王略思考了一番，勉為其難地答應了那妖神做其副將。

　　列位看官，你道這牛魔王一向不是秉承那「正邪不兩立」一說嗎？緣何如今卻又願意成為妖神副將？原來這牛魔王之所以答應妖神，亦有兩重緣故：一來時方便自家在妖神進攻天庭時，能做個內應。他原本只想報復玉帝一人而已，從未想過要毀掉整座天宮，若是能在妖神身側，他實現此事要方便許多；二來是牛魔王一直都對當日那紅衣女妖念念不忘，一直想要尋個機會靠近那妖神身畔的女妖，若他能當上妖神副將，與那女妖見面的機會亦會多上許多。如今有了這番便利，說不定他便能有機會俘獲那女妖芳心。

　　正是：

擔板人多見一邊，聖心思慮甚周旋。

方知妖神同仙家，彼此觀之無間然。

　　列位看官，你道如今妖神萬事俱備，假以時日便要攻打天宮。究竟其結果如何？欲知後事，且聽下回分解。

第一百一十四章

　　上回且說到這牛魔王答應了妖神做其副將之事。且說這牛魔王當上妖神副將未久，便如願以償地與那女妖混在了一處，二人行過魚水之歡後，那牛魔王方發現這女妖非但未如他所想一般矜持高貴，反倒處處留情、放蕩不已。這妖神身側的副將，稍稍有些頭面的，均與這女妖有染。牛魔王自得知此事後，心下十分噁心，他本將那女妖想得如同仙女一般，不料卻是這般水性楊花的人物。

　　如今他知曉這背後暗渡陳倉之種種，竟有些同情那妖神的毫不知情狀了。雖然自己與那女妖有染，也未有什麼資格去評價他人，但如今這般卻也實在太過了。他得知這女妖處處留情後，便生出了要離開那女妖的心思，不想那女妖魅力極大，牛魔王雖作如此之想，但卻也始終無法痛下決心轉身離去，這般在心中如拉鋸一般掙扎許久，也未曾做出個決斷。

　　卻說妖神這廂也未閒著，不日便點好妖兵，帶著那一行人浩浩蕩蕩出發了。他們這一路行來，旌旗招展、戰鼓喧天，端的是威風凜凜、氣勢滂沱。

　　列位看官，你道如今這妖神出兵，當是何等光景？原來妖神手下的諸般大將，不是從「假地獄」之中招來的怪物，便是魔工手下妖物。兼那妖魔個個長相猙獰邪惡，且有些怪物還受那妖神法力加持，將外形刻意扭曲，變成只知進攻的戰爭器具，因此越發顯得邪魅可怖。

　　若是普通人瞧見了這等光景，光看一眼怕是便會被嚇瘋掉，更何況這支妖軍頭上還被那妖神施法，令其頭頂上空一直籠罩著一層厚厚的、不斷翻滾的紫色濃雲。端的是妖氣十足，瞧著便肝膽俱裂。因有這諸般法術加持，遂那妖軍行到何處，何處便會失了去陽光，且這番

烏雲蔽日之境況，便是持續到那妖軍離去之後亦不會消失，遂那人界眾人瞧在眼中時，端的是十二分絕望。

諸位，你道這妖神生造而來的「假地獄」雖說並不若真地獄那般有烈火烹油、刀山火海之殘酷，但那死魂靈們出征之時，所穿的戰袍鎧甲卻亦有常人難以想像之可怖處。其實素日與妖神在一處時，這些身死神不滅的亡靈生得並不十分嚇人，仍是那俊男美女之模樣，一如當日牛魔王在妖神殿中所見一般。

說起這妖神手下諸位下屬存著貌美的模樣，倒還有一段緣故。蓋因眾人如今雖為妖兵，但生前卻亦是人類，只是身為人之記憶被妖神撥除，如今只剩軀殼，為那妖神驅使之故。因這些亡靈尚有些被妖神手下灌輸的神識，遂亦希冀自家有個俊美外形。妖神投其所好，著每個從「輪迴」之所出來的亡靈，皆會獎賞其變作自己最年輕貌美之模樣，便是有些生前生得並不甚美之人，經那輪迴改造後，亦會得到一副俊俏的容貌。

說起來，如今這亡靈們頂著這般美貌皮囊倒也不全是因為妖神好心。他們之所以如此，倒也因為那妖神自家亦喜歡外形漂亮、瞧著十分養眼的俊男美女。那妖神委派的副將之中，若是有動植物成精的魔王，定要在其面前化作一副美貌的模樣才行，這一點上，便是那牛魔王亦不例外。他素日凡要面見妖神時，定然要施法將自己的牛頭收起來，變作一個英俊小生的模樣後，妖神方會出面接待。

但這只是日常會話時的習慣罷了，如今眾位魔王隨妖神出征，便又是另一番光景了。那妖神並不昏庸，這番境況下，自家軍隊自然是殺氣騰騰、來勢洶洶、令人望而生畏才好。

卻說妖神帶著自己這支恐怖妖軍自墨璃界出發，一路上攻城略地，尋常人類自是不在話下。那人類城主大都聞風喪膽，還未見到妖神前來，便已乖乖獻城投降，妖神因志不在此，遂對那些投降的城主

也並未多加為難，只是補給一些食物，便繼續向前路進發。

　　列位看官，說起來，這妖神的「糧草食物」，卻又與一般的軍隊大為不同。原來這妖神妖軍口中的糧草，說的便是城中的大半居民。饒是如此，那人類順民卻無一人敢反抗，凡遇到妖神抓人時，便用抽籤之法獻出城中一半的人給眾妖食用罷了。那城主為保住城池，只得按此法行事。那妖神一路下令，若有敢違抗此規矩者，自己便將全城人盡數吃光，再將城池燒掉。遂所到之處，那城主們也只得乖乖聽令。

　　卻說這城主之中亦有心向龍神者，遂其趁著妖神軍隊離開之際，便派人通知那九名龍子。九名龍子聽聞此事，當即派出全體御林軍，在妖神行進的路上將其截住。兩廂交手，妖神派出魔王軍團與一眾御林軍戰鬥。這御林軍團雖是驍勇善戰，但如今一下子要與如此之多的妖軍魔王對抗，仍是覺得有些吃力。那妖神留下一干魔王與御林軍眾人廝殺，自己卻帶著餘下妖軍繼續前行，因那御林軍兵力被眾人拖住，這妖神一路行來，也未再遇著什麼像樣的抵抗，輕輕鬆鬆便攻到了京城。

　　此時正巧此前妖神派去毀神樹的小隊妖軍亦順利完成了妖神任務，遂這妖神將兩邊人馬合在一處，初戰告捷，更增威勢。此時天庭尚不知曉妖神已率領眾妖軍攻入京城，那妖神本擬先將人間征服，再攻入天庭，如此一來，既可威懾眾人，又能獲得補給，方始為用兵之道。這妖神勢不可擋，留在人間的九名龍子雖奮力廝殺，怎奈全然不是那妖神對手，幾個回合下來，便盡數被那妖神捉住。

　　妖神部下副將見自己這一行妖軍在人間簡直勢不可擋，便想要將那龍子們就地處決後，再在京城之中大開殺戒，過足那殺人之癮後，再行攻打天宮。但妖神卻覺進攻天宮一事不宜拖延太久，未免夜長夢多，還是趕緊攻入天庭為宜。眾將不敢有違，這妖神當下便整頓人馬，直接向天宮殺去了。

　　卻說妖神率領眾妖飛向當日姚丞坤從龍神口中探知的天宮所在，念出咒語後，南天門果然便在眾人眼前顯現。守門的金甲門將見了眾妖軍這番架勢，知道大事不好，當下連門也未及關上，便嚇得抱頭逃竄入內。妖神見狀，不屑地撇了撇嘴角，領著眾妖軍施施然地跨過那南天門去。

　　卻說此時那天宮諸般景象盡收眼底，令妖神十分快意。原來當日玉帝施與那凡人的障眼法，對著妖神卻無半點效果。這妖神法術高強，凡人眼中的一片混沌，在他眼中卻清晰無比，非但妖神瞧得分明，便是他手下的妖軍，看清這天宮的模樣亦是毫無障礙。

　　眾妖軍入了天宮之後，卻見眼前的天宮竟然空空如也。妖神見狀，半是疑惑半是得意地將手下的妖軍聚攏，命眾妖在天宮之中細細搜尋。雖然那妖神心中暗忖著眾仙約莫是躲了起來，但如今敵勢未明，他便也不敢令眾妖分散去尋，還是集中在一處各個擊破最好。那妖神心念一轉，想著擒賊先擒王之理，便命手下眾人先將那玉皇大帝揪出來再說，抓住了玉帝，餘下眾仙便可慢慢再尋。

　　這妖神正要下令之際，卻見後方妖軍一片嘩然，也不知所為何事，竟然亂做一團。待那妖神回頭一看，亦是同樣被嚇得臉色慘白。說來倒也十分可笑，這妖神的皮膚本就白如初雪一般，但如今卻白上加白，呈那慘白之色了。

　　正是：

外道聰明無智慧，魍魎名利如世人。

攻城略地伐諸仙，有為不了終歸墜。

　　列位看官，你道這妖神究竟見了何物，竟會如此失態？欲知後事，且聽下回分解。

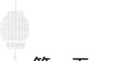

第一百一十五章

　　上回且說到這妖神一路大搖大擺地率眾妖軍殺進天宮，正想著要將玉帝揪出來就地正法，卻見自己身後的妖軍亂作一團，也不知道是何緣故。他一扭頭，這才瞧見，原來妖神的妖軍後方，不知何時竟站了許多如巨塔高山一般的巨人。這巨人整裝待發，正與眾妖軍對峙。此前南天門上的兩名門神雖也如山岳一般高大威猛，但畢竟他們總共只有兩人，與那妖神統帥的千軍萬馬相較，亦不值一提，瞧著也不甚嚇人。但此時站在妖軍身後的巨人竟有上百之眾，這且不提，在那巨人身後，竟還有更多的巨人正源源不斷地從南天門內湧入，不多時便已將妖神的軍隊團團圍住。

　　妖神打量了眾巨人一番，心中亦有些犯怵。說起來，南天門那兩名門神瞧著雖然高大威風，但也是依仗一身金光閃閃的鎧甲才增色不少。可眼下不斷湧入的黑色巨人，其身軀瞧著便如鋼鐵打造而成的一般，由內而外皆泛著森森的鐵色寒光，瞧著便是一副牢不可摧的模樣。

　　待眾巨人將妖神的軍隊圍得水洩不通之後，玉帝才不緊不慢地從眾巨人腳邊走了出來。

　　眾妖見玉帝仍是常人模樣，心下稍安。原本這玉帝也可變得如眾巨人一般高大威猛，甚至比眾人更高些，但此時他卻仍是一副常人模樣。只見玉帝直行到妖神面前，抬頭望向妖神時，面上竟有些愧色。只聽玉帝對妖神道：「你如今殺上南天門，也不儘然是你的過錯。說起來，此事原也是因為我們不好。」

　　眾妖聽了這話，心中皆有些納罕。列位看官，這根由說起來雖是荒唐，但此時也免不了細說一番。原來玉帝之所以如是說，蓋因這妖神降世，說起來與這玉帝亦不無關係。

　　雖這妖神對此事實難啟齒，但為解諸位疑惑，此時也免不了要解釋一番。說起來，這天上諸神本也未有什麼正常的男女情欲，最初成仙之時，亦未有性別之分。但那神仙時日十分閑散無聊，眾仙每日從天宮之中窺探人間種種之時，便可瞧見這世間的紅男綠女們耳鬢廝磨、你儂我儂之態。這人界一千人等，似乎十分享受這魚水之歡、情欲糾纏之樂，甚至有許多人類，竟將此事視作自己一生之中最大的樂趣。

　　眾仙瞧著人類的折返姿態，只覺十分好奇。原本未有情欲之心者，此時亦懵懵懂間萌發了有樣學樣的凡心。遂那天宮之中的眾仙也便依照人類模樣，慢慢劃出了性別之分，那男仙與女仙之間，亦如人類一般相互親熱，甚至有的還如人類一般與那異性成親。

　　這般作態的仙人，自然也包括這玉帝本人在內。他與王母本無任何關係，但如今亦學著人類的模樣，與王母結為夫婦。

　　當此時，這天宮之中便一派熱鬧非凡模樣。卻說這異性相吸之事久則多，多則厭，那天宮之中有些小仙亦學著凡間眾人的模樣，有養小廝的，有蓄女奴的，那同性與同性之間，也開始行些不可告人之事來。

　　許多神明見這種情景，雖是十分疑惑，但那神仙本不大理會旁的事，遂也就聽之任之，且那些當事者多是有主意的，一向也不大理會旁人眼光，只是自顧自地為所欲為罷了。

　　卻說這神仙們如今行過那雲雨之事後，亦如人類一樣產生了諸般穢物。眾神素日偷窺人類之時，便瞧見人類清理穢物的模樣，如今自己亦有這些又粘又濕之穢物，諸仙亦覺得十分羞赧，遂也只好學著人類一般模樣，將那些穢物處理乾淨，再尋一個僻靜的山谷偷偷扔掉。

　　眾仙之所以如此，皆因天庭素日並不容納垃圾穢物。原來眾位仙皆是辟穀者，素日只需餐風飲露便可成活。眾仙閑時若是想要如人類一般享受美食，稍動起念間，那美食便會在眼前顯現。且眾仙亦不像

人類一般需要將食物在五穀輪迴之所重造之後再行排泄，兼那仙人皆有仙法，若有需要新衣之時，只需動心起念，一應器物皆在眼前顯現，收起來時再施以念力即可。吃穿用度，應有盡有。

那天家仙人洗澡亦是十分方便，只消在天河之中游過一趟，身上便沖刷得乾乾淨淨。且眾人身上也不髒，遂也不會產生什麼垃圾。因這等行事習慣，那天庭素來便未有清除垃圾穢物之概念，但如今學人類行事產生了諸多穢物，於眾仙而言，卻是頭一遭。如今這天庭之中斷無可盛放垃圾之處，眾仙所過之所，風景皆可入詩入畫，若有了這穢物垃圾，實施大煞風景。遂眾仙一合計，皆同意將這穢物扔到他處去。

如此這般又過了一些時日，那仙家對學人類這般雲雨之事也覺十分膩味。但他們這膩味之期，對那神仙壽命而言，雖不甚長，卻亦有千年之久。且仙凡有別，眾仙交合，不若人類一般能孕育後代，諸仙在最初的新鮮感過後，便覺十分膩味。後來這天宮之中老一些的神仙對此事早已無甚興頭了，只有那初入天宮，剛成仙未久的仙童仙女們尚對此事興致勃勃，但饒是他們成日廝纏在一處，也仍舊無法孕育後代。

這廂仙人們雖是對此興趣漸消，但此事卻仍是折騰出一番因果來。其緣故也還出在那眾仙扔在山谷之中的穢物之上。說起來，這神仙房事事必之後的穢物亦有仙法加持，此物堆積在山谷之中，日漸吸收日月精華，未過多久便化作精怪，那精怪又修煉了不知多少日夜，竟漸漸變作如今的妖神。

且說這妖神成精未久，因對世間諸事好奇疑惑，便主動與山中的魔王結交。眾魔王說起自己修煉之前的原形時，這妖神卻囁嚅著不方便答話。每每眾人問起之時，妖神便蒙混搪塞過去。

這般久了，也惹得有些魔王好奇起來，眾魔王見他如此，便尋到

妖神修行出世之山谷，瞧見了那一大堆剩餘之穢物，便將妖神的底細探得明明白白。眾魔王明白妖神的來歷之後，這妖神便徹徹底底淪為其他魔王的笑柄，許多魔王竟將其當作茶餘飯後的一個笑話說與身畔的眾人去聽，令那妖神簡直羞愧得無地自容。

彼時妖神實力並未如今天一般強到可威懾眾妖地步。遂眾人拿他取笑打趣之日，他心中十分難受。偏生當日最厲害的魔王每當舉行宴會之日，便邀請妖神前往作陪，且在宴席上將妖神之事告知新來的妖怪，常常引得眾妖哄堂大笑。妖神雖是心生不忿，怎奈這魔王法力太強，凡他相邀，這妖他卻也不敢不去。

如此忍辱負重頗久，這妖神終於捱過了自己生涯之中的至暗時刻，待其實力終於超過魔王時，他便毫不猶豫地將那魔王一家老小殺了個片甲不留。這還不算，那妖神又將當日知道其底細的妖魔鬼怪盡數殺了，卻仍覺不解氣。

他在心中思忖過後，覺得如今自家所遭遇的一切，皆因天上眾仙而起，遂其造出「十八層地獄」之後，預備培養出一支妖軍打上天庭，再與天上眾仙算這總賬。說起來這妖神想要打到天上眾仙，倒也不全是因為心中恨意，這打上天庭之舉，更是因這妖神如今實力增強，野心日熾。

卻說此刻聽了玉帝道歉，那妖神只是撇了撇嘴，對那玉帝道歉之詞不置可否。如今他早已決定要與這玉帝拼個魚死網破，遂無論玉帝說什麼也無濟於事。遂其當即下令進攻，帶頭向那些鋼鐵巨人衝了過去。

正是：

霸鬼亡神計已行，論功何物賞心機？

仙凡亦有情歡懼，不獨鴟夷變姓名。

列位看官，你道這場仙妖大戰，到底該如何收場？欲知後事，且聽下回分解。

第一百一十六章

　　上回且說到這妖神下令手下亡靈組建的眾妖兵向玉帝進攻之事。那妖兵被一干巨人圍住。

　　玉帝與妖神道歉未果，這妖神當即命令部下進攻。此事先不細表，且先說說這些巨人之事。原來此時前來的巨人便屬真正的地獄軍團，其本質便是閻王爺所造出來的超大號傀儡人偶，既無心肝亦無感情。這傀儡軍團之中的巨人，生來便不會恐懼害怕，且只服從閻王與玉帝命令，一旦作戰，只知前進，不知後退。這不死不休狀神妖俱畏，其戰力自然也不可估量。

　　卻說如今妖神率一眾妖軍進攻，卻正中玉帝下懷。玉帝心中早已知曉妖神企圖，但一直未派天兵前去剿滅。究其緣故，皆因這玉帝心中仍以慈悲為念，若是雙方開戰，他也勢必派遣天兵天將與地獄軍團在人間與妖神展開戰鬥。如此一來，他們之間的戰爭，便會將整個人間毀滅。遂玉帝只好一直裝作不知情模樣，著那妖神自家找上門來，再在天宮之中與其戰鬥，如此才可以將這禍水東引，避免危害人間。

　　這便也是當日天龍爽利地將那天宮入口告知姚丞坤的緣故。眾仙早就想將妖神及其所統領的一干魔物引來，那姚丞坤乃妖神探子之事，龍神早已知曉，遂這才布下疑陣，引妖神前來。但他將龍子留在人間確實也屬失算，未承想著妖神在進攻天庭之前，竟還想著先要在人間征伐一番，要先將人間征服了才打上天庭。他本以為妖神會直接打上天庭，這才好整以暇以逸待勞，否則他又如何肯讓兒子們冒此風險呢？

　　諸位神仙亦都是不大用陰謀的實心人，他們心中雖想遏制妖神，卻也不過只想到了正面戰爭這一樣手段罷了。其實不然，若那神仙們知曉暗殺的伎倆，或是略有些心機城府，便能在妖神的妖軍之中通過

陰謀矛盾或是其他下流破壞手段，著那妖神自己將實力消耗了去。

　　但諸位天神要麼並不想這麼做，要麼乾脆便想不到此節，且那想不到此節的仙人倒居多。旁的不說，單是那玉帝自己，便想不到還有這等手段，可以兵不血刃便將妖神拿下。列位看官，說起來這玉帝也真是個實心人兒，如今這妖神已然帶一眾妖兵打上天庭了，這玉帝卻仍想著自家只要好生與那妖神道個歉，那妖神說不定便會乖乖降服，也免得自己與其兵戈相爭。說起來也無怪這玉帝會有此想法，諸位神仙們會如此，皆因其素日仙力強大，反而無需動用什麼心眼。

　　閑言休敘。且說回妖神下令妖軍進攻之事。卻說這妖神一聲令下，部隊之中眾妖兵便與地獄軍團之中的傀儡巨人並那一眾天兵天將鬥在一處。各色妖術法術在空中翻飛，令人眼花繚亂。玉帝及一眾神仙瞧見此狀，亦是倒抽一口涼氣，暗自慶幸這場仗是在天宮之中打了。

　　若是這戰爭真要在人間展開，這妖力神力之能量，端的便會令那江河倒流、大地逬裂、海水乾枯、星辰失色。待這一干人等打完，那地上應是一個活物也不會剩下了。權且不說那地面上的活物，若真有那刻，彼時還有沒有地面怕也難說，這等發力，定會掀開整個地殼，只怕到時候全世界只剩下濃烟與沸騰的岩漿了。

　　這廂妖神與那玉帝在天庭之中鬥得精彩非凡，那廂牛魔王亦率領眾魔王與御林軍之戰鬥亦是日趨白熱化。卻說眾魔王鬥了許多天，這牛魔王仍是心下惴惴，他本不想率眾對抗天庭人類，但他如今與妖怪相處日久，慢慢也有了些同袍之誼，且此時情勢危急，若令那牛魔王將自己的部下拋卻，撒手不管，對他而言亦是極為難的一件事，遂那牛魔王仍舊麻木而有條不紊地指揮眾妖與御林軍戰鬥。

　　雙方如今鬥了這些時日，其餘魔王，有些不是戰死，便是逃離，與留下的眾魔王相較，還是牛魔王最為厲害。雖然這牛魔王亦是初次上陣，但他行事較其他魔王沉穩，且法力亦是最強，經過這幾日相處，

眾人對其能力也越來越嘆服，便慢慢對那牛魔王形成向心之力，無形之中已將牛魔王推舉為總指揮官。

且如今牛魔王亦發現審時度勢、運籌帷幄，調整己方的作戰策略，驗證這策略的正確與否是一件極其富有挑戰性的事情，他如今已嘗到如此做的樂趣，便漸漸沉湎其中，深感興味無窮。

卻說牛魔王這邊正體悟指揮戰鬥上癮之樂趣，天宮之中卻射出萬丈霞光，那妖神軍團所布置的鉛黑濃雲，一下子便讓霞光驅散開去。牛魔王及眾妖兵怔怔抬頭，只見玉帝打頭，正率領眾天兵天將從天而降，先頭的金甲天將手中押解了一人，正是妖神。只聽那天兵天將喊話道：「爾等妖魔，速速投降，若有敢負隅頑抗者，格殺勿論！」

那天將話音未落，牛魔王心中便已有了計較。他如今雖是妖兵統帥，但卻連屁股也未曾坐熱，斷不至於為這點滴權利將腦袋沖昏，遂說時遲那時快，只聽牛魔王對妖兵下命令道：「跑！有多遠便跑多遠！」眾妖兵早就見勢不對，如今聽他說了，當下做鳥獸散，鑽洞的鑽洞，化烟的化烟，現原形的原形，霎時間便跑得無影無蹤。

這廂妖怪們倒是跑乾淨了，那廂玉帝卻傻眼了。他如今下界，便是想要將這些妖魔們一網打盡，盡數收編，將來帶著這一眾妖魔，隨著眾位天神一道離開這世界，如今眾妖哄然而散，他卻又抓誰去交差？

諸位看官，此事說來話長。原來這天宮之中的眾神早就決定離開這世界了，這玉帝所在大宮之外的許多處，那神仙們早已散去，包括當日與那玉帝打過架的奧丁與宙斯，此時也早已離去。

當日這兩位主神離去之時，還不計前嫌地詢問玉帝可否要與其一同離去，彼時玉帝心下還有些猶豫，如今見龍神也撂下人界擔子，自己不論如何，亦找不出第二個願意管理人間事之人，如此看來，確實無甚意趣，他便也決定學那眾神的樣子，遠離此處，再不折返。

正是：

水晶宮闕淨無塵，仙凡人界綽有真。

寶錄自應表離世，冰台安用結凡人。

列位看官，你道這一場仙妖之爭，如今如此收場，這一干仙人，又將若何？這牛魔王，將何去何從？欲知後事，且聽下回分解。

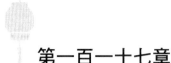

第一百一十七章

上回且說到玉帝擒住妖神，命金甲神將押著妖神前往魔王與一眾御林軍相鬥之處，意欲借此機會將眾妖一併擒住。卻聽牛魔王對眾妖大叫一聲「逃跑」之後，小妖們當即做鳥獸散，一下子竟跑得無影無踪。

列位看官，其實若說按那眾神之意，去往離那人間越遠之處便越好。畢竟仙凡有別，若是眾神就此離去，些須少了許多麻煩。你道為何有此一說？原來眾妖意欲相助人類，卻總是好心辦壞事。每每仙家出手，人類非但未曾領情，倒還惹出一堆新的麻煩事來。

譬如某一次，一個神仙施法那凡間眾人修了一座大水壩，想要幫那處的人類解決飲水灌溉之煩惱，令其能夠休養生息、繁殖稼穡。不承想，此處的居民自嘗到這般甜頭之後，竟然不再理事，凡有麻煩，皆想著求神拜佛，只求那神仙幫助，自己絲毫不想動手解決。

更有甚者，到後來，乾脆連那日常的小事也不做了，反正麻煩自有那神仙施法解決，又何必自己伸手？遂因當日神仙插手一事，導致此處一干小民的道德底限一落再落，連當初幫那神仙管理水壩者，後來也只知混迹時日、吃喝嫖賭，終有一日因他疏忽，那水壩塌方時也未曾及時修整，遂那洪水終於給此處帶來不可逆之害，將當地房屋田舍盡數沖毀。

說來也巧，這洪水滔滔、水壩垮塌之日，恰逢當日施法建造水壩之仙走親訪友之時，因其不在場，遂也並未及時阻止這番慘禍。那水壩雖衝垮了眾人生存之本，但卻也僥倖存活了幾人。那幾人存活之後，眼見此狀，心中不忍，但若要他們承認是自家釀成這番苦果，卻也不能。

　　遂那活下來的幾人便將這椿事因盡數歸結到那神仙身上，云其覺得是此處生民道德敗壞，這才引來天罰，降下洪水將此地人畜盡毀，且這還不算，為取信於人，眾人還編出一個諾亞方舟之傳說，將那一切歸咎於神仙懲罰，令那神仙鬱悶不已。

　　人類像這般將自家過錯安在神仙頭上之事，卻還是小事。令那眾仙更疑惑、更費解、更鬱悶、更多餘之事，便是天庭及那地府設置。

　　當日妖神所見的各處，均有神仙妖魔，遂那些地方的神仙便不約而同地造出了地府及天庭一般的兩個場所，將人類死後的亡靈按其生前所做所為，分為一善一惡這標準，著專司此事的仙人來裁決。

　　那壞事做盡者，自然會下地獄，而行善積德者，便有機會升入天庭位列仙班。但因那神仙畢竟人手有限，負責此事者也未必盡善盡責，遂許多人類死後，其靈魂到底去往何處，其實他們亦並不全然知曉。許多他們未曾捕獲的亡靈，因死後無路，便飄至那管事鬼卒並不知曉之處去了。

　　這疏忽處且不提。如今神仙們在人類亡靈的去處陰世與陽界之間設置了這樣的障礙，雖發心並不很壞，但其不久之後卻又有了新問題。如今他們經手的亡靈多了，心中也十分疑慮，這好人壞人的界限，實則是一椿十分主觀之事，並未有絕對定論。

　　有時候那掌管此事者認定了某人為壞人，也確令其下地獄受刑，不承想過了若干年，此人當日之暴虐隨時間流逝，竟然又成了一件造福萬民之好事。譬如人界當日有個帝王，勞民傷財、興師動眾，修了一條運河，當日雖遭到了萬民的唾罵反對，不想過了一兩個世紀後，這運河對兩岸商貿日漸興盛、農田灌溉日漸豐足等，又顯出極大的好處來。遂這人界帝王是好是壞，也真是極難判定。

　　此其一。其二則是更複雜。這亡靈在人界生存時，瞧著倒是挺壞，但其實際上只是想要按照自己的方式生存罷了，這類人等，雖不服人，

但也並不害人，只是如此我行我素，不被世人所理解罷了。其亡故之後，有許多人亦按這等方式行事生存，令那神仙們極難判斷。

更有甚者，這神仙當日雖認定此人為好人，掇拔其進升入天庭，做那無憂無慮的仙人，但與之相處細按之後，方知曉這些人其實並非是真善人，這般做派，只是因為生前太窮，連想做壞事的機遇也無，待其一進天堂享受那天庭之中衣來伸手飯來張口的富貴日子，馬上便如換了個人一般，其妄圖不勞而獲及那好吃懶做之惡習，顯現得淋漓盡致。

若說到好人一說，上文的且還不算。說起來，這人界還有許多「自以為是之善人」，這類人等總認定全天下只有自己是正確的。但凡自己看不順眼之人事，便認定對方為壞人，恨不得馬上得而誅之。這類人雖心中向善，但真升入天庭後，怕是連神仙也忍受不了這等人的做派。當然，最無奈的便是那好心辦壞事之舉了。許多人生前雖是積德行善，但隨著那時態發展、時光流逝，其所作所為竟然又向惡行轉化了。

這種種情形，皆令眾仙頭疼不已、無所適從。也不知到底該令何人上天庭，何人下地獄。雖然在眾多情況下，好便是好，壞便是壞，武斷地將好人送入天庭，壞人貶下地獄也並不會有什麼錯處，但這般行事，至多也只是懲罰那些少數在人間僥倖逃過一劫的惡人罷了，那真好人與真惡人，早已因其在世間的種種善惡因緣而求仁得仁了，事後再令其上天庭或是下地獄，實屬多餘。兼那上天庭者，多數便只混了個散仙，成日無所事事，閑得發慌時便脫不了在人間的陋習，想在天庭聚眾鬧事。這般作態，搞得天上的神仙也不知該如何施為才對。

諸位，你道是這事態複雜，但還有更教人匪夷所思之處，我還尚未提及呢。上述種種境況，不過也是世間善惡轉化之常態罷了。但雖只是常態，便已令神仙們頭疼不已，如狗咬刺蝟一般無從下手，還不

提那更複雜、更離奇之處。

原來這世上，還有許多以善為恥，以惡為樂者，便是將其貶下地獄，在地獄之中受那種種酷刑，其也不以為苦，反倒亢奮無比。

如此種種異象、複雜事態，令那神仙們極費解，便是想破腦袋也想不通其中的緣故。而那些神仙因每日最大的事情便是吟風弄月、賞花飲酒，所以一遇到這等複雜事態，便頭痛心煩，只想迴避。

這諸般事態若總得來看，這等情形雖不很多，但積累起來，也著實令那神仙們不知所措，他們不管還好，如今越管越麻煩，也令這些神仙們暗覺十分挫敗。眾仙見了這般情景，秉著好事不如無之念，漸漸把那想要治理人界的心思鬥消解了，不如收拾行裝，離這混亂世道越遠越好。但總算眾仙心中還念著人界安危，遂在其離世之前，便想要將許多在人間偽裝為世外高人者、各行各業的大師騙子者並那修煉成精的小妖魔王等一起帶走，也省得其再為禍人間。

正是：

眾仙去國歸無日，人間瘴癘還過秋。

天庭地獄仍猶在，闔門開日入還齊。

列位看官，你道是這妖怪如今盡數逃了，玉帝想要將這妖怪一併帶走之願望也落空了。且說目下事態又將如何發展？欲知後事，且聽下回分解。

第一百一十八章

上回且說到這玉帝想著藉此機會將地面的妖魔一併抓住，由眾仙家帶離這世界之事。他原想著自家這番去了，不再插手人間事務，便能令那凡人自治，省得神仙再與他們多添些不必要的麻煩。不承想，如今牛魔王一聲令下，眾妖全跑光了，那玉帝計劃落空，也只能作罷。事已至此，如今只得派手下眾將抓了些妖怪回來，待其覺得那妖物已抓得差不多之時，便帶著這些已經抓到的妖魔們一併離開了。

列位看官，你道這玉帝想法雖好，但真實施之時，卻總是打了一個折扣。這混迹在人間的妖魔數不勝數，他又豈能盡數抓完！遂直到玉帝離去之日，尚有許多妖魔仍然留在人間，且如今這些妖魔們少了神仙壓制，反倒更加為所欲為、不知收斂。

卻說這九名龍子隨著他們的父親離去後，人界少了那龍子看護，非但妖怪魔物們無所轄制，便是人間的許多權欲熏心的野心家們，因少了對龍神的敬畏，亦開始蠢蠢欲動，四處謀求私欲擴張之道。那野心家們深諳煽動人心之理，不多時便拉扯起一支軍隊來，組建私部之後，他們便帶著自家部隊與其他門閥混戰，因搶奪地盤、土地、女人之爭，年年不休。且這軍閥之中，許多皆是從以前御林軍團出來之人，他們因有了御林軍的精良鎧甲、尖銳器械，遂打起仗來亦是殃及池魚，折騰得那人間眾百姓苦不堪言。

卻說當日這牛魔王率眾與御林軍作戰之時，因其第一個便逃跑，自然也並未被玉帝抓走，但這牛魔王並未就此墮落到與妖魔為伍之地步。若按其往常脾氣，人間如今這番遭遇，他定然要出來管上一管，但如今這牛魔王雖瞧在眼中，卻提不起興致出來理事，蓋因他眼下與當日妖神身畔的女妖混在一處，眼下他只顧著與那女妖耳鬢廝磨，騰

不出一點心思來打理人間諸事。

　　眾位，卻說當日妖神身邊女妖是一等水性楊花、見異思遷的貨色，與那妖神身畔的眾多副將均有那不清不楚、不明不白的關係。但如今這些與女妖有染的副將，早已在當日妖神進攻天庭之時，隨那妖神一到攻上天庭，盡數成為玉帝眾仙的俘虜，唯有那牛魔王因與御林軍相鬥並未上天，遂僥倖逃過一劫。如今這紅衣女妖見自己可依靠的一干人等，皆已七零八落，唯一可依靠者，只剩下牛魔王一人而已，遂那女妖審時度勢，找到牛魔王，想與那牛魔王雙宿雙棲。

　　卻說這牛魔王見著女妖找來，本著自家「男性尊嚴」，想要嚴正拒絕，但如今他一看見這女妖梨花帶雨、楚楚動人的模樣，那拒絕的話語，便無論如何也說不出口，那女妖一軟語相求，牛魔王心立刻軟成一團，當即便接納了她，令她與自己同住同行。

　　這牛魔王與女妖合在一處後，本想著如今二人相守、比翼雙飛，既不用再憂煩玉帝，亦不用憂煩妖神。不承想這快意舒暢的日子還未過上兩年，玉帝便一走了之。玉帝走後，閻王也隨他一道走了，妖神這一干人等，亦被玉帝帶走，因此那天庭及地獄隨著眾仙家的離去也一一失效。此前鎖在那地獄之中的亡靈，此時亦能自由自在地去往許多他們本來要去之處了。

　　列位看官，你道我說這地獄，便牽扯到這女妖之事。這女妖自與牛魔王生活在一起後，牛魔王一直以為女妖亦是動植物所化之精怪，沒想到這女妖竟然是從假地獄之中復活的亡靈，這日清晨，女妖尚未與那牛魔王招呼一聲，便從那牛魔王眼前消失了。

　　那女妖消失後，牛魔王為此頗消沉了一段時日，好不容易方重新打起精神來。如今他見世道不穩，便著手去管理世間事。如今就他一人與眾妖不同。他的手下一干小妖雖十分忠心，但妖魔之中，也只有他們這一小撮勢力願意幫助世人，其餘盡是劫掠之輩。他們這一波人

終究力量有限，幫不了世人多少。但饒是如此，這牛魔王依舊盡力施為，也頗見成效。但你道這世間從來都是好物不長，美事多磨，這牛魔王雖盡力，但之後所發生之事，卻又令其不得不罷手。

列位看官，說到此處，且聽我慢慢道來。原來當日玉帝與其他神仙離開天宮之時，尚有少部分神仙對他們目前所在之世界感到十分留戀。遂無論玉帝如何勸說，他們也不願離去。但如今留在人間的妖魔，因那妖神一事，卻也清清楚楚地知曉了進入天宮之法，遂那仙人離去不久後，他們便結夥闖入天宮作亂。那天宮之中，因留下的神仙太少，也不能一次對付這許多妖魔，只好四下逃竄。

如此一來，這些妖魔便順勢占領了天宮。因玉帝等人不在天宮，這些妖魔們閒來無事，便也按當日天庭之中的品階，將此地的妖魔一一冊封起來。那妖魔們因自己也想不出什麼好名，便將自家偽裝為玉皇大帝、太白金星等各路天庭之中本有的神仙，大喇喇地住在天宮之中，過起神仙日子來。更糟之事還在後頭，當日有些神仙從天宮離去之時，將自己的一干法寶亦遺留在天宮之中。他們本想著這些法寶日後定然用不上，遂不拿也罷。但放在此處，倒便宜了這夥闖入天宮的妖魔，這妖魔們自得到法寶之後，在那法寶助力之下妖力大增，更是為所欲為了。

卻說這妖魔們闖入天庭之前，便一直覺得牛魔王干涉其危害人間之事實是太令他們厭煩，但若要與那牛魔王相鬥，卻又打他不過，如今好了。既有了各路神仙留下的法寶，自然得好好使用一番，以報復他們在人界大肆破壞時，被牛魔王阻擾之苦。

牛魔王這廂自然也不甘示弱，那妖怪們既打上門來，亦是要與之較量一番。如此兩下對戰一番，以牛魔王的失敗告終，牛魔王無法，只得找了個隱秘之處先躲了起來，然後再行計較。

這還只是天宮之中的境況。說起天宮，倒也不得不談談地獄。話

說那真地獄在當日閻羅王離去之時，便已將其鎖上，但妖神留下的那「假地獄」卻依然還在。那假地獄之中的種種刑具，亦是完好無損。遂似那「假地獄」這般完備之處，那妖魔又如何肯放過？當下眾妖將那假地獄也一併占了，由那領頭的魔王裝成閻王爺，其手下的小鬼則假扮作當日的黑白無常及牛頭馬面等各路地獄之中的常見魔鬼，這一干妖魔，亦學當日假地獄之中的種種做派，各司其職，沿襲妖神當日做法，非但將一干亡靈拉來受刑，後來漸覺折磨亡靈不滿意，竟還將活人也拉過來受刑。

卻說那人也並非皆受其控制，若是有人還記得自己並未死亡，那「孟婆湯」便可派上用場。待其飲下之後，便將種種前塵過往忘得一乾二淨。幸好這些人不會使用妖神留下的「輪迴」之門，遂其雖可折磨亡靈，但卻也無法再組建新的亡靈軍團了，且那亡靈們在這假地獄之中待不了多久便會消失，去往那亡靈該去之處，如此看來，這也算是不幸之中的萬幸了。

正是：

原來上界也多魔，自己同時作魔觀，

直下起來呈兩指，山河大地黑漫漫。

列位看官，你道是如今這乾坤倒轉、神魔混淆，那牛魔王如今也躲在暗處，人間態勢，又將若何？欲知後事，且聽下回分解。

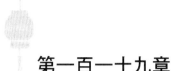

第一百一十九章

上回且說到這妖魔們在眾仙離去後各自占領天堂地獄之事。如今這天地之間兩處要塞皆成了妖魔地界，人間又是門閥爭戰，鬧得人界民不聊生、苦不堪言。這等狀況雖令人類叫苦不迭，但卻正中那妖魔下懷。那天庭之中的一波，最愛瞧這打來打去的熱鬧，那地獄之中的一波，卻希望亡靈越多越好。這亡靈一多，他們折騰起來才越起勁。

遂這兩處的妖魔們混在一起，一方唱紅臉，一方唱黑臉，在本來便矛盾重重的人間不時攪鬧，折騰得那百姓不得安寧。好容易一場戰爭停止，眾百姓以為剛能喘口氣時，在那妖魔們的教唆下，新一輪的爭搶大戰卻又馬上開始了，凡間被它們這般折騰，直鬧得生靈塗炭、餓殍遍地。

牛魔王將這一切瞧在眼裏，心中雖萬分焦灼，但一時之間，也想不出更好的法子，只能在一旁乾著急。以他現在的實力，若是跟這兩股妖魔蠻鬥，簡直毫無勝算，直如找死一般。

如此混亂不堪得又挨過了百年，這百年間，牛魔王因不能向人界施以援手，幾乎每日都鬱鬱寡歡。

卻說他這般鬱鬱寡歡了數百年，人間便也亂了數百年。

大約這世道亦秉承著物極必反之理，這數百年因未有人去管那仙石，此前那眾魔王口中的仙石，每日吸取那日月精華、陽光雨露，終於養出了那石中的仙胎來，這日那石中的靈物終於從那仙石之中誕生了。那靈物生得如一只猴兒一般，從那仙石之中爆裂而來，誕生之日便引發天雷地火，聯動著天地之間也迸發出一股驚人的能量出來。

這能量甚大，將每日在天庭閑耍及地獄作妖的「玉帝」與「閻王」

爺驚動了來，這兩人向下瞧了瞧，心中覺著這東西也未有什麼了不得的，便也不去管他。但未過多久，眾妖便聽聞這石猴不知從何處學來一身本領，還給自己取了一個名號，喚作「孫悟空」的，回來之後便在自己當日誕生的那座山上稱了王。有了名號之後，便又將那山喚作「花果山」，將自己每日出入的洞穴喚作「水簾洞」，率領一幫猴子在這山上生活。說起來，這「花果山」名字倒也算得十分貼切。因這山上有許多猴精，猴精們素日最喜水果，遂喚那山作「花果山」，也算是遂了眾猴心願。

　　彼時牛魔王因與許多魔王不合，遂其在石猴誕生之後，很快便也注意到這位石猴，不僅想要與其交朋友，還欲將自己的其他魔王朋友介紹與他認識。

　　列位看官，你道如今這牛魔王接近孫悟空，與其他人不同，他並非只為好奇，而是希望能說服孫悟空前來助自家一臂之力。這些年，牛魔王倒也未曾閑著，蓋因其實在瞧不慣那些偽裝成仙人來為非作歹的妖魔鬼怪們，更受不了人間如今的混亂，早就想要理一理這諸般狀況了。但考量到自家畢竟勢單力薄，遂其幾百年間，也努力發展了數名志同道合的魔王朋友，皆屬那不好戰、欲求和者。

　　這些魔王聚在一處，商議著想法子結束人間混亂不堪之場面。但人間鬧成這番模樣，想要將這境況結束又談何容易？一干魔王巴不得人間越亂越好，有牛魔王他們這番想法者，實在太少。如今這孫悟空出世，且法力如此高強，這牛魔王暗自忖度，若是能將這孫悟空拉進自家陣營之中，得他相助，豈非事半功倍？

　　此念一起，這牛魔王當即說辦就辦，成日無事便去那孫悟空處獻殷勤，不但如此，兩廂廝混熟識後，牛魔王竟提議要拉著自己的幾個魔王朋友，與這孫悟空結為異姓兄弟。

　　這孫悟空如今與他相熟，便答應與其結拜之事。牛魔王瞧著如今

與那孫悟空相交之火候也差不多了，便與其他朋友一道，鼓動孫悟空與自己一道去反抗如今盤踞在天宮之中的妖魔鬼怪。

彼時這牛魔王未避免夜長夢多，便未向孫悟空表明這天宮之中的「仙人」乃是妖怪偽裝。蓋因素日這牛魔王與孫悟空處在一處時，發現這孫悟空亦不是什麼支持老實正統做派之人，也不似他們一般致力於結束如今這混亂局面。

若真被那孫悟空知曉如今妖怪竟能在天宮之中偽裝成神仙，只怕孫悟空非但不會覺得有何不妥，反倒會認為此事新鮮有趣，斷不會去插手阻止這妖怪們所為。只怕自己一個弄不好，這孫悟空反倒還會幫著那妖怪去危害世人。

遂那牛魔王與其談起天宮之事時，皆言這天宮之中的神仙是何等一本正經，何等循規蹈矩，又是以何等嚴刑峻法及殘酷天條戒律來約束下世諸位妖怪等，這孫悟空一聽，果然氣得一佛出世二佛升天，只覺這天界眾神實是無恥無聊至極，當即便對那天宮之中的眾仙甚是不喜，想要去南天門與其鬥上一鬥。

卻說這廂孫悟空既已聽牛魔王如是說，果不其然便心下大怒，想要抄起武器去與那天庭的神仙決鬥，卻說他打上天庭之日，還扯了一杆大旗自稱「齊天大聖」，公開與那天庭叫板，還將那花果山的猴精們組織起來向那天庭進攻。

牛魔王未想到這猴子竟如此沒有耐心，還如此高調行事，自己亦被其唬得當時便慌了手腳。原這牛魔王的軍隊尚未集結完備，他們這廂還急急忙忙在集結軍隊，打算與孫悟空會師之後再行攻上天宮之時，那孫悟空早就一個人帶著自家的猴精軍隊上了天宮，將那整座天宮之中的妖怪盡數殺光了，更沒想到，孫悟空非但將這妖怪打殺完畢，還順便將那妖神留下的「十八層地獄」也一併搗毀乾淨。

牛魔王見狀，被唬得瞠目結舌。他們當日拉攏這孫悟空之時，只

想到孫悟空厲害，卻沒想到這孫悟空竟然如斯厲害。這番摧枯拉朽之勢，實是太過可怖。但他們想要平息紛爭、降妖伏魔的願望算是實現了，今後人間也不會再有大的動盪了。遂為表歡慶，這牛魔王召集手下眾人，與那孫悟空擺了一場史無前例、規模宏大的慶功之宴，單是那酒席便有上百萬桌，預備與那孫悟空及他手下的猴精們接風。

　　但這世事全然不可預料。這廂牛魔王興味盎然，但孫悟空歸來之後卻鬱鬱寡歡，瞧著竟有些落寞之意，在宴席上草草應付了一番，便率領眾猴精打道回府了。

　　諸位，你道這孫悟空大鬧「天宮」、「地府」，殺了諸多「神仙」，便是這兩處的神仙合起來，亦不是其對手。那「天宮」、「地府」之中眾仙，初時還稍作抵抗，但這孫悟空大展神威、手起刀落，打得眾「仙」連絲毫還手的餘地也無。後來那「天宮」、「地府」之中的神仙見實在打他不過，便向其跪地求饒，請求那孫悟空念在雙方同屬妖物的份上，高抬貴手、手下留情，保他們一條性命，以後當牛做馬供那孫悟空驅使，以報償今日不殺之恩。

　　孫悟空先聽了牛魔王之語，此刻又聽這天宮「神仙」們的另一番說辭，當下便呆在原地。那幾名僥倖留得性命的神仙見其發呆，也不知緣故，便慌忙奪路逃了。

　　正是：

祇今鏖戰誰知誤，凡我同盟便認真。

夢亦妄生顛倒想，何如明便仙與妖。

　　列位看官，你道如今這孫悟空受了這番誤會，心中甚不是滋味。如今他已知曉這牛魔王在騙他，其與牛魔王之間，又當若何？欲知後事，且聽下回分解。

第一百二十章

　　上回且說到這孫悟空因誤信牛魔王之言，率眾猴精打上天庭，不料其無意中卻發現眾「神仙」乃是自家同類之妖怪，不由得心中暗驚，待其得知真相後，便一直鬱鬱不樂，便連牛魔王為其準備的慶功宴會也未能讓孫悟空感到有甚高興之處。

　　這廂孫悟空雖將天宮地府的妖怪大體皆消滅乾淨了，但其卻在心中暗忖：若自己在天宮之中打殺的「神仙」皆屬妖怪，那他如今便是殺死了許多同類。且他若是早些知曉這天上地下的神仙盡是那妖怪們偽裝的，他又豈會將這些妖怪殺死？依他的性子，定然是要與這妖怪們一道在人間隨心所欲地放開懷抱來耍弄一場，且還要將一干人類視作玩物，成日折騰把玩，如此方合其本心、正中下懷，亦會令他感到十二分之意趣。

　　那孫悟空想到此節，不禁懷疑這牛魔王一行人存心欺蠻自己，但其轉念又道：若是那牛魔王真是存心欺瞞，那這與他朝夕相處了這麼多日子的朋友哥們，難不成竟然是騙子？若這牛魔王真是騙子，他又為何要處心積慮地對付自家同類？其目的若何？莫不是就為了塵世間如螻蟻一般生存的人類？抑或他早就對那天宮地府之中的妖怪不滿，所以才利用自己奪權？

　　這孫悟空想破腦袋亦想不明白，當下他越想便越是心煩，恨不得立即奔去牛魔王處與他對質一番，但他隨即想到，自己若是真的如此，又顯得太過無聊。如今做也做了，但那孫悟空卻越想越沒勁，只覺得自己在世間未有多久，便被人大大耍弄了一番，心中著實不快。他因自家心中難受，也不想再在人世待著，當下折返東勝神洲，重回他師傅菩提老祖處繼續修行去了。

　　卻說孫悟空離去後，這廂牛魔王亦從孫悟空手下的猴精處得知了孫悟空如今心中的諸般想法，當下這牛魔王亦覺十分抱歉。但因為他暫且也顧不得那孫悟空了，如今這天宮地府大戰已畢，眼下他們這一夥人正四處收拾此前「神仙」們當日貽害人間時留下的一干爛攤子，好不容易才勉強將這人類世界整理出一點輪廓，方能讓人類自行休養生息、繁衍子息之時，若是再動干戈，這番豈非前功盡棄？遂那牛魔王思前想後，心中雖是對孫悟空感到萬分抱歉，但此時也只好由他去了。

　　說起這清理收拾人間殘局，不得不提當日那首富姚丞坤，牛魔王率眾在人間打理諸事之時，其間姚丞坤也幫了他許多忙。說起這姚丞坤，倒也還有些故事。當日追隨妖神時，他從一眾妖魔處討要了許多寶物，自打那妖神攻打天宮失敗，被玉帝抓住，隨天宮眾仙一道離去後，那加諸在姚丞坤身上的種種妖術亦隨著妖神離去逐漸失效，且那小妖們見妖神離去，亦紛紛逃走，再無人來煩擾這姚丞坤了。

　　遂那姚丞坤非但未變成妖怪，反而因禍得福，靠從妖神處得到的寶物及自己此前積蓄的財富，成了當地最大的門閥首領，但雖是如此豐饒，他也並未著急稱帝，而是秉持「高築牆、廣積糧、緩稱王」之原則，先觀望當下態勢，以免自己成為眾人靶子，又慢慢幫助牛魔王一行人，以此籠絡人心。

　　此後牛魔王等一行人，幫助人間百姓收拾殘局時，這姚丞坤見眼下牛魔王已然成為勢力最強之團夥首領，便馬上投那牛魔王所好，助牛魔王一道收拾人間殘局。那貧民百姓哪知其中門道，如今見姚丞坤前來相助，當下交口稱讚，直誇那姚丞坤是難得一見的大善人，遂那姚丞坤也因這番緣故，反而得了福報，最後得以壽終正寢，享年一百二十六歲，其他的子孫後輩們也因他之故，繁榮昌盛了數代之久。

　　卻說牛魔王將人間諸事理順後，卻拿眼前的這個牛小青沒甚辦

法。此前他將牛小青帶上戰場，本擬讓其見識一下戰場殘酷，以讓牛小青明悟生命可貴，不再虛度大好光陰，以免其再似此前一般海吃胡喝地作踐自家。豈料這牛小青天生膽小老實，在戰場當日便差點被嚇背過氣去，待其回來之後，更是被唬得大門不出二門不邁，順帶那精神上亦有些不正常了。此時他倒不似先前一般猛吃胡喝，反而如掉了魂兒一般水米不進。

如今他由一個暴飲暴食者變成一個厭食者，不多時便瘦得不成人形。牛魔王瞧在眼中，也有些於心不忍，便自己做主，幫牛小青買進了一座莊園並幾百畝良田，又捨了許多銀子，找了一個願意照顧牛小青且心地善良的寡婦與牛小青成了家，如此又過了幾年，這牛小青心情慢慢平復，也日漸正常了些，總算能安穩度日。牛魔王瞧在眼中，心下覺得自己這番也算是對得住救命恩人，便也將懸在牛小青處的心漸漸放了下來。

如今這人間諸事平息，暫無可表。斗轉星移，倏忽又過了許多年，這牛魔王終於也處理掉當日神仙們留在人間的最好兩個障礙——「天宮」與「地獄」。

卻說這天宮與地獄，此時雖並未被妖怪霸占，但留在人間，終究是禍患無窮。原來當日留在天宮中的一小波仙人，雖被妖怪趕走。但其終究十分留戀天宮，遂時時也關注天宮的諸般消息。後來那孫悟空橫空出世之後，將一眾霸占天宮，偽裝成「神仙」的妖魔打得打，殺得殺，嚇得占領天宮的妖魔魂不附體、四處逃竄，再也不敢待在天宮之中。遂當日被這妖魔們趕走的神仙見狀，便又偷偷搬了回去。

但一來他們並不如玉帝那般法力強大，對那天宮所在的空間，亦是控制有限，遂那天宮出入之門，有時候會四處滑動，一不小心便連到凡間，被那凡人遇上，有無心者便會突然闖入。眾仙人十分好心，見凡人闖入，便用心招待過那凡人，再將凡人悄悄送回去。

　　不承想這天上一日，地上百年。許多誤闖天宮的凡人再回塵世之時，發現人間竟已過了上百年，甚至上千年了。但究其根本，卻並不是那些神仙們故意為之，之所以如此，蓋因這仙人如今法力式微，無法加持通道。玉帝在時，天宮人間地獄之時間皆為同步，且因他法力強盛，這三處相連之通道方能有條不紊地運轉。

　　如今天宮與凡間之通道，因缺失如玉帝一般強者的法力加持，一眾凡人在路過這些通道之時便會被困入其間，這其中的些微差距，眾神仙們自己卻覺察不到。那凡人只覺自己在通道之中走了一小會，不料這通道之中時間與外界流逝並不相同，待其再出來之時，外界早已是滄海桑田，流光飛逝數百上千年了。

　　卻說這通道之於仙人與其之於凡人十分不同，遂那天宮之中的散仙通過此處，並無甚麼問題，因此眾仙也一直未曾察覺這時間扭曲之事。列位看官，你道這天宮雖扭曲，但好歹也未鬧出大動靜。但那地獄向人間的通道卻與之相反，當日那閻羅王離去之時，雖將地獄所處時空用法力封印，但因其離去時太過倉促，有幾處並未顧慮周全，遂也留下了幾處並未封閉之通道，令一些凡人偶爾誤入其中。

　　彼時那地獄之中的小鬼與地獄軍團中的眾巨人雖然都已隨閻王一道離去，但當日那地獄之中種種陰森可怖的環境卻並未隨他們的離去而消弭，那凡人若闖進來，瞧在眼裏便嚇得肝膽欲裂、汗毛倒豎，一條命霎時便去掉半條。更可怕之處則是那凡人若是闖進來，見了這森羅地獄般的景象，想要退出去時，那闖進來的通道竟會在倏忽之間隱去，這才是真真令人最絕望之事。

　　原來這閻羅王當日為防止那罪鬼們找到通向人間的門路後潛逃，便施法令此處的環境不時變幻，遂那地獄之中的路徑一會通向此處，一會通向彼處，端的是詭異無常，遂令那闖進來的倒楣蛋們也受盡驚恐折磨。卻說哪一天尋到路徑還算是好的，有許多人竟要找好幾天才

能找到出口，待其在這地獄之中找到出口，尋出門後，卻發現人間只是倏忽半柱香的時間而已。

正是：

仙宮結制沒規繩，超過諸主百年程。

莫怪七顛並八倒，地獄日午打三更。

列位看官，你道這地獄天宮如今這般凌亂，這牛魔王是如何得知，又是如何處置的？欲知後事，且聽下回分解。

第一百二十一章

上回且說到天宮地府之隱患一事，這凡人因不知情而誤入天宮地府，被那通道所害者不在少數。

此時這牛魔王亦從一些鄉野傳說中得知此節，他因知道事情原委，遂心知其中有異，也暗暗留心此事起來。說起這天宮地府的通道，倒也還有些意趣可言。當日那不幸通過此通道者亦可分為兩撥：那通過天宮通道者，有些倒也算得上是十分幸運，蓋因這些通過那時光隧道者，再回到凡間時，已經過去了若許年，此前認識他們的，包括那冤家債主、仇人家人等一應死去，但那誤入者的改名換姓後，人生亦尚可重來，此前種種，只當是烟消雲散罷了。

旁人提及此事，只當其是個傳說，但牛魔王並未等閑視之。且說他調查了一番後，發現天宮地府通道確有異常之處，當下便把地獄那些閻王當日遺漏之所施法徹底封死，此事完畢後，他又到天宮之中與那留在天宮之中的神仙們商議了一番。眾仙也不想給世人帶來麻煩，遂答應了牛魔王開出的條件，棄仙宮而奔往人間居住，將那天宮徹底封閉，以免有人誤入其間影響人生。

卻說封閉天宮這日，牛魔王心中倒也還有些戀戀不捨，畢竟當日他食芝草而升天之景仍是歷歷在目，兼他升入天宮之後，又在這天宮之中住了一些時日，遂對這天宮之中那鬼斧神工、巧奪天工、雕梁畫棟、美輪美奐之景物，有頗多留戀之意。這牛魔王尚且如此，其餘神仙，自更不必說了。如今要離天宮而去，眾仙便在天宮之中最後開了幾場宴會後，含淚瞧著牛魔王將天宮大門鎖住，又在原地徘徊踟躕良久，方才戀戀不捨地離去。

這仙人們離天宮之後，有的去塵世隱居，有的化作各行各業的大

師，暗中去造福世人，還有的化為神醫，更有化為能工巧匠者、大學問家者，如此等等，不一而足。不知是不是因為眾仙皆為淡泊名利者，那落入凡塵的仙人，卻鮮有化作帝王將相、官員或是富商的。

閑言休敘，這牛魔王如今將天宮大門封閉，見眾仙如此留戀難捨，心中亦被這番情緒感染，歸家之後還不能止息。但這牛魔王終究不似眾仙那般對天宮感情如此深沉熱烈，遂其在家中遇到一件可笑之事後，又令他對天宮不捨之事隨即置諸腦後了。

這故事說來也十分有趣。原來當日牛魔王回到自己洞府之中，無意間瞧見了一個被孫悟空趕出天宮之妖魔所寫的故事，這故事穿鑿附會，生造了許多不切實際之處，實在令人忍俊不禁。

且見那妖魔寫了一齣孫悟空大鬧天宮之章節，在此章節之中，「玉帝」不敵孫悟空，遂那玉帝無奈之下只能主動去西天相請「如來佛祖」，後來那如來佛祖前來與孫悟空相鬥，孫悟空鬥他不過，被壓倒如來手掌所化的五指山下，飽受煎熬幾百年，最後在五指山下被活活餓死之故事。

牛魔王瞧到此處，心中已經明白了八成。不用問，這妖魔定然是對孫悟空此前大鬧天宮之事懷恨在心，遂才編排出一段這般故事來。那妖怪對實情雖是心知肚明，卻又十分無奈，這孫悟空法術高強，自己打也打不過，罵又不敢罵，只能寫書洩憤罷了。卻說這妖怪倒也機靈，此書並非當下就寫，而是等那孫悟空在世間隱去許久，才敢慢慢將書付印售賣。此書發行之後，在當日被孫悟空打敗的眾妖之間十分流行，那些妖怪還將此故事編劇成戲劇，經常在聚會之時上演幾場，以供眾妖怡然自樂、自欺欺人之用。

這等只能用牽強附會、映射穿鑿故事出氣之行徑，自然是令牛魔王又好笑又不齒，但那牛魔王瞧這故事之時，覺得這故事倒也不是一無是處。這如來出場之事，也算是這故事之中的一處亮點。

　　卻說為何這如來佛祖入了故事令那牛魔王稍感欣慰？原來當日玉帝等一干仙人攜那部分妖怪一同離去後，人間因失了強力約束與挾制之力，便處處充斥著痛苦混亂，更糟的是當日在神仙幫助下，人間本已休養生息、緩緩恢復元氣，將塵世之中的種種文明又往前推進了些，但這一切卻皆是維繫在神仙的仙力影響之下，借助那仙力才得以持續。如今神仙們一走，再加上妖魔作亂，將此前打下的根基盡毀，人間一應事務，又得重新開始。

　　譬如此前由於仙力加持，人類便是不遵循那建造規則，亦可蓋出七八層甚至十幾層高的瓊樓玉宇來，但如今神仙一走，便無人再來教授人類這類知識，也失掉了仙力加持，且此前蓋好的高樓又在連年的戰亂之中毀於一旦，如今的倖存者，無論如何也蓋不出高樓了。因為對史前的種種美好想像，人類也有了許多痛苦，那痛苦之中自然便有開悟者，遂人間亦生出許多可稱聖稱賢之人。這些人等，雖無神仙法術，但憑藉自身智慧休養，在人間的名望也可比肩仙家。

　　牛魔王對此事早有耳聞，遂對這類人亦深感欽佩。目下從妖怪所寫的這本書來瞧，眾妖魔對這類英雄人物亦十分敬仰欽佩。否則也不會在故事之中將那人界佛門領袖喬達摩悉達多之事作為原型，來塑造出一個本來在原事之中不存在之佛祖。且那妖怪不但塑造了這佛祖形象，還令其在故事之中成為了一個法術高強、智慧無邊之角色。但即便這佛祖形象討喜，卻也不意味著牛魔王就對這故事感到滿意，說起來，他心中對故事結尾時孫悟空被餓死一事大大不滿，遂他自己又提筆，用那春秋筆法將故事敷衍了一番，非但補足了一些自己的認知，還大大豐滿了原故事。

　　列位看官，你道這牛魔王是如何補足的？因他此前與孫悟空是拜把兄弟，他對孫悟空在何處出生、過去經歷的種種及師承誰人，心中十分明晰。這牛魔王便在故事之中介紹了孫悟空之由來，再接其大鬧天宮一事。

他在補足故事時，也未提及這天宮之中眾仙是妖魔所化，那天宮實則是妖魔所占據的，蓋因他在此事上亦有對不起那孫悟空之處。他心中亦有些害怕，將來萬一那故事傳入孫悟空耳中，想到此前種種欺瞞處，心裏不好受，便會更加怪罪於他了。

　　這牛魔王想了一想，便將此處真事隱去，只按故事敷衍。且這牛魔王修了前因之後，又將結尾也改了一改，把那大鬧天宮之後的孫悟空之餓死一節，改寫成孫悟空最後隨佛祖一道修行去了。如此這般，才將自己過錯完完全全掩蓋，又將孫悟空的結局真正交待明晰。

　　卻說牛魔王將這故事補全，發出去供眾人觀瞻之時，心中也暗自期待著這故事瞧見的人越多越好。頂好他筆下的故事壓過妖怪們的那個版本，以免他的兄弟在故事中因欺騙孫悟空一事顯得有些不堪。不想那妖怪們瞧見了牛魔王重修過的故事，也不願意了。

　　它們見牛魔王如此，便也將自己的故事版本四處給世人傳看，遂那孫悟空的結局，在兩邊你來我往的這般拉鋸戰之下，便演化出兩個版本，令那喜歡瞧著故事和戲劇的人也都有些糊塗了，久而久之，眾人也不知道什麼是真什麼是假，乾脆也不管真假，只挑著自己喜歡的版本來瞧。

　　如此又過了許多年，終於有人將這兩個故事糅合在一起，又在其中增添了許多枝椏樹杈、後續情節，終於令這故事有了一個固定版本，那版本經過眾多敷衍增刪、設色整理，便是後人所熟知的，大名鼎鼎的《西遊記》一書了。

　　正是：

人猶認假為真實，蛾豈將燈作火看。

且須辨取假和真，虛實短長休相問。

　　列位看官，你道是這故事說到此處，一段公案也近了結了。這牛魔王如今將諸事處理完備，自家又該當若何呢？欲知後事，且聽下回分解。

第一百二十二章

　　上回且說到這牛魔王將當日眾仙家與妖魔逃離此地的諸般事宜盡數收拾妥帖之後，又修改了那孫悟空故事結局之事。

　　那故事在人間廣為傳播之時，牛魔王亦覺得自己在人間待得有些煩膩了。他雖也想似眾神一般遠離塵世種種，不想其某一日在城鎮之中閒逛時，突然被一個叉簾的叉子打到頭，待其抬首一瞧，頓時楞在原地，想要抬腳，發現自己竟然連路也不會走了。

　　卻說這叉子正是從一個女人手中掉落的。這牛魔王抬首間，瞧見這女人的相貌，竟與當日和自己歡好的那名紅衣女妖一模一樣。這女子瞥見牛魔王時，亦楞在當場。二人四目相接，各自皆是滿腹心事，其中錯愕震驚、電閃雷鳴，自不必提。那女子倒是先回過神來，向那牛魔王道了歉之後，便趕緊又縮回頭去了。

　　牛魔王站在原地如晴天霹靂一般，待女人離去後好一陣，才一個激靈，從適才的失神之中醒了過來。這番際遇像是將其從夢中點醒一般，讓牛魔王有些驚慌失措。他定了定神，慌忙奔去向左鄰右舍打聽這女人消息，問其姓甚名誰、是否成家等等。

　　待那鄰居一一應答牛魔王的問題之後，牛魔王卻覺有些失望，原來這女人早已許了人家，目下已經成親好幾年了。饒是如此，這牛魔王也覺得並非是什麼大礙，他如今什麼事未曾見過？這凡間的姻緣，斷阻擋不住他追求這紅衣女妖之熱情。

　　卻說這女子也並非什麼矜持嬌羞之輩，她見牛魔王攻勢猛烈，很快便敗下陣來，又與其如膠似漆、粘在一處，二人歡好之時，那女子便對牛魔王明言道，他如今的這副模樣，正是自己在夢裏經常見到的。牛魔王聞言，更覺這番際遇，除了稱其為「姻緣天定」之外，再無他

理可解了。

　　此事端的是太過神奇，蓋因那牛魔王在凡間行走時，絕不會以牛頭人身之原形行走，只有化成人形方會出行。且那牛魔王數次化作人形時，外貌也有所不同，極少用那同一張臉孔示眾。這女子在夢中所見之人的相貌，竟然便是他這番在市鎮上行走時所化的那人相貌。說來也確實不由得叫人嘖嘖稱奇，他如今這副樣貌，便是那牛魔王自己，亦是頭一遭使用，這女子竟然在夢中與之相見，實乃凤世緣分。

　　打那之後，牛魔王便與這女子時時會面，二人如從前在妖神處一般，好得蜜裏調油。牛魔王如今有了這名女子後，心中暗自覺著此前與女妖相聚的美好時光，似乎又重現眼前。這兩人好得一日賽過一日，便實在受不了這般偷偷摸摸的感覺，當即兩下一合計，約定向那女人的丈夫坦白二人私情。

　　紅衣女子的丈夫一聽，自然是氣得渾身哆嗦，恨不得當場將二人結果了。牛魔王見狀，慌忙現出原形，唬得那女人的丈夫連連後退，這牛魔王本意也並非仗勢欺人，只是想平息此事，遂對那女子的丈夫又哄又嚇，把與他一大筆錢後，那人才不得不將這口氣重新咽了回去。

　　列位看官，你道這牛魔王如今得償所願，心下簡直快慰無比。他攜那紅衣女子一同離開了原來洞府。待其走後，眾說紛紜，很快便又有好事者將牛魔王之事編纂成書，只不過在此書之中，那女人是一等一的浮婊蕩婦，牛魔王則被描繪成一個浮棍，這書裏還給二人重新取了名字，牛魔王喚作西門慶，那紅衣女子則喚作潘金蓮。

　　卻說牛魔王攜那紅衣女子離去之後，光陰如箭、歲月流逝，這紅衣女子乃肉體凡胎，自然也不像牛魔王那般擁有千年萬年的長久壽命。牛魔王施法想要令那女子多活些時日，以便她陪自己的時間也長些，可這女子終究是肉體凡胎，牛魔王使盡渾身解數，也不過將那女子壽命延續拉長到兩百歲而已。

　　他如今法術已有大成，與那仙家一樣，用磚瓦石片也可捏出人形來，再學當日蛇妖那般渡一口靈氣，便可點器物成精，他與那紅衣女子兩世相逢，便用紅磚造了這女子當日的模樣，再度一口靈氣，攜其一同出遊，只是這終究是泥塑木胎，不能似那紅衣女子一般自己能生出七情六欲來，遂始終缺了幾分意趣。

　　這灰牛大仙在凡間舊地重遊，不意間竟路過當日老爺與少奶奶之家。當日蛇妖將兩人放歸，並未為難他們。待那妖神離去後，這老爺與少奶奶身上所中妖術也漸漸散了，復歸那凡人之態。此時兩人早已仙逝，舊日富貴烟雲此時已經變作一片斷壁頹垣的舊迹。這灰牛大仙當日拉那難產少奶奶時出行時，因那少奶奶因情勢危急，未及穿鞋，那一隻繡鞋還落在塵土泥淖之中、房梁掩蓋之下，如今歲月綿延，竟也還未朽壞。

　　牛魔王記起諸般往事，心知仙力也有盡時，陽壽盡時，強留只會惹出諸般邪祟來。想通了此節將那紅磚之靈氣收回，一併棄在這舊屋之內。憶起少奶奶當日救他的恩德，因那陰差陽錯，無法像報答牛小青一般報答這少奶奶了。再想到如今眾人往生，獨自己修成術法，獨存於世，便取了一塊小小牛骨，並那少奶奶遺留之物放在一處，以報償當日主僕之情、骨肉之恩。

　　且說這牛魔王法術大成後，雖是取骨，轉眼間卻又生出來了。只是荏苒兩百年時光，這牛魔王竟又重新回當日孤身一人之態。

　　如今佳人早已香消玉殞，舊人也大半仙逝，因牛魔王修得仙法，所以壽命無盡。只能孤身四處閑遊，他眼見不同之處的四時風景，訪那如今沒有仙家加持時的世間百態。

　　如此這般，又過了幾個滄海桑田，他無意間走到當日仙石所在之處，只見如今這仙山已在歲月之中被風蝕作蒼茫原野。他足踏沙海，極目望去，只見此地有兩座古堡。隨意在路邊拉了一人詢問，只聽那

人云，這古堡是因人類之間爭戰所修，喚作「鎮北堡」，如今盛世太平，便暫時荒廢在此。牛魔王瞧著這兩座古堡奇特、雄渾、蒼涼、悲壯、殘舊、衰而不敗之景象，恰如人類之生生不息。

他沿著這古堡一路行去，眼中所見越來越多，也知曉人類如今在沒有仙家插手的景況下，反倒更能發揮他們的聰明才智，發明改造出許多以往自己不曾見過的新奇玩意來。他瞧著這古堡的遺迹，也覺得深有意趣。

後記

列位看官，這書說至此，這段故事也算說完了。此後種種，連我也不曾知曉。你道這段故事從何而來？說起來倒也十分意外，這故事是當日我乘火車將往銀川考察之時，聽與我睡在同一臥鋪包廂之中的一個中年人述說的。

彼時火車因途中遭遇大雨，遂引發一場泥石流天災，我們在同一車廂之中困了幾日幾夜。那次出行，離家之前，我因行色匆匆，將日常消遣讀物盡皆落在家中。隨身所攜帶者，唯有堪輿所用的器具罷了。如今國家初定，百廢待興，各種歷史遺迹尚無人重視，將其保藏開發，才能避免被外國人捷足登先。當日梁思成先生及林徽因女史行遍大江南北，這才寫成建築史。如今我去銀川考察，亦是存著此意。

卻說當日明代先民在賀蘭山這一帶修建城堡時，曾請所謂「風水先生」看過這裏的「風水」，先生走遍四周，說此處正處在賀蘭山山脈中間，有「臥龍懷珠之勢」，更有一條「龍脈」延伸下來，預言此處將來「必出帝王將相」，遂將領韓玉才決定把城堡建在這裏，就成了現在的鎮北堡。

我悶在車廂之中暗自想著心事，見對鋪之人也覺得十分氣悶，若不是聽此人給我說了這樣一段故事，困在此地的這幾天裏，我簡直會被這難以打發的無聊折磨死。

如今我將此事記錄下來，權且作各位無聊解乏之用。還有一件奇事，附在這故事之後，一併說明：

卻說當日這泥石流之困終於結束，這火車又向目的地行駛而去。

不承想我與當日說故事那人到站分別時，他竟對我道，自己便是見證這個故事、經歷這個故事的牛魔王。我聽了這番話，吃了一嚇，以為自己這幾天竟然和一個瘋子同住同行，不由得心中十分後怕，慌忙不迭得從他身畔逃開了。

那人見狀，也不以為意，只是微笑著轉身離去。我不禁又覺得有些好奇，再轉頭瞧他之時，卻只瞧見他漸漸淹沒在人群之中的背影，恍惚之中，那離去的背影頭上竟真的長出了兩隻尖尖的牛角……

當然，諸位也可將此看做我舟車勞頓、疲憊不堪時所產生的幻覺罷了。但我心中也存著許多納悶處。當日在同行的火車上，每每我買了牛肉，想要邀請他一道前來食用時，他總是擺擺手，生疏而禮貌地拒絕我的邀約。且每當我打開手中的那包牛肉乾，從中取出牛肉食用時，他便一臉不高興地從包廂之中離去了，似是對此場景十分不喜。

這一路行來，我並未見過他食肉，偶有幾次，我在餐車之中又遇見了他，他點菜時，也只是揀那素菜來吃罷了。他食量甚小，每次進餐也只是略食一點，我瞧著他那魁梧雄壯的模樣，再忖度其食量，心中只覺得反差極大。如此瞧來，此人倒還真的將自己當成傳奇之中的人物了，我在心中暗道：大概其真的患有妄想症也未可知。

卻說此人後來究竟如何了，我也並不知曉。我與他不過萍水相逢，他日後的種種，也與我無關了。

無稽的神話：歷史的另一面

作　　　者／米高貓
美術編輯／申朗創意
責任編輯／林孝蓁
企畫選書人／賈俊國

總　編　輯／賈俊國
副總編輯／蘇士尹
編　　　輯／高懿萩
行銷企畫／張莉滎・廖可筠・蕭羽猜

發　行　人／何飛鵬
法律顧問／元禾法律事務所王子文律師
出　　　版／布克文化出版事業部
　　　　　　台北市中山區民生東路二段 141 號 8 樓
　　　　　　電話：(02)2500-7008　傳真：(02)2502-7676
　　　　　　Email：sbooker.service@cite.com.tw
發　　　行／英屬蓋曼群島商家庭傳媒股份有限公司城邦分公司
　　　　　　台北市中山區民生東路二段 141 號 2 樓
　　　　　　書虫客服服務專線：(02)2500-7718；2500-7719
　　　　　　24 小時傳真專線：(02)2500-1990；2500-1991
　　　　　　劃撥帳號：19863813；戶名：書虫股份有限公司
　　　　　　讀者服務信箱：service@readingclub.com.tw
香港發行所／城邦（香港）出版集團有限公司
　　　　　　香港灣仔駱克道 193 號東超商業中心 1 樓
　　　　　　電話：+852-2508-6231　　傳真：+852-2578-9337
　　　　　　Email：hkcite@biznetvigator.com
馬新發行所／城邦（馬新）出版集團 Cité (M) Sdn. Bhd.
　　　　　　41, Jalan Radin Anum, Bandar Baru Sri Petaling,
　　　　　　57000 Kuala Lumpur, Malaysia
　　　　　　電話：+603- 9057-8822　　傳真：+603- 9057-6622
　　　　　　Email：cite@cite.com.my
印　　　刷／韋懋實業有限公司
初　　　版／2020 年 1 月
售　　　價／500 元　　特價 399 元
Ｉ Ｓ Ｂ Ｎ／978-986-5405-23-6

城邦讀書花園　　布克文化
www.cite.com.tw　WWW.SBOOKER.COM.TW